Electra Wolfe
Farbenblind

Aus dem Amerikanischen von Christine Strüh

Electra Wolfe

Farbenblind

Roman

Europaverlag München – Wien

Die Deutsche Bibliothek – CIP-Einheitsaufnahme

Wolfe, Electra:
Farbenblind: Roman / Electra Wolfe.
Aus dem Amerikan. von Christine Strüh.–
München ; Wien : Europaverl., 1997
Einheitssacht.: Color-blind ‹dt.›
ISBN 3-203-84001-4 Gb.

Lektorat: Cordelia Borchardt

Umschlaggestaltung: Wustmann und Ziegenfeuter, Dortmund

Herstellung: Friedrich Pustet, Regensburg
Printed in Germany
ISBN 3-203-84001-4

Prolog

Es ist morgens zwischen sieben und zehn nach sieben, in einem Vorort von Sacramento, Kalifornien, an einem kühlen, aber noch nicht richtig kalten Oktobertag.

Die Sonne versucht, die Nacht zu durchdringen, die sich noch nicht von der Erde gelöst hat. Eigentlich müßte es Farben geben, Gelb und Orange, aber alles liegt unter einem farblosen, lichtlosen grauen Nebelschleier.

Eine Gruppe Schulkinder unterschiedlichen Alters und unterschiedlicher Hautfarbe steht an der Bushaltestelle.

Die Kinder bilden einen Kreis um einen schwarzen Jungen, ungefähr sechs Jahre alt, und ein schwarzes fünfjähriges Mädchen. Ich war ziemlich klein für mein Alter.

Die Gesichter der Kinder in diesem Kreis sollten eigentlich Unschuld ausstrahlen, aber sie sind verzerrt, die Augen zu Schlitzen zusammengekniffen, die Lippen leicht geöffnet, so daß die kleinen spitzen Zähne aussehen wie gefletschte Raubtierfänge.

Unwillkürlich muß ich an Halloweenmasken denken. »Schlag sie! Schlag sie!« schreien sie im Chor.

Bestimmt gibt es noch andere Geräusche, beispielsweise Vögel und Autos, aber ich höre nur ihren rhythmischen Singsang: »Schlag sie! Schlag sie!«, während ich in die Augen des Jungen starre, die braun sind wie meine, und in sein Gesicht, das braun ist wie meins.

Seltsamerweise schreie ich nicht, ich weine auch nicht, und ich versuche nicht wegzulaufen.

Dabei wohne ich direkt um die Ecke, und wir sind mitten in einem Wohngebiet. Doch ich stehe einfach nur da und warte und hoffe, vielleicht glaube ich nicht, daß er mich schlagen wird. Ich sehe doch, daß er mich nicht schlagen will.

Warum sollte er auch, ich hab ihm nie etwas getan. Da höre ich auch schon den Bus kommen und denke, ich bin gerettet.

Genau in diesem Augenblick landet seine kleine braune Faust auf meiner nicht gerade kleinen braunen Nase. Ich fühle es mehr, als daß ich es sehe.

Farben explodieren, und ich sehe, wie der kanariengelbe Bus anhält, während das Blut auf die weiße Bluse meiner Schuluniform tropft.

Ich glaube, damals habe ich beschlossen, nie einen schwarzen Mann zu heiraten.

Aschenputtel

»Tiefblau, lang und schmal, frisch und leicht, sexy, mit modischem Elastikbund, ein Prachtstück.« Während ich mich für mich und meine imaginären Fans vor dem Spiegel drehe, der über meiner Kommode hängt, dehne ich das Taillengummi, lasse es zurückschnipsen und mache einen großen Schritt nach rechts, damit ich mich besser sehen kann, mein neues Selbst, zwischen den noch nicht ausgepackten Kartons mit Kuscheltieren, Klamotten – na ja, eben mit dem ganzen Zeug außer meinen Büchern. Die habe ich ordentlich in alphabetischer Reihenfolge auf dem Fußboden gestapelt, damit sie ihren Platz auf dem Bücherregal bekommen, sobald mein Vater es aufgestellt hat. Nachdem ich mein Spiegelbild und mein Gleichgewicht gefunden habe, gehe ich geschmeidig, mit wiegenden Schritten auf den Spiegel zu: »Unser Model, die bildhübsche Amanda Johnson, stets auf dem neuesten Stand der Mode, trägt auch in der Schule immer nur topmodische und echt coole Klamotten.«

»Also, ich kann der topmodischen und echt coolen Amanda jedenfalls gleich mal erzählen, was sie in der Schule nicht anziehen wird!« Meine Mutter steht in der Tür und grinst bösartig.

»Und ich möchte euch jetzt meine echt uncoole und unmoderne Mutter vorstellen.« Ich setze zur nächsten schwungvollen Drehung an und werfe meine imaginäre lange Haarmähne zurück, aber dabei fliegt mir meine Brille im hohen Bogen von der Nase, und da ich jetzt so gut wie blind bin, finde ich sie nicht so schnell wieder. Schließlich entdecke ich sie in der Hand meiner Mutter.

»Was hast du denn die ganze Zeit über gemacht, Amanda? Sieh dir doch bloß dieses Chaos an.« Sie stolpert über einen Stapel *Grimms Märchen*, ich bücke mich blitzschnell, um ihn wieder zurechtzurücken, und frage: »Habe ich etwa doch eine gute Fee als Patin?«

»Hör mal, kleines Fräulein, ich, deine Mutter, sage dir jetzt zum letztenmal – Schluß mit Rumflacken, ran ans Auspacken!« Wie immer lacht sie über ihren eigenen Witz.

»Die Piratenkönigin geht hinüber zu ihrer Truhe und durchsucht die Kisten mit den Giftfläschchen, bis sie endlich die mit der Aufschrift ›Folterinstrumente‹ findet. Diese zieht sie hervor, stellt sie auf den Boden, schlitzt mit ihrem langen, spitzen, blutroten rasiermesserscharfen Fingernagel die aus Menschenhaut gefertigten Lederriemen auf, wobei sie ein bösartiges Lachen ausstößt: HA HA HA!«

Meine Mutter sitzt auf dem Bett, packt die Schuluniformen aus und legt sie ordentlich in Reih und Glied – Röcke, Blusen und Blazer.

Dann mustert sie mich durchdringend. »Weißt du, Amanda, manchmal machst du mir wirklich Sorgen, Kind. Selbst für eine Sechsjährige hast du eine übertriebende Phantasie. Und überhaupt, warum muß ich denn immer die Piratenkönigin oder die Böse Fee sein?« Sie nimmt mich in den Arm. »Vielleicht bin ich doch die Gute Fee, ist dir der Gedanke schon mal gekommen?«

Ich antworte nicht. Eine schreckliche Vorstellung.

Da rennt meine kleine Schwester Pat in mein Zimmer, ohne mich um Erlaubnis zu fragen, fällt meiner Mutter um den Hals und kreischt: »Du biß meine Dudefe!«

»Da erscheint die furchtbare, häßliche böse Stiefschwester, rette sich, wer kann!«

»Amanda!« sagt meine Mutter in ihrer sie-ist-doch-noch-ein-Baby-und-du-warst-schließlich-auch-mal-klein-Stimme. Dabei ist das Baby gerade mal zwei Jahre jünger als ich. »Anda!« ahmt meine Schwester sie nach.

»Ach, sei bloß still, du Riesenbaby! Du kannst ja nicht mal richtig sprechen!«

»Amanda, fang nicht damit an! Ich dachte, wir hätten eine Abmachung: neues Haus, neue Stadt, neuer Anfang.«

Inzwischen hat sich Pat aber bereits auf den Schoß meiner Mutter verkrochen, Daumen im Mund, Krokodilstränen rinnen über ihr helles Teddybärgesicht. Meine Mutter tröstet sie: »Was ist los mit Mommys hübschem Baby, hübsche Babys weinen doch nicht!« Sofort dreht Pat den Hahn volle Pulle auf. Natürlich gibt meine Mutter mir die Schuld dafür. »Geh nach unten und sag Daddy, er soll dir einen Lutscher geben«, sagt sie zu Pat, stellt sie vorsichtig auf den Boden, als wäre meine kleine Schwester tatsächlich die schwarze Babypuppe aus Porzellan, der sie so ähnelt, und schiebt sie sanft zur Tür.

»Spieglein, Spieglein an der Wand, wer ist die Schönste im ganzen Land?« frage ich meinen Spiegel, aber meine Mutter antwortet: »Wahre Schönheit kommt von innen.«

»Und was macht sie außen?«

»Beispielsweise diese Jeans ausziehen und den Rock hier anprobieren.« Sie hält ein scheußliches graues Faltending hoch. »Ich glaube, es muß für morgen noch gebügelt werden, was nicht nötig gewesen wäre, wenn du die Sachen heute vormittag ausgepackt hättest, wie ich's dir gesagt habe.«

»Also die hier muß nicht gebügelt werden.« Noch einmal führe ich ihr meine Jeans in Model-Pose vor.

»Amanda, du weißt ganz genau, daß du nicht in Jeans zur Schule gehen kannst. Wir zahlen eine Menge Geld für die Privatschule, und du weißt, daß du eine Uniform tragen mußt, also hör auf mit dem Unsinn.«

»Aber ich könnte wenigstens eine Hose anziehen, es gab Uniformhosen, ich hab sie gesehen – du hast mir nur keine gekauft.« Wortlos reicht sie mir den Rock, während sie sich mit der anderen Hand eine Fluse von ihren wildledernen Hausschuhen wischt. Sogar ihre Hausschuhe haben Pfennigabsätze. Dann macht sie auf ihren langen, schlanken Beinen zwei Schritte zum Spiegel, zupft die rotbraunen, kunstvoll toupierten Haare zurecht und streicht den superkurzen Minirock glatt. Als sie merkt, daß ich sie beobachte, lächelt sie, mit einem Blick auf meine knochigen Knie. »Es sieht doch gut aus, ich weiß gar nicht, warum du solche Probleme hast. Komm her.« Sie zieht mich zu sich vor den Spiegel und versucht, meine krausen Haare flach zu tätscheln.

Sie ist schön, wirklich – wunderschön, groß und schmal, frisch und leicht, sexy und schick. Das weiß ich, weil sie es mir mindestens zweimal pro Woche sagt. »Bist du sicher, daß ich deine Tochter bin?« frage ich.

»Du fängst doch wohl nicht schon wieder damit an, nur weil du einen Rock anziehen sollst, oder?« Das sagt sie, aber ich sehe genau, wie sie unsere Spiegelbilder vergleicht: eine große Frau mit perfekter, golden schimmernder Haut und schönen, fast chinesisch geschnittenen Augen, und daneben ich – extrem klein, nicht größer als meine vierjährige Schwester, dunkle Ebenholzhaut und anstelle der Augen eine winzige Brille, die auf meiner Nase, obwohl sie ziemlich groß ist, nicht recht Platz findet. »Es wäre schon viel besser, wenn du nicht dauernd so finster dreinblicken würdest«, antwortet sie nur.

»Aber ich blicke nicht finster drein, ich gucke nur!«

»Na ja, dann guck eben nicht so … so unwirsch!«

»Wie? Un- un-?«

»Unwirsch.«

»Und was heißt das?«

»Es bedeutet finster oder jedenfalls, daß man so aussieht, als würde man finster dreinblicken oder hätte gerade finster dreingeblickt.« Ich versuche zu lächeln wie meine Mutter, aber das ist schwierig ohne ihre wunderschönen roten Lippen, und ich merke, wie sie sich das Lachen verbeißt. Also starre ich wieder »unwirsch« auf meinen blöden Rock.

»Wie gefällt dir die Gegend hier? Hast du schon andere kleine Mädchen kennengelernt, als du heute zum Spielen draußen warst?«

Ich bin nur bis zur hinteren Veranda gekommen, wo ich bereits eine Ausgabe von *Grimms Märchen* deponiert habe. »Nein«, lautet demzufolge meine Antwort.

»Hast du dich denn wenigstens bemüht, auf jemanden zuzugehen, oder hast du dich nur irgendwo hingesetzt und deinen Kopf in ein Buch gesteckt?« Weil ich nicht lügen will, sage ich einfach nichts. »Amanda, weißt du noch, worüber wir gesprochen haben, ehe wir hierhergezogen sind?«

»Ja.« Es war ja erst am Samstag, vorgestern also, und wir sind bloß von Sacramento an die Küste nach Monterey gezogen.

»Ich glaube, es wäre gut, wenn du wenigstens versuchen würdest, Freunde zu finden, dich ein wenig anzupassen.«

»In meiner alten Schule hatte ich Freunde.«

»Nein, Amanda, ich meine nicht Lehrer, die dich für eine gute, eine hervorragende Schülerin halten. Ich meine Kinder in deinem Alter.«

»Na ja, ich könnte als erstes schon mal eine Hose anziehen, denn alle tragen Hosen, und ich erfriere sowieso.«

»Amanda, in Kalifornien erfriert kein Mensch im November.«

»Du sagst mir doch immer, ich soll sein wie die anderen, also.«

»Also gar nichts. Dir ist wirklich nicht zu helfen, mit deiner rotzigen Besserwisserei. Du glaubst wohl, du weißt alles, aber überleg mal – vielleicht wäre es doch ganz nett, wenn du zur Abwechslung mal genug Freunde für eine Geburtstagsparty hättest.«

Indem ich nicht blinzle, versuche ich krampfhaft zu verhindern, daß das Wasser, das meine Mutter garantiert für Tränen halten würde, aus meinen Augen quillt. Zumindest hört sie auf zu reden und zieht mir den Rock aus, um ihn zum Bügeln mitzunehmen. »Versuch's doch wenigstens, Mandy.«

»Alle coolen Mädchen tragen Hosen!« Mein letzter Versuch.

»Du bist ein Dickkopf, das hast du von deinem Vater. Am besten gehst du jetzt ins Bett. Und gib mir mal die Taschenlampe. Ach, komm schon, ich hab sie unter dem Bett gesehen. Ich weiß wirklich nicht, warum du dir unbedingt die Augen noch mehr ruinieren willst, indem du die ganze Nacht unter der Bettdecke liest. Wenn du so weitermachst, bist du wirklich blind, ehe du in die High-School kommst, und niemand wird dich zum Abschlußball einladen. Als ich jung war, hatte ich an jedem Finger einen Verehrer.«

»Was ist ein Verehrer?«

»Das wirst du noch früh genug lernen. Die Taschenlampe!« Ich strecke ihr die Lampe hin. Dafür bekomme ich einen Gutenachtkuß. »Gute Nacht, schlaf gut, laß dich nicht von Mäusen beißen.«

Ich ziehe meine Jeans wieder an, steige ins Bett und mache das Licht aus. In der neuen Schule wird alles anders. Wenn mich meine Mutter nur Hosen anziehen ließe.

In dieser Nacht träume ich meinen Prinzessinnentraum, und ich habe die roten Lippen meiner Mutter und zwei Verehrer an jedem Finger, zwei rote, sechs gelbe, der Rest rosa und grün.

Als ich aufwache, weiß ich schon, daß es ein schlechter Tag wird, ich weiß es, weil die Sonne hell vom Himmel brennt. Sonnenscheintage sind immer schlechte Tage, weil ich dann zu hören kriege »Geh raus zum Spielen!«, und unter den Hüten, die mich meine Mutter aufzusetzen zwingt, um mein Gesicht zu schützen, ist mir immer furchtbar heiß. Am liebsten sind mir Regentage, kalte, verregnete Tage, an denen ich meine Spielhosen anziehen und im Haus bleiben kann. Heute brauche ich lange zum Anziehen, denn ich will als letzte unten beim Frühstück sein.

Das Haus ist eine echte spanische Hacienda. »*Hacienda Española vera.*« Ich stehe gern oben im Treppenhaus. Von dort gehen alle Schlafzimmertüren ab. Das ganze Haus besteht aus cremeweißem Zement, aus Stuck. Wenn ich meine Hand darübergleiten lasse, fühlt es sich an wie hart gewordener Kuchenguß. Bestimmt sind Schlösser aus demselben Material, jedenfalls manche. Aber ganz bestimmt stehen in echten Schlössern unten an der Treppe keine ekligen Statuen von nackten Leuten, wie meine Mutter eine aufgestellt hat. Ich muß meinen Hals ganz lang machen, wenn ich runtergehe, damit ich sie nicht sehe. Manchmal vergesse ich es – igitt. Als ich meine Mutter dazu überreden wollte, das Ding woanders aufzustellen, hat sie entsetzt ausgerufen: »Aber das ist Kunst! Und es ist gut, wenn man sich von klein auf mit Kunst umgibt.« »Ich glaube nicht, daß es gut für ein kleines Kind ist, wenn man es zwingt, nackte Menschen anzusehen«, antworte ich, und sie erklärt mir wieder mal: »Du bist viel zu altklug, das tut dir nicht gut. Wenn du so weitermachst, stell ich *dich* demnächst nackt da unten hin«, lacht sie. Mein Vater kommt mir zu Hilfe. »Sag so was nicht, du weißt doch, wie überempfindlich sie ist.« Ihm gefällt die Statue auch nicht, das kann ich daran sehen, daß er auch immer den Hals reckt, wenn er die Treppe runterkommt. Wenn keiner hinsieht, übe ich dort meinen Prinzessinnengang und winke.

Heute fühle ich mich überhaupt nicht wie eine Prinzessin, in der blöden, steifen Uniform mit dem dummen Rock, aber meine glänzenden neuen Schulschuhe machen ein nettes Klick-klick-klick auf den Fliesen, das beinahe klingt wie die Absätze meiner Mutter, und dadurch fühle ich mich etwas prinzessiger. Mitten auf der Treppe mache ich halt und kehre noch mal um, dann gehe ich wieder runter und klicke dabei, so laut ich kann. Ich wünschte, ich wäre Shirley Temple. Vielleicht frage ich meine Mutter, ob ich Steptanz machen darf statt Ballett. Ich hasse Ballett. Vermutlich hört meine Mutter, wie ich auf der Treppe steptanze, denn aus der Küche höre ich ihren Befehl: »Komm endlich angetanzt und iß dein Frühstück!«

Die Küche ist der sonnigste Raum im Haus, weil alle Schränke eigens für meine Mutter aus Glas gefertigt sind. In den Schränken steht das beinweiße Porzellan, von dem mich Mutter nicht essen läßt. Das will ich auch gar nicht, denn sie hat mir mal gesagt: »Es ist aus Knochen deiner Großmutter.« Ich versuche, den richtigen Glasschrank zu finden, muß aber die Augen fast zumachen, damit mich das Blitzen und Blinken nicht zu sehr blendet. In unserer Küche blitzt und blinkt nämlich alles. Schon in der alten war das so. Nicht etwa, weil alles aus Gold ist, sondern weil meine Mutter dauernd alles blankpoliert, und ich muß auch immer alles abwischen, was ich anfasse. »Hinterlaß nicht überall deine Fingerabdrücke!«

»Wie soll ich mir ein Glas holen, ohne den Schrank anzufassen?«

»Du brauchst nicht mit den Händen überall auf die Tür zu patschen, du könntest auch den Griff benutzen«, antwortet sie.

»Mom, ich komm nicht dran! Ich bin noch ein Kind.«

»Das fällt dir immer dann ein, wenn es dir gerade in den Kram paßt, stimmt's? Vielleicht solltest du die Augen aufmachen. Du bist ein richtiger kleiner Vampir, die Sonne wird dir schon nicht weh tun.«

»Ampir! Ampir!« kreischt das kleine Gör. Ich öffne die Augen, um sie niederzustarren.

»Das ist ungerecht! Warum darf sie eine Hose anziehen? Das ist ungerecht!«

»Das ist keine Hose, das ist ein Spielanzug«, erwidert meine Mutter und wendet einen Pfannkuchen. Ich gehe zum Tisch, um meine Babypuppenschwester genauer in Augenschein zu nehmen. Da sitzt sie und spuckt meinem Vater ihr Essen ins Gesicht, und wie immer findet er das süß. (Vielleicht würde er mich auch süß finden, wenn ich ihm mein Essen ins Gesicht spucken würde.) »Das ist ungerecht, es ist wohl eine Hose, eine lange Hose, das ist eine Hose!« Meine Mutter sieht meinen Vater an, und er sieht mich an, was mich erschreckt, weil er das fast nie tut. »Deine Schwester ist noch ein Baby, sie geht in den Kindergarten, und dort tragen alle kleinen Kinder Hosen, ich meine, äh, Spielanzüge, aber bei großen kleinen Mädchen in der ersten Klasse ist das anders.«

»Siehst du, er findet auch, es ist eine Hose, das ist ungerecht, ungerecht, ungerecht!«

»Na ja, wir sind eure Eltern, wir müssen nicht gerecht sein.« Wieder mal lacht meine Mutter über ihren eigenen Witz, aber diesmal lacht mein Vater sogar mit, und deshalb glaubt sie, daß der Witz wirklich lustig war. Obwohl sie lacht, erkenne ich an der Art, wie sie mir meinen Teller vor die Nase knallt und mich dabei niederstarrt, daß es besser ist, wenn ich den Mund halte. Das tue ich auch und sage während des ganzen Frühstücks kein Wort. Irgendwie scheint das nie einen zu stören, aber wenn ich sie unwirsch anstarre, das macht ihnen zu schaffen, vor allem meinem Dad. Es ist langweilig, meinen Dad zu beobachten. Er ist dunkel, noch dunkler sogar als ich. Er erscheint mit der Sonne und verschwindet wieder, wenn sie untergeht, wie ein Schatten.

Gestreifte Krawatte, gebändigter Afrohaarschnitt, glänzende Schuhe, die sauer nach Schuhcreme riechen, steifer Kragen und steife Manschetten, breite, straffe Schultern, hoch erhobener Kopf, höher noch als auf der Treppe. Er blättert in der Zeitung, in der es nie Comics gibt, immer nur Zahlen, Zahlen, Zahlen, je mehr Zahlen, desto mehr lächelt er. Seine Lieblingszahl ist Null. Am besten möglichst viele Nullen, aber nur am Ende der Zahl, weiße Seiten, zebragestreift mit ewiglangen Worten. »Was bedeutet das?« frage ich. Wenn er mit mir redet, benutzt er kurze Wörter. »Es bedeutet nein.« Damit ist die Sache für ihn erledigt, für mich aber nicht. »Warum sagst du dann nicht einfach nein?«

»Weil es für einen Juristen immer besser ist, möglichst lange zu brauchen, um nein zu sagen.« Er weiß, daß ich mich damit noch nicht zufrieden gebe.

»Du willst sie also nicht merken lassen, daß du nein sagst?«

»Hmm, richtig.«

»Und wenn du ja sagst, willst du sie dann auch nicht merken lassen, daß du ja sagst?«

Seine Antworten werden immer kürzer. »Ja.«

Also fange ich wieder an, unwirsch dreinzublicken. Er rührt seinen Kaffee viermal um, das ist einmal zuviel, dann streicht er Marmelade auf seinen gebutterten Toast und vergißt zu lächeln, als Pat ihn mit Orangensaft anspuckt.

»Warum machst du so ein finstres Gesicht?« fragt er mich. »Ich mach kein finstres Gesicht.« Jetzt sieht er auch unwirsch aus. »Kleine Mädchen sollten nicht so ein Gesicht machen, so –«

»Unwirsch.« Er lächelt mich mit einem Superlächeln an, mit einem für ganz große Zahlen.

Blitzend und blinkend, der ganze Raum. Das Sekretariat der »Mount Holly Primary School«. Meine Mutter lächelt, denn sie mag Zimmer, in denen sie sich überall spiegeln kann. Ich möchte gern die Augen schließen, aber meine Mutter schiebt mich zu einem kleinen Tisch, der nicht glänzt, weil er aus Holz ist. Sie setzt sich und nimmt Pat auf den Schoß, während ich neben ihr stehenbleiben muß. »Okay, wir müssen dieses Formular hier ausfüllen. Du gibst die Antworten, ich schreibe. Wie ist dein Name?«

»Amanda Augusta – den Namen hasse ich – Johnson.«

»Alter?«

»Sechs Jahre.«

»Wo bist du geboren?«

»Wo steht diese Frage denn?«

»Nirgendwo, aber beantworte sie trotzdem.«

»Sacramento, Kalifornien.«

»Name der Mutter?«

»Mary-Beth Johnson.«

»Beruf?«

»Managerin.«

»Finanzmanagerin. Alter – ach, das brauchst du nicht zu wissen. Name des Vaters?«

»Danniel Marcus Johnson, mit Doppel-n.«

»Beruf?«

»Jurist.«

»Was für ein Jurist?«

»Immobilien.«

»Richtig, aber ganz genaugenommen ist er Teilhaber in einer Immobilienfirma.«

Sie lächelt mich mit ihren roten Lippen an, daß es fast aussieht wie Daddys Superzahlenlächeln. »Alter?«

»Neunundzwanzig, und du bist siebenundzwanzigeinhalb.«

»Hör auf zu zappeln und steh aufrecht«, flüstert sie mir zu, als eine Frau – ebenfalls in Schuluniform, genau wie meine – auf uns zukommt, um uns die Hand zu schütteln. An wen erinnert sie mich bloß? An Old Mother Hubbard – Mother Hubbard ging zum Schrank, doch im Schrank war alles blank. Diese Frau ist auch blank, keine roten Lippen, keine Pfennigabsätze, keine modischen Ohrringe, bestimmt wird meine Mutter sie nicht mögen. Aber Mother Hubbard steht ganz aufrecht da und bekommt von meiner Mutter ein Rote-Lippen-Lächeln. »Mrs. Johnson, schön, Sie wiederzusehen, wir freuen uns, daß Sie uns die weitere Erziehung Ihrer Tochter Amanda anvertrauen.«

»Hallo, Miss Spark. Ja, wir sind ganz sicher, daß es das richtige für sie ist, vor allem Ihr sprachliches Frühförderprogramm. Amanda liebt Worte.« Mom sieht mich an, als sollte ich jetzt welche von mir geben, aber mir fallen keine ein. Alles ist still, das heißt, es wäre still, wenn Pat nicht dasitzen und Kußhändchen verteilen würde. Mother Hubbard sagt das, was jeder über meine Schwester sagt: »Oh, sie wird mal eine richtige Schönheit.« Dann sieht sie mich an und meint: »Du siehst aber hübsch aus in deiner Uniform mit dem Röckchen, Amanda.«

»Danke, Ma'am.« Mother Hubbard wendet sich wieder an meine Mutter. »Es ist schrecklich, daß so viele kleine Ladies heutzutage unbedingt Hosen anziehen müssen. Nun gut, dann können wir ja in deine neue Klasse gehen, Amanda.

Wenn du möchtest, dürfen deine Mutter und deine kleine Schwester gerne mitkommen.« Ich will das nicht, und meine Mutter weiß das auch, aber ihr Blick duldet keine Widerrede. Manche Fragen werden nicht gestellt, und manche Fragen sind keine echten Fragen.

»Ich bin dagegen, daß Mädchen in Hosen zur Schule kommen«, sagt meine Mutter. »Ich auch«, sagt Mother Hubbard. Ich versuche, auf das Klicken meiner neuen Schulschuhe zu horchen, damit ich mich prinzessiger fühlen kann, aber ich höre bloß, wie meine Mutter und die Direktorin quasseln und quasseln, bis wir vor einer Tür stehen, deren Farbe so kalt ist wie Eis. »Da wären wir.« Mother Hubbard öffnet die Tür und geht voran. Meine Mutter flüstert mir zu: »Sei nicht vorlaut, tu, was die Lehrer sagen und versuch … Viel Glück, Honey, und denk dran, große Mädchen weinen nicht.«

»Ich weine nie.«

»Sag Amanda bye-bye, Pat.« Dann geht sie weg, Pat auf dem Arm. Pat fängt an zu heulen und winkt: »Bye-bye, Anda! Bye-bye, Anda!«

»Bye, Patty, bye-bye!« Ich winke auch. Manchmal ist sie echt ganz okay.

Als ich mich im Klassenraum umsehe, steigt mir das Wasser in die Augen. Alle Mädchen tragen Hosen, außer einem einzigen kleinen Gör in einem weiß-roten Cheerleaderkostüm. Um ihr rundes rosiges Gesicht wippen zwei lange, lockige braune Rattenschwänzchen mit roten Schleifen. Ich unterdrücke ein Schniefen, ziehe meine Kniestrümpfe so weit hoch, wie es nur geht, starre auf den Fußboden und lasse meine winzige Brille auf der Schweißschicht – die übrigens meinen ganzen Körper bedeckt – bis auf die Nasenspitze vorrutschen. Und da sehe ich meinen Traumprinzen.

Die Lehrerin, Miss Benson, hält meine verschwitzte kleine Pranke in ihrer kühlen, gepuderten Hand, führt mich nach vorn und stellt mich der Klasse vor. »Kinder, das ist Amanda Johnson.« Miss Benson trägt ein freundliches gelbes Kleid, und während ich noch wartend neben ihr stehe, weist sie die Klasse an: »Setzt euch in die Lesegruppen.« Gruppe eins sind gute Leser, Gruppe zwei sehr gute Leser und Gruppe drei fortgeschrittene Leser. Miss Benson gibt jeder Gruppe ihre Aufgabe und weist mir einen Tisch am Gang in der letzten Reihe auf der rechten Seite des Klassenzimmers zu. Zwischen den Reihen verläuft ein breiter Mittelgang; der Tisch meines Prinzen liegt genau gegenüber meinem, auf der anderen Seite des Burggrabens. Ich lese sein Namensschildchen: Tony. »Bitte schreib deinen Namen auf dein Namensschild, Amanda, dann kannst du dir leicht merken, welcher dein Tisch ist.« Dann stellt sie zwei Stühle neben ihren Schreibtisch, setzt sich neben mich und drückt mir ein Buch in die Hand. »Nur um zu sehen, in welcher Lesegruppe du am besten anfangen kannst«, erklärt sie. Manche Kinder, so fährt sie fort, »wechseln auch von einer Gruppe zur nächsten, je nach dem, welche Fortschritte sie machen.«

Bei diesem Satz beschlagen meine Brillengläser; das tun sie immer, wenn ich nervös bin. Ganz bestimmt ist man in einer Schule, in der alle Mädchen Hosen anhaben, viel weiter als ich. Doch dann werfe ich einen Blick auf die Buchseite, die sie aufgeschlagen hat, etwas aus »Siehst du Spot rennen?« Das ist ein Kinderspiel für mich, denn zu Hause lese ich schon *Grimms Märchen*. Spot rannte und rannte, Jane sah Spot rennen, Dick sah Spot rennen und rennen, und ich darf in der fortgeschrittenen Gruppe mitmachen – mit wem wohl? Mit Prinz Tony!

Ich komme zu dem Schluß, daß ich Miss Benson liebe, denn sie stellt einen Stuhl für mich links neben Tony. Obwohl ich ihn kaum ansehen kann, wenn er zu mir herüberschaut. Tony hat aschblonde Haare, im Stil von Dennis the Menace geschnitten, und grüne Augen (irgendwie erinnert er mich an Barbies Freund Ken). Er lächelt, als Miss Benson mich der Klasse vorstellt. Er lächelt mich sogar an, als ich mich in der Lesegruppe neben ihn setze.

Wir kommen gleich an einen sehr schwierigen Satz, jedenfalls finden ihn die anderen in der Gruppe schwierig. Die Lehrerin nimmt mich dran. Ich lese den Satz und lese weiter, bis sie sagt, ich soll aufhören.

Ich schaue zu Tony hinüber und lächle, weil ich glaube, er wird zurücklächeln, aber da sehe ich, daß er das kleine Mädchen mit dem babyhaften Cheerleaderkostüm an den Rattenschwänzchen zieht. Da weiß ich, daß es für Tony und mich nie ein Happy-End geben wird. Trotzdem bin ich glücklich, daß ich hinter ihm stehe, als wir im Gänsemarsch in die Pause oder zur Cafeteria gehen, und außerdem können eines Tages ja auch Märchen wahr werden.

»Ein Meter siebeneinhalb«, sagt meine Mutter, hebt Pat hoch und gibt ihr den Stift. »Jetzt kannst du noch deinen Namen danebenschreiben.« »P-A-T, Pat!« Sie bewegt die Lippen, während sie schreibt. »Gut gemacht!« sagt Mom, als wäre es ein Wunder, daß eine Siebenjährige ihren Namen schreiben kann. »Du wirst allmählich ein großes Mädchen, nicht wahr? Bald kann ich dich nicht mehr hochheben.«

»Vielleicht wird sie einfach nur fett«, gebe ich zu bedenken. »Ha, ha, sehen wir doch erst mal, wie groß du bist, Großmaul!« sagt Pat freundlich. Sie sagt alles freundlich. Ich gehe hinüber zur Wand an der Küchenspüle und stelle mich sehr aufrecht hin. »Halt den Kopf gerade, Amanda, so kann ich dich nicht messen.« Mom ist genervt. »Sie hat drei Paar Socken an!« schreit das Gör und vollführt dazu ihr

Baby-Cheerleader-Gehopse. »Amanda, müssen wir denn jeden Monat diesen Zirkus veranstalten?« Ich ziehe die Extrasocken aus und gebe keine Antwort, denn sie weiß und ich weiß, daß uns das wahrscheinlich bevorsteht. »Ein Meter siebeneinhalb: Amanda.« Ich versuche, mit der Hand über dem Kopf zu kontrollieren, ob sie richtig gemessen hat. »Das kann nicht stimmen! Sieh mal, Mom, sieh her, ich bin mindestens einen Zentimeter größer!« Meine Mutter blickt mich nur stumm an. »Na ja, vielleicht auch nur einen halben?«

»Das ist deine Hand, Mandy.« Man sieht ihr an, daß ich ihr leid tue. Pat in ihrem Baby-Cheerleader-Outfit stimmt einen Jubelgesang an: »Ich bin, ich bin, ich bin die Große Schwester, ichbindieG-R-O-S-S-E-SCH-W-I-I-S-T-E-R!«

»E, wie in Esel! Und außerdem«, korrigiere ich sie, »außerdem bist du nicht größer, du bist genausogroß wie ich, genau-sogroß!« Ich versuche auch ein bißchen Cheerleader-Gehopse, haue aber mit dem Arm gegen die Spüle. »Das hat man davon, wenn man gemein wird, Missy«, sagt meine Mutter, denn sie ist nicht Florence Nightingale. »Ich bin größer, weil ich jünger bin!« beharrt Pat, macht das Cheerleader-Gehopse, ohne sich den Arm anzuhauen, und streckt mir hinter Moms Rücken die Zunge raus. »Als du sieben warst, warst du kleiner als ich, und wenn ich neun werde, bin ich größer als du, und in der Schule werden alle denken, daß du meine kleine Schwester bist, na bitte«, erklärt sie sehr freundlich. »Na los, Kinder, holt eure Mäntel«, ordnet Mom an. »Ich bringe euch zu den Proben in die Schule und hole euch um drei wieder ab.«

»Ach Mommy, warum kannst du nicht dableiben und zuschauen, willst du uns nicht sehen? Wenn du nicht da bist, dann macht Mandy wieder nicht mit, wie letztesmal«, säuselt Pat zuckersüß.

»Petze, Petze, alte blöde Petze!«

»Schluß jetzt, alle beide! Amanda, du wirst mitmachen, ich wiederhole, du wirst mitmachen. Deine Lehrerin und ich sind einhellig der Meinung, daß du dich in letzter Zeit ziemlich seltsam benimmst, mit deiner unaufhörlichen Leserei, deshalb bist du auch so schlecht in Sport, weil du immer nur rumsitzt und liest.«

»Vielleicht lese ich aber auch, weil ich schlecht in Sport bin und nicht hübsch genug, um Cheerleader zu sein, hast du daran schon mal gedacht?«

»Werd nicht vorlaut, Missy. Wer sagt denn, daß du nicht hübsch bist?«

»Du und Dad und Patty auch«, antworte ich. Inzwischen schleppt Mom uns zum Auto. »Pat meint das nicht so, du meinst es ja auch nicht ernst, wenn du sagst, sie sei dumm.« (In Wirklichkeit meine ich das sehr wohl ernst.) »Und ich habe nie gesagt, du wärst nicht hübsch. Ich hab nur gesagt, deine neunmalkluge Art macht dich nicht hübsch.« Ich weiß, daß sie das nicht gesagt hat, und sie weiß das auch. Aber egal, es stimmt sowieso: Ich weiß, daß meine Schwester nicht dumm ist und daß ich nicht hübsch bin.

Vor dem Eingang der Aula läßt sie uns aussteigen. »Amanda, sie führen eins von Grimms Märchen auf.« Dann gibt sie Pat einen Kuß, wünscht ihr »Viel Spaß!« und fügt, an mich gewandt, hinzu: »Viel Glück!« und küßt mich ebenfalls. Genau umgekehrt wie bei den Klassenarbeiten – da braucht Pat das Glück, und ich habe meinen Spaß.

»Weißt du nicht, daß du nicht die Prinzessin sein kannst?« Kathy starrt mich mit großen blauen Augen an. »Warum denn nicht?« Ich glaube ihr nicht, denn sie ist immer noch in Gruppe eins – gute Leser, das spricht ja für sich. »Du hast *Grimms Märchen* ja nicht mal gelesen, ich schon.«

»Aber meine Mutter hat sie mir vorgelesen«, meint sie honigsüß und streicht sich die goldenen Locken aus den Augen. »Du kannst nicht die Prinzessin sein, wenn du nicht mal die Geschichte lesen kannst!«

»Du kannst auch nicht so toll lesen, sonst wüßtest du nämlich, WARUM du nicht die Prinzessin sein kannst!« Jetzt klingt ihre Stimme nicht mehr honigsüß.

»Und warum nicht?«

«Weil alle Prinzessinnen blond sind und blaue Augen haben oder manchmal auch grüne, wie ich!«

»Das ist nicht wahr!« Ich versuche mich an eine Prinzessin zu erinnern, bei der das nicht so ist, aber mir fällt keine ein.

»Es ist DOCH wahr!«

»Nein!«

»Doch, wohl! Frag doch die Lehrerin, alle Prinzessinnen sind blond!«

»Ich muß überhaupt niemanden fragen, weil ich nämlich lesen kann!«

»Amanda, du bist dran«, ruft Miss Benson.

»Miss Benson, kann ich mal zur Toilette, bitte?«

»Aber du bist jetzt dran, Amanda, kannst du nicht warten?«

»Nein, Ma'am, das geht wirklich nicht.« Um es zu beweisen, hüpfe ich von einem Fuß auf den anderen. Miss Benson sieht mich traurig an, sagt aber schnell: »Okay, aber Amanda, bitte, beeil dich und komm gleich zurück.« Ich lüge nie, deshalb sage ich nichts, sondern laufe stumm in die Bibliothek. Sie gehört zu den drei Dingen, die ich an der Schule wirklich mag. Ich mag Miss Benson, ich mag meine Sprachkurse – Spanisch und Italienisch –, und ich mag die Bibliothek und Miss Matte, die Bibliothekarin, was auf dasselbe hinausläuft. Miss Matte, die Bibliothekarin, ist für eine Erwachsene sehr nett. Fragen stören sie überhaupt nicht, sie beantwortet sie, indem sie zum Katalog – den

Schubladen mit den Karteikarten – deutet und sagt: »Sieh dort nach.«

»Miss Matte! Miss Matte, ich muß unbedingt eine –«

»Sieh dort nach«, antwortet sie, ohne aufzublicken. »Nein, bitte, Miss Matte, Sie verstehen nicht, ich muß für das Schulstück proben. Sie führen Aschenputtel auf, und ich hab das schon tausendmal gelesen und will so gern die Prinzessin spielen.«

»Das ist schön, aber warum bist du dann hier?«

»Ich muß ganz schnell ein Märchen mit einer schwarzen Prinzessin finden! Könnten Sie mir bitte eins sagen?«

»Ja, hmm, sehen wir mal nach, hmm.« Ich sehe nur, daß sie sich nicht vom Fleck rührt, daß sie nicht zum Katalog geht und auch nicht zu den Bücherregalen. »Bitte, Miss Matte, ich hab's furchtbar eilig, bitte.« Weil sie mir keine Antwort gibt, gehe ich selbst zum Katalog. »Da wirst du keins finden«, sagt Miss Matte. »Aber wo denn dann?«

»Amanda, ich bin sicher, daß es solche Märchen gibt, aber ich hab nie eins … ich hab noch nie ein Märchen gelesen, in dem die Prinzessin –«

»Nicht blond ist?« vollende ich den Satz.

»Geh doch lieber zurück zur Probe, dann sehe ich solange nach, ob ich doch eins finde«, schlägt sie vor.

Schwarz, schwarz, schwarz. In jedem meiner Märchen streiche ich das blond durch und schreibe schwarz darüber. Ich schlage alle Märchenbücher in schwarzes Packpapier ein, binde schwarzen Bindfaden drumherum und stelle sie wieder ins Regal. Fast mein ganzes Regal ist schon voller toter Bücher.

»Was tust du denn da?« will meine Mutter wissen. »Ich begrabe meine Kindheit.« Sie sieht mich an. »Mit neun Jahren? Bist du ganz sicher?« Ich kann nur nicken, ja. Sie nimmt mich in die Arme. »Es ist alles okay, Amanda.«

»Nein, es ist nicht okay, Mom. Wußtest du, daß es auf der ganzen Welt keine schwarze Prinzessin gibt, keine einzige? Alle Prinzessinnen sind blond und haben blaue oder grüne Augen.«

»Natürlich gibt es schwarze Prinzessinnen, Dummchen.«

Aber ich sehe zu meinen toten Freunden. »Nicht im Märchenland, da nicht.«

»Nein, aber in Afrika, auf den Bahamas – da gibt es echte Prinzessinnen!«

»Aber nicht hier, nicht in Amerika und nicht in Mount Holly!«

Ihre Augen sind voller Mitleid. »Aber ... du hast es nicht versucht! ... Hat Patty es dir nicht erzählt – sie spielt die Prinzessin.«

Als wir uns für Pattys Aufführung fertig machen, drückt mir Mom drei eingewickelte Päckchen in die Hand. Es sind eindeutig Bücher, und sie sind auch schwarz eingepackt, aber es ist ein anderes Schwarz als das von meinen toten Büchern – ein fröhliches, glänzendes Schwarz. Ich wickle das erste aus, es ist ein Richard-Scarry-Buch, das zweite ein dicker Band mit Uncle-Remus-Geschichten, und das dritte heißt »Die kleine Prinzessin«. Auf dem Einband ist ein wunderschönes schwarzes Mädchen abgebildet. »Was hat sie denn da an?« frage ich. »Das ist ein königlicher Dashiki, das Mädchen kommt aus Afrika«, antwortet meine Mutter und umarmt mich. Ich drücke mich an sie. »Danke, Mom.«

»Gern geschehen, Prinzessin!«

»Manchmal bist du doch meine Gute Fee.«

Ich glaube, ich mag Fabeln. So viele Tiere sind braun.

Die Schöne und das Biest

»Am Tisch wird nicht gelesen, Missy.« Montags ist meine Mutter immer nervös, weil Señora Pinzio dienstags und freitags kommt. »Hier sieht es aus wie im Schweinestall, wir, nein, entschuldige, ich muß das saubermachen, ehe sie morgen kommt.« Jedesmal versucht sie, uns ein schlechtes Gewissen zu machen, aber es klappt nie. Mein Dad, der ebenfalls am Tisch sitzt und liest, hebt nicht mal die Augen, sondern brummt nur: »Für mich sieht's hier ganz sauber aus.« Ich hab nie verstanden, weshalb Señora Pinzio eigentlich einen ganzen Tag hier zu tun hat. »Es ist doch ihr Job sauberzumachen, warum müssen wir saubermachen, bevor sie kommt?« Hinter seiner Zeitung nickt mir mein Vater zu, aber so, daß ihn Mom nicht sieht. »Wir wollen doch nicht, daß sie denkt, wir wären schmutzige Menschen, oder?« Sie weiß genau, daß »uns« das vollkommen gleichgültig ist, aber ich sage ihr das nicht mehr, seit sie mich den Glasschrank in der Küche mit Essig und Zeitungspapier hat putzen lassen, statt mit Fensterputzmittel wie sonst alle. Die ganze Nacht hat das gedauert. Also schiebe ich jetzt lieber mein Buch unter meinen Stuhl und sage: »Ich hab Hunger, warum müssen wir unbedingt auf Patty warten?« In einer solchen Situation wiederholt Mom nämlich gern ihre Devise: »Eine Familie, die zusammen ißt, bleibt zusammen.« Erfolgreicher Themawechsel. Hoffentlich vergißt sie das Putzen, damit ich mein Buch fertiglesen kann. Aber es ist immer ein Fehler, in Anwesenheit meines Vaters sein Schätzchen Patty zu erwähnen.

»Schulische Aktivitäten außerhalb des Unterrichts sind fast so wichtig wie der Unterricht selbst, als Vorbereitung darauf, ein integrierter Teil der Gesellschaft zu werden.« Auch er hat etliche Lebensweisheiten parat, und mir kommt es so vor, als wollte er mir irgend etwas vorwerfen, und ich will ihn gerade fragen, was, aber da –

»Ich hab 'ne 1+!« ruft Pat und schwenkt ihre Pompoms. Wahrscheinlich denkt sie, sie wäre immer noch beim Cheerleadertraining.

»EINE 1+«, verbessere ich sie, »ich habe eine 1+.«

Mein Vater umarmt Pat, wobei er sein Superzahlenlächeln lächelt. »Gut gemacht, mein Mädchen!« Er sieht aus, als wollte er gleich selbst den Cheerleader spielen. Mom lächelt ebenfalls, während sie die Schweinekoteletts auf den Tisch stellt, und hält inne, um zu fragen: »In was denn?« In Turnen, Musik und eigentlich in allen Fächern, in denen es darauf ankommt, hübsch und süß zu sein, kriegt Pat immer Einsen. In allen anderen Fächern hat sie bisher meistens Dreien bekommen, weil die Lehrer sie gleich zu den Fortgeschrittenen gesteckt haben. »Alles deine Schuld«, hat sie mir dann vorgeworfen. Als man sie in die Mittelkurse steckte, stieg ihr Notendurchschnitt auf 2-. »In Geschichte, für meinen Aufsatz zur Geschichte der Gegenwart!« jubelt Patty.

»Wow, das ist ja toll!« jubelt meine Mutter.

Jetzt legt sogar mein Vater die Zeitung beiseite und sagt: »Also, das wollen wir doch bestimmt alle hören, nicht wahr?«

Damit sieht er zu meiner Mutter hinüber, aber nicht zu mir. Strahlend legt Patty ihre Pompoms zur Seite, zieht ihren Aufsatz heraus und schwenkt ihn über dem Kopf wie eine Trophäe. Wir jubeln und applaudieren.

Ich halte die Luft an, während Pat sich räuspert und die Lippen benetzt. »Mein Aufsatz geht über ›Schwarze Menschen heute‹. In den siebziger Jahren gewannen die schwarzen Menschen sehr an Bedeutung. Alles fing an mit *Ebony*, einer schwarzen Zeitschrift für schwarze Menschen. Darin ist alles voll von Schwarzen, die die richtigen Markenartikel benutzen, ihren Kindern Vitamine geben und Versicherungen kaufen. Im Fernsehen gibt es *Soul Train*, und in der Werbung dazwischen sieht man schwarze Frauen, die Kosmetika kaufen und mit Crisco backen. Über Nacht hat sich die Welt verändert; nach und nach erscheinen jetzt Schwarze sogar zur Hauptsendezeit im Fernsehen und in allen möglichen anderen Zeitschriften; jeder kennt inzwischen den Spruch: ›Black is beautiful!‹ Schwarze sind nicht länger un-sicht-bar. Amerika hat vielleicht nicht eine neue Rasse entdeckt, aber doch zumindest einen neuen Ab-satz-markt.«

Ich wage wieder zu atmen. Meine Mutter wirft mir einen kurzen Blick zu. »Wundervoll«, lächelt mein Dad. Mom lächelt ebenfalls: »Ja, das war sehr gut, Patty! Geh und wasch dir jetzt die Hände.« Wieder blickt sie mich an und macht den Mund auf, um etwas zu sagen. Im letzten Moment sieht sie aber zu meinem Vater hinüber und sagt dann ganz freundlich zu mir: »Amanda, komm und hilf mir mit dem Kartoffelbrei.«

Die Küche ist ein offener Raum, aber wenn man in der gegenüberliegenden Ecke steht und flüstert, dann kann einen jemand, der am Tisch sitzt und nicht absichtlich lauscht, auch nicht verstehen. Und mein Dad hört garantiert nicht zu. Mom füllt die Schüssel mit Kartoffelbrei. »Ich dachte, wir hätten abgemacht, daß du nicht die Hausaufgaben für deine Schwester machst.«

»Ich hab ihr nur ein bißchen geholfen …« Zum Glück bin ich nicht der Kartoffelbrei, denn der wird noch mal kräftig durchgeschlagen.

»Nein, Amanda, du hilfst ihr nicht. Du schadest ihr nur. Wenn sie das nächstemal einen Aufsatz schreiben muß, dann vergleicht der Lehrer ihn mit diesem hier und gibt ihr eine noch schlechtere Note!«

»Warum bin ich immer die Böse?! Sie hat mich angebettelt, ich soll ihr helfen!«

»Sieh mal, Amanda, das haben wir doch schon tausendmal besprochen. Deine Schwester ist nicht dumm, aber wenn du sie ihre Arbeit nicht selbst machen läßt, fällt sie zurück. Du bist ein kluges Kind, und ich weiß, daß du genau verstehst, was ich meine! Ich sag dir das jetzt zum letztenmal, kleine Lady. Und du brauchst gar nicht so zu tun, als hättest du ihr aus reiner Herzensgüte geholfen, denn im Grunde willst du nur angeben.« Damit packt sie die Schüssel, geht zum Tisch, und ich folge ihr, mit leeren Händen.

Während des ganzen Essens diskutiert mein Vater ganz betont mit meiner Schwester über aktuelle schwarze Themen, und jedesmal, wenn ich etwas sagen will, starrt meine Mutter mich nieder, was nicht sonderlich schwierig ist, da mein Vater sich sowieso nicht für das interessiert, was ich zu sagen habe.

Es ist wie ein Märchen, das wahr wird, wenn man schwarze Frauen im Fernsehen sieht, und zwar nicht die fetten Mammies oder Dienstmädchen, nein, zum erstenmal sieht man, daß auch schwarze Frauen Prinzessinnen sein können – selbstverständlich mit Hilfe dieses Make-ups oder jenes Haarpflegeprodukts. Glücklicher- oder unglücklicherweise dämmert mir das, als meine Schwester und ich auf meinem Bett liegen und die neueste Ausgabe von *Ebony* durchblättern. »Ist sie schwarz?« frage ich Patty.

»Ja.«

Ich sehe genauer hin. »Bist du sicher?«

»Na klar ist sie schwarz.« Aber sie erinnert mich an eine andere Frau, eine weiße Puppen-Frau, die ich in vielen anderen Parfümreklamen gesehen habe. »Wieso bist du so sicher?«

»Guck sie doch an.«

»Das tu ich ja!«

»Nur weil sie so hell ist? Ich bin hell und Mom auch. Schwarz heißt schließlich nicht, daß man so schwarz sein muß wie die Nacht!«

»Aber sie hat grüne Augen!«

»Schwarze Leute haben manchmal grüne Augen.«

»Okay, aber sie hat auch ganz schmale Lippen, und sieh dir mal ihre Nase an!«

»Sie hat eine hübsche Nase, ich hätte gern eine Nase wie sie.« Sie drückt ihre Nase zusammen (ihre ist kleiner als meine) und nach oben, daß sie »frech« aussieht. »Vielleicht laß ich mich operieren!«

Meine Mutter streckt den Kopf durch die Tür. »Du brauchst keine Operation, du bist hübsch, so wie du bist! In fünf Minuten beginnt *Soul Train.*«

Wir warten beide, bis wir ihre Absätze die Treppe hinunterklicken hören. Dann blättert Patty weiter. »Auf alle Fälle haben nicht alle kleine Nasen.« Sie blättert. »Und sie hat dunkelbraune Augen, wie du und ich.« Das ist auch das einzige, was sie und ich gemeinsam haben. »Und sieh mal hier!« Pat legt die Hand auf die nächsten drei Hochglanzfotos. »Sie hat die gleiche Hautfarbe wie ich, und diese hier und diese sind beide dunkler –«

»*Soul Train* fängt an!« ruft meine Mutter von unten aus dem Fernsehzimmer. Patty springt auf, aber ich lege meinen Arm auf das letzte Foto und dann auf jedes Bild und jede Reklame. Doch ich finde keine einzige Frau, die so dunkel ist wie ich. Nicht mal die Frauen in der »Dunkel und Hübsch«-Werbung – sie sind hübsch, aber nicht dunkel.

Ich gehe die Treppe hinunter, um mir *Soul Train* anzusehen. Frauen, die so schwarz sind wie ich, swingen zu *The Jackson Five's Dancin Machine*, aber sie kommen nicht in der Kosmetikwerbung vor, sie gehören nicht zur Familie von *Kentucky Fried Chicken*, nichts dergleichen. »Da hab ich eher noch eine Chance, eine blonde blauäugige Prinzessin aus den toten Märchen zu werden als eine von denen!« schreie ich meine Mutter an. »Ist das vielleicht meine Schuld? Steh nicht vor dem Bildschirm rum!« antwortet sie. »Ja, dein Papa ist nicht aus Glas!« stimmt Patty mit ein. Ich rühre mich nicht von der Stelle. »Warum gibt es keine schwarzen Frauen, keine dunklen schwarzen Frauen im Fernsehen?« »Vielleicht sind die Scheinwerfer für sie nicht hell genug«, lautet die Antwort meiner Mutter.

»Das ist ungerecht.«

Als ich rausgehe, höre ich, wie mein Vater sagt: »Zum Glück ist sie ein kluges Mädchen.«

Der Sommer ist am schlimmsten. Dauernd scheint die Sonne, und wir haben keine Schule, so daß ich, wenn meine Mutter schreit: »Geh raus zum Spielen!« nicht erwidern kann: »Geht nicht, ich muß noch was lesen, für die Klassenarbeit morgen.« Es ist nicht schwer, sie zu überzeugen, daß Zeus zu den Hausaufgaben gehört, vor allem, weil sich meine Eltern sowieso nie die Mühe machen zu kontrollieren, was ich lese. Solange es nur langweilig genug aussieht, kann alles für die Schule sein. Eigentlich ist die griechische und römische Mythologie überhaupt nicht langweilig: Amazonen schneiden sich eine Brust ab, damit sie besser schießen können, was ich aber, falls mir je Brüste wachsen, bestimmt nicht nachmachen werde.

Die Werktage sind ganz okay, denn dann arbeiten Mom und Dad. Am besten sind die Vormittage, wenn Patty beim

Cheerleadertraining oder beim Sport ist. Jedenfalls bevor sie mit ihren gackernden Freundinnen wieder heimkommt. Aber am Wochenende ist meine Mutter gnadenlos mit ihrem: »Raus an die frische Luft!«

»Ich bin sehr froh, daß es der letzte Sommer ist, den ich zu Hause verbringen muß!« Nächstes Jahr bin ich in der fünften Klasse und kann zum Sprach-Sommerlager.

»Wie dem auch sei, du verbringst diesen Sommer nicht über deinen Büchern. Es ist nicht normal für ein Mädchen in deinem Alter, keine Freunde, keine Hobbys und keine Interessen zu haben.«

»Ich habe aber Hobbys und Interessen: Bibliotheksclub, Sprachenclub, Club der Besten, Cembalostunden ...«

»Du weißt genau, daß ich Sachen meine, die mit der Schule nichts zu tun haben.«

»Ich spiele Himmel und Hölle, ich mache Seilhüpfen ...«

»Aber allein, Amanda, du machst alles allein, nicht mal Pat möchte mit dir spielen. Und nenn mir eine einzige Freundin!«

Da ich das nicht kann, frage ich zurück: »Wäre es dir lieber, wenn ich in der Schule gerade so durchkäme und eine Menge Freunde hätte, die genauso dumm wären? Soll ich so sein wie dein Liebling Pat? Ist das wichtiger als gute Noten?« Meine Mutter starrt mich nur an, und als sie sich umdreht und sagt: »Na gut, kleine Lady, wenn du dir selbst keine Freunde suchst, dann suche ich eben welche für dich«, da weiß ich, jetzt geht's mir an den Kragen. Den ganzen Sommer lang schleppt sie mich schwitzend durch die Stadt.

»Würdest du bitte aufhören zu schlurfen und ein Gesicht zu ziehen, als wollte ich dich bestrafen?« fragt sie. »Na ja, das ist doch eine Strafe, oder?« Inzwischen ist die letzte Augustwoche angebrochen und damit, hurra, auch das letzte Ferienwochenende. »Es ist ein Zwangsmarsch unter sengender Sonne.« Wieder einmal zwingt mich meine Mutter, mit ihr eine Freundin zu besuchen, »die zwei Töchter hat, Zwillinge, ungefähr in deinem Alter.« Auf dem Weg zu ihnen hüpfe ich auf dem heißen Asphalt von einem Fuß auf den anderen. »Wie schaffst du es, nie zu schwitzen, Mom?« Sie ist perfekt geschminkt und trägt Stöckelschuhe, mit denen sie bei jedem Schritt ein Stückchen im geschmolzenen Asphalt versinkt. Wie jeden Moment, den sie mit mir allein verbringt, benutzt sie auch diesen, um mir Vorträge zu halten und die Unterschiede zu betonen, wie SIE als kleines Mädchen war und wie ICH bin. »Als ich so alt war wie du, war ich das hübscheste und beliebteste Mädchen meiner Klasse. Ich war Chef-Cheerleader und Kapitän der Basketball-Mannschaft –«

»In der vierten Klasse?!« wundere ich mich.

»Sei nicht so vorlaut! Du bist einfach zu altklug, das ist nicht gut für dich. Deshalb hast du auch keine Freunde, weil du alles besser weißt. Daß du mir nachher bei den Zwillingen nur nicht mit der rotzigen Tour anfängst. Die beiden sind hübsch und beliebt. Von ihnen kannst du lernen, wie man mit anderen Kindern in deinem Alter zurechtkommt. Wenn du weitermachst wie bisher, endest du noch als alte Jungfer.« Während wir die Treppe zu dem großen Haus im Südstaatenstil emporsteigen, hält sie inne, um Luft zu holen und nachzusehen, daß kein Teer an ihren Schuhen klebt. Mich wundert es immer wieder, wie viele schwarze Frauen, die aus den Südstaaten kommen, sich für Scarlett O'Hara halten – wie Mrs. Brown, wie meine Mutter. In den wenigen Sekunden, die noch bleiben, ehe die Tür aufgeht, fährt Scarlett fort: »Wenn jemand mir gesagt hätte, daß MEINE Tochter einmal so ungesellig werden würde – ich hätte es nicht geglaubt.« Damit sind wir auf der letzten Stufe angekommen. »Vielleicht hat man mich im Krankenhaus vertauscht«, gebe ich voller Hoffnung zum tausendstenmal zu bedenken. Aber Mom seufzt nur abgrundtief und wirft einen prüfenden Blick auf ihre Fingernägel, ehe sie auf die Klingel drückt.

Die Zwillinge sind Debbie, »Du bist aber klein für zehn Jahre«, und Denise, »Du mußt aussehen wie zehn, wenn du ohne Eltern in den Pool willst.«

»Na ja, ich hab meinen Ausweis, ich kann beweisen, daß ich zehn bin.«

»Die lassen dich trotzdem nicht rein, du siehst ja aus, als würdest du sogar im Babybecken ertrinken!« meint Debbie. Beide Zwillinge lachen. Weil ich sehe, daß meine Mutter zu uns herübersieht, mache ich noch einen Versuch. »Wir müssen nicht unbedingt schwimmen gehen, wir können auch was anderes machen.«

»Was denn?« fragt Denise. »Macht ihr das immer?« frage ich. »Was?« fragte Debbie. »Wechselt ihr euch immer ab beim Sprechen?«

»Nein, wir wechseln uns nicht ab beim Sprechen«, erklärt Denise beleidigt.

»Wir könnten Seilspringen«, schlage ich vor und halte das Seil hoch, das ich mitgebracht habe. »Es ist lang genug, daß zwei springen können, wenn ich die Knoten aufmache –«

Jetzt ist Debbie an der Reihe: »Machst du Witze? Als nächstes willst du wahrscheinlich Himmel und Hölle spielen oder Verstecken.«

Meine Brillengläser beschlagen, und ich frage: »Okay, was wollt ihr denn machen?«

Denise packt mich am Arm und führt mich um die Hausecke, wo uns keiner sehen kann. »Wir gehen zum Pool und treffen uns mit unseren Freunden. Was du tust, ist mir egal.«

»Aber ihr könnt keinen Freund haben, ihr seid doch erst zwölf.« Ich reiße meinen Arm los.

»Ach, laß sie doch in Ruhe, Denise! Sie hat doch keine Ahnung, das kleine Baby.«

»Ich bin nur zwei Jahre jünger als ihr, wenn ich ein Baby bin, dann seid ihr das auch!« Ich nehme die Brille ab und wische sie sauber.

»Tja, ich hab aber zwei Sachen, die du bestimmt nicht hast!« kichert Denise und streckt die Brust raus. Dann kommt sie auf mich zu und zupft an meinem T-Shirt rum. »Zeig doch mal, was du hier hast! Flach wie 'n Bügelbrett!« lacht sie.

»Hör auf damit, Denise, sie fängt gleich an zu heulen«, mahnt ihre Schwester und sagt zu mir: »Kein Grund zu heulen, aber du kannst nicht mitkommen. Bleib doch hier und mach Seilspringen, okay?«

Ich weiß, ihrer Mutter wäre das bestimmt nicht recht, aber ich sage bloß: »Okay, es war sowieso nicht meine Idee.« Denn ich treibe mich nicht mit schlechten Mädchen rum. Aber ich hab ja mein Springseil.

Weil ich direkt neben der Veranda springe, höre ich, worüber sich die Frauen unterhalten, während sie ihren Eistee schlürfen. Zuerst ist es so langweilig, daß ich einfach weiterhüpfe, aber dann höre ich, daß sie mit den Männer-und-Frauen-Themen anfangen, und das ist immer wesentlich interessanter als Kochen und Kinder. Leise gehe ich hinüber und hocke mich in die hintere Ecke der Veranda. Ich kann mich gut an Erwachsene ranschleichen. Das ist mein Hobby. Daran, daß die Frauen nicht mal die Stimme senken, merke ich, daß sie mich vollkommen vergessen haben.

Schwarze Frauen haben drei Stimmen:

Eine ist für die ÖFFENTLICHKEIT, dann sprechen sie sehr korrekt. Diese Stimme hat fast gar keinen Rhythmus; wenn sie reden, stehen die Frauen hoch aufgerichtet und ganz still, aber wenn man aufmerksam lauscht, hört man in dieser Stimme eine Warnung.

Fast nie ist diese Stimme laut; wenn sie ärgerlich ist, wird sie hart und schneidend.

Die zweite Stimme ist für ZU HAUSE und ausgesprochen flexibel. Sie hat lauter unterschiedliche Rhythmen, und der Körper macht dazu Punkte, Ausrufe- und Fragezeichen. Manchmal wird sie laut, manchmal leise. Sie macht Witze, droht und tröstet. Sie kann dafür sorgen, daß Dinge besser oder schlechter werden, aber egal, ob sie lacht oder weint, immer sagt sie: Hier habe *ich* die Kontrolle, ich beobachte und beschütze dich.

Dann gibt es noch eine dritte Stimme. Eine PRIVATE Stimme. Allerdings ist sie nicht allein. Privat bedeutet, allein mit anderen Frauen, die ihr ähneln, allein mit Menschen, die sie nicht warnen, nicht beobachten und nicht beschützen muß. Allein mit Gleichgestellten.

Diese Stimme mag ich am liebsten.

Wenn ich gebildeten schwarzen Frauen zuhöre, die sich miteinander unterhalten, habe ich das Gefühl, ich sitze in einem dunklen, kühlen Zimmer und lasse mich von den widerhallenden Rhythmen dieser Stimmen streicheln. Jede Stimme hat ihren eigenen Rhythmus, es ist wie der Klang von verschiedenen Holzsorten, wenn Holz singen könnte. Jede einzelne Melodie ist hell und klar, die Stimmen schallen und schwingen sich empor, befreit von all dem, was sie daran hindert, diese Stimme immer zu benutzen.

Ich kaure mich in mein Versteck auf der Veranda, denn wenn meine Mutter mich entdeckt, wird sie mich in ihrer ZU HAUSE-Stimme ermahnen: »Geh spielen und hör auf zu lauschen, Missy!« und den anderen Frauen erklären: »All diese Bücher verderben sie, wirklich. Sie braucht dringend ein bißchen frische Luft und Bewegung, aber sie hat Angst vor der Sonne und Angst vor gleichaltrigen Kindern!«

Die erste Frau: Mabel Brown, ihr gehört das Haus, und mit ihren Töchtern soll ich spielen. Sie ist eine schlanke, hellhäutige Frau, und ihre Stimme fällt am Satzende immer ab, wie Harz, das aus einem frisch gefällten Baumstamm tropft. »Sie war die größte Schlampe der Stadt!« Weil sie eine hochmoralische und einfühlsame Frau ist, deren Töchter ihr sicherlich viele Jahre der Scham und Enttäuschung bereiten werden, fühle ich mich augenblicklich mit ihr verbunden.

Dann ist da Miss Drake. Ihre Stimme spiegelt ihren Körperbau – sie sieht aus wie ein mächtiger hundertjähriger Ahorn. Die Stimme durchbohrt einen, wie Baumwurzeln die Erde. Sie ist die Älteste der Gruppe; natürlich ist sie nicht hundert, aber immerhin schon fünfundvierzig. »Nicht nur das, sie ist fett. Groß, fett und faul. Kein weißer Mann wollte sie haben.«

»Ich werde nie verstehen, warum schwarze Männer, die eine weiße Frau heiraten, immer die kriegen, die von allen anderen verschmäht wurden.« Das sagt Ms. Hanson, die mit der reichen Weichheit einer Birke spricht. Mit ihrem fülligen, aber perfekt frisierten Afrolook ähnelt sie diesem Baum auch äußerlich.

»Oder mit denen, die alle anderen schon gehabt haben«, meint meine Mom. Meine Mutter ist sehr schön und groß wie ein Teakholzbaum, aber ihre Stimme erinnert mich an einen Kautschukstamm, der sich in Tonfall und Rhythmus hin und her biegt. Bei ihr habe ich das Gefühl, daß sie entscheidet, was in einer bestimmten Situation am besten ist, und dann wie eine ausgebildete Schauspielerin die jeweilige Stimme nach Belieben hervorrufen kann. Oft finde ich das beunruhigend und denke, sie ist vielleicht schizophren.

»Also, für mich ist das schlimmste, wenn die Männer dann so mit ihnen rumstolzieren, als wollten sie sagen: Seht her, jetzt bin ich wer, weil ich mir die geangelt habe!« fügt Ms. Hanson hinzu, die selbst »wer« ist. Nämlich die einzige Frau mit einem Privatvermögen, die ich kenne.

Wie immer hat Mrs. Mabel Brown das letzte Wort: »Nein, Honey, das allerschlimmste ist, daß sie ALLE wieder angeschlichen kommen!«

»Ronnie beispielsweise«, wirft Mutter ein, »der ist hinter Mabel her wie der Hund hinter dem Knochen!«

»Moment mal! Hat jemand sie gewarnt?« fragt Miss Drake. Das sollte sie auch, sie ist Juristin.

Meine Mutter sieht sie an. »Wer soll denn mit ihr reden? Ronnie hat ihr so viel Unsinn eingeredet – daß wir großen, bösen, schwarzen Frauen sie hassen, weil sie einen unserer Männer gestohlen hat.«

Ms. Hanson lacht. »Wie sie mich immer ansieht und sich hinter ihm versteckt, als wollte ich ihr gleich eine runterhauen! Da krieg ich richtig Lust, ihr eine Ohrfeige zu verpassen.«

Jetzt lachen alle. Ich kann daran nichts Komisches entdecken, aber es ist mir lieber, als wenn sie sich streiten oder »leidenschaftlich diskutieren«, wie meine Mutter das nennt.

Sicher, heute sind sie alle einer Meinung, aber so ist es längst nicht immer, denn diese Frauen sind ebenso unterschiedlich wie ihre Stimmen. Meistens beklagen sie sich über andere Schwarze, wie Mrs. Brown: »Ich krieg jedesmal Magenkrämpfe, wenn eine größere Gruppe Schwarzer ins Restaurant kommt. Ihr könnt sagen, was ihr wollt, aber es stimmt einfach – sie geben ein so jämmerliches Trinkgeld, daß niemand, nicht mal die schwarzen Kellnerinnen, die ich persönlich eingestellt habe, sie bedienen wollen.«

»Na ja, warum sollten sie auch? Sie wollen schließlich auch Geld verdienen wie alle anderen«, stimmt Ms. Hanson ihr zu.

Aber meine Mutter ist anderer Ansicht: »Ich bin es dermaßen leid, solche Dinge zu hören, vor allem von Schwarzen! Ich gebe Trinkgeld, und zwar reichlich, aber jedesmal, wenn ich zum erstenmal in ein Restaurant komme, starren mich alle mit diesem GEWISSEN BLICK an. Oft genug werde ich nicht anständig bedient, und dann gebe ich natürlich auch kein gutes Trinkgeld!«

»Also ich sage doch nur, das ist so wegen der ganzen anderen Schwarzen, die vorher dort gewesen sind«, verteidigt sich Mrs. Brown.

»Sieh mal, Mabel«, schaltet sich jetzt Ms. Hanson ein, die nie die Stimme hebt, »wenn Schwarze den gleichen Lohn bekommen würden und die gleichen Berufschancen hätten wie Weiße, dann würden sie auch ein entsprechendes Trinkgeld geben.«

»Ihr habt gut reden, aber soll ich meinen Kellnerinnen vielleicht sagen: Das liegt daran, daß die Welt so ungerecht ist? Nein, ich sage, wenn sie kein Trinkgeld geben, können sie gleich zu Hause bleiben.«

»Und aufhören, es für uns andere peinlich und schwierig zu machen«, fügt Miss Drake hinzu.

Bestimmt glaubt sie, meine Mutter würde ihr zustimmen, was sie manchmal tut. Aber diesmal nicht. »Ach komm, Mabel, du willst mir doch wohl nicht erzählen, daß diese armen Weißen, die sich mit deinem ›All-You-Can-Eat‹ für 3 Dollar 99 den Magen vollschlagen, ein großes Trinkgeld hinterlassen!«

Mrs. Mabel Brown ist geschieden, sie war nicht auf dem College, und sie ist stellvertretende Geschäftsführerin des *Long Horn Steak and Seafood House.* Ich wundere mich immer, wie sie so dünn bleibt. Miss Drake war nie verheiratet und hat ihr Examen zu einer Zeit gemacht, in der es für Frauen praktisch unerhört war, als Juristinnen zu arbeiten. Sie gehört zu den Gründern der juristischen Selbsthilfegruppe *Legal Aid Chapter of Monterey*. Ich kann mich nie entscheiden, ob ich ihre Steifheit beängstigend oder tröstlich finden soll; meine Mutter sagt: »Sie ist eine alte Jungfer« und bemitleidet sie. Aber mit Ms. Hanson hat meine Mutter kein Mitleid, obwohl sie ebenfalls ledig ist. Wahrscheinlich ist es nicht so einfach, sie zu bemitleiden, denn sie organisiert Demonstrationen und besitzt eine Kunstgalerie, in der sie schwarze Kunst ausstellt. »Sie kann's sich leisten«, sagt meine Mutter. Ms. Hanson engagiert sich sehr im *Black Power Movement*, und sie trägt Dashikis, die sie sich aus feinstem Material maßschneidern läßt. Anders als die meisten ihrer Gleichgesinnten ist sie jedoch nicht zum Islam übergetreten, denn, so sagt sie: »Ich ordne mich niemandem unter, gleichgültig welcher Hautfarbe!«

Wenn ich meine Mutter ohne meinen Vater und Pat und ohne mich zusammen mit diesen Frauen sehe, wenn sie sich unterhält und nicht putzt, poliert oder bestraft, wenn sie wirklich witzige Witze erzählt, dann begreife ich, daß sie nicht nur meine Mutter ist.

Sie ist Mary-Beth Johnson. Manchmal weiß ich nicht, wer das ist, und vielleicht kommt sie mir deshalb oft so schizophren vor. Diese Schizophrenie ist nicht nur schlecht, denn Mom mußte für zwei arbeiten, genaugenommen sogar für vier, wie sie uns immer wieder gern in Erinnerung ruft: »Ich habe bei beiden Schwangerschaften voll durchgearbeitet, um eurem Vater das Jurastudium zu ermöglichen. Dann habe ich tagsüber gearbeitet und bin abends aufs College gegangen und hab meinen Abschluß in Finanzwissenschaft gemacht!« Nebenbei hat sie es auch noch geschafft, unser Leben zu beherrschen. Sie ist Finanzmanagerin. Für mich bedeutet das:

»Du leihst den Leuten Geld, und wenn sie es nicht zurückzahlen können, nimmst du ihnen ihr Auto weg oder ihr Haus oder irgend sonstwas.« »Hast du nicht manchmal Mitleid mit diesen Leuten, Mom?« fragte ich oft. Meine Frage ärgert sie nicht. »Wenn ich meinen Job nicht mache und die Rechnungen nicht bezahle, passiert mir das gleiche und damit auch dir, Missy!« Ich bewundere die Stärke meiner Mutter, auch wenn sie sich manchmal gegen mich richtet. Sie läßt sich nichts gefallen. Von niemandem. Wenn meine Lehrer mir oder Pat Noten geben, die sie nicht angemessen findet, oder wenn uns jemand in der Schule sonstwie unfair behandelt, steht sie sofort im Rektorat und macht die Verantwortlichen zur Schnecke. Meine Mutter glaubt fest daran, im Recht zu sein, und deshalb besitzt sie ein Durchsetzungsvermögen, das Berge versetzen kann, wenn es darauf ankommt.

Auch wenn andere Leute diese schwarzen Frauen anschauen und nur EINE SCHWARZE FRAU sehen, sind sie doch sehr unterschiedlich, nicht nur ihre Stimmen und ihre Hautfarbe. Fast über alles vertreten sie leidenschaftlich verschiedene Meinungen, vor allem, wenn es um schwarze Themen geht. Zur Zeit ist das Wichtigste die Gleichberechtigung, was sie genau bedeutet und wie man sie erreicht. Das einzige, worin die Frauen übereinstimmen, ist die Einschätzung, daß die Gleichberechtigung noch nicht verwirklicht ist, und alle müssen auf ihre eigene Weise mit dem ungeschriebenen Gesetz zurechtkommen, das mir meine Mutter bei Tag und Nacht predigt: »Als schwarze Frau mußt du doppelt so gut und doppelt so stark sein wie alle anderen.«

Sie hören auf zu lachen, und ich mach mich noch ein bißchen kleiner, weil ich spüre, daß sie ernst werden. Miss Drakes Stimme bohrt sich in die Stille: »Manchmal, wenn ich einem gutaussehenden Schwarzen mit einer abgrundtief häßlichen Weißen begegne und überall um mich herum wimmelt es von attraktiven schwarzen Frauen ... da krieg ich irgendwie das Gefühl – ich meine, ich kriege das Gefühl, daß wir für schwarze Männer, weil wir schwarz sind, immer nur die Zweitbesten sind.« Schweigen.

Ganz leise schleiche ich mich von der Veranda, ich will seilspringen. »Groß und fett und weiß, und dann ein Wort mit A und eins mit S-C-H– –!« Die beiden Worte darf ich nicht sagen. Ich verstehe genau, was Miss Drake gemeint hat, denn ich bin die Beste in Lesen, Mathe und Sprachen, aber in Turnen und Singen immer nur eine von den »Zweitbesten«. Diesen Ausdruck benutzen sie, wenn sie nicht »schlecht« sagen wollen.

Während ich springe und singe, gebe ich mir selbst ein Versprechen: »Ich nicht! Ich will für niemanden die Zweitbeste sein! Ich bin ein cooles, cooles Mädchen aus 'ner coolen, coolen Stadt, es muß'n ziemlich cooles Gör sein, das mir was zu sagen hat. Magst du mich nicht, so wie ich bin, dann nimm dich in acht, denn ich bin Amanda und schwarz wie die Nacht!«

Stolz und Vorurteil

Mein Vater ist noch mehr zu einem Schatten geworden, seit er vor zwei Tagen den Anruf bekommen hat, daß sein Vater, mein Großvater, den ich nie kennengelernt habe, gestorben ist. Jetzt ist Dad nur noch eine Reihe von Geräuschen: Schritte, die sich von einem Zimmer zum andern schleppen, ehe ich aufgestanden oder nachdem ich schon ins Bett gegangen bin; gedämpftes Flüstern, nervöses Wählen am Telefon und laute, lange, wütende Worte. Auch mit meiner Mutter streitet er – aber leise. Als ich mir beim Frühstück fast ein halbes Glas Honig über die dicke Schicht Erdnußbutter auf meinen Pfannkuchen gieße, ohne daß sie sich darüber beschwert, weiß ich, daß es schlechte Nachrichten gibt.

»Also, Mädchen«, sagt sie mit ihrer tun-wir-so-als-wäre-alles-in-Ordnung-Stimme, »wir fahren nach Bloom Town.« Das ist die Heimatstadt meiner Eltern. »Juhu!« ruft Pat und hüpft vor Freude. Sie ist hübscher geworden, aber nicht gescheiter.

»Bloom Town? In South Carolina?«

»Ja!« Mom lächelt fröhlich, obwohl sie weiß, daß sie mir nichts vormachen kann. Nicht wie Patty, die immer noch rumhüpft. Eigentlich macht sie das hauptsächlich, weil ihre Rattenschwänzchen dabei so schön schaukeln, sie glaubt nämlich, daß das süß aussieht. »Juhu, juhu, ich wollte schon immer mal die Stadt sehen, wo ihr früher gewohnt habt«, kreischt sie. Unerträglich. »Sei still! Hast du überhaupt eine Ahnung, wo Bloom Town ist?« Sie macht den Schmollmund, den sie jeden Morgen vor dem Spiegel übt. »Natürlich, ich bin ja nicht blöd! Es ist in South Carolina!«

»Und wo ist South Carolina?« Das Lächeln meiner Mutter wird um die Mundwinkel herum immer angestrengter. Am liebsten würde ich sie fragen: »Großmutter, wozu hast du so große Zähne?«

»Wie meinst du das?« fragt Pat, dumm, wie sie nun mal ist.

»Das ist im Süden, im TIEFSTEN SÜDEN! Weißt du, was das bedeutet?« frage ich sie, aber meine Mutter entgegnet: »Und was soll DAS denn bitte heißen, Missy?«

»Das bedeutet Rassismus!«

Jetzt steht meine Mutter auf, beginnt hin und her zu wandern und sieht wirklich aus wie der große böse Wolf. »Was weißt du denn schon von Rassismus, kleines Fräulein, und woher?«

Soll das ein Test sein? »Aus Büchern, aus Zeitungen und aus dem Fernsehen. Rassismus ist etwas, was die Weißen im Süden gegen alle anderen, vor allem gegen die Schwarzen praktizieren.«

»Du glaubst wohl, du weißt alles.« An Mutters aufgerissenen Augen erkenne ich, daß das keine Frage sein soll. »Hast du dir mal überlegt, daß du hier in Kalifornien in der Gleichheit der sonnigen Mittelschicht aufgewachsen bist und ausnahmsweise mal keine Ahnung hast?« Ein Schatten zieht über ihr Gesicht, sie sinkt auf den Stuhl zurück und starrt auf ihre Hände, die sie vor sich auf dem Tisch gefaltet hat, als wollte sie beten.

»Alles in Ordnung, Mom?« frage ich.

Zwar lächelt ihr Mund wieder, als sie mich ansieht, aber ihre Augen glänzen feucht. Sie nimmt eine Hand von Patty und eine von mir. »Seht mal, Mädchen, der Süden besteht nicht nur aus Rassismus. Der Süden hat seinen eigenen

Lebensstil, seine Kultur, die Menschen sind gastfreundlich und haben viel mehr Zeit füreinander als hier.« Heute nimmt sie sich ebenfalls Zeit, steht auf und schenkt sich eine Tasse Kaffee ein. Ich habe das Gefühl, sie ist in Gedanken schon in Bloom Town. Mir liegen eine Menge Fragen auf der Zunge: Wenn es wirklich so schön war, weshalb bist du dann weggegangen? Warum sind wir nie hingefahren? Warum haben wir keinerlei Kontakt zu den Verwandten, die dort unten leben, abgesehen von den Karten zu Weihnachten und zum Geburtstag? Aber ich habe aus harter Erfahrung gelernt, daß man manche Fragen lieber nicht stellen sollte. Irgendwie werde ich die Antworten trotzdem kriegen, das weiß ich. »Und sowieso bleibt uns gar keine andere Wahl«, fährt Mom inzwischen fort. Ihr Blick sagt mir, daß die Diskussion abgeschlossen ist. Dann versucht sie, zu ihrem modernen Erziehungsstil zurückzukehren, indem sie uns die Sachlage erklärt. »Wir werden mindestens drei bis sechs Monate in Bloom Town bleiben müssen.« Ich zucke zusammen, weil mein Vater unbemerkt hinter mir hereingekommen ist und die Erklärungen übernimmt. Jetzt ist seine Stimme wieder die sachliche Juristenstimme. »Ich muß den Nachlaß meines Vaters regeln –«

»Was ist ein Nachlaß, Daddy?« säuselt Pat. Daddy lächelt sie an; es ist nett, daß er mal wieder lächelt. Aber selbst mir, einer belesenen Zwölfjährigen, fällt es schwer, seine Antwort zu verstehen. »Es gibt juristische Probleme wegen einiger Klagen, mit denen mein Vater in den zwanziger Jahren zu tun hatte. Damals hat er es irgendwie geschafft, nicht alles zu verlieren. Und nun fordert das Unternehmen, das längst nicht mehr existiert, von uns Geld, das er ihnen schuldet, wie sie behaupten.« Meine Mutter dolmetscht: »Sie versuchen, ein paar Schwarze übers Ohr zu hauen, weil sie denken, die sind sowieso blöd. Deshalb bleiben wir dort und kämpfen.«

»Wir werden denen zeigen, daß es so nicht mehr funktioniert, nicht mal im Süden!«

Dann sehen sich meine Eltern an, und Mom verkündet: »Der Flug geht schon morgen, also fangt an zu packen, Mädchen. Eure Schuluniform braucht ihr nicht mitzunehmen.«

Warum die kleine Stadt ausgerechnet Bloom Town heißt, kann ich mir nicht erklären. Es gibt nur zwei Hauptstraßen. »Die eine verläuft von Norden nach Süden und wurde ursprünglich gebaut, um Waren aus der Baumwollfabrik ganz im Norden der Stadt zum Bahnhof zu transportieren«, erklärt meine Mutter in dem Versuch, aus unserer Ankunft eine Geschichtsstunde zu machen. »Später haben die Stadtväter die Straße ausgebaut, weil in der Stadt eine Bank« – immer noch die einzige – »gegründet wurde.« »Seht euch das mal an!« ruft mein Vater und deutet irgendwohin. Mir ist schleierhaft, was er meint, bis er neben einem Passanten anhält und fragt: »Seit wann habt ihr denn diese Ampel mitten auf der Kreuzung?« »An die zehn Jahr' sicha«, antwortet der Mann mit stolzer Miene. Auf mein »Was hat er gesagt?« antwortet keiner. Mom und Dad, die, seit sie vor dreizehn Jahren weggezogen sind, nie mehr hier waren, schwelgen in alten Erinnerungen. Mit anderen Worten: Sie fahren die beiden Hauptstraßen rauf und runter. Meine Mutter deutet auf ein altmodisches Warenhaus, das aussieht, als hätte es seit vierzig Jahren das gleiche Angebot. »Es gehört immer noch der gleichen Familie. Als ich klein war«, erzählt meine Mutter, »durften die Schwarzen nur hintenrum reinkommen – nicht direkt durch die Hintertür, es war eher eine Art Seitentür –, und sie durften sich auch nur in einem bestimmten Teil des Geschäfts aufhalten. Kurz bevor wir weggezogen sind, wurde das geändert, und jedesmal, wenn ich mit Tante Lois einkaufen ging, hat sie beim Trinkwasserbrunnen halt gemacht, an dem vorher ein Schild angebracht gewesen war ›Nur für Weiße‹, und hat einen Schluck getrunken.« Sie lacht, mein Vater lacht ebenfalls. Mit einem Blick auf den Staub, der die Waren im Schaufenster bedeckt, frage ich: »Ich kann mir gar nicht vorstellen, daß hier jemand einkaufen will. Gibt es denn kein Macy's?«

Das Geschäft liegt auf der Ostseite der Ost-West-Straße, gleich neben der Bank. Direkt an der Kreuzung liegen eine Tankstelle und ein paar winzige Läden, die – soweit ich sehen kann – landwirtschaftliche Produkte verkaufen. Auf der Westseite der Straße gibt es einen »weißen Friseur«, wie meine Mutter uns mitteilt. »Die beiden schwarzen Friseure bedienen ihre Kunden im Hinterzimmer neben der Küche.« Dann kommt eine Spur von Zivilisation und der Stolz der Einheimischen: ein Fastfood-Restaurant. »Als wir jung waren, hatten wir nur die Straßenecken«, berichtet mein Vater. »Die weißen Kids hatten immerhin den Drugstore.« Wir wenden und fahren jetzt von Norden nach Süden. Auf der anderen Straßenseite liegt ein moderner Supermarkt mit einem riesigen Parkplatz. Vielleicht ist die Stadt doch nicht ganz so klein, wie ich gedacht habe. Doch da wird mir auch schon erklärt: »Das ist der einzige Supermarkt im Umkreis von fünfundzwanzig Meilen.« Meine Eltern machen Pläne, was sie einkaufen wollen, Dinge, von denen ich nur vermuten kann, daß es sich um Lebensmittel handelt, denn ich habe noch nie von ihnen gehört: Moonpies und Cheerwine. »Das heißt also, daß alle hier einkaufen müssen?«

»Nein«, antwortet meine Mutter, und jetzt kommt ihr Kleinstadtstolz erst richtig zum Vorschein. »Hier kann man noch richtig frisches Obst und Gemüse von den Bauern kaufen, und im schwarzen Teil der Stadt gibt es auch einen kleinen Laden.«

»Im WAS?« Irgendwas muß ich da mißverstanden haben. Inzwischen haben wir die Kreuzung überquert und fahren weiter nach Süden. Mom ignoriert gezielt meine Frage, während sie uns die verschiedenen großen alten Südstaaten-Villen erklärt, mit den riesigen Veranden, die jetzt fast direkt an die Straße grenzen. »Das Haus gehört Miss Julia, und daneben ist das von Mr. Jack – jeder wußte, daß er schwul war!« Wen interessiert das alles? Allmählich werden die großen Häuser spärlicher. Dann kommt ein riesiges leeres Feld, fast Ödland, zu beiden Seiten der Straße, ein reichlich schäbiger Tennisplatz, dann biegen wir rechts ab, einen Feldweg hinunter. Das Gesamtbild blendet mich so, daß ich keine Einzelheiten ausmachen kann.

Auf beiden Seiten des Grabens, durch den wir jetzt fahren, stehen schmutzige, baufällige braune Hütten. Windschief, manche an den Seiten und auf dem Dach aus Materialien zusammengeschustert, die aussehen, als wären sie nicht viel stabiler als Pappe.

Überall liegen verrostete Autos und Autoteile herum.

Dazu menschlicher und tierischer Dreck und Abfall aller Art: Benutzte Wegwerfwindeln, alte Schuhe und Kleidungsstücke modern in großen Haufen vor sich hin, magere Katzen jagen im Müll nach Ratten, die sie ganz gewiß auch finden.

Fäulnisgestank steigt mir in die Nase.

Eine Mischung aus Abfall und Not, Apathie, billiger Kohle und kochenden Eingeweiden, die in meine Kleider und meine Haut dringt, trotz der geschlossenen Autofenster.

Es kommt mir vor wie eine Szene aus einem Sklavenfilm, nur schlimmer; ich kann fast die wuschelköpfigen Kinder vor mir sehen, die unglaublich fetten oder erschreckend mageren Frauen, mit matten Augen und Schwielen überall, von den Handflächen bis hinunter in die Tiefe ihrer Seele.

Mütter sitzen auf den Veranden und in den ungepflasterten Höfen.

»Warum hat man diese Sklavenhütten nicht abgerissen?« frage ich Mom. »Soll das eine Art Gedenkstätte sein?« Aber dann begreife ich endlich, daß die Menschen, die hier herumstehen, nicht nur in meiner Phantasie existieren. Der Qualm aus den Dutzenden von Schornsteinen ist real, die Männer, die sich an die Autowracks lehnen, sind REAL. Diese Leute leben hier! Ich habe mich noch nicht von dem Schock erholt, da trifft mich schon der nächste. Meine Eltern halten an und fordern uns auf: »Steigt aus und sagt eurer Tante Girley guten Tag!« Eine VERWANDTE von mir lebt hier!

Eine extrem dünne, ausgemergelte Frau in ihrem offenbar besten Hauskleid begrüßt meine Mutter und meinen Vater herzlich und drückt dann meine Schwester und mich fest an sich. »Also, da soll mich doch, du has' doch nich' zwei große Mädch'n, Ellen«, sagt sie. »Kommt all' rein, ich koch uns 'n bißch'n was zu ess'n.« Ich folge dem Rest meiner Familie ins Haus. Offenbar gilt es als eines der besten in dieser Straße, und meine Tante erklärt stolz: »Wir haben's dies' Jahr abbezahlt.« Wir gehen ins Wohnzimmer. Mitten im Raum steht ein Ölofen, der einen durchdringenden Kerosingestank verbreitet. Links vom Wohnzimmer gibt es zwei Schlafzimmer, ein echter Luxus für die Gegend, eine Innentoilette und ein Badezimmer mit Badewanne. Meine Tante macht uns mit meinen fünf genauso mageren Cousins und Cousinen bekannt: drei Mädchen und zwei Jungen. Wo schlafen die bloß? Alle sind in meinem Alter oder jünger. Als die Jüngste, Linda, mich sprechen hört, fragt sie ihre Mutter: »Warum red' 'n die so komisch?«

Meine Tante hat ein großes Abendessen vorbereitet: Brathähnchen, Kartoffelbrei, Soße, Brötchen und Eierpudding zum Nachtisch. Leider dringt der Gestank von der Straße durchs ganze Haus und mischt sich mit den Ausdünstungen des Ölofens, und mein Magen fühlt sich eigentlich nicht in der Verfassung, Essen aufzunehmen. Doch als wir uns an den Tisch setzen, merke ich, wie meine Cousins und Cousinen gierig das Hähnchen beäugen, und mir wird klar, daß das für sie kein alltägliches Gericht ist und daß meine Tante sich bemüht hat, ein Essen anzubieten, mit dem sie sich vor ihrer weltgewandten Schwester und ihrem Schwager nicht blamiert. Deshalb verputze ich jeden Krümel auf meinem Teller, mit einem Lächeln und einem Kompliment auf den Lippen, auch wenn mir eher danach zumute ist, mich zu übergeben. Glücklicherweise ist der Appetit meiner Schwester von ihrer Umgebung überhaupt nicht beeinträchtigt, und während ich eine zweite Portion entschieden ablehne, hilft sie den anderen, die Reste zu vertilgen. Meine Schwester, die nach einhelliger Meinung meiner Cousins und Cousinen »'n echt hübsches Gör« ist, scheint sich hier schon ganz wie zu Hause zu fühlen.

Als alle mit Essen fertig sind, biete ich an, beim Abwasch zu helfen, was mir die Dankbarkeit meiner Cousinen einbringt, denn »Jungs mach'n kein' Abwasch nich'.« Ich tue so, als merkte ich nicht, wie kalt das Wasser ist, das aus der Handpumpe über dem Spülbecken läuft. »Nächst'n Monat bau'n wir 'ne neue Küche! Dann fahr'n wer nach Lawson« – (die große Stadt, fünfzig Meilen entfernt) – »und suchen se aus.«

Als ich den Fehler mache, durch den Mund einzuatmen, knurrt mein Magen. Ich schicke ein stummes Stoßgebet zum Himmel, daß meine Cousine meinen Gesichtsausdruck für Interesse hält. Und höre weiter diesem Mädchen zu. Ohne die Gnade Gottes und eine Riesenportion Glück wäre ich wahrscheinlich wie sie.

Gerade als ich Angst bekomme, wir müßten hier bleiben – und um die Betten eine Münze werfen –, brechen meine Eltern auf. »Wir kommen so oft wie möglich vorbei, solange wir hier in Bloom Town sind«, versprechen meine Eltern, und dann fahren wir Gott sei Dank denselben Weg zurück, den wir gekommen sind, wieder zur Hauptstraße und dann in Richtung Süden. Ich spüre große Bewunderung für meine Eltern. »Habt ihr auch in solchen Häusern gewohnt, als ihr klein wart?« frage ich sie.

Aber meine Mutter zischt: »Nein! Ich bin nicht in dieser Gegend aufgewachsen. Eure Tante und euer Onkel sind beide ehemalige Alkoholiker. Girley kann nicht mal lesen und schreiben, aber in den letzten Jahren haben sie sich ganz gut gehalten, und jetzt versuchen sie, etwas aus ihrem Leben zu machen. Girley und ihr Mann sind gerettet –«

»Wovor gerettet?« Mein Dad findet das lustig, aber meine Mutter nicht. »Sie haben Gott gefunden und sind Prediger geworden.«

»Wie fast alle deine Familienmitglieder!« Jetzt lacht mein Vater laut und herzhaft, bis meine Mutter ihn niederstarrt. »Aber sie kann nicht lesen«, protestiere ich. »Wie kann sie dann Prediger sein?!« Meine Mutter will mich auch niederstarren, aber sie schafft es nicht bei uns beiden gleichzeitig, denn ich sitze hinten, also sagt sie nur: »Du wirst schon noch sehen, wo dich dein neunmalkluges Geschwätz hinbringt, Missy.«

Diesmal biegen wir links ab, auf eine anständig gepflasterte Straße an einem roten Backsteinbau vorbei, vor dem ein Schild hängt mit der Aufschrift: *Miss Black's Restaurant and Groceries.* Ohne daß es mir jemand eigens erklärt, weiß ich, das muß der Laden sein, den Mom vorhin erwähnt hat. »Und das«, sagt mein Vater und hält mitten in der Kurve an, um die Hauptstraße hinunter zu zeigen, »das ist das *Blue Light!*«

Inzwischen ist die Abenddämmerung hereingebrochen, und das einzig Blaue, was ich sehen kann, ist eine nackte blaue Glühbirne, die vor einer Ziegelbaracke hängt. Eine Menge Leute, alle schwarz, sitzen und stehen davor oder lehnen an der Mauer. »Ich will aber nicht, daß ihr euch dort rumtreibt, Mädchen«, ermahnt uns meine Mutter. »Ihr geht nur bis zu Miss Black's, keinen Schritt weiter!«

»Himmel, Mutter«, rufe ich einigermaßen entsetzt. »Glaubst du denn wirklich, wir wollen uns in so einem Loch aufhalten?!« Wieder zieht ein Schatten über ihr Gesicht, und ihre Augen glänzen.

»Das hier heißt *The Corner*«, schaltet sich mein Vater ein. »Zu unserer Zeit war hier schwer was los, und wie's aussieht, ist es noch immer so. Stimmt's, Baby?« Doch meine Mutter antwortet nicht und sagt eine ganze Weile gar nichts mehr.

Nach ein paar Abzweigungen kommen wir auf eine sehr saubere Straße mit Häusern aus einer Art rostfarbenem Backstein. Sie sehen aus wie Güterwagen, die seitwärts auf winzigen Rasenstückchen stehen. Jeder Güterwagen ist in zwei Häuser geteilt, durch eine Mauer, die gleichzeitig die beiden Veranden voneinander trennt. Auf jeder Veranda stehen die gleichen altmodischen Gartenmöbel und die gleichen Pflanzen, aber alles ist ordentlich und sauber. Ich höre sogar laute Musik dröhnen: »*Play that funky music, Whiteboy.*« Wir sind nur ein paar Blocks von den Sklavenhütten entfernt, aber hier gibt es sogar einen gepflasterten Parkplatz. Als wir halten, eilt eine große Gruppe von Leuten, die auf der Veranda gewartet haben, herbei, um uns zu begrüßen. An der Spitze schreitet eine alte Frau – meine Großtante Eula. Obgleich sie bestimmt nicht die Schnellste der Familie ist, halten sich die anderen streng nach der Hackordnung hinter ihr. Wir werden mit noch mehr Cousins und Cousinen bekannt gemacht, mit Tanten und Großtanten, von denen die meisten in dieser Straße wohnen. Eins ums andremal bekommt Pat zu hören: »Du bis' abba wirklich 'n hübsches Gör!«, und von mir sagen sie: »Kann se nich' echt schlau red'n?« Als man mich fragt, wie ich Bloom Town finde, riskiere ich die Bemerkung: »Die Gegend hier ist anders als die, in der Tante Girley wohnt.« Das gefällt meiner Großtante, die mir auf einem der beiden identischen Wohnzimmersofas gegenübersitzt – beide übrigens luftdicht in Plastikfolie versiegelt. »Die sin' 'n faula Hauf'n, abba wenn ma' im Projekt nich' sauba is', dann kommen se un' schmeiß'n dich raus. Dreckfink'n bleib'n hia nich' lange!« meint sie mit einem heiseren Lachen. Ich sehe zu meiner Mutter hinüber, die weiß, was ich denke: Oh, super! Ich weiß, daß mit dem »Projekt« von der Regierung geförderte Unterkünfte für arme Leute gemeint sind. Ich frage mich, woher ihre ganze Einstellung »Wir sind was Besseres als die anderen« eigentlich stammt. Rasch drückt mir meine Mutter ein Glas in die Hand. »Hier, Mandy, das ist Cheerwine. Na los, versuch's mal.«

»Aha, so also schmeckt Cheerwine.« Ich trinke einen großen Schluck, denn ich verstehe den Wink mit dem Zaunpfahl. »Schmeckt nach Kirschen. Lecker.« Immer wieder schenkt mir meine Mutter nach, ich habe das Gefühl, ich platze demnächst. »Darf ich mal dein Badezimmer benutzen, Tante Eula?« Dann umklammere ich die kalte, saubere Keramik-Kloschüssel, um nicht zu zittern, während ich mich übergebe. Damit keiner mich hört, lasse ich das Wasser voll aufgedreht ins Becken laufen. Es dauert lange, und ich verbrauche eine Menge Klopapier, um die Sauerei wegzuputzen. Mittendrin kommt meine Mutter herein. »Mandy? O je. Armes Baby. Komm her, Honey.« Sie wischt mein Gesicht ab und macht den Rest sauber. Schließlich verabschieden wir uns mit denselben Worten wie bei Tante Girley.

Dann fahren wir noch mal fünf bis zehn Minuten, bis zu einer baumbestandenen Straße mit großen Rasenflächen und von der Straße zurückgesetzten Häusern mit Veranden wie aus dem Bilderbuch. Auf ihre Art sind sie genauso beeindruckend wie die Südstaaten-Villen am Stadteingang, wenn auch nicht ganz so groß. »Sind wir jetzt wieder im weißen Teil der Stadt?« frage ich meinen Vater. Ich habe das Gefühl, daß er meine Frage als Kompliment auffaßt. »Nein«, antwortet er, während er den Wagen in die Auffahrt vor einem der größten Häuser lenkt, »wir sind zu Hause!« Rasch fügt Mom noch hinzu: »Es gibt sehr schöne Stadtteile. Morgen gehen wir noch zu dem Haus, in dem ich aufgewachsen bin, und besuchen meine anderen Brüder und Schwestern.« Vater klingelt, und wie ein Schachtelteufel springt augenblicklich eine lustige, wohlriechende Frau heraus, um uns zu begrüßen. Sie ist irgendeine weitläufige Cousine und hat im Haus getan, was sie konnte, »damit ihr euch all' wie zu Haus' fühlt.«

Mein Vater und meine Mutter verschwinden in einem der Wohnzimmer – es gibt zwei, aber eins davon nennt man Salon. Sie wollen das Begräbnis besprechen, das morgen stattfinden soll. So können meine Schwester und ich ungestört umherwandern und das Haus erforschen. Mein Vater will es verkaufen, und nach der Besichtigungstour durch Bloom Town bin ich sehr froh darüber, aber irgend etwas an diesem Haus mit seinen alten Bildern – wahrscheinlich von meinem Vater und seinem inzwischen verstorbenen jüngeren Bruder –, seinen alten Möbeln und dem ganzen Krimskrams – irgend etwas daran macht mich neugierig. »Gibt es einen bestimmten Grund, weshalb wir sie nie besucht haben, solange sie noch am Leben waren?«

»Das liegt an deiner Mutter«, antwortet mein Vater. »Sie wollte mich nur unter der Bedingung heiraten, daß wir

Bloom Town verlassen, den Süden, Punktum. Mein Vater hatte gehofft, ich würde seine Anwaltspraxis übernehmen, deshalb gefiel es meinen Eltern natürlich gar nicht, daß mich deine Mutter zwang, ans andere Ende des Landes zu ziehen.«

»Danniel, du solltest dich schämen, so eine Lüge zu erzählen!« Doch Dad lacht nur und nimmt Mom in die Arme. »Ich hab deinen Vater zu gar nichts gezwungen.« Sie lacht, aber nicht richtig.

Ich umarme sie auch. »Na ja, selbst wenn du's getan hättest – vielen Dank, Mom!« Mir ist jetzt schon klar, daß ich froh sein kann, nicht hier aufgewachsen zu sein.

Bald wird mir klar: Hier ist nicht Amerika, sondern Südafrika.

Ich habe über Rassismus gelesen. Rassismus bedeutet, daß andere Leute einen diskriminieren, und zwar passiert das anscheinend fast immer im Süden. Im Süden kriegt man beispielsweise keinen guten Job, beim Einkaufen wird man von Ladendetektiven beschattet, in der Bank bekommt man keinen Kredit, Leute rufen einem Schimpfworte nach. Aber in Amerika gibt es keine absolute Rassentrennung mehr. Vielleicht wissen es die Menschen hier nur noch nicht?

Ich lerne, daß mehr als eine unsichtbare Grenze sie trennt.

Schon am ersten Tag begegne ich Gruppen von schwarzen Kindern, die sich gegenseitig beschimpfen.

»Du blöder schwarzer Juju!«

»Darkie!«

»Blackie!«

»Schwarzer Affe!« oder einfach »Du Schwarzer!« Diejenigen, die so beschimpft werden, sind zutiefst beleidigt und versuchen zu beweisen, daß sie eigentlich gar nicht schwarz sind, jedenfalls nicht so schwarz wie irgendein anderer in der Nähe. Wenn man hellhäutig ist wie Pat, spielt es keine große

Rolle, wie man aussieht, denn man ist auf jeden Fall wesentlich hübscher als jemand, der zwei Stufen dunkler ist. Und wenn du lange Haare hast, hey, dann gehört dir die Welt! Die Welt gehört Pat, weil sie so hübsch ist – nicht nur hier in Bloom Town.

Natürlich glauben Eltern immer, daß ihre eigenen Kinder hübsch sind, aber meine Eltern sagen mir: »Du bist das Gehirn der Familie.« Was bedeutet, daß nicht mal sie mich hübsch finden.

Mit meinen zwölf Jahren bin ich ausgesprochen häßlich, und das weiß ich auch. Ich bin schrecklich klein für mein Alter und dünn wie eine Bohnenstange, flach wie ein Bügelbrett (Pat hat meinen ganzen Busen gekriegt), vorn wie hinten, und obendrein trage ich eine dicke Brille. Ich sehe immer noch aus, als wäre ich sieben, und da mir nur Klamotten in dieser Größe passen, zieht mich meine Mutter entsprechend an.

Es gibt bestimmte Regeln, die Schwarze und Weiße kennen: Schwarze können singen und tanzen und sind die besten Athleten, außer in bestimmten Sportarten, von denen alle wissen, daß es weiße Sportarten sind. Da ich mich in keiner Sportart hervortue, hänseln mich meine Klassenkameraden gnadenlos, wenn mir der Ball aus den Händen rutscht oder wenn ich beim Turnen auf die Nase falle: »Wofür hälts'n dich überhaup'? Bloß weil de aus Kalifornjen komms' un' hochnäsich bis'!«

Schwarze betrügen, lügen, stehlen und werden leicht gewalttätig, was man tolerieren muß, solange die Gewalt sich nicht gegen Weiße oder den weißen Teil der Stadt richtet. Mich meidet man, weil ich lieber lese, als bei *The Corner* rumzuhängen, was übrigens nicht der Name eines Clubs ist, sondern tatsächlich nur eine bestimmte Straßenecke bezeichnet. Schwarze sind schlechte Schüler, und man darf ihnen nicht zu sehr zusetzen. Ich komme in alle besten Kurse. Die Schwarzen (sie selbst werden lieber Farbige genannt) lassen keinen Zweifel daran aufkommen, daß sie glauben, ich hielte mich »für was Beßres«. Die Lehrer – samt und sonders Weiße – haben ein bißchen Angst vor mir, davor, daß ich womöglich merke, wenn sie einen Fehler machen, und sie korrigiere. Und das tue ich auch, denn ich bin keine Heilige, und wenn ich höre, wie jemand »Franzöööäsich« mit einem Südstaatenakzent spricht, bekomme ich eine zentimeterdicke Gänsehaut.

Nur eine Regel kennen die Weißen nicht – diejenige, die in zahlreichen schwarzen Kirchen den Gläubigen von den Predigern eingebleut wird, nämlich: »Die Weißen sind der Teufel. Sie haben alle anderen Kulturen auf der Erde zerstört oder versklavt.« Für Schwarze ist das ein weiterer guter Grund, nicht so sein zu wollen wie sie.

In kürzester Zeit gewöhnen sich meine Eltern an, wieder wie schwarze Südstaatler zu reden, mit allem Drum und Dran, mit all den farbenfrohen Ausschmückungen, die ich zugegebenermaßen höchst interessant finde. »Ich habe euch noch nie so sprechen hören, nicht mal ansatzweise!«

»Du kleines hochnäsiges Gör«, sagt meine Mutter und übertreibt ihren Akzent, so gut sie kann, »der Südstaatenakzent is' gans was Besonderes, bunt un' abwechslungsreich, Missy!«

»Ja, er ist schon … interessant.« Doch ich bin nichts ohne meinen Wortschatz. Selbst wenn meine Eltern plötzlich zu Hillbillies werden und meine Schwester Pat ihrem Beispiel folgt, habe ich nicht vor, es ihnen nachzutun, nur um in diese Harriet-Beecher-Stowe-Atmosphäre hineinzupassen.

Die Weißen kommen am schnellsten damit zurecht – mit einem schwarzen Mädchen meiner Art. Dieses Zurechtkommen ist an sich schon eine Form der Beleidigung. Nach der Zusammenkunft des Bibliotheksclubs gehen Christina Morris – die Tochter der reichsten Familie der Stadt – und ich einen Teil des Nachhausewegs gemeinsam. Unterwegs holt Christina plötzlich tief Luft und sagt, als wollte sie mir einen Adelstitel verleihen: »Du bist eigentlich gar nicht wie die, du bist mehr wie wir. Ich meine, du bist eher weiß als schwarz.« Wortlos sehe ich sie an. Mir wird klar, daß sie nett sein möchte, deshalb spreche ich nicht aus, was ich denke: »Soll das ein Kompliment sein?«

Sicher wäre es einfacher, wenn ich das Angebot der Weißen annehmen und mich als eine der Ihren fühlen würde, aber für mich sind sie Ignoranten, die nicht akzeptieren wollen, daß es Millionen schwarzer Menschen wie mich gibt. Vielleicht behandle ich sie entsprechend, jedenfalls überflügle ich jeden, den ich überflügeln kann. Ich weiß, ich habe eine Menge Vorteile gegenüber den Schwarzen in Bloom Town. Ich möchte sie gern akzeptieren und von ihnen akzeptiert werden, aber dann müßte ich auch ihre Regeln akzeptieren, ihre Vorstellung davon, was es heißt, schwarz zu sein.

Meine Eltern versuchen nicht nur mit allen Mitteln, mich dazu zu bringen, daß ich Kontakt zu den anderen Kindern bekomme, ich kriege jetzt immer öfter vorgeworfen, wie hochnäsig ich sei. »Ihr wollt also, daß ich so rede, wie ihr zu reden versucht, daß ich an der Straßenecke rumhänge und Kleinstadtschwarze spiele?«

»Nein, wir sagen nur, du sollst dich nicht auch noch bemühen, so … so anders zu sein. Du sollst versuchen, dich ein wenig mehr einzufügen.«

»In was soll ich mich einfügen? Als was? Ich bin, wie ich bin. So, wie ich schon immer war!«

Jetzt ist meine Mutter offenbar richtig wütend, denn sie vergißt ganz ihren Südstaatenslang. »Also, du bist ja noch eingebildeter geworden als früher, Missy. Du hast wirklich keinen Grund, die Nase so hoch zu halten und auf alle anderen herabzuschauen.«

»Du hast deinen Akzent vergessen.« Sie starrt mich nur nieder, dann dreht sie sich um und geht zur Tür. Dort bleibt sie stehen und sagt: »Deine Witze sind durchaus nicht so niedlich, wie du vielleicht denkst.«

»Ich weiß, daß ich nicht niedlich bin, das habt ihr mir allesamt oft genug gesagt, aber ich werde auch nicht niedlicher sein, wenn ich anfange, wie Onkel Tom zu reden.« Sie weiß, daß ich weiß, daß sie wütend ist, weil ich ihr Kleinstadt-Schwarzen-Theater durchschaue und mich weigere mitzumachen.

Als die anderen Kinder anfangen, mich anzupöbeln, teils, um mich zu ducken, teils aus Gewohnheit, ziehe ich mich zurück, gehe ihnen aus dem Weg und nehme mein altes Hobby wieder auf, den Erwachsenen nachzuspionieren. Einmal schaffe ich es, direkt vor dem offenen Fenster von Großtante Eulas Wohnzimmer seilzuspringen. Sie reden über mich – alle, meine Großtanten, meine Tanten zweiten Grades und meine Mutter. Ich werde nie vergessen, was sie an jenem stillen Nachmittag sagen. Mehr als die Hälfte dieser Frauen sind Töchter ehemaliger Sklaven, fast alle haben den Kampf um die Bürgerrechte erlebt. (Nur vor dem Fernseher natürlich, denn wenn einer dieser langhaarigen Aufwiegler hierhergekommen wäre, hätten Schwarz und Weiß darum gewetteifert, wer ihn am schnellsten in die Flucht geschlagen hätte!) Sie haben die Feuer des Ku-Klux-Klan erlebt, jeder hat

Verwandte, die von Klan-Mitgliedern geteert und gefedert oder sogar getötet wurden. Tante Eula beginnt. »Tja, wenn Mandy nich‹ so schwaaz wär', dann wär' se ja 'n hübsches Ding. Was haste se auch imma drauß'n inne Sonne gesetzt?« Gelächter. Auch meine Mutter lacht, als sie antwortet: »Ich hab se imma gewaant, se soll nich' inne Sonne, abba se hört ja nich' auf mich!«

»Schwaaz wie ihr Daddy, un' noch so jung!« Tante Girley ergänzt: »Se wird mal so schwaaz, daß ma se im Dunkeln nich' seh'n tut, wenn se nich' lächelt!« Mehr Gelächter. Jetzt stimmt auch Tante Lois mit ein: »Kannste nich‹ was gegen mach'n, gib's da nich' so 'ne Creme ...?«

Weiter will ich nichts hören. Ich laufe weg, um meinen Vater zu suchen. Ich will mit ihm reden, er ist doch mein Verbündeter, es ist seine Dunkelheit, die wir teilen. Im Haus meiner Großeltern finde ich ihn endlich; er sieht sich Fotos seiner toten Mutter an. Bevor ich den Mund aufmachen kann, um etwas zu sagen oder eine Frage zu stellen, zeigt er mir die Bilder und fragt: »War sie nicht wunderschön?«

»Ja, sie war wunderschön. Viel heller als du.«

»Ja.« Ausnahmsweise spricht er in ganz normalem Ton mit mir, denn er ist völlig in die Erinnerungen an seine Mutter versunken. Dann fällt ihm plötzlich ein, daß ich da bin, und er hält mir ein Foto unter die Nase: »Siehst du, sie war hellhäutig, weil Frauen hellhäutig sein sollen. Nur Männer sind dunkel. Das Problem mit dir ist, daß du nicht oft genug badest, du gehörst in die Wanne, du mußt dir den ganzen Ruß vom Körper schrubben.«

Ich entgegne: »Gut, daß ich meine prägende Phase schon hinter mir habe«, was ihm fürs erste die Sprache verschlägt.

Die Worte meiner Eltern verfolgen mich viele Jahre lang. Nicht nur die Männer halten Schwarz für das Zweitbeste.

Irgend etwas an ausgeprägt dunkler Haut macht den Menschen Angst. Sie erweckt den Eindruck immenser Kraft und unmenschlicher Leidensfähigkeit. Die anderen glauben, man könnte dunkle Menschen nicht verletzen, weil man die blauen Flecke am Körper nicht sieht.

Zum Glück ziehen wir nach zweieinhalb Monaten, einem Tag, drei Stunden und fünfundzwanzig Minuten zurück nach Monterey. Ich verkrieche mich noch tiefer vor der Welt, mit meinen einzigen Freunden – meinen Büchern.

Als ich in die Junior-High-School komme, besuche ich zum erstenmal eine öffentliche Schule. Ich sehe immer noch aus wie eine Sieben- oder Achtjährige, ich bin nirgends gewachsen, nur meine Brillengläser sind dicker geworden, und ich habe den Wortschatz einer College-Studentin. Den benutze ich wie eine Waffe, um mich vor Nymphomaninnen und Jungfrauenjägern zu schützen. (Das Lesen hat eine unglaubliche Wirkung auf meine Vorstellungskraft.) Ich verschlinge Harlequin-Liebesromane – einen pro Tag, wie Vitaminpillen. Am wichtigsten ist es, Jungfrau zu bleiben, und die guten Mädchen kriegen stets den Helden, nachdem sie ihn auf jeder Seite des Buches beleidigt und beschimpft haben, um ihre kostbare Jungfernschaft zu bewahren. Eigentlich will gar keiner mit mir ausgehen, aber ich weiß, daß nur der Respekt vor meiner so deutlich überlegenen Moral daran schuld ist. Wenn sie genug haben von den leichten Mädchen, werden sie – genau wie die Helden meiner Bücher – zu mir kommen, früher oder später, und dann werden wir die wahre Liebe entdecken und fortan glücklich leben bis zu unserem seligen Ende.

Zum erstenmal spricht mich ein Junge auf der Steintreppe vor der Bibliothek an, als ich gerade zum Clubtreffen gehe.

Ein großer, schlaksiger schwarzer Junge namens Michael – der Basketball-Held der Schule, das weiß sogar ich! – fragt mich: »Hey, weißt du, wann die Bibliothek wieder aufmacht?« Ich antworte: »Um halb vier.« Da starrt er mich an und sagt mit leidenschaftlicher Stimme: »Du hast die schönsten Augen, die ich je gesehen habe.« Dank meiner Liebesromane bin ich vorbereitet und kontere mit einer meiner Harlequin-Zeilen: »Ganz gewiß bin ich nicht die erste, der du das sagst, und sicher auch nicht die letzte.« Das schlägt ihn umgehend in die Flucht, aber ich verbringe den ganzen Tag vor dem Spiegel und betrachte meine schönen Augen. Zu Hause starte ich eine Kontaktlinsen-Offensive, aber leider ohne Erfolg.

Auf alle Fälle jedoch beginne ich zum erstenmal daran zu glauben, daß auch ich eine Prinzessin sein kann, und ich übe meine Disco-Drehungen zu *Staying Alive.* Man kann ja nie wissen.

Fünfzehn Jahre alt, auf der High-School, ohne Busen, ohne festen Freund. In Sexualkunde macht unser Referendar – ein junger, attraktiver Schwarzer – einen Witz, den ich nicht verstehe. Alle lachen, also auch ich, ich höre gar nicht mehr auf damit, aber ich habe Angst, die anderen zu fragen, was daran eigentlich so komisch ist. Inzwischen habe ich begriffen, daß es nicht unbedingt ein Grund ist anzugeben, wenn man noch Jungfrau ist.

Mein Hundeleben

Ich habe Glück, denn dies ist eine progressive Zeit des Lehrens und Lernens. Progressiv bedeutet beispielsweise, daß ein paar Auserwählte statt Englisch Philosophie belegen dürfen und statt Rechtschreibung und Grammatik zu pauken Gedichte und Kurzgeschichten schreiben. Auf der High-School gibt es alle möglichen Hautfarben. Wir haben Mexikaner, Spanier, Schwarze, Weiße, Chinesen und andere Asiaten, außerdem noch eine Menge neuer Einwanderer. Rassistische Zwischenfälle oder rassistische Gewalt kommen in unserer Welt fast überhaupt nicht vor und sind eigentlich in der Schule auch unmöglich, weil von jeder Gruppierung nicht genügend Leute da sind, um zwei Basketball-Teams zu bilden, ganz zu schweigen von einer ansehnlichen Gang. In den vier Jahren meiner High-School-Zeit kommt es nur einmal zu einem Vorfall, der ansatzweise Spannungen zwischen den Rassen zeigt.

Wegen des ganzjährig milden Wetters ist die Architektur der Schule offen, mit gepflasterten Wegen, die von einem leuchtend gelb gestrichenen Gebäude zum nächsten führen; hier haben wir unseren Unterricht.

Als ich eines Tages – wie üblich mit gesenktem Kopf in ein Buch vertieft – zu meiner Biologiestunde gehe, werde ich von einer Gruppe schwarzer Schüler aufgehalten. Sie haben sich mitten auf dem Hof versammelt, und man kommt nicht an ihnen vorbei. Und nun stehen sich zwei Gruppen gegenüber: auf der einen Seite die schwarzen Mädchen, bei denen auch ich bin, auf der anderen schwarze Jungs und direkt vor ihnen ein weißes Mädchen. Sie wirkt klein und hilflos, obwohl sie genauso groß, wenn nicht größer ist als ihre Gegnerin aus den Reihen der schwarzen Mädchen. Die Schwarze baut sich vor ihr auf und kreischt wie Medea: »Du Schlampe, er hat mich nur verlassen, weil du mit ihm schläfst, du Nutte!« »Du bist doch bloß eifersüchtig, du schwarze Krähe!« antwortet das weiße Mädchen. Das schwarze Mädchen schubst das weiße Mädchen, das weiße Mädchen schubst zurück: »Er will dich einfach nicht mehr!« Das schwarze Mädchen schreit: »Du weißes Miststück, ich sollte dich in den Arsch treten!« Dabei hebt sie drohend die Faust. Warum sind rassistische Kommentare so schnell bei der Hand, selbst bei liberal eingestellten Menschen? Die schwarzen Mädchen in der Gruppe versuchen die beiden auseinanderzubringen: »Komm schon, Zina, vergiß es! Wenn er die weiße Nutte will, dann laß ihn doch!« Als das keine Wirkung zeigt, melden sich die schwarzen Jungs zu Wort: »Ja, hört auf damit, streitet euch doch nicht wegen diesem Typen!« »Hört auf damit!« All das geschieht innerhalb weniger Sekunden, die mir wie eine Ewigkeit vorkommen. Ich rieche förmlich ihre Wut. Zina, das schwarze Mädchen, läßt die Hand sinken und weint jetzt beinahe. »Sie hat angefangen, und ich will die Sache endlich aus der Welt schaffen!«

»Lieber nicht, sonst wird Curtis dich in den Arsch treten!« Wie in Zeitlupe sehe ich, wie Zina die Hand wieder hebt, um dem weißen Mädchen eine Ohrfeige zu verpassen, aber bevor die Hand in ihrem Gesicht landet, stürmt ein schwarzer Junge – Curtis? – aus dem Nichts herbei und versetzt dem schwarzen Mädchen einen so heftigen Stoß, daß sie ein paar Schritte zurück in die Gruppe hinter ihr taumelt. Curtis legt den Arm um das weiße Mädchen und führt sie weg. Ich höre die schwarzen Jungs rufen: »Mann, das hättest du nicht tun sollen.« »Du kannst doch nicht auf ein Mädchen losgehen!«

»Das war nicht richtig, Bruder!« Dennoch drehen sie sich um und folgen den beiden. Zina versucht, ein hartes Gesicht aufzusetzen, was ihr gelingt, und schreit ihnen nach: »Du Miststück, du blöde Kuh! Du solltest dich schämen, Curtis, bloß weil die Hure mit dir ins Bett geht! Wart's ab, vielleicht erzähl ich das gelegentlich mal deiner Mom! Hoffentlich fängst du dir was von ihr ein, von der alten Hure, die treibt's doch mit jedem, wie 'ne läufige Hündin!« Sie schimpft weiter, bis die anderen um die Ecke des nächsten Gebäudes verschwunden sind. Dann bricht ihre Haltung zusammen. Sie versucht immer noch den Vorfall mit einem Achselzucken abzutun, aber die Tränen laufen ihr übers Gesicht und hinterlassen eine aschfahle Spur in ihrem Make-up.

Die schwarzen Mädchen nehmen sie in ihre Mitte. »Er wird schon kriegen, was er verdient!« rufen sie. »Er ist es nicht wert! Jeder weiß doch, daß sie eine Hure ist!« Alle versuchen, Zina zu trösten, mit allem Dreck, den sie über das weiße Mädchen auffahren können, und Sprüchen wie: »Er wird zurückkommen, und dann kannst du ihm sagen, er soll sich verpissen.« Als ich zu meiner Biologiestunde laufe, treffen die Lehrer auf dem Hof ein – wie immer, nachdem alles längst vorbei ist.

Mein Biologielehrer ist für einen Lehrer eine echte Ausnahmeerscheinung. Sein Humor ist manchmal tatsächlich lustig. Irgendwie schafft er es, uns das beizubringen, was wir lernen müssen, ohne dabei einen rigiden Plan einzuhalten. Außerdem ist er ein Hippie, ein Blumenkind, mit Bart und häßlichen Birkenstocksandalen. Mir gefällt besonders, daß er uns ganz offen erklärt, welche Dinge wir lernen, weil sie uns im Leben weiterhelfen, und welche nur dem Zweck dienen, die Schulbehörde zufriedenzustellen und unsere Prüfungen zu bestehen. Heute behandeln wir Herzkrankheiten und Infarkte. »Sozial bedingte, streßbezogene Krankheiten oder ›Wie bringe ich mich am schnellsten um?‹«, so nennt er die Lektion. Er beginnt die Stunde mit: »Wenn ich euch sage, daß weiße Männer die höchste Risikogruppe sind, welche Gruppe würdet ihr dann an die zweite Stelle setzen?« Natürlich raten wir Männer aller möglicher Rassen, was eine ganze Weile dauert. Schließlich muß er seine Frage selbst beantworten: »Schwarze Frauen.«

»Was?!« Ich bin echt schockiert. Ich meine, erst können wir keine Märchenprinzessinnen sein, und jetzt das! »Wie kann das sein?« will ich von ihm wissen.

»Nun, Wissenschaftler glauben, daß weiße Männer und schwarze Frauen unter großem Streß leiden, weil sie in der Praxis der Familienvorstand sind. Beide sind dafür verantwortlich, die Familie durchzubringen, materiell und emotional.« Auf der Kante seines mit Greenpeace-Stickern vollgeklebten Schreibtischs sitzend, fährt er fort: »Also wäre es am besten, schwarze Frauen und weiße Männer zusammenzubringen. So teilen sie sich den Streß und leben länger.« Wir lachen alle. Fast alle. Denn ich denke plötzlich, daß das vielleicht eine brillante Idee ist, auch wenn er es wahrscheinlich gar nicht so ernst gemeint hat. Zum erstenmal beginne ich bewußt, über meine Lebensanschauung nachzudenken, mir eine persönliche Philosophie für eine bessere Welt zurechtzulegen.

Seit der vierten Klasse hat keiner von uns eine ordentliche Englischstunde gehabt, was bedeutet, daß unsere Kenntnisse in Rechtschreibung praktisch gleich Null sind. Aber wenn es um den Sprachgebrauch geht, sind wir unschlagbar, unser Wortschatz ist hervorragend, dank der Schreibkurse, die wir anstelle des gewöhnlichen Englischunterrichts gemacht haben. Dieses Jahr, in der zwölften Klasse, besuche ich – zusammen mit den anderen Eierköpfen – statt des Englischunterrichts meinen ersten Philosophiekurs. »Bis zum Ende des Schuljahrs«, verkündet die Lehrerin, »werdet ihr gelernt haben zu denken.« Und wie will sie überprüfen, ob wir tatsächlich denken? Indem sie uns schreiben läßt. Mir ist das gerade recht. Es gefällt mir, es ist fast so gut wie eine Therapie. Ich möchte gern eine machen, aber meine Eltern sind dagegen.

AMANDA JOHNSON

Eine Erfahrung verbindet schwarze Frauen, was auch immer ihre Religion, und jüdische Frauen, was auch immer ihre Hautfarbe. Beide wurden verfolgt und zu Sklaven gemacht. Unsere Männer sahen ohnmächtig zu, als ihre Frauen mißbraucht wurden. Ohne zu kämpfen, jedenfalls nicht *en masse,* sahen sie zu. Wo war der Beschützerinstinkt, den wir doch alle für unseresgleichen haben sollten? Den weiße Männer seit Menschengedenken für die Ihren hatten, wenn auch oft brutal übertrieben. Okay, wenn man Gefangener ist oder Sklave, wenn ein anderer alle Macht hat, dann geht es nur noch um das Überleben. Nur wer überlebt, kann eines Tages die Dinge ändern. Wie die Juden. Sie haben beschlossen, daß ihnen so etwas nie wieder zustoßen wird, und ich habe Respekt vor dieser Entscheidung. Ich denke, dadurch wird es leichter zu vergeben und zu vergessen und – was noch wichtiger ist – neues Vertrauen zu gewinnen. Aber ich kann nicht vergessen, geschweige denn vertrauen, weil bis heute der Beschützerinstinkt und der Respekt schwarzer Männer gegenüber ihren Frauen nicht vorhanden sind, nicht *en masse.* Nur drei schwarze Männer haben mir in meinem Leben bisher das Gefühl vermittelt, schwarze Frauen zu beschützen *und* zu respektieren – alle drei waren Briten, alle drei hatten blonde

Freundinnen. Es geht nicht darum, wen man heiratet oder mit wem man schläft, es ist etwas, was darüber hinausgeht und gleichzeitig viel simpler ist. Wenn ein Schwarzer sagt, daß er es schwer hat, daß er auf Schritt und Tritt verfolgt und beobachtet wird, daß er ständig unter Verdacht steht, dann ist das die Wahrheit. Wenn ein gebildeter Schwarzer sagt, daß er der Beste sein muß, um auch nur das Geringste zu erreichen, daß er immer die Drecksarbeit machen muß, dann sagt er die Wahrheit. Wenn dies als Erklärung dafür angeführt wird, daß so viele schwarze Frauen die Familie mit noch schlimmerer Drecksarbeit durchbringen müssen, dann entspricht das der Wahrheit. Aber keine dieser Wahrheiten entschuldigt die Art und Weise, wie die schwarzen Männer uns behandeln. Keine von ihnen entschuldigt die Unterstellung, daß unsere Seelen keine Narben von all unseren Kämpfen davongetragen haben, nur weil man sie an unserem Körper nicht sieht. Daß wir nie wie die weiblichen Wesen behandelt werden, die wir doch sind. Weil wir kämpfen, solange wir müssen, und vielleicht durch die Übung bessere Kämpferinnen geworden sind, hören wir keinen Dank, ja, wir werden sogar als Rivalinnen behandelt, als Teil des Problems und nicht als die einzige Hoffnung auf seine Lösung. Weil wir nach außen hin hart sein müssen, nennen uns selbst unsere eigenen Männer: *Angry Black Women.*

Wie immer gibt sie mir eine Eins und einen seltsamen Blick. Das machen die meisten meiner Lehrer. Sogar sie finden mich sonderbar. »Na ja, in Yale gibt es bestimmt eine Menge sonderbarer Typen!!!«

Ja, so ist es: ich komme nach Yale!

Eigentlich wollen meine Eltern eine Party für mich geben, um meine Aufnahme in Yale zu feiern, aber wir beschließen einhellig, daß das Geld besser angelegt ist, wenn wir hinfahren, um uns die Uni anzusehen. Als wir dort so herumspazieren, erregen wir einiges Aufsehen: eine schwarze Familie, die sich ihren Weg durch die Wogen weißer junger Männer bahnt. Sie tragen alle mehr oder weniger das gleiche: Buttondown- oder Polohemden, Leinen- oder Jeanshosen, dazu Leinenschuhe oder Lederslipper. Unterschiede zwischen ihnen gibt es nur darin, ob sie mit oder ohne Jacke rumlaufen und wie nervös sie sind. Meine Mutter geht sehr aufrecht, und mein Vater sieht mich von Zeit zu Zeit lächelnd an. Patty ist die einzige, die sich nicht recht wohl zu fühlen scheint, denn sie sieht sich unruhig um. »Wonach hältst du denn Ausschau – nach den Cheerleadern?«

»Warum gibt's hier denn keine schwarzen Leute?!« In diesem Augenblick geht ein schwarzes Mädchen an uns vorbei. Sie trägt Weinrot und Gold – »Die Farben von Yale!« – und hat den Kopf in ein Buch gesteckt, so daß sie beinahe mit mir zusammenstößt. Einen kurzen Moment blickt sie auf, lächelt mich an und senkt dann den Kopf sofort wieder in ihr Buch. Meine Mutter legt mir den Arm um die Schulter, und gemeinsam beobachten wir, wie das Mädchen verschwindet. Doch ihr magisches Erscheinen hat Pat nicht beschwichtigt: »Wo sind die schwarzen Männer?«

»Ach, ist doch egal. Mom, können wir zum Uni-Laden gehen?« Mein Dad wirft mir einen komischen Blick zu.

Den Sommer, bevor ich nach Yale!!! gehe, verbringe ich auf einer Sprachenfreizeit, um mein Italienisch und mein Französisch aufzupolieren. Diese Freizeit ist anders als die bisherigen Ferienlager, denn man muß sich dafür qualifizieren und eigens eingeladen werden. Das Lager liegt an einem abgelegenen Hügel, in der Nähe eines Naturschutzgebiets, zweihundert Meilen von Boston entfernt. Die ersten Wochen finde ich es hier wunderbar. Weil es hier keine coolen Kids gibt, die uns permanent daran erinnern müssen, daß wir

Eierköpfe und soziale Außenseiter sind, überzeugen wir uns selbst, daß wir die echten Supertypen sind. Wir hüpfen herum und spielen Phantasiegitarre zu Def Leppard, und ein- oder zweimal höre ich sogar, wie unmißverständlich ein Schimpfwort (in einer Fremdsprache natürlich) zu strategischen Zwecken eingesetzt wird. Aber die meiste Zeit über lernen wir fleißig. Das müssen wir auch, denn alle Kurse zählen für das nächste Jahr auf dem College. Also auch für meinen Notendurchschnitt, der im Bereich von 1/1+ bleiben muß, damit ich mein College-Stipendium behalte und eines für die weiterführende Graduate School bekomme.

Ich überlege, wie lange die große Eiche vor dem offenen Klassenzimmerfenster wohl schon dort steht. Von meinem Platz aus sehe ich mindestens drei eingeritzte Herzen mit Initialen. Mit leisem Seufzen bedenke ich meine Chancen, daß ich jemals meine Initialen irgendwo einritze. Jemals einen Freund habe. Ich sehe mich in der Klasse um. Hier gibt es keine Prinzen, höchstens ein paar Frösche, die ich aber nicht küssen möchte. »Amanda?« An Madame Delors' Stimme erkenne ich, daß sie mich nicht zum erstenmal aufgerufen hat. »*Oui, Madame*?« antworte ich und gehe neben meinem Pult in Habachtstellung.

Anscheinend jagt ihr das einen Schrecken ein, denn sie bricht ihre goldene Regel, niemals Englisch zu sprechen: »Amanda, wir sind hier nicht in der Grundschule, Sie können ruhig sitzen bleiben, wenn Sie antworten.«

Ganz langsam nehme ich wieder Platz und blicke dabei suchend zur Tafel und in die Gesichter meiner Mitschüler, um irgendwo einen Hinweis darauf zu finden, was sie gefragt haben könnte. Da ich nichts entdecke, bemühe ich mich um meinen schönsten Pariser Akzent und frage: »*Madame, pourriez-vous répéter la question, s'il vous plaît*?«

»*Conjugez le verbe amuser, s'il vous plaît.*« Also »sich amüsieren«.

Ich hole tief Luft, froh, daß es etwas so Leichtes ist. »*Je m'amuse, tu t'amuses, il/elle s'amuse, nous nous amusons, vous vous amusez, ils/elles s'* ...« Nichts, gähnende Leere. Das Wort erscheint auf deutsch, auf italienisch, ja, sogar auf spanisch, aber nicht auf französisch. Um mich herum hält alles den Atem an. Wir sind hier nicht auf Konkurrenz bedacht, jeder will, daß alle anderen auch gut abschneiden, denn damit beweisen wir, daß wir gemeinsam die Besten sind.

»*Excusez-moi, Madame, mais je ne me souviens plus.*« Was soviel heißen soll wie: Ich bin blöd, übersetzt aber nur bedeutet: »Entschuldigen Sie, aber ich hab's vergessen.«

Ungläubige Gesichter wenden sich von mir ab und warten auf Madame Delors' Urteil. Sie sagt: »*Ils/elles s'amusent.*« Glücklicherweise ertönt in diesem Augenblick die Pausenglocke, ehe Madame Zeit hat zu rufen: »Werft sie in den Kerker!« Was ich natürlich verdient hätte.

Als ich an ihrem Schreibtisch vorbeikomme und dabei immer noch »*ils/elles s'amusent*« vor mich hinmurmle, hält sie mich auf. Wahrscheinlich befürchtet sie, daß ich plötzlich gar kein Französisch mehr verstehe, denn sie fragt mich auf englisch: »Amanda, sind Sie ... ist alles in Ordnung?«

»Ja, Ma'am.« Damit ist die Sache für mich erledigt, aber nicht für sie.

»Sie scheinen mir in letzter Zeit recht ... recht unkonzentriert.« Das ist keine Frage, sondern eine Feststellung, also sage ich nichts dazu, und sie fährt fort: »Wissen Sie, Amanda, Ihre Noten hier zählen, aber nicht nur die Noten. Sie könnten sich einen Vorsprung verschaffen«, meint sie und lächelt, »einen Vorsprung, der groß genug ist, daß Sie hier in Französisch schon alle Pflichtkurse für die Uni zusammenbekämen.«

»Das hoffe ich, aber –«

»Amanda, natürlich gibt es interessantere Möglichkeiten, den Sommer zu verbringen, als in einem heißen Klassenzimmer zu sitzen und Französisch zu pauken ...« Ihre Augen bekommen einen träumerischen Glanz, als könnte sie sich einige dieser Möglichkeiten sehr gut vorstellen. »Aber alles hat seine Zeit. Konzentrieren Sie sich jetzt aufs Lernen ... Es gibt sicher eine Menge netter junger Männer in Yale, oder besser noch – nach Yale.« Ich folge ihr aus dem Klassenraum, während sie zum guten Schluß hinzufügt: »Kein junger Mann ist es wert, daß Sie seinetwegen Ihre Zukunft aufs Spiel setzen.« Sie ist eine echte Französin, wenn sie sich einbilden kann, daß meine Konzentrationsprobleme etwas mit einem jungen Mann zu tun haben.

Sie wirft mir einen französischen Blick zu. »Hab ich recht?«

»Ja«, stammle ich. Noch ein französischer Blick und ein französisches Lächeln. Diese Frau hat ja keine Ahnung, wie leicht es ist, mit ihr einer Meinung zu sein.

Bis zur sechsten Woche der zehnwöchigen Freizeit kann ich die Konzentration schon ganz vergessen, denn ich muß alles daransetzen, im Unterricht überhaupt wach zu bleiben. Ich stecke in einem Teufelskreis: Nachts muß ich büffeln, um das aufzuholen, was ich im Unterricht verpaßt habe. Ich treffe mich nicht mehr mit den anderen und werde so zur Außenseiterin unter Außenseitern. Ich spüre, wie mein Gehirn schrumpft, was da war, vertrocknet, so daß es fast unmöglich wird, zu denken oder gar neue Informationen aufzunehmen und zu speichern. Indem ich jede freie Minute zum Lernen verwende, schaffe ich es mit Müh und Not, meinen Notendurchschnitt zu halten. Glücklicherweise sind schriftliche Tests kein Problem. Aber selbst bei normaler körperlicher

Bewegung bin ich schwerfällig und langsam. Das Leben ist so ungerecht! Häßlich, ein Eierkopf, eine Ausgestoßene und jetzt auch noch DUMM zu sein – das ist einfach zuviel.

Ich habe einen Alptraum über das College. Immer wieder denselben: Ich kann meinen Namen bei der Eingangsprüfung nicht richtig buchstabieren.

Drei Tage vergehen, bis mir auffällt, daß ich nichts gegessen habe. Ich bin so schwach, daß der Italienischlehrer mich zur Krankenstation schickt. Die Krankenschwester ist beschäftigt, aber das Büro der Psychologin steht offen. Dr. Patterson ist honigbraun, hat ein rundes Gesicht und erinnert mich an Winnie-the-Pooh. Allerdings kann ich mir nicht vorstellen, daß der solche Verrenkungen macht, wie Dr. Patterson sie auf dem Fußboden vor ihrem Schreibtisch vollführt. »Hallo, ich bin Dr. Patterson, und wer sind Sie?«

»Amanda Johnson.«

»Einen Moment, bitte, ich kümmere mich gleich um Sie.« Was sie auch tut, nachdem sie ihre Gliedmaßen entwirrt hat. »Nehmen Sie Platz.« Sie setzt sich auf einen der beiden Stühle neben ihrem Schreibtisch. Die Stühle stehen sich gegenüber, eine Couch sehe ich nirgends. Sie merkt, daß ich eine suche, und erklärt: »Das Zimmer ist nicht groß genug. Wenn Sie wollen, können Sie sich auf den Boden legen.«

Aber ich setze mich lieber. Dr. Patterson sieht überhaupt nicht mütterlich aus, und ich bemerke: »Sie sehen viel zu jung aus, um Ärztin zu sein.« Und sie zieht sich auch nicht an wie eine, selbst ihr roter Trainingsanzug ist todschick.

»Ich hab ein paar Semester übersprungen.«

Ich entdecke ihre Zeugnisse an der Wand. »Harvard, ja?«

Sie grinst mich an. »Yale, ja?«

»Woher wissen Sie das? Ich war noch nie bei Ihnen.«

»Ich weiß es. Und ich weiß es wirklich.«

Mir schwirrt der Kopf. Hat sie mich erwartet, weiß sie etwas, was ich nicht weiß, gibt es vielleicht irgendeine Erbkrankheit in meiner Familie?

»Na ja«, meint sie, und ihr Lachen ist wie Honig. »Wo liegt denn das Problem, Amanda?«

Seit Jahren warte ich auf diesen Augenblick, auch ohne Couch. »Als ich klein war –«

»Moment mal, Amanda. Können wir erst mal mit etwas Neuerem anfangen, beispielsweise, warum Sie heute zu mir kommen?«

Sie fragt mich, also antworte ich. »Die Krankenschwester war beschäftigt.«

»Oh, dann haben Sie also ein körperliches Problem ... das ist gut, um so besser. Zum Glück bin ich auch Medizinerin.«

Ich lasse die übliche Prozedur über mich ergehen, Fiebermessen, Pulsfühlen und so weiter. Vielleicht findet sie ja irgendwas, etwas, was man heilen kann. Schließlich setzt sie sich neben mich und fragt: »Amanda, was glauben Sie, was mit Ihnen los ist?« Selbstverständlich kann ich Ms. Harvard nicht erzählen, daß ich Angst habe zu verblöden – gehirntot, aus und vorbei. Womöglich würde sie sofort die Hotline der *Ivy League* anrufen und in Yale oder Gott weiß wo Bescheid sagen. Also starre ich nur aus dem Fenster und nuschle, da mir zur Zeit selbst meine Muttersprache Probleme macht: »Ich weiß nicht. Ich fühle mich schwerfällig und träge.«

Mit erstaunlicher Treffsicherheit fragt sie: »Sind Sie aufgeregt wegen des College? Genießen Sie diesen letzten Sommer, denn so leicht werden Sie es nie wieder haben. Das College ist nicht wie die High-School, es ist –«

Das ist der Auslöser. Ich drehe durch und schreie: »Leicht! Leicht! Ich sag Ihnen, was leicht ist! Es ist leicht für Sie, hier rumzusitzen und mir zu erzählen, was leicht ist! Sie haben Ihr Diplom, sogar mit –« ich lese von dem Zeugnis an der Wand ab »– mit summa cum laude … Wow!« Voll Respekt sehe ich sie an, sie erwidert meinen Blick voller Verständnis. »Und sehen Sie mich nicht an, als würden Sie mich verstehen, denn das tun Sie nicht, das können Sie nicht! (weinend) Nicht mit Ihrem Yoga-Körper, ihrem Super-Examen. Wahrscheinlich haben Sie auch noch einen supertollen Freund und einen Sportwagen und alles, stimmt's? (lachend) Das einzige, was ich je hatte, ist – war – mein Gehirn, und jetzt … jetzt hab ich gar nichts mehr! Die anderen haben alles! Patty hat alles, meine Mom hat alles, Sie haben alles!«

»Nicht den Freund. Man muß nämlich hart arbeiten in Harvard.« Als sie meine Enttäuschung sieht, fügt sie schnell hinzu: »Aber ich habe einen Porsche und Sie ein volles Stipendium.«

»Sicher hab ich ein Stipendium für Yale, aber im Moment kann ich von Glück sagen, wenn ich ein paar Gummipunkte dafür kriege, daß ich bei der Eingangsprüfung meinen Namen richtig schreibe!« Ich kann nicht aufhören. Jämmerlich weinend breche ich in ihren Armen zusammen. Ich sprudle meine Lebensgeschichte hervor und alle meine Tränen. Einschließlich »Es ist so ungerecht! Meine Schwester ist hübsch, sie hat meinen Busen, meine Figur und sie ist zwölf Zentimeter größer! Ich dachte … ich dachte, es könnte nicht schlimmer kommen. Und jetzt … jetzt das.«

Sie mustert mich. »Zwölf Zentimeter – sie muß ja eine Riesin sein!« Dann wartet sie noch eine Weile, bis ich mich einigermaßen gefaßt habe, ehe sie mir ihre Diagnose sagt: »Sie scheinen emotional stark unter Druck zu stehen. Sind sie immer so … so expressiv?«

»Nein.«

»Sollten Sie aber. Das wäre bestimmt besser für Sie. So erleichtern Sie Ihr Herz zur richtigen Zeit am richtigen Ort … wie hier.« Sie nickt mir aufmunternd zu.

»Sie meinen also, ich brauche eine Therapie, womöglich jahrelang?«

»Stehen Sie mal auf, bitte.« Ich gehorche. »Haben Sie sich in letzter Zeit mal gewogen?« fragt sie mich. Ich schüttle den Kopf, und sie führt mich zur Waage.

»Dr. Patterson, ich verliere den Verstand, in jeder Hinsicht!! Es ist mir egal, wenn ich zugenommen habe, es ist mir gleichgültig, wie ich aussehe!«

Zum erstenmal habe ich etwas gesagt, was sie sichtbar schockiert. »Wenn man gut aussehen will, ist der erste Schritt, daß es einem wichtig ist, und der zweite, daß man daran arbeitet.« Inzwischen hat sie mich in das frei gewordene Schwesternzimmer geschleppt und läßt mich auf die Waage steigen, die anzeigt –!

»Ich hab in den letzten sechs Wochen fast zehn Kilo zugenommen!« Kein Wunder, daß ich mir schwer vorkomme.

»Vermutlich hatten Sie Probleme mit der Konzentration, haben aus dem Fenster gesehen und Sachen wie Blumen, Bäume, Vögel und Bienen angestarrt. Sie haben nicht geschlafen und das Essen vergessen.«

Dann klappt sie Metallbügel aus, der zur Größenmessung an der Waage befestigt ist, und hat meine Größe festgestellt. »Sagen Sie mir doch, Doktor, was ist los? Was hab ich denn?«

Sie wirft einen Blick auf meine Karte. »Zuerst mal fünfzehn Zentimeter extra. Ein Meter siebzig, da liegen Sie mit vierundfünfzig Kilo immer noch am unteren Ende der Norm.«

»Was?« Ich ziehe meine Socken aus und lasse sie noch mal nachmessen. »Halten Sie bitte den Finger auf die Stelle, damit ich nachsehen kann?!« Aber ich lese das gleiche ab wie sie. »Ich kann doch keine fünfzehn Zentimeter gewachsen sein!« Ich habe gehört, daß Menschen schrumpfen, wenn sie sterben, aber wachsen? Ich wiederhole meine Frage. »Sagen Sie mir, Doktor, was ist los mit mir?«

»Das sind Wachstumsschmerzen. Sehr spät, sehr heftig, aber vollkommen normal. Und vielleicht am wichtigsten – vorübergehend.«

»Also brauche ich keine Therapie.«

»Nein, Sie brauchen keine Therapie. Aber vielleicht Kontaktlinsen und ein bißchen Selbstvertrauen. Make-up könnte auch nicht schaden.«

Plötzlich merke ich, daß ich am Verhungern bin.

»Dann würde ich ein bißchen fettes Teenager-Junkfood empfehlen.« Ich folge Dr. Patterson zur Tür, wo sie mir eine einfache weiße Visitenkarte in die Hand drückt. »Die Black Orchids sind ein Club schwarzer Geschäftsfrauen in New York. Ein Tip für Ihre Zukunft: Falls sie je ... irgendwelche Probleme haben, rufen Sie dort an.«

»Danke. Es war schön, Sie kennenzulernen, Dr. Patterson. Und vielen Dank für – für Ihren Rat!«

Sie lächelt, und ihr Honigbärgesicht strahlt. »Es hat mich auch sehr gefreut, Sie kennenzulernen, Amanda ...« Einen Moment schweift ihr Blick in die Ferne, dann faßt sie sichtlich einen Entschluß und schaut zurück zu mir. »Wissen Sie, weshalb es so wenige erfolgreiche schwarze Tennisspielerinnen gibt? Warum sie immer wieder ins Finale oder wenigstens ins Halbfinale kommen, aber nie gewinnen? Weil sie im letzten Moment ins Publikum sehen und merken, daß sie ganz allein sind, vollkommen auf sich gestellt. Sehen Sie niemals in die Menge, konzentrieren Sie die Augen auf den Ball und die Gedanken aufs Spiel.«

»Haben Sie auch Philosophie studiert?«

»Ja, und das Leben, Schwester Amanda, das Leben!« Wir schütteln einander die Hände.

Ich schreibe meinen Eltern nichts davon, daß ich gewachsen bin, denn ich möchte den Schock von Angesicht zu Angesicht genießen. Und es ist ein unglaublicher Schock, denn etwas ändert sich auch in mir.

Die neue Größe entwickelt sich zu einer neuen Einstellung. Ich wachse noch weitere zweieinhalb Zentimeter, bekomme Brüste (zwar nicht die erwünschten halben Melonen, aber immerhin halbe Äpfel), und sogar mein Dad macht mir vorsichtige Komplimente. Ist etwa ein Märchen Wirklichkeit geworden? Fast über Nacht eine vollständige Metamorphose, der ich ein wenig nachhelfe, indem ich mir Kontaktlinsen kaufe, enge Jeans und Miniröcke anziehe und mir eine Dauerwelle machen lasse. Meine Schwester spielt die gute Fee, zeigt mir, wie man sich schminkt und die Haare frisiert, aber ich mache nicht mit, als sie vorschlägt, zu viert auf Dates auszugehen, denn »Ich muß lernen!« Manche Dinge ändern sich eben nie.

Wo die wilden Kerle wohnen

Tatsächlich schaffe ich es, meinen Namen bei der Eingangsprüfung richtig zu schreiben. Für mich geht es nur noch um die letzte Stufe meiner drei Sprachen: Französisch, Italienisch und Deutsch, um ein Einzelzimmer im Studentenwohnheim und den Daueranspruch auf einen Platz möglichst weit vorn im Hörsaal bei allen Vorlesungen. Nein, ich habe nicht das Gefühl, in der Menge unterzugehen. Die Menge ist ziemlich ausgedünnt auf diesem Niveau, und die rund hundert männlichen Klone verschwimmen ineinander wie der ausgebleichte Hintergrund eines Erté-Bildes. Mittendrin bin ich, dunkel glänzend. Anscheinend ziehe ich sie an und stoße sie gleichzeitig ab wie eine dunkle Sonne. Aber sie sind nicht mehr so vorsichtig, hier haben sie weniger Angst, daß irgendein beleidigter schwarzer Sonnengott sie in Asche verwandelt.

Es macht mir Spaß, im Rampenlicht zu stehen. Zumindest könnte es Spaß machen, wenn ich in der Lage wäre, mich zu entspannen und es einfach zu genießen. Aber unter dem Make-up, hinter den Kontaktlinsen, da ist immer noch das häßliche Entlein, das wegläuft und Schutz sucht. Ich will auf keinen Fall, daß jemand merkt, wie gänzlich unerfahren ich auf allen Gebieten bin – vom Komplimentekriegen bis zum Zungenkuß. Daß jemand meine jungfräuliche Seele bloßlegt. Wenn mich die Jungs in der High-School anlächelten, wußte ich genau, was sie von mir wollten: meine Schulaufgaben oder die Telefonnummer meiner Schwester. Jetzt ahne ich nur, was sie wollen, aber noch wichtiger ist, daß ich selbst anfange, etwas zu wollen.

Die Klügste zu sein, war und ist eine privilegierte Position, aber eine von den Hübschesten zu sein, ist ein bißchen, als wäre man Königin: In gewisser Weise wird man öffentliches Eigentum. Das eigene Leben unterliegt bestimmten Regeln und Gesetzen. Anfangs versuche ich tapfer, ehrlich zu sein, aber mein »Ich war ein häßlicher Teenager« stößt entweder auf mühsam verhohlene Ablehnung oder auf Lobhudeleien, die selbst der affigsten Tussi die Schamröte ins Gesicht treiben würden. Ich lerne schnell, und bald habe ich die Regeln intus.

Man genießt eine Menge Vorteile: Türen öffnen sich von ganz allein, wie durch Zauberhand bekommt man einen Stuhl hingeschoben, die Menge macht Platz, und man muß nicht auf dem Wasser gehen, weil immer jemand da ist, der anbietet, einen zu tragen. Dafür erwarten die Leute allerdings gewisse Dinge von einem: beispielsweise, daß man glücklich ist, permanent und für jeden sichtbar glücklich. Hin und wieder darf man schon traurig sein, aber nur, wenn es sich um eine attraktive, nicht ernst zu nehmende Traurigkeit handelt. Ehrgeiz, der über das allgemein Übliche hinausgeht, wird als unangemessene Gier erachtet. Niemand möchte von einem ein Wort über Disziplin oder Einschränkungen hören, es sei denn, es geht dabei um Diät und Fitneß.

Man muß in der Lage sein, sich Komplimente machen zu lassen. Wenn ich die falsche Antwort gebe, zum Beispiel: »Ach nein, ich sehe gar nicht so gut aus«, so wird das mit einer mir unerklärlichen Aggressivität quittiert.

Wieder einmal ist mein Mundwerk meine Rettung: »Ich weiß deine Anerkennung zu schätzen.« Ein schüchternes

Lächeln, die Augen leicht links vom Überbringer des Kompliments, dann rasch zu ihm zurück, noch ein Lächeln.

Wird jemand von einer schönen Frau öffentlich übertrumpft, so schreit das nach blutiger Rache, ebenfalls in der Öffentlichkeit natürlich. Ich scheue keine Herausforderung. Schließlich sind wir in Yale, nicht im Kindergarten.

Meine Verabredungen – die allerdings nicht sehr zahlreich sind – scheinen sich unweigerlich in Gruppenunternehmungen zu verwandeln. Ich denke, das hat etwas mit der Gemeinsam-sind-wir-stark-Theorie zu tun. Kinoverabredungen beginnen in trauter Zweisamkeit und bleiben so, bis wir an der Kinokasse vorbei sind und den Saal betreten, wo sämtliche Verbindungsbrüder meines Begleiters schon auf der Lauer liegen, um uns mit Popcorn und albernen Witzen zu bombardieren. Bei den Verbindungspartys erwarte ich natürlich erst gar nicht, mit jemandem allein zu sein, obgleich ein paarmal eher halbherzige Versuche unternommen werden, mich die Treppe der Schande emporzulocken, in die Niederungen der oberen Stockwerke. Diese Versuche finden nur statt, wenn mindestens zwei zitierbare Augenzeugen in der Nähe sind und sich Notizen für den nächsten Tratsch in den Umkleideräumen machen können. Gelegentlich gehen wir mal in ein Restaurant, allein, nicht auf dem Campus, aber oft genug geht es dann dort zu wie in der Mensa.

Selbst wenn ich das Restaurant bestimme und eines wähle, in dem mein Begleiter bestimmt niemanden kennt – am Ende des Abends hat er trotzdem mit mindestens zwei Ehemaligen Freundschaft geschlossen, und sie singen alle zusammen den *Yale Fight Song*. Vielleicht gibt es irgendeine Regel, die ich noch nicht kenne, beispielsweise: Man geht mit einem Mädchen nur allein aus, nachdem man ihren Eltern vorgestellt worden ist. Irgend etwas Derartiges muß dahinterstecken, denn nach der dritten Verabredung kenne ich sämtliche Kumpels. Genaugenommen sind drei Verabredungen mit demselben Jungen mein Maximum. Bei der ersten Verabredung küsse ich ihn, bei der zweiten auch, bei der dritten kriegt er eine Abfuhr. Ich habe inzwischen gelernt, wie man küßt, verdammt schnell und verdammt gut.

Nach einer Verabredung mit besonders extremer Bevölkerungsdichte frage ich Richard: »Was soll das eigentlich?« Er zieht die Augenbrauen hoch, entschließt sich, nicht zu lügen, und erklärt mir etwas verlegen: »Amanda, es gibt Mädchen, mit denen man gesehen werden will, und es gibt welche, mit denen man nicht gesehen werden will.«

Mit ihm werde ich jedenfalls nicht mehr gesehen, genaugenommen mit keinem von den Jungs. Ich weiß nicht recht, was ich davon halten soll, als Statussymbol zu gelten, eine Art seltene, fremdländische Fruchtbarkeitsgöttin, die man am Arm hält, statt sie um den Hals zu tragen.

Nach dem ersten Semester beschließe ich, Verabredungen als wissenschaftliches Experiment zu betrachten. Ich denke mir allerlei kleine Tests aus, die ich mit meinen Partnern anstelle, um zu sehen, ob sie sich für mich interessieren oder nur für ein schmückendes Beiwerk. Ich gehe mit ihnen aus, lächle und sage den ganzen Abend lang so gut wie nichts, mache den Mund nur auf, um zu essen und zu trinken, die absolute Gummipuppe. Dann warte ich ab: Ruft er am nächsten Tag wieder an? Er ruft an. Wir gehen zu einer Party, ich ignoriere ihn mehr oder weniger. »Oh, ich amüsiere mich hervorragend. Du kannst ja gehen, wenn du willst.« Ob er mich wieder anruft? Er ruft an. Ich plappere kompletten Blödsinn. »Weißt du, ich hab mir überlegt, ob ich meinen Nagellack wechseln soll. Was meinst du?« Und so weiter, den ganzen Abend. Er ruft trotzdem an.

Wenn mir auch nur die kleinste Kleinigkeit auf die Nerven geht, veranstalte ich schreckliche, hochdramatische Szenen und laufe weg. Man könnte diese Phase gut als AUSZEIT bezeichnen, denn ich springe aus Autos, ich stürme aus Zimmern, ich lege Telefonhörer mitten im Gespräch auf. Nur die wirklich coolen, schon beinahe krankhaft selbstgefälligen jungen Männer trauen sich in meine Nähe, und ich sehne mich nach den bebrillten Eierköpfen. Eine Weile gebe ich die Männer ganz auf, verdopple meine Kursstunden und konzentriere mich darauf, zwei Jahre früher ins Graduiertenprogramm zu kommen. Ich mache Joe Jacksons »*You can't get what you want, 'til you know what you want*« zu meinem Motto, und das einzige, was ich will, ist, früh zu graduieren.

Ich weiß, daß der gefangene Vogel singt

Schon in der High-School habe ich sechs College Credits gesammelt, deshalb brauche ich mich jetzt nur noch um die drei höchsten Sprachenkurse zu kümmern. Ich bin (knapp) einundzwanzig, als ich mit dem Magister in Kommunikationswissenschaft anfange. Ich bin die einzige schwarze Frau in meinem Kurs, und es gibt auch nur vier schwarze Männer. Darreyl, Gregory und Evan sind alle im letzten Studienjahr, deshalb kenne ich sie vom Sehen.

Darreyl habe ich sogar schon bei einem Sommerkurs kennengelernt, meinem letzten vor der Graduate School. Er ist mir aufgefallen, weil er, na ja, weil er gebaut ist wie ein junger Gott und immer hervorragend gekleidet – für den Winter. Niemals, auch nicht an den heißesten Tagen, sehe ich ihn in Kurzarmhemden oder Bermudas. Aber gehemmt ist er nicht, denn er tritt auf wie der junge Zeus. Oft folge ich seinem breiten Rücken über den Rasen zum nächsten Kurs. Er macht große Schritte, aus der Hüfte.

Eines glutheißen Nachmittags kommen wir an einer Gruppe bikinibekleideter Sonnenanbeterinnen vorbei, die ihn begrüßen: »HI, DARREYL!« Er dreht sich um, macht eine Art Tanzschritt, zieht ein Bein nach – nur um zu zeigen, daß er das kann. Als er mich sieht, bleibt er stehen und wartet, bis ich ihn eingeholt habe. »Hi, Darreyl.«

Er grinst schief, und man sieht seine perfekten weißen Zähne. »Hi, Amanda.« Ich sehe ihn an. »Wie man hört, bist du ab nächstem Jahr auch mit von der Partie?« Wir gehen nebeneinander weiter.

»Ja.« Da ich Kommunikation im Hauptfach mache, habe ich das Gefühl, ich muß für die Konversation sorgen. »Woher weißt du das denn? Hat es jemand am schwarzen Brett ausgehängt?«

»Gute Nachrichten verbreiten sich rasch. Was hast du für den Sommer belegt?«

»Einen Mathekurs. Und du?«

»Internationales Patentrecht.«

»Als Wahlkurs?«

»Ich mache zwei Magisterkurse, in Jura.«

Ich lächle. »Na, das erklärt alles.« Er legt seinen stolzen Kopf schief und wartet. »Warum trägst du eigentlich nie Shorts oder so was?«

Statt in den Korridor einzubiegen und zu seinem Kursraum weiterzugehen, bleibt er stehen. Er lächelt vorwurfsvoll, sagt aber kein Wort. Er hat eine Art, mich stumm anzusehen, die mich dazu bringt, irgendwas zu sagen, irgendwelches blödes Zeug, wie jetzt zum Beispiel: »Nicht, daß ich ...« Dich beobachtet habe? Dich nicht aus den Augen lasse? Gewartet habe?

Sein Lachen kommt tief aus dem Brustkorb. »Zu Hause, in Harlem, da trage ich Shorts, aber nicht hier.« Er lehnt sich an die Mauer und deutet zum Rasen hinüber. »Weil ich nicht will, daß die ganzen weißen Mädchen anfangen zu rufen: Hey, Mandingo! Hey, Supertyp!«

»O Gott!« Jetzt lache ich mit. »Junge, du fährst aber auf dich selbst ab!«

Er macht sich auf den Weg den Korridor hinunter und vollführt extra für mich noch mal sein Tänzchen.

»Lieber das, als mir von anderen eine Abfuhr zu holen! Bis später, Slim!«

»Bis später, Zeus!«

»Kennst du denn keine schwarzen Götter, Slim?« ruft er mir nach.

Ich gehe einfach weiter. Am besten ist es doch immer, wenn man aufhört, solange man noch vorn liegt. Darreyl gefällt mir; man sieht ihm nicht an, daß er aus Harlem kommt, und er redet auch nicht so. Klar, sie ziehen sich nicht alle gleich an und reden auch nicht gleich, aber ich hätte doch erwartet, daß man ein paar von den Narben sieht, die er im Überlebenskampf davongetragen hat. Es muß echt was in ihm stecken, wenn er es nach Yale geschafft hat. Wie ich gehört habe, soll es in Harlem ein paar wunderschöne alte Kirchen geben, aber in den zweieinhalb Jahren, die ich inzwischen in Yale bin, habe ich es nie dorthin geschafft. Vielleicht hätte ich dort keine Probleme, weil ich schwarz bin, aber bei meinem Glück wäre es womöglich der einzige Platz auf der Welt, für den ich nicht schwarz genug bin.

Zu Beginn des Herbstsemesters, bei der »Willkommen in der Hölle«-Ansprache für die neuen Studenten, entdecke ich den vierten schwarzen Kommilitonen. Er ist hellhäutig, mit sehr kurz geschnittenem Afro und rundem Gesicht. Rundlich und sanft. In meinen Augen verweichlicht. Vielleicht liegt es an seiner ziemlich hohen Stimme und dem Südstaatenakzent, mit dem er seine Biographie verliest, an seinem wiegenden Gang, als er vom Podium zurückkehrt, oder einfach an seiner simplen, bodenständigen Art, die diesen Eindruck bei mir hinterläßt. Er heißt Curtis, und nach der Veranstaltung gehen wir zusammen Kaffeetrinken.

Ich erzähle ihm die Teile meiner Lebensgeschichte, die ich bei der öffentlichen Vorstellung ausgelassen habe.

Er tut das gleiche. »Ich bin aus Roanoke, Virginia.« Tiefster Süden.

»Mein Eltern stammen ursprünglich aus Bloom Town, South Carolina«, berichte ich fröhlich, als wäre es etwas, worauf man stolz sein kann.

Curtis lächelt, langsam und fragend. »Tja, ich kann mir nicht vorstellen, je irgendwo anders zu wohnen. Meine Familie besitzt eine kleine Milchfarm –«

»Angesichts der Höhe der Studiengebühren müssen eure Kühe riesig sein«, unterbreche ich ihn.

Curtis lacht laut, und selbst sein Lachen braucht eine bestimmte Zeit, bis es fertig ist. »Gehst du zur Kirche?« fragt er.

»Zu Hause schon, hier nicht.« Er mustert mich stumm. Hoffentlich fängt er jetzt nicht an zu predigen. Doch er zuckt nur die Schultern. »Ich habe den Namen einer Baptistenkirche hier in der Nähe –« Seine Stimme wird deutlich tiefer beim Wort »Baptisten«, und ich verstehe, er meint schwarze Baptisten. »Ich gehe diesen Sonntag hin, wenn du auch Lust hast mitzukommen, sag mir Bescheid. Angeblich haben sie einen tollen Chor.«

»Danke, aber ich bin Protestantin.« Eine ziemlich lahme Entschuldigung, aber ich hoffe, Gott sieht ein, daß ich büffeln muß.

»Yea, ich hab schon gehört, daß Protestanten nicht in die Kirche gehen.« Wieder lacht er, und ich lache mit, weil ich froh bin, daß er keine Anstalten macht, mich belehren zu wollen. Alles an ihm wirkt auf mich wie das typische Schwarze Amerika vor fünfzig Jahren. Er ist höflich, freundlich, und er braucht wahrscheinlich ewig, bis er mal wütend wird. Sicher kann er aber auch ganz schön leidenschaftlich sein, wenn die Situation es erfordert, trotz seines gemütlichen Akzents. Dann bringt er seine Sätze bestimmt ganz atemlos zu Ende und schüttelt Kopf und Schultern, um seinen

Worten Nachdruck zu verleihen. Hinter seinen etwas feuchten Augen verbirgt sich eine scharfe Intelligenz, bereit, sich auf jeden zu stürzen, der dumm genug ist, Curtis herauszufordern.

Manche Vorlesungen werden nicht jedes Semester gehalten, also müssen wir unseren eigenen Stundenplan gestalten und zusehen, daß wir in zweieinhalb bis drei Jahren mit allem fertig werden. Deshalb habe ich einige Kurse mit den »Jungs«. So lerne ich Gregory kennen. Das heißt, eigentlich lernt man Gregory nicht kennen, man sieht ihn in Aktion, er ist ein intellektuelles Einsatzkommando.

Gregory ist im letzten Studienjahr, mittelgroß, trägt eine Brille mit Goldrand und hat ein Vogelgesicht – soweit das bei einem Schwarzen möglich ist. Er ist ein Mensch mit extremen Stimmungsschwankungen, und meist drückt sich das in äußerst unterschiedlichen Kleidungsstilen aus. Meistens erinnert er an die *Homeboys* der vierziger Jahre. Zwar benutzt Gregory kein Palmöl, um die Haare zurückzukämmen, aber alles andere ist absolut akkurat, von der gerade geschnittenen Sporthose bis zum weißen Hemd mit kleinem Kragen und der Krawatte. Er sieht genauso fein und geschniegelt aus wie mein Vater auf den Fotos der damaligen Zeit. Am besten beschreibt man ihn mit dem Wort »cool«, deshalb nenne ich ihn »Gregory Cool«.

Evan lerne ich nie richtig kennen. Er ist wie ein schwarzes Gespenst, erscheint zu Kursbeginn und ist schon wieder verschwunden, ehe alles richtig vorbei ist. Er ist eine stumme Präsenz, zumindest in meiner Anwesenheit. Doch ich habe das Gefühl, mit den Jungs ist er offener, denn ich habe ihn mehrfach mit dem einen oder anderen von ihnen gesehen, heftig gestikulierend in offensichtlich erhitzter Diskussion.

Während des Unterrichts meldet er sich nie freiwillig, aber er schafft es irgendwie, auf streitlustige Art wesentlich klüger auszusehen als wir anderen, inklusive des Lehrers. Er ist unser Radikaler. Stets trägt er etwas in den Farben der *Afro-American Flag*, und er läßt sich die Haare zu Rastalocken wachsen. Vielleicht erinnert er mich an meinen Vater, weil er mich so gezielt ignoriert.

Eine der Vorlesungen, die wir alle gemeinsam besuchen, beschäftigt sich mit primitiven Kommunikationsformen. Sobald ich Gregory den Raum betreten sehe, weiß ich, was die Uhr geschlagen hat. An manchen Tagen trägt er anstelle seiner geschniegelten Klamotten Jeans und dazu irgend etwas Afrikanisches. Beispielsweise ein Dashiki-Hemd oder eine Mütze. Nach kurzer Zeit habe ich gelernt, dies als Signal zu erkennen, daß niemand, nicht mal einer von den anderen schwarzen Studenten, es wagen darf, ihm zu nahe zu treten. Gewöhnlich passiert das, wenn wir etwas besprechen, bei dem die Leistungen der Schwarzen gezielt ausgelassen werden oder Namen von Schwarzen zwar erwähnt werden, aber ohne ausdrücklich hinzuzufügen, daß es sich um Schwarze handelt. Gregory ist kein Typ, der rumschreit oder tobt, nein, er verliest einfach ruhig und leise, fast im Flüsterton, die Namen der Schwarzen auf dem Gebiet, um das es gerade geht.

Heute wartet er das Ende der Stunde ab, um den Professor zu fragen: »Was ist mit den alten afrikanischen Sprachen? Halten Sie die nicht für erwähnenswert?«

In einem Ton, in dem sich die ganze Macht und die ganze Drohung einer stillen, dunklen, sternlosen Nacht konzentriert.

Der junge Professor antwortet: »Ich – ich denke, wir haben das durch die Ägypter abgedeckt.«

Gregory ist sichtlich anderer Meinung. »Warum? Haben Sie sich damit beschäftigt oder übersteigt es ihren Horizont, diese Sprachen in ihre Vorlesung einzubeziehen?«

»Es ist nicht unbedingt notwendig, sie einzubeziehen. Es gibt eine Menge Spezialkurse, in denen der Schwerpunkt weniger allgemein gelegt wird.«

»Sie haben sich also mit den alten afrikanischen Sprachen beschäftigt?«

»Selbstverständlich«, lautet seine Antwort, aber sie kommt zu schnell, sie klingt unehrlich, während der Professor schon seine Siebensachen packt und zur Tür hechtet.

»Gut, vielleicht nennen Sie uns zwei oder drei Namen, damit wir sie nachschlagen können?«

Schweigen. Dann: »Ich gebe Ihnen nächste Woche gern eine Liste.« Damit macht er seinen Abgang.

Doch Gregory jubelt nicht, als wir nach der Vorlesung in die Cafeteria gehen. Es bedrückt ihn, daß die meisten Schwarzen aufgrund der Laune des Schicksals nie dieselben Chancen bekommen wie wir. Er weiß auch, daß seine eigenen Leistungen, sollten sie herausragend sein, ohne Nennung seiner Hautfarbe erwähnt würden. Und das Schlimmste ist, daß er – und vielleicht wir alle hier – als die Ausnahme von der Regel vorgezeigt werden.

Wenn wir gemeinsam einen Kurs haben, gehen wir danach immer in die Cafeteria, das heißt, alle außer Evan. Hier bekomme ich Sprachunterricht von Darreyl. Sein Job ist es, mich auf den neuesten Stand von schwarzem Slang zu bringen, was er »die Poesie unseres Volkes« nennt. Allerdings spricht er selbst nur so, wenn wir unter uns sind. Er nennt mich gern Slim. »Hey, Slim!« ruft er jedesmal, wenn wir uns auf dem Campus begegnen, und ich antworte ihm, wie er es mir beigebracht hat, mit: »Yo, yo, yo, yo, Baby, yo!«

»Amanda, du kannst einem echt leid tun. Es ist mir unbegreiflich, daß die Schwarzen in Kalifornien keinen Slang haben.«

»Dafür kann ich reden wie eine Vorstadtschnalle.«

»Laß hören.«

Ich schraube meine Stimme zwei Oktaven nach oben, wie sich das gehört: »O mein Gott, das haut mich ja dermaßen um –«

»O nein, o nein!« lacht Curtis.

»Hör auf, Mädchen, hör bitte auf.« Darreyls kehliges Lachen hätte es sowieso schwergemacht, noch etwas zu sagen. Sogar Gregory lacht. »Du willst mir doch nicht etwa erzählen, daß Schwarze klingen wie Heulsusen, Schwester. Du brauchst ein wenig ... wie heißt das doch gleich –«

»Soul!« antwortet Curtis.

»Ya, Schwester, du brauchst ein bißchen Soul in der Stimme«, ruft Gregory und macht mit Curtis den rituellen Handschlag.

Darreyl lacht. »Ich wollte dich eigentlich einladen, mit mir dieses Wochenende nach Harlem zu kommen, aber ich glaube, wir warten lieber noch, bis du noch ein paar Lektionen im Schwarzsein intus hast.«

»Ich bin zwar schwarz, aber nach Harlem gehe ich höchstens bewaffnet.«

Darreyl, dessen Vater Afro-Amerikaner ist und dessen Mutter aus Nordafrika stammt, reagiert echt eingeschnappt. »Es gibt wunderschöne Gegenden in Harlem, Amanda. Du solltest dich schämen, Angst zu haben.«

An Curtis muß man sich gewöhnen, vor allem an seinen Akzent. Wenn ich ihn reden höre, tauchen vor mir unweigerlich Alpträume aus Bloom Town auf. Wir sind in den meisten Kursen zusammen. In einem davon müssen wir eine Reihe von obligatorischen Reden zum besten geben, und ich halte die Luft an, als Curtis sich vor die Klasse stellt. Aber sein Südstaatenakzent ist verschwunden, und er spricht ein dermaßen klares Standard-Amerikanisch, wie es die meisten Leute wahrscheinlich noch nie gehört, geschweige denn selbst zustande gebracht haben. Danach frage ich ihn: »Warum redest du denn nicht immer so?«

»Die meisten Leute halten einen für ein bißchen dumm, wenn man mit Südstaatenakzent spricht. Manchmal muß man mit dem System arbeiten, Amanda – aber laß dir nie weismachen, daß es nur einen einzigen richtigen Weg gibt. Laß dir nie nehmen, was dir gehört, was du bist, verstecke nie, wer du bist und woher du kommst. Aber laß auch nicht zu, daß sie das, was du bist und woher du kommst, dazu benutzen, dich daran zu hindern, deine Ziele zu verwirklichen.«

Darreyl, Gregory, Curtis und Evan. Alle vier verkörpern sehr unterschiedliche schwarze Männerpersönlichkeiten. Wir stammen aus unterschiedlichen Gegenden. Wir denken nicht gleich, wir reden nicht gleich, und wir sehen weiß Gott nicht gleich aus. Dennoch gibt es Berührungspunkte. Manchmal zeigen wir einander mit einem einzigen Wort, einem Gesichtsausdruck oder einem Blick, daß wir genau verstehen, was der andere denkt oder fühlt. Manchmal ist es einfach tröstlich, in ein Gesicht zu blicken, das schwarz ist wie meins, in Augen, die dunkelbraun, fast schwarz sind – wie meine. Irgendwie bestätigt mir dieses maskuline Ebenbild meiner selbst, daß ich existiere.

Wer die Nachtigall stört

»Sie sind wahrscheinlich froh, daß Sie dieses Jahr nicht ganz so viele Kurse haben, nicht wahr, Amanda?« fragt Ms. Pembroke, meine Studienberaterin.

»Ja, natürlich«, sage ich, aber ich denke: Wenn das alles ist, was sie wissen will, hätte sie mich auch anrufen können.

»Das ist gut, wir wollen ja nicht, daß Sie sich totschuften.« Sie lächelt und denkt sicher, sie spricht die Sprache der Jugend. Gewöhnlich genieße ich unser kleines Semestergespräch, denn dabei bekomme ich ja auch immer gesagt: »Sie sind eine hervorragende Studentin! Weiter so!« Es findet ja auch nur einmal im Semester statt, als eine Art institutionalisiertes Schulterklopfen. Aber dieses Treffen gehört nicht zum Plan, und deshalb macht es mich nervös. Reichen vielleicht die Mittel nicht für mein Stipendium? Ich schleiche nicht lange um den heißen Brei herum. »Ms. Pembroke, gibt es irgendwelche Probleme mit – meiner Arbeit?«

»Nein, natürlich nicht.« Ihr Lächeln sagt mir, daß sie weiß, daß ich weiß, daß so etwas nicht sein kann. »Nicht mit Ihrer Arbeit. Aber es gibt ein Problem.«

»Ein Problem?«

»Ja, ein Problem. Wie Sie ja wissen, ist Yale nicht einfach irgendein College, sondern eine nationale Institution. Wir vermitteln nicht nur Wissen, wir bereiten unsere Studenten auf das Leben vor. Es ist unser Ziel, daß die jungen Menschen hier lernen, ihren Platz im Leben einzunehmen, in beruflicher wie in sozialer Hinsicht.«

»Was wollen Sie damit sagen?«

»Aus Menschen mit ungenügenden sozialen Fähigkeiten kann auch Yale keine gefragten Kommunikationsexperten machen.« Sie nimmt meine Akte in die Hand. Ich frage mich, welche belastenden Beweise wohl darin verborgen sind. »Amanda, Sie gehören keinem einzigen Club an, der nicht direkt etwas mit Ihrem Studium zu tun hat. Sie beteiligen sich an keiner der vom College angebotenen Aktivitäten.«

»Ich hatte keine Zeit dafür.«

»Jetzt haben Sie Zeit. Sie haben doch sicher irgendwelche Interessen?«

»Selbstverständlich habe ich Interessen.« Aber was ich wissen möchte, ist: »Steht es mir frei, ob ich mitmache oder nicht?«

Als Antwort gibt sie mir eine lange Liste von Aktivitäten und Clubs außerhalb des Lehrplans. »Sehen Sie es als ersten Versuch im Kontakteknüpfen.«

Ich entscheide mich für Mittelalterlichen Tanz. Die Gruppe trifft sich jeden zweiten Mittwoch. Zwar habe ich die ersten drei Termine schon verpaßt, aber ich lerne gleich eine nette, sehr hübsche, rotgelockte Betriebswirtschaftsstudentin kennen.

»Bis du dir dein Kleid genäht hast, kannst du dir eins von meinen leihen«, bietet Margaret mir gleich an. »Kannst du nähen, hast du eine Nähmaschine?«

»Ja und nein.«

»Also, meine Mitbewohnerin hat eine Maschine. Komm doch einfach vorbei, dann helf ich dir, oder sie kann dir helfen.«

»Oh, vielen Dank. Wenn ich mal irgendwas für dich tun kann, sag mir Bescheid.«

Margaret verliert keine Zeit. »Tja, weißt du … ich hab einen Brief gekriegt von einem echt netten jungen Italiener, den ich im Sommer kennengelernt habe. Er kann kein Englisch, deshalb ist der Brief italienisch.« Für mich ist es kein Problem, einen saftigen Liebesbrief in blumigem Italienisch zu übersetzen, deshalb frage ich nur lächelnd: »Und du kannst kein Italienisch?« Sie grinst zurück. »Nein.« Ich beginne das kurze schlüpfrige Meisterwerk zu lesen. »Woher weißt du dann … Mama mia!«

Sie lacht, bestimmt versteht sie ziemlich genau, was darin steht. Sie und ihre Zimmergenossin helfen mir, mein braunes Sackkleid zu schneidern. Margaret zeigt mir die Tanzschritte, die ich verpaßt habe, und ich verbringe viel Zeit in ihrem Wohnheimzimmer. Zufällig ruft Enzio oft an, wenn ich gerade da bin, und ich entwerfe einen Spickzettel mit den wichtigsten Sätzen für Margaret, für die Telefonate, bei denen ich nicht anwesend bin. Ich wünsche mir einen Latin Lover. Oder einfach einen Lover, Punkt. Anscheinend spürt Margaret das, denn am vierten Wochenende unserer Bekanntschaft lädt sie mich zu einer Party ein und läßt keine Ausrede meinerseits gelten.

Die Bezeichnung Party ist stark übertrieben für das dunkle, verrauchte Zimmer in einem Apartment außerhalb des Colleges. Es stinkt nach Bier, sowohl nach dem, das schon auf dem nackten Dielenboden verschüttet ist, als auch nach dem, das dort in naher Zukunft noch verschüttet werden wird. Die Chance, hier jemanden zu finden, den ich kenne oder gern kennenlernen möchte, ist praktisch gleich Null, denn es gibt nirgends Licht, und wir sitzen wie die Hippies im Kerzenschein.

»Hi, Amanda«, flüstert da eine tiefe Stimme, die ich nicht erkenne. Ich drehe mich um. »Evan!« Ich kann meine Überraschung nicht verbergen. Kein Wunder, daß ich seine Stimme nicht erkannt habe, ich habe sie ja noch nie gehört.

»Kann ich dir was zu trinken holen?« fragt er.

»Ja, gern, ein Glas Wein oder Saft oder so, bloß kein Bier. Danke.« Er verschwindet, und ich schätze die Wahrscheinlichkeit, daß er zurückkommt, auf etwa fifty-fifty. Doch er ist im Handumdrehen wieder da, mit meinem Wein. »Danke, es ist wirklich nett, daß du meinetwegen der Finsternis die Stirn geboten hast.«

Er beugt sich zu mir, groß wie er ist, und flüstert: »Ich bin die Finsternis.« Und ich sehe, er hat recht.

»War nett, dich hier zu treffen. Ich muß jetzt gehen –«

Ich kann der Versuchung nicht widerstehen und entgegne: »Wie kommt es nur, daß mich das nicht wundert?«

»Ja, wie kommt das?« Jetzt ist er einen Schritt zurückgetreten und starrt mich aus der Dunkelheit an.

Auf mein »Weil ich dich nie außerhalb der Kurse sehe«, lächelt er und meint – wobei er sich wieder zu mir neigt –: »Das kommt, weil du nirgendwo hingehst. Das hier ist deine erste Party dieses Jahr.« Dann wendet er sich ab, dreht sich jedoch so schnell und heftig noch einmal um, daß ich die Hälfte meines Weins verschütte. »Ein Freund von mir spielt Trommel, zum Brunch am Sonntag, wenn du afrikanische Musik magst, könnten wir hingehen.«

»Was, zusammen?«

»Yeah, zusammen. Wenn du Lust hast.«

»Klar, okay.« Ehe ich nach Nebensächlichkeiten wie der Uhrzeit und dem Ort unserer Verabredung fragen kann, ist er schon wieder mit der Finsternis verschmolzen. Hat er sich soeben tatsächlich mit mir verabredet? Vielleicht ist es keine Verabredung, sondern nur ein Zusammen-Hingehen. Gefalle ich ihm? Hat er deshalb nie mit mir gesprochen und mich in den letzten sechs Wochen sogar gemieden? Jetzt bin ich froh, daß dank der Dunkelheit niemand mein 500-Watt-Strahlen sieht. Als Margaret und ich eine knappe Stunde später die Party verlassen, ist mein Lächeln zwar auf hundert Watt zurückgegangen, aber sie merkt es trotzdem. Auf ihre Frage: »Hast du jemanden kennengelernt?« antworte ich: »Nein, nicht kennengelernt.« Da ich merke, daß sie diese Erklärung enttäuscht, versichere ich ihr: »Sobald es etwas zu berichten gibt, bist du die erste, die es erfährt.«

Am Sonntag um zehn bin ich angezogen und startbereit. Hoffentlich weiß Evan überhaupt, wo ich wohne, denn seit Freitag habe ich nichts mehr von ihm gehört. Fünf Minuten nach zehn klopft er an die Tür, wenigstens unser Timing paßt zusammen. Ich habe beschlossen, mich zu benehmen, als hätten wir eine Verabredung, und weil er sich auch so verhält, gehe ich davon aus, daß es eine ist. Er sagt nicht viel, hört einfach seinem Freund zu, und ich tue dasselbe. Ich höre zu und esse Cous-Cous mit den Fingern. Irgendwie scheint ein Kuß im hellen Licht des Tages nicht angemessen, als er mich zurückbringt. Außerdem möchte ich aus irgendeinem Grund, daß er mich für ein braves Mädchen hält. »Danke, Evan, das hat mir wirklich gut gefallen.«

»Kein Problem, mir auch.« Ehe er verschwindet, sagt er noch: »Du würdest gut aussehen in einem Dashiki.« Es ist sehr peinlich zuzugeben – sogar vor mir selbst –, wie glücklich es mich macht, für die nächste Woche zu Evans Lebensinhalt zu werden. Jedenfalls sucht er jede Gelegenheit, mit mir zu reden, mir zu begegnen, er ißt sogar mit mir und den Jungs in der Cafeteria. Die Jungs sind so schockiert, daß sie keinen Ton mehr rauskriegen. An diesem Freitag lädt Evan mich zum Studententanz ein. Allerdings tanzt er nur zu Reggae, was mich stört, denn ich brenne darauf, zu *Dance Little Sister* und allem anderen herumzuhüpfen. Aber ansonsten ist er sehr aufmerksam und teilt mir seine gut durchdachten und wohlüberlegt formulierten »Ansichten«

mit. Sie sind ein wenig radikal, vor allem, wenn es um den Verfall der schwarzen Familie geht. Außerdem predigt er, es sei an unserer Generation, endlich das Richtige zu tun.

Den ganzen Abend geht es so weiter, sogar auf dem Heimweg zu meinem Wohnheim. Ich kann nicht heucheln, selbst wenn ich Wert darauf lege, mit jemandem gut auszukommen. »Ich finde, man sollte sich freuen, wenn man jemanden findet, mit dem man glücklich sein kann, und sich weiter keine Gedanken über Hautfarbe, Herkunft oder Religion des Betreffenden machen.«

Er sieht mich an, als hätte ich gerade zugegeben, Anhängerin eines satanischen Kults zu sein, der kleine Kinder frißt.

»Amanda, du kannst nicht mit dem Feind schlafen und ihn gleichzeitig bekämpfen.«

Da ich bisher mit gar keinem geschlafen habe, fühle ich mich nicht zu einer Antwort verpflichtet. Irgendwie jedoch funktioniert mein Schweigen als Einverständniserklärung mit dem, was Evan gesagt hat, und mit dem, was als nächstes geschieht –

Plötzlich umfängt mich eine sanfte Dunkelheit, seine Arme schlingen sich um meine Taille, und seine vollen Lippen pressen sich feucht und forschend auf meine. Dann spüre ich, wie sich ein tiefer Seufzer seiner breiten Brust entringt, und er zieht mich noch enger an sich, läßt seine warme, dicke Zunge zwischen meine Lippen gleiten, und es ist schwierig zu sagen, wo er aufhört und ich anfange. Selbst als ich einen Moment lang die Augen öffne, sehe ich nur Dunkelheit, die in Dunkelheit verschmilzt. Bis eine Hand, die unverkennbar ihm gehört, unter mein Hemd wandert. Ich meine, ich bin durchaus für einen leidenschaftlichen Gutenachtkuß zu haben, vielleicht auch für mehr, aber nicht schon nach zwei

Verabredungen, bei denen ich mehr über Politik erfahren habe als über meinen Begleiter. Ich erstarre, und augenblicklich läßt er mich los und fragt: »Wie wäre es, wenn wir uns am Sonntag wieder zum Brunch treffen?«

»Yeah, okay.« Ich überlege, was er am Samstag vorhat, aber ich frage nicht. Ich treffe mich mit Margaret, um Tanzschritte zu üben und auf einen Anruf von Enzio zu warten.

Nach einem weiteren romantischen Anruf von Enzio bin ich froh, daß auch ich endlich etwas zu erzählen habe.

»Wer, wo, was, ich möchte alle Details hören, natürlich nur die interessanten, nicht die langweiligen.« Margaret will mich mit Popcorn bestechen.

»Das Wer ist Evan und das –«

»Was?!«

»Wir sind erst beim Wo.«

»Nein, nein, entschuldige. Ich meine, wer?«

»Evan. Er besucht ein paar Kurse mit mir –«

»Ist er schwarz?«

Anscheinend will sie mich die Geschichte nicht auf meine Weise erzählen lassen, und es macht mir keinen Spaß, wenn sie mich dauernd unterbricht. »Muß er unbedingt schwarz sein?«

Margaret lächelt. »Dann ist er also nicht schwarz.«

»Was spielt das schon für eine Rolle. Willst du die Geschichte jetzt hören oder nicht?«

Jetzt lacht sie richtig. »Ich hatte nur gerade so einen albernen Gedanken. Ich will alles hören, wirklich! Wenn möglich mit Zuckerguß!«

»Na dann okay!«

Und ich erzähle ihr alles, sogar von dem Kuß, denn sonst hätte die Geschichte ja keinen rechten Höhepunkt. Aufmerksam hört Margaret mir zu; die Riesenschüssel Popcorn auf ihrem Schoß ist vergessen. Ein kleiner Kuß kann sie unmöglich schockiert haben – nach Enzio!

»Was ist denn? Glaubst du, es war zu früh, ihn zu küssen?«

»Glaubst du, es ist eine gute Idee, sich mit jemandem aus deinem Kurs einzulassen?«

»Ach, komm, Margaret. Seit Jahren hatte ich nichts mehr, was auch nur entfernt einer Affäre ähnelte! Und sowieso – er ist nicht mal in meinem Semester, sondern –«

»Schon im letzten Jahr.«

»Genau … Dann kennst du ihn also?«

»Ich hab von ihm gehört, und diesen Unterschied möchte ich betonen.« Sie geht in ihrem kleinen Zimmer auf und ab, dann überprüft sie, ob die Tür verschlossen ist, kommt zurück und setzt sich mir gegenüber aufs Bett.

Vielleicht bin ich manchmal etwas begriffsstutzig, aber nicht ganz blöd. »Also, was ist los, Margaret? Ist er verheiratet und hat fünf Kinder? Ist er schwul? Hat er eine ansteckende Geschlechtskrankheit? WAS?«

»Ich hab versprochen, es nicht zu verraten. Was im Grunde ziemlich läppisch ist, weil es sowieso jeder weiß. Er hat eine Freundin.«

Trotz allem versetzt es mir einen Stich. »Na ja, ich treffe mich ja bloß mit ihm.«

Margaret beugt sich zu mir. »Er schläft mit ihr.«

»Oh. Eine Art reißender Wolf also.«

»Eher ein Hund. Amanda, er schläft schon mit ihr, seit er ans College gekommen ist. Und nicht nur das – möchtest du ein Glas Wein?« Als ich nicke, holt sie eine Flasche aus ihrem Mini-Kühlschrank und schenkt sich selbst und mir ein großes Glas voll. Ich rufe: »Stop, das ist keine Limonade! Prost!«

»Prost, wohl bekomm's.« Margaret selbst trinkt nicht. »Du weißt ja, ich hab dich nicht gekannt, als du angefangen hast. Du warst nie auf Partys und so.«

»Du klingst wie Ms. Pembroke, meine Studienberaterin. Aber jetzt bin ich in der Tanzgruppe, und wir kennen uns, und du hast mich gerade davor bewahrt, den größten Fehler meines Lebens zu machen. Also vergessen wir das Ganze.«

»Nein, ich muß es dir erklären. ER hat es überall rumerzählt. Als er erfahren hat, daß du in den Kurs kommst ... da hat Evan jedem, der es hören wollte, erzählt: ›Oh, das wird 'ne heiße Kiste. Es gibt nichts Tolleres als 'ne sexy Schwester im Bett.«

»Das hat er gesagt? Moment mal!« Ich schnappe mir meinen Mantel und laufe zur Tür. Margaret stellt sich mir in den Weg und sagt schnell: »Meine Zimmergenossin ist seine Freundin.«

»Aber sie ist WEISS!« Und blond.

»Vielleicht geht er deshalb nie mit ihr aus, und sie muß bei Nacht und Nebel zu ihm rüberschleichen.«

Ich habe einen Geschmack im Mund wie Essig und trinke einen großen Schluck Wein, um ihn zu vertreiben. Nach ein paar Minuten merke ich plötzlich, daß mein Make-up von meinen Tränen weggewaschen wird und in mein Glas tropft. Schweigend sitzt Margaret neben mir, einen Arm um meine Schulter gelegt. Dann endlich erwacht mein Selbsterhaltungstrieb wieder, und ich frage: »Alle wissen Bescheid – über sie? Über das, was er gesagt hat?«

»Praktisch alle, ja.«

»Auch die schwarzen Jungs?« Sie nickt, und ich stehe auf, um jetzt wirklich zu gehen. Diesmal hindert Margaret mich nicht, sondern sagt nur leise: »Amanda, hör auf mich, mach keine Szene, denn wenn du eine machst, bist nur du es, die dumm dasteht. Das ist nicht fair, aber so ist es nun mal. Die Leute werden denken ... und sie glauben sowieso alles, was Evan sagt. Laß einfach Gras über die Sache wachsen ... vorerst. Wenigstens heute – versprichst du mir das?«

»Bye, Margaret.« Ich gehe auf mein Zimmer, packe eine kleine Reisetasche, mache die kurze Zugfahrt nach New York und verbringe die nächsten beiden Nächte in einer Frauenpension. Als ich am Montag zur Vorlesung komme, bin ich – jedenfalls äußerlich – wieder ganz normal, und das ist momentan alles, was zählt. Diesmal bin ich diejenige, die alle anderen ignoriert.

Evan fragt mich ganz direkt: »Was ist los?«

»Nichts, hast du meine Nachricht nicht gekriegt?«

»Doch, schon.« Er lächelt dünn. »Aber ich versteh das nicht.«

»Ich muß wieder mehr büffeln, meine Noten haben in letzter Zeit nachgelassen. Bis irgendwann dann.« Und diesmal verschwinde ich.

In der Cafeteria setze ich mich allein an einen Tisch, aber die Jungs setzen sich zu mir, quatschen eine Weile und warten. Vielleicht haben sie gelost, jedenfalls holt Gregory schließlich tief Luft und sagt mit einer Miene wie ein Opferlamm: »Na, heute kein Evan?« Ich starre ihn nieder, erst ihn und dann einen nach dem anderen, nieder, nieder, nieder. Alle versuchen sie, mir die Unschuldsengel vorzuheucheln, aber gerade darin zeigt sich ihr schlechtes Gewissen besonders deutlich. »Ihr habt es gewußt! Ihr habt es die ganze Zeit über gewußt, und keiner von euch, euch – Brüdern ...« Ich halte inne, weil meine Stimme bricht und ich es nicht ertrage, die drei Kerle anzusehen.

Jetzt ist Darreyl an der Reihe: »Wir konnten es dir nicht sagen. Man verrät einen Bruder nicht.«

»Dann sind die Schwestern also auf sich selbst angewiesen? Wie immer?«

Jetzt meldet sich Curtis mit seinem Südstaatenakzent. »Wir hätten nicht zugelassen, daß es zu weit geht.«

»Für wann hattet ihr meine Rettung denn geplant? Wenn er mich aufgeknüpft oder wenn er mich wieder runtergeschnitten hätte?«

Gregory lächelt mich mit seinen weißen Zähnen an. »Wir wußten, daß wir reichlich Zeit hatten, weil du nicht zu dieser Art Mädchen gehörst. Und wenn doch, dann –«

Darreyl unterbricht ihn: »Wir wußten, daß du ihm auf die Schliche kommen würdest oder daß jemand dir sagen würde, was läuft. Und so ist es ja auch gekommen, stimmt's? Und nichts ist passiert, richtig?«

Mein wütender Einwand: »Ich würde ihm gern sagen, was ich von ihm halte!« stößt auf verschiedene Seufzer und Halbsätze: »Laß die Finger von ihm –«

»Ignorier ihn einfach, so wie wir.«

»Es ist sein Leben. Das ist Strafe genug.«

»Stimmt genau.« Wir lachen, und das klärt die Atmosphäre. Trotzdem traue ich ihnen nicht bis zur Tür.

Diesmal gebe ich die Männer nicht auf ... jedenfalls nicht alle. Mein Vater ist nicht der einzige Schwarze, der meine Verabredungen mit Jungs anderer Hautfarbe mißbilligt. Oft werden meine Begleiter und ich aggressiv behandelt, ja regelrecht bedroht, wenn wir zusammen ausgehen. Das ist ein Schock. »Wir sind hier an der Ostküste, nicht in den Südstaaten!« Außerdem ist es extrem unfair, denn Dates zwischen einer weißen Frau und einem schwarzen Mann werden vielleicht nicht gerade ermutigt, aber doch geduldet und letztlich akzeptiert.

Nachdem sich die Situation zwischen mir und den Jungs ein wenig abgekühlt, das heißt eigentlich wieder etwas erwärmt hat, laden sie mich ein, der schwarzen Studentengewerkschaft beizutreten, die sie gegründet haben.

Wie sich herausstellt, ist es wie in jedem Studentenclub – wir tun nichts Besonderes, aber es stärkt unser Zusammengehörigkeitsgefühl. Zu unseren Zielen gehört, mehr schwarze Studenten in das Magisterprogramm zu bekommen, aber ohne die entsprechenden Noten, das nötige Geld und den Willen, es zu schaffen, können wir nicht viel ausrichten. Also engagieren wir uns in den Veranstaltungen zum Monat der Schwarzen Geschichte und unterstützen Boykotts gegen Südafrika. Wir veranstalten Treffen, bei denen wir über unser Leben sprechen und über unsere Zukunftspläne diskutieren. Manchmal verbringen wir das ganze Clubtreffen mit solchen Alltäglichkeiten, oder – wie ich zu sagen gelernt habe – »wir tun uns zusammen« und »tauschen uns aus«. Außerdem trinken wir jede Menge Weißwein und debattieren über Politik.

Wir werden nie wirklich persönlich. Deshalb bin ich auch höchst verblüfft, als Darreyl mich eines Tages fragt: »Ist dir ein sexueller Unterschied zwischen weißen und schwarzen Männern aufgefallen?«

Ich mache eine Weile »äh« und »hm«, denn ich habe die Wahl zwischen der halben Wahrheit: »ich hab noch nie mit einem schwarzen Mann geschlafen« und der ganzen Wahrheit »ich hab überhaupt noch nie mit einem Mann geschlafen, Punkt«. Letzteres kommt nicht in Frage, denn das würde mein Image als Sexgöttin ruinieren. (Seltsam, daß bei schwarzen Frauen nie jemand an Jungfrauen denkt.) Wenn ich ihm nur den ersten Teil verrate, bin ich augenblicklich gebrandmarkt, oder sie betrachten mich als eine Art Trophäe, wie eine Lesbierin. Deshalb verstecke ich mich hinter meinem Weißwein, antworte lahm: »Nein, hab ich nicht«, und verhindere weitere Kommentare mit der Gegenfrage: »Hast du so was bemerkt, ich meine bei Frauen?«

»Ja«, lautet seine prompte Antwort. »Schwarze Frauen sind wärmer, da unten, weißt du.«

»Oh.« Wie mir scheint, stimmen die Jungs alle zu. »Das wußte ich gar nicht.« Die Gelegenheit scheint günstig, um ihnen endlich eine Frage zu stellen, die mich schon lange beschäftigt – vor allem, da Evan nicht anwesend ist. »Ihr seid doch alle intelligente, wenn nicht sogar hochintelligente Männer. Und ihr habt alle weiße Freundinnen.« Sie mustern mich schweigend. »Macht es … macht es euch etwas aus, wenn ihr eine schwarze Frau mit einem weißen Mann zusammen seht?«

Schweigen. Sie sehen einander an, sehen zur Decke, auf den Boden, überallhin, nur nicht zu mir. Ich wende mich direkt an Gregory, so daß ihm nichts anderes übrigbleibt, als zu antworten. »Ja«, sagt er schlicht. Da antworten die anderen ebenfalls mit ja. Gregory führt es etwas weiter aus: »Ja, es stört mich. Ich weiß, das sollte es nicht, aber es ist so.«

»Warum? Es stört mich doch auch nicht, daß eure Freundinnen weiß sind.«

»Ich weiß nicht«, sagt Curtis, mit seinem typischen schleppenden Akzent, »vielleicht ist es so was wie ein Tabu, wegen all der Dinge, die in der Zeit der Sklaverei passiert sind und auch danach.«

Darreyl ergänzt: »Wenn ich eine gutaussehende Schwester mit einem weißen Mann sehe, kriege ich irgendwie ein … ein unangenehmes Gefühl«, und Gregory meint, während er mich direkt ansieht: »Vielleicht wäre es nicht so schlimm bei weniger attraktiven schwarzen Frauen, aber eigentlich sind sie immer attraktiv, oder nicht?« Letztere Bemerkung wird mit einer Serie bestätigender Mhmms quittiert, was wie durch ein Zauberwort das Treffen beendet. Vielleicht ist das Ganze doch irgendwie einfach ein Männerding.

Gregory, Darreyl und ich werden ziemlich vertraut miteinander. Wir lernen zusammen, wir unternehmen alles mögliche, und wir gehen sogar gemeinsam aus, allerdings in dem stillschweigenden Einvernehmen, daß wir dabei nie unsere jeweiligen Partner mitbringen. Evan ignoriere ich weiterhin, wie die Jungs es mir geraten haben.

Leider kapiert Evan jedoch nicht, daß mein Leben mir gehört, und nachdem er fast ein Jahr lang in sicherer Entfernung um mich herumgeschlichen ist, beschließt er offenbar, daß der Zeitpunkt gekommen ist, die Sache mit mir zu klären.

Da wir auf privater Ebene keinerlei Kontakt zueinander haben, fängt er mich eines Tages zwischen zwei Vorlesungen auf der Treppe ab. Mir ist nicht ganz klar, was er mit diesem Überfall eigentlich erreichen will, und daß er es überhaupt versucht, zeigt schon, wie wenig Ahnung er von schwarzen Frauen hat, Punkt.

»Ich wollte gern mal mit dir reden«, beginnt er.

»Worüber?« Vielleicht will er sich für seine Bemerkungen über schwarze Frauen entschuldigen, die er vor meiner Zeit gemacht hat.

»Als einzige schwarze Frau in dieser Fakultät und als attraktive und intelligente schwarze Frau ist es deine Pflicht, dich an schwarze Männer zu halten. Einen schwarzen Freund zu haben und für den Fortbestand deiner eigenen Rasse zu sorgen. Du solltest dich schämen, mit dem Feind zu schlafen. Geh nicht mehr mit weißen Männern aus.« Er macht eine Pause, und in der Stille höre ich sein drohendes »sonst kannst du was erleben!«

Meine augenblickliche, tödliche, bebende Wut ist nur der Höhepunkt dessen, was Tausende schwarze Frauen über sich ergehen lassen mußten, wenn sie fertiggemacht, zur Unterwerfung gezwungen wurden. Ich bin kurz davor zuzuschlagen, aber ich hole tief Luft und kämpfe den Drang nieder, Evan die Steintreppe hinunterzustoßen. Er mißversteht mein Schweigen als Schuldeingeständnis. Jetzt machen alle Studenten, die auf dem Weg zu ihren Vorlesungen vorbeikommen, einen weiten Bogen um uns, denn Evan geht auf und ab, gestikuliert, und seine Stimme ist ebenso aufgebracht wie sein Körper. »Es ist schlimmer als in den Tagen der Sklaverei. Jetzt legt ihr euch freiwillig zu ihnen ins Bett, und wenn sie dann genug von euch haben, kommt ihr zu uns zurückgekrochen – BENUTZT, VERBRAUCHT, und wir sollen euch heiraten – mit dem vorliebnehmen, was die Weißen uns übriggelassen haben! Mit eurer ganzen Intelligenz seid ihr doch zu dumm, um zu merken, daß das bloß eine andere Art ist, uns zu entzweien und zu besiegen. Sie benutzen euch, um uns eins auszuwischen. Für sie seid ihr nichts weiter als aufregend verbotene Früchte. Eine Möglichkeit, wie sie den schwarzen Männern ins Gesicht schlagen können. Eine Möglichkeit, uns zu sagen: ›Seht her, eure Frauen mögen uns immer noch lieber als euch, wir hätten sie haben können, wenn wir gewollt hätten, sie sind nicht gut genug für uns, aber sie sind mehr als gut genug für euch.‹ Was ist denn so attraktiv an ihren milchigweißen, schwachen Körpern? Ihr könnt unmöglich eure Unterdrücker mit Leidenschaft umarmen!« Diesmal läßt er das »sonst ...« nicht unausgesprochen. »Wenn du deine ... deine Verabredungsgewohnheiten nicht änderst, dann wirst du dich vor mir und den anderen schwarzen Männern auf diesem Campus rechtfertigen müssen!«

»Mich vor euch rechtfertigen? Das glaube ich kaum.« Ich mache einen großen Schritt auf ihn zu. »Aber ich will dir antworten.«

Fast jede Sprache der Welt benutzt das Wort schwarz in irgendeiner Form, um eine riesenhafte erderschütternde Wut zu beschreiben, und jeder, der sich jetzt in einem Umkreis von einer Viertelmeile um uns aufhält, versteht, warum. Garantiert tut es Evan, obgleich ich meine Stimme kein Millidezibel hebe.

»Für wen hältst du dich, daß du dir einbildest, mir Vorschriften machen zu können?« Ich mache noch einen Schritt auf ihn zu, so daß unsere braunen Nasen kaum noch einen Zentimeter voneinander entfernt sind. »Ich bin bis hierher gelangt ohne deine Beteiligung oder deinen Einfluß. Ob ich Erfolg habe oder auf der Straße sterbe, ganz egal – mit dir wird das nichts zu tun haben und auch mit keinem anderen Mann. Nur damit das klar ist – ich habe dir nichts zu verdanken. Du hast nichts damit zu tun, daß ich schwarz bin, und nichts, was du tust, ja, auch nichts, was ich tue, kann je bewirken, daß ich nicht mehr schwarz bin. Dieser ganze Quatsch, daß ihr DER schwarze Mann seid – das kannst du dir wirklich sparen, denn ihr setzt das nur ein, um uns zu beherrschen, uns alle, von der schwarzen Frau, der du glaubst vorschreiben zu können, wie sie ihr Leben führen soll, bis zu deiner WEISSEN Freundin, die du zwingst, durch die Hintertür zu dir zu schleichen, wenn alle weg sind, als wäre sie kein vollwertiger Mensch.« Ihm bleibt der Mund offenstehen, und ich sehe, wie seine Augen glasig werden; vermutlich überlegt er sich verzweifelt, wer ihn mit seiner Freundin gesehen hat und wie viele andere außer mir Bescheid wissen. »Mit all deinem Geschwätz über Stolz benutzt du dein Schwarzsein dafür, uns zu demütigen. Um dafür zu sorgen, daß wir uns ständig gegenseitig an die Gurgel gehen, während du irgendwo ganz harmlos herumsitzt und weise über uns alle lächelst, wie ein schwarzer Buddha. Versuch nie wieder, mir zu sagen, was ich zu tun habe, um eine gute schwarze Frau zu sein. Es geht dich nichts an, mit wem ich ins Bett gehe, denn du oder deinesgleichen werden es garantiert nicht sein. Ich habe gehört, was du gesagt hast, und zwar zu den WEISSEN Männern, als bekannt wurde, daß eine schwarze Frau in deinen Kurs kommt. ›Oh yea! Jetzt gibt es richtig Spaß!‹ Aber du wirst keinen Spaß haben, Freundchen, denn es ist ein für allemal Schluß mit dem Spaß – für dich und Männer wie dich, egal, welcher Hautfarbe. Ich gehöre zu einer neuen Art von Frauen, von schwarzen Frauen, und wir wollen, NEIN, wir verlangen Respekt und Liebe, sonst könnt ihr uns gleich vergessen. Die neue Regel lautet: Wenn ihr nicht für uns da seid, erwartet nicht, daß wir für euch da sind!«

Von diesem Moment an ist er mein erklärter Feind. Bis zu seiner Abschlußprüfung bleibt er mir auf den Fersen, denn er kapiert einfach nicht, daß er mich nicht angreifen kann, ohne sich selbst anzugreifen.

Dabei hätte er sich gar keine Sorgen darüber zu machen brauchen, wen ich mit ins Bett nehme. Nachdem ich nun mit den schwarzen und den weißen Männern abgeschlossen habe, werden meine Chancen, noch in diesem Jahrhundert meine Jungfräulichkeit zu verlieren, immer geringer.

Wem die Stunde schlägt

März, nach einem langen, kalten Winter. Endlich beenden die Bären, die sich in Paaren zusammengefunden haben, um die Zeit zu verpennen, ihren Winterschlaf und damit auch ihre festen Zweierbeziehungen. Also steigen meine Chancen wieder ein wenig. Vor allem, weil auch Margaret erneut auf der Suche ist. Enzio gehört der Vergangenheit an – nach zahlreichen hysterischen, hochemotionalen Telefongesprächen zu nachtschlafender Stunde und zwanzigseitigen Briefen voller Drohungen, Entschuldigungen und Vorwürfen. In den Weihnachtsferien tauchte er sogar bei Margaret zu Hause auf, in den Hamptons, und veranstaltete fürchterliche Szenen. Ganz schön mutig, ohne Pizzatruck nach »Waspville« zu kommen. Die Hamptons, nur eine Stunde von New York entfernt, sind schließlich das Herzland der »Wasps«, der weißen angelsächsischen Protestanten, sprich, der konservativen Oberschicht unseres Landes.

»Ich war echt froh, daß er kein Englisch versteht«, erzählt mir Margaret, »obwohl er wahrscheinlich wenig von dem verstanden hätte, was Daddy ihm an den Kopf geworfen hat. Die meisten Worte kannte ich nicht mal.«

Ich kann mir ein paar davon ausmalen. »Eigentlich sollte man ja denken, daß sein Jähzorn in der Weihnachtszeit durch Anwandlungen brüderlicher Nächstenliebe etwas gemildert gewesen wäre.«

»Zum Glück konnte Mom ihn überreden, daß er Enzio nicht, sozusagen anstelle der Hunde, meinen Cousin Robert und seinen Freund Westly auf den Hals gehetzt hat … erinnerst du dich, du hast die beiden mal kennengelernt.«

Ich sehe sie nur an und entgegne: »Ich hab sie nicht kennengelernt, aber ich erinnere mich an sie.« Im letzten Frühling hatte ich nämlich die Ferien mit Margaret bei ihren Eltern in den Hamptons verbracht. Gleich den ersten Abend verbrachten wir damit, sämtliche Freunde von Margaret unter den Tisch zu trinken. Da das Haus bei unserer Rückkehr abgeschlossen war, mußten wir den Baum vor ihrem Schlafzimmer hochklettern und durchs Fenster einsteigen, denn die gute kleine Margaret bekam immer noch Hausarrest, wenn man sie dabei erwischte, daß sie um halb sechs morgens heimkehrte, oder es hatte zumindest – wie sie es ausdrückte – »potentiell negative Auswirkungen auf meine Erbschaft«. Etwa zwei Sekunden nachdem ich eingeschlafen war, riß mich ein Getöse ins Bewußtsein zurück, das klang wie eine Alarmsirene bei einem Gefängnisausbruch während einer Nuklearkatastrophe. Ich rollte aus dem Bett, die Decke mit mir auf den Boden zerrend, und rasselte wie auf Knopfdruck die Anweisungen für Notsituationen herunter, die man uns als Kind eingetrichtert hatte: »Ducken, hinlegen, hinlegen, ducken, in Deckung gehen –« Wie durch Zauberhand hörte das Getöse genauso plötzlich wieder auf, wie es angefangen hatte, und in der darauffolgenden Stille spähte ich vorsichtig unter meiner Decke hervor und entdeckte das Problem – oder eher die Probleme – in Gestalt zweier verschwommener, kichernder männlicher Gestalten. Der eine Eindringling hielt etwas in der Hand, vermutlich ein Nebelhorn, und meinte: »Ich hab dir doch gesagt, Hobbs, die hatten alle eine traumatische Kindheit.« Ich zog die Decke wieder über den Kopf und rief: »Ihr habt eure weißen Kapuzen und eure Umhänge vergessen!« Der zweite antwortete: »Ach, hier genügen auch Tennissachen.« Ich hörte, wie die Matratze ächzte; wahrscheinlich machten die beiden es sich auf dem Bett bequem. »Ob sie wohl rauskommt?« »Muß sie wohl, wenn wir in zehn Minuten auf dem Tennisplatz sein sollen.« Jetzt wachte endlich auch Margaret auf, die geschlafen hatte wie ein Murmeltier, und schrie die beiden an: »Raus hier, ihr Idioten! Westly, du weißt doch, daß mein Vater gedroht hat, dich zu erschießen, wenn er dich noch mal in meinem Schlafzimmer erwischt! Daddy! Daddy! Was habt ihr mit Amanda gemacht?« Ohne große Eile traten die beiden den Rückzug an, dann blieb der Nebelhornbläser noch einen Moment stehen, um zu sagen: »Nichts –« »Noch nichts!« setzte der andere hinzu, und damit verschwanden sie, laut lachend. Als die Tür sich schloß, hörte ich noch ihr »Guten Morgen, Sir!« Für mich wurde es kein langer Besuch.

»Ja, ich erinnere mich noch gut an die Gastfreundlichkeit in den Hamptons.«

Margaret lacht. »Du bist keine Ausländerin, und du schläfst nicht mit seiner Tochter.« Als sie merkt, daß ich ihren Versuch, humorvoll zu sein, nicht sehr lustig finde, fügt sie hinzu: »Man kann sich seine Eltern nun mal nicht aussuchen, Amanda.«

Jetzt muß ich lachen und versuche mir vorzustellen, wie ich meinen Vater mit einem von den Verbindungsbrüdern bekannt mache, mit denen ich in letzter Zeit ausgegangen bin. »Wenn du recht hast, hast du recht! Aber ich überlege immer noch, ob ich mir für die Ferien nicht lieber etwas anderes vornehmen soll. Meine Mutter macht mir schon dauernd Vorwürfe, daß ich ihr und meinem Vater absichtlich aus dem Weg gehe, indem ich jeden Sommer in Europa verbringe.«

Margaret und ich gehen zu den Verbindungspartys immer zusammen. Weil wir nie dieselben Männer interessant finden, klappt das auch recht gut. Unsere Devise lautet: Keine Gefangenen machen! Aber die Wirklichkeit sieht eher so aus: Laß dich nicht von irgendeinem langweiligen Kerl einwickeln, der sich nur für deine Gedanken und dein Inneres interessiert. Oder von einem der zahlreichen Typen, die sich nur bei dir auskotzen wollen. Wir gehen zu diesen Partys jedesmal mit sehr hoch gesteckten Erwartungen, und jedesmal endet die Unternehmung damit, daß wir irgendwelche Trottel abschütteln müssen. Das ganze Theater wird allmählich langweilig, aber ich habe noch nicht aufgegeben, als wir eines Tages wieder mal einer heidnischen Libido-Parade beiwohnen.

Eigentlich bin ich mehr oder weniger deshalb gekommen, weil ich einen von den Verbindungstypen treffen will, denjenigen, der uns auch eingeladen hat, aber ich fühle mich nicht zu mehr verpflichtet, als ihm einigermaßen freundlich Hallo zu sagen. Einer seiner Freunde sagt mir, er sei im Garten. Margaret folgt mir nach draußen. Um in den Garten zu kommen, müssen wir durch die Küche, und am Kartentisch in einer Ecke sitzt … »Mein Schicksal.« Margaret bleibt stehen, um mir nicht in den Rücken zu laufen, denn ich erstarre augenblicklich zur Salzsäule. »Dein was?« fragt sie und folgt meinem Blick. »Oh! Der – ist – ja – ein Traumtyp!«

Um einen Interessenkonflikt von vorneherein zu vermeiden, mache ich verbal sofort meinen Anspruch deutlich. »Nichts da, Margaret, er ist kein Italiener! Und ich hab ihn zuerst entdeckt!«

»Aber ich finde, er sieht aus wie ein Italiener!«

»Er ist Spanier.« Mit diesem arrogant zur Seite geneigten Adlerkopf. »Nur ein Wasp wie du kann so was verwechseln.« Himmel, ist dieser Typ klasse. Als wäre mein Traum Wirklichkeit geworden. Selbst im Licht der Küchenlampe schimmert seine glatte Haut wie poliertes Teakholz. Hingerissen beobachte ich, wie er sich mit seiner eleganten, sonnengebräunten Hand durch die glänzenden schwarzen Haare fährt. Ich befürchte, das Angebot: Honey, laß mich das für dich machen! wäre als Annäherungsversuch nicht subtil genug.

»Wo kommt er denn her?« Mein Gehirn arbeitet auf Hochtouren, um eine Möglichkeit zu finden, wie ich mich ihm einigermaßen ladylike zu Füßen werfen kann. »Na, was hast du vor?« will Margaret wissen. »Er sieht mir nicht aus wie einer, der rüberkommt und sich vorstellt.«

»Und er sieht auch nicht aus wie einer, der es zu schätzen weiß, wenn eine Frau den ersten Schritt macht.« Was peinlich werden könnte, sollte sich herausstellen, daß der Herr – Blondinen bevorzugt. Genaugenommen scheint er momentan sein Bier allem anderen vorzuziehen. Wie er seine langen Beine um den Plastikstuhl geschlungen hat, läßt deutlich erkennen, daß er eigentlich auf einen Thron gehört, auch wenn er jetzt mit drei Verbindungsbrüdern ein Saufspielchen veranstaltet. »Wir können nicht den ganzen Abend hier rumstehen wie zwei Idioten, Amanda!«

»Ich würde mich gern lächerlich machen, wenn ich wüßte, ich komme auf diese Weise zum Ziel!« Und genau das tue ich dann auch.

Die Typen am Tisch diskutieren gerade darüber, wer dran ist, zum Bierfaß im Garten zu gehen und den Krug nachzufüllen. Ich kann beinahe hören, wie Margarets Kinnlade runterklappt, als ich munter anbiete: »Ich hol das Bier für euch!« Der zukünftige Vater meiner Kinder reicht mir den Krug und lächelt. Wie gern ich an diesen Lippen hängen würde!

Draußen im Garten überfällt mich die Panik: Niemand bedient das Bierfaß, und das Eis, mit dem es eigentlich gekühlt werden sollte, ist geschmolzen. Es ist anscheinend später, als ich dachte. Dreimal muß ich den Krug füllen und wieder ausschütten, bis ich das Bier-Schaum-Verhältnis wenigstens auf einem Niveau von eins zu eins habe. Hoffentlich hat mein Spanier unterdessen nicht schon die Segel zur Rückreise in die Alte Welt gesetzt. Aber er ist noch da, als ich zurückkomme. Ich stelle den Krug auf den Tisch, und die vier jungen Männer starren ihn schweigend an. *El Rey del Sol* lächelt wieder und sagt: »Danke.« Auch die anderen grummeln irgendwas, was vermutlich Danke heißen soll. Weil mir kein besserer Grund einfällt, in der Nähe zu bleiben, bin ich drauf und dran, meine Dienste als Kellnerin anzubieten. Doch ich habe Glück: Der Spieler rechts von *El Rey* steht auf. Ich zögere. Es gibt nur ein einziges Getränk, das ich mehr hasse als Bier, und das ist lauwarmes Bier.

»Willst du mitspielen?« fragt *El Rey*. Himmel! Ich setze mich. »Wir spielen Quarters, wißt ihr, wie das geht?« fragt *El Rey* und sieht dabei die anderen Jungs an.

Ich kenne die Regeln – trink, bis du umfällst –, aber ich sage: »Nicht genau.« Ich hoffe, wenn ich ihm tief und fasziniert in die dunklen Augen sehe, während er mir das Spiel erklärt, kann ich ihm einen kleinen Wink mit dem Zaunpfahl geben.

Aber nicht er erklärt, sondern einer von den anderen. »Wir spielen Quarters, das heißt, wenn du eine Vierteldollarmünze in dein Glas kriegst, indem du ihn entweder vom Tisch abspringen oder von deiner Nase runterrollen läßt, darfst du bestimmen, wer trinkt. Willst du anfangen?«

Mit einer unverkennbar ritterlichen Geste reicht er mir die Münze. Ich hab ein ziemlich ungutes Gefühl, und natürlich schaffe ich es auch prompt nicht. Nach mir kommt *El Rey* an die Reihe. Er läßt den Quarter vom Tisch abspringen, als hätte er sein Leben lang nichts anderes gemacht. Dann sieht er mich an, und seine schwarzen Augen, umrahmt von Wimpern, die – trotz meines Zehn-Schritte-Verlängerungsprogramms – länger und dichter sind als meine, durchbohren mich, dringen in die verstecktesten Winkel vor. Ich hänge an seinen sinnlichen Lippen, die sich öffnen, um zu befehlen: »Du trinkst.«

Und ich trinke. Wieder und immer wieder katapultiert er die Münze in sein Glas. Wieder und immer wieder muß ich trinken. Ich habe den ganzen Tag nur Salat gegessen, um auch ganz bestimmt in meinen hautengen Minirock zu passen (den ich zu meiner Tina-Turner-Perücke trage). Das Bier bläht meinen Magen auf und schmeckt wie nasse Füße. »Tut mir leid, Jungs, ich bin fertig.«

Mühsam schiebe ich den Stuhl zurück und schleppe meinen schweren Körper vom Tisch weg. Ich will zur Toilette, aber die ist besetzt. Als ich spüre, wie mir die Kohlensäure die Kehle hochsteigt, greife ich mir schnell eine Handvoll Servietten und stolpere hinaus in den Garten. Im Gebüsch kniend danke ich Gott, daß es dunkel ist und ich dunkel bin. Weil niemand mich entdeckt hat, geht es mir sofort besser. Jetzt ist die Toilette frei. Sogar mein Gesicht ist aufgedunsen, und mein Spiegelbild verschwimmt. »Ich muß betrunken sein. Ist es wirklich so weit mit dir gekommen, Amanda? Da hast du also wieder eine erfolgreiche nächtliche Jagd hinter dir. Zeit, auf die Ranch zurückzukehren.«

Ich schlängle mich zur Haustür. *El Rey* steht auf der Veranda, und die Nachtluft, von seinem Atem erwärmt, weht um sein Gesicht, als er sagt: »Hi … alles in Ordnung?«

»Ya, alles okay.«

»Ich heiße übrigens Carlos.«

»Ich bin Amanda.« Ich muß mich an die Hauswand lehnen. »Studierst du hier?«

»Ich bin Austauschstudent. Magister in Finanzwissenschaft. Ich bin erst seit eineinhalb Wochen hier. Und was machst du?«

»Kommunikationswissenschaft.«

»Was genau, mit Computern oder was?«

»Nein, Fremdsprachen.«

»*Tu hablas español?*«

»Nein, tut mir leid«, sage ich, »nicht mehr seit der Junior High.«

In der nächtlichen Stille treiben die Wolken über uns dahin. »Kann ich dich irgendwohin mitnehmen?« fragt er.

»Hmm ...« Vielleicht bin ich betrunken, wahrscheinlich bin ich verzweifelt, aber ich bin nicht so blöd, daß ich mich zu einem völlig Fremden ins Auto setze, egal, wie süß er auch sein mag.

Ein Typ, den ich flüchtig kenne, kommt vorbei und ruft: »Gute Nacht, Amanda! Kommst du, Carlos?« Das reicht mir als Empfehlung. »In zwanzig Minuten machen wir dicht.«

»Okay, dann bis später. Also, Amanda?«

»Ja, danke, wenn du in Richtung Norden fährst.«

»Wenn du im Norden wohnst, dann fahr ich nach Norden.« Wieder öffnen sich seine Lippen, diesmal zu einem Lächeln, das mir ein wenig verrucht vorkommt, aber vielleicht ist daran der Alkohol schuld. »Wartest du hier auf mich? Ich finde mein Auto nicht.«

»Klar.« Ich setze mich auf die kalten Stufen. Er ist lange weg, und ich döse ein.

»Amanda?« Das ist Andy, der Typ, der uns eingeladen hat.

»Hi, Andy, wie geht's?«

»Gut.« Er kauert sich neben mich. »Bringt dich jemand nach Hause?«

»Ja, Carlos – dieser Austauschstudent. Aber ich weiß nicht recht, ob er noch fahren kann, er findet nicht mal sein Auto.«

Da ertönt hinter uns eine Stimme. »Hi, da bin ich wieder.«

»Carlos!« Andy erhebt sich aus der Hocke. »Na, hast du dein Auto gefunden?«

»Ja, ich hatte es ein paar Freunden ausgeliehen und wußte nicht, wo sie es geparkt haben.«

Ich denke, ein schlichtes »Oh« ist hier die angemessene Antwort.

Später … im Auto …

»Entschuldige, Carlos, ich fürchte, ich muß mich übergeben.«

»Schon okay, beug dich einfach aus dem Fenster.« Er greift über mich hinweg und kurbelt es runter. »Tut mir leid.«

»Is' in Ordnung, ich bin nich' richtig betrunken, ich trinke bloß normalerweise kein Bier.«

»Heute hast du aber Bier getrunken.«

»Allerdings.« Aber ich übergebe mich nicht in seinem Wagen und auch nicht auf seinen Wagen, sondern in einer der Toiletten auf meinem Flur, was natürlich viel eher ladylike ist. Er hält mir dabei den Kopf. »O Gott, ich schwöre, wenn du mich am Leben läßt, werde ich nie, nie wieder etwas Stärkeres trinken als Wasser, ich werde mich gesund ernähren, Sport treiben und nie wieder zu einer Verbindungsparty gehen.«

»Du hast vergessen, daß du deiner Mutter Briefe schreiben wirst, selbst wenn du kein Geld brauchst.« Er lacht mich aus. Um so besser, wenn er darüber lachen kann, daß ich mich so auf die Knochen blamiert habe. »O Gott, bist du auch noch da?«

Er ist allerdings noch da, und er antwortet: »Gib mir deinen Zimmerschlüssel.« Ich folge ihm in mein Zimmer, wo er Zahncreme, Zahnbürste und einen Waschlappen für mich bereitlegt. »Kommst du zurecht?« fragt er abwartend.

»Ja. Danke – danke sehr. Gute Nacht.«

»*Buenas noches, niña.*«

Ich nehme die Perücke ab, verrichte mit mehr oder weniger zufälligem Erfolg die anstehenden Hygienemaßnahmen und falle dann ins Bett … Zwei Minuten später weckt mich ein leises Klopfen. »Wer ist da?«

»Ich bin's, Carlos … Amanda?« Ich stolpere durch die Dunkelheit zur Tür und denke sogar daran, die Perücke wieder aufzusetzen. »Oh, du bist es. Was ist los?«

»Ich bin ausgesperrt … Kann ich bei dir übernachten? Bloß schlafen.«

»Ja, klar.« Er kommt rein, ich reiße mir die Perücke vom Kopf und sage: »Mein Zimmer ist 'ne Sauerei und das hier bloß 'ne Perücke, also kein Licht bitte, tut mir leid.«

»Das ist okay.«

Ich spüre noch, wie die Matratze unter seinem Gewicht nachgibt, dann bin ich weg.

Ich bin vor ihm wach und sehe ihm beim Schlafen zu. Im Profil sieht er gut aus und sogar noch besser von vorn und ganz aus der Nähe. Er öffnet die Augen, blitzschnell – wie Dracula –, und mir bleibt die Luft weg, als er mich anlächelt. »*Buenos dias.*« Dann zieht er mich an sich, und mit der Anmut eines Stierkämpfers rollt er mich auf den Rücken, und diesmal kriegt nicht nur die Matratze sein Gewicht zu spüren, sondern auch ich … neben anderen, angenehmen, trägen, sinnlichen Gefühlen. Irgendwann frage ich: »Hast du ein Kon–?« Mit einer raschen Bewegung küßt er mich, drückt mich noch tiefer auf die Matratze. Aber dann ist sein Gewicht plötzlich weg. Ich öffne die Augen, sehe, wie er sich hinkniet und mit geübter Hand das Kondom überstreift. Sein Lächeln ist *El Sole*, als er die Frage beantwortet, die er in meinen Augen liest: »Unterm Kopfkissen.« Nicht mal ein Gedanke steht zwischen uns, während er meinen Körper mit Küssen bedeckt, es ist der letzte Paso im Todestanz, und mein Matador flüstert in mein Ohr: »Wünsch dir was, *amor.*« Ich öffne die Augen; seine sind geschlossen. Beim ersten Versuch schafft er es nicht ganz, aber ich fühle, wie er Hüften und Rücken anspannt und –

Er reißt die Augen auf, sein Gesicht ist fassungslos. Ohne die Stellung viel zu verändern, zieht er das Laken weg … und blickt entgeistert hin und her zwischen dem dunklen Fleck, der sich zwischen meinen Beinen ausbreitet, und den Tränen, die aus meinen Augen stürzen und das Kissen benetzen. Auf einmal ist er auf der anderen Seite des Zimmers, fuchtelt wild mit den Armen, wandert hin und her und schleudert der Wand ein Maschinengewehrfeuer spanischer Worte entgegen. Für mich war es auch nicht so toll!

Er flippt richtig aus. Obwohl ich das meiste Spanisch vergessen habe, verstehe ich gerade noch, daß er etwas stammelt wie: »O Gott, o Maria – Muttergottes!« Schließlich dreht er sich zu mir um, den Rücken an die Wand gepreßt. Sein Englisch hat einen dicken spanischen Akzent: »Wie konntest du mir das antun?«

»Was?« Er sieht aus, als wollte er gleich anfangen zu weinen – dabei war es doch nicht er, der soeben seine Unschuld verloren hat.

»O Gott … (er fängt wieder an herumzulaufen), es ist nicht meine Schuld, du hättest es mir sagen müssen! Daß du unberührt bist – warst!«

»Du meinst, daß ich noch Jungfrau war?« Ich sage das so sachlich ich kann.

Beim Wort »Jungfrau« fällt er praktisch auf die Knie und jammert: »Ach, jetzt kannst du es aussprechen, jetzt, da es zu spät ist!« Dann folgt noch einiges auf Spanisch, aber ich kann nur die Namen von ein paar Heiligen erkennen. Offenbar beschließt Carlos danach, daß Angriff die beste Verteidigung ist und fängt an, mir Vorwürfe zu machen: »Du hast mich nicht angesehen wie eine Jungfrau, als du dachtest, ich schlafe!«

»Oh, haben Jungfrauen einen bestimmten Blick?« Natürlich habe ich mir immer erträumt, vom ersten Mann, mit dem ich schlafen würde, als Schlampe bezeichnet zu werden.

»In Spanien schon.« So schnell er kann, streift er seine Klamotten über. »Und außerdem schenkt eine Frau ihre Unschuld nicht einem Mann, den sie gar nicht kennt!«

»Ich hab sie dir nicht geschenkt! Es war kein kleines Mitbringsel!«

»Ich wünschte, du hättest es nicht getan!«

Am liebsten würde ich ihn anschreien, verpiß dich, du A–, aber mein Selbsterhaltungstrieb ist stärker, und ich sage: »Hör mal, Carlos, niemand braucht zu erfahren … was passiert ist.«

Die Hand schon am Türgriff, bleibt er stehen und spricht mit der Tür: »Das ist das letzte, das allerletzte, was irgend jemand erfahren sollte.«

Ich ringe mir ein »Gut« ab, obwohl nichts gut ist, überhaupt nichts. Das Laken eng um die Schulter geschlungen, sehe ich zu, wie er die Tür öffnet und einen Augenblick auf der Schwelle stehenbleibt. Und ich helfe ihm sogar noch dabei, Salz in die Wunde zu streuen, indem ich sage: »Was mich betrifft …« Er dreht sich um und sieht mich an. »Ist es nie passiert«, flüstere ich. Er fährt mit seinen sonnengebräunten Fingern durch seine glänzend-schwarzen Haare und verschwindet.

Da sitze ich nun in meinem Blut. Wenigstens weiß ich jetzt, daß ich nichts verpaßt habe. Ich lege mich hin und stopfe mir den Kissenzipfel in den Mund. Lieber möchte ich ersticken, als riskieren, daß man den schrecklichen hohlen Laut, der tief aus meinem Inneren dringt, auf dem ganzen Korridor hört.

»Amanda?« Ich schreie auf, und einen Moment bekomme ich wirklich keine Luft mehr, als ich den heißen Atem an meinem Ohr spüre. Ich werde hochgehoben, von Carlos' Armen, und er sagt: »Es tut mir leid, daß ich dich erschreckt habe ... ich war ... Vergib mir, Amanda, *perdoname, perdoname, perdoname, amor. Lo siento tanto, tanto, tanto.*« Statt mich zu beruhigen, zerstören seine Worte den Rest der Selbstkontrolle, an die ich mich mühsam geklammert habe, und jetzt klammere ich mich statt dessen an ihn. Und er sich an mich. »So hast du es dir nicht vorgestellt, so hab ich's nicht gewollt ... Aber es wird sein, wie es sein soll – diesmal, *mi amor.*«

Und er hat recht! Und ich habe doch was verpaßt! Warum hab ich nur so lange gewartet? Später am Nachmittag ... zieht Carlos sich wieder an, sehr langsam diesmal, unterbricht sich dauernd und kommt zu mir ans Bett, küßt mich, tief, leidenschaftlich, ausgiebig. Dauernd muß ich mir all die Dinge ins Gedächtnis rufen, die ein Mädchen in einer solchen Situation nicht sagen soll: Wann sehen wir uns wieder? Ruf mich morgen an! Wie sollen wir unsere Kinder nennen? Nachdem er mir einen langen Abschiedskuß gegeben hat, sage ich: »Du brauchst mich bestimmt nicht gleich zu heiraten, nur weil ... aber du könntest mich anrufen.«

»Ich ruf dich an.« Ach, zum Teufel! Ich steige wieder ins Bett. So fühlt man sich also als »eines von diesen Mädchen«, wenn man auf einen Anruf wartet ... aber dieser Zustand hat eindeutig auch seine guten Seiten! Um sieben klopft er an die Tür, erwischt mich »immer noch im Bett, wo du auch hingehörst« und schlüpft zu mir unter die Decke. Für den Rest des Semesters gehören wir zusammmen, zwar nicht vereint durch das heilige Band der Ehe, aber mit dem Segen des Campus. Ich habe einen Freund, einen LIEBHABER!

Ich mache den Fehler, meinem Vater ein Bild meines Verehrers zu zeigen – Carlos Ramon Maria Esteban de Alba.

Nach all den Jahren der Solidarität mit Minderheiten wählt er ausgerechnet diesen Moment, um sein wahres Gesicht zu zeigen: »Ich will nicht, daß du weiterhin mit diesem Bohnenfresser ausgehst!«

Ich weiß schon seit längerer Zeit, daß mein Vater ein Idiot ist, aber das schockiert mich nun doch. »Und was ist mit deinem Grundsatz ›wir sind alle braun‹? Du mußt akzeptieren, daß ich ausgehe, mit wem ich will.«

»Na gut, aber wenn du ihn heiratest, bring mir nicht die Mischlingsbrut ins Haus!« schimpft er.

»In Ordnung, abgemacht!«

»Und rechne nicht damit, daß ich zur Hochzeit komme und den Brautvater spiele!«

»Keine Sorge!« Ich stecke das Foto wieder in meine Handtasche und gehe zur Tür. »Und du, Vater, du hast mich schon vor langer Zeit alleingelassen!«

Ich kann eigentlich nur inständig hoffen, daß ich nach der Geburt im Krankenhaus vertauscht worden bin.

Carlos' großer Bruder Felipe und seine Freundin verbringen den Sommer in Amerika, bereisen die Ostküste. Sie besuchen uns eine Woche, bevor Carlos in der Wall Street anfängt und ich meine Sommerkurse mache. Ich habe angeboten, Felipes Freundin bei mir unterzubringen, da Carlos' Mitbewohner streng katholisch ist. Felipe und Carlos könnten ohne weiteres Zwillinge sein, hätte Felipe nicht graue Strähnen in den dunklen Locken und Lachfältchen um den Mund. Zwar hat Carlos mir erzählt, daß dessen Freundin Edith ein amerikanisches Model ist, aber nicht, daß sie schwarz ist – genaugenommen honigfarben.

Edith (»Nenn mich ruhig Eddy«) ist wunderschön, gepflegt und bilderbuch-perfekt, egal, zu welcher Tages- und Nachtzeit man ihr über den Weg läuft und womit sie sich gerade beschäftigt. Sie ist stramme einsachtzig und hervorragend als wandelnde Reklametafel geeignet, denn dank ihrer geschmeidigen Grazie fällt sie jedem sofort auf. Mit ihrer helmartigen Frisur erinnert sie mich an die Flapper der zwanziger Jahre. Alles an ihr ist eckig, abgesehen von dem üppigen Mund und den großen kastanienbraunen Mandelaugen. Nichts an ihr, weder ihre Mimik noch ihre Sprache, ist auch nur ansatzweise gestylt. Sie ist nicht launisch, nicht hochgestochen oder hohlköpfig, wie das bei Models so oft der Fall ist.

Wenn sie ihre eher harsche Lebenseinstellung mit allerlei zynischen Bemerkungen zum besten gibt und mit komischen Grimassen untermalt, muß ich hemmungslos lachen. Ihre nette Art läßt Komplexe gar nicht erst aufkommen, und außerdem habe ich einen größeren Busen. Eddy spricht fließend Italienisch und perfekt Kastilisch (Oberklassen-Spanisch), deshalb übersetzt sie für mich, wenn die Unterhaltung zu schwierig wird, um sie mit meinen Italienischkenntnissen zu dechiffrieren.

Eddy kennt Carlos' und Felipes Eltern, und darum frage ich sie: »Was meinst du, was sie davon halten, daß ihre beiden Söhne amerikanische Freundinnen haben und zu allem Überfluß auch noch schwarze?«

»Sie sind froh, daß wir nicht katholisch sind und die Pille nehmen.« Dann wird sie ernst. »Du nimmst doch die Pille, oder?«

»Nein.«

Das beunruhigt sie ehrlich. »Warum denn nicht?!« Sie setzt sich auf, und ich spüre ihren ungläubigen Blick durch die Dunkelheit.

Ich tue so, als wäre ich erfahrener, als ich bin: »Weil ich mit keinem Mann schlafen will, der nicht bereit ist, die Verantwortung für die Verhütung mit mir zu teilen, und es geht ja auch um mehr als nur darum, ob man schwanger wird…«

»Hör auf meinen Rat. Sonst fängt er nur an zu flehen: ›*Cariño, niña adorada!* Es ist einfach nicht das gleiche Gefühl!‹ Die Kastilier sind ein stolzes Volk, und du wirst dich wundern, welche Wirkung es hat, wenn ein stolzer Mann dich unter Tränen anfleht –«

»Tränen? Ach, hör auf, Eddy!« Allein die Vorstellung erscheint mir lächerlich.

Jetzt grinst Eddy zwar ebenfalls, aber sie fährt fort: »Ja, meine Liebe – TRÄNEN! Also, wenn es soweit ist – wenn, nicht falls –, dann denk an mich!« Als wir uns wieder eingekriegt haben, wird sie ernst: »Solche Männer passen grundsätzlich den idealen Moment ab, um dich daran zu erinnern, daß sie katholisch sind und du keine Jungfrau mehr bist. Sie gehen zur Beichte, und du kannst zum Teufel gehen.«

Am nächsten Tag frage ich Carlos: »Beichtest du meinetwegen?«

»Nein, ich beichte meinetwegen.«

»Beichtest du, daß du mit mir schläfst?«

Offensichtlich kapiert er nicht, daß ich es ernst meine, und antwortet lachend: »Na ja, ich erwähne deinen Namen nicht, jedenfalls nicht den vollen. Falls es das ist, worüber du dir Sorgen machst.«

»Mir gefällt der Gedanke nicht, daß ich eine Sünde bin!«

Ich weiß nicht, ob es meine Wut ist oder die Erwähnung der Sünde, die ihm Lust macht zu – zu sündigen. Vielleicht liegt es auch nur daran, daß wir praktisch allein am Pool sind. Wie der Teufel persönlich legt er sich der Länge seines braungebrannten Körpers lang auf mich, daß der Liegestuhl ächzt und stöhnt unter unserem gemeinsamen Gewicht. Carlos versucht mich zu küssen, und ich drehe mich weg, aber das hindert ihn nicht daran, die Hand unter meinen Rücken zu schieben, so daß beinahe das Elastikband an meinem Bikinioberteil reißt. »Carlos, ich rede mit dir!« Ich drücke meinen Rücken fest gegen die Stuhllehne und zerquetsche seine Hand.

Schnell zieht er sie heraus: »Ja, dann hör auf zu reden.«

»Mir gefällt der Gedanke nicht, daß ich eine Sünde bin!«

Er macht einfach weiter mit dem, was er tun will, und als er seine Hand unter den Liegestuhl schiebt, grinst er wieder wie der Teufel. »Auch wenn du meine Sünde bist, *mi amor?*« Seine langen Finger greifen durch das Gewebe der Stuhllehne, und mein Oberteil springt auf. Er grinst immer noch, und blinkert mit seinen langen Wimpern.

Vermutlich erwartet er Beifall: »So ein Trick verlangt jahrelange Übung, was?«

»Übung macht den Meister … Wünsch dir was, *mi amor.*«

Mir gefällt das Schlafarrangement, vor allem weil ich mich bis mitten in der Nacht mit Eddy unterhalten kann. Wie Teenager. Bei diesen Mitternachtsfesten zeigt mir Eddy unter anderem ein paar ziemlich raffinierte Make-up-Tricks, was mich daran erinnert, daß ich gar nicht weiß, wie alt sie ist.

»Wie lange hast du in Spanien gelebt?« frage ich sie.

»Nur ein Jahr. Ich wohne eigentlich nicht dort, mein Hauptwohnsitz ist in Italien.«

»Und wie lange hast du in Europa gelebt?«

»Gut zwölf Jahre.«

»Himmel! Vermißt du Amerika nicht?«

»Wenn ich Amerika vermisse, komme ich zu Besuch her und bin ziemlich schnell geheilt. Hier verändert sich nichts.«

»Wie oft kommst du zu Besuch?«

»Ein- bis zweimal pro Jahr. Einmal nach New York zum Einkaufen, einmal zu meiner Familie, nach Colorado – manchmal laß ich die Familie auch aus!« Wir lachen beide, und wir klatschen uns mit schwesterlichem Handschlag ab. »Ganz recht!«

Ich bin ein großer Europa-Fan, aber das ist immer noch was anderes, als auf Dauer dort zu leben. Also frage ich nach: »Kannst du nicht in den Staaten arbeiten? Ich dachte, hier kann man als Model das große Geld verdienen.«

»Das stimmt, wenn du blond und blauäugig bist oder die einzige Exotin, die dann für das internationale Flair sorgen darf.«

Das verstehe ich. »Also deshalb lebst du dort?«

Sie sieht mich an, als wäre ich verrückt, und zieht ihre perfekten Augenbrauen hoch. »Ich lebe dort, weil ich dort LEBEN kann. Du weißt doch, wie es hier zugeht. Meine Mutter hatte nur den einen Wunsch, nämlich, daß ihre Kinder dieselbe Chance bekommen, den amerikanischen Traum zu verwirklichen, wie alle anderen. Ohne Berufsausbildung, sitzengelassen mit drei Kindern, war alles, was sie dafür tun konnte, uns eine gute Ausbildung zu ermöglichen, und du weißt ja, wie das ist –«

Ich erinnere mich an Bloom Town: »Habt ihr in einer Kleinstadt gewohnt?«

»Nein, in der Großstadt, in vier verschiedenen Großstädten genaugenommen, und überall war es die gleiche Geschichte, du weißt schon.«

Mein Gesichtsausdruck zeigt ihr, daß ich es nicht weiß, und sie erklärt: »Durchschleusen und dann ab in die Fabrik. Sogar in Colorado mußte meine Mutter um ein Fabrikarbeiterhaus kämpfen, denn fast alle anderen Bewohner waren weiß.«

Irgendwie beunruhigt es mich, daß sie darüber spricht, als wäre das die Norm. Ich versuche, ein fröhliches Gesicht aufzusetzen, und sage: »Aber du – deine Mutter hat es geschafft … dort … einigermaßen in Frieden zu leben?«

»Wenn du damit meinst, ob sie uns das Haus über dem Kopf angezündet haben – das nicht. Aber wir hatten nicht mal eine annähernd normale Kindheit. Immer mußten wir braver, höflicher und sauberer sein als alle anderen – weißen – Kinder.«

»Ich verstehe genau, was du meinst! Meine Mutter hat uns immer gezwungen zu putzen, bevor Sen –« Ich breche mitten im Satz ab, denn mir wird klar, daß ich mich kaum ernsthaft darüber beklagen kann, daß wir saubermachen mußten, bevor unsere »Putzhilfe« kam. Statt dessen entgegne ich: »Du warst in der falschen Gegend, in Kalifornien war das anders.«

Wieder mustert sie mich. »Das kannst du vergessen, wir haben in Kaliforniern gewohnt, und da haben sie uns tatsächlich beinahe das Haus über dem Kopf angezündet.« Ich lache, sie nicht. »Das zum Thema amerikanischer Traum, jeder kriegt das, was er sich leisten kann!«

Ich bin ehrlich schockiert. »Du bist doch nicht etwa Kommunistin, oder?« Ich bin nicht sicher, was ich tun soll, wenn sie ja sagt – mich bekreuzigen, sie überreden, mit mir zu beten, und zu schreien: »Weiche von mir, Satan«?

Gott sei Dank antwortet sie lachend: »Guter Gott, nein! Ich bin nur eine Ex-Patriotin, die nicht mehr an die amerikanische Lüge glaubt.«

Soll das vielleicht besser sein? »Wer Träume hat, kann sie auch verwirklichen.« Dieser Spruch funktioniert nur, wenn man träumen darf, wenn man es lernt und dazu ermutigt wird. Sie hat andere Erfahrungen gemacht, das respektiere ich. Aber ich frage sie: »Du willst also lieber einen Europäer heiraten?«

Sie lacht nur. »Wenn du damit auf mein Verhältnis zu schwarzen Männern anspielst – wer im Glashaus sitzt, soll nicht mit Steinen werfen.« Wir lächeln beide, und Eddy senkt die Stimme. »Ich liebe schwarze Männer, aber für meinen

Geschmack haben sie einfach zu viele Komplexe, Minderwertigkeitskomplexe, und ich kann nicht mein ganzes Leben damit zubringen, sie aufzubauen, damit sie dann, wenn sie sich endlich ein bißchen aufrappeln, glauben, das beste Zubehör für sie wäre ein weißes Mädchen. Eins, das ihn nicht gesehen hat, wie er blutend dagelegen hat, wie hilflos er war, nachdem ihm die Weißen mal wieder eins aufs Maul gegeben haben.«

»Na ja, Eddy, wir sind in Amerika, hier gibt's alles, hier ist der Supermarkt der Hautfarben und Religionen. Hier findet man Männer italienischer Herkunft, die dir trotzdem bei der Hausarbeit helfen, Männer, die aus Spanien kommen und trotzdem nicht deinetwegen beichten.«

»Du machst wohl Witze! Die meisten weißen Amerikaner sind White Trash mit höheren Ambitionen, egal, woher ihre Vorfahren kommen, und der Rest – sagen wir mal, die übrigen fünf Prozent – das sind die Wasps –« Unwillkürlich muß ich an die Verbindungstypen denken. »Ohne sie und ihre kriminellen Vorfahren wäre die Welt nicht so, wie sie heute ist. Und sie kämpfen jeden Tag verbissen weiter darum, daß das so bleibt, daß sie die Welt, daß sie uns besitzen können!«

»Aber die Conquistadores, die Spanier – die sind okay, ja? Sie haben nicht eine Kultur nach der anderen versklavt und ausgelöscht? Und – nebenbei bemerkt – wie behandelt man die Schwarzen in Spanien?«

»Sieh mal, wenn du die Männer jeder Nation und jeder Hautfarbe, die irgendwann mal imperialistische Methoden angewendet haben, aussortieren würdest, dann bliebe nichts übrig … außer den Schwarzen. Bestimmt sichert ihnen das einen Platz im Himmel, aber auf der Erde brauchst du einen Mann an deiner Seite, und zwar den härtesten Mistkerl, den du auftreiben kannst.«

»Also am besten einen Wasp. Ich glaube, du hast gerade deinen Wasp-Traumprinzen beschrieben.«

»Laß mich mit den Wasps bloß in Ruhe! Schon bei der Vorstellung, daß mich einer von denen anfaßt, krieg ich eine Gänsehaut. Bei mir müßten sie schon Gewalt anwenden – wie sie es immer getan haben. Und jetzt, wo sie uns nicht mehr auspeitschen dürfen, benutzen sie eben die Ökonomie als Waffe. Mach nicht so ein Gesicht, als würdest du nicht verstehen, was ich meine. Das ist immer noch so. Wenn es auf der Welt Teufel gibt, dann sind es die Wasps.«

»Ich sehe immer noch nicht ein, weshalb die Spanier besser sein sollen.«

»Ich habe nicht vor, einen von denen zu heiraten, aber sie sind wenigstens ehrliche Machos.«

»Na ja, kannst du mir dann sagen, aus welcher Gruppe von Männern du dir einen zum Heiraten und Kinderkriegen aussuchen möchtest? Immerhin hast du inzwischen alle für ungeeignet erklärt – außer den Russen!« Wahrscheinlich ist sie doch Kommunistin.

Aber sie lächelt nur, steigt ins Bett und knipst das Licht aus. Deshalb sehe ich ihr Gesicht nicht, als sie antwortet: »Ach, Amanda, wer sagt denn, daß du heiraten und Kinder kriegen mußt? Wer hat denn beschlossen, daß sich das Leben nur dafür lohnt?« Da das keine echte Frage ist, antworte ich nicht, und sie denkt, sie hat das letzte Wort mit: »Und wer sagt, daß man das alles glauben muß?«

»Gute Nacht, Genossin Eddy.«

»Gute Nacht, Lady Amanda.«

Ich schlafe schlecht in dieser Nacht. Durch meine Träume geistern meine Cousins und Cousinen aus Bloom Town und die Küchenschränke meiner Mutter, in denen sich das Porzellan spiegelt, das wirklich aus den Knochen meiner Großmutter gemacht ist. Schließlich endet das Ganze damit, daß unser Haus in Flammen aufgeht, und die Leute Marshmallows über der glühenden Asche rösten. Ich will beim Löschen helfen, aber der dicke Qualm hüllt mich ein und verwandelt sich in eine Gruppe alter schwarzer Frauen, grau von der Asche, die sie beim Tanzen aufwirbeln. Ich nehme mir vor, meine Mutter anzurufen.

Felipe und Eddy fahren am Ende der Woche ab, und weil ich zu dem Schluß komme, daß Eddy eher zur Bohème gehört als zu den Kommunisten, tauschen wir unsere Telefonnummern aus, und ich lade sie ein, mich zu besuchen, wenn sie das nächstemal nach New York kommt.

»Nein, ich will nicht –«

»Was soll das heißen?«

»Ich will nicht, *mi amor. Adorada, no quiero* … Es ist nicht dasselbe … Gefühl – für dich auch nicht –«

Über sein »Gefühl« weiß ich nichts, aber meines ist jedenfalls weg. »Laß mich in Ruhe, Carlos.« Wir führen diese Diskussion jeden Tag, in den letzten beiden Wochen sogar zweimal täglich. Carlos will kein »Perversativ« benutzen, wie er es nennt. Zu seinen Argumenten gehört unter anderem: »Ich hab noch nie eins benutzt!« Der Mangel an Logik entgeht ihm völlig. »Du kannst mir vertrauen, *amor*, ich passe auf! Und überhaupt, was wäre denn so schlimm daran, wir heiraten doch sowieso.« Quellen da etwa Tränen aus seinen bambischwarzen Augen?

Ich frage ihn geradeheraus: »Warst du nicht derjenige, der immer gemeint hat, ich hätte warten sollen, bis ich verheiratet bin, ehe ich dir meine Jungfräulichkeit ›schenke‹? Und jetzt erzählst du mir, wir sollten anfangen, Kinder in die Welt zu setzen? So ein Mädchen bin ich wirklich nicht.«

Das kocht ihn jedesmal weich. »Ja, du hast recht, *amor* … Du könntest die Pille nehmen, viele Frauen nehmen die Pille.«

»Gut, aber ich gehöre nun mal leider nicht dazu und habe auch nicht vor, damit anzufangen.«

»Ja, leider.« Zwei Wochen später diskutieren wir immer noch über das gleiche Thema, allerdings etwas weniger häufig. Wir tun alles etwas weniger häufig, und nach der dritten Woche – überhaupt nicht mehr. Er sagt: »Tut mir leid, ich kann nicht.« Er hat auch keine Zeit für mich, denn er »muß fürs Examen büffeln. Tut mir leid.«

Deshalb bin ich auch etwas überrascht, als ich ihn auf dem Flur meines Wohnheims treffe. Bestimmt hat er auf mich gewartet, vielleicht ist heute die Nacht der Nächte! »Du hast dich geschnitten – nein, es ist – ist das Lippenstift?« Die Tür meiner Nachbarin schließt sich beinahe lautlos. Eigentlich hätte ich es überhaupt nicht bemerkt, wäre Carlos beim Einrasten des Schlosses nicht so zusammengezuckt. Ich habe keine Ahnung, wie wir in meinem Zimmer landen, aber der Knall, mit dem er meine Tür ins Schloß zieht, läßt diesmal mich zusammenzucken. Meine blonde, langbeinige Nachbarin – klick – und mein Freund – klick. Carlos steht vor dem Spiegel und wischt sich in aller Ruhe mit einem Kleenex den Rest des vermeintlichen Bluts von Gesicht und Hals. Ich glaube fest, daß es eine einleuchtende Erklärung dafür gibt, mir fällt nur keine ein, und er hat anscheinend auch nicht vor, mir eine anzubieten. »Dann gehörst du also auch zu den Gentlemen, die Blondinen bevorzugen?«

»Ja, aber heiraten tun sie lieber Brünette … Es war nur … Was soll ich denn deiner Meinung nach sagen, verrat's mir, dann sag ich's.«

»Sag mir einfach die Wahrheit …« Ich sehe ihm an, daß er zu erraten versucht, wieviel von der Wahrheit ich weiß. »Carlos, die ganze Wahrheit.«

Er zuckt die Achseln und sieht mich vorwurfsvoll an. »*Dios*, Amanda, ist das wirklich nötig? Ich bin ihr nur gerade in der Bibliothek begegnet –«

»Und du hast ihr beim Bücherschleppen geholfen –«

»Ganz richtig –«

»Aber die Bibliothek ist seit drei Stunden geschlossen!«

»Jetzt spionierst du mir also schon nach!«

»Ich hab dir nicht nachspioniert! Ich wohne hier, Carlos! Drei Stunden!« Noch nie in meinem Leben war ich so nahe dran, gewalttätig zu werden.

Carlos wandert in meinem Zimmer auf und ab. »Na ja, was hast du denn erwartet? Weißt du, früher hast du dich weniger mädchenhaft angestellt – ich bin ein Mann, Amanda, nicht einer von deinen kleinen amerikanischen Jüngelchen! Ich bin ein Latino, und als du mich weggeschickt hast … Du hast das Recht zu sagen, du willst nicht, aber ich habe das gleiche Recht! Du bist die Frau, die ich heiraten will, aber ich gehöre dir nicht, du kannst die Natur eines Mannes nicht verändern! Es tut mir leid, daß du – aber wenn du mir nachspionierst, was erwartest du? Es war falsch, daß –«

»Daß du dich hast erwischen lassen.«

»Ich hab nicht nachgedacht –« Ich bringe ihn um, wenn er damit anfängt, daß die Versuchung einfach zu groß für ihn war. »Du hast ganz recht, daß du dich ärgerst, *amor*, ich war dumm, es wird nicht wieder vorkommen.«

»Darauf kannst du dich verlassen, es wird nicht wieder vorkommen. Wieder …?« O Gott – »Was soll das heißen – wieder? Wie lang geht das schon, wie oft ist es ›vorgekommen‹?«

Er verdreht die Augen und schlägt die Hände vors Gesicht – ein Inbild des Leidens. Ich mache einen Schritt auf ihn zu und ohrfeige ihn mit aller Kraft. Er stolpert zurück, gegen die Wand. Ein paar ordentliche Knüffe kann ich noch landen, ehe er mir die Arme auf den Rücken dreht. »Du bist keine richtige Frau, du bist ein Biest, ein wildes Tier. Der Mann, der dich einmal heiratet, tut mir jetzt schon leid, falls du überhaupt einen findest, der dumm genug ist, dich zu nehmen. Ja, wie oft ist es vorgekommen – nicht oft genug, um deine Hartherzigkeit, deine Gemeinheit wettzumachen.«

Ich trete ihn, so fest ich kann, gegen das Schienbein, dann ramme ich nach altbewährter Methode mein Knie zwischen seine Beine und lande gleich darauf noch einen Kinnhaken. Doch er stößt mich so heftig zurück, daß ich mit dem Rücken flach gegen die Wand knalle und einen Moment keine Luft mehr kriege. In der offenen Tür bleibt er stehen: »Ich hoffe, du hast Erfolg in deiner Karriere, denn als Frau bist du die totale Niete!«

Ich schaffe es gerade noch zum Waschbecken, ehe ich mich übergebe.

Ich hatte gehofft, mich noch einmal mit ihm aussprechen zu können, ihm ganz ruhig all die Fragen zu stellen, auf die ich eine Antwort brauche. Um die Sache abzuschließen. Immer wieder überlege ich, was er sagen und tun könnte, damit es mir möglich wird, ihm zu verzeihen ... Vielleicht sollte ich ihn schwören lassen, beim Leben seiner Mutter, oder ... Aber würde ich ihm dann glauben? Selbst wenn er mich anfleht, ihm zu vergeben ... kann ich es? Vielleicht wenn er mir wirklich die Wahrheit sagt und verspricht ... Ich glaube ihm, daß im Macho-Land alles anders ist. Doch sogar wenn er sagt, daß es ihm leid tut und daß er es versuchen wird – daß er alles daransetzen wird, sich zu bessern ... das wäre doch was, oder? Ich bin auch überzeugt, daß er das selbst möchte, aber ich muß ganz sichergehen, daß er sich wirklich ändert. Ich wappne mich gegen seine mitleidheischenden schwarzen Augen, ich muß nein sagen, ich werde nein sagen. Ich weiß, ich werde ihn sehen, wenn er seine Sachen bei mir abholt. Aber statt dessen schickt er seinen »Sekundanten«, der mir alles zurückbringt, was Carlos je von mir bekommen hat, und alles mitnimmt, was ich ihm zurückgeben möchte – und das ist eine ganze Menge. Die ganzen Kleinigkeiten, die sich im Lauf eines halben Jahres von »Wo übernachten wir heute?« ansammeln. Also habe ich zum letztenmal mit Carlos gesprochen, aber ich sehe ihn immer wieder, den ganzen Sommer lang. Obwohl er nicht mehr studiert, findet er die Jagdgründe hier wohl einfach unwiderstehlich. In den ersten Tagen nach der Trennung begegne ich ihm viermal. Besser gesagt ihnen: Carlos und einer ungeheuer sanften, superblonden, sacharinsüßen Tussi.

Die ersten dreimal in den ersten drei Tagen kann ich mich tatsächlich davon überzeugen, daß Carlos es mir nur heimzahlen will, daß so seine Rache aussieht. Ich gehe ihm aus dem Weg. Deshalb nehme ich nicht die Abkürzung über den großen Rasen, wenn ich von der Bibliothek heimgehe, sondern statt dessen den Umweg hinter den Wohnheimen entlang. Ich würde meilenweit gehen, um »Don Giovanni« nicht zu begegnen. Der Tag war furchtbar heiß, und die meisten Leute haben die Fenster geöffnet, um die kühle abendliche Brise hereinzulassen. Gerade als ich an einem der Gebäude vorbeikomme … höre ich durch ein offenes Fenster im Erdgeschoß ein Kichern. Ich beschleunige meine Schritte, aber ehe ich außer Hörweite bin, höre ich das vertraute kehlige Lachen und das, was unweigerlich darauf folgt: »Wünsch dir was, *amor.*«

Aus unserer halbjährigen Beziehung haben sich eine Unmenge Karten, Notizen, Briefe und Gedichte in zwei Sprachen angesammelt – sie könnten locker aus fünf Jahren stammen. Ich habe sie in eine Schachtel gepackt und ganz hinten auf dem obersten Brett meines Wandschranks verstaut, schwer erreichbar. Irgendwann, so dachte ich mir, kann ich mir die Sachen sicher wieder ansehen, ohne in den zerbrochenen Hoffnungen und Tränenfluten zu ertrinken. Ich muß die Schachtel mit beiden Händen tragen, so schwer ist sie. Hinter den Wohnheimen gibt es ein Picknickgelände mit zwei Grills. Dort verbrennt der erste Teddybär nur ganz langsam, und er behält sein Lächeln im Gesicht, selbst als die giftig-schwarzen Flammen seinen herzförmigen Kopf endlich verschlingen. Mit Hilfe des schwelenden gesichtslosen Teddys verbrennt der nächste – ein spanischer – schon wesentlich schneller, der übernächste noch schneller und so weiter und so fort. Die Flammen geben mir das Gefühl, ich sollte etwas sagen, etwas Bedeutendes, das mir hilft zu vergessen. Vielleicht ein Gedicht von Goethe, einen Ausspruch von Macchiavelli ... Doch obwohl die Sache durchaus im klassischen Sinne tragisch ist, kommt mir nur eine einzige Zeile in den Kopf: »Lieber von Flammen verzehrt werden, als sang- und klanglos kaputtgehen«. Hätte schlimmer kommen können. Es kann immer noch schlimmer kommen, vielleicht werde ich als einsame alte Frau sterben ... es ist besser, geliebt und verloren zu haben und so weiter, *ad infinitum.* Amen.

Als ich wieder in meinem Wohnheim bin, rufe ich erst mal Margaret in den Hamptons an. »Männer sind furchtbar, vor allem Machos, und am schlimmsten sind ausländische Machos«, sagt sie. »Ich meine, wenn wir schon benutzt und schlecht behandelt werden, wenn man schon auf uns rumtrampelt, dann wenigstens in akzentfreiem Englisch, richtig?!!«

»Richtig!« Ich muß so tun, als würde mich das aufheitern, sonst merkt Margaret, wie sehr mich die Sache mitnimmt, und dann stellt sie Fragen wie: »Es hat doch nur sechs Monate gehalten, gibt es irgendwas, was du mir nicht erzählt hast?« Dann müßte ich ihr antworten: »Na ja, erinnerst du dich daran, wie wir die ganzen Einzelheiten aus unserem Sexleben ausgetauscht haben?«

Margaret: »Klar, ich weiß noch genau, wie ich dir die ganzen intimen Dinge erzählt habe, warum?«

Ich: »Weil ich Jungfrau war, bis ich mit Carlos geschlafen habe. Weil es das erstemal war. Und deshalb macht es mir mehr zu schaffen, verstehst du!«

Margaret: »Carlos war der erste Mann, mit dem du geschlafen hast? Du meinst doch bestimmt, du warst noch mal Jungfrau für ihn … Nein? Dann habe ich mir also Tips von einer JUNGFRAU geben lassen?! Kein Wunder, daß Enzio und ich nie eine echte Chance hatten!«

Wenn ich meine Mutter anrufe, macht sie wahrscheinlich zusammen mit meinem Vater eine Flasche Sekt auf. Oder sie leeren wenigstens unter lauten Jubelrufen den Sherry, der eigentlich zum Kochen gedacht ist. Nein, ich werde wohl oder übel allein leiden müssen. Zum Glück hat die öffentliche Demütigung, einen Ex-Freund zu haben, der eine Frau nach der anderen flachlegt, auch ihre gute Seite, nämlich, daß meine Trauerzeit dadurch mindestens um die Hälfte verkürzt wird. Hoffentlich sammelt er nicht wie ein Matador Ohren als Souvenirs. Andererseits kann ich es mir gut vorstellen, wie er mit bluttriefendem Gepäck nach Spanien zurückkehrt.

Vier Monate später besucht mich Eddy. Sie übernachtet in meinem Zimmer, und wir gehen zusammen einkaufen. Das Thema *Los Hombres* wird zunächst tunlichst vermieden, doch schließlich zeigt sie mir doch ein Bild von ihrem neuen französischen Liebhaber und sagt: »Ich bin ihm auf Carlos' Hochzeit begegnet.« Da ich nicht antworte, fährt sie hastig fort, wobei sie sich bemüht, locker zu wirken, und ihre Fingernägel begutachtet: »Er hat vor sechs Wochen geheiratet. Ein nettes Mädchen aus einer netten kastilischen Familie. Jedesmal, wenn er reinkommt, fällt die Kleine praktisch vor ihm auf die Knie, und wahrscheinlich würde sie am liebsten den Boden küssen, auf dem er geht.« Ich sage immer noch nichts und spüre, wie Eddy mich besorgt ansieht. »Vergiß den Wichser einfach.«

»Bin schon dabei.«

Eddy macht ein Gesicht, als würde sie mir das gern glauben. Dann nimmt sie mich in den Arm und sagt: »Du wirst ihn schon vergessen … Was hast du in den Sommerferien vor? Jules hat einen Bruder –«

»Nein, Eddy! Ich halte mich lieber an meine Landsleute!« Ihre hochgezogenen Augenbrauen stellen meine neugewonnene Weisheit nur allzu deutlich in Frage. »So ist's recht, Genossin, wenn ich was Zuverlässiges will, bevorzuge ich amerikanische Ware, hundert Prozent einheimisches Naturprodukt, made in USA!«

Für den Rest des Jahre lautet mein Motto:

Dringend –

Ich such nicht nach Liebe, die ewig hält,

Ich weiß, was ich will, und ich will es schnell.

Porträt einer Lady

Ich beschließe, in New York zu bleiben, denn hier sind nicht nur die Jobangebote für eine Kommunikationsexpertin besser, man bekommt auch leicht billige Wochenendflüge nach Europa. Allein die Tatsache, daß ich einfach nur die Stadt zu durchqueren brauche, um nach Italien, Frankreich oder Deutschland zu kommen – auch wenn das letztlich natürlich eine Illusion ist –, gibt mir das Gefühl, daß ich meine Sprachkenntnisse auf dem laufenden halte. Also kaufe ich ein Apartment an der Upper East Side, zum Schrecken und Entsetzen meiner Eltern. Vor allem meine Mutter kann es nicht fassen, denn für sie gehört – wie für viele Amerikaner – New York gar nicht richtig zu Amerika. Zum Glück habe ich mein erstes Stellenangebot nicht erwähnt, denn es kommt von einer Firma in Mailand, und ich ziehe es ernsthaft in Erwägung.

Stellenangebote gibt es reichlich. Fast jedes größere Unternehmen, das weltweit arbeitet, hat eine Kommunikationsabteilung. Von etwa zehn Firmen werde ich zum Vorstellungsgespräch eingeladen, aber leider haben die meisten keine richtige Vorstellung davon, was eine Expertin für Internationale Kommunikation eigentlich tun soll. Man handelt eher nach dem Motto: Heutzutage hat so was jeder, als brauchen wir es auch. Ich weiß, daß das Studienfach meiner Wahl relativ neu ist, aber die lückenhaften Beschreibungen meiner Pflichten klingen mehr oder weniger nach einer überbezahlten Fremdenführerin und Begleiterin für ausländische Kollegen und Klienten, die zu Besuch kommen.

Inzwischen bin ich drauf und dran, das Angebot aus Italien anzunehmen, doch da bekomme ich einen Brief von einem gewissen Mr. Withers, Chef der *Image Work International Communications Consulting Company.* Das Unternehmen wurde vor etwa zwanzig Jahren gegründet, von eben jenem Mr. Withers, und gilt als Pionierunternehmen auf dem Gebiet des Kommunikations-Service. Angefangen hat es mit fünfundzwanzig Angestellten, die hauptsächlich als Übersetzer für amerikanische Firmen mit europäischen Geschäftsbeziehungen arbeiteten. Im Lauf der Zeit ist der Betrieb auf vier Abteilungen angewachsen, die zwanzig Sprachen abdecken und Beratung amerikanischer und ausländischer Firmen in aller Welt anbieten. Genau der richtige Job für mich!

Ich bereite mich auf das Interview vor, indem ich in meine internationale Rüstung schlüpfe: italienisches Kostüm, französische Handtasche und Schuhe, deutscher Aktenkoffer. Mr. Withers begrüßt mich auf italienisch und küßt mich neben beide Wangen, also erwidere ich seinen Gruß auf dieselbe Art und spreche ebenfalls italienisch, wobei ich denke: Der Name Withers klingt nicht italienisch, vielleicht hieß er früher mal Viterino. Er bittet mich, Platz zu nehmen, und erklärt mir seine Unternehmensphilosphie. Dabei springt er permanent von einer Sprache zur anderen: Italienisch-Französisch, Französisch-Deutsch, Deutsch-Italienisch. Schließlich sagt er – auf französisch: »Wir sind nicht einfach nur Übersetzer. Wir haben Klienten überall in der Welt und sind auf Kommunikationszusammenbrüche spezialisiert – sowohl innerhalb des

Mutterunternehmens als auch zwischen ihm und ausländischen Angestellten. Deshalb brauchen wir Leute, die eine Fremdsprache nicht nur sprechen, sondern die kulturellen und weltanschaulichen Unterschiede verstehen und vor allem auch überbrücken können. Wie dem auch sei« – jetzt schwenkt er mitten im Satz auf Deutsch um –, »diese Aufgabe erfordert eine Menge Wissen, das sich jedoch nicht auf Stereotype stützen sollte, ein gutes Einfühlungsvermögen und einen sicheren Instinkt – kurz gesagt, die Fähigkeit, nicht nur die Sprache der jeweiligen Nation zu sprechen, sondern auch zu denken wie die Einheimischen. Nur auf diese Weise lassen sich internationale Katastrophen vermeiden.«

Da er eine Pause einlegt, nehme ich an, daß ich jetzt an der Reihe bin. Also erzähle ich ihm von den Sommeraufenthalten in Deutschland, Italien und Frankreich während meines Studiums. Dabei benutze ich die jeweils passende Sprache und versuche, auch mein Wissen über nationale Sitten und Gebräuche einfließen zu lassen. Offensichtlich ist er beeindruckt, und er beginnt, den Job ausführlicher zu beschreiben, wobei er das Sprachgehopse noch beschleunigt: »Wir haben beschlossen, in Europa eine zweite Niederlassung aufzubauen (Französisch). Wir wollen sie das *Devil's Triangle* nennen, also Teufelsdreieck (Deutsch): Italien, Frankreich und Deutschland (Italienisch). Es sollen nicht nur Geschäftsbeziehungen mit den Vereinigten Staaten gepflegt werden, sondern auch zwischen diesen Ländern, und den Europäern ist es immer sehr wichtig, die nationale Identität ihrer Unternehmen zu erhalten. Nächstes Jahr wird Mr. Emerson unsere Niederlassung in München eröffnen und leiten (Italienisch). Im ersten Jahr wird er zwischen den beiden Büros hin und her fliegen. Wenn alles nach Plan läuft – und das wird es, deshalb haben wir uns schließlich für Deutschland entschieden und nicht fürs sonnige Italien –, dann wird er dauerhaft dort arbeiten (Französisch). Doch wir möchten bereits jetzt eine neue Führungskraft einarbeiten (Deutsch), denn wir wollen expandieren, sobald das zweite Büro Fuß gefaßt hat.«

Er nennt ein mehr als anständiges Anfangsgehalt (Italienisch) und fügt hinzu: »Natürlich ist eine proportionale Erhöhung innerhalb von zwei Jahren vorgesehen. Was halten Sie davon?« Jetzt spricht er französisch. »Wäre das eventuell etwas für Sie?«

Ich antworte auf deutsch, weil es mir in dieser Sprache schon immer am besten gelingt, gefaßt zu klingen, auch wenn mir das Herz bis in den Hals klopft. »Ja, gern.«

»Nur noch eins«, sagt Withers. Jetzt kommt der Haken, denke ich, irgendwas wie: »Haben Sie vor zu heiraten oder Kinder in die Welt zu setzen, oder sind Sie bereit, einen Vertrag mit Ihrem Blut zu unterzeichnen und bei Ihrem Leben zu schwören, daß Sie das in den nächsten zehn Jahren nicht vorhaben?« Aber er fragt grinsend: »Eins muß ich noch wissen, ehe ich Sie an Bord willkommen heißen kann: (Englisch) Können Sie auch Englisch?«

In fast jeder Sprache gibt es einen Ausdruck der Art: Ich habe gearbeitet wie ein Sklave, ich habe geschuftet wie ein Neger – neben anderen, vulgäreren Versionen. Was sagt uns das? Es sagt uns, jeder weiß, daß schwarze Menschen hart arbeiten. Und genau das tat ich in den beiden darauffolgenden Jahren.

Zählt man die endlosen Dinners und Geschäftspartys auf zwei Kontinenten und in vier Nationen nicht mit, hatte ich kein gesellschaftliches Leben. Auf diesen Veranstaltungen scheint es stets einen Mangel an Frauen und eine überwältigende Zahl treuloser italienischer, französischer und deutscher Ehemänner zu geben, die gerne mal eine schwarze Nacht hätten, sprich mich. Ich erscheine stets in Begleitung von Mr. Emerson. Doch im Grunde ist er keine Hilfe für mich, denn er schafft es, sich immer dann außer Hörweite aufzuhalten, wenn jemand leicht anzügliche Kommentare oder nicht sonderlich subtile Andeutungen macht oder ganz eindeutig in südländische Manier heiß und leidenschaftlich flirtet. Anfangs habe ich die Vermutung, daß er mich auf dem Kieker hat, weil seiner persönlichen Meinung nach keine Frau jemals in der Lage sein wird, sich in der männerorientierten europäischen Geschäftswelt durchzusetzen. Aber während ich mich noch als mit allen Wassern gewaschene Geschäftsfrau etabliere, indem ich die Franzosen beleidige, den Italienern ihre schlechten Manieren vorhalte und jeden Atemzug der Deutschen auseinandernehme und analysiere, merke ich, daß er mich nur zwingt, eigenständig meine Schwimmversuche zu machen. Er weiß, daß es zu viele Situationen gibt, in denen kein amerikanischer Kavalier da sein wird, um mich zu beschützen, und daß es deshalb besser ist, wenn ich mich jetzt durchbeiße – solange er eingreifen kann, sollte eine tatsächliche Notzüchtigung drohen.

Das finde ich bei einer Party heraus, als Mr. Emerson mich zu Mr. Withers und den vier anderen Abteilungschefs herüberwinkt. »Kommen Sie her, Ms. Johnson. Sie müssen den Herren unbedingt erzählen, was Sie zu diesem Monsieur Bernoux gesagt haben, als er Ihnen zuflüsterte: › … aber meine Frau ist nicht eifersüchtig!‹« Ich setze zu einer Antwort an, aber er spricht weiter: »Sie hat geantwortet, und zwar ganz laut: ›Vielleicht sind Sie es nicht wert, daß man Ihretwegen eifersüchtig wird.‹« Das finden alle brüllend komisch, genauso wie die Franzosen damals, einschließlich Monsieur Bernoux, und Mr. Withers fährt fort: »Trinken wir auf Ms. Johnson, die von den Franzosen nur noch *ma petite prude* genannt wird.«

»Auf die hübsche kleine Prüde!« rufen alle, und ich weiß, jetzt habe ich meine Aufnahmeprüfung bestanden.

Danach legt sich der aufgewirbelte Staub endlich, und mein Leben verfällt zwar nicht gerade in eine Routine, aber bekommt doch einen Hauch von Normalität. Als Chefin im *Devil's Triangle* von New York und mit Mr. Emerson in München muß ich nur noch einmal pro Jahr in das jeweilige Land reisen, außerhalb der Saison. Obwohl ich meine Abteilung vollkommen umkremple, habe ich nach und nach die Abende und Wochenenden für mich. Buchstäblich für mich, mit mir allein, denn all meine Freunde und ehemaligen Kommilitonen haben mich aufgegeben, nachdem ich mittlerweile zwei Jahre lang auf keiner Party gesichtet wurde und keiner Einladung gefolgt bin. Irgendwie habe ich auch keine rechte Lust, einen meiner Bekannten anzurufen und zu sagen: »Hi, ich bin's, ich war die letzten zwei Jahre unheimlich beschäftigt, aber was hast du dieses Wochenende vor?« Die ersten paar Wochenenden schlafe ich den ganzen Jetlag aus, der sich in den zwei Jahren angestaut hat, aber nach einem Monat fällt mir die Decke auf den Kopf. Also kaufe ich mir ein Fahrrad und radle in der Stadt herum, wobei ich eine Menge dieser kleinen Abenteuer erlebe, die man nur in New York erleben kann: Ich entdecke eine Spelunke, in der man exzellenten echt Genueser Pesto vorgesetzt bekommt, eine schwarze Synagoge und so weiter. Und das beste daran ist: Weil ich soviel frische Luft und Bewegung bekomme, rede ich mir ein, daß ich essen kann, was ich will.

An einem Sonntag nachmittag habe ich gerade ein Fünf-Kugel-Hörnchen Gelato aufgegessen und radle nach Hause. Ein dunkler, profimäßig aussehender Radfahrer fährt mir fast aufs Hinterrad, und ich weiche auf dem Radweg ganz nach rechts aus, damit er mich überholen kann. Diese Idioten, warum müssen sie einem denn so auf die Pelle rücken, sogar am Sonntag, wo es doch wirklich niemand eilig hat? Superkerle auf Superrädern. Er sieht doch genau, daß mein Columbia-Rad auf Bequemlichkeit gebaut ist und ich nicht vorhabe, mit ihm ein Wettrennen zu veranstalten.

Ein paar andere Radfahrer sausen vorbei, leise vor sich hinfluchend. Zu meiner Überraschung überholt mich der Profi aber nicht, sondern fährt ebenfalls ganz nach rechts, immer direkt hinter mir. Ich bin ein wenig beunruhigt und überlege, ob es wohl irgendein Irrer ist, der nur darauf wartet, daß ich in den Park einbiege, und dann ... Oder versucht er Kontakt mit mir aufzunehmen? In letzter Zeit hatte ich eine Menge Übung mit sozialen Fertigkeiten aus aller Welt, aber leider sind dabei die ganz alltäglichen ein bißchen eingerostet. Der Tag ist relativ warm, schließlich ist es schon Juni, aber es ist nicht so heiß, daß ich mit meiner leichten Jeansjacke und den dazu passenden Shorts schwitzen müßte. Aber mir läuft das Wasser nur so runter.

»Werd jetzt bloß nicht panisch«, rede ich mir gut zu. »Das ist alles bloß Einbildung ... deine Phantasie geht mit dir durch. Außerdem sind die New Yorker Männer nicht schüchtern. Wenn er mich kennenlernen wollte, hätte er mich längst angesprochen, denn er wüßte, das könnte seine erste und letzte Chance sein.«

Nachdem ich mich dergestalt beruhigt habe, radle ich noch zwanzig Minuten weiter, bis ich zu der Stelle komme, wo ich vom Fahrradweg abbiegen muß. Hier muß ich eine Kreuzung überqueren und das letzte Stück bis zu meinem Haus auf der – Gott sei Dank autofreien – Straße fahren. Als ich absteige, um auf Grün zu warten – anders als viele Einheimische respektiere ich nämlich die Ampeln –, fährt der Profiradler an mir vorbei, und ich kann ihn mir genau ansehen – jedenfalls seine Rückfront. »Oioioi! Wirklich schade«, murmle ich beim Anblick der langen, schlanken, muskulösen Beine und der eng anliegenden Radlerhose.

In diesem Moment schaltet die Ampel auf Grün, und als ich die Straße überquere, sehe ich, wie der Radler ebenfalls wendet und zurückkommt. Ich beschließe, ihn nicht einfach so entwischen zu lassen, und rufe: »Wenn du nicht weißt, wo ich hinfahre, dann fahr mir einfach nach!«

»Ich fahr dir überall nach, Slim!« Es ist »Darreyl!«

Wir trinken zusammen einen Kaffee und erzählen uns das Neueste. Darreyl ist auf dem besten Weg, Juniorpartner in einer internationalen Anwaltspraxis zu werden, und so gut wie verlobt. Als gebürtiger New Yorker hat er ein höchst aktives gesellschaftliches Leben. Ehe wir gehen, wage ich die Frage: »Kennst du denn irgendwelche netten Leute, na ja, ich meine eigentlich nette Männer? Kennst du irgendwelche ungebundenen netten jungen Männer?«

Er grinst, daß seine weißen Zähne nur so blitzen, und meint: »Kommt ganz darauf an, was du unter nett verstehst.«

»Daß sie einen Job haben und noch alle Zähne. Wie du siehst, hab ich die New Yorker Maßstäbe übernommen.« Sein Grinsen wird noch breiter. »Tja, alle, die ich kenne, haben einen Job und gute Zähne, aber ich kenne fast nur schwarze Typen, Slim, also kann ich dir wahrscheinlich nicht helfen. Es sei denn, du hast dich wirklich angepaßt ... Wie sieht's aus?«

Ich mustere ihn. »Du etwa?«

Sein kehliges Lachen steckt mich an, und als wir unsere Fahrräder aufschließen und uns in den Sattel schwingen, gibt er mir seine Karte. »Da gäbe es beispielsweise den Bruder meiner Freundin, der würde dich wahrscheinlich lieber mögen als mich ... Wir treffen uns heute abend um acht bei *Mickey's.*«

Darreyls blonde Freundin Beth bringt wirklich ihren Bruder mit, aber sie schafft es, sowohl ihn als auch Darreyl mit Argusaugen zu bewachen. Höchstwahrscheinlich wird diese

Beth nicht meine neue beste Freundin. Auch der Rest des um den Tisch versammelten Yuppie-Dutzends ist für meinen Geschmack geradezu ekelhaft offensichtlich auf die nächsthöhere Sprosse der Karriereleiter fixiert. Zwar sieht man ihren Klamotten nicht unbedingt den Designer an, aber eindeutig den Preis. Gerade als ich mich davonschleichen will, kommt GI Joe an unseren Tisch, schwarzer Bürstenhaarschnitt, etwas entwaffnend Jungenhaftes in den intelligenten grauen Augen, trotz des arroganten Blicks. Vielleicht liegt es auch an den roten Converse-Turnschuhen, dem V-Ausschnitt-Pulli und den Jeans. Sein räuberisches Grinsen schneidet mir sozusagen den Fluchtweg ab. Und dann sagt er auch noch: »Na, na, na. Sie können doch keine Freundin von Beth sein, sie achtet doch so sorgfältig darauf, daß sich keine schönen Frauen in ihrem Bekanntenkreis befinden!«

Als ich sehe, daß Beth bei dieser Bemerkung unbehaglich auf ihrem Stuhl herumrutscht, mag ich ihn noch lieber. Er begrüßt den Rest der Versammlung, und Darreyl kommt, wenn auch etwas spät, seiner Freundin zu Hilfe: »Vielleicht schützt sie ihre Freundinnen vor Männern wie dir.« Dann wendet er sich an mich: »Amanda, das ist Dr. Jekyll, Dr. Jekyll, das ist Amanda.«

GI Joe nimmt meine Hand, was mir augenblicklich den Atem raubt. »Nennen Sie mich einfach Doc. Ich mache übrigens auch Hausbesuche.«

Diesmal reagiert Darreyl etwas schneller: »Ja, er ist einer von den wenigen Herzchirurgen, die das noch tun.«

Der Herzchirurg wirft ihm einen kurzen Blick zu und sagt: »Also sind Sie eine Freundin von Darreyl.«

Beth sieht Darreyl sauer an, Darreyl grinst mir zu, ich sehe Darreyl sauer an. Aber dann auch Beth, denn sie meint schnippisch: »Amanda, du wolltest doch gerade gehen, oder?« Was mir im ersten Moment die Sprache verschlägt. Und die

Tatsache, daß der Doktor immer noch meine Hand in seiner hält, die, wie ich jetzt weiß, Menschenleben retten kann, hilft nicht gerade dabei, sie wiederzugewinnen.

Er antwortet für mich: »Ja, wir wollten gerade aufbrechen.«

Darreyl sieht aus, als wollte er aufstehen, aber Beth hält ihn zurück. Er lächelt, aber jetzt anders. »Vermutlich bist du in Sicherheit, Slim, zum Glück haben wir ja nicht Vollmond.«

Beth kann sich den letzten Seitenhieb nicht verkneifen: »Sie kann garantiert auf sich selbst aufpassen.«

»Können Sie das wirklich – auf sich aufpassen?« fragt GI Joe.

»Momentan kann ich mich vor allem nach Hause bringen«, antworte ich.

»Ehrlich? Ich dachte, ich könnte Sie vielleicht zu einem Kaffee überreden.«

»Und ich dachte, Sie wären Arzt und Koffein wäre ungesund, vor allem fürs Herz.«

»Fast jede Medizin ist giftig, es sei denn, sie ist richtig dosiert –« Seine körperliche Gewandtheit beschränkt sich nicht auf seine Hände, und er schleicht sich an mich heran wie ein Panther.

Ich weiche einen Schritt zurück, auf den Bordstein hinauf, was den Taxifahrer, der schon anhalten wollte, dazu veranlaßt, aufs Gaspedal zu treten. »Haben Sie vor, mein Herz zu untersuchen, hier, mitten auf der Straße?« Er sieht aus, als würde er es sich ernsthaft überlegen, und ich nutze die Chance, gehe schnell um ihn herum und winke das nächste Taxi heran.

»Sie wollen also tatsächlich nach Hause? Darf ich Sie denn nicht wenigstens mitnehmen?« Während er das sagt, drückt er auf die Fernbedienung, die seinen direkt vor uns parkenden Porsche elektronisch entriegelt. Auf einmal merkt er, daß ich merke, daß er vor einem Hydranten steht. »Man braucht eben ein paar Privilegien –« Das laute Piepen des Autotelefons unterbricht ihn. Er überreicht mir seine Karte mit den Worten: »Rufen Sie mich an, gleich morgen«, öffnet gleichzeitig die Wagentür und ergreift den Hörer: »Dr. Brand. Gut, in zehn Minuten –«

Ich steige ins Taxi. Als ich mich nach ihm umdrehe, beendet er gerade das Gespräch, fährt los und sieht dabei aus wie der, der er ist. Sogar ich habe den Namen auf der Karte schon gehört: Dr. Thomas W. Brand – Wunderknabe und Herzchirurg.

Aber ich rufe nicht den Arzt an, sondern Darreyl, denn ich will ein paar Informationen. Er ist nicht sonderlich hilfreich und antwortet kaum mehr als ja und nein. »Ist er in Ordnung?«

»Ja, ich denke schon.«

»Also, ist er ein Freund von dir?«

»Ja.«

»Dann ist er doch in Ordnung, oder nicht?«

»Drücken wir's mal so aus, Slim: Ja, ich bin gut mit ihm befreundet, nein, er hat keine Freundin, er hatte in den ganzen fünf Jahren, die ich ihn jetzt schon kenne, keine einzige feste Freundin. Aber ich hab mich auch nie mit ihm über allzu persönliche Dinge unterhalten, also kann ich letztlich nur Vermutungen anstellen … trotzdem würde ich nicht wollen, daß meine Schwester mit ihm ausgeht – nur so ein Gefühl.«

Mein selektives Gehör hat aber nur das eine aufgenommen: »Er hat also keine Freundin?«

»Bye, Slim.«

Ich wähle die Nummer, die der Arzt mir gegeben hat, und eine sehr freundliche Stimme antwortet. Als ich sage »Ich möchte ihn persönlich sprechen –« wird sie wesentlich unfreundlicher und teilt mir mit: »Ja, Dr. Brand hat Ihren

Anruf erwartet. Er schlägt vor, daß Sie sich heute abend mit ihm in der Klinik-Cafeteria auf eine Tasse Kaffee treffen.«

»Um welche Zeit?«

»Oh, kommen Sie einfach vorbei, er ist eigentlich immer da.«

Mir gefällt die Cafeteria. Genaugenommen gefällt mir, daß praktisch jeder, der uns, das heißt ihn, sieht, eine Verbeugung fast bis zum Boden macht. Allerdings mag ich es weniger, wenn sie stehenbleiben und mit ihm über Dinge sprechen, die mir den Appetit verschlagen würden – wenn ich verstehen würde, worum es geht. Zwischen der Königsehrung und den Pilgerfahrten gelingt es uns, die Grundlagen unserer jeweiligen Biographie auszutauschen. Nach zwei Stunden weiß ich jedenfalls eins genau: Er ist schizophren. Ich genieße seine ungeteilte, fast schon aufdringliche Aufmerksamkeit, er lehnt sich weit aus seinem Stuhl und mehr oder weniger in meinen Schoß, bis jemand vorbeikommt oder eine Durchsage aus den Lautsprechern ertönt. Dann spitzt er augenblicklich die Ohren, wie man es ja auch nicht anders von ihm erwartet. Beunruhigend aber ist die Art, wie er wieder zurückschaltet – zu mir. An, aus, an, aus, zwei Stunden lang.

»Tja, ich muß jetzt gehen.«

Thomas nimmt meinen Abschied in seinem üblichen Tempo auf: »Ja, dann werde ich wohl mal kurz turboschlafen. Wie wäre es, wenn wir zusammen zu Abend essen, morgen vielleicht oder übermorgen? Kann ich dich anrufen?«

Er ruft tatsächlich an! Nämlich um mir mitzuteilen: »Ich habe Bereitschaft, aber es wäre nett, wenn wir zusammen in der Cafeteria zu Abend essen könnten, falls du Lust hast vorbeizukommen.«

Eigentlich möchte ich nein sagen, aber ich habe nichts Besseres vor, und Donna, meine Sekretärin, die den Doktor zu mir durchgestellt hat, sieht so beeindruckt aus – »Ist das ›der‹ Dr. Thomas Brand?« –, daß ich ja sage und versuche so zu klingen, als würde ich mich freuen.

Als ich diesmal zum Empfang komme, begrüßt man mich mit: »Ja, der Doktor erwartet Sie.« Dann führt man mich durch die langen weißen Korridore zum Ärzte-Speiseraum. Ein echt prinzessiges Gefühl. An der Tür erwartet mich ein junger Assistenzarzt; er geleitet mich zu einem Tisch in einer Ecke des vielfenstrigen, eleganten, wenn auch asketisch eingerichteten Raums. Er macht höflich Konversation, bis Thomas kommt. Ich erwarte schon fast, daß ihm das Blut von der Jacke tropft, und frage: »Hast du gerade ein Menschenleben gerettet?«

»Mehr oder weniger. Es war eher ein Pokerspiel, mit unbegrenztem Einsatz!« Nach etwa anderthalb Wochen solcher und ähnlicher Treffen schaffen wir es erstmalig, uns richtig zu verabreden. Als ich mich anziehe, wird mir klar, daß wir zum erstenmal allein sein werden, ohne seine Jünger. Es war schön, mit einem Gott zusammenzusein, ich kam mir vor wie eine Göttin, aber jetzt bin ich bereit, auch den Mann kennenzulernen …

Eine halbe Stunde nachdem er mich laut Absprache hätte abholen sollen, klingelt das Telefon. Ich könnte schwören, es ist die freundlich-unfreundliche Stimme von meinem ersten Anruf. Diesmal ist sie sehr freundlich und sagt: »Dr. Brand ist bei einer Operation und kann Ihren – Termin leider nicht einhalten.«

Klick. Ich kann mich ja nicht darüber ärgern, daß ich versetzt worden bin, weil er ein Leben gerettet hat … aber ich bin trotzdem sauer. Er hätte doch wenigstens früher anrufen können! Wahrscheinlich bin ich nicht dazu geschaffen, die Frau eines Arztes zu sein, auch nicht die Freundin, nicht mal seine Verabredung zum Abendessen. Kein Mensch arbeitet vierundzwanzig Stunden am Tag. Wenn er wirklich Wert darauf gelegt hätte, den Abend mit mir zu verbringen, dann hätte er auch Mittel und Wege gefunden. Ich glaube, es war ein Fehler, daß ich die letzten zwei Wochen immer Kaffee-Bereitschaftsdienst gemacht habe. Das muß aufhören. All das geht mir durch den Kopf, während ich meine Aerobic-Übungen mache und später allein ins Kino gehe.

Ich rufe ihn nicht an und komme auch nicht zum Kaffee vorbei; dreimal in dieser Woche ruft er an beziehungsweise läßt jemanden für sich anrufen. Am Donnerstag erwischt er mich zu Hause. Jetzt bin ich bereit, seine Entschuldigung dafür entgegenzunehmen, daß er nicht früher angerufen hat. Aber er entschuldigt sich nicht, ja, er versucht es nicht mal. Also frage ich ihn: »Hättest du nicht früher jemanden anrufen lassen können?«

»Amanda, kapierst du eigentlich, was ich mache? Sind mir irgendwie die Prioritäten durcheinandergekommen? Mir war nicht klar, daß du vor Hunger im Sterben liegst. Wie wäre es übermorgen, nein, morgen – Freitag?«

»Nein.« Offenbar hat er das Wort noch nicht oft genug gehört, um es zu verstehen.

»Was – nein?«

»Nein danke.«

»Kaffee, Abendessen?«

»In der Klinik?« Sein Schweigen sagt ja, also sage ich: »Nein.«

»Lunch, morgen, irgendwo anders?« Mein Schweigen sagt vielleicht, also sagt er: »Sag mir Bescheid. Mein Telefondienst weiß immer, wo ich zu erreichen bin.«

Zum erstenmal seit sechs Monaten rufe ich Margaret an. Aus zwei Gründen haben wir den Kontakt verloren: Erstens ist sie jetzt Investment Bankerin und arbeitet an der Wall Street, und da ich überall sonst in der Welt zugange bin, ist Präzisionsplanung vonnöten, wenn wir auch nur ein gemeinsames Kaffeetrinken organisieren wollen. Zweitens hasse ich ihren Freund Mark, einen Macho-Idioten erster Güte, und habe den Fehler gemacht, es ihn wissen zu lassen.

Margaret macht mir keinerlei Vorwürfe, sondern freut sich einfach, daß ich mich melde. Sie ist momentan ebenfalls solo; vor drei Monaten hat sie sich von besagtem Mark getrennt und wie ich die Verbindung zur Außenwelt verloren. »Die letzten paar Jahre war ich völlig in Anspruch genommen von diesem Irrsinn. Anders konnte man unsere Beziehung nicht mehr nennen.«

Vorsichtig frage ich: »Was ist passiert?« Für den Fall, daß sie doch wieder zu ihm zurück will, versuche ich, eher traurig zu klingen.

»Eines Tages bin ich nach Hause gekommen, da hatte er seine Siebensachen gepackt und einen Zettel an den Kühlschrank geklebt, daß er eine Bessere gefunden hat.«

»Das ist ja unglaublich! Ich meine, ich wußte ja schon immer, daß er ein Arsch ist – entschuldige meine Ausdrucksweise –, aber da hab ich ihn ja noch gewaltig unterschätzt –«

»Oh, es kommt noch schlimmer.«

»Warst du schwanger?«

»Nein –«

»Gott sei Dank! Das wäre echt das schlimmste gewesen!«

»Ach was, das kann ich allemal überbieten. Erinnerst du dich an Helena?«

»Nein, warte mal ... Ich hab sie nie getroffen, aber hast du nicht nach dem College mit ihr zusammen gewohnt?«

»Und sie war eine meiner besten Freundinnen. Wir haben viel zusammen unternommen, vor allem, weil sie auch mit Mark gut klarkam.«

»Ja, ich weiß, und mit mir hat er sich nur gefetzt … Aber sie – hat – doch nicht etwa?!«

»Doch, sie hat.«

»Und er – hat –?!«

»Jawoll, er hat. Vielleicht verstehst du jetzt auch, weshalb ich es nicht eilig hatte, meine Freundinnen anzurufen … sonst hätte ich mich bei dir gemeldet.«

»Nein, das verstehe ich nicht.« Was hat sie denn von mir erwartet – daß ich ihr sage, siehst du wohl?

»Weil du recht hattest, auch wenn du sicher nicht ›siehst du wohl‹ gesagt hättest«, erklärt sie mir prompt.

»Ich wünschte, ich hätte mich geirrt damals.«

»Und ich wünschte, ich hätte auf dich gehört!«

»Ja, wir wissen beide, daß ich die Schlaue bin, was Männer angeht. Denk nur an *El Rey*!«

Wir lachen beide, dann fragt Margaret: »Und was war mit Evan?«

»Hey! Der zählt nicht!«

»Du weißt, du wirst allmählich alt, wenn du anfängst, die Zahlen zu frisieren. Hab ich dir gesagt, daß ich dreimal Jungfrau war – bisher?« Nach einer Weile haltlosen Lachens fragt sie: »Kannst du noch den Trendel, diesen mittelalterlichen Tanz?«

»Ich hoffe schon, aber ich hab nicht mehr getanzt, seit ich die Uni verlassen habe.«

»Na, dann pack dein Sklavengewand aus und laß uns morgen zusammen zum Mittelalterlichen Tanz- und Singclub gehen!«

»Abgemacht!«

Ich durchwühle mein eingelagertes Zeug, finde tatsächlich das Kleid samt Zubehör und renne gleich zur 24-Stunden-Reinigung. Dann suche ich meine alten Kassetten heraus und übe ein bißchen im Zimmer.

Am nächsten Morgen beschleicht mich das Gefühl, daß ich vielleicht ein bißchen überreagiert, den Halbgott in Weiß etwas schroff behandelt habe. Außerdem habe ich auch ein schlechtes Gewissen, weil ich mich darüber beklagt habe, daß er mich versetzt, wo er doch ein Leben retten mußte. Möglicherweise tut es mir nicht leid genug, aber es tut mir leid. Der Telefondienst teilt mir mit, daß Thomas den Tag frei hat und in einem Sandwich-Shop gegenüber der Klinik essen gegangen ist. Ich treffe mich dort mit ihm zum Lunch. Er hat wieder diese Pfadfinder-Aura, keine Spur von seiner Jüngerschar, und meine Knie werden ein bißchen weich, als ich ihn so ansehe, so weich, daß ich ihn frage: »Hast du Lust, mit zum Mittelalterlichen Tanzclub zu kommen?«

Zwar sagt er nicht direkt, daß er solche Veranstaltungen für eine absolute Zeitverschwendung hält, aber er meint: »Das ist heute mein erster freier Tag seit Wochen, und ich werde ihn nicht damit zubringen, daß ich mich verkleide und Reise nach Jerusalem spiele. Warum können wir nicht statt dessen richtig schön essen gehen?« Ich lehne ab, lasse mich aber überreden, mich nach dem Tanzen bei *Mickey's* mit ihm zu treffen, »Darreyl und die anderen werden auch da sein.«

Irgendwie überstehe ich den Rest des Tages und komme rechtzeitig zu dem Studio, in dem das Clubtreffen stattfindet. Margaret begrüßt mich an der Tür, und wir brechen beide in Begeisterungsrufe aus, wie gut die andere aussieht. Sie stellt mich ein paar Leuten vor – und da entdecke ich Tony. Prinz Tony. Natürlich ist er ein wenig älter, ein wenig größer, ein wenig – na ja, eben männlicher als mit sechs Jahren. Augenblicklich bin ich wieder ein kleines, mageres Schulkind, ein Bücherwurm im grauen Schulrock, das Miss Benson der Klasse vorstellt. Ich sehe sein Lächeln, es ist noch strahlender geworden. Und es ist mindestens ebenso herzzerreißend, denn es gilt – genau wie damals – einer kleinen, niedlichen jungen Frau, die sogar ohne Kostüm aussieht wie ein Cheerleader. Da ich mir hier also nur ein gebrochenes Herz einhandeln kann, überlege ich, ob ich nicht lieber den Tatort verlassen soll, ehe es zur Tat kommt. Andererseits – wie stehen meine Chancen, jemals nah genug an dieses Feuer zu kommen, daß ich mich verbrenne? Ich meine, es sind mindestens noch dreißig bis vierzig andere Tänzer anwesend, und dies ist wahrscheinlich der einzige Raum in ganz New York, in dem das Verhältnis von Männern zu Frauen praktisch eins zu eins ist.

Bei der Quadrille tanze ich ein paar Schritte mit ihm. Tonys Augen sind inzwischen blau geworden. Können grüne Augen blau werden? Vielleicht reflektiert nur sein blaues Kostüm. Noch eine Drehung, bei der ich genauer hinsehen kann … Leider vergesse ich, daß ich Kontaktlinsen trage, und starre ihm mit zusammengekniffenen Augen ins Gesicht. Nein, so können sich Augen unmöglich verfärben, so was ist angeboren, besser gesagt, ein Geschenk Gottes. Mir gehen alle möglichen Ausdrücke durch den Kopf, blaues Blut, eine Fahrt ins Blaue, Blaustrumpf, *am I blue, thanks to you …*

Das einzig Durchschnittliche an ihm ist seine Körpergröße. Aschblondes Haar – so perfekt geschnitten, daß es aussieht, als wäre es so gewachsen – ein eckiges Kinn, das sich durch jede Menschenmenge einen Weg bahnt und jeden Widerspruch an sich abprallen läßt, eine arrogante Aristokratennase, dank der er hochnäsig auf alle herabsehen kann, die es wagen, zu ihm aufzublicken, und blaue Augen, die … Eigentlich finde ich blaue Augen gar nicht so toll, sie erinnern mich an Eis, an Kälte, sie scheinen immer nur alles widerspiegeln zu können. Sie verändern sich ständig, je nachdem, wen er anschaut. Manchmal sind sie fast farblos himmelblau, manchmal blauschwarz wie der untere Teil einer Welle, kurz bevor sie an den Strand klatscht. Er ist einer von den Männern, die man betrachtet und sagt: Gute Arbeit, Gott. Ein Mann, an den man glaubt, dem man sein Herz schenkt, bis er es einem aus der Brust schneidet und mit Pommes frites serviert.

Mein zukünftiger Ex-Freund (er hat mich verlassen, nachdem er mich, meine beste Freundin und meine Katze geschwängert hat) verpatzt einen Tanzschritt, obwohl er diesen Tanz bestimmt im Schlaf kann, und eilt dann, mit leicht rotem Kopf, zu seiner nächsten Partnerin. Hoffentlich hat er nicht bemerkt, wie ich ihn angestarrt habe. Vielleicht war er zu überrascht, als er mir plötzlich gegenüberstand. Ich bin schon seit langem daran gewöhnt, der einzige Farbfleck in einem Meer blasser Gesichter zu sein, so sehr, daß es mir normalerweise gar nicht mehr auffällt, aber jetzt verpasse ich fast meine halbe Drehung. Ganz eindeutig ist dieser Mann einer von den Schwachköpfen, die denken, daß es im mittelalterlichen Europa keine Schwarzen gab: »Was will denn die hier?«

Dann ist der Begrüßungstanz vorüber, und Margaret führt mich zu unseren Stühlen. Da sehe ich, wie der Schwachkopf an der Kopfseite des Tisches Platz nimmt, um Ruhe bittet und die Neuen willkommen heißen will. Sieht er wirklich ganz betont zu mir herüber, oder bilde ich mir das nur ein? Margarets Kommentare machen es schwer für mich zu verstehen, was gesagt wird. Es geht wohl darum, daß die Gruppe an einer *Fyste* teilnehmen will und die drei nächsten Termine an den geplanten Tänzen gearbeitet werden soll. »Du kennst unseren Präsidenten, Edward Hamond III. Er steht ganz oben auf der *Vanity-Fair*-Liste der begehrtesten Junggesellen. Und da drüben ist Soundso ...«, fährt Margaret fort, aber ich höre nicht mehr zu, weil ich mein Gedächtnis durchforste, wo ich den Namen Hamond schon mal gehört habe. Es fällt mir nicht ein.

Nachdem die organisatorischen Dinge besprochen sind, fangen wir mit den Tänzen für die *Fyste* an. Während wir uns aufstellen, kommt Waspy – diesen Spitznamen habe ich ihm wegen seiner hundertprozentigen Wasp-Ausstrahlung verpaßt – zu uns herüber, und als Margaret uns bekannt gemacht hat, meint er: »Willkommen an Bord! Die *Fyste* ist in drei Wochen, und da dies unsere einzigen Proben sind, sollten Sie die nächsten Male unbedingt da sein, wenn Sie mitmachen wollen. Sonst bringen Sie womöglich alles durcheinander.« Meine rechte Hand sehnt sich nach seiner rechten Wange, aber ich versichere ihm statt dessen bemerkenswert gefaßt, daß ich bestimmt erscheinen werde. Zwar weiß ich nicht, wie mein Terminkalender aussieht, aber nach Waspys Bemerkung würde ich Himmel und Hölle in Bewegung setzen, um an diesen Proben teilzunehmen. Der Rest des Abends verfliegt mit der Wiederholung von Tanzschritten, und als ich das Studio verlasse, ist mein Herz so leicht wie seit dem College nicht mehr. Ich bin richtig froh, daß ich versprochen habe, bei der *Fyste* mitzumachen. »Immer Arbeit und kein Spiel, das wird jedem mal zuviel«, sage ich mir. Daß ich dabei komplett meine Verabredung mit Thomas bei *Mickey's* vergessen habe, fällt mir erst viel später ein.

Am nächsten Morgen kaufe ich mir wie immer eine Zeitung am Kiosk im Erdgeschoß unseres Büros. Als ich das riesige Poster sehe, auf dem für die Junggesellenliste in *Vanity Fair* geworben wird, sage ich: »Geben Sie mir doch auch eine VF, bitte.«

»Tut mir leid«, sagt das Mädchen hinter der Theke und grinst mich vielsagend an, »vier Stunden, nachdem sie ausgeliefert wurde, waren wir schon ausverkauft. Ich hab gerade noch selbst ein Exemplar erwischt. Tut mir echt leid!«

»Ach, schon gut, kein Problem, macht überhaupt nichts.« Mir gefällt der verschwörerische Blick nicht, mit dem sie mich mustert.

»Im fünfzehnten Stock ist noch ein Kiosk, die hatten gestern noch ein paar beschädigte Exemplare, vielleicht haben Sie dort mehr Glück. Tut mir echt leid!« Warum sagt sie das dauernd? Ich drängle mich in den vollbesetzten Aufzug. Sehe ich so verzweifelt aus? Na ja, vielleicht muß man nicht sonderlich verzweifelt sein, um ein Auge auf einen der ersten zehn zu werfen, was ich noch nicht mal getan habe. Da der Aufzug ohnehin im fünfzehnten Stock hält, steige ich aus und gehe hinüber zu dem hell erleuchteten Mini-Buchladen. Er macht einen etwas ordentlicheren und besser sortierten Eindruck als der Kiosk unten. Als ich das kastenförmige Lädchen betrete, begrüßt mich der Verkäufer sogar mit einem: »Guten Morgen, kann ich Ihnen helfen?«

»Ja.« Ich lächle, damit er gleich merkt, daß ich vorhabe, einen Witz zu machen. »Ich wollte fragen, ob Sie noch eine *Vanity Fair* -«

»Die Junggesellenliste? Die ist ausverkauft, tut mir leid.«

Ich mache meinen nonchalanten Witz kaputt, indem ich nachhake: »Auch kein beschädigtes Exemplar mehr?«

»Nein, die sind auch schon alle weg, wir mußten sie nicht mal runtersetzen. Aber ich habe gehört, daß das Zeitschriftengeschäft gegenüber der Bibliothek gestern eine neue Lieferung bekommen hat, vielleicht sollten Sie's da mal versuchen.«

»Oh, dann ist ja gut«, antworte ich wieder ganz nonchalant. So schnell mich meine Füße tragen, verlasse ich den Laden, denn der Verkäufer starrt mich an, als wollte er sich mein Gesicht einprägen. Wahrscheinlich, um mich später mal – in einem besonders peinlichen Augenblick natürlich – zweifelsfrei identifizieren zu können.

»An Ihrer Stelle würde ich gleich hingehen, denn sonst haben Sie wahrscheinlich eher die Chance, einen von den Junggesellen zu erwischen als eine *Vanity Fair*!« ruft er mir nach. Sein Gelächter verfolgt mich bis zum Aufzug.

Zuerst denke ich, er ist mir nachgelaufen, denn sein Lachen klingt mir noch in den Ohren, als ich mein Büro betrete. Dann erst begreife ich, daß das Lachen von einer Gruppe kichernder Mädchen kommt, die sich im Vorzimmer um Donna und ihren Schreibtisch geschart haben – und dort liegt doch tatsächlich die VF-Liste der zehn begehrtesten Junggesellen. »Guten Morgen, Ladies, Morgen, Donna.« Ich bleibe lange genug stehen, um desinteressiert einen Blick auf die offene Zeitschrift werfen zu können, von der mich – unter anderem – Waspy anstarrt. Zehn Sekunden später erscheint Donna mit der Post in meinem Büro. Wir absolvieren unsere Morgenroutine, und als sie sich zum Gehen anschickt, frage ich: »Ich hab gesehen, daß ihr eine VF – «

»Ja, tut mir leid, aber Mary hat das einzige Exemplar, und wir haben ihr alle versprochen, daß wir sie zum Lunch einladen, wenn sie uns die Liste fotokopiert.« Sie grinst breit. »Natürlich ist die Phantasie immer besser als die Realität, und die Kerle sind vermutlich alle schwul oder –«

»Es ist also nicht dein Exemplar?«

»Nein, leider nicht.« In der Tür bleibt sie stehen und dreht sich um. »Ich könnte dir aber meine Kopie kopieren, wenn du möchtest.«

»Nein danke. Ich möchte Mary ungern um einen Lunch betrügen.« Zwar hoffe ich, daß die Sache damit vom Tisch ist, aber ich bezweifle es, denn es ist schwer, vor einer Sekretärin ein Geheimnis zu bewahren, vor allem, wenn die Sekretärin meine Gemütsregungen so mühelos durchschaut wie Donna.

Wenn man etwas nicht gleich bekommt, was man unbedingt haben möchte, artet das manchmal zu einem regelrechten Kreuzzug aus. Meine Lunchpause gebe ich dran, um wie der Wind zum Zeitschriftenladen hinüberzusausen. Auch dort tut es dem Verkäufer »schrecklich leid, aber wir kriegen auch keine mehr rein, es gibt wohl überhaupt keine Nachlieferung mehr … Aber Sie sollten es mal in der Zeitschriftenabteilung der Bibliothek versuchen, selbst wenn die VF da ausgeliehen ist, können Sie sich vormerken lassen.«

Doch auch der Bibliothekarin tut es furchtbar leid, denn »aus zwei Exemplaren hat jemand die Liste rausgerissen, und das dritte ist ganz geklaut worden!« Dann sieht sie mich an, als gehörte ich für sie in den engen Kreis der Verdächtigen. »Erstaunlich, was manche Frauen wegen dieser Liste alles anstellen.« Ehe ich sie überzeugen kann, daß ich ganz gewiß nicht zu diesen Frauen gehöre, muß ich mir einen langen Vortrag anhören, und schließlich läßt sie mich gehen.

Ich überlege, ob ich Margaret bitten soll, mich einen Blick in ihr Exemplar werfen zu lassen, aber … eigentlich interessiert es mich gar nicht so brennend.

In den nächsten drei Wochen verabreden Thomas und ich etwa ein Dutzend vielversprechende Termine, von denen er jedoch keinen einhält.

Die meisten ärztlichen Einladungen, einfach mal auf einen Kaffee in der Klinik reinzuschauen – »ich bin ja da« –, schlage ich aus. Schließlich verbringe ich zwei lange Abende mit Darreyl und Co. bei *Mickey's*.

Aber ich schaffe es tatsächlich – mit einem zirkusreifen Jongleurakt – zu den drei angesetzten Tanzproben zu erscheinen. Am Freitag abend wird es etwas später, eine Gruppe von Tänzern und Tänzerinnen beschließt, noch eine Kleinigkeit essen zu gehen, und ich schließe mich an.

Überraschung!!! Als Margaret und ich in der Bar ankommen, wer sitzt da wohl an dem Tisch, den uns jemand unter Zuhilfenahme seines ganzen Einflusses erobert hat? Natürlich Waspy. Er steht auf und sagt zu Margaret: »Hi, Muffey, ich hab euch einen Platz freigehalten.« Wir setzen uns auf die beiden Stühle zu seiner Rechten. Ich nehme sicherheitshalber den, der weiter von ihm entfernt ist, damit ich nicht am Ende noch dem Präsidenten eine freche Antwort gebe und damit den Abend für alle kaputtmache. Trotz des ganzen Kommunikationstrainings gibt es Themen, die mich unweigerlich in meinen Elementarzustand zurückversetzen – die wütende schwarze Frau –, und ich bin ganz sicher, daß Waspy es fertigbringt, im Laufe des Abends etwas in dieser Art von sich zu geben.

Doch der Abend verstreicht, und ich merke, daß ich nichts zu befürchten habe. Das Gespräch dreht sich hauptsächlich darum, wie lange der Brauch der *Fyste* schon besteht, wer sich bei der letzten blamiert hat, und Waspy stellt mir ganz neutrale Fragen. Ich lecke das Salz von meiner Margarita, entspanne mich und beglückwünsche mich dazu, daß ich die Einladung meines guten Doktors, wieder mal »auf einen Kaffee«, dankend abgelehnt habe.

Dann entschuldigt sich Margaret, um zur Toilette zu gehen. Kaum ist sie weg, rutscht Waspy auch schon auf ihren jetzt leeren Stuhl, neben mich. »Au weia, jetzt kommt's!« Ich trinke einen großen Schluck, in der Hoffnung, daß der Alkohol eine beschwichtigende Wirkung auf mich ausübt. Dabei beobachte ich ihn, wie er darauf wartet, daß ich das Glas endlich von den Lippen nehme. Leider lassen es *Salt 'n Peppa* zu leise angehen, ich kann einem Gespräch nicht aus dem Weg gehen. »Und was macht eigentlich eine internationale Kommunikationsexpertin?« erkundigt er sich, weiterhin auf neutralem Terrain. Also erzähle ich es ihm, sehr ausführlich, damit Margaret Zeit hat zurückzukommen.

Als ich mit meinem Vortrag zum Thema »Wie überwinde ich einen Kommunikationszusammenbruch?« am Ende bin und sie immer noch nicht wieder da ist, suche ich Zuflucht bei der alten Devise, Angriff ist die beste Verteidigung, und frage: »Und was machen Sie eigentlich, Mr. Hamond?«

Er wirkt ein wenig verblüfft, lächelt aber: »Bitte nennen Sie mich Westly.«

»In Ordnung, aber ich dachte, Sie heißen Edward ... Westly?« O mein Gott, Westly! Mein kleiner Prinz Tony ist Edward, und Edward ist Waspy, und Waspy ist Westly – der ›Alptraum der Hamptons‹!

»Richtig ... Edward Westly.«

»Okay, Westly, bitte nennen Sie mich Amanda.« Hoffentlich verhasple ich mich nicht und nenne ihn plötzlich Waspy.

»Prima, Mandy.«

»Amanda«, wiederhole ich, »ich hasse alle Verniedlichungen meines Namens.«

Aus irgendeinem Grund findet er diese Erklärung umwerfend komisch, und er lacht: »Sie sollten mal meine Freunde kennenlernen, Mopsey und Binky –«

In diesem Augenblick kommt Margaret, meine Retterin, endlich zurück. Sofort steht er auf, um ihren Stuhl freizumachen, aber sie meint: »Ach, bleib doch ruhig sitzen! Ich hoffe, diesmal machst du einen etwas besseren Eindruck auf sie.«

Meinen unmißverständlich flehenden Blick beachtet sie gar nicht. Doch Waspy vermeidet es geschickt, irgendwelche halbpersönlichen Fragen zu stellen. Er teilt seine äußerst begehrte Aufmerksamkeit den Rest des Abends galant zwischen uns beiden und den restlichen Personen an unserem Tisch auf. Unter ihnen übrigens drei Frauen, die ich als attraktive, enthusiastische *Vanity-Fair*-Leserinnen einstufe. Irgendwie geht mir ihr Soprangelächter auf die Nerven, weshalb ich Margaret nach kurzer Zeit zu verstehen gebe, daß ich weg möchte. Sie signalisiert ihr Einverständnis, und wir verabschieden uns. Auch Westly reißt sich los und verläßt mit uns das Restaurant.

Margaret schnappt sich das erste Taxi. »Na, dann gute Nacht!« Da sie nach Westen fährt, kann ich mir mit ihr schlecht ein Taxi teilen, also muß ich wohl oder übel auf das nächste warten.

»In welche Richtung müssen Sie?« fragt Waspy und ignoriert, daß ich ihn ignoriere. Ich hoffe, daß er weiter – genau wie ich – so tut, als wären wir uns nie zuvor begegnet. Wie stehen die Chancen, daß er sich wirklich nicht mehr daran erinnert?

»Osten.« Verzweifelt versuchen meine Augen die Dunkelheit zu durchdringen und irgendwo die Spur eines gelben Taxis zu entdecken.

»Ich fahre auch nach Osten, mein Wagen steht direkt um die Ecke. Darf ich Sie mitnehmen?«

Selten habe ich mich – mal abgesehen von mit Kruzifixen behangenen Taxis – in einem Auto neben einem Mann sexuell so hundertprozentig in Sicherheit gefühlt. Westly führt mich zu seinem Wagen und kontrolliert, ob ich für die zehn Minuten Fahrt auch brav den Sicherheitsgurt anlege, dann fragt er mich: »Wo genau wohnen Sie denn?« Ich nenne ihm meine Adresse, und das war's dann an Gesprächsstoff für den Rest der Strecke. Als wir vor meinem Haus ankommen, macht er Anstalten auszusteigen, aber ich versichere ihm, daß das durchaus nicht notwendig ist, gebe ihm die Hand und bedanke mich. Fast flüsternd erwidert er: »Dann bis morgen, Lady Amanda.« Einen Augenblick sehe ich ihn an und weiß plötzlich, daß ich meinen ersten Eindruck von ihm noch einmal überdenken muß, denn er scheint sich nicht über mich lustig zu machen. Dann steige ich rasch aus und gehe durch die Haustür, die der Portier für mich aufhält. Über die Schulter sehe ich mich verstohlen nach Westly um. Er sitzt in seinem makellosen weißen Jaguar, und ich winke ihm zum Abschied zu, wobei ich mir aus irgendeinem unerfindlichen Grund schon wieder dazu gratuliere, daß ich Dr. Thomas versetzt habe.

Thomas möchte mit mir zur *Fyste* kommen, denn »so Gott will, hab ich das Wochenende frei. Der Verwaltungsrat veranstaltet am Freitag abend eine Cocktailparty. Wenn du mitkommst, verspreche ich, daß wir früh genug gehen und putzmunter zu deinem historischen Gehopse eintreffen.«

»Wow, eine echte Verabredung! Eine Cocktailparty – eine offizielle etwa? Was soll ich anziehen?«

»Irgendwas mit Klettverschluß.«

»Sehr witzig.«

Nichts ist witzig. Die Cocktail-Party an sich könnte ein guter Witz sein, wenn die Gäste nicht samt und sonders so bierernst wären. Und innerhalb von zwei Stunden sind alle sturzbetrunken, einschließlich Dr. Th. Aber er besteht darauf: »Laß uns essen, trinken und fröhlich sein!« Da sein letzter Drink auf seinem Hemd landet, müssen wir »bei meiner Wohnung vorbeifahren, damit ich mich umziehen kann. Wir haben ja sowieso noch eine Stunde Zeit.« Vielleicht ist er bis dahin wieder nüchtern.

Seine Wohnung befindet sich in einem umgebauten Stadthaus; aus jedem Blickwinkel und von beiden Stockwerken aus kann man das riesige Bett sehen. Ich will ihm in der ungenutzten Küche einen Kaffee kochen. Möglicherweise hat er Übung im Kleiderabwerfen, weil er sich, wenn es bei einer Operation um Leben und Tod geht, immer so schnell umziehen muß – jedenfalls hat er sich in weniger als sechzig Sekunden bis auf den leopardengemusterten Minislip entkleidet und steht plötzlich direkt hinter mir in der Küche.

»Na?« sagt er grinsend, wie ein kleiner Junge, der seinen neuesten Trick vorführt. Ich ersticke fast, so muß ich mir das Lachen verbeißen. Offenbar ist er wirklich ziemlich blau.

»Was zum Teufel hast du da an?! Deine letzte Jagdtrophäe?« Doch das Lachen bleibt mir aus zwei Gründen in der Kehle stecken: Erstens drängt mich Thomas mit erstaunlicher Geschicklichkeit an den makellos sauberen Herd, und zweitens sehen mich seine klaren grauen Augen plötzlich erschreckend nüchtern, wenn nicht sogar drohend an. »Warst du vor ein paar Sekunde nicht betrunken und vollständig angezogen?«

»Dein Herz rast, ich hör es genau.«

»Es ist ein Wunder, daß du es nicht sehen kannst, so nah, wie du dran bist.«

»Komm, ich bin dein Doktor – ich zeig dir was, und du zeigst mir was.«

Am liebsten möchte ich ihm einen kräftigen Tritt in den Unterleib verpassen, aber da ich momentan nicht mal in der Lage bin, mein Knie zu beugen, versuche ich es mit Humor: »Solche Spiele hab ich schon im Kindergarten aufgegeben, wie die meisten Menschen.«

»Nicht, wenn sie im Herzen jung geblieben sind.« Anscheinend versteht er keinen Wink mit dem Zaunpfahl. Er preßt seine vom Aussterben bedrohte Tierart an mich und neigt den Kopf, um mich zu küssen. Möglicherweise habe ich nicht die richtigen Worte gefunden, deshalb sage ich noch mal ganz laut und deutlich: »NEIN, NEIN, NEIN!« Seine Hände sind wirklich sehr geschickt, was er deutlich demonstriert, indem er sechs von den zwölf Knöpfen hinten an meinem Kleid so schnell aufkriegt, als wäre es wirklich ein Klettverschluß. Vielleicht sollte ich Angst haben – aber schließlich vergewaltigen und ermorden Wunderknaben in ihrem Stadthaus keine Frauen. Und er ist ja auch nicht gewalttätig, nur begriffsstutzig. Das ist seine Vorstellung von einer Verführung, er ist ein Mann der Tat. Aber ich muß ihn irgendwie davon überzeugen, daß mein Nein ernst gemeint ist – am besten ebenfalls durch Taten. Als er das nächstemal seinen Mund auf meinen preßt, schlage ich meine Zähne in seine Unterlippe. Das versteht er offenbar. Als ich gehe, ist er damit beschäftigt, seine Lippe zu retten.

»Darreyl, dein angeblicher Freund hat sich als MISTKERL herausgestellt, als blöder MISTKERL! Und du bist ein SCHWEIN! Ein SCHWEIN, weil du mir kein Wort davon gesagt hast!«

»Amanda, was ist denn los?«

Ich schreie weiter: »Du hättest mich warnen müssen! Alle Männer sind Schweine! Genau wie auf dem College!«

Im Hintergrund höre ich Beths Stimme: »Was hat sie denn erwartet? Und was will sie überhaupt von dir?«

Er ignoriert sie. »Ich hab dich gewarnt, Amanda.«

»Nein, hast du nicht! Hast du mir etwa gesagt, daß er ein SCHWEIN ist!?«

»Ich hab dich gewarnt, du wolltest es nur nicht hören. Du hast gedacht, er wär einer von deinen Elfenbeinprinzen. Also ... möchtest du, daß ich ihm eine verpasse?«

»Nein, das hab ich schon erledigt –«

»Tja, ich werd morgen mal mit ihm reden –«

»Morgen? Nein, nicht morgen!«

»Okay, dann heute abend.«

»Nein, nein, ich brauche eine Verabredung für die *Fyste*, ich hab allen erzählt, ich hätte eine … Darreyl!? Kannst du bitte einspringen? In gewisser Weise ist es ja auch deine Schuld.« Offenbar belauscht uns Beth, denn ich höre sie wieder: »Ha! Es ist ihre eigene Schuld!« Da Darreyl schweigt, füge ich schließlich hinzu: »Bitte, bitte, bitte! Du würdest doch eine Schwester nicht im Stich lassen, oder?«

»Daran erinnerst du dich wirklich in den seltsamsten Momenten – daß du eine Schwester bist, Schwester … Okay, ich springe ein.«

Wir fahren mit Margaret und zwei von den *Vanity-Fair*-Babes. Die beiden Mädchen beschnuppern Darreyl, und er spielt den Galan, verbeugt sich, hält die Türen auf und so weiter. Als wir bei der *Fyste* ankommen, versetzt mir Margaret einen Rippenstoß: »Meine Güte, Amanda!« Auch die *Vanity-Fair*-Mädchen sind eindeutig zu der Ansicht gelangt, daß Darreyl ziemlich toll ist, und ich frage mich nicht zum erstenmal, ob er vielleicht auch auf der Liste der begehrtesten Junggesellen steht. Manchmal vergesse ich einfach, wie gut er aussieht. Die Frauen in unserer Gruppe umschwirren ihn wie ein Bienenschwarm den Honigtopf. Er hält sich jedoch in meiner Nähe, ist zwar charmant, bleibt aber immer auf Distanz.

Mir wird klar, daß wir als Paar – na ja, daß wir Eindruck machen. Die Leute starren uns an, nicht wie sonst bei mir, weil wir ein gemischtes Paar sind, sondern weil wir ein Paar sind, zwei von der gleichen Sorte, zwei, die zusammenpassen.

Wir legen unseren Tanz mit einem Minimum an Fehlern aufs Parkett und ziehen uns dann in die Festhalle zurück – ein großes, altertümlich dekoriertes Zelt. Dort sitzen wir an langen Tischen; die *Vanity-Fair*-Mädchen haben uns verlassen und sind zu Westly übergelaufen, der am entgegengesetzten

Ende des Tisches sitzt. Ein paarmal sehe ich zu ihm rüber, aber er ist vollkommen mit einer hübschen Maid beschäftigt – oder ist es vielleicht ihr hübsches Dekolleté? Das Fest dauert bis weit nach Mitternacht, und alle haben ihren Spaß dabei, Brathähnchen mit den Fingern zu essen und sich ordentlich Bier hinter die Binde zu kippen.

Um ein Uhr morgens hat Darreyl genug: »Laß uns gehen, sonst bringt Beth mich noch um.«

Ich bin noch nicht ganz soweit, denn irgendwie habe ich das Gefühl, etwas zu verpassen. »Ich will mich nur noch schnell von ein paar Leuten verabschieden.«

»Soll ich mitkommen?« fragt Darreyl. Auf mein entschiedenes »NEIN!« bleibt er sofort stehen.

Ganz locker gehe ich hinüber zu Westly, danke ihm für … alles und verabschiede mich, denn unser Fest ist ja gleichzeitig das Signal für die lange Sommerpause des Clubs. Als ich näher komme, steht er auf, wobei er seine Augen offensichtlich von der Maid neben ihm losreißen muß. »Tja, hoffentlich hab ich keine allzu offensichtlichen Patzer gemacht«, sage ich maidenhaft bescheiden.

»Nein, Sie waren prima.« Ihm fällt nicht auf, daß auch ich ein Dekolleté habe. »Kommen Sie im Oktober wieder?« Sein Desinteresse schreit mir förmlich ins Gesicht.

»Ja – das heißt, wenn ich in den Staaten bin«, antworte ich, obwohl ich genau weiß, daß ich hier sein werde.

»Hier, bitteschön.« Er holt eine Visitenkarte heraus, entscheidet sich dann aber aus irgendeinem Grund anders und gibt mir einen Zettel, auf den er seine Privatnummer notiert.

Ich überreiche ihm meine Karte mit den Worten: »Danke, hier ist meine Nummer, dann können Sie mir Bescheid geben, wenn es wieder losgeht.« Dann will ich den Rückzug antreten, strecke ihm die Hand hin –

Was er dann tut, kann ich kaum glauben. Waspy nimmt meine Hand, zieht mich in seine Arme, küßt mich auf beide Wangen, während er gleichzeitig – oder bilde ich mir das etwa ein? – seine freie Hand auf meinen Rücken legt und mich eine Sekunde lang – sicher nicht länger – an sich drückt. Dann ist die Hand weg und er ebenfalls. Darreyl und Margaret warten am Zelteingang. Ich frage mich, was sie von der Szene eben mitbekommen haben, denn Darreyl flüstert mir zu: »Ich dachte, du hättest beim letzten was gelernt, Slim.«

Als ich heimkomme, sind sechs Anrufe auf dem Anrufbeantworter, aber alle haben aufgelegt, ohne etwas zu sagen. Am nächsten Tag lasse ich meine Telefonnummer ändern und gebe Donna die Anweisung, sie soll es mir nicht mal sagen, wenn Dr. Th. anruft. »Und droh ihm mit der Polizei, der *Moral Majority* oder der Gesundheitsbehörde, egal was.«

Jetzt trete ich offiziell in meine Männerpause ein, was aber natürlich nicht mit einer Menopause verwechselt werden darf. Ich kümmere mich ausschließlich um mich. Ich fange erneut mit meinen Cembalostunden an, krame mein Computer-Schach hervor und mache hin und wieder mit Margaret die Stadt unsicher.

Golden Girl

Ein Teil der Überlebensstrategie während meiner Männerpause besteht darin, mich soviel wie möglich körperlich zu betätigen. Das ist besonders deshalb wichtig, weil ich nicht anfangen will, falsche Signale an die *Aliens*, besonders die Italiener, auszusenden. Keine Ahnung, ob sie wirklich die besten Liebhaber der Welt sind, auf alle Fälle haben sie anscheinend ein eingebautes Radarsystem, wenn es um mich geht.

Eine Woche nach der TRENNUNG habe ich einen Termin mit den Leuten von der Alitalia. Ich kleide mich so unsexy wie möglich und bringe es fertig, die blumigen Komplimente beinahe zu ignorieren. Dennoch habe ich sofort das Gefühl, die Jagdsaison ist eröffnet – und ich bin die Beute: die Wangenküsse gehen nicht mehr in die Luft, sondern direkt auf die Wange, die Hände werden nicht mehr nur geschüttelt, sondern es gibt dazu seelenvolle Augenaufschläge und tiefgründige Blicke.

Die unvermeidliche Einladung zum Abendessen und zum Tanzen mit den übrigen Gruppenmitgliedern wird mit noch größerer Dringlichkeit vorgebracht als normalerweise, und ohne sichtbares Zeichen, mit dem die Gruppenteilnehmer sich untereinander verständigen, beginnt die Attacke im Rudel mit dem Vorschlag, ich soll nach Verona kommen, zum großen Pferderennen. Alle werden sie dort sein, und viele bringen auch ihren Enkelsohn mit, der nichts lieber möchte, als mir die Stadt zu zeigen. »Wir würden gern alles für Sie arrangieren«, sagen sie. Ich schlage vor, daß sie sich lieber auf ihre Pferdewetten konzentrieren sollen. Was sie, wenn auch nur für den Augenblick, als ein Nein akzeptieren.

Margaret gehört zu denen, die meine Idee mit der Männerpause absolut übertrieben finden. »Du kannst doch nicht wegen diesem einen Idioten gleich alle New Yorker Männer abschreiben … Warum versuchst du's nicht mal mit … mit einer anderen Sorte Männer?!«

»Was willst du mir denn damit sagen?«

»Na ja, anscheinend hast du bisher diese Ausstrahlung, die … die eine ganz bestimmte Art Männer anzieht … glaube ich. Vielleicht irre ich mich aber auch.«

»Na ja, vielleicht brauche ich ein wenig Zeit, um meine Signale richtig hinzukriegen«, versuche ich ihr den Wind aus den Segeln zu nehmen. Aber sie kann es sich nicht verkneifen, mich mit jedem nicht fest liierten Mann verkuppeln zu wollen. »Wenn du all diese alleinstehenden Männer kennst, warum bist du dann eigentlich immer noch eine alleinstehende Frau?« wundere ich mich laut.

Sie erklärt: »Das sind alles gutaussehende, erfolgreiche, sozial gut gestellte, annehmbare Junggesellen … aber sie haben alle ihre kleinen Eigenheiten: Harry ist so paranoid, daß er nach Einbruch der Dunkelheit nicht mehr ausgeht, Martin ist immer noch in seine erste Liebe verknallt, die mit ihm Schluß gemacht hat, als sie dreizehn waren, Oliver war schon achtmal verlobt, Ron ist einer von der Sorte ›Ich liebe dich, ich liebe dich – liebst du mich auch? Hmm, da bin ich nicht sicher, ich brauche meine Freiheit‹ –« und so weiter und so fort, jeder hat seine Macke, seine Neurose, die ihn als Partner letztlich inakzeptabel macht.

Ich unterbreche die Litanei: »Vielen Dank, Margaret! Bedeutet das, du glaubst, daß ich auch reif bin für die Klapsmühle oder daß ich sowieso nichts Besseres abkriege?!«

»Ich glaube nicht, daß du reif bist für die Gummizelle. Du sollst dich ja auch gar nicht mit einem von diesen Männern zusammentun und vermehren. Aber wenn ich dich dir selbst überlassen würde, würdest du womöglich noch eine von diesen altjüngferlichen Frauen werden, die ernsthafte Diskussionen mit ihren hundert Katzen führen. Du darfst nicht ganz vergessen, wie ein männliches Wesen aussieht, ganz zu schweigen, wie man sich mit einem unterhält, ohne dabei zu sabbern.«

»Ich weiß, was du meinst.« Die Männerpause dauert noch nicht mal drei Wochen, und ich habe schon eine abnorme Vorliebe für diese Parfümwerbung entwickelt, die einen gutgebauten jungen Halbgott zeigt – nackt, leidenschaftlich, ekstatisch.

Deshalb nehme ich auch jede von Margarets Einladungen an, die sich nicht mit meinen wenigen sonstigen kleinen Projekten überschneidet. Ich trete den Black Orchids bei, dem Club für berufstätige schwarze Frauen, den mir die Ärztin im Ferienlager damals so warm empfohlen hat. Auf diese Weise lerne ich eine Menge phantastischer Frauen kennen, Amazonenkolleginnen, unter denen ich mich ausgesprochen wohl fühle …, aber sogar die Amazonen haben sich hie und da mal mit einem Mann zusammengetan.

Außerdem mache ich einen Auffrischungskurs in Standardtanz und bemühe mich, ihn nicht als Mittel zum Zweck zu sehen, daß ich mal wieder die Arme eines Mannes um mich spüre. Doch das spielt wohl schon eine Rolle, denn sobald zu viele Frauen anwesend sind und nicht jede einen Partner findet, frage ich mich, weshalb ich eigentlich mein Geld zum Fenster rauswerfe. Als der Zeitpunkt kommt, den Kurs zu verlängern, überzeugt mich Margaret, daß ich meine

Pesos besser anlegen soll. »Der *Stork Club* macht wieder auf«, erzählt sie mir und meint damit den legendären Dinner-Tanz-Club.

Eine Tradition wird geboren. Die nächsten drei Wochen reservieren wir jeden Samstag abend einen Tisch vorn in der Mitte und legen zusammen mit ein paar anderen eine flotte Sohle aufs Parkett. Als ich am dritten Abend, nachdem ich einem Abgänger von der Fred-Astaire-Tanzschule versichert habe, daß ich den nächsten Tanz auslassen möchte, zu unserem Tisch zurückkomme, stehen da Waspy und noch drei andere Broker-Typen. Ich lächle ihm zu und bekämpfe erfolgreich den Drang, ihm zuzuwinken. Er nickt freundlich in meine Richtung und wendet seine Aufmerksamkeit dann wieder den anderen Männern zu.

Auf sehr »weiße« Art sieht er umwerfend aus, in einem grauen Sommeranzug aus Flanell, der für einen Samstag abend etwas zu offiziell wirkt. Zwei Stücke lang bleibe ich sitzen, aber dann, als die Band *That Old Black Magic* zu spielen beginnt, steht Westly plötzlich neben mir. Ich kenne den Song und frage mich: Ist das vielleicht ein Wink des Himmels? Ich reiche Westly die Hand, um mich von ihm zum Tanz führen zu lassen. Aber er schüttelt sie nur und sagt: »Hallo«, gefolgt von einem sehr betonten: »Amanda.« Glücklicherweise kommen die anderen in diesem Augenblick zurück, und er begrüßt Margaret und ein paar andere von der Tanzgruppe, die heute zufällig hier sind. »Wie ich sehe, haltet ihr euch alle in Form«, meint er und gibt noch eine Anzahl ähnlich banaler Kommentare von sich, die ich nicht richtig mitkriege, weil ich so inständig darum bete, daß er meinen peinlichen Fauxpas nicht mitgekriegt hat. Ich hänge buchstäblich an seinen Lippen, immer Ausschau haltend nach einem Hinweis, ob er etwas gemerkt hat, aber ich entdecke keinen. Er verkündet bald: »Ich muß gehen.« Als wir uns verabschieden, gelingt mir sogar ein Lächeln, und ich sehe ihm direkt in die Augen … bis er meinen Blick erwidert und mit schelmisch funkelnden Augen und zuckenden Mundwinkeln sagt: »Ich hoffe, ich bekomme bald Gelegenheit, mit den jungen Ladies zu tanzen.«

So ein Esel! Ich schwöre, die bekommt er nicht, jedenfalls nicht mit mir!

Am nächsten Samstag bestehe ich darauf, daß wir später zum Club gehen, denn ich will sowohl meine Kalorienaufnahme als auch das Risiko, Westly zu begegnen, auf ein Minimum beschränken. Leider ist es schwieriger, einen Tisch zu ergattern, wenn man später kommt, und so landen wir schließlich an der Bar: *Just Face the Music and Dance!* Ich bleibe immer gern erst mal ein, zwei Songs lang sitzen, um mich ein bißchen einzugewöhnen, und bin froh, daß ich meine Ruhe habe. Aber dann merke ich, daß ich mich kaum gründlicher irren könnte, denn plötzlich packt mich eine Hand, die mich nicht zum Tanzen auffordert, sondern zwingt. Die Hand gehört Edward Westly Hamond III. Diesmal in einem makellosen weißen Smoking. Zwar sieht er heute kein bißchen weniger waspmäßig aus, wirkt aber sehr fit und energisch. Und es gibt keinen Zweifel daran, daß er mit mir tanzen will. Ich habe mir für diesen Moment schon alle möglichen geistreichen Abfuhren zurechtgelegt, denn ich wußte, daß es irgendwann passieren würde. Das Problem ist nur, daß er mich jetzt überrumpelt hat. Außerdem müßte ich, wenn ich mich weigere, ihm meine Hand regelrecht entreißen und dabei riskieren, daß ich auf meinen hohen Absätzen aus dem Gleichgewicht gerate, eine Szene heraufbeschwöre und mich ganz allgemein bis auf die Knochen blamiere. Also lasse ich mich lieber aufs Tanzparkett entführen.

Die Band spielt *Moonlight Serenade*, und wie das Schicksal es so will, gleiten Margaret und ihr Partner gerade an uns vorüber, als ich mit Westly den Tanzboden betrete. Margaret verpaßt eine Drehung und tritt ihrem Partner auf den Fuß. Dabei grinst sie wie eine Hyäne und mißt der Situation viel zuviel Bedeutung bei.

Anscheinend gehört Westly zu den Leuten, die sich beim Tanzen unterhalten: »Früher haben die Männer solche Tänze benutzt, um herauszufinden, ob ihre Partnerin sich als Ehefrau eignet. Ein Mann wollte eine Frau, die leicht zu führen ist, die tut, was er will.« Ich blicke auf und sehe, wie sich seine Mundwinkel verziehen, als er hinzufügt: »Sie führen schon wieder.«

»Ja, ich folge ungern.«

»Nach den alten Regeln hätten Sie nie einen Ehemann gefunden.«

»In den alten Zeiten würde ich mit einem Tuch um den Kopf in der Küche stehen und die Pfannen scheuern.«

»Das bezweifle ich stark, vor allem den Teil mit der Küche.« Meint er damit wirklich das, was ich glaube? Ich mustere ihn, aber sein Gesicht gibt mir keinerlei Anhaltspunkte, und plötzlich spüre ich das Bedürfnis, das Schweigen zu überbrücken: »Ich kann es einfach nicht lassen, ich muß dauernd kontrollieren, ob ich nicht gleich mit einem anderen Paar zusammenstoße oder gegen die Wand geschubst werde.«

Westly sieht mich an und fragt: »Sie fühlen sich also nicht sicher in meinen Armen?« Dabei zieht er eine Augenbraue ein wenig hoch und läßt seine Hand den Bruchteil eines Zentimeters an meiner Wirbelsäule hinuntergleiten, mit dem gleichen festen Griff wie bei unserem Abschied nach der *Fyste*. In dieser Haltung bleibt mir nicht viel anderes übrig, als mich seiner Führung anzuvertrauen, es sei denn, ich lege es auf wenig damenhafte Zusammenstöße mit seinen unteren

Körperregionen an. Nebenbei habe ich so aber auch das Gefühl, daß ich einen ordentlichen Schutzwall vor möglichen Zusammenstößen mit anderen Paaren oder Wänden habe, nämlich ihn. Deshalb entspanne ich mich und genieße den Tanz, und ehe ich mich versehe, ist der Song zu Ende.

»Würde es Ihnen etwas ausmachen, wenn wir den nächsten aussetzen?« fragt er, während er mich bereits vom Parkett geleitet. Als ich wieder auf meinem Stuhl sitze, fügt er hinzu: »Darf ich Sie zu einer Margarita einladen?«

»Ich hätte lieber einen Weißwein.« Unauffällig versuche ich nachzuprüfen, ob der Reißverschluß an meinem Kleid noch zu ist. Unterdessen bestellt Westly zweimal Weißwein, was mich überrascht, denn nach der Pose, in die er sich geworfen hat, war ich sicher, er würde etwas Maskulineres trinken. Doch dann erweist er sich als recht angenehmer Unterhalter für die frühe Abendstunde.

Als seine Fragen für meinen Geschmack etwas zu persönlich werden, kontere ich einfach mit solchen, die er selbst anscheinend ungern beantwortet, beispielsweise: »Sie sind also Broker – kenne ich vielleicht Ihre Firma?«

»Nein, sicher nicht«, antwortet er mit einem Grinsen, das sich rasch zu einem Lachen auszuwachsen droht, und ich frage: »Was ist denn so lustig?«

Da werden wir von einem tadellos gekleideten, sehr gutaussehenden Schwarzen unterbrochen, der sich von einer Gruppe ALLEINSTEHENDER MÄNNER gelöst hat und jetzt zu uns herüberkommt: »Hallo, ich bin Roger Danley.« Irgendwoher kenne ich diesen Namen – ich glaube, von Margaret, die mir jeden Abend, an dem wir ausgehen, die Junggesellenliste aus *Vanity Fair* vorbetet. Wir machen uns bekannt, und dann sagt Roger das, was er sicher von Anfang an loswerden wollte. Ohne auf mich im geringsten aufdringlich oder aggressiv zu wirken, meint er: »Ich habe Sie hier sitzen sehen und mußte einfach rüberkommen, um Ihnen zu sagen, wie wunderbar es ist, eine so attraktive schwarze Frau hier zu sehen.«

»Danke, ich weiß Ihr Kompliment zu schätzen«, erwidere ich, denn ich kapiere genau, was er meint, und nehme ein solches Kompliment gern entgegen. Als Danley sich dann verabschiedet, sagt er noch zu Westly: »Meinen Glückwunsch.« Westly bringt nur ein trockenes »Danke« heraus, ohne Danley darüber aufzuklären, daß wir gar nicht zusammen hier sind. Bestimmt werden wir uns gemeinsam über den Vorfall amüsieren, sobald Danley weg ist, aber ich merke bald, daß Westly das durchaus nicht vorhat. Stocksteif und stumm steht er da, eine volle Minute, ohne mich auch nur anzusehen, und ich spüre, daß er die größtmögliche Distanz zwischen uns schafft, ohne sich von der Stelle zu rühren. Dann bestellt er sich einen Whiskey on the Rocks. Beinahe schlage ich ihm vor, daß er in dieser Stimmung wirklich kein Eis braucht, und ich fröstle plötzlich, weil ich an Carlos denken muß.

Vorsichtig versuche ich, einen Witz zu machen: »Alle suchen den perfekten Mann oder die perfekte Frau.«

Nach einer halben Ewigkeit und einem großen Schluck von seinem männlichen Drink kommt mit großem Gleichmut sein »Oh, und haben Sie Ihren schon gefunden?« Als einziges Anzeichen von Unruhe klirren die Eiswürfel gegen das Glas in seiner Hand. Ich versuche mich in geistreichem Geplänkel: »Nein, aber ich dachte es mal. Jedenfalls habe ich die Suche noch nicht aufgegeben.«

Da er nichts entgegnet, frage ich: »Und haben Sie Ihre Ms. Perfect schon gefunden?«

»Nicht direkt gefunden.«

Hoppla, das könnte interessant werden.

»Ach wirklich? Sie sind nicht verheiratet – also, was ist passiert?«

Und dann erzählt es mir dieser Idiot – in allen Einzelheiten. Und ich drängle ihn auch noch weiterzumachen, sobald es den Anschein hat, als wollte sein Redefluß versiegen.

»Als ich aufs College ging, habe ich eine Europareise gemacht, Sie wissen schon, Europa in vierzehn Tagen, um den Horizont zu erweitern. Ich fand alles ziemlich dreckig, deshalb bin ich am fünften Tag in die einzige zivilisierte Stadt geflohen – nach London. Dort hab ich mich wirklich sehr gut amüsiert. Ich hab mir alles genau angesehen, denn meine Vorfahren stammen aus Großbritannien.« Er mustert mich prüfend, ob ich auch zuhöre, und ich lächle aufmunternd. »Am letzten Tag beschloß ich, noch mal bei Harrods vorbeizuschauen, um ein bißchen Lokalkolorit zu tanken.« Er lacht leise, also lache ich auch. »Jedenfalls stand ich auf der Rolltreppe, die nach unten fuhr, und plötzlich sah ich vor mir – gegenüber, auf der Rolltreppe nach oben – die schönste Frau, die ich je zu Gesicht bekommen hatte.«

»Wie hat sie denn ausgesehen?« frage ich mit selbstquälerischem Interesse, und ehe ich Zeit habe, mir ein Bild auszumalen, erklärt mir dieser Idiot: »Sie hatte lange braune lockige Haare und wunderschöne blaue Augen. Ich glaube, sie war gemischt.« (Wie ein Milchshake?) »Na ja, wir haben uns angestarrt, während wir aneinander vorbeifuhren, in entgegengesetzter Richtung.«

Eigentlich bedeutet mir dieser attraktive junge Mann nichts, und ich bin ihm auch vollkommen gleichgültig, trotzdem fühle ich mich schrecklich unbehaglich, daß er mir von seiner Traumfrau erzählt. Die nicht mal soviel Anstand hat, mir wenigstens ein bißchen ähnlich zu sehen. Jetzt ist er richtig in Fahrt. Er schwelgt regelrecht in seinen Erinnerungen, bis er zum traurigen Ende kommt: »... aber sie war verschwunden.«

Mir fällt auf, daß er nicht mehr mit seinen Eiswürfeln klappert. Warum hat er denn nicht versucht, die Frau ausfindig zu machen? Ich wünsche mir sehnlichst, er hätte es getan, denn dann müßte ich nicht hier sitzen und mir sein Gelaber anhören. Anscheinend spürt er, daß die Geschichte nicht ganz so ankommt, wie er sich das vorgestellt hat – das merke ich an seinem Blick. Garantiert überlegt er sich jetzt, ob er vielleicht lieber aufhören sollte, ob er für eine Unterhaltung mit einer fast unbekannten Frau vielleicht doch nicht ganz das geeignete Gesprächsthema gewählt hat. Das alles spüre ich genau, aber offenbar bin ich in einer reichlich masochistischen Stimmung, denn ich locke ihn weiter, indem ich naives Verständnis heuchle: »Wahre Liebe geht oft seltsame Wege.« Irgendwo in meinem Innern erkenne ich das kleine elende Bedürfnis zu erfahren, wie die Geschichte ausgegangen ist, und die Hoffnung, er könnte herausgefunden haben, daß diese Frau eine geistlose drogensüchtige Terroristin war – was sie als Ms. Perfect natürlich disqualifiziert, so daß sie ersetzt werden kann durch ... ja, durch wen denn eigentlich? »Warum haben Sie sie nicht gesucht, ich meine, so was passiert einem schließlich nur einmal im Leben.«

Er lacht ein wenig verlegen. »Aber das ist sowieso schon lange her«, meint er abschließend, und in diesem Augenblick kehren zu unserer beidseitigen Erleichterung meine Tanzkurskollegen zurück.

Margaret will natürlich gleich wissen: »Na, wie geht's?«

»Apropos gehen«, nehme ich sofort das Stichwort auf. »Ich hatte einen schrecklich langen Tag.« Dann murmle ich noch allerlei Entschuldigungen, von »Ich habe Kopfschmerzen« bis zu »Ich muß die Katze füttern«.

»Du hast doch gar keine Katze«, wirft Margaret wahrheitsgemäß ein, sichtlich entsetzt, daß ich mir diese Gelegenheit, einen Super-Junggesellen zu angeln, so einfach entgehen lasse.

»Die Katze gehört meinen Nachbarn«, zische ich mit zusammengebissenen Zähnen, was sie zum Schweigen bringt.

»Ich hoffe, wir sehen uns bald wieder«, sagt Waspy.

»Ganz bestimmt«, antworte ich freundlich, obwohl ich denke, daß wir darauf bis zum Sankt-Nimmerleinstag warten können.

»In ein paar Monaten beginnt ja der Kurs wieder.«

Ich lächle. Westly sieht aus, als wollte er noch etwas sagen, aber dann denkt er wahrscheinlich, daß es für heute reicht, und hält den Mund. Was er schon vor einer Stunde hätte tun sollen.

Was für ein wunderschöner Abend, denke ich im Taxi nach Hause. Dort mache ich den Reißverschluß meines Kleids auf und hole zum erstenmal seit drei Stunden tief Luft. Da werfe ich mich in Schale, esse den ganzen Tag Obst, damit ich in dieses Futteral reinpasse, und muß mir den ganzen Abend lang anhören, wie wunderbar eine andere Frau ist.

Solche Ereignisse versetzen mich zurück in meine Zeit als häßliches Entlein, und als ich ins Bett steige, boxe ich mein Kopfkissen mit Erbitterung.

Der Dschungel

Es ist Mitte August und brütend heiß in der großen bösen Stadt. Margaret und der Rest der betuchten Einwohner sind in kühlere oder jedenfalls angenehmere Gefilde abgewandert. Aber ich mache Urlaub im Büro. Tag und Nacht bin ich abrufbereit, denn wenn es in New York heiß ist, dann schwitzt man auch im *Devil's Triangle*, und zwar nicht nur wegen des Wetters.

Europäer unterscheiden sich von den Amerikanern insofern, als jedermann, vom Pizzabäcker bis zum höheren Angestellten einen ganzen Monat Urlaub bekommt, und für kein Geld der Welt könnte man sie dazu bringen, auch nur auf eine Stunde davon zu verzichten. Mit den Sommerferien, die fast auf die Sekunde genau gleichzeitig überall in Westeuropa ausbrechen, setzt ein Massenexodus ein: Die Italiener fahren nach Frankreich, die Franzosen nach Spanien, die Deutschen nach Italien. Wenn man sich um Mitternacht in irgendeiner Stadt befindet, wäre man am nächsten Morgen in einer Geisterstadt, würde die Bevölkerung nicht ersetzt durch neu herbeiströmende Touristenmassen, die jede Sprache sprechen außer der heimischen.

Ohne jede Rücksicht auf die ökonomische Situation fahren die Europäer in Urlaub, und da viele meiner Klienten im Reisegeschäft arbeiten, haben wir im Sommer und über Weihnachten am meisten zu tun. Bisher hat Mr. Emerson die nächtlichen Panikanrufe erhalten, und mir blieb die Konfrontation mit den explosiven Kommunikationszusammenbrüchen erspart. Aber jetzt bin ich gefordert, wenn aus hitzköpfigen Bemerkungen in romanischer Sprache eine ausgewachsene kulturelle Auseinandersetzung wird oder wenn Deutsche, obwohl sie es tunlichst vermeiden, hitzköpfig zu klingen, stur und hartnäckig darauf bestehen, daß alles genau nach Plan läuft, selbst wenn Gott und die Elemente anderer Ansicht sind.

Die beiden letzten Augustwochen sind angeblich am schlimmsten. Aber anscheinend beginnt das Schlimmste dieses Jahr schon besonders frühzeitig, nämlich in den ersten beiden Augustwochen, in denen ich fünfmal vom Telefon aus dem Bett geholt werde und auf den Flugplatz rase, um den nächsten Flieger zu erwischen und die Welt oder wenigstens einen Klienten zu retten. Das größte Problem besteht darin, daß die Leute immer ein großes Geheimnis aus ihrem Problem machen und sich weigern, ihren unmittelbaren Vorgesetzten oder Chefs die Lage zu erklären. Lieber stehen sie rum wie schmollende Kinder und drohen, alles kurz und klein zu schlagen, wenn niemand errät, was mit ihnen los ist. Ich werde den Verdacht nicht los, daß sie in Wirklichkeit hauptsächlich deshalb sauer sind, weil alle anderen Urlaub haben und sie arbeiten müssen. Anscheinend beeindruckt es sie wenig, daß auch ihre Chefs arbeiten müssen, denn – wie die Italiener gerne sagen –: »Sie sind die Bosse, sie sind verrückt nach Geld, und sie kriegen reichlich davon – ich dagegen arbeite, um zu leben, ich lebe nicht, um zu arbeiten.« Auf alle Fälle sind bei den Schlichtungsverhandlungen nicht nur meine sprachlichen und kommunikativen Fähigkeiten gefragt, und das weiß ich auch. Jedesmal, wenn ich ankomme, sehe ich es in ihren Gesichtern: Sie bemitleiden mich, ich tue ihnen leid. Sie sehen in mir eine verwandte Seele. Die meisten sind im Herzen Sozialisten, und sie wissen, daß ich nicht der Boß bin. Ich meine, ich bin der Boß, jedenfalls gehöre ich dazu, aber da ich eine Frau bin und außerdem schwarz, nimmt mir das niemand so recht ab. Aber da sich diese Sichtweise zu meinen Gunsten auswirkt, versuche ich erst gar nicht, sie von der Wahrheit zu überzeugen.

Samstag, der 20. August; es ist heiß, afrikaheiß. Gott sei Dank gibt es eine Abendbrise, und man kann beinahe wieder atmen, ohne dabei Feuer zu speien. Nachts bleibe ich wach und sehe mir die Late-Late-Shows an, denn das ist immer noch besser, als wenn man davon geweckt wird, daß jemand in einer Fremdsprache rumschreit, wenn man gerade in der eigenen geträumt hat. Gegen zwei Uhr erscheint es mir einigermaßen ungefährlich, mich aufs Ohr zu legen. Viertel vor vier klingelt das Telefon. Das Geschrei ist französisch – was ich am allermeisten fürchte. Bei den Italienern kann man fast immer davon ausgehen, daß sie übertreiben, damit die Aufregung interessanter wird und wichtig genug, mich ohne Gewissensbisse deswegen aufzuwecken – gewöhnlich ist es bei ihnen halb so schlimm, wie es klingt.

Die Deutschen streben immer danach, englischen Gleichmut an den Tag zu legen – oder jedenfalls das, was sie sich darunter vorstellen. Beispielsweise, wenn sie sagen: »Es gab ein kleines Feuer, und die amerikanischen Angestellten sind aufgebracht.« Was heißen soll: »Die Fabrik ist halb niedergebrannt, über hundert Leute mußten ins Krankenhaus eingeliefert werden, und die amerikanischen Angestellten drohen, die andere Hälfte auch noch anzuzünden, wenn wir die medizinischen Kosten nicht übernehmen.«

Aber die Franzosen sind anders. Sie informieren mich ganz exakt darüber, was passiert ist, was jetzt passiert und was demnächst passieren wird. Die Zukunftsprognose schließt gewöhnlich irgendeine Form von Gewaltandrohung ein. Und gleichgültig, worum es sich handelt, es ist normalerweise schlimmer als alle Katastrophen bei den Italienern und Deutschen zusammen. Jede kleine Meinungsverschiedenheit kann sie heraufbeschwören: *La Revolution.*

»Auf einem unserer internationalen Flüge gibt es Probleme – eins unserer Modellprojekte mit einer Crew aus Deutschen, Italienern und Franzosen. Irgend etwas ist vorgefallen, und obwohl alle Beteiligten einigermaßen Englisch sprechen, wechseln sie seit einer Stunde kein einziges Wort mehr miteinander. Wir wissen nicht genau, was los ist, aber die französische Crew hat anscheinend allen anderen Crews der Air France ihre Beschwerden anvertraut und droht uns jetzt mit Generalstreik. Und sie haben geschworen, daß sie, wenn wir versuchen, auch nur einen von ihnen durch einen ausländischen Kollegen zu ersetzen, sämtliche Flugzeuge bis zur letzten Schraube auseinandernehmen.«

»Bin schon unterwegs.«

»Aber nehmen Sie auf keinen Fall die Air France.«

Als ich in Paris am Flughafen Charles De Gaulle eintreffe, gehe ich gleich zum Warteraum erster Klasse, den die Unterdrückten okkupiert haben. Wenn man schon leiden muß, gibt es doch schließlich keinen Grund, nicht wenigstens komfortabel zu leiden. Der Raum ist in drei Fronten geteilt: Die Franzosen beanspruchen die Raucherecke, in einer Dunstwolke, die L.A. an einem schlimmen Smogtag alle Ehre gemacht hätte. Die Italiener schwirren irgendwo mittendrin herum und machen rüde Gesten, wenn einer von den anderen es wagt, eine unsichtbare Grenze zu überschreiten. Die Deutschen stehen in einer geraden Linie unter den Nichtraucherschildern, zucken nicht mit der Wimper und atmen in tiefen Zügen die Luft aus den Ventilatoren ein. Keiner der

Beteiligten hat sich gesetzt. Aber sie können doch nicht die ganze Nacht gestanden haben!

Ich versuche nicht mal zu lächeln, denn ich weiß, wie beängstigend ein Lächeln auf einem Gesicht wirkt, das gerade die Strapazen einer sechsstündigen Zeitverschiebung und gut zehntausend Metern Gravitation überstanden hat. »Na, dann legen wir mal los«, sage ich, schütte mir die zehnte Tasse Kaffee dieses Morgens hinter die Binde und gehe voran in den Konferenzraum, den man mir zur Verfügung gestellt hat.

Bis jetzt ist der Schaden minimal. Der Flug, den diese Leute betreuen sollten, ist abgesagt, die Passagiere sind auf eine Alitalia-Maschine umgebucht worden. Dabei hätte es beinahe Probleme gegeben, aber dann hatten sich die Fluggäste doch mehr als Urlauber und weniger als Nationalisten erwiesen und den Wechsel mit weit geringerem als dem erwarteten Protest über sich ergehen lassen. Ich habe das Gefühl, der Manager, der mir davon berichtet, ist darüber fast ein wenig enttäuscht. Mit dem Versprechen, daß jeder seine Meinung äußern darf, hat man den Generalstreik bis jetzt erfolgreich abgewendet. Ich habe gelernt, wie wichtig es für diese Leute ist, daß jeder die Gelegenheit bekommt, das zu sagen, was er auf dem Herzen hat. Vermutlich liegt das daran, daß die Geschichte all dieser Nationen noch von der Erinnerung an die Zeiten überschattet ist, in denen der Adel die ganze Macht für sich beanspruchte und das Volk nicht zu Wort kommen ließ. »Wir zählen auf Sie«, sagt der französische Angestellte mit deutscher Zurückhaltung. Damit meint er: »Kriegen Sie diese Sache gefälligst auf die Reihe, sonst verlieren wir Millionen und Sie Ihren Arbeitsplatz, egal, wie hübsch Ihre Beine sind.«

Es dauert nicht lange, bis ich mir einigermaßen einen Überblick über das Problem verschafft habe.

Alle nehmen im Kreis ihrer jeweiligen Parteigänger Platz, und mir ist sofort sonnenklar, weshalb hier ein neutraler Schlichter vonnöten ist. Fast noch bevor der erste Hintern einen Stuhl berührt, zündet sich jeder einzelne Franzose eine Gauloises an, die Italiener beginnen zu husten, und die Deutschen reißen sämtliche Fenster auf. Ich begehe den Fehler zu fragen: »Wer möchte den Anfang machen?« Natürlich wollen das alle, und sie tun es auch. Soweit ich sehe, besteht der Kernpunkt des Problems darin, daß einer der französischen Stewards sich eine Zigarette angesteckt hat, kurz bevor die Passagiere einsteigen sollten. Daraufhin bemerkte ein deutsches Besatzungsmitglied – auf englisch – höflich, aber bestimmt: »An Bord ist Rauchen verboten, und es ist unverantwortlich von Ihnen, daß Sie den Fluggästen ein schlechtes Vorbild abgeben.« Als keine Reaktion erfolgte, wiederholte er das gleiche auf französisch. Doch der Franzose, der plötzlich sein ganzes Englisch vergessen hatte und das, was der Deutsche irrtümlicherweise für Französisch hielt, nicht als solches zur Kenntnis nahm, rauchte in aller Ruhe seine Gauloises weiter. Gerade als der Deutsche sich anschickte, das Handbuch für Verhaltensmaßregeln während des Flugs hervorzuholen, betrat ein italienischer Kollege die Kabine, und der Deutsche versuchte sofort, ihn auf seine Seite zu ziehen: »Bitte sagen Sie dem Mann doch, daß es gegen die Regeln verstößt, auf diesem Flug zu rauchen.« Doch der Italiener meinte: »Kümmern Sie sich um Ihre eigenen Angelegenheiten. Wen stört es schon, wenn er raucht?« Der Franzose setzte an, ihm für seine Unterstützung zu danken, aber der Italiener fuhr fort: »Es wäre mir bloß recht, wenn seine Zigaretten nicht stinken würden wie Kuhmist.« Inzwischen war fast die ganze Crew an Bord, und jeder wollte wissen, was hier los war. Alle fingen an, ihren Senf dazu zu geben, jedoch immer zur Unterstützung ihrer jeweiligen Landsleute, nicht etwa Raucher gegen Nichtraucher. Zuerst die Franzosen: »Das ist eine französische Fluggesellschaft, deshalb rauchen wir auch französische Zigaretten! Und wenn man Kuhmist riechen will, braucht man bloß an die italienische Riviera zu fahren, da schwimmt man praktisch darin!« Sowohl Deutsche als auch Franzosen fanden diesen Beitrag sehr lustig. Dann die Deutschen: »Es ist unwichtig, welche Zigaretten man raucht, das Rauchen ist auf diesem Flug GRUNDSÄTZLICH VERBOTEN!« Ein weiteres deutsches Crewmitglied deutete auf die deutlich sichtbaren, in vier Sprachen verfaßten Schilder, wodurch er sich die Blamage seines Kollegen ersparte, der vorhin versucht hatte, französisch zu sprechen. »Stimmt genau!« warf ein Italiener ein, dem nichts Besseres einfiel und den der Kommentar über die Riviera immer noch wurmte. »Ach ja!?« entgegnete ein anderer Franzose – der Kapitän. »Kriecht ihnen ruhig weiter in den Hintern, wir wissen doch, wie pedantisch die Italiener alle Regeln befolgen!« Worauf die Deutschen und die Franzosen sich auf Kosten der Italiener amüsierten. »Und ich sage trotzdem, daß eure stinkenden Zigaretten stinken!« versuchte der Italiener von vorhin ein Comeback. »Sie haben hier überhaupt nichts zu sagen!« konterte der Kapitän. »Wir sind auf französischem Boden und in einem französischen Flugzeug – wenn hier jemand was zu sagen hat, dann sind wir es!« Danach glitt die Diskussion rasch auf ein Niveau ab, auf dem nur noch Schimpfwörter ausgetauscht wurden.

Und jetzt hat sich jede Gruppe in ihrer Position festgebissen. Die Deutschen beharren darauf, daß Rauchen generell verboten ist, und natürlich haben sie das Recht auf ihrer Seite. Den Italienern ist es gleichgültig, ob geraucht wird, solange es nur nicht stinkt, obwohl ich das Gefühl nicht loswerde, daß ihnen im Grunde das Thema überhaupt egal ist, sie sich aber amüsieren und bei einem Streit nicht schlecht abschneiden wollen. Die Franzosen haben inzwischen den Wunsch, nein, sie verlangen, daß sie auf dem gesamten Flug rauchen dürfen, und zwar selbstverständlich ihre Gauloises. »Niemand hat das Recht, einem Franzosen in seinem eigenen Land vorzuschreiben, was er tun oder lassen soll, nicht mal die Regierung!« Für sie geht es darum, sich nicht in ihrem eigenen Haus auf den Kopf spucken zu lassen, und mit ihrer Streikdrohung haben sie ein gutes Druckmittel in der Hand.

Anderthalb Stunden dauert es, um zum Kern des Problems vorzudringen, dann ruhen alle Blicke gespannt auf mir, auf wessen Seite ich mich wohl schlagen werde. Ich habe eine schlaflose Nacht hinter mir, das Nikotin dringt mir in jede Pore, der Kaffee verdreht mir die Gehirnwindungen, und jetzt soll ich mich mit diesem internationalen Kindergarten befassen – vielleicht sollte ich bei Gelegenheit ernsthaft über einen Berufswechsel nachdenken. Doch statt dessen lege ich meinen Kopf einen Augenblick auf die Hände und sage dann, während ich meine Zigaretten aus der Tasche hole: »Gauloises stinken, auf kurzen Flügen ist das Rauchen verboten, das hier ist eine französische Fluggesellschaft, und wir sind in Frankreich. Das sind die Fakten, Ladies und Gentlemen. Jetzt kennen wir die Fakten und können uns um einen Kompromiß bemühen.« Ich lege mein Jackett ab, ein Signal für die Wachleute, an der Tür Stellung zu beziehen und niemanden mehr hinauszulassen. Wer zur Toilette muß, wird von den Wachen begleitet, um sicherzustellen, daß keiner auch nur durch Rauchzeichen mit der Außenwelt in Verbindung tritt, bis wir eine Chance haben, den Streit beizulegen. Wenn ein Streik erst mal ausgerufen wird, werden unweigerlich von allen Seiten haarsträubende Forderungen erhoben, und die Air France wäre tage-, wenn nicht wochenlang lahmgelegt. Selbst wenn der Streik dann vorüber ist und die Fluggesellschaft – in die Knie gezwungen – sämtliche Forderungen erfüllt hat, besteht immer noch die Möglichkeit, daß man den Sieg feiert, indem man die Flugzeuge abfackelt.

Vier Stunden später.

Nachdem ich die Deutschen dazu gebracht habe zuzugeben, daß das Rauchverbot auf kurzen Flügen genaugenommen nur bedeutet, daß man »in der Luft« nicht rauchen darf, nachdem die Italiener eingestanden haben, daß das Flugzeug ausreichend belüftet ist, wenn die Türen beim Einsteigen offen bleiben, so daß der Rauch sich nicht festsetzen kann, und nachdem die Franzosen sich bereit erklärt haben, nur zu rauchen, bevor die Passagiere an Bord kommen, und zwar möglichst in der Nähe einer Tür oder eines Ventilators – nachdem über diese Punkte Einigkeit herrscht, verlassen alle den Raum in der Überzeugung, etwas erreicht zu haben, und ich höre, wie sie Pläne für den unerwarteten freien Tag machen.

Der Abteilungschef, der mich zu meinem Hotel begleitet, wo ich vor meinem Rückflug nach New York am Abend noch ein paar Stunden schlafen kann, läßt das Taxi vor einer Chanel-Boutique anhalten, führt mich hinein und sagt: »Suchen Sie sich was aus.«

Ich beschließe, meinen Beruf doch nicht zu wechseln.

»Mein schönstes Sommerferienerlebnis« von Amanda Johnson.

Die Schlacht von Alamo

Anfang September kann ich endlich meine zwei Wochen Urlaub nehmen. Eigentlich wollte ich mich gern irgendwo an einer europäischen Küste in die Sonne zu legen, aber schon der Anblick eines Mercedes, der Duft von Espresso oder das Wort *déjà vu* verursachen mir heftige Schweißausbrüche, und deshalb werde ich meine Ferien an einem Ort verbringen, den ich in den letzten zwei Monaten äußerst selten gesehen habe: in meiner Wohnung.

Nach meinem letzten Flug dankt mir ein Taxifahrer am Flughafen für mein Trinkgeld mit den Worten: »Schönen Tag noch, Sir.« Deshalb gebe ich jetzt eine Unmenge Geld für Kosmetika aus und mache aus meiner Wohnung einen regelrechten Schönheitssalon. Ich kaufe mir esoterische Bücher, mit Titeln wie »Der spirituelle Weg zu innerem Frieden und äußerer Schönheit« und alle möglichen Selbsthilfetraktate mit Titeln wie »Ich erobere einen Mann, wenn ich nur daran glaube« oder »Ich bin lieber allein mit mir als einsam mit dir«, denn zum erstenmal seit langem habe ich Zeit, mich einsam zu fühlen. Ich ziehe das Telefon und den Anrufbeantworter aus der Steckdose.

Die erste Woche ist fabelhaft. Ich schlafe aus, dann mache ich Aerobic zu meinem Video – manchmal lasse ich die Kassette sogar zweimal durchlaufen –, dann nehme ich ein ausführliches Bad mit Totes-Meer-Salz, wobei ich lese, bis meine Haut schrumpelig wird. Dann ziehe ich meinen Saunaanzug an und mache Fingerübungen auf dem Cembalo. Am Ende spiele ich immer meine schwierigsten Lieder und schwelge in meiner musischen Begabung. Dann unter die Dusche und rein in ein bequemes Outfit von L.L. Bean. Für soviel internationales Flair, wie es mir gerade gefällt, sorge ich, indem ich mich mit frischer Pasta verwöhne, während ich mir bei den romantischen Arien von Barbara Hendricks die Augen ausweine oder mitsinge oder zu Chansons von Edith Piaf Crêpes kreiere. Nach diesem kombinierten Lunch und Dinner kommt die tägliche Schönheitsbehandlung, durch die man garantiert gleich zehn Jahre jünger aussieht. Ich habe sie so geplant, daß ich mich vom Kopf langsam zu den Füßen hinunterarbeite. Weil die dazu benötigten Produkte teuer sind, beansprucht ihre Anwendung auch eine Menge Zeit und Energie. Natürlich habe ich keine Ahnung, ob sie tatsächlich etwas bewirken, aber angeblich muß man nur daran glauben, dann wirken sie auch.

Auf alle Fälle fühle ich mich wunderbar. Als ich am Freitag bei den Füßen ankomme, die jetzt mit einer dicken Schicht Paraffin eingerieben und in Plastiktüten verpackt sind, habe ich sogar meine altmodische Hornbrille aufgesetzt, statt wie üblich Kontaktlinsen zu tragen. Da klingelt die Sprechanlage. Mein Herz beginnt zu pochen, und mir wird schlagartig klar, daß ich eine Art Einsiedlerin geworden bin. Ich gehe nicht mal nachsehen, wer da ist. »Ich bin nicht da, du bist nicht da, keiner von uns ist, wo oder wer er zu sein glaubt.« Ich vertiefe mich wieder in mein hochgeistiges Buch. Fünf Minuten später höre ich, wie jemand an meine Tür kommt und klopft. Wenn man bedenkt, welche Sicherheitsmaßnahmen in diesem Gebäude eingehalten werden, ist das etwas beängstigend. Auf Zehenspitzen schleiche ich mich zum Spion an meiner Tür, aber das Knistern der Plastiktüten verhindert ein lautloses Vorwärtskommen, also bleibe ich wie angewurzelt stehen und lausche.

Das Klopfen wird lauter und dringlicher. Als es nach einiger Zeit immer noch keine Reaktion hervorgerufen hat, wird aus dem Klopfen eine Stimme. »Hallo!« Ich erkenne sie sofort. Noch mehr Klopfen. »Amanda, ich bin's, Westly.« Das Klopfen verstummt. »Westly Hamond.« Er sagt das in einem Ton, dem man deutlich anhört, daß er glaubt, ich reiße die Tür sofort auf, wenn ich erfahre, daß er es ist. Etwas an dieser Selbstsicherheit überzeugt mich, daß ich keine andere Wahl habe, als die Tür zu öffnen. Also tue ich es.

Das Lächeln gefriert auf seinem Gesicht, während sein Blick etwas hinter mir zu entdecken sucht und sich dann wieder auf mich heftet. »Amanda?« fragt er. Ich brauche einen Moment, um seine Verwirrung zu verstehen – er mustert mich immer noch von Kopf bis Fuß. Doch dann fällt es mir wie Schuppen von den Augen. Am liebsten möchte ich im Boden versinken. Da stehe ich: Brille auf der Nase, ein Handtuch um meinen reichlich mit »Pfleg's noch mal, Sam«-Haarkur gesalbten Kopf gewickelt, ein uraltes T-Shirt, viel zu große Männer-Boxershorts und dazu noch Plastiktüten an den Füßen. Nachdem er etwas erspäht hat, was ihn überzeugt, daß ich es tatsächlich bin und nicht meine häßliche Stiefschwester – keine Ahnung, was er erspäht hat –, meint er: »Ich wollte Sie anrufen, aber Ihre Nummer hat sich geändert. Da hab ich's im Büro versucht und erfahren, daß Sie Urlaub haben. Margaret hat mir gesagt, daß Sie in der Stadt sind und daß sie die ganze Woche versucht hat, hier anzurufen, aber das Telefon war rausgezogen. Da dachte ich, ich komm lieber mal vorbei und seh nach Ihnen.« Er tritt von einem Fuß auf den anderen, wahrscheinlich um mich darauf aufmerksam zu machen, daß er immer noch auf dem Korridor steht. Vermutlich hofft er, ich würde ihn hereinbitten, aber wenn ihn schon meine Erscheinung schockiert hat, würde er das Chaos wahrscheinlich nicht überleben, das im Kampf mit der Schönheit in meiner Wohnung ausgebrochen ist, ganz zu schweigen davon, daß ich ihn eigentlich überhaupt nicht kenne.

»Oh, mir geht's prima«, sage ich, ohne mich von der Tür wegzurühren. Aber auch er steht lächelnd und unverrückt, und ich sehe genau, daß er nicht weggehen wird. »Um die Ecke ist ein Coffee Shop«, sage ich deshalb, »dort könnten wir uns in, sagen wir mal, zehn Minuten treffen.« Sein »Okay« kombiniert er mit einem ausführlichen Blick auf seine Armbanduhr und wieder zurück zu mir. Keine Frage, er glaubt, daß es wesentlich länger dauern wird, mich einigermaßen präsentabel zu machen.

Ich spare mir die Mühe, die Kontaktlinsen einzusetzen, denn ich habe genug damit zu tun, meine Haare auszuwaschen und ein paar Baumwollsocken zu finden, die ich weit genug hochziehen kann, damit sie das Paraffin auf meinen Füßen überdecken. Dann schlüpfe ich in ein weißes enges Sommerkleid, in dem man sieht, wie gesund und strahlend meine Haut ist, wenn vielleicht ohne Make-up auch nicht ganz perfekt. Zwar verlasse ich meine Wohnung nicht zehn, aber immerhin nur fünfzehn Minuten später. Als ich die Erleichterung sehe, die sich auf seinem Gesicht breitmacht, kann ich mir das Lachen nicht verbeißen. Offenbar ist er erst jetzt ganz sicher, daß ich es wirklich bin.

Drei Stunden lang sitzen wir einfach nur da und reden. Wir tauschen die letzten noch ausstehenden Teile unserer jeweiligen Lebensgeschichte aus. Er hat in Harvard studiert, seinen Magister in Finanzwissenschaft gemacht und die letzten fünf Jahre gearbeitet. Er ist ein Einzelkind, seine Eltern sind halb im Ruhestand und wohnen auf Long Island, wahrscheinlich bis er irgendwann einmal heiratet und Erben produziert. Den

Teil mit dem Heiraten erwähnt er mit einer Lockerheit, die Männer bei diesem Thema oft an den Tag legen, wenn sie mit einer Frau sprechen, die deswegen ganz bestimmt nicht auf falsche Ideen kommt. Irgendwann entwickeln solche Männer dann allerdings eine Allergie gegen das Wort und kriegen schon bei jeder Silbe, die mit einem H beginnt, nervöse Zuckungen.

»Für welche Firma arbeiten Sie denn?« frage ich zum zweitenmal, seit wir uns kennen, und zum zweitenmal sehe ich, daß er mich auslachen will. »Was ist so komisch daran?« will ich wissen. »Glauben Sie, ich bin so ahnungslos, daß ich nicht weiß, was der Name bedeutet?« Ich bin gekränkt. Erst die Plastiktütenfüße und jetzt das.

Doch damit verstärke ich nur sein Amüsement. »Nein, ich würde sagen, daß Sie sich wahrscheinlich nicht für Börsenmakler interessieren.« Flüsternd setzt er hinzu: »Und wahrscheinlich auch nicht für mich«, und dann noch – mit leichtem Tadel: »Wir haben unsere Hausaufgaben nicht gemacht, was?«

»Was für Hausaufgaben?«

»Ja, wissen Sie, wenn man jemanden kennenlernt, ist es doch nett, wenn man gleich zu Hause im Who's Who nachschlägt, ob der Betreffende überhaupt für einen in Frage kommt und man rechtzeitig erkennt, ob man verliebt ist.«

»Oh, tut mir leid, ich hab kein Who's Who. Haben Sie Ihres vielleicht dabei?«

»Zu spät. Womöglich sind Ihnen schon eine ganze Reihe von Traumprinzen durch die Lappen gegangen, nur weil Sie nicht wußten, wer sie waren.«

»Tja, aber immerhin weiß ich, daß Sie auf der Liste der begehrtesten Junggesellen von *Vanity Fair* stehen.«

»Nicht schlecht für den Anfang. Anscheinend haben Sie die Liste sorgfältig studiert, denn in meiner Biographie steht ausdrücklich, daß ich eine Schwäche für altmodische Kleider habe –«

»Das kann nicht Ihr Ernst sein!«

» … für natürliche Schönheit und den sanften und ach so verführerischen Duft von Paraffin. Ganz zu schweigen davon, daß ich es sehr schätze, wenn eine Frau Interesse für das zeigt, was ich tue, das heißt, wo und für wen ich es tue.« Ich fühle mich genötigt, das Bild von mir als Abgängerin von der Kosmetikschule zurechtzurücken. »Ich gebe ja zu, daß ich mir nicht vorstellen kann, Geld jemals als etwas Lebendiges anzusehen, geschweige denn, ihm mein Leben zu widmen. Trotzdem würde ich den Namen eines Geldmonsters jederzeit erkennen.« Mit hochgezogenen Brauen und einem – in meinen Augen – sarkastischen Nicken überreicht er mir seine Visitenkarte. Ich nehme sie und sage: »Ich weiß nicht, warum Sie soviel Wind darum machen. Es ist ja nicht so, als wäre Ihre Firma …«

Sobald ich die ersten drei Namen gelesen habe, erkenne ich die Maklerfirma: »Seit 1813« steht unter dem Firmennamen: Hamond, Daton, Fitch and Hamond, jawohl, das ist eines der Geldmonster. Westlys Augen glänzen, man sieht, wieviel Anstrengung es ihn kostet, nicht laut loszulachen.

»Seit 1813«, lese ich, »so alt sehen Sie eigentlich gar nicht aus.«

Das gibt ihm den Rest, er prustet los, und als er sieht, daß ich ihn gar nicht ansehen mag, legt er spontan den Arm um mich und drückt mich. »Denken Sie sich nichts, wenn ich Pizza bestelle, muß ich dafür immer die Nummer auf der Speisekarte sagen.«

»Soll mich das etwa aufmuntern?« brumme ich, denn ich will keinesfalls zugeben, daß ich mich tatsächlich viel munterer fühle – allerdings ist daran mehr seine unerwartete Nähe schuld. Meine Brillengläser beschlagen.

»Sie sehen süß aus mit der Brille«, sagt er und läßt mich wieder los. »Sie werden's nicht glauben, aber als Sie vorhin die Tür aufmachten, hab ich Sie kaum erkannt.« Ich glaube ihm das aufs Wort. »Machen Sie so was öfter oder nur im Urlaub?« Unverhohlen hält er Ausschau nach irgendwelchen Überresten von dem, was er als eins der »Verbrechen« bezeichnet, das die Frauen »im Namen der Schönheit an sich selbst begehen«.

»Sie sind wohl einer von den Männern, die an den Mythos natürlicher Schönheit glauben. Alles verlangt Zeit und harte Arbeit. Sie können Ihren Toilettenschlüssel für leitende Angestellte verwetten, daß keine attraktive Frau über achtzehn ihre Schönheit umsonst kriegt.«

Er läßt sich mein Argument durch den Kopf gehen. »Vielleicht haben Sie recht, aber ich hab noch keine dabei erwischt. Anscheinend erledigen das die Frauen im stillen Kämmerlein.«

»Ich war ja sozusagen im stillen Kämmerlein.« Anständigerweise setzt er eine beschämte Miene auf, weil er so aus heiterem Himmel bei mir hereingeschneit ist. Doch in null Komma nichts sieht er schon wieder aus wie ein ungezogener Schuljunge nach einem gelungenen Streich.

»Wie haben Sie sich eigentlich am Portier vorbeigemogelt?« frage ich. Er ist baß erstaunt, daß ich ihm eine solche Frage stelle, und richtet sich zu voller Wasp-Größe auf: »So, wie ich« – bilde ich mir nur ein, wie stark er das »ich« betont? – »so, wie ich das immer mache. Er hat mir die Tür aufgehalten, und ich bin hineingegangen.« An der Art, wie er die Worte »aufgehalten« und »hineingegangen« sagt, merke ich, daß sich dieser Mann überhaupt nicht vorstellen kann, daß ihm irgendeine Tür verschlossen bleibt.

Menschen, für die das Wort unmöglich nicht existiert, haben etwas ungeheuer Anziehendes an sich, Menschen, die glauben, daß es für jedes Problem eine Lösung gibt, daß das Gute siegt und daß sie selbst zu den Guten gehören. Menschen, die verlangen, daß jeder fair ist und die Regeln genauso befolgt wie sie selbst – was ihnen natürlich leichtfällt, weil sie die Regeln ja aufgestellt haben. Als schwarze Frau beneide ich diese Menschen um ihre absolute Sicherheit, daß sich alles immer zum Besten wendet, daß sie nie zur Zielscheibe eines mehr oder weniger unsichtbaren Feindes werden, ich beneide sie um den Seelenfrieden, der aus dem Wissen erwächst, daß alle, die dich nicht lieben und ehren, ohnehin nichts gegen dich ausrichten können, weil sie sich vor dir fürchten und es auch nicht wagen, die Gesellschaftsordnung in Frage zu stellen, die auf deinen Regeln beruht und dir Unterstützung gewährt wie einem verhätschelten Lieblingskind.

Als mich Westly durch die Eingangshalle zum Aufzug begleitet, fällt mir auf, wie der Portier, der jedes Jahr zu Weihnachten eine sehr großzügige Zuwendung von mir erhält, vor meinem Begleiter noch wesentlich mehr Respekt zeigt als vor mir und sogar einen tiefen Diener macht. Während die Lifttüren sich öffnen, küßt Westly mich leicht auf die Wange und fragt, als ich schon einsteige: »Werden Sie Ihr Telefon wieder einstöpseln?«

»Nein.« Ich höre gerade noch sein »Na ja, dann sehen wir uns eben – bald«, während die Türen sich schließen. Ich überlege, ob ich mit dem Portier ein Hühnchen rupfen soll, verwerfe die Idee jedoch. Kein Grund, davon auszugehen, daß Mr. Hamond jemals wieder auftauchen wird, nachdem er nun weiß, wie ich wirklich aussehe, und falls er es doch tut, brauche ich ihn ja nicht reinzulassen.

Am Montag merke ich, daß ich meine Schönheitsrituale schon etwas schneller verrichte, immer nur eins auf einmal, und ich muß mir eingestehen, daß ich auf Westly lauere. Wie eine Kriegsbraut horche ich auf jeden Schritt im Treppenhaus.

Am Dienstag jedoch stürze ich mich wieder ins volle Programm, um mir zu beweisen, daß ich nicht darauf warte oder – noch schlimmer – darauf hoffe, daß er auftaucht. Zunächst schmiere ich mich von oben bis unten mit blauem Schlamm ein und lache dabei, weil ich mir vorstelle, was für ein Gesicht er machen würde, wenn ich ihm so die Tür öffne – wie eine Afrikanerin mitten in einem primitiven Ritus. Dann nehme ich ein ausgedehntes Totes-Meer-Salz-Bad und liege eine Weile schwitzend in meinem Thermoanzug herum. Fünfunddreißig Minuten von der Ruhestunde, die zu der Behandlung gehört, sind vergangen, als das Telefon klingelt. Nicht mein richtiges Telefon, das ist immer noch nicht wieder eingesteckt, sondern das Haustelefon. Ich kriege fast eine Herzattacke, und es klingelt noch dreimal, ehe ich drangehe.

»Hallo«, rufe ich, in den Hörer triefend.

»Hallo, Ms. Johnson? Bitte bleiben Sie dran.«

Dann dringt mir Westlys »Wir Wasps beherrschen die Welt«-Stimme ans Ohr; wahrscheinlich möchte er dem Portier, der bestimmt neben ihm steht, auch die entsprechende Theatervorstellung für sein Geld liefern. »Guten Abend, Ms. Johnson, ich habe mich gefragt, ob Sie mir wohl das Vergnügen machen würden, mit mir Kaffee zu trinken?«

»Was denn, jetzt?« frage ich, weiterhin fröhlich auf den Teppich tropfend. »Sie haben Nerven!«

»Sobald es Ihnen paßt. Ich hätte mich telefonisch angemeldet, aber Ihr Telefon ist anscheinend kaputt... Na ja«, fährt er unbeirrt fort, »ich könnte natürlich auch zu Ihnen hinaufkommen.«

»Soll das eine Drohung sein?« frage ich, wohl wissend, daß es eine ist.

»Ja ... kein Problem, Ms. Amanda«, entgegnet er, eindeutig für den Portier.

Ich kann mir lebhaft vorstellen, wie der auf der Lauer liegt, bereit, jederzeit loszuhechten und den Aufzug für Westly zu stoppen. »Ich bin flexibel. Ganz wie Sie wünschen.«

»Ich treffe Sie in zwanzig Minuten im Café.« Ich danke Gott diesmal dafür, daß ich die Kontaktlinsen schon drin habe.

»Dann in einer Viertelstunde«, verabschiedet er sich triumphierend.

Blitzschnell mache ich mich ans Werk, nehme mir aber die Zeit, mich zu schminken und das Laura-Ashley-Kleid anzuziehen, das ich gerade gestern von der Reinigung abgeholt habe. Nach anderthalb Wochen ausreichend Schlaf und Schönheitsbehandlung sehe ich aus wie eine Million Dollar – und weiß es.

Dreißig Minuten später betrete ich das Café, alle Waffensysteme auf Hochtouren, um ihm bei Bedarf gleich den richtigen Schuß vor den Bug zu knallen. Sogar eine kleine Abfuhr-Ansprache habe ich vorbereitet. Etwa so: Ich bin keine von Ihren Dienstboten oder Angestellten, nicht mal eine von den begierigen *Vanity-Fair*-Leserinnen. Sie können nicht einfach in mein Leben reinplatzen, wie Sie es bereits in meinem Haus geschafft haben, also machen Sie am besten gleich Schluß mit den Massa- und Missy-Spielchen, Sie können sich Ihre Überraschungsbesuche und unerwünschten Aufmerksamkeiten an den Hut stecken ... Soweit bin ich bisher gediehen, aber ich komme nicht mal dazu, ihm das wenigstens ansatzweise mitzuteilen.

Er empfängt mich mit einem idiotischen Grinsen. Dann steht er auf und kommt auf mich zu, in Jeans, Docksiders und einem weißen Polohemd, das die minimale Sonnenbräune der letzten drei Tage zur Geltung bringen soll, dazu hält er auch noch eine gelbe Rose – in beiden Händen. Die streckt er mir als Friedensangebot entgegen und steht stramm. Seine Kapitulation entwaffnet mich.

Bedingungslose Kapitulation hat ihre Wirkung auf mich noch nie verfehlt. Ich finde es enorm schwierig, einen Mann anzuschreien, der mir gerade eine Rose überreicht hat, und noch schwieriger wird es, weil mich dabei auch noch das gesamte Lokal anstarrt. »O Gott«, stöhne ich und lasse dabei die Hand mit der Rose sinken, als wäre sie unwichtig, aber gleichzeitig spiele ich mit den Fingern an dem harten Stiel herum, bis ich mich an einer Dorne steche. Als der Überbringer der Rose das sieht, leistet er sofort Erste Hilfe in Form eines Kusses. Das stößt beim Publikum auf ungeteilte Zustimmung, denn schließlich mag jeder ein Happy-End.

Da ich so unvernünftig nah vor ihm stehe, sehe ich genau, daß dieser Mann es sein Leben lang gewohnt ist, stehende Ovationen entgegenzunehmen, aber das leichte Zittern, das ich spüre – nur für eine Sekunde, während er meine Hand hält –, sagt mir, daß er all seiner Coolness zum Trotz doch nicht so selbstsicher ist, wie es den Anschein hat. Ich sehe hinauf in seine blauen Augen … Die Pupillen glänzen, dann werden sie schmal, und immer suchen sie etwas in meinen – in mir.

»Ich weiß nicht, was ich tun soll«, sage ich und will eigentlich hinzufügen »mit dir.«

Aber das Strahlen in seinen Augen gewinnt, als er mich unterbricht: »Schalte dein Telefon wieder ein.« Was ich augenblicklich tue, nachdem ich wohlbehalten in meine Wohnung zurückgekehrt bin.

Soll ich die Rose pressen oder ins Wasser stellen? Vielleicht sollte ich sie einfach wegwerfen, sie sieht schon ziemlich mitgenommen aus. Bin ich die erste, der er sie angeboten hat? Ganz bestimmt hat er einen ziemlich großen Umsatz bei den einschlägigen Floristen der Stadt, außerdem ist die Rose gelb und nicht rot. Aber wenn der Junggeselle Nummer eins sich in der Anwesenheit von Augenzeugen praktisch vor einem auf die Knie wirft, sollte man doch ein Souvenir aufbewahren. Soll ich Margaret davon erzählen, sie nach ihrer Meinung fragen …? Nein.

Ich spiele »er liebt mich – er liebt mich nicht« mit der Rose. Als ich bei den letzten drei Blütenblätter ankomme, merke ich, daß es auf »er liebt mich nicht« hinausläuft. Es sei denn, ich zähle den Stiel mit. Glücklicherweise klingelt in diesem Augenblick das Telefon. Ich hebe ab und sage: »Hi, Margaret.«

»Entschuldige …« sagt Westly.

»Nein, tut mir leid, ich dachte nur, du wärst jemand anderes.«

Lange Pause. Dann frage ich ihn: »Rufst du an, um zu überprüfen, ob ich deinen Befehl mit dem Telefon befolgt habe?«

»Ich wollte in die Hamptons rausfahren und dachte, vielleicht hast du Lust mitzukommen.«

»Wann?«

»Du hast noch zwei Tage Urlaub, da dachte ich, am besten wäre es, gleich loszufahren.«

»JETZT?« Ich würde schrecklich gern, aber wie sieht das denn aus?

An Westlys Lachen erkenne ich, daß er Gedanken lesen kann. »Ich dachte, vielleicht möchtest du zum Abschluß noch ein bißchen richtig Ferien machen. Natürlich müßtest du dafür mit den ganzen Schönheitsprozeduren aufhören, aber du bist auch so schon fast zu schön. Ich dachte, es könnte doch ganz nett sein, für dich, für uns. Zwar hab ich keinen Urlaub, aber ich könnte meine Arbeit mitnehmen und wir könnten segeln gehen, uns einfach entspannen …« Er hält inne, und vermutlich sollte ich jetzt etwas sagen. Doch ich bin bei dem Satz steckengeblieben, daß ich fast zu schön bin. Er fährt fort: »Wir haben ein Bootshaus mit 'ner Menge Platz, genügend Schlafgelegenheiten … Laß dich doch mal ein paar Tage von mir verwöhnen.«

»Das klingt wirklich …« – wundervoll, super, großartig, die tollste Einladung, die ich in diesem Jahr überhaupt gekriegt habe! – »… gut.«

»Gut! Dann pack schnell ein paar Sachen zusammen. Du brauchst nicht viel, es ist alles da. Dann sehn wir uns gleich?«

»Okay!« antworte ich und werfe alle guten Ratschläge über Bord, die mir meine Mutter, meine Freundinnen und sämtliche Frauenzeitschriften gepredigt haben: Spiel die Unnahbare, die Geheimnisvolle, die Vielbeschäftigte.

Wie sollte ich den Rat meiner Mutter auch ernst nehmen – sie hat meinen Vater geheiratet!

Die Meuterei vor der Bounty

Eigentlich kann ich überhaupt nicht segeln, aber ich denke, irgendwie kann ich ja so tun als ob, und ich bin wenigstens eine gute Schwimmerin. Also grabsche ich mir meine Coach-Wochenendtasche und stopfe irgendwelche Klamotten hinein, die ich vielleicht brauchen kann, wobei ich aber hauptsächlich darauf achte, daß auf dem Etikett »L.L. Bean« oder »Ralph Lauren« steht. Ein Aufenthalt auf dem Land, amerikanisch, so meine Überlegungen, und ich denke auch daran, ein bißchen hübsche Unterwäsche einzupacken. Ich meine, für mich würde es ja nicht in Frage kommen, aber … vielleicht für ihn. Leinenschuhe, meine knallgelbe Regenjacke.

Als ich mir noch den Kopf darüber zerbreche, wie ich meinen Kosmetikkoffer als Erste-Hilfe-Kasten verkleiden könnte, klingelt es. Dabei sind seit dem Anruf gerade mal fünfzehn Minuten vergangen! Blitzschnell ziehe ich die Reißverschlüsse beider Taschen zu, schlüpfe in meine Blucher-Mokassins und ziehe einen Wollpullover über, als Ergänzung zu meinem weißen Polohemd und den khakifarbenen Jeans: Wasp-Wochenend-Look. Die Hand schon am Türknauf, überlege ich noch, ob ich mir mein blaues Schneewittchen-Band in die Haare binden soll, aber man kann es auch übertreiben. Statt dessen nehme ich eine Halskette: ein Lederband mit einem hölzernen Ethnoanhänger.

Er lehnt an seinem Jaguar, in der gleichen Aufmachung wie vorhin, nur mit Anorak. Atemlos stelle ich fest: »Hi, das ging aber fix.« Er grinst bloß und trägt meine Taschen zum Kofferraum. Den schweren Erste-Hilfe-Koffer beäugt er argwöhnisch, ehe er ihn neben eine männlich-braune Rindsledertasche packt und den Kofferraum zuklappt. Schweigend hilft er mir beim Einsteigen. Als der starke, benzinverschlingende Motor dann zum Leben erwacht, grinst er mich schief an: »Ich hatte schon ein paar Sachen dabei.«

»Ach so.« Ich kann mir ein Lächeln nicht verkneifen. Gegen eine eindeutige Verführung habe ich nichts einzuwenden, sie bringt mich nur zum Kichern. Gut, daß ich den flotten Body eingepackt habe. Wir fahren langsamer, halten und überqueren dann die Washington Bridge mit den anderen Möchtegern- und Demnächstsündern. Westly beobachtet mich. Ich tue so, als merkte ich es nicht, reibe mein Ethnoamulett wie eine Zauberlampe und wünsche mir … ja, was wünsche ich mir eigentlich?

»Bedeutet das irgendwas?« fragt er und nimmt den Anhänger in die Hand – eine ziemlich gefährliche Aktion, denn das gute Stück hängt genau zwischen meinen Brüsten. Aber ein dicker Wollpullover verhüllt den Körper wie eine Ritterrüstung und bietet auch genausoviel Schutz. Im Stereoton höre ich einen Rat meiner Mutter, den sie mir gegeben hat, ehe sie die Hoffnung aufgab, daß ich mich jemals mit einem Jungen verabreden würde: »Halte die Beine übereinandergeschlagen.«

Westly läßt den Anhänger wieder los und fragt noch einmal: »Bedeutet das irgendwas?«

»Wahrscheinlich ist es ein Fruchtbarkeitssymbol, wie die meisten«, antworte ich laut, um meine Mutter auszublenden.

Er zieht eine Augenbraue hoch. »Aha. Ich dachte, es wäre … was anderes.« Das Autotelefon klingelt. Bilde ich mir das nur ein, oder zuckt er tatsächlich zusammen und verkrampft sich, bis er die Nummer des eingehenden Anrufs überprüft hat, abhebt und mir ein kurzes: »Tut mir leid, es ist mein Privatanschluß« zuwirft. Ich konzentriere mich auf das letzte Tageslicht und versuche nicht zuzuhören oder wenigstens so auszusehen, als würde ich nicht lauschen.

»Das sollte jetzt aber wirklich was Dringendes sein, Hobbs«, sagt Westly ins Telefon. Ich spüre, daß er mich anschaut, als wollte er überprüfen, ob ich mitkriege, was der Anrufer sagt, was nicht der Fall ist. Ist Hobbs männlich oder weiblich? Wie auf Stichwort sagt Westly: »Robert, rufst du aus einem bestimmten Grund an … der See … heute« – (ein kurzer Blick in meine Richtung) – »und morgen. Nicht vor Freitag …« – (leises Kichern) – »klar … das Bootshaus … in Ordnung, bye, Hobbs, und ruf mich nicht an, ich ruf dich zurück … dieses Wochenende, richtig …« – (grimmiges Lachen) – »bis bald, alter Knabe.« Damit legt er auf und sieht, daß ich ihn anstarre. Das schlechte Gewissen steht ihm ins Gesicht geschrieben, und als er versucht, eine unschuldige Miene aufzusetzen, sieht er erst recht aus wie der Teufel höchstpersönlich. »Was?« Er stellt das Telefon ab.

Ich lasse ihn nicht aus den Augen. »Ich wußte nicht, daß es eine Gruppenunternehmung werden soll.«

»Normalerweise ist es das, aber ich dachte, das erstemal wäre ich lieber allein mit dir.«

»Wie bitte? Was?«

»Je mehr, desto lustiger.« (Pause.) »Ich nehme an, daß du nicht oft … nicht sehr oft segeln warst. Kannst du überhaupt segeln?«

»Nein, ich bin noch nicht oft … gesegelt.«

»Tja, in diesem Fall bist du auf hoher See ganz meiner Gnade und Barmherzigkeit ausgeliefert.«

»Ich dachte, das bin ich sowieso.«

»Das solltest du, aber irgendwie werde ich das Gefühl nicht los, daß es nicht ganz zutrifft.« Es gelingt ihm, das

Lenkrad festzuhalten und gleichzeitig eine Kassette in den Kassettenrecorder zu schieben. »Wahrscheinlich bist du auch eine gute Schwimmerin?«

»Kommt ganz darauf an.«

»Worauf?«

»Wer oder was hinter mir her ist.«

»Du sollst sein züchtig, bist du auch flüchtig, dunkle Maid.«

»Bleicher Herr, ich bin züchtig, auch wenn die flüchtige Züchtige manchmal erhascht wird.«

Offenbar fällt ihm dazu nichts mehr ein, und er konzentriert sich wieder aufs Fahren. Das Amulett preßt sich schwer und erdrückend gegen meine Brust, und die dunklen Schatten zwischen den Scheinwerfern verwandeln sich tanzend in die vielfältigen Gestalten der alten schwarzen Frauen, die sich selbstmörderisch vor, gegen und unter das Auto werfen. Wahrscheinlich in der Hoffnung, daß ich es ihnen nachmache und mich so vor einem Schicksal bewahre, das schlimmer ist als der Tod. Ich spüre, wie Westly mich in dem nur von den Armaturen erhellten Halbdunkel immer wieder ansieht. Beinahe applaudiere ich, als die Vorderräder die letzte der alten Frauen erfassen und ins Nichts zurückschleudern, hoffentlich lange genug, um das eine oder andere Tabu zu brechen.

Er fährt weiter, konzentriert, und trällert ein bißchen zur Kassette. Ich merke, daß ich auch mitsinge, und zusammen grölen wir den Song aus *High Noon*: *»Do not forsake me, oh my darlin – … On this our wedding day – rumpa, rumpa … If I'm a man, I must be brave … I have to face that dreadful killer … or die a coward, a creeping coward, or die a coward in my grave …«*

Wir lächeln in die Pausen des Lieds. Als die Kassette die Seiten wechselt, wird mir die Stille zu drückend, und ich habe das Gefühl, sagen zu müssen: »Unter Androhung von Gewalt kann ich sogar einen tollen Square Dance aufs Parkett legen.«

Wieder tritt Schweigen ein, nur unterbrochen von einem rhythmischen Bumm Bumm ... der Kassette. Ich kann nur hoffen, daß er besser segelt als singt, denn sonst sind wir beide verloren. Als das letzte Lied »*My rifle, my pony and me*« zu Ende geht, stellt Westly die Kassette ab und fragt mich, mit beiden Händen am Steuer: »Kennst du den Text von allen Liedern der Welt oder nur von denen auf der Kassette?«

»Ich kenne von fast allen Liedern der Welt einen Teil des Textes und bei ein paar den ganzen – beispielsweise bei denen auf der Kassette –«

»Seit wann?«

»Seit wann?«

»Ja, du mußt es mir nicht genau sagen, nur so ungefähr.«

»Seit ... seit ...« Ich glaube, er will mir irgend etwas vorwerfen.

Er fährt an den Straßenrand, sieht mich an und wiederholt: »Wann ungefähr – vor zwei Monaten, vor drei, seit wir uns kennen, vielleicht?«

Schweigend starre ich ihn an, diesen Idioten, und er starrt zurück. Er läßt mich nicht aus den Augen, als ich die Kassette aus dem Gerät hole, mein Fenster runterkurble und die Kassette auf die Straße schmeiße. Dann versuche ich mit angestrengter Konzentration das Amulett daran zu hindern, so auf und ab zu wogen, daß es meine wachsende Wut verrät. Ich habe keine Ahnung, wie lange wir so nebeneinander sitzen.

Schließlich sagt Westly: »Wir haben noch ein Stück zu fahren ... Wir sind ein bißchen spät losgekommen, also sind wir wohl auch ein bißchen spät am Ziel ...«

Es ist noch später, als er denkt, und ich sehe ihn immer noch nicht an, als er fortfährt: »Wir können weiterfahren … oder … zurück in die Stadt … oder wir …« Jetzt sehe ich ihn an, und einen Moment lang atmen wir beide nicht. Dann nuschelt er: »Wir kehren besser um.« Damit fährt er auf die Straße zurück, wendet und reiht sich wieder in den Verkehr ein – Richtung New York. Ich habe ihm nichts mehr zu sagen und leide still vor mich hin. Na ja, ich bin still, aber er fängt wieder an mit seinen Cowboy-Liedern.

Als wir vor meinem Haus anhalten, springt er aus dem Wagen wie ein Gentleman, obwohl er jede Chance verspielt hat, daß ich ihn jemals für einen halten werde. Am meisten stört mich die Tatsache, daß er so gutgelaunt ist, andauernd strahlt er mich an und wundert sich wahrscheinlich noch, daß ich nicht zurücklächle. Ich hindere ihn daran, mit mir zum Aufzug zu kommen, indem ich ihm die Hand hinstrecke: »Auf Wiedersehen.«

»Ach, komm schon, Amanda!«

»Nein, hör bloß auf! Für wen hältst du dich eigentlich – nein, warte, ich weiß ja, wer du bist, du bist der Paranoide Junggeselle Nummer eins.«

»Na ja, vielleicht bin ich wenig –«

Der Portier nickt mir zu, um mir zu signalisieren, daß mein Aufzug da ist, also feure ich zum Abschied noch einen Schuß ab: »Sieh es doch mal so, Mr. Hamond: Wenn du so ein guter Fang wärst, hätte dich inzwischen sicher jemand an Land gezogen, aber man wirft dich immer wieder zurück ins Wasser, stimmt's?«

Als die Lifttüren sich schließen, spähe ich noch mal nach draußen, weil ich sehen will, ob ich ins Schwarze getroffen habe. Doch Westly strahlt immer noch und der Portier genauso.

Das Phantom der Oper

Am Samstag abend werde ich im *Stork Club* kaum Waspy begegnen, denn er hat etwas anderes vor am Wochenende, wie er sagte. Vermutlich ist er für jedes Wochenende des kommenden Jahrtausends verplant. Ich habe Margaret noch nicht erzählt, daß ich eine Verabredung mit dem Junggesellen Nummer eins hatte.

Sie begleitet mich jedesmal, wenn ich zur Toilette gehe, aber sie sagt nichts und fragt nichts, sondern plappert nur von neuen Lippenstiftfarben. Erst beim drittenmal rückt sie endlich damit raus. »Ich hab mit meinem Cousin Robert gesprochen«, sagt sie, hört endlich auf an ihren Haaren rumzufummeln und sieht mir in die Augen. »Westly ist anscheinend wieder auf seiner alten Tour…« – (vielsagendes Kopfheben und Hochziehen der Augenbrauen) – »tut mir echt leid.«

»Warum erzählst du mir nicht, was du weißt, und vor allem, woher du es weißt?«

»Westlys bester Freund ist ein Cousin von mir, du hast ihn ja einmal bei mir in den Ferien zu Gesicht bekommen. Von ihm weiß ich, daß er hinter dir her war …«

»Hat er dir sonst noch was erzählt?«

»Na ja, eigentlich nicht –«

Ich weiß nicht, warum sich manche Leute überhaupt die Mühe machen zu lügen, wenn sie es dermaßen offensichtlich tun. Aber Margaret hat anscheinend eine Enscheidung zugunsten weiblicher Loyalität getroffen und packt aus: »Du hast vollkommen recht, wenn du sagst, alle Männer, die ich kenne, haben – Probleme. Robert ist eher so eine Art großer Bruder als ein Cousin, und er hat mich immer vor Westly gewarnt –« Diesen Teil rattert sie runter, als hätte sie Angst, wenn sie Atem holen würde, erinnerte sie sich plötzlich daran, wo ihre wahren Loyalitäten liegen: »Denn Westly hat keine – Kontaktprobleme.« – (vielsagendes Luftholen und -anhalten) – »Er wirkt zwar gern wie der Ritter in der strahlenden Rüstung, aber man weiß, daß er sie gern und häufig abgelegt hat. Niemand kann Namen oder Zahlen nennen, aber –« Sie bricht ab, und es klingt, als bereute sie es, mir so viel verraten zu haben.

Wie zur Bestätigung sage ich »Blöder Idiot!«

Da sie nicht wissen kann, daß ich damit mich selbst meine, kontert sie: »Alle Männer sind Mistkerle, bis sie sich irgendwann richtig verlieben. Aber du hast auch ein bißchen mit schuld, denn du hättest ja nicht das Blümchen-rühr-mich-nicht-an zu spielen brauchen, die vestalische Jungfrau oder was auch immer. Ich erzähle dir das alles nur zu deinem eigenen Besten, also nimm es als das, was es ist – es bleibt unter uns. Robert hat durchblicken lassen, daß Westly für die nächsten Tage im Bootshaus ›vor Anker gegangen‹ ist. Er hat mir den Namen des Flittchens nicht gesagt, aber das Bootshaus ist eines der schlechtestgehüteten Geheimnisse auf Long Island.«

Mein Gesichtsausdruck läßt sie innehalten.

»Sieh mal, Amanda, du und ich, wir sind auch keine Unschuld vom Lande, und es ist ein bißchen früh, sexuelle Treue von ihm zu erwarten. Wenn du anfängst, ihm katholisch zu kommen, dann ist es kein Wunder, daß er mit einem Flittchen ins Bootshaus ist –«

»Ist? Du meinst wohl, er WAR mit einem Flittchen im Bootshaus. WAR, nicht IST!«

»Ist? Nein, seine Eltern sind dieses Wochenende dort – ach, ich weiß es auch nicht so genau, ich weiß bloß, er WAR dort, Mittwoch und Donnerstag diese Woche. Was würde ich darum geben zu erfahren, mit wem!«

»Sie steht direkt vor dir.« Margaret sieht gerade in den Spiegel, um ihren Lippenstift nachzuziehen, und erstarrt mitten in der Bewegung. Dann fährt sie zu mir herum, fassungslos. »O nein! Amanda, was hast du getan?!« Sie ist viel zu erschüttert, um ihr Make-up zu vervollständigen, wodurch sie aussieht, als würde sie nur mit dem halben Mund sprechen. »Du bist das Flittchen! Also, jetzt können wir's vergessen!«

»Margaret, korrigier mich, wenn ich mich irre, aber hast du mir nicht gerade gesagt, ich soll mich nicht so mädchenhaft anstellen?«

»Aber ich wußte nicht, daß es um einen Quickie im Bootshaus ging! Offen gestanden habe ich geglaubt, du hättest ein bißchen mehr –«

»Moralisches Rückgrat?«

»Gesunden Menschenverstand.« Anscheinend tue ich ihr ein wenig leid, denn ihre Stimme wird sanfter: »Ich meine« – (sie zieht vielsagend die Augenbrauen hoch und streckt entschlossen das Kinn vor) – »ich weiß, es ist für dich eine Weile her, aber wenn du einen One-Night-Stand suchst, weshalb dann nicht mit einem deiner Kunden oder mit jemandem, den keiner kennt?« Falls ich vergessen haben sollte, daß Margaret eine Wasp ist, erinnert sie mich jetzt daran: »Man legt einen Junggesellen Nummer eins bis zehn nicht flach und läßt sich auch nicht von ihm flachlegen. Bei denen geht es darum, sie festzunageln, nicht, mit einem von ihnen ins Bett zu steigen, Amanda!« Dann gibt sie noch einer letzten Hoffnung Ausdruck: »Morgen spiele ich Tennis im Club. Die Jungs begraben heute abend einen alten Freund, das heißt, sie veranstalten eine Junggesellenparty, und morgen früh kommen sie dann alle zum Frühstück in den Club geschlichen. Ich werde Westly unter die Lupe nehmen und Schadensbegrenzung betreiben. Kein Grund, die Flinte jetzt schon ins Korn zu werfen!« Sie zwingt sich ein breites Lächeln aufs Gesicht, und ich wundere mich, daß ihr Lippenstift nicht abbröckelt. Ich spiele mit dem Gedanken, ihr zu erzählen, daß nichts passiert ist, aber ich finde, die Vorstellung, wie sie Westly ganz subtil davon zu überzeugen versucht, daß ich praktisch frigide bin, hat einen gewissen Reiz. Rache ist süß. Und ich werde herausfinden, warum das für Margaret alles so furchtbar wichtig ist.

Ein Uhr, Sonntag nachmittag. Selbst nach zwei Wochen Urlaub zucke ich zusammen, als das Telefon klingelt, und bin im Geist schon beim Kofferpacken. »Hallo?«

»Hi, Amanda!« Es ist Westly. »Ich störe doch hoffentlich nicht, oder?«

»Nein!« Ich lache. Am anderen Ende der Leitung herrscht Stille, nur unterbrochen von irgendwelchen Stöbergeräuschen im Hintergrund. »Hey, bist du noch da, West?«

»Ja, tut mir leid, es ist nur ein bißchen laut hier. Ich komme ein bißchen früher als geplant in die Stadt zurück. Ein paar Freunde haben mir Karten für die Met heute abend geschenkt, sie schaffen es nicht, selbst hinzugehen, und es wäre eine Schande, sie verfallen zu lassen. Du bist doch so verrückt auf Opern, da dachte ich, vielleicht hast du Lust mitzukommen.«

»Sicher, gern! Ich kann gar nicht glauben, daß du auch Opernfan bist.«

»Fan wäre sicher eine Übertreibung, aber vielleicht kannst du mir ja erklären, worum es geht – die singen bestimmt wieder mal in einer Sprache, die du verstehst und ich nicht.«

»Welche Oper ist es denn? Eine große?«

Schweigen am anderen Ende, Papiergeraschel, Gestöber und schließlich wieder Westlys Stimme: »Wagner, *Elektra*, klingt jedenfalls ziemlich großartig. Stimmt das?«

»Allerdings, und es ist großartig, daß du mich einlädst.«

»Tut mir leid, daß es so kurzfristig ist. Können wir uns vielleicht um Viertel vor acht an der Met treffen? Oder wäre es dir lieber, wenn ich dich abhole?«

»Nein, nein, kein Problem, bis dann. Bye.«

»Bye.«

Fünf Stunden verstreichen mit Vorbereitungen. Ich bin fünfzehn Minuten vor der vereinbarten Zeit da und stelle mich vor den Brunnen, in der Hoffnung, daß Westly so einen guten Eindruck von meinem rückenfreien Kleid – und vor allem von meinem Rücken – bekommt. Denn wenn wir erst mal sitzen, ist ein großer Teil der Wirkung natürlich dahin.

Irgendwas habe ich wohl falsch verstanden, denn volle achtundzwanzig Minuten stehe ich nur rum und lasse mich vom schwarzgewandeten New Yorker Adel, der Crème de la Crème, blenden. Sogar ein paar Berühmtheiten sind dabei; die meisten erkenne ich an ihren Kommandotruppen von Bodyguards, die ihre Blicke unablässig argwöhnisch über die Menge schweifen lassen. Obwohl ich einen Bodyguard zurechtweise, daß ich »nicht so ein Mädchen bin«, und obwohl ich mehreren juwelenbehängten Ladies mitteilen muß: »Nein, ich habe kein Ticket zu verkaufen«, bleibt mir Zeit, zwei Dinge zu bemerken: Erstens ist dies ein Galaabend, für den ich eindeutig zu bescheiden gekleidet bin, und zweitens wird man mich gleich von meiner ersten Met-Gala ausschließen, wenn Westly nicht in den nächsten anderthalb Minuten auftaucht.

Bremsen quietschen, und Westly hechtet aus der Beifahrertür des Jaguars, der sofort wieder davonbraust. Auf seinen nassen Haaren reflektiert das Blinken des letzten Warnlichts, das durch die Glaswand des Foyers blitzt. Er umfaßt mit dem rechten Arm meine Taille und mit der linken Hand meinen linken Ellbogen, und ich weiß auf einmal, wie Lois sich gefühlt haben muß, als sie mit Supermann flog: »Alles klar, nichts bringt den Kreislauf besser auf Trab als ein schöner, flotter Spaziergang.« So gelangen wir sicher ins Foyer, wo uns sofort eine Platzanweiserin entgegeneilt: »Mr. Hamond? Ihre Loge ist hier gleich um die Ecke … Grüßen Sie bitte Ihre Mutter von mir.«

»Ja, das tue ich gern. Danke sehr, Ms. Kinnsey.«

Wir sitzen noch nicht ganz, da wird es auch schon dunkel. Westly beugt sich zu mir und flüstert mir ins Ohr: »Hübsches Kleid.« Ich lächle in mich hinein. Also ist es ihm doch aufgefallen. Aber das ist auch das letzte, was er wahrnimmt, denn bis zur Pause schläft er tief und fest, während seine Haare in kleinen Löckchen trocknen.

Irgendwie gelingt es ihm, wieder wach und frisch auszusehen, als die Lichter angehen. »Ich glaube, ich brauche einen Kaffee. Soll ich dir auch was holen?« fragt er. Ehe ich antworten kann, öffnet sich die Tür, und eine Platzanweiserin erscheint mit zwei Gläsern Champagner: »Mit Empfehlungen des Hauses!« Lächelnd nimmt Westly sie entgegen. »Danke sehr.« Zögernd setzt er sich wieder, wobei er die Bühne unter uns mustert, als suchte er irgendeinen Hinweis darauf, was er gerade verschlafen hat und worüber er sich jetzt mit mir unterhalten kann. »Hör mal, Westly, ich wußte nicht, daß das heute eine Galavorstellung ist.«

»Ja, klar, es ist eine Gala.« Offenbar ist er nicht ganz so wach, wie er aussieht.

Also lasse ich einen geistsprühenden Monolog vom Stapel, um ihn wiederzubeleben. »Ich war hier noch nie bei einer Gala. Letztes Jahr bin ich zum erstenmal zu einer eingeladen worden, in Mailand, aber nicht in einer Loge. Ein echt prinzessiges Gefühl!« Inzwischen ist Westly hellwach und sichtlich erleichtert, daß ich nicht mit ihm über das Libretto diskutieren will.

»Prinzessin?« Seine Locken sehen wirklich aus wie ein Heiligenschein, als er mich jetzt mit seinem schiefen Lächeln anlächelt. »Es gibt eine Menge Prinzessinnen, ich würde mich an deiner Stelle nur mit Königin zufriedengeben.« Dann geht das Licht wieder aus, und Westly schläft wieder ein. In der nächsten Pause wacht er auf, aber bevor er auch nur an Kaffee denken kann, erscheint die Platzanweiserin mit zwei neuen Gläsern. Danach rappelt er sich überhaupt nicht mehr auf. Beim letzten Vorhang lege ich ihm sachte die Hand auf die Schulter, aber erst als ich ihn schüttle, klappt er langsam die Augen auf und murmelt: »Hi, ich glaube, ich bin ein bißchen eingenickt.«

Die kühle Nachtluft verfehlt ihre Wirkung jedoch auch bei Westly nicht. »Das einzige Problem ist, daß ich nicht weiß, wo H-Robert den Wagen geparkt hat –«

»Wir könnten ein Taxi nehmen und ihn von meiner Wohnung aus anrufen ... und einen Kaffee trinken.«

»Klingt gut ... Kaffee.«

»Da ist das Telefon.« Westly bedankt sich gähnend. »Willst du einen Espresso, einen doppelten?«

»Ja, bitte.« Ganz nebenbei höre ich einen Teil der Konversation mit H-Robert. »Wo ist der Wagen, Hobbs? Sehr komisch, damit landest du auf der Abschußliste ... Das geht dich nichts an, dir sind wohl die Tratschthemen ausgegangen, was? … Richtig, richtig, falsch …« – (er lacht) – » … kein Problem … bis dann, alter Junge.« Als ich den Kaffee bringe, sitzt er auf einem meiner chintzbezogenen Clubsessel und bewegt die Lippen, als würde er mit einem unsichtbaren Gast reden. Er hört auf damit und erhebt sich.

»Zucker?«

»Ja, Honey? Entschuldigung, ja, Zucker und Milch. Hat dir die Oper gefallen?«

»Ja, sehr. So ein Glück, daß du die Tickets gekriegt hast.« Schweigen. Hoffentlich ist er diesmal nicht mit offenen Augen eingeschlafen. »Bist du deshalb früher zurückgekommen – wegen der Oper?«

»Ja, so eine Gala ist immer toll. Ich hatte nur diese beiden Karten, sonst hätte ich auch Margaret eingeladen. Sie war heute im Club. Und Robert natürlich auch, er ist noch ein größerer Opernfan als ich!« Dann steckt er die Nase tief in den großen Kaffeebecher, nimmt einen ausgiebigen Schluck, und ich mache mir schon Sorgen wegen der Gurgelgeräusche, bis ich merke, daß er kichert. Auf mein »Ziemlich schwer, das zu schlucken«, kommt er wieder zum Vorschein.

»Ich wußte nicht, daß du Margaret so gut kennst.« Dann streckt er seine langen Beine aus, schlägt die Knöchel übereinander und macht es sich bequem für ein langes Gespräch. »Ich wußte nur, daß ihr zusammen auf der Uni wart. Hobbs – also Robert – und ich haben übrigens auch zusammen studiert, er ist Margarets Cousin …«

(Lächeln, Kontrolle, ob ich auch zuhöre.) Ich nicke ihm zu, er soll weitermachen.

»In den Hamptons kennt jeder jeden … von Kindesbeinen an. Es ist eigentlich wie auf dem Dorf, jeder kümmert sich um die Angelegenheiten des anderen. Und eine gute Geschichte wird nicht vergessen, egal, wie alt sie ist … und wie alle Geschichten wird sie gern übertrieben. Hat nichts zu bedeuten.« (Er sieht mir fest in die Augen.) »Für mich gilt das natürlich auch, ich übertreibe, was mich selbst angeht, was meine Freunde angeht – und natürlich auch vor meinen Freunden. Robert ist mein bester Freund ... Der Kaffee ist gut.«

»Der Kaffee ist vor allem kalt, Westly. Ich gieße dir nach.«

»Danke.«

»Hab ich dir je erklärt, womit ich meinen Lebensunterhalt verdiene?« Ich muß mich praktisch über ihn beugen, um seine Tasse nachzufüllen.

»Du redest mit Ausländern?« Seine blauen Augen sehen fast schwarz aus, als er zu mir aufblickt.

»Ich höre Ausländern zu. Sie reden, und ich kriege raus, was sie mir zu sagen oder zu verschweigen versuchen.«

Eine Weile sitzt er regungslos da. Dann setzt er, langsam und ohne die Augen von mir abzuwenden, seine Tasse ab und streckt die Beine wieder. »Und was versuche ich dir zu sagen?«

Um ihm zu zeigen, daß ich keine Angst vor ihm habe, setze ich mich auf die Armlehne seines Sessels. »Eine mehr oder weniger freie Übersetzung würde lauten: ›Ducken, in Deckung gehen, in Deckung gehen, ducken!‹« Ich lache, bis ich vom Sessel falle oder gestoßen werde und beinahe das Telefontischchen umwerfe, als ich zu Boden gehe. Westly fängt den Tisch auf und läßt das klingelnde Telefon auf meinen Schoß rutschen. Ich ringe immer noch nach Atem und lache in den Hörer: »Hallo!«

»Hallo, Amanda?«

»Oh, hi, Margaret, wie geht's dir?«

»Hi, Amanda, mir geht's gut. Ist bei dir alles in Ordnung?« Westly hält die Luft an.

Ich stehe auf und nehme das Telefon mit hinüber zur Couch. »Das müßtest du mir doch sagen können, oder?«

»Ich weiß nicht, ich hab mein Bestes getan. Aber die Ausgangsposition war nicht gerade günstig. Ich hatte fest damit gerechnet, ich könnte ihn heute abend beim Essen festnageln, aber er und Robert haben wohl irgendwas spitzgekriegt. Ich glaube, West kannst du vergessen, jedenfalls meint das meine Quelle – seine Mutter, der er Tickets für die Met-Gala abgeschwätzt hat, um irgendeine Tussi zu beeindrucken, denn er haßt nichts so sehr wie die Oper ... Wie dem auch sei, es stehen noch neun andere auf der Liste.«

»Und was ist mit Nummer zwei?« Der Sessel ächzt, als Westly ihn von seiner Last befreit. »Ich muß jetzt Schluß machen, bye!«

Zu spät. Alles ist verschwunden, außer der Kaffeetasse.

Die Farbe des Geldes

Gewöhnlich treffe ich mich dienstags mit Margaret zum Lunch, irgendwo auf der Columbus Avenue. Diesmal ruft sie vormittags an und schlägt vor: »Amanda, die K— ist am Dampfen, ich muß mich da irgendwie rausarbeiten. Kannst du nicht einfach herkommen« – (zur Wall Street) – »direkt hier um die Ecke gibt es einen Sandwich-Laden!« Ehrlich gesagt sieht meine Vorstellung von einem Lunch etwas anders aus, als knietief in einem Sandwichberg zu versinken. »Margaret, wenn du keine Zeit hast, können wir das Essen auch verschieben.«

»Nein, wenn du nicht kommst, dann arbeite ich bloß wieder die ganze Lunchpause durch, und man muß mich wahrscheinlich auf der Bahre raustragen! Komm doch her, das ist doch auch mal eine nette Abwechslung! Bis dann!« Klick.

Als ich vor dem *Solid Capital Sandwich* aus dem Taxi steige, weiß ich sofort ganz genau, weshalb ich nicht oft hierherkomme. Ich muß ganz schön aufpassen, damit ich nicht von den beiden rivalisierenden Gruppen erdrückt werde: den Nadelstreifen-Klonen und den Fliegen-Drohnen. Fast erwarte ich, daß sie auf offener Straße aufeinander losgehen: die Hausse-Spekulanten und die Baisse-Spekulanten, die Gewinner und die Verlierer. Aber anscheinend benutzen sie ihr Lächeln und Nicken als Waffen. Sie erinnern mich an Schlangenbeschwörer: Man weiß nie, ob sie einem nur einen

Trick vorführen oder wirklich Zauberkräfte besitzen. Ich finde so was unheimlich.

Margaret und ich erkämpfen uns einen Ecktisch, und während wir auf unsere Sandwiches warten, fange ich ein paar Gesprächsfetzen auf und sage zu Margaret: »Die einzige Sprache, die hier gesprochen wird, heißt Geld.«

»Na ja, wenn es Leute wie uns nicht gäbe, die den Dollar in Umlauf halten und kräftig arbeiten lassen, würden wir alle Japanisch sprechen – was in fünfundzwanzig Jahren vielleicht ohnehin der Fall sein wird.« Ich frage mich, ob das Stirnband mit Schildpattmuster ihr vielleicht den Humor abgeklemmt hat. Anscheinend liege ich mit meiner Vermutung gar nicht so falsch, denn nachdem sie es abgezogen hat und sich mit den Fingern durch die roten Haare gefahren ist, kommt sie mir wieder ganz normal vor. »Warum hast du dich am Sonntag abend so seltsam benommen?« fragt sie. Ich erzähle ihr (alles), und zuerst ist sie drauf und dran, mich zu fragen, ob sie meine Brautjungfer sein darf. Ich bringe diese Seifenblase sofort zum Platzen, indem ich erzähle, wie Westly sich weggezaubert hat. Da trinkt sie erst einmal einen großen Schluck von ihrem Martini. Zwar gibt es hier keine richtigen Servietten, aber richtige Martinis werden eimerweise verkauft. Margaret mustert mich eindringlich. »Tja, ich hätte ja gesagt, du machst alles falsch … aber es scheint irgendwie zu funktionieren! Was planst du als nächsten Schritt?«

»Ich hab genug damit zu tun, *i lupi*, die Wölfe und *les loups* von mir fernzuhalten, da brauche ich nicht auch noch einen Wasp-Wolf im Rudel. Ich denke, das war das letzte, was wir von Mr. Hamond gehört haben, Gott sei Dank, muß ich sagen.«

»Hab ich da irgendwas verpaßt, Amanda? Ich meine, was für ein Plan soll das denn sein?« Sie setzt ihr Glas mit einem Knall auf den Tisch.

Ich stelle meins genauso heftig ab. »Wozu brauche ich denn einen Plan? Du gehst mir allmählich echt auf die Nerven mit deinem Westly dies und Westly jenes. Wen interessiert das schon? Vor allem – was interessiert's dich?«

Sie blickt hinab auf die in ihrem Glas gestrandete Olive und dann wieder hoch, als wollte sie noch einen Martini bestellen, obwohl das zu ihren großen Tabus gehört. Statt dessen aber antwortet sie: »Hab ich dir erzählt, daß Mark mich vor ein paar Wochen angerufen hat?«

»Nein!!! Ich hab dir doch gesagt, daß er wieder angekrochen kommt, das tun sie immer.« Ich hoffe, daß sie den Blödmann nicht wieder in Gnaden bei sich aufgenommen hat, aber falls sie es doch getan hat, bin ich bereit, Abbitte zu tun und ihr zu gratulieren. Doch zuerst mal frage ich ganz neutral: »Und?«

»Und er wollte sich entschuldigen und mir sagen, er sieht ein, daß das, was er getan hat und wie er es getan hat, absolut mies mir gegenüber war –«

»Soso.« Jetzt gebe ich meine Neutralität auf. »Und wie viele Therapiestunden hat er gebraucht, um das zu erkennen?«

Ihr Lächeln verwandelt sich in ein feuchtes Lachen: »Es war nicht die Therapie, sie hat das gleiche mit ihm gemacht!«

»Na also! Weiter so, Gott!« Wir vollführen unseren triumphierenden Abklatsch-Handschlag, den High Five. »Aber warum hast du mir das bisher nicht erzählt? … O SCHRECK! Du hast doch nicht etwa überlegt, ob du wieder mit ihm zusammensein willst!! Ich meine, es ist natürlich deine Sache … Aber du hast nur mit dem Gedanken gespielt, oder?«

»Wahrscheinlich nicht mal wirklich mit dem Gedanken gespielt – man könnte eher sagen, ich hab's genossen, Babe!«

»Hey! Dann ist ja alles in Ordnung! Und hast du ihm gesagt, er soll endgültig verduften?«

»Ja, und ich war sogar furchtbar freundlich.«

»Du bist also über ihn weg?«

Wie sie die Olive in ihrem Glas aufspießt, gibt mir zu denken. Aber ihr »Ein für allemal! Schlag ein!« klingt recht überzeugend.

Dann macht sie ein verschlagenes Gesicht, wie eine Katze, die soeben den Kanarienvogel verspeist hat, und fragt: »Vermutlich möchtest du jetzt gern wissen, was das alles mit Westly zu tun hat?«

»Eigentlich hab ich bloß gedacht, Rache ist süß, aber – ja, was hat das eigentlich alles mit Westly zu tun?«

»Na ja, Helena hat Mark den Laufpaß gegeben, um einen Versuch zu starten bei –«

»Jetzt sag bloß nicht das, was ich befürchte, Margaret.«

»Sie hält sich bereits für Westlys Zukünftige.«

»Du bist mir ja eine schöne Freundin!«

»Schon viele Frauen haben sich dafür gehalten und mußten dann die schreckliche Erkenntnis verdauen, daß es sich nicht so verhielt.«

»Aber du kannst dem Mädchen keine Schuld geben, Margaret.«

»Ach nein? Helena hat unsere Freundschaft dazu ausgenutzt, sich an Mark ranzumachen. Bei unseren Gesprächen hat sie mir Informationen aus der Nase gezogen, um sie gegen mich einzusetzen. Also, ich sehe die Sache folgendermaßen: er hat sein Fett gekriegt, aber es ist immer noch eine Rechnung offen.«

»Beispielsweise indem Helena wegen einer schwarzen Frau sitzengelassen wird?«

»Wegen einer MEINER Freundinnen sitzengelassen wird, wegen einer Frau, die Westly durch mich kennengelernt hat. Es wird nicht sehr lange dauern, bis sie merkt, wer sie abgeschossen hat.«

»Es geht dir also um blutige Rache, richtig?«

»Ja, schlicht und einfach.«

»Gut, dann ist es in Ordnung! … Aber ich fürchte, ich kann dir trotzdem nicht helfen.«

»Ich dachte, du magst ihn.«

»Und ich dachte, du magst ihn auch?«

»Aber er mag dich … mal abgesehen davon, daß er dich ins Bootshaus abschleppen wollte – aber dann hat er sich doch zusammengerissen …«

»Ich hab nicht das Gefühl, daß er dumm ist. Glaubst du nicht, er merkt, daß was im Busch ist?«

»Das merkt er bestimmt, aber wenn er trotzdem mitmacht, dann tut er es aus freien Stücken.«

»Hast du je daran gedacht, daß ich ihn vielleicht gar nicht will?«

Sie denkt einen Augenblick darüber nach und fragt dann: »Warum nicht?«

»AHH-MONDA!!« singt eine französische Stimme, sich über das Volksgemurmel emporschwingend. Das klingt wie Musik in meinen Ohren.

»François!« Ich erkenne den großen schwarzhaarigen Franzosen sofort, der in seinem perfekt geschnittenen grauen Anzug so blendend aussieht, daß die Männer von der Wall Street neben ihm wie Laufburschen wirken. Wir begrüßen uns mit dem üblichen Küßchen neben die Wange, und er überschüttet mich mit seinem rasanten Französisch: »*Ma petite jolie*! Sie sind wie eine Blume in der Wüste!« Ich bin froh, daß er nicht englisch spricht, denn er läßt umgehend die üblichen Beleidigungen vom Stapel: »Sind die Sandwiches nicht ekelhaft, so stillos – in Paris essen sogar die Obdachlosen besser. Ich kümmere mich hier um unsere Geschäfte, und da lande ich ausgerechnet in diesem Etablissement – und man ist auch noch stolz auf diese Sandwiches!«

Wir genießen die ungeteilte Aufmerksamkeit eines der altersschwachen Fliegen-Drohnen. Bestimmt versteht er Französisch; François flüstert ja nicht gerade. Ich mache ihn rasch mit Margaret bekannt. Wie es seinem Image entspricht, wickelt er sie auch gleich mit seinem Charme um den kleinen Finger. Als Manager bei der Air France kommt er geschäftlich schon seit Jahren häufiger nach Amerika, und inzwischen ist er fest davon überzeugt: »Die Amerikaner haben keinen Humor!« Was bedeutet: Sie/wir wissen eine treffende, hübsch formulierte Beleidigung nicht so zu goutieren wie die Franzosen. Ich setze mich lieber nicht, denn ich spüre ohne hinzusehen, daß wir zur Zielscheibe des Drohnen geworden sind und er sich jeden Moment auf uns stürzen wird.

Manchmal hat mein Job Ähnlichkeit mit dem eines Bodyguards. Ich muß bereit sein, mich vor einen Klienten zu werfen und die Kugel abzufangen. Wie bei allen Waffen gibt es auch in der Kommunikation verschiedene Kaliber. Jetzt ziehe ich sozusagen eine .38er, indem ich mich zwischen François und den sich nähernden Fliegenträger plaziere und ihm einen warnenden Blick zuwerfe, um ihn in seine Schranken zu verweisen. Doch die Fliege lächelt, wird plötzlich zwanzig Jahre jünger, die grauen Haare erweisen sich als blond – der vermeintliche Drohn ist Westly! »Hallo, Margaret, hallo Ahmanda!« Er muß sich selbst mit François bekannt machen, denn ich kann die Augen nicht abwenden von seiner kleinen, gelb gepunkteten Fliege und den dazu passenden Hosenträgern. Erst als mir klar wird, daß alle drei mich beobachten, reiße ich mich am Riemen.

Das Glitzern in Westlys Augen bedeutet, er weiß, daß ich ihn nicht erkannt habe, der heilig-jungfräuliche Schein in Margarets Augen verrät mir, daß wir genau deswegen hier sind, und der falkenartige Radar-Blick, mit dem François uns alle mustert, zeigt überdeutlich, daß er die Situation richtig einschätzt. Da ich eine Kommunikationsexpertin bin, rette ich uns alle. »Himmel, Westly, du siehst wirklich – (alt, weiß?) – »wirklich anders aus.« Wieder bin ich von seiner scheußlichen Krawatte regelrecht hypnotisiert.

Er lächelt sein schiefes Lächeln und sieht plötzlich gar nicht mehr so anders aus. »Na ja, Amanda, hier geht es doch darum, nicht aufzufallen.« Dabei wirft er einen vielsagenden Blick auf François und dann auf mich in meinem blauen Kostüm – mit oberschenkelkurzem Rock und weißen Biesen, ebenfalls französisch. Seine hochgezogenen Augenbrauen geben mir zu verstehen, daß dieser Rock für die Wall Street entschieden zu kurz ist. »Wir sind hier nicht im Fashion District.«

Worauf François sich die Bemerkung nicht verkneifen kann: »Richtig, hier sucht man vergebens modische Eleganz.«

Plötzlich zeigt auch Margaret verborgene Talente in meiner Branche, denn sie wirft ein: »Ja, wir müssen eben jede Ablenkung vermeiden.«

Das wiederum kann François nicht auf sich sitzenlassen: »Eleganz und Stil sind keine Ablenkung, *au contraire*, es sind Lebensnotwendigkeiten. Wofür arbeitet man, wofür lebt man, wenn nicht, um sich gut anzuziehen« – er blickt in die Runde – »um gut zu essen …«

»*Attention*, François!« unterbreche ich ihn, und er hält inne. Westly schaudert sichtlich. Achselzuckend macht François noch »Puuh«, dann wechselt er das Thema: »Jawohl, Amanda, gestern abend habe ich sehr gut gegessen. *Les Fleurs*, in der Fourteenth Street. Man hat es mir empfohlen, natürlich ein französisches Restaurant.« Wieder ein betrübter Blick auf die Sandwichteller. »Sie werden mich verstehen. Die Kellner im *Les Fleurs* sind größtenteils Franco-Amerikaner« –

gequälter Gesichtsausdruck – »demzufolge ist ihr Akzent entsetzlich, aber der Oberkellner kommt aus Paris. Es gibt eine Warteliste, aber ich kenne den Chef – er hat das Blaue Band bekommen! Ich könnte für heute abend einen Tisch reservieren lassen –«

»Oh, danke, das wäre schön, nicht wahr, Ah-manda?« lächelt Westly. Im darauffolgenden Schweigen starre ich ihn nur an, Margaret versucht sich ein Kichern zu verbeißen, und François erweist sich als echter Franzose, der sich mit Anmut geschlagen gibt. Er erwidert Westlys Lächeln. »Nun ja, wenn es Ah-monda die Sandwiches erspart – nennen Sie einfach meinen Namen.« Über meine Hand gebeugt, gibt er noch seine Abschiedszeile zum besten: »Am Donnerstag sind Sie in Paris, ja? Wir haben ebenfalls ein neues Restaurant, natürlich französisch. *Au revoir!*«

Margaret ist dem Ersticken nahe, diesmal wegen der Olive, die ihr beinahe im Hals steckengeblieben wäre. Westly sieht weder mir noch ihr ins Gesicht. »Ich hol dich um acht Uhr ab«, verspricht er. Ich versetze Margaret einen kräftigen Schlag auf den Rücken. »Auuu!«

Viertel nach acht im *Les Fleurs*. Das Restaurant ist gesteckt voll, aber ich habe das Gefühl, das ist nicht der Grund, weshalb wir zu einem Tisch geführt werden, der sich gerade eben außerhalb der Reichweite der Schwingtür zur Küche befindet. Ich weiß, daß Westly dasselbe denkt, als er sagt: »Vermutlich hat dein französischer Freund nichts Besseres gekriegt. Hoffentlich ist er am Donnerstag erfolgreicher.« Sein erster vollständiger Satz! Mir ist klar, daß Waspy sich vorgenommen hat, diesen Abend so unangenehm wie möglich zu gestalten, denn er steckt den Kopf sofort in die Weinkarte und blickt nur auf, als ich sage: »Wahrscheinlich kannst du auch keinen –« Eigentlich wollte ich sagen: keinen besseren

Tisch bekommen? Aber ich sehe, daß er genau darauf wartet, deshalb breche ich ab und schenke ihm lieber mein strahlendstes Lächeln. Ist er am Ende womöglich eifersüchtig? Er erwidert mein Lächeln und versucht zu beweisen, daß er das nicht ist. Irgendwie verwickeln wir uns in einen Starr-Wettkampf, bis endlich der Oberkellner erscheint. Westly grinst mir verschlagen zu und sagt zu dem Mann: »Ich sehe gar keinen Eiswein.« Der arme Franzose sieht aus, als hätte man ihn geohrfeigt, und ich vermutlich auch. Vor allem, weil Westly das deutsche Wort korrekt ausgesprochen hat!

Der Kellner ist zu geschockt, um eine freche Antwort zu geben. »Nein, tut mir leid, Monsieur«, sagte er, mit einem Akzent, aus dem man nur mit Mühe die englischen Worte heraushören kann. »Aber wie Sie sehen, haben wir einen wundervollen –«

Westly sieht mich an und unterbricht den armen Mann gnadenlos: »Haben Sie eine Trockenbeerenauslese?« Wieder korrekt ausgesprochen. Diesmal macht der Kellner den Eindruck, als würde er am liebsten weinen. Blinzelnd steht er da und ringt nach Worten. »Na ja, dann müssen wir uns wohl mit einem CHATEAU CLIMENS '76 zufriedengeben.« Ich bin sicher, daß ich eine Träne in seinem Augenwinkel sehe, als Westly den exquisiten französischen Wein mit einem dicken Cowboy-Akzent ausspricht. Westly jedoch scheint sich über unser Unbehagen köstlich zu amüsieren, und er erkundigt sich gutgelaunt: »Was möchtest du als Vorspeise, Mandy?«

»Ich nehme die Schnecken. Und du – rohe Kuh, fein geschnitten?« Westly lacht und nickt dem Kellner zu. Dann sitzt er da und starrt mich volle zehn Minuten lang unverwandt an, während der Wein serviert, gekostet und eingeschenkt wird. Zum Glück habe ich an der Wand zu meiner Rechten ein sehr interessantes Gemälde entdeckt, was mir hilft, ihn unmißverständlich zu ignorieren. Ich spiele mit dem Gedanken, aufzustehen und ihn einfach sitzenzulassen. Doch als ich sehnsüchtig zur Tür blicke, hat er mich auch schon durchschaut. »Komm nicht auf falsche Gedanken, Amanda. Ich mag keine Szenen in der Öffentlichkeit.« Dann hebt er sein Glas und wartet, daß ich dasselbe tue. Sein Lächeln wird freundlicher. »Ich schlage keine Frau in der Öffentlichkeit, aber ich erwarte umgekehrt die gleiche Form von Höflichkeit.« Jetzt ist er in Hochstimmung – jetzt, nachdem er den Abend für mich verpfuscht hat.

»Ich kann mir keine schlimmere Beleidigungen vorstellen, als in einem französischen Restaurant nach deutschem Wein zu fragen!«

Westly lacht. »Ich dachte, die Franzosen schätzen Sticheleien. Jedenfalls beleidigen sie offensichtlich gern andere Leute, wie mit diesem Tisch beispielsweise.«

Ich muß lachen, denn passenderweise schwingt in diesem Augenblick die Küchentür wieder einmal auf, so daß die Kerzen in der Zugluft heftig flackern. Wenigstens kommen diesmal unsere Vorspeisen. »Sieh mal, Westly, es gibt keinen Grund, hier zu sein und hier zu bleiben, wenn du nicht willst. Laß uns den Wein austrinken und verschwinden.«

Mir ist sonnenklar, daß er das am liebsten tun würde, aber er sagt – mit einem treuen Hundeblick: »Nein, ich bitte um Verzeihung. Tut mir leid. Tut mir wirklich leid … Wir könnten noch mal von vorn anfangen und versuchen, uns einen netten Abend zu machen –«

»An diesem Tisch?« Ich lache. Er lacht auch. »Ich könnte uns einen besseren besorgen.«

»Ich glaube, es wäre das beste, wenn wir einfach den Standort wechseln und basta.« Er wirkt nicht überzeugt, bis ich hinzufüge: »Wir könnten zu mir gehen … und ich mach uns ein Sandwich.« Für den Bruchteil einer Sekunde läßt sein Lächeln die Kerzen im Raum hell erstrahlen, auf ihren Dochten tanzen und leuchten wie die Sonne. Dann ertönt ein fürchterlicher Lärm, und ich drehe mich um, weil ich wissen will, wer was fallenlassen hat, aber ich sehe nichts und niemanden …

Später sitzen wir am Küchentisch und verspeisen die dicken Schinken-Salat-Tomaten-Sandwiches, bei deren Zubereitung Westly mir tatkräftig zur Seite gestanden hat. Er hat die Ärmel aufgekrempelt und die Krawatte über die Schulter nach hinten geworfen. »Du mußt zugeben, gutes, gesundes amerikanisches Essen ist einfach nicht zu übertreffen.«

»Versuchst du, an meinen Patriotismus zu appellieren?« Keine Antwort, bestimmt hat er immer noch ein schlechtes Gewissen. »Ich hab nur Wasser da. Irgendeine spezielle Marke?« frage ich, während ich den Hahn aufdrehe.

»Ganz egal, solange es kein Perrier ist.« Er wendet mir den Rücken zu und kichert, zweifellos glaubt er, seine Buße abgeleistet zu haben.

Ich zwicke ihn in den Arm: »Es ist dir hoffentlich klar, daß ich mich dort nie wieder sehen lassen kann.«

»Wie schade! Jetzt mußt du dich damit begnügen, mit Fransoa in Parie zu speisen.«

»Ich hab nie gesagt, daß ich mit François ausgehen will. Er hat das gesagt, aber – ob du's glaubst oder nicht – ich lasse mich von niemandem zwingen, etwas zu tun, was ich nicht will.« Um das Schweigen zu überbrücken, frage ich: »Ich dachte, du hattest Französisch in der Schule.«

»Stimmt. Aber ich mußte auch schwangere Katzen sezieren und hab dazu jetzt keine Lust mehr.«

Ich höre auf zu kauen und starre ihn an, bis er sich entschuldigt.

»Anscheinend hattest du ziemlichen Hunger.« Während ich noch an meinem zweiten Sandwich rumkaue, hat er schon drei verputzt. Er zieht die Augenbrauen hoch. »Ich hab das Mittagessen ausfallen lassen.« Wir warten. Vermutlich bin ich an der Reihe, also sage ich, ohne nachzudenken: »Und jetzt sitzen wir hier wie ein altes Ehepaar.« Westly macht ein interessiertes Gesicht. »Machen deine Eltern so was?«

»Ich weiß nicht, normalerweise wahrscheinlich eher nicht, nein.«

»Warum hast du das dann gesagt? Das mit dem Ehepaar meine ich. Das ist erst unsere dritte Verabredung, es ist noch ein bißchen früh, mir einen Heiratsantrag zu machen.« Mir wird schwarz und rot vor Augen, weil mir der Schinken im Hals steckenbleibt. Westly schlägt mir auf den Rücken, wesentlich fester und wesentlich öfter als nötig. Sobald ich wieder Luft kriege und meine Augen nicht mehr tränen, keuche ich: »Raus mit dir, Westly!«, reiße die Tür auf und schubse ihn hinaus, was mir nicht weiter schwerfällt, weil er so lacht, daß er sich kaum auf den Beinen halten kann. Mit Müh und Not bringt er heraus: »Ich weiß nicht, warum du dich so aufregst, ich hab nicht abgelehnt, ich hab nur gesagt, es ist ein bißchen früh!«

»*Au revoir*!«

Doch als er endlich aufhört zu lachen, macht er etwas, was mir von neuem den Atem raubt. Mit einer raschen Bewegung drängt er mich gegen den Türrahmen, und in Zeitlupe – trotz meines heftig pochenden Herzens höre ich deutlich, wie er tief Luft holt – hypnotisiert er mich wie ein Schlangenbeschwörer; sogar seine Augen leuchten grün, als seine Lippen sich auf meine pressen. Statt der Wand spüre ich jetzt seine Hände: Die rechte hat ihren Platz genau zweieinhalb Zentimeter unter meiner Taille gefunden, mit gespreizten Fingern, und ich fühle den vertrauten Druck, der mich zwingt, meinen Unterleib an seinen zu pressen. Seine linke Hand gleitet auf meinem Rücken nach oben, dann preßt er mich an sich, so daß ich mich eng an seine Brust schmiegen muß. Zuerst berühren seine Lippen meine nur ganz sanft, einmal, zweimal. Er hat die Augen geschlossen, doch dann öffnet er sie plötzlich weit, und sie reflektieren meine, braun und dann schwarz, als er sich über mich beugt und kein Licht mehr zu mir dringt. Der einzige Unterschied zwischen der Wand hinter mir und seinem Körper, der mich an sich zieht, ist seine Hitze.

Alles in mir gibt nach unter dem sanften Druck seiner unnachgiebigen Hände, seiner fordernden Zunge, seinem Körper. Nur weil ich mich an seine Schultern klammere, falle ich nicht um, denn plötzlich läßt er mich los, so daß zwischen uns ein Abstand von ungefähr zehn Zentimetern entsteht, die sich anfühlen, als wären es zehn Kilometer. Ich bemühe mich, nicht zu japsen, vor allem, weil er beträchtlich kühler wirkt, als man erwarten sollte, während er sich jetzt mit den Fingern durch die Haare fährt. Aber seine Stimme klingt belegt, als er sagt: »Du könntest mich ja auch irgendwann mal anrufen.«

»Mach ich.«

»Beispielsweise am Donnerstag abend, etwa um zehn.«

»Aber da bin ich in Paris.«

»Ich weiß.« Die Lifttüren schließen sich hinter ihm.

Ich stolpere zur Couch hinüber und setze mich, ehe ich umkippe. Worauf lasse ich mich denn da ein, worauf habe ich mich eingelassen? Ich sollte verdammt noch mal zusehen, daß ich aus dieser Sache wieder rauskomme, und zwar schleunigst. »Gefahr, Gefahr, höchste Alarmstufe!« Wie Margaret gesagt hat: Viele Mädchen haben sich schon für seine … Ich erwarte ja nicht, daß er mir einen Heiratsantrag macht. Das will ich auch gar nicht – um Himmels willen! Ich kenne ihn doch gar nicht – nicht richtig jedenfalls …

Als ich mein Spiegelbild anschaue, weiß ich, wie man aussieht, wenn man »inbrünstig geküßt« wurde und hoffnungslos verloren ist. Ich mache mich bettfertig. »Du kannst nicht einen Mann heiraten, nur weil er toll aussieht, reich ist, auf der *Vanity-Fair*-Junggesellenliste steht und mit lebensgefährlicher Leidenschaft küssen kann! Das reicht nicht!« Ich mache das Licht aus, denn im Dunkeln kann man besser ehrlich sein. »Kein Grund zu Bloomingdale's zu rasen und meine Hochzeitsliste aufstellen zu lassen.« Egal, was Margaret meint – ich erinnere mich noch allzu gut an die Knaben auf dem College. (Es ist heiß im Zimmer.) Mr. Hamond, ich muß mir klar werden, was ich von dir will, ehe du mich endgültig um den Verstand bringst. (Das Kissen ist hart.) Okay, er sieht wirklich toll aus, vor allem, wenn man bedenkt, daß er blond ist. Blonde Männer wirken oft so verweichlicht. Aber er ist so weiß, viel zu weiß. Waspy-Westly-Weiß, das Weiß von Cocktail-Partys, von schwarzen Kinderfrauen, von Mammies und so weiter. Das Weiß geschlossener Country-Clubs und geschlossener Türen für nichtweiße Leute und nichtreiche Leute, egal welcher Rasse. Das Weiß der Unterdrücker, das alle die unterbuttert, die nicht weiß genug sind. Das Weiß der Herren, die zahllose Sklavenmädchen in ihr Bett holten und solange bevorzugt behandelten, bis sie ausgedient hatten und auf dem Boden schlafen mußten, weil sie nicht gut genug waren, das herrschaftliche Bett zu teilen, ganz zu schweigen das herrschaftliche Leben. Seither sind hundert Jahre vergangen, aber heute abend suchen mich die alten schwarzen Frauen heim, wie schon so oft. Ich sehe sie, wie sie ihre dunklen Köpfe schütteln, voller Wut und Mitleid, traurig, warnend. Schwer zu sagen, ob das Kopfschütteln mich vor dem warnen soll, was ich ihren Seelen antue, oder vor dem, was meiner eigenen passieren könnte. Wie viele von ihnen haben es geglaubt: ... bei mir ist es etwas anderes, ich bin anders, er ist anders. (In der linken Seite der Matratze ist ein Klumpen.) Ich frage mich, ob auch Westly manchmal von Geistern heimgesucht wird. Wie sähen die wohl aus? Wahrscheinlich braucht er sie nicht, wahrscheinlich kümmern sich seine Eltern um die ganze Hexerei. Ich frage mich, was er über mich denkt. Sieht er mich als sein dunkles Abenteuer? Womöglich war es anfangs so … womöglich ist es immer noch das gleiche. Gut, daß der sexuelle Mythos, der schwarze Frauen umgibt, kein Mythos ist. (Eine Sprungfeder ist lose.) Wichtig ist nur, daß ich das Tempo bestimm.

Als ich aus Paris anrufe, erreiche ich ihn nicht.

Gefühl und Verstand

Ich melde mich im Büro zurück und erfahre, daß Margaret mich heute abend zum Essen eingeladen hat. »Amanda, magst du thailändisches Essen?«

»Keine Ahnung, ich hab's noch nie probiert. Ist es so ähnlich wie chinesisches?«

»Noch viel leckerer, und ich kenne ein gutes Restaurant im Village.«

Mir schmecken die scharfen Gerichte, und man bekommt Super-Margaritas. »Bist du oft hier?« frage ich Margaret, nachdem die dritte Gästegruppe stehengeblieben ist, um sie zu begrüßen. »Oh, gelegentlich, aber ich kann leider nicht die Ehre in Anspruch nehmen, das Restaurant entdeckt zu haben … Genaugenommen waren das Hobbs und Westly –«

Das seltsame, flache grüne Gemüse, das ich gerade mit meiner Gabel aufzuspießen versuche, verliert plötzlich seine Faszination. »Westly?!«

»Ja, Westly.«

»Du meinst, Westly kommt oft hierher?«

»Westly!«

»Ja, Westly!«

»Nein, ich meine WESTLY!«

»Würdest du bitte aufhören, dauernd Westly, Westly, Westly zu wiederholen, wie eine –«

»Hi, Mandy, Mandy, Mandy«, unterbricht mich Westlys Stimme etwa fünf Zentimeter neben meinem rechten Ohr.

Ich fahre zusammen und werfe mein Gott sei Dank leeres Margarita-Glas um. In Null Komma nichts gelingt es mir, mein 100-Watt-Lächeln abzustellen und mir ein verkniffenes »Ich heiße Amanda!« herauszupressen.

Westly stellt mein Glas wieder hin, und jetzt strahlen die hundert Watt auf seinem Gesicht. »Einen Augenblick dachte ich schon, du verfolgst mich –« Er hält inne und wirft Margaret einen Blick zu. »Aber wie ich sehe, bist nicht DU es, die mich verfolgt.« Ich sehe, wie die Hand, die sich auf Margarets Schulter gelegt hat, ihren Griff verstärkt. Sie gehört einem dunkelhaarigen, blauäugigen Supertypen, der Westly sehr ähnelt. Vielleicht auch nur, weil sie gleich groß sind, die gleiche Mir-gehört-die-Welt-Pose einnehmen und gleich gekleidet sind. Beide tragen Jeans und Polopulli, Westly einen weißen, sein Freund einen blauen.

Ich kann mir die Frage nicht verkneifen: »Habt ihr euch absichtlich als Klone verkleidet?« Die beiden nehmen Platz – auf den leeren Stühlen, und das Retortenbaby erkundigt sich angelegentlich bei Westly: »Hat sie uns Clowns genannt? Ich dachte, du hast gesagt, sie ist nett.«

»Mich nicht, sie hat dich einen Clown genannt, aber ich dachte, du kennst sie nicht, Hobbs.«

»Wollt ihr euch nicht zu uns setzen, Jungs?« lädt Margaret sie aus.

»Danke«, antwortete Hobbs, und die beiden biegen sich schon wieder vor Lachen. »Oder erwartet ihr jemanden?« Margeret starrt nur an die Decke, deshalb wenden sich die beiden an mich, und Hobbs fragt noch einmal: »Erwarten SIE vielleicht jemanden? Daß Muffey niemanden erwartet, ist klar, das tut sie ja nie!« Er kichert. Westly starrt die muffige Muffey an und sagt: »Oh, ich denke, Muffey wußte genau, was sie zu erwarten hat … Amanda, das ist Hobbs/Robert, Hobbs, das ist Amanda.«

»Nett, Sie kennenzulernen, Amanda!«

»Nett, Sie kennenzulernen – Robert!«

»Sie können mich gern Hobbs nennen.«

»Nein, das kann ich nicht.«

»AMANDA hat ein Problem mit Kosenamen«, erklärt Westly. »Sie hält sie für eine Art Sprachfehler.«

Inzwischen ist Margaret wieder aus der Schmollecke hervorgekrochen. »Sie findet es wahrscheinlich pubertär und albern.«

Hobbs sieht nicht aus, als würde ihn das treffen. »Hat sie uns albern genannt?«

»Du bist albern, ich bin pubertär«, antwortet Westly und winkt der thailändischen Kellnerin.

»Na, dann ist es ja in Ordnung«, findet Hobbs.

»Darf ich euch alle zu einem Drink einladen?« fragt Westly und bestellt, ohne unsere Antwort abzuwarten.

Mit einem Blick zu Margaret fügt Hobbs hinzu: »Ja, noch ein Drink, ehe du gehst.«

Margaret mustert ihn freundlich und macht es sich sichtlich bequem. »Wir haben's nicht eilig.«

»O doch«, widerspreche ich, wofür ich einen wütenden Blick von ihr kassiere.

»Nein, wir haben's nicht eilig.« Sie hat vielleicht Nerven! Möglicherweise bin ich ja etwas schwer von Begriff, aber ich bin nicht ganz blöd, und ich trete ihr unter dem Tisch gegen das Schienbein. »Autsch!« Mit schmerzverzerrtem Gesicht umklammert Robert sein Bein und sieht vorwurfsvoll zu Westly, der nur die Achseln zuckt. Margaret grinst mich verschlagen an, und ich sehe, daß sie die Beine unter ihren Stuhl gezogen hat. Auf einmal springt Robert auf und murmelt: »Entschuldigt mich.« Vorn im Restaurant bleibt er stehen und beginnt eine Unterhaltung mit einer sehr hübschen Rothaarigen. Ich bin gezwungen, Westlys Frage zu beantworten, denn er will schon zum zweitenmal wissen: »Wohin geht ihr?«

»Ins Kino.«

»Um die Zeit fängt aber nichts an«, entgegnet er herausfordernd.

«Doch, ein italienischer Film mit Untertiteln.« Wie gut, daß ich vorhin im Programm nachgesehen habe, in der Hoffnung, Margaret überreden zu können, zur Erinnerung an alte Zeiten. Jetzt sieht Margaret aus, als hätte sie einen Tritt bekommen; sie springt auf und ruft: »Ja, und wir sollten wirklich gehen!«

Doch Westly hat es nicht eilig aufzustehen und schlägt vor: »Dann treffen wir uns nach dem Film, wo läuft er denn?«

Als wir an Robert vorbeikommen, der immer noch in die Unterhaltung mit der Rothaarigen vertieft ist, sagt Margaret, ohne stehenzubleiben: »Helena. Bis später, Hobbs.« Robert antwortet nicht. Auf dem Weg hinaus kommen wir an einer hübschen, aber aufgedonnerten Brünetten vorbei. Aus irgendeinem Grund drehe ich mich noch einmal um und schaue zurück ins Restaurant. Jetzt sind alle vier an Westlys Tisch. Margaret lacht und nimmt mich am Arm. »Margaret, es wäre mir sehr recht, wenn du mich in deine kleinen Geheimnisse einweihen würdest, denn deine Strategie übersteigt meinen Horizont!«

»Jedesmal, wenn ich es versuche, tust du einfach so, als würdest du dich nicht für ihn interessieren, und erwartest von mir, daß ich dir das abnehme. Aber Amanda, ich glaub's nicht, ich glaub's nicht, ich glaub's nicht!«

Nach dem Film holt Westly uns ab. »Hobbs hatte noch was anderes vor.« Auch Margaret ist plötzlich »schrecklich müde«. Nachdem wir sie zum Taxi begleitet haben, fragt Westly: »Bist du auch müde?«

»Ja, ein wenig.«

»Darf ich dich nach Hause begleiten?« schlägt er vor.

»Sicher.« Wir machen uns auf den Weg, fünf Blocks liegen vor uns, und Westly nimmt meinen Arm. Nach ein paar Schritten versucht er Konversation zu machen. »Anscheinend magst du ausländische Filme.«

»Ja.« Er versucht es noch einmal. »Ich wußte gar nicht, daß du gern thailändisch essen gehst.«

»Ja.« Ich werfe ihm einen argwöhnischen Blick zu. »Es ist eine gute Abwechslung – vom Franzosen.«

Ich weiß, daß er lächelt. »O ja, Abwechslung ist die Würze des Lebens.« Inzwischen sind wir in der Eingangshalle meines Apartments angelangt, und ich sehe das vertraute Funkeln in seinen Augen.

»Das sag ich auch immer. Ich persönlich mag italienisches Essen aber lieber«, entgegne ich, als die Lifttüren sich schließen. Schweigend fahren wir nach oben, schweigend nimmt er meinen Schlüssel und schließt auf.

Ich komme bis zur Lampe auf dem Couchtisch und bringe noch heraus: »Ich hab keinen Whiskey. Möchtest du Kaff –?«

Die alten schwarzen Frauen sind vermutlich beim Baumwollpflücken, denn keine ist da, um mich aufzuhalten. Westlys blaue Augen nehmen die Farbe einer dunklen Winternacht an, und seine Stimme wird ebenso düster, als er schließlich einen Schritt von mir weg macht, so daß ich mich nur noch haltsuchend an die Wand lehnen kann, so weich sind meine Knie. »Ich glaube, ich sollte jetzt lieber gehen«, haucht er mehr, als daß er spricht.

»Ja, du solltest sie nicht warten lassen.« Das bringt ihn abrupt zum Stehen. Ich kann nicht sehen, was sich in seinem Gesicht abspielt, denn er ist schon unterwegs zur Tür und dreht mir den Rücken zu. Nach einem Augenblick wendet er sich halb um, überlegt sich das, was immer er vorgehabt hat, noch einmal anders und geht schließlich stumm weiter zum Aufzug. Bis er eingestiegen ist, sagt keiner ein Wort. Erst als sich die Türen schließen, meint er mit ruhiger Stimme: »Süße Träume – Mandy«, und weg ist er.

Am Samstag beschließe ich, aufzuräumen und gründlich sauberzumachen, in jedem Sinn des Wortes, denn Westly hat es nicht für notwendig befunden, mich anzurufen. Aber offenbar gibt es nicht genügend Schmutz, um mich den ganzen Tag und die ganze Nacht zu beschäftigen.

Um fünf lasse ich mich von der Telefongesellschaft anrufen, um zu überprüfen, ob meine Leitung funktioniert. Alles in Ordnung. Ich kann einfach nicht glauben, daß er sich nicht wenigstens meldet, um zu sagen, daß er zuviel zu tun hat … oder so. Für wen hält er mich denn? Ich hätte ihm nach Helena gleich die Tür weisen sollen, ich hasse ihn. Um sechs hasse ich Margaret, um sieben hasse ich die Männer ganz allgemein, um acht hasse ich die Wasps im besonderen, und um zehn, während ich mir eine Wiederholung von *Endstation Sehnsucht* anschaue, hasse ich mich selbst, weil ich eine Frau bin, die zu sehr liebt.

Am Sonntag morgen hasse ich mich, weil ich eine Frau bin, die zuviel trinkt – Weißwein, eine ganze Flasche. Irgendwas klingelt in meinen Ohren – es ist das Telefon! Ich hechte über die Couch und strecke die Hand aus … ich lasse es läuten … sechsmal. »Hallo?«

»Hi, Amanda, ist wohl spät geworden gestern, was?« fragt Westly, wartet nicht auf eine Antwort, gibt mir keine Gelegenheit, ihn dasselbe zu fragen, sondern fährt gleich fort: »Hast du heute nachmittag schon was vor?«

Ich habe nichts vor. »Ja«, antworte ich, und leider klingt meine Stimme nicht ganz so sorgenfrei, wie ich es mir gewünscht hätte. Und ich weiß genau, daß er es auch hört.

»Ja? Ja, du hast nichts vor?«

»Nein.«

»Gut, dann hast du also nichts vor.«

»Doch, ich hab was vor!«

»Ist irgendwas nicht in Ordnung?«

»Nein!«

»Meinst du jetzt, nein, es alles in Ordnung oder nein, es ist was nicht in Ordnung?«

»Was soll denn nicht in Ordnung sein?«

»Oh, ich dachte, weil du gestern nicht angerufen hast –«

Das ist doch wohl die Höhe! »Ich –«

»Ja, du. Und auch wenn es etwas kurzfristig ist, habe ich trotzdem den ganzen Tag frei. Wenn du mich willst, kannst du mich haben, ich bin nicht stolz.« Mir fällt es ziemlich schwer, die Rolle zu wechseln, vom Todesengel zum netten Engel, deshalb sage ich erst mal gar nichts. Ich weiß, daß ich an der Nase herumgeführt werde, und ich bin sicher, daß er gestern abend bestimmt kein braver Junge war, aber wir sind nicht verheiratet, also – wähle ich eine dem Verbrechen angemessene Strafe. »Na ja, wenn du willst – ich wollte mir gern noch einen italienischen Film ansehen.«

»Mit Untertiteln? Oh, wunderbar! Wann soll ich dich abholen?«

Ich erwarte nicht, daß der Film ihm gefällt, und er gefällt ihm auch nicht. Während der Vorstellung legt er nicht den Arm über meine Stuhllehne und nimmt auch sonst keinen Körperkontakt auf. Vielmehr verbreitet er ein fast apathisches, brütendes Schweigen. Ich überlege angestrengt, warum er so auf Distanz geht – ob es an dem Film liegt oder daran, daß ich ihn mir unbedingt ansehen wollte? Auch auf dem Nachhauseweg ändert sich kaum etwas; zwar hält er meine Hand, aber so, daß er kaum meine Fingerspitzen berührt. Ein paarmal sehe ich ihn verstohlen an: Er ist meilenweit entfernt.

»Willst du noch irgendwo eine Pizza essen?« Ich hoffe auf eine Erwiderung im Stil von: Nein, für heute hab ich genug von Italien. Außerdem möchte ich das, was ich auf mich zukommen sehe, gern soweit wie möglich aufschieben. Am Aufzug zögert er, und ich frage: »Möchtest du noch auf einen Kaffee mit hochkommen?« Über sein: »Ja, aber wirklich nur ein paar Minuten«, könnte ich heulen. Anscheinend ist alles noch viel schlimmer, als ich bisher gedacht habe. Auf der wortlosen Fahrt nach oben versuche ich mich an jeden Moment der letzten Stunden zu erinnern, um mir vorstellen zu können, was sich daraus entwickeln könnte.

Ich gehe in die Küche, um Kaffee zu kochen; er bleibt auf der Couch sitzen. Doch offenbar habe ich mich so darauf konzentriert, mich nicht zu konzentrieren, daß er schon eine ganze Weile in der Tür stehen muß, ehe ich ihn bemerke. Er steht einfach da und starrt mich an. Ich lasse beinahe die Kaffeedose fallen, und so stehen wir volle fünf Sekunden voreinander und halten den Atem an. Dann ist er ebenso schnell und leise verschwunden, wie er gekommen ist. Ich brauche lange zum Kaffeekochen, wobei ich mir gut zurede, daß ich ja schon die ganze Zeit wußte, daß es nicht funktionieren wird, und versuche mich aufzumuntern mit Gemeinplätzen wie: Interpretier nicht soviel in die Situation rein, ihm hat einfach der Film nicht gefallen oder es ist ihm sonst irgendeine Laus über die Leber gelaufen, der Himmel weiß, was für eine. Ich knalle die Milch auf das fertige Kaffee-Tablett.

Als ich mit dem Tablett ins Wohnzimmer komme, bietet er mir nicht wie sonst seine Hilfe an. Er zieht von der Couch auf einen der Sessel um, also setze ich mich allein auf die Couch. Zum Glück starrt er auf seine Hände, denn so sieht er nicht, wie meine zittern, als ich ihm seine Tasse reiche. Er nimmt einen schnellen Schluck, dann setzt er die Tasse ab und fängt an, in meinem kleinen Wohnzimmer auf und ab zu wandern.

Ich ziehe mich in den Schutz meiner dicken Sofakissen zurück, aber ich fühle, wie mein Herz jedesmal fast stehenbleibt, wenn er in seinen Wanderungen innehält, mich ansieht und den Mund aufmacht, als wollte er etwas sagen. Am liebsten möchte ich laut schreien: »Ach, spuck's doch endlich aus, Westly!« Aber ich halte mich zurück, ich will ihm nicht die Genugtuung verschaffen, daß ich ihm zeige, wie sehr mich das alles verletzt.

»Wir haben uns in den letzten zwei, drei Wochen oft gesehen«, beginnt er schließlich, immer noch wandernd. Er wirft mir einen Blick zu, um sich zu vergewissern, daß ich nicke. »Und wir kommen ganz gut miteinander aus ...«

»Gut genug, um Freunde zu bleiben«, füge ich im stillen hinzu, und meine Tasse landet klirrend auf der Untertasse.

»Nein, verdammt gut!« verbessert er da mit Vehemenz und bleibt einen Augenblick lang stehen. »Ich meine, wir sind uns nicht furchtbar auf die Nerven gegangen, ich meine, es ist sicher unvermeidlich, daß wir uns irgendwann streiten werden, aber selbst heftige Diskussionen sind ja Teil einer normalen gesunden Beziehung, schließlich will niemand mit einem Klon zusammensein ...« Er kehrt zu seinem Sessel zurück und nimmt noch einen Schluck Kaffee. An seinem Gesicht sehe ich, daß er ihn gern etwas stärker hätte. »Wir sind uns in den letzten Wochen nähergekommen, es ist nur ... ich meine, es ist möglich, es wäre denkbar, daß wir uns noch näherkommen ...«

»Näherkommen?« wiederhole ich vollkommen verwirrt, aber ich habe immerhin begriffen, daß dieses Näherkommen keinesfalls als Einleitung einer Abschiedsrede ausgelegt werden kann.

»Ja, näherkommen«, bestätigt er, sein Gesicht bekommt Farbe, und seine Stimme wird lauter.

»Warum bist du plötzlich wütend auf mich?« frage ich, und auf einmal fühle ich mich seltsam unbeschwert … daran muß das Näherkommen schuld sein.

Westly stellt seine Kaffeetasse mit einer heftigen Bewegung ab. »Verdammt, ich bin nicht wütend auf dich, um Himmels willen …«

Ich helfe ihm ein wenig auf die Sprünge: »Du möchtest also, daß wir uns näherkommen?«

Er setzt sich neben mich und nimmt mich in die Arme: »Ich dachte, wir könnten nächstes Wochenende nach Martha's Vineyard fahren. Wenn du Lust hast. Ich kenne da ein echt nettes kleines Landhotel – nein, ich bin noch nie mit jemandem dort gewesen«, beantwortet er meine unausgesprochene Frage. »Denk doch mal drüber nach. Ich gehe jetzt lieber …« Er gibt mir einen kleinen Kuß auf die Wange. »Ähm … danke für den Kaffee.«

Erst am D-Day sehen wir uns wieder. Ich sage sogar meinen Lunch mit Margaret ab. Den Freitag nachmittag kann ich tatsächlich frei nehmen, und da keine internationale Katastrophe auf dem Plan steht, auch das Wochenende. An den Wochenenden gibt es ohnehin sehr selten irgendwelche Auseinandersetzungen, denn keiner will sich an den freien Tagen streiten. Um ein Uhr holt mich Westly in einem grünen Rover ab. »Mein Wochenendauto«, erklärt er. »Sieht aus, als hättest du ziemlich spannende Wochenenden«, sage ich, während ich mich vergewissere, daß mein Erste-Hilfe-Köfferchen sicher auf dem Rücksitz verstaut ist. »Das hoffe ich«, entgegnet Westly nur.

Wir erreichen unser Hotel gerade rechtzeitig für ein frühes Abendessen. Irgendwie nimmt es zweieinhalb Stunden in Anspruch, aber dann machen wir einen Mondscheinspaziergang durch die Weinberge, die jetzt, Ende September, wirklich wunderschön sind. Wie ein glatter, riesiger weißer Kieselstein hängt der Mond am dunklen, fast sternlosen Himmel und taucht alles in sein silberglänzendes Licht. Die Landluft ist rein, frisch und schwerelos, sie tanzt über den Wipfeln der Bäume. »Das ist eine Eiche, oder?« flüstere ich.

Westly lächelt, drückt mich an sich und flüstert zurück: »Nein, eine Kiefer. Komm, wir gehen ein Stück querfeldein, ja?«

Ich folge Westly tiefer in den Wald. Schon nach ein paar Schritten verhüllen die Äste jedes menschengemachte Licht. Wir sind umgeben von dichtem, ungezähmtem Wald. »Ich hoffe, du warst bei den Pfadfindern?«

Er lächelt, daß seine Zähne im Mondlicht blitzen. »Selbstverständlich war ich bei den Pfadfindern. Möchtest du, daß ich heute nacht den Pfadfinder spiele, oder was willst du damit andeuten?«

»Nein.« Mein Gesicht ist heiß, der Wind ist kühl, nicht kalt, aber schwer in meinen Lungen. Zwar weiß ich es durchaus zu schätzen, daß Westly unser erstes Mal zu etwas Besonderem machen möchte, aber die Planerei, dieses ganze Vorgeplänkel kann leicht jedes Gefühl von Spontaneität abtöten. Doch dann nimmt er mich in die Arme und drückt mich an eine große Kiefer – das kann er wirklich gut. Ich ertrinke im Duft erntereifer Weintrauben, in den sich noch etwas anderes mischt, etwas, was von Westly ausgeht: eine frische, aber betäubende Männlichkeit. Im Licht des Vollmonds, der durch die dichten Zweige der Kiefer scheint, auf den Kiefernnadeln und den Kleidungsstücken, die Westly uns auszieht – meine Finger haben plötzlich vergessen, wie das geht –, hier lieben wir uns. Spontan, langsam … wie im Schmelzofen, brennend, glühendheiß.

Als wir auf den beleuchteten Weg zurückkehren, muß ich schrecklich lachen, denn mein Make-up ist quer über

Westlys ganzes Gesicht verschmiert, und er sieht aus wie ein Sarotti-Mohr. Ich frage ihn: »Kennst du irgendwelche alten *Negro Spirituals?*« während ich ihn mit meinem Taschentuch zu säubern versuche.

Er nimmt es mir weg, um das Werk selbst zu vollenden. »Du bist garantiert die einzige Frau unter vierzig, die ein richtiges Taschentuch mit sich rumträgt.«

»Ich bin sehr konservativ erzogen.«

»Heißt das, du kannst auch kochen und nähen?«

»Richtig.« Unter dem Torbogen bleiben wir stehen.

»Und du bringst mir am Feierabend meine Pfeife und meine Hausschuhe?«

»Wenn es mir Kochen und Putzen erspart, dann erledige ich sowieso lieber jede Form von Schlepperei.«

»Und was wäre, wenn ich einen Vorschlag hätte, der dir auch das erspart?«

In unserem Zimmer zündet Westly das Kaminfeuer an, was sich aus irgendeinem Grund als ziemlich schwieriges Unterfangen herausstellt. Er hat die Ärmel seines L.L.-Bean-Kordhemds aufgerollt, denn er muß das ganze Holz und die Kohlen wieder vom Rost holen und neu aufschichten, seine Hände sind schmutzig, und seine normalerweise perfekt frisierten Haare haben ein Eigenleben angenommen – ein sehr männliches Bild des Chaos, das mich unheimlich anmacht. Unser Schlummertrunk bleibt unberührt stehen.

Ich wache mit bedrohlich grummelndem Magen auf; Westly schläft noch tief und fest. Eine halbe Stunde später merke ich, daß mir übel wird, und verziehe ich mich aufs Klo. Westly klopft an die glücklicherweise verriegelte Tür. »Alles in Ordnung?«

»Ja, alles klar, danke.«

»Meinst du, du hast was Falsches gegessen?«

»Na ja, schwanger kann ich jedenfalls nicht sein.« Schweigen. Ich habe wirklich keine Ahnung, weshalb ich solche Dinge sage.

Am Morgen wache ich erst um elf auf. Westly ist schon aus dem Bett, aber noch nicht angezogen. Ich öffne die Augen und sehe ihn in einem Sessel sitzen, vor sich die Überreste eines herzhaften Frühstücks. Er starrt mich an. »Was ist?« frage ich und fahre mir mit den Fingern durch die Haare. Zum Glück ist das Haarnetz über Nacht runtergerutscht.

»Ich hab nur darauf gewartet, ob du vielleicht noch mal aus dem Bett rollst …« Er kommt zu mir. »Ich hoffe, du hast es nicht vor, ich möchte nämlich gern noch mal zu dir rein …«

Als wir uns in den Armen halten, sagt er: »Du hast die weichste Haut, die ich je gefühlt habe, und den härtesten Schädel, dem ich je begegnet bin. Es ist ein Wunder, daß du je mit einem Mann im Bett gelandet bist, wenn du mit deinen anderen Freunden auch dauernd übers Heiraten und über Kinder redest wie mit mir.«

»Wie meinst du das?« frage ich, viel zu erschöpft und viel zu entspannt, um Streit anzufangen.

»Du hast das bisher mindestens ein halbes dutzendmal erwähnt.«

»Zweimal, Westly. Und ich verspreche, ich werde es nie wieder tun. Vielleicht solltest du eine Liste aufstellen von all den Themen, die bei dir paranoide Hysterie hervorrufen könnten, damit ich sie vermeiden kann.«

»Gute Idee! Hast du Stift und Papier?« Er zählt an den Fingern auf: »Ex-Freundinnen und Bekannte, wann ich meine Unschuld verloren habe, ob ich Kinder will. Sonst noch Fragen?«

»Hast du schon mal mit einer schwarzen Frau geschlafen?«

»Gehört das nicht zu Punkt eins?«

Ich lache, weil er anscheinend tatsächlich glaubt, ich würde mich auf seine Liste einlassen. »Nur wenn du es getan hast.«

»Jetzt, wo ich es getan habe, möchte ich es gern öfter tun.«

An diesem Wochenende kann der Wein ungestört in den Weinbergen reifen, und mindestens einem halben Dutzend Fischen wird eine Bratpfannen-Amnestie gewährt.

Als wir spät am Sonntag abend zurückkehren, bestehe ich darauf, in meinem eigenen Bett zu schlafen, und zwar allein. Schließlich ist das nur ladylike, und Abwesenheit steigert die Sehnsucht. Außerdem sehe ich nach einer Nacht, in der ich mich ausschlafen kann, gleich viel besser aus. Doch ich finde keinen Schlaf. Ich wälze mich hin und her und lausche den alten schwarzen Frauen, die mich gnadenlos heimsuchen. Sie vollführen einen Totentanz um mein Bett, und ich fühle, wie ihre Verwünschungen in meine Seele eindringen, unerbittlich, wie Peitschenschläge: »Hure, Hure des weißen Mannes!«

»Wir wurden dazu gezwungen, aber du hast es aus freien Stücken getan!«

»Dumme, jämmerliche, gemeine Verräterin!«

»Dafür wirst du büßen, du Dreckstück!«

»Du wirst ebenso leiden, wie wir gelitten haben!«

»Mehr, viel mehr wirst du leiden, denn wir sind dazu gezwungen worden, du hast es freiwillig getan!«

»Du sollst in der Hölle schmoren.«

»Du sollst verflucht sein, verflucht, verflucht! Solange es schwarze Frauen wie dich gibt, sind wir dazu verdammt, auf der Welt umherzuirren, und du hast uns alle dazu verdammt!« Ich brauche die Verwünschungen der schwarzen Frauen nicht, ich bin schon gefangen in einer Hölle von Fragen. Ist das der Anfang einer Beziehung oder war es das Ende, das er sich gewünscht hat? Morgen werde ich klarer sehen.

Als Donna, meine Sekretärin, mir einen guten Morgen wünscht und wissen will, wie mein Wochenende war, antworte ich: »Ich weiß es noch nicht.«

Ihr Gesicht bleibt undurchdringlich; sie folgt mir in mein Büro, um mich auf die Chefkonferenz vorzubereiten. Zehn nach zehn gehe ich zu der angesetzten Vorstandsversammlung, aber Westly hat nicht angerufen. Noch bin ich nüchtern genug, Donna – die perfekte Sekretärin – nicht mit meiner absolut paranoiden Befürchtung zu konfrontieren, sie hätte vielleicht einen Anruf von ihm nur nicht durchgestellt, weil sie wußte, daß ich mich auf die Konferenz vorbereite, und weil sie ganz allgemein darauf aus ist, mein Privatleben im Dienste der Firma zu ruinieren. Die Versammlung verläuft wie üblich recht fröhlich. Insgesamt dauert die Sitzung etwas zwei Stunden.

Um zwölf bin ich wieder draußen und trödle noch ein, zwei Minuten mit Donna im Vorzimmer herum, weil ich ihr die Chance geben will, mich über eventuelle Telefonbotschaften zu informieren, die vielleicht während der Konferenz eingegangen und von ihr bisher vergessen worden sind. Ich gehe die Nachrichten durch, drei sind es, keine davon privat. Donna hampelt rum, als hätte sie Pfeffer im Hintern. Ob sie doch irgendwie gemerkt hat, daß ich verzweifelt auf etwas warte? Tatsächlich, sie senkt die Stimme und sagt: »Da ist etwas abgegeben worden –«

Ich laufe in mein Büro, und da steht ein riesiger Rosenstrauß auf meinem Schreibtisch! Dabei steckt eine Karte: »Eine Rose ohne Dornen wäre keine echte Rose.« Ich drücke den Strauß an mein Herz. Es sind rosa Rosen mit roten Tupfen, und sie haben die längsten Dornen, die ich je gesehen habe.

»Wo hat er die denn her?« wundere ich mich laut.

»Es war nicht leicht, sie aufzutreiben«, kommt Westlys Antwort hinter der Tür hervor, die er jetzt schließt. Ich möchte in Grund und Boden versinken – da hat er mich die ganze Zeit beobachtet, wie ich mich wegen der albernen Blumen benehme wie der letzte Idiot! Doch er nimmt mich einfach in die Arme und hilft mir, mich noch mehr zu blamieren. »Also«, sagt er schließlich, sieht auf seine Armbanduhr und läßt mich los, »ich muß zurück ins Büro. Ich wußte nicht, daß deine Sitzung so lange dauert, und deine Sekretärin hat immer nur gesagt: ›In fünf Minuten ist bestimmt Schluß‹.« Die Hand auf dem Türgriff, dreht er sich zu mir um, lächelt mich an und meint: »Sehen wir uns heute abend, oder hast du beschlossen, mir die unnahbare Maid vorzuspielen?«

»Zuviel des Guten ist nie empfehlenswert, Mr. Hamond. Irgendwann ist man übersättigt und verliert den Geschmack daran.«

»Ich hoffe nur, du kennst deinen eigenen Appetit, Ms. Johnson«, sagt er und öffnet die Tür. »Schließlich bin ich nie der letzte, der vom Tisch aufsteht, oder?«

Wenn ich erröten könnte, würde ich es jetzt tun. Westly macht die Tür zu und verabschiedet sich von Donna. Dann kommt sie in mein Büro, um mich über die neuesten Entwicklungen zu informieren. Ich gebe mir alle Mühe, den Rest des Tages zu überstehen, ohne andauernd die Blumen neu zu arrangieren und wie eine Irre vor mich hin zu grinsen. Was ich beinahe schaffe.

Ich bleibe zu Hause, weil ich die Pflanzen gießen muß, nicht etwa, weil ich auf Westlys Anruf warte, der sowieso nicht kommt. Hoffentlich hat die Telefongesellschaft nicht doch meine Nummer geändert, ohne mir Bescheid zu sagen. Klar, Westly hat gesagt, ich könnte ihn jederzeit anrufen, aber ich denke mir, das ist ungefähr das gleiche, als hätte er gesagt: Ich rufe dich an. Ich weiß, er ruft morgen an, am Dienstag. Nichts. Ab etwa acht Uhr hebe ich in unregelmäßigen Abständen den Hörer ab, um zu überprüfen, ob der Apparat noch funktioniert. Eigentlich weiß ich genau, daß er nicht kaputt ist, denn Gott und die Welt haben angerufen, alle, nur Westly nicht. Wenn er jetzt anruft, sage ich ihm, er soll sich zum Teufel scheren. Mittwoch abend, sechs Uhr. Womöglich funktioniert sein Telefon nicht – ich wähle seine Nummer, um sicherzugehen, höre es einmal klingeln, lege wieder auf. Tja, dann ist es wohl vorbei. Er hat sich verlobt, er ist verheiratet und hat zwei Kinder mit meiner Nachbarin aus dem College, der langbeinigen Blonden – alles innerhalb von drei Tagen. Um neun liege ich im Bett. Die alten schwarzen Frauen veranstalten einen Steptanz auf meinem Herzen. Jetzt reicht es mir. Ich stehe auf, nehme ein Taxi und fahre zu seinem Haus. Auf dem Rücksitz übe ich, wie ich Westly am besten die Meinung sage. Der Taxifahrer starrt mich im Rückspiegel an. Jetzt werde ich Westly gleich ordentlich den Marsch blasen. Ich marschiere zur Tür, im Rhythmus meiner Schimpftirade. »Für wen hält er sich eigentlich?«

Ich drücke auf die Klingel. »Und für wen hält er mich – meint er vielleicht, ich bin sein Schuhabstreifer oder was?« Ich klingle noch mal, diesmal länger. »Na, Waspy, gleich wirst du mich kennenlernen!« Nichts passiert. »Wo steckt der Blödmann bloß?« Ich sehe einen rundlichen kleinen Mann, der von einem noch rundlicheren Pekinesen ausgeführt wird. Aus dem Innern des Hauses höre ich Geräusche, und das bringt mich endgültig in Rage – vielleicht hat er schon sein nächstes Opfer gefunden! »Wenn du glaubst, ich geh hier weg, ehe ich dir die Leviten gelesen habe, hast du dich gewaltig geirrt!« Gerade will ich noch mal kräftig auf die Türklingel drücken, da schwingt die Doppeltür auf.

»Das hat wesentlich länger gedauert, als ich gedacht habe«, sagt er, zieht mich ins Haus und in seine Arme. Dann nimmt er meine Hand, führt mich ins Wohnzimmer, und jetzt sehe ich, wieso er nicht gleich aufgemacht hat: Riesige weiße Kerzen sind auf dem Kamin und im Zimmer verteilt, zwei Brandygläser stehen in Warmhaltern auf dem Couchtisch, und aus unsichtbarer Quelle ertönt *Strangers in the Night.* Es ist nicht ganz leicht, mich von meiner Betrogenenrolle zu verabschieden, und mir fehlen erst mal die Worte. Da steht er, stumm, abwartend, und das Kerzenlicht schimmert in seinen blauen Augen. Ich habe einen Kloß im Hals, deshalb muß er das Schweigen brechen. »Den Lachs mußte ich leider gestern wegwerfen«, sagt er und führt mich zum Sofa, »also müssen wir auf die Vorspeise verzichten.« Wenn man ein paar Tage nicht ordentlich gegessen hat und dann ein Festmahl vorgesetzt bekommt, ist man ziemlich schnell satt.

Westly reicht mir mein Brandyglas, sieht mich über den Rand des seinen an und fragt: »Ich weiß nicht … hast du schon mal mit einem weißen Mann geschlafen?«

»Jetzt, wo ich es getan habe, möchte ich es gern öfter tun.«

Viel Lärm um Nichts

Wie das Schicksal es so will, hat der Luigi-Lavazza-Konzern Probleme mit den Exportgesetzen für seine neuen, eigens für Amerika entwickelten Instant-Cappuccino-Produkte. Man macht sich Sorgen ums Image, wenn man auf der für Amerika bestimmten Packung die Kalorien und alles mögliche andere auflisten muß. »Die Amerikaner sind ohnehin das fetteste Volk der Welt.« Selbstverständlich will der bereits bestimmte Importeur davon nichts wissen. Also muß ich heute nachmittag nach Italien fliegen, um die Kaffee-Connection zu regeln.

Ich rufe Westly vom Büro aus an. Obwohl er mir die Nummer gegeben hat, störe ich ihn ungern bei der Arbeit. Ich wähle selbst, weil ich nicht möchte, daß Donna auf falsche Gedanken kommt. Westlys Sekretärin hebt ab und erzählt mir: »Mr. Hamond ist in einer Sitzung, kann ich Ihren Namen notieren, damit er Sie zurückrufen kann?«

»Ja, ich bin Amanda Johnson.«

»Oh, bitte bleiben Sie dran.« Einen Augenblick später höre ich Westly, mit einer entsetzlich spießigen, affektierten Stimme: »Hallo, Ms. Johnson, was kann ich für Sie tun?«

»Nichts. Es sei denn, du sprichst Italienisch. Ich fliege nach Italien.«

»Wann?«

»Heute nachmittag. Aber bis Freitag abend bin ich hoffentlich zurück.«

»Nun gut, Ms. Johnson, dann erwarte ich Sie am Freitag«, antwortet der Spießer. »Ach ja, noch was, Ms. Johnson, vergessen Sie nicht Ihre Diät!«

»Diät? ... Oh, ich mache keine Diät mehr. In Italien mache ich nie eine Diät.«

»Was zum ... Was soll das heißen?«

»*Arrivederci*, Baby.«

Bis Freitag nachmittag komme ich mir vor wie eine ausgebildete Graphikerin. Schließlich finden wir tatsächlich eine Lösung, die attraktiv aussieht – was den Italienern gefällt –, und dennoch genau den Inhalt deklariert – was dem Importeur gefällt. Wir haben die ganze Nacht durchgearbeitet, und ich schaffe es gerade noch rechtzeitig zum Flughafen. Leider vergesse ich in der Hetze, Westly anzurufen und ihm mitzuteilen, wann ich ankomme, und bin so erschossen, daß ich während des ganzen Fluges fest schlafe. Elf Uhr nachts, Kennedy International Airport. Noch ganz benommen hole ich mein Gepäck ab und träume mich durch den Zoll. Erst auf dem Weg zum Taxistand werde ich auf typisch New Yorker Art wachgerüttelt. Während ich noch versuche, mein Hirn von Gramm und Ounces zu befreien, reißt mir ein junger Mann meine Tasche aus der Hand und rennt mit ihr davon. Erschrocken schreie ich: »Haltet den Dieb!« Aber niemand achtet auf mich, niemand außer dem Dieb. Der dreht sich um und grinst mich an. Seine Aufmachung entspricht wohl seiner Vorstellung dessen, was ein Typ aus dem Ghetto trägt: Lederjacke und Baseballkappe mit dem Schild nach hinten. »Blödmann!« schreie ich, renne ihm hinterher, hole ihn ein und verpasse ihm einen Schwinger. »Bist du total übergeschnappt? Ich hätte einen Herzinfarkt kriegen können!«

»Das ist eine Entführung!« Er küßt mich.

»Ich hab dich vermißt, Waspy.« Zum erstenmal benutze ich meinen geheimen Kosenamen.

»Ich hab dich auch vermißt, Brownie«, lacht er.

Auf der langen Fahrt nach Hause erzähle ich ihm von meiner Reise, aber er will vor allem wissen: »Wie ging's mit deiner Diät?«

»Ich bin am Verhungern!«

»Gutes Mädchen!«

»Wie wär's, holen wir uns was vom Chinesen?«

Wir essen im Bett und sehen uns dabei irgendeinen albernen italienischen Film an, obwohl ich es anfangs gar nicht recht will, weil ich immer daran denken muß, was uns beim letzten italienischen Film passiert ist, ob ich es mir nun eingebildet habe oder nicht. Aber der heute hat keine Untertitel. Schließlich trage ich die leeren Chop-Suey-Schachteln in die Küche, denn Westly verkündet mit großer Überzeugung: »Es macht nichts, wenn sie ein paar Stunden neben dem Bett stehenbleiben.«

»Himmel, wieso ist denn deine Wohnung so sauber, wenn du so darüber denkst?«

»Mrs. Dott putzt alles blitzblank, du kannst dich ganz auf die Schlepperei konzentrieren.«

»Ich würde mich zu Tode schämen, wenn meine Putzfrau Essensreste neben dem Bett fände!«

»Ich glaube nicht, daß ihr ausgerechnet die Essenreste morgen früh als erstes ins Auge fallen. Glaubst du das vielleicht?«

Also sehe ich auf dem Weg in die Küche in ein paar Schränken nach, ob es frische Bettwäsche gibt.

Als ich zurückkomme, ist es stockdunkel im Zimmer. »Westly? Soll das ein Test sein? So was gab's nicht in meinem Pfadfindertraining.« Keine Antwort. »Schläfst du?« Schließlich stolpere ich ins Bett.

Westly schießt hoch und dreht die Nachttischlampe an. »Was tust du denn da, Missy?«

Ich steige ins Bett und konstatiere dabei das Offensichtliche: »Ich gehe ins Bett, was dachtest du denn?«

»Nun, ich denke, wir sollten eines gleich von Anfang an klarstellen. Ich meine, im Hotel auf Martha's Vineyard war das ja etwas anderes, aber hier sind wir wieder in der wirklichen Welt und sollten uns auch wieder entsprechend benehmen!« sagt er und deutet dabei auf etwas vor dem Fußende des Bettes. Sofort krabble ich hin, um nachzusehen, was es ist. Es ist ein hastig zusammengeschustertes »Schlaflager auf dem Boden!« Ich höre Westlys hysterisches Gelächter kaum, denn ich versetze ihm einen heftigen Schlag mit dem erstbesten Gegenstand, der mir in die Finger kommt. Zu seinem Glück ist es das Kopfkissen. Dann springe ich aus dem Bett und werfe ihm die Sachen an den Kopf, die mein Schlaflager bilden sollten: »Du Mistkerl, du Rassist, du blödsinniges weißes Schwein, wenn du auch nur eine Sekunde glaubst, daß ich auf dem Boden schlafe wie irgendein Sklavenmädchen ...«

Lachend und sich vor meinen Wurfgeschossen duckend, rollt er aus dem Bett. »Also, ich weiß wirklich nicht, warum du das nicht willst«, keucht er und fügt mit Südstaatenakzent hinzu: »Du solls' dich hia doch wie zu Haus' fühl'n.« Das gibt mir den Rest, und ich beginne mich im Zimmer nach einer besseren Waffe umzusehen. Als Westly sieht, wie ich nach einer riesigen Vase greife, hört er abrupt zu lachen auf und schreit: »Warte! Die nicht!«

»Warum nicht, ist sie zu teuer?« Ich ziele, er macht einen vorsichtigen Schritt auf mich zu und packt unterwegs einen kristallenen Kerzenständer. Dann nimmt er mir gekonnt die Vase ab und drückt mir statt dessen den Kerzenständer in die Hand: »Nein, sie ist nur zu groß!«

(Haltloses Gelächter.)

»Ich möchte lieber von etwas mit mehr Nettowert und weniger Nettogewicht getroffen werden, außerdem bin ich versichert.« Es gelingt ihm, den Kerzenständer aufzufangen, der knapp an seinem Kopf vorbeigeht. Er untersucht ihn nach Kratzern. »Ich bin nur nicht ganz sicher, ob schwarze Frauen in die Rubrik ›höhere Gewalt‹ fallen oder nicht.« Wir machen einen Wettlauf zu der Vase, aber Westly schneidet mir den Weg ab und hält mich fest. »Komm schon, Honey, es war doch nur ein Witz.«

Zitternd und hustend bringe ich hervor: »Es war aber NICHT komisch.«

»Armes Baby«, sagt er, hebt mich aufs Bett und legt sich neben mich, die Arme eng um mich geschlungen. »Honey, es tut mir wirklich leid. Ich würde nie absichtlich etwas sagen oder tun, was dich verletzt. Du hast doch nicht geglaubt, ich meine das ernst, oder? … Brownie …«

»Ich weiß nicht, ob ich noch dein Bett mit dir teilen möchte.«

»Was? … Honey, du kannst nicht jetzt schon anfangen, Komplexe zu kriegen, warte, bis du meine Mutter kennenlernst!« Gelächter. »Sie sorgt dafür, daß du Komplexe kriegst.« Schweigend und steif liege ich in seinen Armen. »Es tut mir leid, wirklich. Kann ich irgendwas tun, um es wiedergutzumachen?« fragt er mit flehender Stimme.

Ich weiß etwas, aber ich schniefe und tue so, als würde ich darüber nachdenken. »Du … du kannst auf dem Boden schlafen, Westly.«

»Das meinst du nicht ernst?!«

Doch, das meine ich ernst. «Todernst.«

Er legt die Decke auf den Boden zurück, so gut er kann, knipst das Licht aus und sagt: »Jawoll, Ma'am!«

Irgendwann im Lauf der Nacht kommt er wohl wieder ins Bett gekrochen, denn ich wache in seinen Armen auf. Er sieht mich an, und auf einmal finden wir beide die Geschichte unglaublich lustig. »Wer weiß, vielleicht schlafe ich doch noch eine Weile bei dir im Bett.« Ohne daß meine Seele sich zu den umherirrenden schwarzen Frauen gesellen muß.

Ich höre auf, mir über die umherirrenden schwarzen Frauen Sorgen zu machen, aber als meine liebe Schwester Pat verkündet: »Ich komme nächstes Wochenende zu Besuch. Okay?« werde ich echt unruhig. Zwar sagt sie das nicht ausdrücklich, aber sie spielt den Spähtrupp für meine Mutter, die »sich fragt, wie es dir so geht, weil du schon länger nicht mehr angerufen hast«. Ich nehme mir vor, Pat mit einem Einkaufsbummel und vielleicht einem Theaterbesuch zu bestechen, damit sie einen positiven Bericht weitergibt.

Als ich Westly erzähle: »Meine Schwester kommt übers Wochenende«, meint er sofort: »Okay, mal sehen, was ich arrangieren kann. Tanzt sie gern? Wir sollten Hobbs mitnehmen. Wie ist deine Schwester denn so?«

»Sie ist die hübsche Schwester, und abgesehen von unseren Eltern haben wir nichts gemeinsam.«

Westly lacht. »Höre ich da ein kleines Kindheitstrauma heraus?« Ich antworte nicht. »Na, dann zeigen wir ihr doch, wie du dich verändert hast, Aschenputtel! Wie wär's mit Dinner und Tanz im *Stork Club* am Freitag, am Samstag können wir alle segeln gehen, wenn es nicht zu kalt ist, und falls doch, können wir immer noch eine kleine Weinprobe machen. Ich muß mir das noch mal durch den Kopf gehen lassen. Wann kommt sie denn an? Sollen wir sie abholen oder einen Wagen hinschicken?«

»Freitag früh. Aber sie will bestimmt einkaufen gehen, und ich hole sie ab.« Allerdings verschweige ich ihm lieber, daß ich Zeit brauche, um meine Schwester darauf vorzubereiten, daß sie meinen Freund kennenlernen soll, was für sie eine viel größere Bedeutung hat als für ihn, wenn man bedenkt, daß ihr dieses Vergnügen bisher noch nie zuteil wurde.

Pat, seit jeher und immer noch Daddys Liebling, teilt Daddys Ansichten in jeder Beziehung. Ich weiß noch, wie ich sie einmal gefragt habe: »Würdest du jemals mit einem weißen Mann schlafen?«

In wunderschöner Verwirrung entgegnete sie mir: »Warum sollte ich das?«

»Zum Beispiel, weil du in ihn verliebt bist.«

»Warum sollte ich in ihn verliebt sein?«

»Einfach so!« Daraufhin beäugte sie mich eine Weile argwöhnisch und widmete sich dann wieder ihrer Maniküre.

Ich hatte gedacht, es könnte einen von Westlys paranoiden Ausbrüchen heraufbeschwören, ein Mitglied meiner Familie kennenzulernen. Aber er organisiert alles, sogar die Rückfahrt zum Flughafen, deshalb kann ich ihm nicht sagen, daß ich ihn eigentlich gar nicht dabeihaben will.

Leider kann ich Margaret nicht zu meiner moralischen Unterstützung einladen, denn sie findet, daß Pat »uns alle um fünfzig Jahre zurückwirft und mit dem Mythos aufräumt, schwarze Frauen wären stark«. Als wir nämlich vor einiger Zeit einmal alle drei einen Einkaufsbummel durch New York machten, ließ sich Pat grundsätzlich beim Ein- und Aussteigen ins Taxi die Hand reichen und alle Türen aufhalten, und wenn keine Männer in der Nähe waren, die diese Aufgabe erfüllen konnten, rechnete sie fest damit, daß wir, die »City Girls«, sie beschützen und umsorgen würden. Umgekehrt bezeichnet Pat Margaret abschätzig als ein »typisch weißes Mädchen«.

Ich erzähle es Pat, während wir uns für den *Stork Club* umziehen. »Übrigens – Westly, einer von den Jungs, mit denen wir ausgehen, ist mein Freund.«

Sie lacht. »Du hast doch nicht etwa immer noch Angst, daß ich dir deine Freunde ausspanne, oder?«

Sie sieht zwar aus, als wäre ein solcher Verdacht durchaus angebracht, aber ich packe den Stier bei den Hörnern und bereite mich darauf vor, meine Schwester aufzufangen, sollte sie in Ohnmacht fallen. »Er ist ein Wasp.« Patty starrt mich an und wartet, sie hat nicht kapiert, also versuche ich es noch mal: »Er ist weiß.«

Diesmal verzieht sie das Gesicht und mustert mich weiter. »Ja, und?«

»Was und?«

»Soll mich das überraschen?« Sie wendet sich wieder ihrem Dekolleté zu. »Du hattest doch schon immer eine Schwäche für weiße Jungs. Einen Augenblick hab ich gedacht, du würdest sagen, er wäre schwarz – das wäre ein echter Schock gewesen. Aber warum hast du gewartet, bis wir fast zur Tür raus sind, um es mir zu erzählen? Wolltest du es für dich behalten, daß er keine Farbe hat, wolltest du es den ganzen Abend vor mir verheimlichen? Na ja, du hast schon immer gedacht, ich wäre blöd.«

»Na gut, es ist also okay für dich?«

»Nein.«

»Aber du kommst mit und –«

»Ich werde ihn nicht anspucken. Jetzt ist es ohnehin zu spät, um einen Rückzieher zu machen. Gehen wir.« Immerhin etwas. Ich zähle darauf, daß Westly sie mit seinem unwiderstehlichen Charme um den Finger wickelt. Denn wahrscheinlich wird er nicht gern angespuckt, sei es auch nur verbal.

»Wie lange gehen Sie schon mit meiner Schwester … aus?« fragt meine weder dumme noch taktvolle Schwester Pat.

»Etwas über einen Monat, aber wir kannten uns schon vier Monate, ehe wir anfingen … auszugehen.«

Pat reißt ihre großen Augen auf und schnappt geräuschvoll nach Luft, um sicherzugehen, daß wir alle zuhören, bevor sie mit einem schlichten »Oh!« so tut, als übe sie Zurückhaltung.

»Oh«, wiederholt Westly mit echter Zurückhaltung, wahrscheinlich um ihr zu zeigen, wie man's macht, »wußten Sie noch nicht, daß wir uns – kennengelernt hatten?«

Darauf hat Pat nur gewartet. »Nein, Amanda hat es niemandem erzählt – jedenfalls keinem von zu Hause.«

»Oh«, macht Westly schon wieder und sieht mich an, als erwarte er eine Erklärung. Ich starre Pat nieder, aber das bringt sie auch nicht zum Schweigen. »Na sicher, die große Entfernung und alles. Ich meine, über manche Dinge spricht man einfach nicht am Telefon, beispielsweise, wenn man schwanger ist ...« Dabei mustert sie meine Taille in dem eng anliegenden Oberteil meines cremefarbenen Abendkleids und fährt fort: »... oder auch über einen Todesfall in der Familie, Sie wissen schon, lauter solche Dinge. Aber ganz bestimmt hat sie es nicht absichtlich geheimgehalten.« Am liebsten möchte ich ihr unter dem Tisch einen Tritt versetzen, doch das wäre riskant, denn Robert sitzt an dem halbkreisförmigen Tisch so nahe neben ihr wie nur menschenmöglich, da kann ich nicht sicher sein, wen ich treffe.

Jedesmal, wenn ich mit Pat zusammen bin, werde ich unweigerlich von irgendwelchen Kindheitserinnerungen heimgesucht. Bis heute fühle ich mich in ihrer Gegenwart wie ein magerer kleiner Junge. Pat ist für mich wie eine schwarze Miniaturausgabe von Mae West: an allen richtigen Stellen angemessen abgerundet, weich, nachgiebig, feminin, mit einer Stimme wie Milch und Honig, passend zur Farbe ihrer Haut, und dadurch ist alles, was sie – vor allem zu Männern – sagt, wunderbar leicht zu schlucken. Westly und Robert sind da keine Ausnahme, zum Glück, denn Pat hat beschlossen, daß eine öffentliche Demütigung die angemessene Strafe dafür ist, daß ich sie unvorbereitet mit Westly konfrontiert habe.

»Ihr seid also seit ungefähr zwei Monaten liiert?« fragt sie noch mal, als überlegte sie sich, wie viele Tage ein Monat eigentlich hat, und schon rutscht Robert noch ein Stückchen näher an sie heran. Westly lächelt ein Ja. Auch Pat lächelt, ehe sie sich wieder ihrer *Crème Caramel* widmet. Wir sehen ihr alle wie gebannt zu, und bevor sie den letzten Bissen in ihren wunderschönen roten Mund schiebt, fragt sie: »In New York ist das ziemlich lange, oder? Ich meine, ihr seid praktisch verlobt, nicht wahr?«

Hastig rückt Robert ein Stück von ihr weg. Westly sieht mich an, und ich bekomme unter dem Tisch endlich freie Bahn zum Zutreten.

Pat läßt den Löffel fallen, reibt sich das Bein, starrt mich an und sagt: »Au! Warum hast du mich getreten? Ich will doch bloß rauskriegen, welche Absichten er verfolgt. Als einziges Familienmitglied, das ihn kennengelernt hat und vermutlich je kennenlernen wird ...« – sie lächelt äußerst liebenswürdig in die Runde – »... ist das doch meine Pflicht.«

Robert hat ein paar Tische weiter eine hübsche Blondine entdeckt, und Westly rutscht von Pat zu mir und wieder zurück. »Ihr beide habt wesentlich mehr gemeinsam, als ihr denkt.«

Diese Antwort stellt Pat nicht zufrieden: »Was für Absichten haben Sie denn nun?«

Aus Roberts Gekicher wird prustendes Gelächter, in das Westly einstimmt. Dann steht er auf und erklärt Pat: »Im Moment verfolge ich lediglich die Absicht, Sie um den nächsten Tanz zu bitten.« Anmutig nimmt Pat die Einladung an. Unterdessen fragt Robert mich nach meiner Schwester aus, so daß es mir sehr schwerfällt, die beiden im Auge zu behalten. Wie es aussieht, unterhalten sie sich mehr, als daß sie tanzen. Als sie, ohne mich auch nur eines Blicks zu würdigen, am

Tisch vorbeikommen, gibt das meinem Herzen einen durchdringenden Stich – wenn auch nur für einen winzigen Moment.

Ich weiß nicht, was Westly ihr gesagt hat, aber der Rest des Wochenendes verläuft reibungslos, wozu die Weinprobe zweifellos ihren Teil beiträgt. Es läuft so reibungslos, daß ich keine Erpressungsmaßnahmen ergreifen muß, als ich Pat am Sonntag nachmittag zum Flughafen bringe. Ich wage es sogar, sie zu fragen: »Na?«

»Na ... okay.« Nicht gerade begeistert, aber besser als erwartet. Nur eins möchte ich gern klären, ehe sie geht. »Und was Mom und Dad angeht ...« Sie legt den Arm um mich: »Ich freue mich, daß ich deinen Anteil vom Erbe abkriege, aber das kann ich nur, wenn ich überlebe. In unserer Gegend wird der Überbringer schlechter Nachrichten immer noch getötet!«

Ich lache und umarme sie richtig. »Also findest du ihn okay?«

Sie lächelt mich mit ihren roten Lippen an. »Er ist besser als okay. Er tanzt gut. Aber ich wollte dich noch fragen, ist er auch –«

»O ja, er ist ziemlich gut.«

»Besser als okay?«

»Viel besser.«

»Na gut!« Jetzt muß sie sich wirklich losreißen. »Es wäre nett, wenn du dich rechtzeitig zu Weihnachten in einen netten schwarzen Jungen verlieben könntest, das würde die Feiertage für uns alle wesentlich entspannter machen.«

»Ich hab nie gesagt, daß ich in Westly verliebt bin!«

»Na, wenn du glaubst, das wäre ein Geheimnis, dann ist die Freiheitsstatue auch eins!«

»Merkst du das, weil du meine Schwester bist?«

»Das merkt jeder in einem Umkreis von zwölf Meilen!«
»Glaubst du – er auch?«
»Wenn du dir nicht sicher bist, verschaff dir Sicherheit! Du willst doch nicht am Ende … Tschüß, paß auf dich auf, große Schwester.«
»Bye-bye, Patty!« Manchmal ist sie echt in Ordnung.

Ich halte die lange rechteckige Schachtel mit zitternden Händen fest. Es ist das erste Geschenk von Westly, und ich möchte den Augenblick auskosten. »Hoffentlich gefällt es dir, Brownie!« lächelt Westly.
»Oh, ganz bestimmt! Der Gedanke zählt, Honey!«
Dieser Gedanke trägt ein Etikett von HERMÈS. Meine Mutter sagt immer: »Nimm nie Schmuck an von einem Mann, mit dem du nicht verheiratet bist, sonst bist du früher verlassen als später verlobt.« Aber ein HERMÈS-Schal ist kein Geschenk für eine gefallene Frau, sondern für eine Frau, die einem gefällt. Vorsichtig und absolut ladylike schiebe ich das dicke Band über die Ecken der Schachtel, statt den Knoten mit den Zähnen durchzubeißen. Mit angehaltenem Atem nehme ich den Deckel ab, genieße das teure Geräusch der lackierten Pappe und bereite mich auf den Rausch der Farben vor, die mir gleich von der wertvollen Seide entgegenleuchten werden –
»Eine Reitpeitsche, Westly?! Du hast mir eine Reitpeitsche gekauft?« Hoffentlich verbirgt meine Verwirrung, wie enttäuscht ich bin.
Er macht einen ganz erschrockenen Eindruck. »Gefällt sie dir nicht? Es ist eine Reitpeitsche für eine Lady, eines der ältesten Produkte von HERMÈS.«
»Eine Reitpeitsche?« Okay, »es ist wirklich eine schöne Reitpeitsche. Aber ich meine –« das kann doch wohl nicht wahr sein, »soll mir das irgendwas sagen, Westly?«

An seinem Gesicht sehe ich, daß er einerseits aufgebracht ist, weil ich sein Geschenk nicht mag, ihn die Situation andererseits aber irgendwie amüsiert. »Meinst du, ich will dich ganz sanft auf meine etwas« – er drückt mich an sich und grinst boshaft – »auf meine etwas abenteuerlicheren sexuellen Vorlieben vorbereiten? Wie kommst du auf die Idee, daß du diejenige bist, die die Peitsche schwingt, Cowgirl?«

»Westly, HERMÈS ist viel zu teuer für einen Witz.«

»Was für Witze denn? Ich wollte dich nur zum Reiten einladen! Manchmal frage ich mich ernstlich, was du von mir denkst, Mandy.«

»Zum Reiten, na ja –« Ich drehe das kostbare Stück Leder in meiner Hand hin und her – »tja, dafür ist das Ding sicher ganz praktisch.«

»Auf alle Fälle praktischer als das hier!« Mit einem wahrhaft teuflischen Lächeln zieht er einen riesigen, leuchtendbunten HERMÈS-Seidenschal aus der Tasche und legt ihn mir um den Hals. »O Westly, der ist ja wunder- wunder- wunderschön! Danke, Honey!« Ich umarme ihn und ziehe ihn mit mir vor den Spiegel. Auf mein »Was für eine hübsche Überraschung!« brechen wir beide vor Lachen zusammen.

Mühsam bringt Westly hervor: »Stimmt, ich hab dein Gesicht gesehen, Brownie – die Peitsche war wirklich eine Überraschung!« Er imitiert meine entsetzte Stimme: »OH, HONEY, EINE REITPEITSCHE VON HERMÈS!? Du hast ausgesehen, als wolltest du sie am liebsten gleich an mir ausprobieren!«

Er will wirklich mit mir ausreiten. »Im Club veranstalten sie einen Ausritt, Reiten und Skeetschießen, aber du kannst wahrscheinlich nicht schießen, oder?«

»Ich kann auch nicht reiten.«

»Das ist aber weniger gefährlich.«

Als ich Margaret erzähle, daß er mich eingeladen hat, ruft sie begeistert: »Wunderbar! Du weißt doch, was das bedeutet, oder!?« Da ich es offensichtlich nicht weiß, klärt sie mich auf: »Im Club, mit all seinen Freunden! Himmel, Amanda, manchmal bist du wirklich schwer von Begriff. Alle werden dasein! Sogar ich werde Skeetschießen!«

»Du meinst also, ich werde in die Gesellschaft eingeführt?«

»So ungefähr, ja.«

»Vielleicht sollte ich dann lieber absagen. Ich kann nicht mal reiten und werde mich bestimmt entsetzlich blamieren.«

»Geh einfach hin, sei hübsch und geistreich. Die meisten von den Leuten dort sind nur mit einer gehörigen Portion Glück und weil ihr Daddy eine neue Bibliothek gestiftet hat aufs College gekommen, die sind viel zu verängstigt, um dich zu schikanieren. Außerdem bin ich auch da, und das kalte Büffet ist jeden Tritt wert, den du von Pferden oder Eseln je einkassieren wirst.« Ich schweige. Sie hat mich nicht überzeugt, denn ich hasse es viel zu sehr, mich lächerlich zu machen. »Ach, Amanda, komm schon.«

»Na ja, vielleicht komm ich mit ... Wenn du vorher mit mir einkaufen gehst, damit ich wenigstens aussehe, als könnte ich reiten, oder jedenfalls gut genug, daß mir jemand aufs Pferd zurückhilft, wenn ich runterfalle.«

»In Ordnung. Du brauchst Jodhpur-Hosen, die müssen wir nur ein paarmal in den Dreck schmeißen und auf ihnen rumtrampeln und sie vielleicht ein, zwei Tage unter der Couch zusammenknüllen – das mache ich auch immer.«

»Damit das Zeug gebraucht aussieht, ja?«

»Siehst du, du bist ein Naturtalent!«

So treffen wir am Sonntag vormittag um halb zwölf ein; bei den Skeet-Schützen holen wir Hobbs ab, und ich entdecke, daß Margaret eine echte Annie Oakley ist. Man kann die Luft fast schneiden, so dick ist der Schießpulverdampf und der Tonstaub. Margaret ist viel zu sehr damit beschäftigt, in der Gegend herumzuballern, sie kann mir keinen der übrigen Umweltfreunde vorstellen. Außerdem würde ich in dem Höllenlärm sowieso nichts verstehen. Als sie nachlädt, lächle und winke ich ihr zu, und sie macht irgendeine seltsame Geste, vermutlich der Jagdsalut für zwei weitere ermordete Tontauben. Garantiert hat Mark sie nie schießen sehen … Es macht mich reichlich nervös, mich in der Nähe so vieler bewaffneter Wasps aufhalten zu müssen. Vielleicht nicht ganz so nervös, wie sie wären, wenn ich eine Waffe bei mir trüge.

Westly erklärt mir, daß der Schießplatz eigentlich die *Driving Range* ist. Wir gehen über den makellosen Rasen, den die Gärtner gerade winterfest machen. Das Clubhaus kann ich nicht entdecken, wahrscheinlich liegt es aber irgendwo in der Nähe. Als erstes sehe ich ein Gebäude, das wirkt wie aus einem Gemälde von Norman Rockwell: Die gigantische rote Holzscheune mit den weißen Verzierungen an Regenrinnen und Türen wird umrahmt von majestätischen Bäumen in leuchtend herbstlichen Orange-, Rot- und Gelbtönen. Die Leinwand des Gemäldes müßte allerdings ziemlich groß sein, wenn die drei Reitarenen und das große Steingebäude, das Robert »Zappelzeugkammer« nennt, noch mit draufpassen sollen.

Gegen zwölf hieven Westly und Robert mich in meinen abgetragen wirkenden, gutsitzenden Reithosen auf einen angeblich gutmütigen Gaul. Einen großen gutmütigen Gaul. Dann steigen auch sie in den Sattel, und wir reiten, einer links, einer rechts von mir, ein paar Runden in dem eingezäunten Corral. Die grundlegenden Steuerungsregeln habe ich inzwischen kapiert, aber mich beschäftigt dasselbe Problem wie immer bei Pferden. Nach ein paar Runden lassen mich die beiden ein Stück vorausreiten. Robert glaubt, ich kann ihn nicht hören, und sagt zu Westly: »Sie hat den falschen Rhythmus –« Wie aus einem Munde vervollständigen sie den Satz zu zweit: » … beim Reiten.« Es ist schwer, sie niederzustarren, während ich mich mit aller Kraft festklammere. Westly gibt mir die gleiche Anweisung wie die letzte halbe Stunde: »Baby, konzentrier dich darauf, mit dem Pferd rauf- und runterzugehen.«

Robert macht mir die Bewegung vor, die Westly mir zu erklären versucht – überdeutlich. »Ich dachte, ihr habt 'ne Menge Pferde in Kalifornien?« Diesmal schaffe ich es, ihn mit meinen Blicken zu durchbohren: »Wir haben auch eine Menge Wellen, und trotzdem kann ich nicht surfen.«

Als auch der Rest der Gruppe aufsitzt, kann ich Westly und Robert davon überzeugen, daß sie ruhig losreiten sollen. »Ich bleibe hier und übe ein wenig.« Westly erklärt sich damit erst einverstanden, nachdem er einen Stallburschen gefunden hat, der den Babysitter für mich spielt. Sobald alle weggaloppiert sind, steige oder sitze ich ab oder wie man es nun nennt. Ich kann eine Erkundungstour durch die umliegenden Hügel besser genießen, wenn ich festen Boden unter mir habe. Weil ich fürchte, daß jemand aus Versehen auf mich schießen könnte, bleibe ich in Sichtweite des Corrals. Eine halbe Stunde spaziere ich auf dem Gelände herum, eine Stunde lang sitze ich auf einem sanften kleinen Hügel hinter den prächtigen Stallungen, damit niemand sieht, wie ich herumlungere. Von meinem Platz aus sehe ich Westly, Robert und noch jemanden; die drei veranstalten ein Wettrennen über die letzte halbe Meile. Lächelnd beobachte ich, wie Westly gewinnt, vor dem Zaun stehenbleibt und offensichtlich nach mir oder meinem reiterlosen Pferd Ausschau hält. Ich will gerade den Hügel hinunterrennen, bremse aber sofort, als Robert im leichten Galopp davonreitet, während Westly mit der dritten Person des Rennens – einer weiblichen, attraktiven, kichernden

Person – die Pferde zum Stall führt. Direkt vor den weißen Bogentoren machen die beiden kurz halt, und Westly sieht sich noch einmal um. Etwas an der Art, wie die Person neben ihm steht – viel zu nah –, wie sie zu ihm aufsieht und den Kopf in den Nacken legt, als warte sie darauf, daß Westly sie küßt, zeigt mir, daß sie eine Frau ist, die er öfters geküßt hat. Was mich eigentlich überhaupt nichts angeht …

Ich bleibe stehen und zwinge mich, fünf Minuten zu warten, ehe ich durch die offene Tür in den Stall trete.

Sie sind in der Box bei Westlys Pferd. Das andere Pferd ist noch gesattelt und verstellt mir mehr oder weniger die Sicht. Westly wendet mir den Rücken zu. Die Person steht vor ihm, die blutroten Krallen in seinem Nacken verschränkt. Kein Haar paßt mehr zwischen ihre aneinandergepreßten Unterkörper. Mit angewinkelten Ellbogen, die Hände in die Hüften gestemmt, steht Westly genau so reglos wie ich, die Person jedoch bewegt sich, windet sich wie eine Schlange, hypnotisch, langsam, siegessicher; sie drückt ihre Lippen auf seine, wie ein blutsaugender Vampir … aber er regt sich noch immer nicht, weder wendet er sich ihr zu noch von ihr ab. Die Luft ist geschwängert von einem durchdringenden Geruch nach Heu, Pferden, Mist und noch etwas anderem, Ekelhaftem … hinter mir fegt ein kalter Windstoß zur Tür herein, und ich merke an dem kalten, feuchten Gefühl auf meinem Rücken, daß ich in Schweiß gebadet bin. Ekelhaft. Vielleicht erschreckt das die Pferde. Oder es ist das Kreischen, das auch von mir stammen könnte. Doch als ich mich umdrehe, sehe ich, wie ein Falke einen kleinen Spatz mitten im Flug zerfetzt. Entsetzt zucke ich zurück, laufe um mein Leben. Wieder höre ich einen lauten Schrei, aber diesmal ist es Westly, der ruft: »Amanda! Amanda, um Himmels willen! Amanda, warte!« Es dauert nicht lange, bis er mich eingeholt hat. Er packt mich bei den Armen und dreht mich um, so daß ich ihm ins Gesicht sehen muß. Auf mein »Faß mich nicht an!« läßt er mich los, doch seine Augen halten mich fest, gleichzeitig flehend und drohend. Über seine Schulter entdecke ich die Person, sie ist blond und sieht aus, als hätte sie eine Menge Spaß. Und sie beobachtet uns.

»Amanda ... Baby?«

»Tut mir leid, daß ich gestört habe. Du kannst mir gern glauben, es wäre mir lieber, ich hätte euch nicht gesehen!«

»Bitte, Amanda, sprich leiser. Du hast nicht gestört, Honey –«

»Sei still, sei still!« Ich halte mir die Ohren zu. »Wag nicht, mir zu sagen, daß es nicht so ist, wie es aussieht. Sonst kriegst du von mir einen Tritt, den noch deine Kinder spüren.«

»Amanda«, sagt er, und jetzt sind seine Stimme und seine Augen ein einziges Unwetter, seine Kiefermuskeln zucken, und er stößt hervor: »Mir gefällt weder dein Ton noch deine Anschuldigungen, verstanden? Aber wie dem auch sei, hier ist nicht der richtige Zeitpunkt und auch nicht der richtige Ort für eine solche Auseinandersetzung, also schrei bitte nicht so und benimm dich einigermaßen normal, bis wir wieder zu Hause sind.«

»Jetzt sofort«, sage ich, mit leiser Stimme. »Ich will auf der Stelle nach Hause, Mr. Hamond. Ich kann mir gern ein Taxi rufen.«

»Sieh mal. WIR sind HIER, mit MEINEN Freunden –« Seine Stakkato-Stimme wird immer ruhiger und tödlicher. Dann packt er mich am Arm und schubst mich zum Corral zurück. Das freundliche Lächeln auf seinem Gesicht steht in erschreckendem Kontrast zu dem, was er sagt: »Miss Johnson, reiß dich gefälligst zusammen. Spar dir das Theater für deine Klienten. Es gefällt mir nicht, wenn man mich in der Öffentlichkeit zum Idioten macht ... LÄCHLE.«

Inzwischen sind auch die übrigen Reiter zurückgekehrt und bringen ihre Pferde weg. Möglicherweise bilde ich es mir nur ein, aber ich habe das Gefühl, daß mich alle anstarren. Westly stellt mich vor, und ich lächle – strahlend. Die blonde Person wartet nicht darauf, bis sie vorgestellt wird. Ich starre sie an.

»Hi, ich bin Carol«, sagt sie freundlich.

»Freut mich, Sie kennenzulernen, Carol.« Ich mache mir nicht die Mühe, ihr die Hand zu geben, und sie tut es auch nicht. Ich kann beinahe die Titelmusik aus *Spiel mir das Lied vom Tod* hören, als sie hinzufügt: »Sie sind also Westlys – Gast. Ich wollte, ich könnte jetzt sagen, daß ich schon viel von Ihnen gehört habe, aber das stimmt leider nicht.«

»Aber über Sie sprechen bestimmt alle.«

Zwei rundliche Frauen, offenbar Schwestern, bleiben vor Westly stehen. »Der Ritt war zuviel für uns«, sagt die eine. »Wir fahren zurück nach New York.«

Ich erkenne meine Chance und packe sie beim Schopf. »Könnten Sie mich vielleicht mitnehmen?«

Beide rundlichen Schwestern versichern einstimmig: »Aber selbstverständlich, gerne.«

Westly lächelt und begleitet uns zum Wagen der Schwestern. Als ich zurückblicke, steht er immer noch da, Carol neben ihm.

Und wenn sie nicht gestorben sind …

In den nächsten anderthalb Wochen verbringe ich zwei Tage in Paris, fünf in Italien und die restlichen in meinem Büro, so daß ich eigentlich keine Zeit habe, einsam zu sein – aber ich bin es trotzdem. Jeden Abend kontrolliere ich den Anrufbeantworter. Keine Nachricht von Westly, es hat nicht mal jemand angerufen und ohne was zu sagen wieder aufgelegt, so daß ich mir vormachen könnte, daß er es war. Westly ist aus meinem Leben verschwunden, dafür übernehmen jetzt Gedanken und Erinnerungen an ihn die Regie. Seltsamerweise sind jedoch auch die alten schwarzen Frauen spurlos verschwunden. »Wo seid ihr, wenn ich euch mal brauche?« Sie hätten mir wenigstens ein paar gute Gründe ins Gedächtnis rufen können, weshalb es mir jetzt so mies geht.

Margaret ruft dauernd an, aber ich kann momentan einfach nicht mit ihr sprechen. Ich weiß, sie wird versuchen mir einzureden, daß alles meine Schuld ist und ich auf den Knien zu Westly zurückrutschen soll. Zuerst war ich so wütend, daß ich bei einem Anruf vom ihm sofort aufgelegt hätte, jetzt würde ich ihm verzeihen, wenn er nur anrufen würde. Ja, ich wäre sogar bereit, so zu tun, als wäre nichts geschehen.

Aber ich kann ihn nicht anrufen, also rede ich schließlich doch mit Margaret. »Bitte fang nicht damit an, daß wir füreinander geschaffen waren.«

Unerwarteterweise lenkt Margaret sofort ein. »Tut mir leid,

Amanda … vielleicht hattest du recht damit, vorsichtig zu sein. Inzwischen ist mir klar, daß du und er – daß es nicht klappen würde mit euch beiden.« Einen kurzen Augenblick hält sie inne, dann fügt sie hinzu: »Kopf hoch, wir finden beide einen anderen!«

Ich bin perplex, denn ich hatte fest damit gerechnet, daß sie mir raten würde, die Sache wieder einzurenken. Weiß sie irgendwas, was ich nicht weiß? »Was willst du mir damit sagen?« frage ich sie auf den Kopf zu.

»Nichts, was du nicht schon weißt. O Gott. Ich bin sicher, daß er dir einen schrecklichen Anlaß gegeben hat … Ihn so stehenzulassen … vor allem, weil seine Eltern auch noch da waren … Westly hat garantiert irgendwas Unverzeihliches getan.« Margarets Stimme klingt richtig geknickt. »Ich habe ehrlich geglaubt, daß er dich mag … Es tut mir so leid, Amanda. Ich hatte schon Angst, du würdest nie wieder ein Wort mit mir reden –«

»Nein, ich war sicher, du glaubst, daß alles meine Schuld ist, und deshalb –« Jetzt strömen mir die Tränen über die Wangen.

Margaret scheint regelrecht erleichtert. »Soll ich schnell zu dir rüberkommen mit einer Notration Schokolade und Keksen?« Es hört sich an, als weint sie auch.

Zwei lange Nächte später …

»Margaret, wenn ich noch länger hier stehe, sehe ich bald aus, als hätte ich einen Unfall gehabt!« Wir befinden uns in der langen Warteschlange vor *The Blue Note*, DEM Jazzclub. Ohne den kalten Regen, der meinen dünnen, modischen schwarzen Regenmantel durchweicht und über das schockierende Dekolleté meines schwarzen Vivienne-Westwood-Miederkleids tröpfelt, wäre alles halb so schlimm. Aber die klimatischen Bedingungen und der Umstand, daß wir hier sind, um »zufällig« Westly über den Weg zu laufen, führen dazu, daß meine Füße in den hochhackigen Schuhen und mein Herz schmerzhafte Krämpfe durch meinen Körper schicken.

»Und wenn sie uns gar nicht reinlassen?« frage ich Margaret zum sechsten- oder siebtenmal. Wahrscheinlich antwortet sie mir deshalb nicht mehr. Und wenn Westly gar nicht da ist? Und wenn er da ist, aber nicht allein? Besser, wir kommen nicht rein, denn ich mag keine öffentlichen Demütigungen. Doch jetzt winkt uns der Türsteher über die Köpfe der unglücklichen Massen hinweg zu, und wir betreten das gelobte Land.

Die Band spielt *I Remember You*, und ich entdecke Westly sofort. Nein, er ist nicht allein. Er sitzt mit dem Rücken zu mir und lauscht leicht vorgebeugt einer Frau – es ist nicht Carol, sondern eine von den beiden rundlichen Schwestern! Ich kenne noch ein paar andere von den zehn todschick gekleideten Leuten, die um den Tisch sitzen, alle von jenem schicksalhaften Sonntag. *Sunday, bloody Sunday.* Auf einmal erscheint mir unser Plan reichlich fragwürdig ... zu spät: Margaret hat es schon geschafft, sich ganz zufällig von einem Mitglied der Gruppe entdecken zu lassen, und geht auf den Tisch zu, mich erbarmungslos hinter sich herziehend. Die Männer erheben sich halb von ihren Stühlen, um zu zeigen, daß sie Gentlemen sind, nur Westly steht ganz auf und dreht sich zu uns um. Die Band legt gerade eine Pause ein, als er Margaret herzlich begrüßt, und mich mit Müh und Not wahrnimmt. »Hallo, Amanda.«

»Hi, Westly, wir sind mal kurz hier vorbeigekommen, um an der Bar was zu trinken.«

»Hier gibt es keine Bar.« Inzwischen sind alle mit viel Aufwand zusammengerückt, so daß zwei Stühle frei werden, auf beiden Seiten von Westly. Margaret nimmt den links von ihm, er und ich bleiben stehen, bis die Band mit dem nächsten Song beginnt. Noch ist die Musik leise genug, daß man sich verständigen kann, aber sicher nur noch für ein paar Sekunden. Ich platze heraus: »Wie geht's dir denn so?«

»Gut.« Leider sieht er ganz danach aus. Ich lasse meinen Blick noch einmal über die Gesichter der Anwesenden schweifen – Carol ist tatsächlich nicht dabei. Betont höflich erkundigt sich Westly: »Und wie geht es dir?«

»Nicht so besonders.« Er sieht mich an. Inzwischen wird die Musik immer lauter, ich muß mich beeilen. »Westly, es tut mir leid … ähm, könnte … kann ich dich einen Moment sprechen?« Alle am Tisch starren uns an.

»Hat es vielleicht Zeit bis nach diesem Set?« entgegnet Westly.

»Nein, ich denke nicht. Bringen wir's lieber hinter uns.« Er folgt mir hinaus in die winzige, schäbige Eingangshalle. Zwar ist man auch hier nicht allein, aber man hat etwas mehr Ruhe. Ziemlich schwierig, zu Kreuze zu kriechen, wenn man dabei schreien muß. Und ohnehin zu spät, das spüre ich. Ich versuche das Gefühl wieder heraufzubeschwören, das ich hatte, als ich Margaret überredete, Westly für mich ausfindig zu machen.

Als ich mich ihm zuwende und in seine Augen sehe, habe ich ein vollkommen anderes Gefühl. Obgleich sein Kinn hart und entschlossen wirkt, nehmen mich seine Augen durchaus wahr, und ich sehe, daß sie ein wenig müde sind. Im Licht wirkt Westly, makellos in grauen Flanell gekleidet, irgendwie geknickt. In meinen Augen und meiner Kehle spüre ich ein heftiges Brennen und beschließe, mich am besten an den einstudierten Monolog zu halten. Zuerst mal mache ich einen halben Schritt auf ihn zu, um die räumliche Distanz zwischen uns zu verringern, und er weicht mir nicht aus. Ob das ein gutes Zeichen ist? »Westly, mir ging es die letzten zwei

Wochen miserabel. Selbst wenn du das getan hast, was ich denke – ich hab dich trotzdem vermißt!« Sein Gesicht wird noch härter, und ich fahre mit leiser Stimme fort: »Vielleicht hast du's ja auch nicht getan. Was ich sagen will – es ist egal, es ändert nichts an meinen Gefühlen für dich, obwohl ich es gedacht oder gehofft habe … ich dachte, meine Gefühle hören auf … meine Gefühle für dich … Und es tut mir leid, wirklich sehr, sehr leid …«

Sein Gesicht ist nicht ganz so hart wie seine Worte: »Was tut dir leid, Amanda? Tut es dir leid, daß du mich für fies genug hältst, eine andere Frau aufs Kreuz zu legen, während du ganz in der Nähe bist? Oder daß du mich für dumm genug für so was hältst oder für pervers genug, daran auch noch Spaß zu haben? Also, was genau tut dir leid?«

»Es tut mir leid, daß ich dich vor deinen Freunden blamiert habe, das tut mir leid.«

»Na, das ist doch wenigstens etwas.« Offenbar nicht genug. »Aber ansonsten glaubst du –« Er packt meine schlaff herunterhängenden Arme. Dann lockert er langsam seinen Griff, hält mich aber weiter fest, und als ich so direkt in seine glänzenden Augen sehe, kann ich nicht mehr verhindern, daß mir die Tränen kommen. Er scheint es nicht zu bemerken, obwohl er meinen Blick erwidert. »Glaubst du wirklich, daß ich so ein Mensch bin, so ein Mann? Glaubst du das? Denn wenn du das glaubst, dann hat es keinen Sinn … weiterzumachen.« Jetzt läßt er mich los und schafft damit, ohne sich einen Zentimeter vom Fleck zu rühren, eine immense Distanz zwischen uns. Ich schlucke mühsam. »Sag mir nicht, daß du das glaubst, Amanda«, flüstert er. »Bitte, bitte, sag, daß es nicht so ist. Wenn du es glaubst … du kannst doch einen solchen Menschen nicht lieben –«

Ich werfe mich ihm in die Arme, froh, daß er sie um mich legt und mich an sich drückt. »Aber ich liebe dich, Westly, ich liebe dich! Ich weiß nicht, was ich gedacht habe, ich habe eigentlich gar nicht richtig gedacht. Bitte, Westly, es tut mir so leid, es tut mir so furchtbar leid, und ich bin so unglücklich!«

Ich spüre, wie sich seine Brust hebt, und er stößt hervor: »Gott, ich liebe dich, Amanda! Jeden Abend bin ich an deinem Haus vorbeigefahren, um zu sehen, ob du zu Hause bist, und manchmal brannte kein Licht, und ich habe gedacht, ich werde wahnsinnig! Ich bin wahnsinnig – wahnsinnig verliebt in dich, ich würde dir nie absichtlich weh tun, Baby. Lieber würde ich mir selbst weh tun. Ich liebe dich, Amanda.«

Ziemlich spät am nächsten Morgen, in Westlys Apartment, in Westlys Bett, in Westlys Armen, frage ich: »Gehört Carol zu deinen Ex-Freundinnen?«

An seinem Seufzen höre ich, daß er müde ist, sein gutes Recht. Aber er lächelt. »So ungefähr.« Mein Schweigen ermuntert ihn, weiterzusprechen: »Ich hab sie nicht geküßt, sie hat mich geküßt.«

»Hätte es sich für einen Gentleman nicht gehört, ihr zu sagen, sie soll aufhören?«

»Es wäre unmöglich gewesen, ihr irgendwas zu SAGEN – in diesem Moment. Außerdem hatte ich ihr schon alles gesagt, was sie wissen muß ... Ich hätte rohe Gewalt anwenden müssen, um ihrem Würgegriff zu entkommen. Was hätte ich tun sollen, sie k.o. schlagen?«

»Nein, natürlich nicht. Das ist meine Aufgabe!«

»Aber du bist weggelaufen –«

»Das nächstemal bleibe ich da!«

»Bravo!«

»Westly?«

»Ja?«

»Wird es viele nächste Male geben? Viele Carols?«

»Foul, Foul, Foul!«

»Du hast das gesagt, ich nicht!«

»Ich liebe dich, Amanda. Ich hätte es zuerst gesagt, und ich meine es auch – immer.«

»Ich liebe dich auch, Westly.«

Und danach sagt eine lange Zeit keiner mehr ein Wort.

Als der kalte Novemberwind durch die City weht, sind Westly und ich unzertrennlich geworden. Der Tanzclub hat wieder begonnen, und die Leute lächeln uns zu, wenn wir als Paar auftauchen. Obwohl wir nur sehr wenig getrennt unternehmen, und das auch hauptsächlich nur, um zu beweisen, daß wir keine symbiotische Beziehung haben, tauchen schon die ersten Planungsprobleme auf.

Westly behauptet, daß die Schwierigkeiten von mir ausgehen, denn er findet: »Du machst die Dinge nur unnötig kompliziert mit deiner altjüngferlichen Prüderie.«

»Die ich zur Zeit abbaue.«

»Von wegen. Du meinst noch immer, es ist Gottes Wille, daß du die letzte Bastion der Moral verteidigst, wie alle prüden Mittelschichtsleute.«

»Obere Mittelschicht, bitte!«

Wir treffen uns oft, wir schlafen oft miteinander, aber wir verbringen selten eine ganze Nacht zusammen und das nie in meinem Apartment. Deshalb wirft mir Westly ja vor, ich sei prüde. »Ich verstehe ja, daß es dir nicht gefällt, wenn ich jeden Morgen beim Weggehen deinen Portier begrüße.« Zumindest würde es meinen beinahe unsichtbaren, jedoch extrem klatschsüchtigen Nachbarn Gesprächsstoff für mindestens vier Monate liefern.

Obwohl ich nie offen erkläre: »Wenn du wenigstens schwarz wärst, wäre alles anders«, hege ich allmählich den Verdacht, daß Westly etwas derartiges ahnt. Als ich ihn wieder einmal um zwei Uhr morgens in den Aufzug schiebe, flüstert er: »Wie wär's, wenn ich anfange, Bräunungspillen zu schlucken? Die sind zwar ungesund, aber New York um zwei Uhr morgens ist das auch.«

Was ihn aber wirklich stört, ist die Tatsache, daß ich auch Probleme damit habe, bei ihm zu übernachten. Alle zwei Tage führen wir darüber ein Streitgespräch. Am Dienstag abend ist es fahrplanmäßig wieder mal soweit: »Warum kannst du nicht hier schlafen? Ich habe keinen Portier, und meine Nachbarn kümmern sich einen feuchten Kehricht um das, was ich tue!«

»Aber ich übernachte doch manchmal hier!« Tatsächlich fast jedes Wochenende. Und gelegentlich lasse ich mich auch dazu überreden, an einem Werktag die Nacht über zu bleiben. Meine Argumentation ist folgende: Wenn ich um neun Uhr am Samstag morgen einem deiner Nachbarn begegne, kann der Betreffende unmöglich wissen, ob ich komme oder gehe.

»Das ist der unlogischste Mist, den ich je gehört habe!« ärgert sich Westly.

Jetzt bin ich mit meinem Text an der Reihe: »Aber wenn ich mich um sieben hier rausschleiche, in Klamotten, denen jeder ansieht, daß ich sie schon am Abend vorher anhatte, und allen möglichen Nachbarn begegne, die gerade zur Arbeit gehen, dann spüre ich genau, was sie denken.«

An den Wochentagen verfolge ich eine feste Routine, wenn ich Westlys Haus verlasse: Erst spähe ich aus dem Türspalt, und wenn die Luft rein ist, marschiere ich zügig (sprich, ich jogge) um die Ecke, wo ich dann ein Taxi heranwinke. Gewöhnlich verlasse ich das Haus, während Westly sich für die Arbeit anzieht.

Diesmal jedoch steht er direkt hinter mir, und ich zucke erschrocken zusammen, als er fragt: »WAS TUST du denn da?«

»Ich vergewissere mich nur, daß niemand von deinen Nachbarn auf der Straße ist, vor allem nicht der Mann mit dem Pekinesen.«

Er starrt mich an, als wäre ich übergeschnappt, dann schlägt er vor: »Ich geh raus, und wenn die Luft rein ist, sag ich dir Bescheid.« Volle fünf Minuten muß ich warten, bis ich ihn rufen höre: »Alles klar!«

Sofort sause ich los, um ihm noch schnell einen Abschiedskuß zu geben und zu meiner Ecke zu laufen, aber da stolpere ich fast über den kleinen fetten Pekinesen.

»Oh, entschuldigen Sie vielmals«, sagt der rundliche Hundebesitzer.

Westly legt den Arm um meine Schulter, so daß ich nicht weglaufen kann. »Guten Morgen, Mr. Dolan, das ist Ms. Johnson.«

Wir schütteln uns die Hände, aber Westly ist noch nicht fertig: »Sie ist meine neue Putzfrau, immer am Wochenende.«

Ich sehe ihn entsetzt an.

Mr. Dolan lacht, nimmt seinen Hund auf den Arm und geht weiter. Über die Schulter ruft er noch zurück: »Gute Dienstboten sind schwer zu finden, Mr. Hamond.«

Ich bin so wütend, daß ich Westly am liebsten ohrfeigen möchte, aber ehe ich die Gelegenheit ergreifen kann, schleppt er mich zu einem Taxi, das er erspäht und im Bruchteil einer Sekunde zum Halten gebracht hat. »Sehen wir uns heute abend?« fragt er.

Als das Taxi anfährt, fügt er noch hinzu: »Die Fenster müssen dringend mal wieder geputzt werden.«

Sein Humor ist mir oft ein Rätsel. Ich kann mir genau vorstellen, was für ein Gesicht er machen würde, wenn ich zu dem Konzert heute abend in einer Aunt-Jemima-Aufmachung mit Kopftuch und Schürze erscheinen würde. Aber das tue ich nicht, denn privat sagen wir zwar alles mögliche, ob es nun vernünftig ist oder nicht, zwischen unserem Privatleben und der Öffentlichkeit dagegen ziehen wir eine strikte Grenze.

Wie Westlys berühmter Spruch lautet: »Ich schlage keine Frau in der Öffentlichkeit, aber ich erwarte umgekehrt die gleiche Form von Höflichkeit.«

Eine Weihnachtsgeschichte

In der großen bösen Stadt New York weiß man Weihnachten zu feiern – wie ein altes heidnisches Fest. Die Läden sind prächtig geschmückt, und jeder versucht nach Kräften, gute Laune und Nächstenliebe zu verbreiten, während er oder sie von einem geheizten Unterschlupf zum anderen eilt. Okay, die Verbrechensrate steigt, die Anzahl der Selbstmorde nimmt zu, aber daran denkt man nicht, wenn man sieht, wie erwachsene Menschen beim Anblick der weihnachtlichen Schaufenster von F.A.O. Schwarz glückselige Kindergesichter bekommen.

Ich fahre an Weihnachten nicht heim; ich müßte nur wieder meinen Beruf und meinen Lebensstil verteidigen. Nicht nur meine Mutter startet dann ihre Angriffe, sondern auch alle möglichen entfernten Verwandten, die immer noch hoffen, es wäre eine vorübergehende Laune von mir, daß ich mit Ausländern arbeite und in einer Stadt lebe, in der jeden Tag Leute ermordet werden. Keiner von ihnen läßt eine Gelegenheit aus, mich auf den rechten Weg zurückzubringen. Ganz zu schweigen von den unsäglichen, aber für meine Verwandten nur allzu naheliegenden Verdächtigungen über mein Privatleben.

Als ich meine Mutter über meine Pläne informiere, ist sie zunächst hauptsächlich schockiert: »Das kann doch nicht dein Ernst sein!?« Dann entsetzt: »Wie soll ich das nur allen erklären!?« *Last but not least* ist sie beleidigt: »Na ja, wenn du es nicht mal aushältst, vier Tage mit deiner Familie zu feiern …« Nachdem sie begriffen hat, daß ich nicht klein beigebe, stellt sie mir rundheraus die Frage, die sie – darüber haben wir uns vor Jahren stillschweigend geeinigt – niemals stellen dürfte. »Hast du einen Freund?«

»Für so was bin ich zu alt, Mutter.«

Sie zieht noch einmal alle Register, um mir ein schlechtes Gewissen zu machen: »Weihnachten ist gar nicht richtig Weihnachten, wenn die Familie nicht zusammen ist«, und gibt dann schließlich auf, allerdings nicht, ohne mir das Versprechen abzunehmen, daß ich »wenigstens anrufe!« Sie ist ehrlich aufgewühlt – eine Tochter, die an Weihnachten nicht heimkommt, paßt überhaupt nicht in ihr Bild der glücklichen, liebevollen schwarzen amerikanischen Familie. »Gut, ich versprech's dir.« So wahrt sie das Gesicht, und ich habe meine Ruhe.

Zugegebenermaßen hege ich die stille Hoffnung, daß Westly wenigstens einen Teil des Weihnachtstages mit mir verbringen wird, andererseits weiß ich, daß er ein Familienmensch ist. Und obwohl er sich freut, daß ich nicht für zwei Wochen im kalifornischen Sonnenuntergang entschwinde, gibt er mir keinerlei Grund zu der Annahme, daß er die Feiertage nicht im Schoße seiner Familie verbringen wird. Dieser Schoß kann nicht sehr groß sein, denn er ist Einzelkind. »Du würdest dich wundern«, klärt er mich jedoch auf. »DIE Familie: Das sind die fünf Schwestern meines Vaters, ihre Ehemänner und Kinder, Cousins und Cousinen, dazu die Familie meiner Mutter – sie alle treffen sich am Heiligen Abend im Cottage auf Long Island. Aber am Weihnachtstag sind wir nur zu dritt.«

Zu meiner Überraschung (ich habe gehofft, gewünscht, gebetet und außer Voodoo so ungefähr alles versucht) fragt mich Westly eine Woche vor Weihnachten: »Der *Stork Club* veranstaltet am Heiligabend eine große Party. Wenn du hingehen möchtest, kann ich Tickets besorgen.«

Die Tickets muß er aber schon eine ganze Weile haben, denn ich weiß von Margaret, daß die Party seit Wochen ausverkauft ist.

Ich gebe mir Mühe, nicht übertrieben dankbar zu klingen: »JA, JA, JA!« Ich hatte mir schon Gedanken gemacht, ob ich vielleicht in der einen oder anderen Weihnachtsstatistik auftauchen würde. Während ich das rote Norma-Kamali-Samtgewand überziehe, das ich zufälligerweise vor drei Wochen gekauft habe, denke ich, wenn wir bis in die frühen Morgenstunden tanzen, kann ich den größten Teil des Weihnachtstages verschlafen und mir die ganzen Weihnachtsrituale ersparen, die ich bis dahin womöglich vermisse.

Sieben Uhr morgens: FRÖHLICHE WEIHNACHTEN!

Ich bin schrecklich müde, denn aus irgendeinem Grund hat mir Westly – ansonsten ein hervorragender Tänzer! – die ganze Nacht auf den Zehen herumgetrampelt. Obwohl das ordentlich weh tut, mache ich mir erst richtig Sorgen, als wir ins Taxi steigen, um nach Hause zu fahren. Der Wagen bringt uns zum World Trade Center. »Wollen wir hier noch einmal frühstücken?« frage ich Westly, während er das Taxi bezahlt. Doch seine Lippen bleiben versiegelt, während wir mit dem Aufzug zum Dach hinauffahren. Und dann vergesse ich meine geschwollenen Füße vollkommen, ich juble und hüpfe und klatsche in die Hände, denn hier oben steht ein startbereiter HELIKOPTER!

Westlys Augen strahlen, in ihnen spiegelt sich meine Aufregung. »Ich dachte, wir sehen uns mal die Stadt bei Sonnenaufgang an.«

»Gott, du bist wirklich der Junggeselle Nummer eins, Wes!«

Als wir abheben, geht gerade die Sonne auf. Ihre dünnen goldenen Strahlen werfen einen seltsamen Lichtschatten über die Stadt unter uns, in der die Straßenlampen und die Weihnachtsbeleuchtung noch nicht erloschen sind. Ich spähe hinaus über das Wasserglitzern um Ellis Island und die blaß strahlende Freiheitsstatue. Der Helikopter macht einen Höllenlärm.

Als Westly mit mir spricht, kommt es mir vor, als würde er flüstern, dabei schreit er sich bestimmt die Lunge aus dem Leib. »Weißt du, ich hab an Knallbonbons und Serviettenhalter und sogar an Glückskekse gedacht«, flüsterschreit er.

Ich sehe ihn an und versuche, ihm von den Lippen abzulesen. »WIE BITTE?« Da muß ich etwas falsch verstanden haben. Ich kann mir nicht vorstellen, was er mit dieser Aufzählung meint. »WAS FÜR SERVIETTEN?«

Er fährt fort, aber ich werde nur noch verwirrter. In einem Helikopter läßt sich schlecht plaudern, ich kann nicht mehr entspannt den Ausblick genießen, wenn ich mich so anstrengen muß, Westlys Worte zu dechiffrieren.

»Es gibt Momente im Leben eines Mannes, da möchte er ernst genommen werden. Beispielsweise möchte niemand auf der Straße von einem Blumentopf erschlagen werden, denn so wird sein Tod zu einer Quelle der Heiterkeit für die anderen Passanten, und sogar den Trauergästen bei der Beerdigung fällt es wahrscheinlich schwer, ein ernstes Gesicht aufzusetzen.«

Jetzt bin ich endgültig konfus. Ich suche in Westlys Augen nach einem Hinweis darauf, was eigentlich los ist, und frage: »Willst du mir sagen, daß du sterben mußt, Westly?«

»Du lieber Himmel, nein«, antwortet er. »Komm her.« Ich brauche mich nicht zu bemühen, denn er zieht mich zu sich, und eng aneinandergeschmiegt sehen wir beide auf die Stadt hinunter. »Ich hab ihm gesagt, er soll so hoch wie möglich fliegen … ich wollte, wir könnten hoch genug fliegen, daß wir die ganze Welt sehen, Amanda …« Merkwürdigerweise verstehe ich jedes Wort, als er mich in seinen Armen zu sich dreht. »Teil mein Bett, teil meine Welt, teil mein Leben mit mir …« Damit zieht er eine kleine schwarze Schachtel aus der Jackentasche und holt mit sichtbar zittrigen Fingern den Ring heraus. Atemlos beobachte ich, wie er ihn um ein Haar fallen läßt. Ein endloser Moment verstreicht, und ich frage mich, warum er so lange zögert, ehe er mir den Ring an den Finger steckt. Dann endlich begreife ich. Er sieht mich an, er wartet – auf eine Antwort! Er glaubt tatsächlich, er hält es wirklich für möglich, daß ich ablehnen könnte!!

Ich weiß, ich sollte voller Zurückhaltung etwas von mir geben wie: »Ach, das kommt alles so plötzlich, kannst du mir eine Woche Bedenkzeit geben?!« Deshalb versuche ich, mir etwas Geistreiches oder wenigstens Erinnerungswürdiges auszudenken, aber alles, was ich herausbringe, ist ein »JA!«, das den Lärm des Helikopters, der kein bißchen leiser geworden ist, nicht übertönt.

Nachdem er mir den Ring an den Finger gesteckt hat … lange Zeit danach … finde ich die Sprache wieder. Ich blicke Westly ins Gesicht. Er ist noch nie mit der unfairen Seite des Lebens konfrontiert worden, und ich finde es nur fair, ihn wenigstens jetzt zu warnen. »Westly, das wird ziemlich schwer werden, weißt du. Wahrscheinlich gibt es einen guten Grund dafür, daß noch niemand je von einem schwarzen Aschenputtel gehört hat.«

»Na ja, dann bist du eben die erste, und da du einen dritten heiratest, stehen hinter dir mindestens fünf Generationen von Prinzen, um dich zu unterstützen. Gemeinsam sind wir stark. Und gemeinsam müssen wir es auch meinen Eltern erzählen. Und zwar gleich.«

Jetzt möchte ich mich am liebsten gleich in den Hudson stürzen, der im Morgenlicht schimmert.

»Gleich? Fliegen wir zu ihnen?«

»Neeeein.« Er sieht aus, als ziehe er die Idee ernsthaft in Erwägung, dann meint er: »Aber spätestens heute abend.«

»Hast du Angst, du könntest es dir doch noch mal anders überlegen?«

Er lacht. »Nein, aber wenn wir warten, denken sie, du hast Angst vor ihnen. Und du hast doch keine Angst, oder?« Er drückt mich an sich.

»Nein, ich habe keine Angst«, antworte ich.

»Ein bißchen gesunde Furcht wäre allerdings ganz angebracht«, sagt er. Ich sehe ihn an. Er lächelt nicht. »Ich glaube, ich sollte dich auch warnen, denn sie werden es dir nicht leicht machen. Es ist besser, wenn du nicht erwartest, daß sie sich auf Anhieb in dich verlieben … wie ich.«

»Weil ich schwarz bin.«

Diesmal lächelt er, mit hochgezogenen Brauen. »Nein, weil du arm bist. Wir sind keine Rassisten, wir sind nur klassenbewußt. Natürlich, wenn du einen Adelstitel besitzt, den du mir bisher verschwiegen hast …«

»Ich will es dir ganz offen sagen, Westly: Sie werden mich nehmen müssen, wie ich bin, ob es ihnen nun gefällt oder nicht – ich wiederhole: ob es ihnen gefällt oder nicht. Ich kämpfe nicht um die Anerkennung von …«

»Von meinen Eltern? Warum nicht? Jede andere Frau hätte es auch tun müssen. Auf alle Fälle bin ich das doch wert, oder nicht … oder nicht?«

»Hast du dich wirklich auf den ersten Blick in mich verliebt?«

Westly setzt mich zu Hause ab und fährt hinaus nach Long Island, denn dort gibt es ein letztes Abendmahl, bei dem er seinen Eltern die Neuigkeiten überbringen wird. Er will die beiden zu sich einladen, damit sie mich kennenlernen, und ihnen so den Heimvorteil nehmen.

Ich weiß, ich muß meine Mutter anrufen, aber als ich zu Hause bin, wähle ich erst mal Margarets Nummer. Sie verbringt Weihnachten bei ihrer Familie, und ich höre festlichen Lärm, als man sie ans Telefon holt.

»Fröhliche Weihnachten, Ich hoffe, es geht dir gut?«

Da ihre Stimme ein wenig verschwommen klingt, falle ich lieber nicht gleich mit der Tür ins Haus.

»Fröhliche Weihnachten, Margaret! Ich hoffe, es geht dir gut?«

»Wie meinst du das? Ich stecke hier fest mit meiner Familie und ihrem perfekten Schwiegersohn, dessen größter Vorteil zu sein scheint, daß er heiratswillig ist. Deshalb und aufgrund seiner sonstigen Vorzüge gebe ich mir alle Mühe, ihn zu überzeugen, daß ich seiner nicht würdig und außerdem Alkoholikerin bin. Aber ich amüsiere mich gut dabei! Und wie geht's dir?«

»Ich bin verlobt!«

»MIT WESTLY?«

»Was dachtest du denn – mit dem Portier?«

»O mein Gott, du bist verlobt, verlobt, o Gott, Amanda, ich wußte es, ich wußte es, ich wußte es! Ich wußte es schon seit dem erstenmal, als du in den Semesterferien hier warst!! Wann hat er dich gefragt?«

»Vor vier Stunden ungefähr hat er mir einen ANTRAG GEMACHT!«

»Und du rufst mich jetzt erst an? Ich hätte die erste sein sollen, die es erfährt!«

»Das bist du auch, das bist du! Du bist die erste, der ich erzähle, daß Westly, Edward Westly Hamond III. mich gebeten hat … ihn zu heiraten!«

»Und was hast du gesagt? Na ja, das sollte ein Witz sein! Wo hat er dich gefragt? War er romantisch? Hast du es kommen sehen? OH und der RING? Hat er dir einen Ring geschenkt? Wie sieht der Ring aus, ist er alt oder neu und vor allem – ist er GROSS?«

»Er ist neu, und ich würde sagen mittelgroß –«

»Mittelgroß, wie – mittelgroß?«

»Mittelgigantisch!«

»Reib ihn mal am Telefonhörer, ich kann das Gewicht und die Karat schätzen, wenn ich höre, was für ein Geräusch er macht.«

Ich erfülle ihr den Wunsch, und sie pfeift anerkennend. »Ich würde sagen, du trägst die Collegegebühren am Finger. Das hast du echt gut hingekriegt, altes Mädchen!«

»Bis jetzt nur beinahe – ich muß noch seine Eltern kennenlernen. Hast du vielleicht irgendeinen Tip für mich?«

»AMANDA! Du hast den Mann, du trägst seinen Ring, um seine Familie wird er sich schon kümmern! Du kannst momentan nichts unternehmen, damit sie dich lieben, es sei denn du lehnst seinen Antrag ab. Aber irgendwann werden sie dich schon akzeptieren … oder sie sterben vorher, und damit wäre das Problem ja auch gelöst. Es wird schon alles gutgehen.«

»Danke, Margaret.«

»Ich wußte es, und ich freue mich so für dich, Amanda. Ganz bestimmt werdet ihr glücklich.«

»Danke, Margaret. Und Margaret … Danke. Ich habe fast das Gefühl, als müßte ich mich auch bei Helena bedanken. Aber behalte es noch eine Weile für dich, okay?«

Dann rufe ich meine Mutter in Kalifornien an. »Ich bin verlobt, Mutter.«

Langes Schweigen. Ich höre, wie es in ihrem Gehirn arbeitet, während sie versucht, eine angemessene Formulierung für das zu finden, was sie mich gern fragen möchte. »Kennen wir ihn?« versucht sie den ersten Anlauf.

»Ihr habt doch keine Bekannten in New York, Mutter.« Ich bin nicht bereit, ihr Hilfestellung zu leisten.

»Man kann nie wissen, vielleicht ist er mit jemandem verwandt, den wir kennen?«

Höre ich da so etwas wie Hoffnung in ihrer Stimme?

»Nein … ich glaube nicht, Mutter.« Mir macht dieses Gespräch großen Spaß, obwohl es das eigentlich nicht sollte.

»Na, wie heißt er denn?«

»Edward Westly Hamond.«

Sie stößt einen Seufzer der Erleichterung aus: »Wir kennen eine Familie Hamond in South Carolina –«

»Der dritte.«

»Der was?« fragt sie voll Entsetzen.

»Edward Westly Hamond der dritte.«

»O Gott!«

»Nein, Gott ist es nicht, Mutter, bloß ein Wasp.«

»Ach du liebe Zeit.« Sie bemüht sich, nicht die Fassung zu verlieren.

Im Hintergrund höre ich den Lärm der Feiernden, von denen sie sich jetzt offensichtlich entfernt. Dann sagt sie mit gesenkter Stimme: »Tja, das ist schön. Aber wir warten lieber bis nach Weihnachten, ehe wir es deinem Vater erzählen. Ihr werdet doch nicht sofort heiraten, oder?« An ihrer Stimme ist unschwer zu erkennen, daß jeder Zeitpunkt vor ihrem Tod in diese Rubrik fällt.

Aber ich versichere ihr: »Nein, wir warten schon noch eine Weile.« Womit ich gleich die nächste Frage abwehre:

Bist du schwanger? Dennoch kann ich mir ein »Aber nicht allzu lange« nicht verkneifen. »Fröhliche Weihnachten. Bye, Mom.«

Beim Auflegen höre ich noch ihr: »Fröhliche Weihnachten. Ich hoffe, du weißt, was du tust.«

Glücklicherweise habe ich nicht die Zeit, wegen dieses Gesprächs in Depressionen zu versinken. Mir ist klar, daß dies nur das erste zahlreicher kleiner Scharmützel war, und ich muß mich schon auf das nächste vorbereiten. Ich kann mich nicht entscheiden, was ich anziehen soll: Ein Kostüm erweckt den Eindruck, daß ich mich anbiedere, eine schlichte Hose dagegen, daß ich mich nicht mal bemühe. Anderthalb Stunden später weiß ich nur eins mit Sicherheit, nämlich, daß ich nichts anhaben will, was auch nur ansatzweise sexy wirkt. Westlys Eltern sollen auf keinen Fall denken, unsere Verlobung hätte nur was mit Sex zu tun. Allerdings will ich auch nichts Waspiges tragen, denn das könnte den Eindruck erwecken, daß ich meine Herkunft verleugne. Ethnokleidung andererseits könnte als Affront ausgelegt werden.

Um halb acht ruft Westly an. Ich habe mich frisiert und geschminkt, aber ich bin immer noch im Morgenmantel. Dummerweise frage ich ihn um Rat. Sein Tip: »Zieh einfach gar nichts an, ich glaube, mein Vater fände das toll, und meine Mutter erwartet es wahrscheinlich sowieso!«

»Du Idiot! Wissen deine Eltern, daß ich schwarz bin?«

»Tja, ich glaube schon. Ich hab ihnen einen kleinen Hinweis gegeben.«

»Was denn für einen Hinweis?«

»Ich hab gesagt – sie ist schwarz.«

»Und wie haben sie es aufgenommen?«

»Ich weiß nicht, wir haben die letzten zwei Stunden übers Wetter diskutiert.« Er lacht. »Wenn du dir jetzt gleich ein

Taxi schnappst und sofort hierherfährst, dann müßtest du eigentlich gerade rechtzeitig ankommen, wenn der Brandy anfängt, seine Wirkung zu tun. Hast du es deinen Eltern erzählt?«

»Meiner Mutter«, sage ich nur.

»Gut. Vielleicht solltest du dir den Wetterbericht ansehen, ehe du herkommst. Ich liebe dich, gemeinsam sind wir stark.«

»Ich liebe dich auch.« Ich lege auf und beschließe, ein weißes, auf Figur geschnittenes, gut knielanges Kleid mit einer dazu passenden kurzen Jacke anzuziehen.

Westly öffnet mir die Tür, nimmt mir hastig die Jacke ab und schubst mich dann fast ins Wohnzimmer, wobei er mir zuflüstert: »Wir können hier nicht miteinander reden, sonst denken sie, wir haben Angst vor ihnen und sind leichte Beute. Und paß auf, der linke Haken meiner Mutter ist echt gefährlich.«

In ihren beinahe identischen weihnachtlichen Tweed-Outfits, perfekt frisiert, aber nicht übertrieben gestylt, sehen die beiden aus, als wären sie gerade einem Buch mit dem Titel »Traditionelle Wasps im Kampfanzug« entsprungen. Ihre Haltung, ihr Gesichtsausdruck – alles stimmt, nur nicht die Augen. In denen von Edward Westly II., dem Vater, lauert der Schalk ebenso wie in denen von Westly. Auch Elaine Hortence (Lanie), die Mutter, hat keineswegs die Augen einer behüteten, verwöhnten Frau. Nein, es sind Adleraugen, die funkeln und sagen: »Ich kenne die Welt.« Vor allem natürlich ihre eigene Welt, von deren Standpunkt aus sie mich nun offen taxiert.

Über Gesprächsstoff hätte sich Westly keine Sorgen zu machen brauchen. »Sie sind also Amanda Johnson.« Das klingt nicht wie eine Frage, also antworte ich nur mit einem Lächeln.

Westlys Mutter erwidert es, dann feuert sie so rasch eine ganze Serie von Fragen ab, daß ich mir überlege, ob sie sich irgendwo einen Spickzettel zurechtgelegt hat. »Woher stammt Ihre Familie? Warum leben Sie in New York? Wo genau wohnen Sie? Welches College haben Sie besucht? Welche High-School? Eine staatliche? Wo waren Sie im Kindergarten?«

Edward II. hat anscheinend beschlossen, den Beobachter zu spielen und mich den treffsicheren Attacken seiner Frau zu überlassen. Auch Prinz Westly ist heute nicht in Drachentöter-Laune; er hat sich am Kamin postiert, und so muß ich mich allein dem feurigen Atem dieser Inquisition stellen, in deren Verlauf Mrs. Hamond so ziemlich alles an Information aus mir herauskitzelt bis auf meine Blutgruppe. Dann wechselt sie abrupt die Stoßrichtung – nicht, ohne sich zuvor zu vergewissern, daß Westly weder im realen noch im übertragenen Sinne seine Position verändert hat. Alles, was sie bisher ausgelassen hat, wird jetzt als Tatsache statuiert: »Sie wollen also meinen Sohn heiraten.« – Pause – »Ich hoffe, Sie haben nichts gegen einen Ehevertrag.«

Auf einen Schlag wird die Situation absurd. Da sitze ich und versuche, es diesem weißen Ehepaar um jeden Preis recht zu machen, damit ich ihren weißen Sohn heiraten darf. »Ich vertraue fest darauf, daß Westly nicht das Limoges meiner Familie klaut.«

Wieder tritt eine Pause ein, und jetzt sehe ich ein etwas anderes Funkeln in ihren Augen, das zu sagen scheint: Immerhin weiß sie, daß gutes Porzellan aus Limoges kommt.

Bevor ich mich jedoch in diesem Erfolg sonnen kann, kommt Westly und setzt sich auf die Armlehne meines Stuhls. »Ach Mom, hör auf, ihr Angst einzujagen. Du weißt doch, daß meine weltlichen Besitztümer sich auf dieses Haus und mein Gehalt beschränken, jedenfalls bis ich mein Erbe antrete. Was du, liebe Mutter, unglücklicherweise nicht erleben wirst.«

An Mrs. Hamonds Gesichtsausdruck sehe ich, daß diese Anspielung auf ihre Sterblichkeit irgendeine geheime Familienstichelei ist. »Edward Westly Hamond!« ermahnt sie ihn mit drohender Stimme.

»Und außerdem«, prescht mein Prinz weiter vor, »sollte Amanda eines Tages wirklich beschließen, daß sie mich verlassen will, wird alles, was ich besitze, an euch oder die Firma überschrieben, ehe sie auch nur an eine Scheidung denken kann.«

Das scheint seine Mutter zufriedenzustellen. Binnen kurzem wendet sich die Konversation wieder dem Wetter zu, wie Westly es prophezeit hat. Irgendwann trinken seine Eltern ihren Brandy aus, sagen: »Eigentlich wollten wir gar nicht so lange bleiben«, und ringen sich schließlich noch ein paar förmlich-freundliche Worte ab.

»Herzlichen Glückwunsch« – mit einem durchdringenden Blick auf mich. Und als Krönung kommt noch: »Sie müssen uns unbedingt bald einmal besuchen. Dann können wir uns ein wenig Zeit nehmen und uns besser kennenlernen.«

Dann imitiert Hortence meine Mutter: »Ihr werdet doch sicher nicht sofort heiraten, oder?«

»Na ja, für mich kann es gar nicht früh genug losgehen, Mutter«, witzelt Westly, während er sie zur Tür hinauskomplimentiert. »Kommt gut nach Hause.«

Als sie dann wirklich und wahrhaftig verschwunden sind, genehmige ich mir den ersten Schluck Brandy, denn in Anwesenheit der Hamonds habe ich mich nicht getraut.

»Oh, das ging doch recht gut«, meint Westly und läßt sich neben mir auf die Couch sinken.

»Ach, das nennst du gut?« japse ich.

»Mein Vater hat dir keinen Scheck angeboten, damit du verschwindest, und meine Mutter hat dich nicht als schamloses Flittchen beschimpft, was sie den Leuten ansonsten gern ins Gesicht sagt.«

»Westly, sie glaubt, ich bin hinter deinem Geld her!«

»Noch schlimmer, sie glaubt, du kommst aus der Arbeiterklasse. Was bedeutet, du kannst unmöglich genug Geld haben, daß du Reichtum wirklich respektierst.«

»Dein Vater, dein Großvater und dein Urgroßvater haben alle gearbeitet, Westly.«

»Aber das ist was ganz anderes.«

»Weil sie weiß waren und reich?«

»Nein, weil sie weiß waren und Männer. Frauen sollten nicht arbeiten – Originalton meine Mutter. Sie sollten sich bestimmten Aufgaben widmen. Der Gründung einer Familie, dem Erhalt bestimmter Werte, der Rettung der Welt.«

»Und sich einen Ehemann angeln«, füge ich hinzu.

»Ja, so ungefähr.« Er umarmt mich. »Wenn ich dich ein paar Tage mit meiner Mutter allein ließe, würde sie dich in die perfekte Ehefrau verwandeln – in das, was sie darunter versteht. Natürlich würde ich dich dann niemals heiraten.«

Ich zeige ihm, wie glücklich mich das macht, was ungefähr anderthalb Stunden in Anspruch nimmt.

Weil ich mich in seinen Armen so wunderbar wohl fühle, und auch, weil es der Wahrheit entspricht, sage ich: »Es würde mir nichts ausmachen, einen Vertrag zu unterschreiben.«

Er hält mich ein Stück von sich weg und meint mit hochgezogenen Augenbrauen: »Werde bloß nicht weich, nur um Konflikte zu vermeiden. Wehr dich, weigere dich, das täte auch jede Wasp-Frau. Meine Mutter wird dich nicht lieber mögen, wenn du mit allem einverstanden bist, und sie wird dich garantiert weniger respektieren. Honey«, er zieht mich wieder an sich, »Honey, du glaubst vielleicht, du bist zäh, weil du schwarz bist, aber du wirst deine ganze Zähigkeit aufbieten müssen, um nicht das nächste Opfer der weißen Vorherrschaft zu werden.«

Hier und jetzt beschließen wir, die Hochzeit auf den 27. März zu legen, viel zu früh für beide Familien. Aber nicht früh genug für Westly, der überhaupt nicht verstehen kann, warum ich jetzt, da ich seinen Ring trage und mit Mr. Dolan und Pukey auf freundschaftlichem Fuß verkehre, nicht öfter die Nacht bei ihm verbringe oder – noch besser – gleich ganz bei ihm einziehe.

Das Schloß

Zwei Wochen später, um acht Uhr an einem Freitag abend, bin ich gerade dabei, mich zum Essengehen mit Westly umzuziehen, als Westly mit meinem Wohnungsschlüssel – meinem Verlobungsgeschenk für ihn – hereinkommt. Er trägt eine Art Ralph-Lauren-heute-bleiben-wir-daheim-Aufmachung und ist über und über beladen mit Lebensmittelpaketen, die aussehen wie Weihnachtsgeschenke. Ich schleudere gleich meine Pumps von den Füßen. »Neue Pläne?«

»Ja. Ich dachte, wir haben beide eine harte Woche hinter uns, und es wäre schön, wenn ich einfach was zu knabbern mitbringe und wir zu Hause bleiben. Einverstanden?« Genaugenommen bleibt mir nichts anderes übrig, denn er ist schon beim Auspacken.

Sein breiter Rücken sieht aus, als bräuchte er dringend eine Umarmung, also kriegt er sie. »Großartige Idee, laß uns hierbleiben.«

Mit einem bösartigen Blitzen in den Augen dreht er sich zu mir um, öffnet leicht den Mund, entblößt gräßliche Vampirzähne aus Plastik und zischt: »Jetzt, wo du mich eingeladen hast, werde ich es tun!«

»Du Idiot, West! Was wirst du tun?«

»Dableiben.« Und das tut er wirklich, er bleibt da, die ganze Nacht. Er verschwindet erst kurz vor Sonnenaufgang, nicht wie ein ordentlicher Vampir – oder Liebhaber. Möglicherweise hätte mir ein Goldkreuz mehr geholfen als der Verlobungsring mit dem großen Diamanten, der auf mich dieselbe durchschlagende Wirkung zu haben scheint wie Kryptonit auf Superman.

An jenem Abend muß ich in meinen Schränken und meinem Badezimmer Platz schaffen für seine Elefantenladung an Klamotten und Toilettensachen. Es ist mir schon aufgefallen, daß West morgens mindestens eine halbe Stunde lang seine Haare bürstet. Er benutzt keine Spezialprodukte oder etwas derartiges, er kämmt nur jedes Haar einzeln. Das ging mir schon richtig auf die Nerven, bis ich entdeckte, daß ich sein psychotisches Verhalten ignorieren konnte, indem ich weiterschlief, bis er wenigstens halb fertig war.

Ich habe allerdings auch so meine Allüren. Wenn wir bei West übernachten, bürste ich meine Haare immer, bevor er aufwacht. Außerdem verstaue ich die meisten meiner Schönheitsartikel nach Gebrauch wieder in meiner Tasche. Schließlich braucht er nicht so genau zu wissen, wieviel harte Arbeit in »natürlichem Aussehen« steckt. Na ja, in den eigenen vier Wänden tut man Dinge einfach aus Gewohnheit. Ich hatte mir vorgenommen, soviel wie möglich im Schrank hinter den Handtüchern zu verstecken, so daß ihm das Waschbecken für seine Sachen bleibt.

Ich wache davon auf, wie er überall rumschnüffelt, meine Fläschchen und Tuben schüttelt und befingert. »Dauerwelle? Aber du hast doch gar keine Locken!« ruft er in ehrlicher Verwirrung.

»Ich benutze das Zeug, um meine Haare GERADE zu kriegen«, stöhne ich unter der Bettdecke hervor, während ich versuche, seine Bürstenstriche nicht zu zählen.

»Warum läßt du sie nicht wachsen, schulterlang oder so?« fragt er zwischen zwei Strichen.

»Weil es mindestens fünfzig Jahre dauern würde«, antworte ich kurz und bündig.

»Ach, komm schon«, sagt er zwischen dem hundertfünfundfünfzigsten und hundertsechsundfünfzigsten Bürstenstrich. »Und was ist dann mit deiner Sekretärin Donna – und mit Patty? Die haben beide lange Haare.«

»Ihre Haare sind nicht echt, West.«

»Doch, wenn das Perücken wären, hätte ich es auf jeden Fall bemerkt.«

»West, die Haare sind eingeflochten, eingenäht, wie bei den meisten schwarzen Frauen, die Haare bis zum Hintern tragen.«

»Wow! Alles Illusion … Und was ist das hier … Teintaufheller? Du benutzt AUFHELLER?«

Wie von der Tarantel gestochen springe ich aus dem Bett und sehe, daß er eine kleine Plastiktube in der Hand hält und das Etikett studiert. Auf gut Glück packe ich ein paar frisch gebürstete Haarsträhnen: »Guten Morgen, Harry und James, guten Morgen, Rodney!«

Jetzt erst sieht er mich an und ruft: »Good Morning, Vietnam!«

Im Spiegel entdecke ich, daß mir die Haare buchstäblich zu Berge stehen, und muß schrecklich lachen, während ich versuche, sie einigermaßen wieder unter Kontrolle zu bringen. Unterdessen liest West weiter: »Für ein helleres, strahlenderes Leben. Ich wußte gar nicht, daß du weiß sein möchtest.«

»Man wird auch nicht weiß davon, kannst du nicht lesen? Es ist eine aufhellende Creme, und ich benutze sie nicht, weil ich weiß werden möchte, ich benutze sie, um die dunklen Stellen in meinem Gesicht auszugleichen!«

Er krümmt sich immer noch vor Lachen, wahrscheinlich wird er gleich hyperventilieren. Keuchend stößt er hervor: »Wenn ich Hobbs erzähle, daß du eine Creme benutzt, die dich weiß macht! Übrigens, es funktioniert nicht!«

»Es ist Aufheller, eine Creme mit aufhellender Wirkung, sieh dir doch das Etikett an! Und wenn du es wagst, jemandem davon zu erzählen, dann mach dein Testament!«

Inzwischen bürstet er wieder, während er mit seiner besten Wasp-Spießer-Stimme weiterargumentiert: »Warum mußt du denn so brutal sein? Immer kommst du gleich mit ›Ich bring dich um, wenn du das tust, ich trample dich tot, wenn du dies tust‹. Du weißt doch, daß ich so eine vulgäre Ausdrucksweise bei Frauen nicht schätze.«

»Ich glaube, ich geh jetzt lieber duschen und kühle mich ab, ehe ich was wirklich Vulgäres sage!« Ich ziehe den Duschvorhang zurück, nur um ihn gleich wieder zu schließen. »Ah, das ist ja scheußlich! Ekelhaft! Sieh dir das an, sieh dir das bloß mal an!« Mein Blick wandert zum Waschbecken, zur Toilette, über den Boden. »Überall!« stöhne ich theatralisch und drehe den Wasserhahn am Waschbecken und an der Dusche voll auf. »Igitt! IGITT!« Er glotzt mich stumm an, ja, er hat sogar aufgehört, seine Haare zu bürsten. »Siehst du das nicht? Überall Haare!« Ich schnappe den Handstaubsauger. »Kannst du denn nicht aufpassen? Warum haart ihr Kerle eigentlich wie die Hunde, bäh, diese fettigen dünnen Borsten!«

Jetzt stehen Harry, James und Rodney wieder im Rampenlicht, aber West läßt keinen Bürstenstrich aus: »Das kommt, weil wir Haare haben, während ihr sie euch kaufen müßt.«

»Ha, ha, ha.« Ich stehe hinter ihm vor dem Spiegel. »Ein Beweis für die Theorie, daß wir wesentlich höher entwickelt sind, denn ihr habt offensichtlich noch mehr mit euren Vorfahren, den Affen, gemeinsam. Na ja, vielleicht gehörst du zu denen, die schon ein bißchen weiter sind, du hast nur dieses eine einzige Haar auf der Brust.« Mit einem entschlossenen Ruck zupfe ich es aus.

Westly zieht seinen einstudierten Schuljungen-Schmollmund, von dem ihm sicher jemand – wahrscheinlich seine Mutter – gesagt hat, er wäre süß. Mit zitternden Lippen jault er: »Jetzt hast du Harold ermordet! Gib ihn mir zurück, damit ich ihm ein angemessenes Begräbnis geben kann!«

Er will mir Harold entreißen, aber ich bin schneller und spüle ihn in der Toilette runter. Es ist ein schöner Ringkampf. »Sie fand sich in seinen starken Armen wieder, ihre weiche Haut an seine stahlharte Brust gepreßt, während er in ihr Ohr hauchte –«

»Was gibt's zum Frühstück, Babe?«

»Westly, du bist so romantisch, mir fehlen die Worte!«

»Ich weiß, das sagen alle.«

»Wer sind alle?«

»Niemand.« Kichernd rennt er aus dem Badezimmer.

Ich bin ihm dicht auf den Fersen, und ich lache nicht. »Wer, Edward??«

»Ich hab dir doch gesagt – ich war Jungfrau, als ich dich kennengelernt habe, und ich bleibe bei meiner Geschichte!«

»Und ich nehme sie dir ab.«

»Genauso, wie ich dir glaube, daß du alles, was du über Sex weißt, aus Frauenzeitschriften hast –«

»Pfannkuchen?«

Nach dem Frühstück fahren wir, dem königlichen Befehl gehorchend, hinaus zum Familienwohnsitz auf Long Island. Eigentlich wollten sie uns das ganze Wochenende Rede und Antwort stehen lassen, aber wir haben sie auf einen Nachmittag runtergehandelt. Das einzige, was Westly ärgert, ist, daß er warten muß, während ich mich dreimal umziehe. Er hält nichts von den subtilen Signalen, die von der Kleidung ausgehen. Ich trage Tweed, was bedeutet: Ich kenne die Regeln; aber es ist ein Kostüm von Vivienne Westwood, womit ich sage: Ich mache meine eigenen. Westly meint: »An dir sieht einfach alles toll aus, und wir machen schließlich keine Staatsvisite bei der Queen …« Wir warten beide, ob ihn wegen dieser ketzerischen Bemerkung der Blitz erschlägt, dann sagt er: »Na, dann mal los!«

»Hübsches Haus!« Ich übe mich in Understatement, denn es ist eher eine prachtvolle Villa. Westly lächelt, als er mich die filmreife Steintreppe zu dem grauen vielgiebligen Haus emporführt, das aussieht, als wohnte hier der kleine Lord Fauntleroy. »Jetzt, wo wir verlobt sind, kannst du dich ruhig ein wenig beeindruckter zeigen!«

Im Grund bin ich furchtbar beeindruckt: die lange geschwungene, mit weißem Kies bestreute und von einheitlich gestutzten Bäumen gesäumte Auffahrt, auf der wir gekommen sind, der zum Überwintern zurechtgemachte, streng französische Garten links neben dem Haus. In der riesigen Eingangshalle wird das Echo unserer Schritte von den Wänden zurückgeworfen, als wir vom Läufer heruntertreten. Ansonsten ist die Halle ungefähr so, wie man sie sich vorstellt, nachdem man das Grundstück gesehen hat, allerdings ist sie in hellen Farben gehalten, und es gibt keine Rüstungen. Als ich Westly danach frage, antwortet er: »So alt ist unsere Familie noch nicht.« Für die geschwungene Mahagonitreppe mußten zahlreiche Bäume ihr Leben lassen, aber sie ist der ideale Rahmen für den Auftritt dekorativer Hamond-Töchter.

Schließlich öffnet Westly die Doppeltür zu einem Zimmer, das aussieht wie aus Colefax and Fowler. Große, dick gepolsterte Stühle mit abgenutzten Blumen- und Vögelbezügen, selbst der Teppich hat ein verblaßtes Paisleymuster. Familienfotos in Silberrahmen, Kissen mit Petit-point-Stickerei und tiefe Potpourrischalen. Zwei Clubsofas stehen auf beiden Seiten des Kamins. Robert, der es sich auf einem der Sofas bequem gemacht hat, steht auf und vollführt mit West den üblichen Willkommenstanz. Ihr Gehopse erinnert mich an etwas. »Westly, wo ist das WC?«

Der Weg zurück ist nicht so einfach zu finden. Offenbar hat die Toilette zwei Türen, und ich habe wohl die falsche erwischt, denn ich sehe die große Mahagoniholztreppe nicht. Da höre ich Lanies Stimme. Ich straffe die Schultern und schlage die Richtung der Stimme ein, denn es wäre feige, wenn ich mich wegschleiche, ohne die Gastgeberin begrüßt zu haben. Außerdem muß ich sie merken lassen, daß ich keine Angst habe – vor allem, weil ich mich tatsächlich vor ihr fürchte. Auf halbem Weg zur Tür höre ich noch eine andere Stimme. Na ja, wenn sie nicht allein ist, wäre es unhöflich zu stören. Doch gerade, als ich mich zum Gehen wenden will, ruft sie: »Amanda!«

Sofort drehe ich mich um und mache auf dem dicken Teppich zwei entschlossene Schritte. Dann hole ich tief Luft, aber als ich die Hand auf den Türknauf lege, um hineinzugehen, höre ich die Stimme von Westlys Vater: »Lilly, ich bin bereit, mir jeden vernünftigen Vorschlag anzuhören, den du hast, aber du und ich, wir kennen unseren Sohn, und wir dürfen die Sache nicht noch schlimmer machen.«

Nie im Leben würde ich lauschen, das hier ist seriöse Spionage.

Lanie/Lilly meint: »Es kann nicht schlimmer werden – jedenfalls nicht viel.« Dann schlägt sie vor: »Wie wäre es mit einem Privatdetektiv?«

»Wunderbar! Und riskieren dabei, daß wir alles mögliche rausfinden, was wir gar nicht wissen möchten. Glaubst du wirklich, das würde unseren Sohn umstimmen?«

»Nein, nicht deinen Sohn, Ward.« Ihr glockenklares Vassar-Gekicher mischt sich mit seinem rauhen Lachen.

Lanie fährt fort: »Was sollen wir deinen Schwestern erzählen?« Schweigen. »Du glaubst doch nicht, daß es eine reine Sexgeschichte ist, oder?«

»Möglicherweise schon.« Edward II. klingt nicht sonderlich aufgebracht darüber.

Lanie schon. »Ja ... Wir hätten es kommen sehen müssen. Er war in dieser Hinsicht schon immer – überaktiv.«

»Ich dachte, du wüßtest das nicht!« ruft Edward II.

»Ich bin doch nicht blind! Und ich kenne meinen Sohn, schließlich hab ich seinen Vater geheiratet, aber nie, nicht in einer Million Jahren, hätte ich ... hätte ich das für möglich gehalten. Ach, ich hätte ihn damals doch heiraten lassen sollen –«

»Ja, das hättest du! Aber da hast du gedacht, sie wäre das Allerschlimmste.«

«Na ja, sie war – in der Werbung, Ward, in der Werbung!«

»Ich werde mit Westly sprechen, ich werde ihm ordentlich einheizen, aber wir müssen auch noch etwas anderes in Betracht ziehen ... Vielleicht hatte er schon immer ... diesen Geschmack bei Frauen. Das wissen wir nicht. Selbst wenn wir es schaffen, die eine loszukriegen, kommt irgendwann die nächste. Vielleicht ist es am besten, wir behalten die, die wir haben. Sie hat in Yale studiert, sie ist gesund, hübsch, und ich würde sie ausgesprochen bezaubernd finden, wenn sie nicht die Absicht hätte, meinen Sohn zu heiraten und all das zu zerstören, wofür meine Vorfahren gearbeitet haben. Aber du irrst dich – es kann garantiert noch schlimmer kommen. Womöglich ist die nächste Ausländerin – oder Kommunistin.«

»Mir wäre es lieber, sie wäre nur hinter dem Geld her. Solche Frauen tun wenigstens, was man ihnen sagt, und versuchen sich anzupassen. Denk an meine Worte: Diese Miss Johnson wird sich bemühen, uns zu beweisen, daß genau das nicht ihre Absicht ist!«

»Tu, was du nicht lassen kannst, Lilly, aber vergiß nicht, daß es in der Familie Hamond noch nie eine Scheidung gegeben hat.«

So schnell ich kann, laufe ich durch das Badezimmer zurück in den Salon. Als ich die Schiebetür öffne, fegt ein kalter Wind durch den Raum. Zuerst sehe ich Westly und Robert gar nicht, sondern höre nur ihre Stimmen. Die Verandatüren stehen offen, und die beiden sitzen draußen und trinken etwas Heißes, Dampfendes. Zögernd bleibe ich stehen. Ich kann Westly nicht in Roberts Gegenwart wegen seiner Eltern zur Rede stellen, ganz egal, wie nah die beiden sich stehen. Robert sagt gerade: »Deine Mutter scheint zu denken, daß es mein Einfluß ist, dein Vater meint, es ist seiner, aber beide glauben, daß ich dich dazu überreden könnte, das Richtige zu tun.«

»Tu ich nicht das Richtige?«

»Doch, klar, wie immer, alter Freund.«

»Dann ist es ja recht, alter Knabe.«

»Aber du machst es dir verdammt schwer.«

»Sie ist es wert, Hobbs.«

»Ja, sicher, aber du hättest es taktisch klüger einfädeln können. Du hättest deinen Eltern beispielsweise sagen können, du wärst schwul, dann ein paar Monate warten und schon hätten sie Amanda mit offenen Armen empfangen.«

Westly lacht. »Sie werden Amanda schon noch lieben lernen.«

»Klar, wenn sie erst mal die Tatsache vergeben und vergessen haben, daß sie schwarz ist.«

»Das wird sie nicht zulassen, weder bei ihnen noch bei mir.«

»Es ist noch nicht zu spät, weißt du.«

Westleys Nacken versteift sich sichtbar. »Wofür, alter Knabe?«

»Ach, komm schon, West – nur aus strategischen Gründen! Es hilft doch nichts, wenn du den Empfindlichen spielst.«

»Ja, sorry, Hobbs.« Sie tauschen ein paar freundschaftliche Knüffe aus, dann fragt Westly: »Was wäre denn deine Strategie?«

»Es ist noch nicht zu spät, ihnen zu sagen, daß ich schwul bin, und es hat den gleichen Effekt.«

»Was willst du mir denn damit sagen, Hobbs? Dir würde sowieso niemand glauben, am allerwenigsten meine Mutter.«

Robert grinst. »Stimmt. Weißt du noch, wie sie immer ihre Mitternachtsrazzia im Bootshaus gemacht hat? Wenigstens hat sie genug Lärm veranstaltet, so daß wir Zeit hatten, uns zu verkrümeln – nicht wie meine Mutter und Muffey!« Ihr gemeines, hinterhältiges Gelächter erfüllt den Raum. Ich komme mir vor wie in einem Spiegelkabinett. In dem sich jeder über mich das Maul zerreißt, als gäbe es mich im Sonderangebot, als wäre ich irgendeine Promenadenmischung, die man entweder im warmen Haus aufnehmen oder in den Hintern treten und auf die eiskalte Straße hinausbefördern kann. Habe ich so was nötig?

Ich möchte nach Hause, weg von hier, irgendwohin. Also gehe ich zurück zur Toilette, wo ich auch angekommen wäre, hätte Westly mich nicht unterwegs in seinen Armen abgefangen. Mit seinem Superman-Trick entführt er mich zu dem Zimmer, in dem seine Eltern und »... das sind meine Tanten« auf uns warten. Fünf weißhaarige Frauen unterschiedlicher Körperfülle blicken von mir zu Lanie und brechen in Tränen aus. Die älteste, Rose, jammert: »Das ist alles deine Schuld, Lanie!« Die anderen stimmen ihr schluchzend zu.

Edward II. und Westly sagen wie aus einem Mund: »Laßt das bitte sein!«

Tante Christine versucht es anders und wendet sich an Westly: »Ist es … endgültig?« Er sieht sie nur schweigend an. Alle warten, und ich kann ihre stummen Stoßgebete beinahe hören. Das geflüsterte: »O Gott, Westly!« von einer anderen alten Hexe.

Aber erst die wehmütige Erklärung von Edward II.: »Wenn es Westlys Entscheidung ist, werden wir als Familie die Verbindung akzeptieren«, bringt mich richtig in Fahrt.

»Wie kommen Sie eigentlich auf die Idee, daß Sie ein Opfer bringen, wenn sie mich in Ihrer Familie aufnehmen? Und noch schlimmer – Sie scheinen allesamt davon auszugehen, daß ich derselben Ansicht bin. Was glauben Sie denn, wer –?«

»Amanda, ich denke, es ist meine Aufgabe, meiner Familie die Meinung zu sagen«, unterbricht mich Westly. Dann wendet er sich an die Umsitzenden: »Ich weiß, wer ihr seid … Und als einer von euch sage ich: Darüber gibt es keine Diskussion. Meine Entscheidung steht fest, endgültig.«

In das verblüffte Schweigen platzt ein Mann – vermutlich der Butler, obwohl er eine weiße Baumwolljacke trägt – mit der Nachricht: »Der Gesellschaftsreporter ist hier, mit einem Fotografen, Sir.«

Ein kollektives Hamondsches »Was? Wie? Wo?« ertönt, nur Westly schweigt. Selbst der Butler macht einen aufgelösten Eindruck, aber er antwortet: »Für das Verlobungsfoto. Sie haben einen – einen Tip bekommen. Die Herren sind im Salon.«

Wie Soldaten marschieren sie hinaus, in Reih und Glied, und als sie die Schwelle überqueren, haben tatsächlich alle ein Lächeln auf den Lippen.

Edward II. geht als letzter und bleibt kurz stehen, um Westly zu fragen: »Wer war das? Du?«

»Ja«, grinst Westly. Jetzt knipst auch Edward II. sein Lächeln an, sagt zu mir: »Willkommen in der Familie«, und zu Westly: »Laß uns ein paar Minuten Zeit, damit wir ihnen sagen können, wie glücklich wir alle sind.«

Westly wirbelt mich in seine Arme und drückt mich an sich. »Willkommen in der Familie, Brownie!«

Ich bin mit meiner Kraft am Ende. »Ich fühle mich aber nicht willkommen.«

»Ich weiß, aber das kommt schon noch. In weniger als zehn Minuten sind wir offiziell, vor aller Öffentlichkeit verlobt, und dann steht der gesamte Clan geschlossen hinter dir.«

»Mir wäre es lieber, sie stünden vor mir, damit ich sie im Auge behalten kann.«

»Hör zu, Amanda – laß mich die Rolle des Bösewichts übernehmen, wenn es schon unbedingt einen geben muß. Ich will dich heiraten, und ich weiß, wie stark du bist, ich liebe deine Stärke, aber – du brauchst mir nichts zu beweisen.«

Das klingt in meinen Ohren wie eine moderne Version von »Ich geh voran, und du folgst mir nach«. Ich folge Westly, indem ich vor ihm aus dem Zimmer gehe.

Auf einem der Fotos prostet uns der Clan mit Champagner zu. Ich habe mein Glas mit dem von Rose vertauscht – lieber auf Nummer Sicher als tot. Nach den Fotos und einem kurzen Interview, in dessen Verlauf die »überglücklichen« zukünftigen Schwiegereltern mir beweisen, daß sie wesentlich mehr über mich wissen, als ich ihnen je erzählt habe, nimmt Westly mich in die Arme und fragt, besorgt über meinen etwas benommenen Gesichtsausdruck: »Wieviel Champagner hast du denn getrunken?«

»Fast gar keinen. Ich war mir nicht sicher, ob es wirklich was zu feiern gibt. Es war ganz anders, als ich es mir vorgestellt hatte.«

»Das tut mir leid, aber es wird so sein, das verspreche ich dir.«

»Es ist nicht deine Schuld. Du bist so, wie ich es mir immer erträumt habe.«

Bei der offiziellen Ankündigung unserer Verlobung lassen die Hamonds nichts aus; unter anderem bedeutet das Lunch bei Lanie, bei dem mir der Hamondsche Teil der Gästeliste ausgehändigt wird. Soweit ich weiß, sind bei diesem Lunch gewöhnlich nur die Mutter des Bräutigams und ihre Schwiegertochter anwesend, aber Westly hat sich bereit erklärt, auch zu kommen, da seine Mutter ebenso ungern mit mir allein sein möchte wie ich mit ihr. Daß Westly seine Absicht schwarz auf weiß kundtut, hat auf viele Mütter in den Hamptons einen seltsamen Effekt. Sie nehmen es als Zeichen dafür, daß Westly jetzt reif für die Entscheidung ist, mit wem er sein Leben verbringen will, und nicht dafür, daß er sie bereits getroffen hat. Immer wieder höre ich Gesprächsfetzen, die beginnen mit: »Erinnern Sie sich noch an meine jüngste Tochter – meine hübsche Cousine – meine Enkelin, die kochen kann wie ein preisgekrönter Küchenchef und gleichzeitig eine ausgebildete Geisha ist«, oder ich sehe Einladungskarten zu einem »Segeltörn am Wochenende mit Überraschungshochzeit«. Bei den Müttern benimmt sich Westly, als müßte er sich entschuldigen: Tut mir leid, aber ich heirate nicht Ihre Tochter. Aber die Einladungen zerreißt er in so viele kleine Schnipsel, daß sie unmöglich wieder zusammengesetzt werden können, und er löscht auch alle Telefonnachrichten, die mit einem gehauchten »Westly ...« eingeleitet werden. Margaret zeigt mir, was sie unter totaler moralischer Unterstützung versteht, indem sie mir erklärt: »Es ist ein dreikarätiger Diamant, A-Qualität – das bedeutet, er ist perfekt –, in einer Fassung aus goldbeschichtetem Platin. Jetzt hast du ihn endgültig an der Angel.«

Mit meiner Familie hat Westly keinerlei Probleme – und auch keinerlei Kontakt. Nur Pat ist dazu genötigt worden, anzurufen und uns/ihm zu gratulieren. Mein Vater konnte schlecht reagieren, denn er ignoriert ja weiterhin meine Existenz. Aufgeschlossen, wie sie ist, ignoriert meine Mutter nur die von Westly. Ich spiele mit dem Gedanken, zwei Schauspieler zu engagieren, die anrufen und sich als meine Eltern ausgeben, aber ich bin überzeugt, daß meine Eltern wenigstens zur Hochzeit erscheinen. Jedenfalls meine Mutter. Hoffe ich.

Westly versteht das. »Natürlich sind sie aufgebracht, weil du einen Mann von der Ostküste heiratest. Das bedeutet, du wirst hier seßhaft, und sie verlieren ihre Tochter endgültig. Also habe ich keinen Grund, es persönlich zu nehmen … richtig?«

Der arme Idiot.

Wir winden dir den Jungfernkranz

Vom vielen Briefezukleben hat Eddy schon eine ganz schwere Zunge. »Sind wir nicht bald fertig?« lallt sie. »Ja, wir haben mindestens schon fünftausend geschafft!« Auch Pat lallt, aber bei ihr ist eher der Pinot Grigio daran schuld, den sie sich schon den ganzen Abend hinter die Binde kippt.

Ich bin sehr dankbar, daß Eddy ihren Einkaufstrip vorgezogen hat, um hier zu sein und Pat ihr Wochenende nicht beim Lernen, sondern mit mir verbringt. Also überprüfe ich die Liste – wieder einmal. »Wir haben schon hundertfünfundsiebzig, also fehlen noch hundertfünfzig.«

Nachdem ich es ihr mindestens zehnmal erklärt habe, will Eddy immer noch nicht kapiert haben, daß insgesamt dreihundertfünfundzwanzig Gäste kommen. »Allein dreihundert vom Bräutigam. Ihr hättet einfach durchbrennen sollen.«

Überraschenderweise ist Pat anderer Meinung: »Denk doch an all die Geschenke!«

Eddy fragt: »Beteiligen sich deine Eltern an den Kosten?«

»Bisher nicht.« Hoffnungsvoll sehe ich meine Schwester an, die den Weg für uns ebnen soll. »Wie sieht's aus an der Heimatfront?«

»Sie haben mich hergeschickt, um die Lage zu peilen… Du wirst ihn heiraten, stimmt's?«

Beide blicken mich erwartungsvoll an, obwohl sie doch hier in meiner Wohnung auf dem Boden sitzen, inmitten von dreihundertfünfzig mehr oder weniger postfertigen Einladungen und unendlichen Stapeln von Brautmagazinen. »Sieht das aus, als sollte es ein Witz sein?«

Eddy fragt rundheraus: »Warum heiratest du ihn eigentlich?«

»Weil ich ihn liebe.«

»Ach ja? Das hast du doch bei Carlos auch geglaubt!«

Pats »Oh, oh, oh!« klingt wie reiner Verrat.

»Ich weiß nur: Als ich ein Kind war, habe ich gedacht, gespielt und geliebt wie ein Kind, und jetzt, wo ich im Gegensatz zu manchen anderen Leuten –«

»Sie meint doch nicht etwa uns?« Pat sieht zu Eddy, die antwortet: »Nein, tut sie nicht.«

»– eine erwachsene Frau bin, heirate ich den Mann, den ich liebe. Eines Tages werdet ihr das verstehen, Mädchen. Es gehört mehr dazu als toller Sex an ausgefallenen Orten und in ausgefallenen Stellungen, um aus einem Mann einen guten Ehemann zu machen.« Die beiden starren mich wortlos an, bis ich einräume: »Okay, nicht VIEL mehr, aber mehr!«

»Und was hat ER, was mehr wäre?« will Pat gleich wissen.

Eddy weiß die Antwort: »Oh, 'ne Menge, denn seine Leute haben alles gestohlen, was je von Wert war! Und du wirst sein größter Coup!«

»Danke, ich nehme das als Kompliment.«

»Hoffentlich hast du einen guten Ehevertrag«, sagt Pat. »Einen, in dem steht, daß du im Bett schlafen darfst –«

»Und daß du deine Ketten und Fußfesseln nur zu Hause tragen mußt«, stimmt Eddy ein.

Abwechselnd machen sie in diesem Stil weiter und schütten sich aus vor Lachen, obwohl sie es im Grund nur zur Hälfte spaßig meinen. »Und daß deine Verwandten die Vordertür benutzen dürfen, jedenfalls nach Eintritt der Dunkelheit –« fällt Pat noch ein.

»Und daß er deine Kinder nicht verkaufen darf –«

»Und daß seine Eltern dich nicht verkaufen dürfen, wenn er stirbt –«

»Oder wenn er entdeckt, daß er eigentlich doch lieber eine junge, bleichgesichtige blonde Prinzessin will; wenn er genug hat von kurzen krausen Locken, genug hat von der Dunkelheit; daß er dir einen Vorsprung läßt, ehe er die Hunde auf dich hetzt!«

Wir wälzen uns vor Lachen auf dem Boden, und ich versuche, die beiden zu kneifen. »Ihr Idioten! Ihr seid mir ja schöne Freundinnen!«

»Ich nicht«, entgegnet Pat. »Ich bin deine Schwester! Und als Schwester ist es meine Aufgabe, dir zu sagen: Ich finde, du solltest ihn nicht heiraten. Klar, ich verstehe, daß du ihn liebst und alles, aber –«

Ich glaube, Eddy steht auf der Gehaltsliste meiner Mutter – so wie sie bei jeder Gelegenheit gleich in deren Horn bläst! – »Aber besser, du hast einen Mann geliebt und verloren, als wenn du seinetwegen deine Seele verlierst – und genau das haben viele schwarze Frauen vor dir getan.«

Davon will ich nichts hören. »Ihr glaubt also ernsthaft, wenn ich meine Wahl von der Hautfarbe beeinflussen lasse, habe ich eine bessere Chance, daß mein Herz nicht gebrochen wird? Daß schwarze Männer schwarzen Frauen nicht das Herz brechen? Ausgerechnet von dir muß ich mir das anhören, Eddy – wann hattest du denn das letztemal einen schwarzen Freund?«

»Warte, ich hab nicht gesagt, du sollst einen Schwarzen heiraten! Ich wollte dich nur ganz höflich darauf hinweisen, daß es ein Fehler ist, einen Whitie zu heiraten!« Sie und Pat fangen wieder an zu lachen und klatschen siegesgewiß die High Five.

Was ist denn hier los – die Revolte der Brautjungfern?

»Wenn man eure gemeinsame Erfahrung mit der Ehe und mit weißen Männern in Betracht zieht –«

»Die gemeinsamen Erfahrungen ALLER schwarzen Frauen in den letzten hundert Jahren, Schwester, gibt uns recht!«

Pat wählt garantiert immer genau den falschen Zeitpunkt, um zu beweisen, daß sie nicht dumm ist. »Sieh dich doch um, überall gibt es gemischte Paare, richtig? Sogar schwarze Frauen mit weißen Männern: tapfere junge schwarz-weiße Paare, bereit, der Mißbilligung die Stirn zu bieten, ja?«

»Ja!« Ich starre sie drohend an.

Pat lächelt mir ins Gesicht. »Aber ist dir schon mal aufgefallen, daß man nie ältere Paare zu Gesicht kriegt? Wo sind denn die alten gemischten Paare, diejenigen, die ihr Leben zusammen verbracht haben? Nirgends – ich meine, bist du je auch nur einem einzigen solchen Paar begegnet? Keine weiteren Fragen, Euer Ehren.«

Diesmal ist es Eddy, die sich beinahe auf meine Seite schlägt: »Na ja, vielleicht ist noch nicht genügend Zeit vergangen, seit die schwarzen Frauen angefangen haben, schlau zu werden.«

Pat wirft ihr einen bösen Blick zu. »Da möchte ich lieber dumm bleiben, danke!«

Jetzt reicht es mir endgültig. »Macht doch, was ihr wollt! Pat, ich gönne dir die schwarzen Amerikaner und« – an Eddy gewandt – »die weißen Nicht-Amerikaner. Ich heirate sowieso keine Gruppe von Männern, ich heirate einen Mann, und zwar den Mann, mit dem ich den Rest meines Lebens verbringen möchte, und er heißt –« ich deute auf den Namen, der in goldenen Lettern auf die Einladung gedruckt ist: »Edward Westly Hamond III. Und wenn ihr euch nicht für mich freut, dann haltet wenigstens den Mund und tut so!«

Da schwören sie beide: »Aber wir freuen uns für dich!« Und wir fallen uns alle drei weinend in die Arme. Ich bin froh, daß ich nicht zwei meiner fünfundzwanzig Gäste verloren habe, vor allem nicht meine Brautjungfern.

An diesem Abend ruft meine Mutter an, wahrscheinlich hat sie von Pat irgendein Rauchsignal erhalten. »Natürlich ist es dein Leben, du warst ja schon immer – anders. Pat sagt, er sieht gut aus … es ist dein Leben, aber unsere Familie … also … sag mir den Namen von eurem Partyservice, es sind ja noch zwei Monate. Es wird sicher etwas kompliziert, aber ich kümmere mich von hier aus darum. Wir zeigen diesen Wasps, daß wir wissen, was zu einer richtigen Hochzeit gehört, dann wird vielleicht alles gut.«

Ich höre, wie meiner Mutter die Tränen übers Gesicht laufen, und auch aus meinen Augen tropft es ins Telefon. »Ich wußte doch, daß du mich nicht im Stich lassen würdest, Mom!! O danke, danke! Kannst du denn Westly vielleicht wenigstens anrufen?«

»Wir haben ein Telegramm geschickt … und noch was –«

»Droht Dad damit, die Kirche in Brand zu setzen?«

»Nein … Er kommt nicht mit in die Kirche.«

Die Stimme der kleinen Rüschenfrau erinnert mich an meine Ballettlehrerin, die ich immer gehaßt habe. »Und jetzt kommen die Brautjungfern, eins, zwei, drei, mit Schwung, meine Damen!« Meine Mutter hat die Rüschenfrau angeheuert, um uns in Form zu bringen, was sie auch tut, und zwar so, als wäre sie eine Broadway-Choreographin. Inzwischen sind wir beim fünften Durchgang und hundemüde. Aber keine wagt sich zu beklagen. »Und – jetzt der Hochzeitsmarsch und unsere wunderschöne errötende Braut am Arm ihres stolzen Vaters.« Na hoffentlich. »Drehn Sie sich nicht um, Schätzchen, Sie sind der Star, lassen Sie sich Zeit morgen. Er wird schon nicht weglaufen, Schritt und zusammen, Schritt und zusammen –«

Mein Aushilfsvater verbeugt sich vor Westly, lächelt und übergibt mich meinem Bräutigam. Ich kann mir die Bemerkung nicht verkneifen: »Ich würde nicht darauf wetten, daß es morgen so abläuft.«

»Wir sind auf alle Eventualitäten vorbereitet. Zeig's ihr, Hobbs.« Robert reißt das Jackett auf, so daß ich und der Priester einen Blick auf eine schwarze Pistole werfen können. Der Priester runzelt die Stirn, und Margaret, meine erste Brautjungfer, ruft: »Paß auf, Hobbs, sie tropft!«

Gerade will der Priester mit seinem Sprüchlein loslegen, da unterbricht ihn Miss Broadway zum fünftenmal: »Okay, und ihr habt gesagt, ja ich will, und euch geküßt –«

»Warum müssen wir den Kuß immer auslassen?« will Westly wissen.

Ich glaube den Grund zu kennen: »Meine Mutter bezahlt sie.« Allerdings ist meine Mutter genausowenig hier wie Westlys Eltern oder sonst jemand von unserer jeweiligen Familie. Jetzt veranstalten sie ein letztes Pow-wow, weil ihre vereinten Bemühungen unter der Devise: »Warum wartet ihr denn nicht ein Jahr?« nicht gefruchtet haben. Inzwischen hat Miss Broadway beschlossen, daß wir fertig sind, deshalb dürfen wir uns zu einem leichten Proben-Dinner im Gemeinschaftsraum der Kapelle niederlassen. Westly sitzt neben mir. »Heute lassen sie uns zum letztenmal beim Essen nebeneinandersitzen, also genießen wir's.« Wir essen, trinken und amüsieren uns, und zum Glück entwickelt sich die Atmosphäre entgegen meiner Erwartung keineswegs in Richtung Henkersmahlzeit.

»Ich dachte, deine Eltern würden diese letzte Chance nutzen und noch einen Versuch starten, mich zu bestechen und von meinem Vorhaben abzubringen«, sage ich.

»Wie kommst du denn auf so eine Idee? Hast du das aus einer Seifenoper? Meine Eltern würden dich nie im Leben bestechen, eher würden sie dich umbringen lassen.« Er nutzt seine letzte Chance, unter dem Tisch unanständige Dinge zu probieren, bis der Priester ihm einen strengen Blick zuwirft.

Westly steigt vor meiner Wohnung aus, denn er hat vergessen, daß er mich am Hochzeitstag nicht sehen darf. »Du kannst sofort wieder wegreiten, Cowboy!«

»Es ist doch erst zehn Uhr siebenundvierzig ... und unsere letzte Chance, vorehelichen Verkehr miteinander zu haben ...«

»... wenn du aber um Mitternacht nicht weg bist, verwandle ich mich in einen Kürbis!«

»Du wärst ein ausgesprochen niedlicher Kürbis.«

Ich starre auf die Uhr: zwei Uhr früh, in sechzehn Stunden werde ich Mrs. Edward Westly III. sein. Unnötig, das Licht anzuknipsen, um die Spuren zu verfolgen, die ich bei den letzten sechs Ausflügen von meinem Bett zum Wandschrank auf der anderen Seite des Zimmers gemacht habe. Diesmal will ich mich nur schnell vergewissern, daß ich mein Hochzeitskleid bei der letzten Kontrolle, ob es auch ordentlich aufgehängt ist, nicht in die Tür eingeklemmt habe. Ich habe es selbst bezahlt. Die letzten fünf Jahre, seit ich herausgefunden habe, was *Alta Moda* ist, habe ich beobachtet, wie es – oder etwas in seiner Art – die Spanische Treppe herunterstolziert ist. Zum Glück ist es weder eingeklemmt noch zerknittert, dieses Gedicht aus weißem Samt, mit einer langen Schleppe, ein Antonio —. Es ist so schlicht, daß es perfekt sein muß, denn der betont einfache Schnitt würde jede Unvollkommenheit im Material, Design oder Verarbeitung unbarmherzig zur Schau stellen. Und niemand, wirklich niemand weiß, wieviel ich dafür bezahlt habe. In diesem Kleid bin ich eine Prinzessin, auch ohne blonde Haare und blaue oder grüne Augen, und ich heirate einen Prinzen. Keinen sechsjährigen Prinzen, sondern einen erwachsenen ... Einen blonden, blauäugigen Prinzen ... Ich glaube, mein Traumprinz sollte schon immer blaue oder grüne Augen haben, niemals braune – wie meine eigenen. »Jetzt muß ich aber wirklich ein bißchen schlafen, sonst habe ich morgen teuflisch rote Augen.«

Brav steige ich wieder ins Bett, aber da warten sie schon auf mich, alle, wie ungeladene Gäste, viel zu früh und viel zu aufdringlich.

Die alten schwarzen Frauen starren mich an. Zur Feier des Tages tragen sie schmutzige, einst weiße Hochzeitskleider aus unterschiedlichen Epochen. Noch nie sind sie so zahlreich erschienen. Die erste bleibt vor mir stehen und sieht mir tief in die Augen ... nicht etwa aus toten Augenhöhlen, nein, aus vertrauten, sanft funkelnden braunen Augen – den Augen einer Braut. Einen Moment lang ist das Kleid so weiß, daß es jede Ecke des Zimmers mit Licht erfüllt. Ich lächle, jetzt kann ich mich ausruhen, sie haben aufgegeben. Warum auch nicht, meine Mutter hat es schließlich auch getan. Doch noch während die erste Braut ihr Brautlächeln lächelt, greifen brutale Hände nach ihr und reißen ihr das Kleid von den Schultern, entblößen ihren Körper bis zur Taille. Die Dunkelheit, die sich plötzlich über uns senkt, reicht nicht aus, um sie zu verbergen ... ihre Nacktheit. Auch sie kennt den Weg zum Wandschrank im Dunkeln, und sie geht entschlossen weiter. Vor dem Schrank bleibt sie stehen. Mit einem heftigen Ruck fällt ihr Kopf schlaff nach vorn. Ihr Hals sieht aus, als wäre er – gebrochen. Ich sehe zu, wie ihr schöner, aufrechter, ebenholzfarbener Rücken sich krümmt, wie blutige Striemen ihn überziehen, denn die gleiche brutale Hand ist nun mit einer knallenden Peitsche bewaffnet. Ohne ein Wort läßt sie die Schläge über sich ergehen, aber der letzte Hieb ist so stark, daß er sie gegen die Tür aus Kiefernholz schleudert, durch sie hindurch, in den Wandschrank hinein. Eine nach der anderen wiederholt den unheiligen Brautmarsch der ersten, eine schwarze Schlange seelenloser Frauen, und mir steigt die Galle hoch, denn ein überwältigender, saurer Modergestank verpestet die Luft, daß ich kaum atmen kann.

Auch die Jungs sind da: Curtis, Gregory, Darreyl und Evan. Sie stehen in einer Reihe, und ich spüre, sie wollen mir Glück wünschen, können es aber nicht. Vielleicht weil Evan hin und her wandert, vom Wandschrank zu mir sieht und wieder zurück. Wenn ich in seine Augen sehe, frage ich mich, ob die unsichtbaren Hände ihm gehören. Curtis und Gregory halten sich verlegen im Hintergrund, und Darreyl ... ich glaube, er lächelt. Aber ich bin mir nicht sicher, ich kann sein Gesicht nicht sehen ... er ist nur noch ein Schatten. »Ich wußte nicht, daß es auch männliche Schatten gibt«, möchte ich sagen, aber er hat sich schon abgewandt und verschwindet, zusammen mit den anderen Jungs. Evan bleibt noch einmal stehen und sagt: »Das ist nur seine Methode, uns eins aufs Maul zu geben! Wenn er genug von dir hat, komm bloß nicht zu uns zurückgekrochen! Oder vielleicht doch?! Jawoll, du solltest kriechen, auf allen vieren!« Ich weiß nicht, wer da lacht, ich denke, es ist nur Evan, aber die anderen folgen ihm. Auch Darreyl wendet sich um: »Ich dachte, du hättest beim letztenmal was gelernt, Slim?«

Kathy grinst mich an mit ihren blauen Augen: »Weißt du denn nicht, warum du nicht die Prinzessin sein kannst?«

»Schlag sie, schlag sie!«

Das kleine schwarze Mädchen, nicht ganz so dunkel wie ich, aber mit einer Haut so braun wie süßer Ahornsirup, zerschlägt die schwarz-weiße Welt. Sie ist etwa zwei Jahre alt, trägt eine rote Oshkosh-Latzhose und dazu passende rote Schleifen in ihren Rattenschwänzchen. Die Sonne scheint und zaubert einen fast surrealistischen Glanz auf die ländliche Gegend von Connecticut, das Gras, die Blätter, den See. Das kleine Mädchen lacht und rennt auf dem schmalen Pier zum See, hinunter zum Wasser. Ich beobachte sie einen langen Augenblick. Noch immer lächelt sie, rennt und lacht, und jetzt sieht sie sich nach mir um, nur noch ein paar Schritte von der Uferböschung entfernt. Ich möchte ihr zurufen, sie soll stehenbleiben, denn ich kann sie nicht mehr erreichen. Doch als sie den letzten Schritt macht, der sie in das unruhige Wasser tragen müßte, umfängt sie ein Arm im Strickpullover, jemand hebt sie hoch, und dann ist sie sicher in Westlys Armen. Sie lachen beide und sehen zurück zu mir. Ich versuche, meinen schweren Arm zu heben und ihnen zuzuwinken – aber da wache ich auf. Mein Vater ist nirgendwo in meinem Traum aufgetaucht, was entweder ein sehr gutes oder ein sehr schlechtes Omen sein könnte …

Ich wollte um acht Uhr abends getraut werden, weil das die förmlichste Zeit ist, aber während sich der Tag dahinschleppt, wünsche ich mir, ich hätte den Termin für acht Uhr morgens angesetzt. Das liegt nicht daran, daß die alten schwarzen Frauen mich mit ihren Flüchen belegt haben, auch nicht daran, daß ich mir Gedanken mache, was alles schiefgehen könnte. Sondern daran, daß ich so furchtbar viel Zeit habe, mich von mir selbst, von Miss Johnson zu verabschieden. Ich habe sie gemocht, und ich hoffe, ich werde Mrs. Hamond genausogern mögen. Wenn schon ein einziger Morgen so lang ist, wie lang ist dann erst »für immer«? Eine frischverheiratete Freundin hat mir einmal gesagt: »Wenn du sagst, du bist verheiratet, ist das so ähnlich, als würdest du sagen, du bist tot.

Du siehst immer, wie in den Augen deines Gegenübers ein Licht ausgeht.« Oder bis daß der Tod uns scheidet. Ich habe Westly eingeschärft, wenn er mich betrügt, könnte das tödliche Folgen haben, für ihn. Eine gute Lösung, aber er hat wahrscheinlich gedacht, ich mache Witze. Wie werde ich mich wohl in zehn Jahren fühlen? In zwanzig? Fünfzig? Westly in fünfzig Jahren kann ich mir ohne weiteres vorstellen, ich brauche nur seinen Vater etwas älter zu machen. Aber wenn ich werde wie meine Mutter …

Es wäre einfacher, die Zeit totzuschlagen, wenn ich mir nicht geschworen hätte, heute kein Aerobic oder sonst irgendwas Anstrengendes zu machen, bei dem ich mich verletzen und damit meinen Eltern einen echten Grund liefern könnte, die Hochzeit zu verschieben. Wenn ich bis zwei Uhr durchhalte, werden meine Brautjungfern und ich einen leichten Lunch essen und uns dann in die Hände erfahrener Schönheitsexperten begeben. Bedenken? Kalte Füße? Nein. Ob Westly welche hat? Ich frage mich, ob er wohl auftaucht oder ob seine (oder meine) Eltern ihn entführt und auf eine kleine Dschunke nach China verschleppt haben … Am besten sollte ich mein Kleid noch mal anprobieren, um sicherzugehen, daß ich keine allergische Reaktion gegen irgendwas aufweise, was ich zum Abendessen gegessen habe und jetzt so aufgedunsen bin, daß ich nicht mehr in in die enge Korsett-Taille passe. Allein komme ich sowieso nicht rein, aber ich lasse gern meine Finger über die in einem etwas dunkleren Weiß eingestickten Veilchen gleiten, die das Dekolleté umrahmen – das eine echte Enthüllung sein wird.

Viertel nach acht. Sobald der erste Ton meines Hochzeitsmarsches erklingt, merke ich, wie mir der Schweiß aus allen Poren dringt, eine Schicht auf meinem Körper bildet und unter dem Kleid in einem Rinnsal den Rücken hinunterläuft. Doch schon bald vergesse ich das alles, und mein Vater nimmt meinen Arm (er hat sich erst bereit erklärt, mich zum Altar zu führen, nachdem ich ihm gedroht habe: »In Ordnung, wenn du es nicht machst, dann frage ich eben Mr. Withers, meinen weißen Chef«). Als wir meinen Brautjungfern in ihren gelben Renaissance-Samtkleidern in die Kirche folgen, stolpere ich. Auf beiden Seiten sitzen schwarzgekleidete Menschen! Ich bin in der falschen Kirche, das hier sieht aus wie eine Beerdigung, nicht wie eine Hochzeit! Doch dann erkenne ich zu meiner großen Erleichterung Westlys Tanten und meine Familie. Gott sei Dank fungiert der Blumenschmuck – Körbe und Girlanden aus weißen und blaßgelben Winterrosen – als Stoßdämpfer. Wären sie und die Mitglieder meiner Tanzgruppe in ihren festlichen mittelalterlichen Kostümen nicht da, würden selbst die unzähligen elfenbeinfarbenen Kerzen vergeblich ihr Licht zu verbreiten suchen. Die kleine Steinkapelle ist die älteste (aus dem Jahr 1800) und behaglichste, die wir finden konnte, und liegt »zufälligerweise« tief im Feindesland – den Hamptons.

Mit jedem Schritt, den wir voranschreiten, fällt meinem Vater etwas Neues ein. »Es ist noch nicht zu spät«, sagt er viel zu laut, als daß man es als Flüstern durchgehen lassen könnte. »Du warst schon immer sonderbar, aber denk auch an die Kinder, sie werden nirgendwo hinpassen, und daran bist ganz allein du schuld!« Ich blende ihn und seinen Monolog einfach aus, was mir nach jahrelanger Übung nicht schwerfällt. Noch ein Schritt, und noch einer. Die inzwischen in Fetzen gekleideten schwarzen Frauen zu ignorieren, zwei Reihen unheiliger Brautjungfern, ist weitaus schwieriger. Sie begleiten uns nicht, sie stehen zu beiden Seiten des Mittelgangs, und während ich an ihnen vorübergehe, wenden sie mir den Rücken zu.

Ich folge Miss Broadways Rat und blicke nach vorn, dorthin, wo ich Westly sehe, schwarzgekleidet, verschwommen. Seit gestern ist der Mittelgang dieser Kirche beträchtlich länger geworden. Mein Herz klopft wie eine Urwaldtrommel; irgendwo in der Ferne stößt irgendeine Eingeborene – meine Mutter – einen klagenden Schrei aus. Gut die Hälfte des Weges habe ich zurückgelegt, und jetzt tauchen die flackernden Kerzen alles andere in Schatten. Ich sehe nur noch das Blau von Westlys Augen im Kerzenschein, wie die Strahlen eines Leuchtturms: Es gibt nichts, wohin sie mich nicht führen könnten. Und außer ihnen gibt es für mich sowieso nichts mehr. Ich bin froh, daß mein Make-up wasserfest ist und mein Schleier blickdicht. Lebt wohl, ihr alten schwarzen Frauen, leb wohl, Miss Johnson.

Als wir vor dem Altar stehen, erreicht das Schluchzen einen fiebrigen Höhepunkt; Westlys und meine Mutter hören sich an wie eine Art Echo. Rufen sie etwa: »Der Herr erbarme sich«?

»Vater … du mußt mich jetzt loslassen … Vater!« Anscheinend muß ich mich losreißen. Robert steckt die Hand ins Jackett, als wollte er nach seiner Pistole greifen. Doch Westly lächelt mich an, und plötzlich liegt meine Hand in seiner, und mein Vater ist verschwunden, als wäre er überhaupt nie dagewesen.

Es gibt nur noch Westly und mich. Er sieht blaß aus, noch weißer als sonst. Mir ist nie aufgefallen, daß er so weiß ist. Jetzt geht alles wie in Zeitraffer. Nimmst du, Edward Westly Hamond III., diese Frau, Amanda Augusta Johnson, zu deiner rechtmäßig angetrauten Ehefrau … »Ja, ich will.«

»Nimmst du, Amanda Augusta Johnson, diesen Mann, Edward Westly Hamond III., zu deinem rechtmäßig angetrauten Ehemann, ihn zu lieben, zu ehren und ihm zu gehorchen, bis daß der Tod euch scheidet?« Ich dachte, den Teil mit dem gehorchen hätten wir gestrichen, aber als ich Westly einen kurzen Blick zuwerfe, sagt mir das Glitzern in seinen Augen, daß ich es gestrichen habe, er aber nicht. In die vollkommene Stille hinein sage ich, ich will. Oder jedenfalls glaube ich, daß ich es gesagt habe, wahrscheinlich, weil ich es in meinen Träumen schon mein ganzes Leben lang sage, aber die Stille hält an, und schließlich begreife ich, daß alle immer noch warten. »Ich will. Ja.« Irgendwo hinter uns in der Kirche höre ich Seidengeraschel. Ich sehe Westly an und denke: Das würden sie nicht wagen. Aber ich spüre, sie lauern wie die Aasgeier auf ihre letzte Chance, und ich halte die Luft an und wünsche, Robert hätte einen echten Revolver dabei.

»Wenn es unter den hier Versammelten jemanden gibt –«

»Das genügt, Pater, bitte«, schneidet ihm Westly ohne lange Zeremonie das Wort ab. Wir stehen im Auge des Sturms, ganz still, als warteten alle auf einen Donnerschlag oder sonst irgendeine von Gott geschickte Naturkatastrophe, denn jetzt kann nur noch höhere Gewalt unser Vorhaben vereiteln. Aber nichts dergleichen geschieht.

Dann schreiten wir Arm in Arm den Mittelgang entlang, und der Jubel und die Glückwünsche unserer Freunde übertönen das Seufzen unserer Familien. Als ich zurückblicke, sehe ich, wie sich unsere Eltern gegenseitig trösten: Westlys und meine Mutter weinen sich gegenseitig an ihren Schultern aus, unsere Väter schütteln sich die Hände und klopfen einander auf die Schulter.

Wie machen einen Spazierganz durch den Park gegenüber der Kirche, um den anderen Zeit zu lassen, sich zum Empfang im Club einzufinden, bevor wir in einer offenen Kutsche dorthin gefahren werden. Ich muß gestehen, ich erwarte fast, daß die Leute auf der Straße uns ausbuhen und mit Steinen bewerfen, nach dem, wie uns die Menschen, die uns angeblich lieben, behandelt haben. Aber statt dessen winken manche und beglückwünschen uns.

Auf den Straßen liegt frisch gefallener Schnee, die Strahlen des Vollmonds hüpfen über das Weiß und vervielfältigen es in die Unendlichkeit. Ich habe das Gefühl mitzuhüpfen, und ich versuche, im Vorüberfahren mein Spiegelbild in den Ladenfenstern zu erhaschen. Beim drittenmal wirft mich das Geruckel der Kutsche, die über eine Unebenheit holpert, in Westlys Arme zurück. »Wo du auch hingehörst ... du hast doch nicht etwa vor, das Schiff jetzt schon zu verlassen, oder?«

»Nein, ich wollte nur überprüfen, ob ich jetzt anders aussehe, wo ich verheiratet bin.«

»Warum – hast du Angst, du bist schon ganz bleich?« Er ist tatsächlich bleich, sein Gesicht von Mondlicht übergossen, und seine blauen Augen wetteifern mit dem Glanz der Sterne. Ihr Strahlen wärmt mich mehr, als es die Sonne je könnte. Ich sehe auf unsere Hände hinunter, meine braunen Finger zwischen seinen weißen.

»Wie ein Bild von Escher«, sage ich, und wir lachen beide. »Werden wie es schaffen?« frage ich. »Gemeinsam sind wir stark.«

»Wer hat das gesagt?« Ich schmiege mich noch dichter in seine Armbeuge.

»Ich«, antwortet Westly unbeirrt. Mehr wird auf dem Weg zum Club nicht geredet.

Als wir zum Empfang kommen, spüre ich – nicht zum letztenmal – die unheilige Allianz zwischen unseren Eltern. Alle haben ihre Mäntel abgelegt, die mir in der Kirche so schwarz vorgekommen waren, und sind jetzt sehr festlich gekleidet. Meine Mutter ganz in Weiß, wie es sich für die Mutter der Braut gehört, Westlys Mutter in einer apricotfarbenen Kreation, die augenblicklich die Erinnerung an die Trauerkleidung auslöscht, die sie vorhin getragen hat. Das Festessen ist hervorragend. Eigentlich hätte ich lieber von der Hand in den Mund gegessen, im Stehen, zu Ehren des Tanzclubs, aber das Festmahl mit den sechs Gängen ist ein solcher Erfolg, daß ich meiner Mutter ein dankbares Lächeln schenke.

Ich fühle mich wie die Königin, an meinem erhöhten Platz an der Tafel, von dem ich auf meine Untertanen hinabblicke. Als ich Westly zuflüstere: »Du hast recht, es ist besser, Königin zu sein«, zieht er eine Augenbraue hoch und meint: »Das hat ja nicht lange gedauert, bis du aus der Masse aufgestiegen bist.«

Der Champagner fließt in Strömen, und die kleine Gruppe Renaissance-Musiker läßt die Funken von ihren Mandolinen und anderen Instrumenten sprühen. Unsere Gruppe führt einen traditionellen Hochzeitstanz auf, Westly und ich als Hauptakteure. Als ich am Ende des Tanzes in meinen Knicks versinke, grinst Westly so breit,daß ich an das »gehorchen« denken muß. Ich lächle und sinke extra tief zu Boden. Er sieht mich besorgt an, und ich lächle, während ich mich wieder aufrichte.

Wir tanzen alle vorgeschriebenen Tänze: ich mit Westlys Vater und meinem Vater, er mit meiner und seiner Mutter. Unsere Eltern verhalten sich mustergültig. Sie alle huldigem ihrem Prinzip: »Tu stets deine Pflicht – vor allem, wenn sie unangenehm ist«. Allmählich überlege ich, ob Westly nicht doch recht hat, wenn er sagt: »Letzten Ende ist die Familie doch immer der stärkste Verbündete.« Ich weiß nicht, ob auch meine Familie so denkt, aber sie wohnen sowieso dreitausend Meilen weit entfernt.

»Fühlst du dich immer noch wie die Königin?« fragt Westly und gibt das Zeichen, daß es Zeit ist, sich unter die Menge zu mischen und die Menge dazu zu bringen, sich untereinander zu mischen. Die meisten haben kleine Grüppchen gebildet und wagen nur gelegentlich einen Blick oder ein kurzes Lächeln in Richtung der ANDEREN. Ich weise den Oberkellner an, den Champagner verstärkt in Umlauf zu bringen.

Westly stellt mich dem Dreckigen Dutzend vor: Drei jungen Mega-Brokern und ihren pastellfarbenen Ehefrauen, Seniorpartner Fitch, der sich umgehend entschuldigt (Westly erzählt mir, daß seine Frau Alkoholikerin ist), ein paar andere Geldbonzen, Seniorpartner Simon und Cassandra Baton, seine Frau, die Galeriebesitzerin. Eine Weile belegt Cassandra mich mit Beschlag, denn sie hält meinen glasigen Champagnerblick für gebanntes Interesse. »Ich weiß, die Bilder machen rein zum Ansehen nicht viel her, aber als Investition gibt es nichts Besseres als moderne –«

Ich überlege mir, ob ich ihr sagen soll, daß Picasso vom Teufel besessen war, aber Wes erlöst mich mit einem Glas Champagner. »Hi, Mrs. Hamond.«

»Hi, Mr. Hamond … Wie kommen die Zulus und die Buren miteinander aus, reiten sie schon die nächste Attacke?«

»Tja, dein Vater hat mit mir gesprochen –«

»Und was hat er gesagt?«

»Ich glaube, es war so etwas wie: Tja.«

Wir stoßen an und lachen. »Soviel hat er mit mir schon seit Jahren nicht mehr gesprochen.«

Westly umarmt mich und meint: »Tja, Mrs. Hamond, ich werde noch oft ›Tja‹ zu dir sagen … und tja, hübsches Kleid, Brownie!«

»Hübsch?«

»Hübsch und so weiter. Meine Mutter meinte, es würde eine ansehnliche Mitgift hergeben.«

Plötzlich fällt mir ein, daß ich noch gar nicht mit meiner

Mutter gesprochen habe. Auf Westlys »Dann laß uns mal weitermachen, damit wir nachher zum angenehmen Teil übergehen können«, schlendere ich hinüber zu ihr.

Margaret und Robert haben sie in eine Ecke komplimentiert, und ich höre sie sagen: »Vielen Dank – ähm – Hobbs!« Dann fragt sie ihn: »Warum nennt man Sie eigentlich so – Hobbs?«

Jetzt muß ich noch nach meinem Dad sehen. Mit einem Glas Champagner wird alles, was er sagt, gleich viel leichter zu schlucken sein. Anscheinend amüsiert er sich gut mit Eddy und ihrem neuen Freund Mario, einem italienischen Grafen. Alle lächeln mich an, Dad lächelt mich an, Mom lächelt mich an, Hamond II. und sogar Lanie lächeln mich an, was mich beinahe erschreckt. Der DJ legt ordentlich los, und die Gäste entspannen sich merklich. Westly und ich mischen uns unter die Tanzenden. Überraschenderweise können sie ohne das geringste Problem miteinander tanzen, auch wenn sie nicht miteinander reden.

Alles läuft wie von selbst, und schließlich ist der Hochzeitskuchen aufgetragen. Wes wirft einen einzigen Blick darauf, und schon wird sein ohnehin entschlossenes Kinn noch weiter vorgestreckt, seine Augenbrauen treffen sich in der Mitte, und seine Augen blinzeln gefährlich. (Er sieht wirklich aus, als wollte er gleich anfangen zu weinen.) Auf der Spitze der Torte stehen eine schwarze Braut und ein schwarzer Bräutigam. Ich sehe, wie meine Mutter, die links von Westly steht, anfängt zu kichern. Ich starre sie nieder, und sie stößt mit erstickter Stimme hervor: »Na ja, sie hatten eben keine gemischten Paare.«

»In Ordnung, Mutter«, sage ich, nehme das Messer und schmiere etwas von der weißen Glasur über das Gesicht und die winzigen Hände des Bräutigams. »Hurra!« ertönt es von all unseren Freunden, die bis zu diesem Moment etwas schrecklich Interessantes auf dem Boden, an der Decke oder sonst möglichst weit weg von dem Kuchen anstarren mußten. Den Mund voller Kuchen sagen wir: »Gemeinsam sind wir stark.«

Draußen, bei der Limousine, die wartet, um uns für unsere allamerikanische Hochzeitsreise – zwei Wochen Hawaii – zum Flugplatz zu bringen, verharrt Margaret bis zur letzten Sekunde. »Amanda, ich hoffe und bete, daß ihr glücklich werdet!«

»Danke, für – na, du weißt schon, für alles!« Wir umarmen uns.

Mit besorgtem Blick tritt sie einen Schritt zurück. »Ich hoffe, in zwanzig Jahren dankst du mir immer noch?! Wenn er dich unglücklich macht, ist es meine Schuld!«

»Red keinen Unsinn!«

»Ich weiß, ich weiß –«

Inzwischen hat Westly mit seinen Kumpels genug jungenhafte Abschiedsgeräusche von sich gegeben, kommt zu uns und öffnet die Tür der silbernen Limousine. Auch er umarmt Margaret und sagt: »Du hast was gut bei mir, Muffey.«

Gerade als wir einsteigen wollen, kommt meine Mutter: »Macht es dir etwas aus, wenn ich mich von meiner Tochter verabschiede, ehe du deine Frau entführst?« Glücklicherweise ist Westly klug genug, um die Kapitulation im zweiten Teil des Satzes zu erkennen, und steigt freundlich in den Wagen, um zu warten.

»Hoffentlich hattest du eine schöne Hochzeit«, sagt meine Mutter mit belegter Stimme.

»Alles war perfekt. Ihr habt mich echt stolz gemacht! Und ich bin mit dem Mann verheiratet, mit dem ich den Rest meines Lebens verbringen will, also war es wunderschön,

Mutter.« Ich sage nicht: Ihr hättet euch ein bißchen mehr für mich freuen können.

»Also bin ich jetzt wieder die Piratenkönigin, ja?« meint sie lachend, aber ihre Augen schimmern feucht. Ich umarme sie fest. »Nein, du bist meine Gute Fee, und das warst du wahrscheinlich immer.«

»Du weißt ja, daß ich dir das Allerbeste wünsche. Du warst immer ein kluges Mädchen, und wenn du glaubst, ER ist der Beste für dich … dann hoffe ich, ER ist es.«

»Danke, Mom! Ich fürchte, Dad sieht das nicht ganz so.«

»Für deinen Vater ist es anders. Er denkt anscheinend – er nimmt alles so persönlich … aber wir werden ja sehen. Viel Glück!«

»Danke, Mom, ich hab dich lieb!«

»Ich dich auch, Kind.«

Die letzten beiden Tage unserer Flitterwochen verbringt Wes mit unablässigen Versuchen, die Bauunternehmer an die Strippe zu bekommen, denn er will sich vergewissern, daß wir, wenn wir zurückkommen, sofort oder zumindest innerhalb weniger Tage in sein – unser – Brownstone-Stadthaus einziehen können. »Es wird fertig sein, wenn Sie aus den Flitterwochen zurückkommen. Darauf können Sie Ihr letztes Hemd verwetten!« Eigentlich hatte ich meine Wohnung vor der Hochzeit vermieten wollen, aber wir hatten keine Zeit mehr …

Wir fahren direkt vom Flugplatz zum Haus, noch Sand aus Hawaii in den Schuhen und ein Glitzern in den Augen. Man sagt uns, wir können einziehen, wenn wir wollen. Allerdings müßten wir zunächst ohne gewisse Annehmlichkeiten auskommen, es gibt nämlich kein fließendes Wasser, keine Toilette und keinen Strom, in dieser Ruine, das sie aus unserem Haus gemacht haben. Wir überlegen uns, ob wir für die nächste Woche, die wir eigentlich für den Umzug eingeplant hatten, nach Hawaii zurückfliegen sollen. Aber wer braucht schon Hawaii, wir haben doch uns.

Also ziehen Mr. und Mrs. Hamond in mein – unser – Junggesellenapartment, während die wichtigsten Renovierungsarbeiten langsam vollendet werden. Dann machen wir den Fehler, ihnen zu sagen: »Machen Sie die ganzen Renovierungen jetzt, dann müssen wir die Unannehmlichkeiten nur einmal auf uns nehmen. Es kann doch nicht lange dauern.«

Der Umbau dauert und dauert, aber weder das noch der Alltag können uns etwas anhaben: wir haben uns.

Die Cocktailparty

Als Juniorpartner in einem liberalen Brokerunternehmen (wenn das kein Widerspruch in sich ist!) muß Westly an einer Unmenge todlangweiliger Cocktailpartys teilnehmen. Bisher bin ich mit einem selbstgefälligen: »Ich bin schließlich nicht deine Frau!« um den Besuch solcher Veranstaltungen herumgekommen. Jetzt zieht dieses Argument natürlich nicht mehr, und ich sehe mit Schrecken dem Unvermeidlichen entgegen. Deshalb merke ich gleich, daß außer dem Blumenduft noch etwas anderes in der Luft liegt, als er mir den Strauß überreicht, mich küßt und sagt: »Blumen für meine Frau.« Und schon hält er einen Vortrag über die Pflichten besagter Ehefrau und zitiert dabei großzügig jede Quelle von den Sklavenhändlern bis zum Koran. Am Ende kommt er mir noch mit Khalil Gibran: »Wenn die Liebe winkt, folge ihr, auch wenn ihr Wege beschwerlich und steil ist!«

»O nein!« schreie ich. »O ja!« schreit er. Dann schreien wir beide: »Cocktailparty!«

Ich kaufe das schwärzeste Kleid, das ich finden kann. Armani. Westlys einziger Kommentar lautet: »Hübsches Kleid«, während er mir in den Mantel hilft. Unterwegs quasselt er ununterbrochen davon, wie toll die Party sein wird und »Du solltest es als den ersten Schritt auf dem kurzen Weg zur eigenen Cocktail-Party ansehen.« Als wir den in ultramodischem Schottenkaro und rasend modernem Jagdgrün gehaltenen Empfangsraum des *Hunting Club* betreten, frage ich ihn: »Soll mich das vielleicht aufheitern?«

Kaum erreichen wir den Aufzug, da kommt eine hochschwangere Frau mit Pfirsichhaut und der strahlend-gesunden Ausstrahlung einer werdenden Mutter auf uns zu. »Mr. Hamond?« ruft sie. »Freut mich, Sie zu sehen. Ich hab schon befürchtet, ich müßte allein zur Party watscheln.«

Westly erklärt mir: »Das ist Becky Simons, eine unserer Top-, das heißt, Ex-Top-Sekretärinnen. Ihr Mann Larry ist immer unterwegs, sozusagen unser rasender Broker. Momentan ist er in Washington, richtig?« So beginnt ein munteres Geplauder, und mir fällt auf, daß Westly ganz vergessen hat zu erwähnen, daß ich seine Frau bin. Na, das wird bestimmt eine Super-Party.

Als wir den Partyraum betreten, begrüßen uns der Gastgeber und die Gastgeberin – Seniorpartner Simon Baton und seine Frau Cassandra, die Galeristin. Ich habe sie und die anderen Seniorpartner auf unserer Hochzeit kennengelernt. Mrs. Seniorpartner belegt mich gleich mit Beschlag, und wie immer geht es um Investitionen in ihre wunderschönen und garantiert profitträchtigen Kunstgegenstände. Als ich sie endlich abgewimmelt habe, drehe ich mich um, weil ich Westly meinen Mantel geben will. Doch mein Ehemann steht ein paar Meter von mir entfernt und hilft gerade der schwangeren Becky beim Ablegen. Da stehe ich nun und überlege, meinen Mantel wieder anzuziehen und das Weite zu suchen, während er mit Becky an seiner Seite den Festraum betritt. Glücklicherweise kommt in diesem Augenblick ein Dienstmädchen vorbei und nimmt mir den Mantel ab, so daß mir gar nichts anderes übrigbleibt, als mich den Festivitäten anzuschließen.

Ich betrete den Raum, als Westly gerade Becky einen Drink reicht – hoffentlich einen ohne Alkohol! –, und er winkt mir freundlich zu, während er noch ein zweites und ein drittes Glas holt. Vermutlich soll eins davon für mich sein. Natürlich ignoriere ich ihn. Wenn er mich schon allein hier hereinmarschieren läßt, werde ich auch allein bleiben und mich ohne ihn amüsieren – und zwar vor aller Augen. Ich wende mich ab und nehme den Cocktail, den ein Kellner mir kredenzt, als ich plötzlich einem jungen Schwarzen gegenüberstehe. Er macht einen ziemlich nervösen Eindruck, streckt mir jedoch sofort die Hand entgegen und sagt: »Sie sind bestimmt Mrs. Hamond III., ich bin Geoffrey Field, seit sechs Monaten in der Firma.« So fährt er fort, im korrekten Cocktailparty-Plauderton. Als ich zufällig zu meinem Ehemann hinüberblicke, sehe ich, wie sein Gesicht erst einen verwirrten und dann einen eindeutig irritierten Ausdruck annimmt, aber er nickt und macht weiterhin angemessen Konversation mit seiner inzwischen bequem auf einem Sessel thronenden Schutzbefohlenen.

Nachdem ich meinen neuen Freund etwa zwei Minuten lang mit geistigen Höhenflügen wie »Ach, wirklich, wie interessant« gequält habe, stürzt sich plötzlich eine rothaarige Frau mittleren Alters auf uns. Außer auf der Zunge trägt sie überall Designer-Labels und dazu eine solche Unmenge von goldenen Armbändern, daß sie klimpert wie eine Leitkuh beim Almabtrieb. Sie umarmt uns, und ihr Gekreische hallt durch den Raum, als würde jemand in einem leeren Klassenzimmer mit einer Kreide über eine Schiefertafel quietschen. Ich merke, daß unsere kleine Gruppe die ungeteilte Aufmerksamkeit zweier Gäste genießt: Erstens die meines Ehemanns und zweitens die einer attraktiven Brünetten, die leider ein biederes braunes Tweedkostüm trägt. »Ich bin Mrs. Doublebee. Geoffrey arbeitet für meinen Mann!« plärrt die Rothaarige, ohne die geringste Rücksicht auf unsere Nerven. »Wir wußten, daß Sie heiraten, aber weil wir auf den Bahamas waren, um ein wenig Farbe zu kriegen«, sie lacht, als wäre das ein gelungener Scherz, »konnten wir der wunderbaren Einladung leider nicht nachkommen. Ich freue mich so, daß ich endlich Gelegenheit habe, Ihre bezaubernde Frau kennenzulernen. Wie lange sind Sie jetzt schon verheiratet – vier Monate, richtig?«

Dabei sieht sie mich an, und ich erkenne, daß die Brünette jetzt direkt neben Geoffrey steht und dieser offensichtlich verzweifelt nach einer Möglichkeit sucht, das Mißverständnis politisch korrekt aufzuklären, ohne dabei seinen Job zu gefährden, indem er entweder die Frau des Chefs oder die Frau des Juniorpartners beleidigt. Da ich die Kommunikations-Expertin bin, will ich ihm mit meinen Fähigkeiten aus der Patsche helfen. Ich schüttle Mrs. Doublebee die Hand und sage: »Nein, ich bin erst seit zwei Monaten verheiratet«, worauf sich in ihrem Gesicht zumindest schon eine gewisse Verwirrung zeigt, »aber nicht mit Geoffrey, sondern mit Edward Westly Hamond III.« Das trifft ins Schwarze, und sie will mir blitzschnell ihre Hand entziehen. Doch ich kenne keine Gnade: »Das ist der Mann, für den Ihr Ehegatte arbeitet.«

Volle zwei Sekunden sperrt Mrs. Doublebee Mund und Nase auf. Inzwischen legt die Brünette besitzergreifend die Hand auf Geoffreys Arm, streckt Mrs. Doublebee die Hand entgegen und sagt mit einem bemüht freundlichen Lächeln: »Ich bin Donna, Geoffreys Frau.«

Mrs. Doublebee ignoriert die ausgestreckte Hand und tritt hastig den Rückzug an. Geoffrey und ich lachen uns an und heben unsere Gläser, aber als ich meines gerade an den Mund führe, hat Geoffreys Frau ihren Gatten schon auf die andere Seite des Raums gezerrt und mir einen ziemlich wütenden Blick zugeworfen. Als hätte ich sie um die Pluspunkte gebracht, die sie so dringend braucht. Zu gern würde ich über den Dingen stehen, aber weil ich MEINEN Ehegatten immer noch Beckys Ersatzvater spielen sehe, weiß ich, daß ich unter derselben Eifersucht leide.

Einen Augenblick spiele ich mit dem Gedanken, mich Westlys Gruppe anzuschließen, sei es auch nur, um weiteren derartigen Mißverständnissen vorzubeugen, aber da gesellt sich eine hübsche kleine Blonde zu mir. Sie schüttelt mir die Hand und stellt sich als Susan Mathews vor. »Das haben Sie aber toll gemacht!« sagt sie mit einem bewundernden Blitzen in den grauen Augen.

Endlich, denke ich, endlich ein Mensch mit ein wenig Elan und Humor. Außerdem finde ich Komplimente immer unwiderstehlich. »Danke, ich hatte eine Menge Übung – unglücklicherweise.«

»Genau das meine ich ja«, sagt sie und angelt sich ein Canapé von einem vorbeischwebenden Tablett, »mein Mann macht das nämlich auch … ständig flirtet er mit anderen Frauen.« Zuerst glaube ich, sie meint Mrs. Wannabee, aber sie spricht offensichtlich von Westly und Becky.

»Ich weiß nicht, ob ich das so elegant hinbekommen habe«, entgegne ich und frage mich, wie viele Leute wohl meine Eifersuchtsreaktion bemerkt haben. Westly garantiert nicht, da bin ich mir sicher.

Susan schluckt und erzählt, erzählt und schluckt. »Als ich Harry geheiratet habe, hatte ich ja keine Ahnung von Männern. Ich meine, ich wäre wirklich die letzte, die Vorurteile hat, Gott behüte, aber sehen Sie sich meinen Gatten doch mal an.« Ich folge ihrem Blick hinüber zu einer Couch. Auf der Armlehne sitzt ein schwarzer Mann und beugt sich eifrig über eine Frau in Rot. »Und schauen Sie sich Ihren an.« Sie steht rechts von mir; wenn ich über ihre Schulter blicke, sehe ich West. Gerade will ich ihr sagen, daß ich genau verstehe, was sie meint, aber da merke ich, daß sie über meine Schulter in Geoffreys Richtung späht. Wir starren uns an, und gleichzeitig wird uns ihr Irrtum klar. Sie senkt den Blick in ihr leeres Cocktailglas und murmelt etwas von Nachfüllen. Ich habe beschlossen, daß es eindeutig Zeit ist, meine territorialen Rechte wahrzunehmen, und mache die wenigen Schritte zur Kapitulation mit soviel Würde wie möglich.

Gerade rechtzeitig, um zu hören, wie ein hoffnungsvoller junger Broker zu West sagt: »Wow, Sie sind erst zwei Monate verheiratet, und der nächste Juniorpartner ist schon unterwegs – gutes Timing, das muß ich sagen!«

Westly läuft knallrot an, während er über die Schulter des jungen Mannes sieht und mein Das-hast-du-dir-selbst-eingebrockt-Lächeln entdeckt. Doch er greift nur nach meiner Hand, mit der vollkommenen Selbstbeherrschung, die ich an ihm manchmal liebe und manchmal hasse, und meint: »Das ist meine Frau.«

Ich bin darauf gefaßt, daß auch der junge Broker im Boden versinkt, aber der Kerl betrachtet mich mit leicht anzüglichem Grinsen von oben bis unten und sagt dann ungerührt: »Na ja, dann wird es sicher nicht lange dauern, bis wir ein ganzes Vorstandszimmer voller Juniorpartner haben.«

Ich habe Leute schon immer bewundert, die entweder zu stolz oder zu dumm sind, um den Schwanz einzuziehen und in Deckung zu gehen, und weil der Kerl jetzt auch noch erfolgreich Becky dazu überredet, sich von ihm nach Hause begleiten zu lassen, gönne ich ihm ein majestätisches Lächeln.

»Tja.« Westly drückt mich aufmunternd an sich. »Ich glaube wirklich, wir sollten den Rest der Party zusammenbleiben. Ich hab keine Lust mehr, permanent als werdender Vater beglückwünscht zu werden.«

Ich drücke ihn ebenfalls. »Ja, und ich habe auch die Nase voll davon, daß man mich für die Frau jedes hier anwesenden Schwarzen hält. Was meinst du – sollen wir uns für die nächste Party Namensschildchen besorgen?« Während wir noch so lachen und plaudern, gesellen sich andere Gäste zu uns, und der Abend entwickelt sich eigentlich ganz nett. Wir tragen dazu bei, indem wir uns streng an die Vorstellregeln halten, und ich folge dem Motto – *Stand by my man.* Als ich mit Mr. Doublebee bekannt gemacht werde, ist seine Frau bemerkenswerterweise nicht an seiner Seite.

Mit zweieinhalb Monaten Verspätung ist das Haus endlich bewohnbar, wenn auch längst nicht fertig. Ein paar Dinge fehlen noch, beispielsweise das zweite Badezimmer und hier und dort eine Wand. Aber was kann man anderes erwarten, in einer Stadt, in der man den höchsten Stundenlohn für die wenigste Arbeit zahlt? Wir setzen ihnen ein Ultimatum, indem wir ihnen mitteilen, daß wir am 12. einziehen, Punktum.

Eine Hürde müssen wir allerdings noch überwinden, ehe wir einziehen. Westlys Möbelgeschmack ist eine allergische Reaktion auf den von seiner Mutter bevorzugten chintzigen Neuengland-Stil. In manchen Zimmern übertreibt sie ihn so, als wollte sie damit ein Exempel statuieren.

Ich bin für Gemütlichkeit, das heißt: Stühle, auf denen man sitzen kann, Tische, auf die man Dinge legen und stellen kann, Lampen, wo man sie braucht. Keine indirekte Beleuchtung, kein Licht, das ins Leere strahlt und einen in der Dunkelheit allein läßt. Tische sollten aus Holz sein; Sofas und Stühle brauchen nicht unbedingt einen Chintzbezug, Leder geht auch, solange es kein schwarzes Lackleder ist – wie Westlys Couch.

Für mehrere Räume finden wir einen Kompromiß: fürs Gästezimmer (wen interessiert das schon?), für die Bibliothek, die gleichzeitig Westlys Arbeitszimmer ist (lauter englische Club-Möbel), für die Küche und fürs Eßzimmer (das ist Westly sowieso egal) sowie für mein Arbeitszimmer, das etwa so groß ist wie eine Besenkammer. Beim Schlafzimmer wird es schon schwieriger, aber ich bin einverstanden mit schwarzen Lackmöbeln und einem Empirebett, und Westly erklärt sich bereit, den Teppich vom Parkettboden entfernen zu lassen. Doch im Wohnzimmer stellt er sich stur. Es nimmt beinahe das gesamte Erdgeschoß ein; auf beiden Seiten des großen Backsteinkamins gibt es eine Schiebetür zur Bibliothek, so daß man bei Bedarf einen riesigen Raum daraus machen kann. Man betritt das Wohnzimmer direkt von der offenen Eingangshalle, also ist es der zentrale Raum des Hauses. »Mit dem ganzen Metall und schwarzen Leder sieht es aus wie ein Designer-Gefängnis«, erkläre ich Westly.

Er zieht eine Augenbraue hoch. »Jetzt hörst du dich schon an wie meine Mutter.«

»Na ja, genaugenommen besitzt das Zimmer ja auch einen gewissen ästhetischen Charme – wie eine Mönchszelle mit zu vielen oder ein Zahnarztwartezimmer mit zu wenigen Möbeln.«

»Nein, nein, nein! KEIN CHINTZ. Amanda! In meinem eigenen Heim will ich mir nicht vorkommen wie ein Pudel!« Nach mehreren Spitzengesprächen hat Robert endlich die rettende Idee: »Weißes Leder.«

Wir bereiten den Umzug stufenweise vor:

Stufe eins: Wir vermieten meine Wohnung. Drei Zimmer an der Upper East Side – die gehen weg wie warme Semmeln. In den ersten drei Tagen wimmle ich einhundertfünfundneunzig potentielle Mieter am Telefon ab, bis noch zwei Frauen und zwei Männer übrigbleiben. Die beiden Männer versuchen es auf die super-sachliche Tour: Ich nehme die Wohnung, wir können gleich den Vertrag unterschreiben. Sie machen sich kaum die Mühe, mich oder das Apartment richtig anzusehen, und das ärgert mich. Ich würde die Wohnung sowieso lieber einer Frau geben, weil sie in einer ziemlich sicheren Gegend liegt und weil sie mir gehört hat. »Und Männer brauchen wohl keine sichere Umgebung?« lautet Westlys Kommentar.

»Vielleicht möchte ich ja bloß, daß die Wohnung ihren femininen Charakter behält.«

»Das reicht, Mandy, mach das allein.«

»Es bleiben ja sowieso nur noch zwei Frauen.«

Die erste ist eine echt flotte junge Bankerin. Sie ist gut gekleidet, sie hat Referenzen, sie hat Geld, und sie kann unmöglich wissen, daß sie bei mir nicht unbedingt Pluspunkte sammelt, als sie erzählt: »Mrs. Warren Amherst, eine gute Freundin meiner Mutter, hat von Lanie Hamond gehört, daß Sie einen Mieter suchen. Und hier bin ich!« O Gott. Wenigstens sieht sie sich die Wohnung gründlich an. »Ich wohne momentan in der Park Avenue South, in der Stadtwohnung meiner Eltern, aber es macht keinen guten Eindruck, wenn man in einer besseren Gegend wohnt als der Boß.« Und dann ihr Schlußsatz: »Genau so etwas habe ich gesucht – Understatement.«

Als letzte kommt eine junge schwarze Frau (zweiundzwanzig, milchschokoladenbraun), gekleidet in all die lebhaften Farben, die ich nicht zu tragen wage. »Linda Morris«, stellt sie sich vor, schüttelt mir die Hand und sieht sich um. »Wow, wirklich hübsch. Ich bin schon seit sechs Monaten auf Wohnungssuche, und es ist schwierig, in dieser Gegend was Anständiges zu finden.«

»Was machen Sie beruflich?«

»Ich bin Redakteurin beim *Woman Today Magazine*. Es ist eine Sprungbrettstelle, und jetzt, wo ich erst mal drin bin, werden die es schwer haben, mich zu übersehen, wenn was Besseres frei wird!« Wir lachen beide. »Können Sie sich die Miete denn leisten?« Sie nennt mir ihr Gehalt, und als sie meinen zweifelnden Gesichtsausdruck sieht, fügt sie hinzu: »Okay, ich muß vielleicht mein Opern-Abo aufgeben, aber hier zu wohnen, wäre ein großer Schritt vorwärts für mich.« Ich gebe ihr das Apartment, und wir unterschreiben den Vertrag auf der Stelle.

Westly ist baff. »Wie kannst du ihr einfach die Wohnung geben? Sie kostet mehr als die Hälfte ihres Monatsverdiensts, und in ihrer Branche sind die Leute heute top und morgen gefeuert! Die andere hatte Geld und einen guten Job!«

»Ach, hör doch auf«, kontere ich wütend, »für dich ist ein guter Job sowieso bloß einer, in dem man mit Geld zu tun hat!«

»Und was ist daran so verkehrt?«

»Gib es doch ruhig zu, West, mein Beruf ist für dich auch kein richtiger Job, stimmt's?«

»Oh, um Himmels willen! Versuch nicht, vom Thema abzulenken, das ist doch Blödsinn! Du hast ihr die Wohnung nur deshalb gegeben, weil sie schwarz ist! Gib es zu! Gib es doch zu! Alles andere ist doch bloß ein Deckmäntelchen für deine rassistischen Tendenzen!«

»Ich bin keine Rassistin!«

»Ach, wirklich? Wie würdest du es denn dann nennen? Vermietest du die Wohnung aus reinem Geschäftssinn ausgerechnet der Frau, die am wenigsten Geld verdient, den unsichersten Job hat und sich die Miete nur mit Müh und Not abzwacken kann? Erklär es mir, Mandy, wo liegt denn ihr großer Vorzug? Was ist das Besondere an dieser Frau, an dem du GESEHEN hast, daß sie die Richtige ist?«

Ich suche verzweifelt eine Antwort, die er akzeptieren kann, aber ich fürchte, »Sie hat so wunderschöne bunte Sachen an«, wäre eher ungeeignet. Westly marschiert unterdessen im Zimmer auf und ab. »ICH HAB DIE NASE SO VOLL

DAVON, AMANDA! Sag mir, was dich an der Banker-Frau am meisten stört! Daß sie Geld hat oder daß sie weiß ist?« Auch darauf habe ich keine Antwort parat, aber das ist auch nicht notwendig, denn er erwartet sowieso keine. »Wenn es das eine oder beides ist, DARLING, dann bist du mit dem falschen Mann verheiratet!«

Hätte er mir einen Hammer vor die Brust geschlagen, hätte mich das kaum schlimmer getroffen, und ich spreche das aus, was er sich gerade verkniffen hat: »Und ... du bist mit der falschen Frau verheiratet, wolltest du sagen?«

Er sieht mich an – überlegt er? Ich mache einen kleinen Schritt auf ihn zu, aber obgleich er sich nicht von der Stelle rührt, spüre ich, wie er sich von mir distanziert. Ich möchte zu ihm gehen, doch die alten schwarzen Frauen haben sich wieder einmal um mich geschart und wollen mir meine Seele herausreißen. Auf einmal bin ich furchtbar müde.

Zehn, fünfzehn, zwanzig Minuten vergehen, ich fühle, daß es spät geworden ist. Wir haben unsere Position nicht verändert, aber die schwarzen Frauen sind verschwunden, mit einem warnenden Flüstern, und Westly ist nicht mehr ganz so weit weg. »Vielleicht hat es tatsächlich eine Rolle gespielt, daß sie schwarz ist, schwarz wie ich, aber nicht auf die Art, wie du dir das vorstellst. Vielleicht habe ich ihr die Wohnung deshalb gegeben, weil sie eine Chance braucht. Warum soll sie die nicht von mir bekommen? Sie ist schon sechs Monate auf Wohnungssuche.«

Zwar gibt Westly nicht nach, aber wenigstens tut er einen Schritt in meine Richtung, und in seiner Stimme ist nicht mehr dieselbe kaum verhohlene Abscheu. »Ach was, eine Menge Leute suchen viel länger nach einer Wohnung, wir sind schließlich in New York, nicht in irgendeinem Kaff.«

»Ach, Westly. Glaubst du denn, daß die Leute bei mir mit Angeboten Schlange standen, um mir in deinem Viertel ein Haus zu vermieten oder gar zu verkaufen, bevor ich mit dir verheiratet war?«

»Aha, jetzt ist es also MEIN Viertel und MEIN Haus, was früher UNSER Viertel und UNSER neues Haus war?! Als nächstes willst du wahrscheinlich bei den Black Panthers eintreten und das Viertel stürmen!«

»Das ist doch totaler Unsinn, West, aber ich sag dir folgendes: Dein Sohn oder deine Tochter werden auch schwarz sein, also solltest du besser aufwachen und der Realität ins Gesicht sehen, der Realität, vor der dich dein Geld immer geschützt hat.«

»Wenn mein Geld mich schützt, dann wird es verdammt noch mal auch meine Kinder schützen!«

»Aber das … genau das meine ich ja. Ms. Jung-Banker findet garantiert eine andere Wohnung mit ihrem Geld und ihren Beziehungen. Für Linda, ohne Geld und Beziehungen, ist es ein Schritt nach oben.«

»Na ja, ich hoffe nur, daß du weißt, was du tust.« Eine lange Pause tritt ein, und weil die schwarzen Frauen nicht da sind, um mich zurückzuhalten, gehe ich auf ihn zu. Genaugenommen laufe ich zu ihm und werfe mich in seine Arme. Die mich fest umfassen. Lange Pause. Dann sagt eine Stimme, die mich liebt: »Zwei Dinge: Beklag dich nicht bei mir, wenn sie die Miete nicht bezahlen kann –«

»Werd ich nicht.«

»– und benutz nicht unser Hochzeitsservice für deine Black-Panther-Teepartys.«

Stufe Zwei des Umzugs: Wir engagieren eine Armee von Umzugsleuten, schließen noch eine Versicherung ab und legen elefantensichere Plastikplanen auf den Parkettboden.

Am Umzugstag bewaffnen wir uns mit unseren Listen, ziehen Sweatshirt und Jeans an, binden rote Bandannas um den Kopf und machen uns auf die Socken. Um acht bin ich in meiner Wohnung, um alles zu überwachen, und Westly trifft um die gleiche Zeit in der Lagerhalle ein, mit derselben Aufgabe. Um halb zwei sollen die Umzugsleute im neuen Haus mit dem Auspacken beginnen. So jedenfalls lautet der Plan.

Doch die Realität sieht anders aus.

Die Umzugsleute erscheinen mit zweistündiger Verspätung, denn: »Äh, wir haben die Straße nicht gefunden.« Sie machen zweieinhalb Stunden Mittagspause. Als ich bei unserem neuen Haus eintreffe, ist dort keine Spur von West. Ich taste über der Tür, wo West den einzigen Schlüssel für mich hätte hinterlegen sollen. Kein Schlüssel. Ich sehe unter der Fußmatte nach, hinter, neben und in den Töpfen mit den Miniaturkiefern. Kein Schlüssel! Sämtliche Fenster im Erdgeschoß sind fest verschlossen, und ich überlege mir, ob ich vielleicht am Spalier zum Schlafzimmerfenster hochklettern soll. Aber das hält mich garantiert nicht aus. Frustriert trete ich gegen die Tür und vergesse dabei ganz, daß ich weiche Tennisschuhe anhabe. Bevor ich auch nur daran denken kann, noch mal zuzutreten, fällt auch schon die Polizei über mich her. Okay, die Cops fallen nicht über mich her, sie fragen: »Ma'am, was machen Sie denn da?« Aber in meiner Geistesverfassung ist das ungefähr das gleiche, als hätten sie gesagt: »An die Wand, Beine auseinander.«

»Bin ich verhaftet?« frage ich. »Sie sollten lieber meine Umzugsleute verhaften, die sind die Kriminellen!« So brabble ich völlig zusammenhanglos eine Weile weiter, bis einer der Polizisten, der Schlauere der beiden, kapiert, daß ich hier wohne und auf meine Umzugsleute warte.

»Können Sie sich ausweisen, Ma'am?« fragt er. Offenbar ist er doch nicht so schlau. Ich starre wortlos unter meinem

Aunt-Jemima-Bandanna hervor und drehe meine Taschen nach außen. »Tja, gibt es hier denn irgend jemanden, der Sie kennt?«

»Ich kenne mich ja selbst nicht mehr!« Allmählich werde ich hysterisch. In diesem Moment fährt Westly im Taxi vor.

»Wo ist der Wagen?« frage ich und habe die Polizisten schon ganz vergessen.

»Das ist eine lange Geschichte«, antwortet er und begrüßt dann die Polizisten mit: »Gibt es ein Problem, Officers?« Zwar bin ich kurz davor, in Tränen auszubrechen, aber ich beobachte voller Bewunderung, wie er den Irrtum aufklärt und es ganz lässig schafft, mit einer roten Bandanna um den Kopf Würde auszustrahlen. So was kann nur Westly. Die Cops sind plötzlich sehr nett. »Willkommen in der Nachbarschaft.« Um ein Uhr nachts ist der Umzug bewältigt. Das einzige, was wirklich standgehalten hat, war die elefantensichere Plastikplane.

Am nächsten Tag kommt Linda just in dem Moment in meine Wohnung, als wir gerade die letzte meiner antiken Parfümflaschen zum inzwischen reparierten Wagen bringen. Als sie durch die Tür kommt, läßt Westly sofort die Schachtel fallen, für die er mit seinem Leben einstehen sollte, und schüttelt Linda herzlich die Hand: »Willkommen, meine Frau und ich sind sehr froh, daß Sie die Wohnung übernehmen. Sie haben bestimmt einen interessanten Job als Redakteurin –« Und so weiter. Wie ein Hundejunges wedelt er herum, und ich kann kaum glauben, daß es der gleiche Mann ist, der gestern eine solche Würde ausgestrahlt hat. Schließlich gelingt es mir, ihn wegzuzerren, aber nicht, ehe er zum zehntenmal geflötet hat: »Wir hoffen, daß Sie hier sehr glücklich sein werden.«

Ich sehe ihn nur an, während er die Schachtel ins Auto packt, ich sehe ihn nur an, während wir nach Hause fahren.

»Was ist denn los? Sie ist nett, höflich und macht einen gebildeten Eindruck – eine Frau, die es zu was bringen wird, eine gute Mieterin.«

»Ja, ja, West, wenn wir nach Hause kommen, finden wir vielleicht einen schönen Hundekuchen für dich.« Ich pruste los.

»Also, es ist nicht, wie du denkst«, verteidigt er sich, »sie ist einfach nett. Deshalb hast du ihr die Wohnung doch gegeben, oder?« Inzwischen lache ich hemmungslos.

Unser Abendessen besteht aus Hotdogs, die wir über dem ersten Feuer in unserem renovierten italienischen Marmorkamin rösten und mit einer Flasche EstEstEst hinunterspülen, denn es ist, ist, ist ja jetzt wirklich unser Haus. Hier zu liegen und zuzusehen, wie unser erstes Feuer allmählich verglüht, verursacht mir ein Gefühl spiegelverkehrter Nostalgie. Wir fangen an zu planen, welche Couch wo stehen soll. Mein Bauernschrank paßt genau an die Wand zwischen die beiden riesigen Fenster, die zur Straße hinausgehen. Wir sind einhellig der Meinung, daß die weißen Ledermöbel perfekt sind, denn selbst wenn wir die Türen zur Bibliothek offenlassen, passen die Stile zusammen. In Gedanken richten wir auch die übrigen Zimmer ein, und schließlich besprechen wir noch, welches Kind wo schlafen wird. »Wenn wir nur EIN Kind haben könnten, was würdest du dir wünschen – einen Jungen oder ein Mädchen?« frage ich West, obwohl ich die Antwort genau kenne.

»Natürlich einen Jungen.«

»Was heißt da natürlich? Mädchen sind doch viel flexibler – heutzutage kann eine Frau eine Superkarriere machen, aber auch in Adelskreise einheiraten.«

»Aber mein Sohn wird den Familiennamen weitertragen.«

»Eine Tochter kann auch ihren Namen behalten und an ihre Kinder weitergeben.«

»Das ist aber nicht dasselbe.«

»Na ja, was wäre, wenn wir nur eine Tochter kriegen? Würdest du sie so lieben können wie einen Sohn? Würdest du ihr Komplexe einreden? Oder würdest du Henry VIII. spielen und immer wieder versuchen, einen Sohn zu zeugen? Vielleicht würdest du ja auch denken, du hast ein schlechtes Karma? Schließlich wäre es ja dein Y-Chromosom, das versagt. Ich sag dir gleich, ich werde nicht als eine von diesen Frauen mit drei erwachsenen Töchtern und einem neugeborenen Sohn enden.«

»Nein, Schatz, ich will nur EIN Kind, egal, ob Junge oder Mädchen.«

»Also ich möchte ein Mädchen.«

»Und warum überrascht mich das nicht?« lacht Westly mich an.

»Ich glaube, eine Frau sollte unbedingt eine Tochter haben. Ich wünsche mir ein kleines Mädchen, eins wie ich, damit ich ihr beibringen kann, was ich gelernt habe, und sie es leichter hat. Sie wird viel mehr erreichen als ich. Ich werde ihr helfen, stark und stolz zu sein.«

»Das könntest du mit einem Sohn auch.«

»Oh, West, stell dir das doch bloß mal vor, ein kleines Mädchen mit großen braunen Augen, wie meine, voller Energie. Für sie wäre ihr Daddy der bestaussehende, klügste, wunderbarste Mann auf der ganzen Welt. Sie würde glauben, du machst nie einen Fehler – Daddy hat immer recht. Du wärst ihr Idol. Noch besser: Du könntest sie rumkommandieren, wie du mich nie rumkommandieren kannst, und es würde ihr auch noch gefallen. Weil sie meine Tochter wäre, würde sie natürlich schnell lernen, wie sie ihren Daddy um den Finger wickelt, aber du hättest deinen Spaß daran, ihr Sklave zu sein. Der traurigste Tag in deinem Leben wird der sein, an dem sie sich einen neuen Sklaven sucht.«

West lacht tief aus dem Bauch, anscheinend erwärmt er sich für die Idee. »Ja, okay, eine Tochter wäre auch schön. Obwohl man mit einer Tochter eine Menge Probleme hat, die man mit einem Sohn nicht hat.«

»Zum Beispiel?«

»Zum Beispiel, wenn sie größer wird und ihre doofen Freunde mitbringt, denen ich dann die Fettpfoten schütteln muß und dabei genau weiß, was sie von meiner Tochter wollen.«

»Und woher weißt du das so genau?«

»Weil ich weiß, was meine Freunde und ich in diesem Alter von den Töchtern anderer Leute wollten.«

»Hoffentlich gibt sich unsere Tochter nicht mit solchen Blödmännern ab, wie du einer warst.«

»Ich war kein Blödmann. Ich war ein normaler, gesunder amerikanischer Junge!«

»Na ja, wenn das alles so normal und gesund –«

»Es ist normal und gesund, wenn es die Tochter von anderen ist, nicht meine. Und ich entnehme dieser Diskussion, daß du nicht gerade den Erhalt der Jungfernschaft predigen würdest!«

»Aber du möchtest, daß dein Sohn normal und gesund ist?«

»Genau, sollen sich doch andere Väter Sorgen machen. Aber egal, meine Eltern hatten nur mich, und meine Mutter hat nicht gelitten. Ich glaube, es ist für eine Frau schwerer mit einer Tochter. Ausgerechnet wenn sie ihre Jugend und Schönheit allmählich verliert, geht es bei ihrer Tochter so richtig los damit. Ich hab schon viel zu viele eifersüchtige Mütter gesehen, die fuchsteufelswild wurden, wenn die Männer plötzlich nur noch die Tochter anstarren.«

»Das passiert mit einem Sohn aber auch, West. Wenn er seine Teenager-Freundin anschleppt, dann fängst du an schwanzwedelnd rumzuhüpfen wie heute bei Linda, und für sie bist du ein alter Mann.«

»Das glaub ich nicht, und ich bin bei Linda auch nicht rumgehüpft. Außerdem haben viele junge Mädchen eine große … Bewunderung für reife Männer!«

»Aber in fünfzehn, sechzehn Jahren bist du nicht reif, da bist du alt!«

»Du auch. Stell dir doch mal vor, Amanda, einen kleinen Sohn, einer wie ich, der immer glauben wird, daß seine Mutter die schönste und vollkommenste Frau der Welt ist.«

»Ich dachte, das glaubst du auch?«

»Ich meine, er wird es ebenfalls glauben. Aber für ihn wirst du die Frau sein, an der er alle anderen Frauen mißt, die ihm begegnen, und keine wird dir je das Wasser reichen können. Für ihn wird deine Schönheit zeitlos sein, und in seinen blauen Augen wirst du immer Bewunderung lesen. Dazu kommt noch, daß er deine Anstrengungen, aus ihm einen perfekten Mann zu machen, wesentlich mehr zu schätzen wissen wird, als ich es jemals kann.«

»Okay, wir könnten eins von jeder Sorte haben.« Dann sagen wir wie aus einem Munde, und es klingt wie ein Gebet: »Ein kleines Mädchen wie ich/du und einen kleinen Jungen wie du/ich.«

Krieg und Frieden

Wir treten dem »Long Island Country Club« bei. Besser gesagt, man nimmt mich auf, denn Westly ist natürlich schon von Geburt an Mitglied. Auf Drängen seiner Mutter werde ich in verschiedene Ausschüsse gewählt. Ich nenne sie übrigens immer noch Lanie, denn sie hat mir nicht angeboten, sie »Mum« zu rufen, hat mich nicht als Frau ihres Sohns und Erben akzeptiert, von nun an bis in Ewigkeit. Aber sie läßt für mich ihren Einfluß spielen, denn sie denkt wohl, daß jede Gehässigkeit mir gegenüber (in meiner hoffentlich temporären Position als Schwiegertochter) auch eine Gehässigkeit gegenüber ihrer Familie wäre.

Allerdings hindert sie das nicht daran, zu den langen Wochenenden im Hamond House auf Long Island jede Ex-Debütantinnen-Freundin einzuladen, die Westley je gehabt hat. Edward Westly Hamond III. tut so, als hielte er das alles für Zufall, während er sich vor aller Augen in der ungeteilten Aufmerksamkeit verschiedener Miffeys, Bitzys und Flopseys sonnt, die ihre Aufgabe, ihn wieder in den Schoß seiner Art von Leuten zu ziehen, sehr ernst nehmen. Wenn sie dann allesamt in Erinnerungen schwelgen, wieviel Spaß sie doch mit Bip, Tip und Dip hatten, feiert Westlys Mutter Triumphe. Andauernd verwechsle ich Personennamen mit denen von Haustieren, was peinliches Schweigen und ein mitleidiges, nur halb verstecktes Schmunzeln seitens Westlys Mutter zur Folge hat. »Du gehörst hier nicht her«, bedeutet es.

Ich beklage mich darüber bei Westly (ziemlich häufig sogar), aber er behauptet steif und fest: »Das bildest du dir nur ein, du bist diejenige, die mit meiner Mutter Schwierigkeiten hat. Sie lädt uns zu diesen Wochenenden ein, damit du meine Freunde kennenlernst.« Ich weiß, daß West den Kleinkrieg zwischen mir und seiner Mutter ein wenig genießt. Er ist gern das Zentrum der Aufmerksamkeit seiner Mutter, er wünscht sich zwar, daß die beiden Frauen, die er liebt, einigermaßen miteinander auskommen, aber nicht, daß sie sich hinter seinem Rücken verschwören und ihn so aus dem Scheinwerferlicht drängen, in dem er als Einzelkind sein ganzes Leben lang gestanden hat. Ich glaube, es ist das Verdienst von Edward II., daß die Angriffe seiner Frau eher verschleiert vonstatten gehen.

Bei diesen Treffen schlage ich mich wacker. Schließlich bin ich nicht umsonst Kommunikations-Expertin. Doch auf dem Heimweg streite ich mich regelmäßig mit Westly über das, was ich für böse Spitzen seiner Mutter halte, und über das, was West meine Paranoia nennt. Diese Auseinandersetzungen eskalieren gewöhnlich recht schnell in echte Angriffe auf meinen Seelenfrieden und unsere Ehe.

»Westly, ich habe keine Lust mehr, jedes Wochenende bei deinen Eltern zu verbringen!« Genaugenommen ist es erst das vierte Wochenende, aber: »Es ist zum Kotzen!«

»Du weißt, daß ich es nicht mag, wenn du Ghetto-Slang sprichst«, waspt Westly mich an.

Manchmal ist Ehrlichkeit eben doch nicht die beste Politik.

Es ist ein schwüler Septembernachmittag. Von meinem Krankenbett auf der Wohnzimmercouch habe ich eine gute Sicht auf die Sonne, denn die Eingangstür steht offen und wirkt beinahe so erwartungsvoll wie Westly, als er vom Auto zurückkehrt. Er hat gerade das Gepäck verstaut.

»Westly, mir ist schlecht, wirklich! Ich fühle mich elend, ich will dieses Wochenende nicht schon wieder mit den anderen Monstern im Schloß eingesperrt sein!« Ich versuche es mit Gejammer und vergrabe mich tiefer in die Daunendecke, die ich auf die Couch vor dem Kamin gelegt habe.

»Meine Leute sind keine Monster«, sagt er, legt mir die Hand prüfend auf meine unglücklicherweise kühle Stirn und schnappt mir mit einer brutalen, schnellen Bewegung die Decke weg. Wenn er »meine Leute« sagt, weiß ich, daß jede Hoffnung auf Gnade vergebens ist. Ich bemühe mich, meinen Schmerz so demonstrativ wie möglich zu überwinden, während ich mich von der Couch erhebe und er einen »Meine Leute«-Monolog vom Stapel läßt. »MEINE LEUTE haben wenigstens versucht, dir entgegenzukommen. Ganz im Gegensatz zu dem, was DEINE LEUTE getan haben, seit wir verheiratet sind. Wenigstens lädt meine Mutter UNS zu diesen Wochenenden ein, während deine Mutter nur DICH zu den Familienfeiern einlädt, und wenn du sie darauf aufmerksam machst, daß ich auch noch da bin, gibt es plötzlich nicht genug Platz im Haus, und jedes Hotel im Umkreis von mehreren Meilen ist wegen einer bevorstehenden Hexenkonferenz komplett ausgebucht. Ich glaube, wir beide wissen ganz genau, wer diese Hexen sind!«

Ohne Pause redet er weiter, während er mit heftigen Bewegungen die Decke zusammenfaltet und im Schrank auf der anderen Seite des Flurs verstaut. Zum tausendstenmal versuche ich ihn und seine Tirade auszublenden, schlüpfe dabei in meine Cowboystiefel und ziehe die lederne Pilotenjacke über mein Kordhemd und meine Jeans. Inzwischen ist er zurückgekehrt und starrt mich mit unverhohlenem Abscheu an. »Das willst du doch nicht anbehalten, oder?« Gerade noch rechtzeitig schluckt er die Kriegserklärung hinunter: »Mutter findet so was scheußlich.« Ich muß mich zusammennehmen, um nicht zu lachen, weil er so verzweifelt um Fassung ringt. Sein Gesicht verzieht sich wie bei einer Comicfigur: Wut, Frustration, Entschlossenheit. »Also, kannst du nicht wenigstens irgendwas mit deinen Haaren anstellen?«

Ich starre in seine wilden blauen Augen und möchte mir am liebsten eine rote Bandanna um den Kopf binden, wie ein echtes Sklavenmädchen. Als ich die Hand ausstrecke, verengen sich seine Pupillen im Auge des Sturms, und ich sehe, wie er einen Blick auf den riesigen leeren Kamin wirft. Ist er geeignet, um bei Bedarf meine sterblichen Überreste darin verschwinden zu lassen? Ich beschließe, lieber Westlys Baseballkappe zu nehmen, die neben der Bandanna hängt, dann mache ich mich mit etwas mehr Schwung, als ich beim Aufstehen von der Couch an den Tag gelegt habe, auf den Weg zur Tür und rufe ihm über die Schulter zu: »Mir ist sch … schlecht!«

Als ich gerade vom Bürgersteig zum Auto gehen will, begrüßt uns unser Nachbar Mr. Dolan. Doch sein kleiner Pekinese erkennt mich nicht und stürzt sich wie ein Wilder auf meine Knöchel. Ich stürze um wie ein gefällter Baum. Glücklicherweise steht West schon an der Autotür, die er für mich aufhalten will, was er – das muß ich zu seiner Ehre einräumen – immer tut. Er fängt mich auf, ehe ich mit dem Gesicht zuerst auf dem Straßenpflaster aufschlage. Mr. Dolan zerrt Pukey mit einem Schwall von Entschuldigungen weg, aber als mein Herz wieder anfängt zu schlagen, ist es so laut, daß es ihn ohne weiteres übertönt.

West klopft mir den Staub von den Klamotten und rückt meine übergroße Lederjacke an den Schultern zurecht. »Pukey ist in seinem Revier keine Ganoven aus dem Ghetto gewohnt.« Dann blickt er mich einen Moment ernst an und zieht mir die Baseballkappe in die Stirn. »Mir macht das auch angst.« Er drückt mich an sich, dann verfrachtet er mich ins Auto und fügt hinzu: »Ist dir wirklich schlecht, Honey?« Ehe ich verneinend den Kopf schütteln kann, läßt er schon den Motor an und sagt mit einem schrägen Seitenblick zu mir: »Außerdem ist es ja nur ein Vergnügungswochenende, niemand erwartet von dir, daß du den Boden wischst oder das Silber polierst – obwohl du das in diesem Aufzug durchaus könntest.«

»Es würde mich nicht überraschen, wenn mich einer von ihnen mit den Dienstboten verwechselt, schließlich sehen wir alle gleich aus, stimmt's?«

»So angezogen allerdings!« Ich zwicke ihn in den Arm, und er versucht sich zu rächen: »Du hast das gesagt, nicht ich!« Ein paar Minuten lang versucht er mich zurückzuzwicken und uns gleichzeitig sicher durch den Freitagnachmittagverkehr zu manövrieren, dann meint er fröhlich: »Ach, komm schon, Mandy, es könnte schlimmer sein!«

»Wie meinst du das?« Mir fallen nur Krankheiten und Naturkatastrophen ein.

»Statt daß wir jetzt zu meinen Eltern tuckern, könnte ich auch auf der Autobahn Richtung Mexiko rasen – und du wärst Düngemittel, wenn du die rote Bandanna angefaßt hättest, Missy.«

Wir lachen über unsere hundertprozentigen telepathischen Fähigkeiten in genau den falschen Momenten.

Den Rest der Fahrt singen wir mit Frank Sinatra und dichten unsere eigenen Texte – *Ain't love grand?*

Die Auffahrt zur Villensiedlung ist eine gut bewachte Privatstraße. Wie immer ruft die Wache Westlys Mutter an, so daß ihr etwa zehn Minuten bleiben, um das Begrüßungskomitee zusammenzustellen und die Gäste auf die Ankunft des

Prinzen und seiner »ersten Frau« vorzubereiten – ich habe gehört, wie sie mich einmal so genannt hat, als sie mich außer Hörweite glaubte. Dann bekommen wir auch Westlys Vater zu Gesicht, ein seltenes Ereignis. Meistens verläßt er sein Arbeitszimmer nur zum Abendessen, bei dem sich immer eine Menge Leute versammeln.

An der Wand neben der Tür zum Arbeitszimmer hängt eine riesige Bronzeplakette, auf der in gotischen Lettern steht: Kein Zutritt für Frauen und Hunde! Westlys Mutter hat sich offenbar nach Kräften bemüht, das Ding möglichst unsichtbar zu machen – Vorhänge am Türahmen, eine Topfpflanze direkt davor –, aber ihr Mann hat sich jedem Versuch widersetzt, es abzunehmen.

»Jeder Junge braucht eben sein Spielzimmer«, war Lanies Kommentar, und Westly erzählt mir weiter: »Er hat es vor fünfundzwanzig Jahren in einem schottischen Golfclub entdeckt, nachmachen lassen und hier aufgehängt.« Auf meinen überraschten Einwand: »Es wundert mich, daß Lanie so was toleriert«, lacht er nur. »Du kennst meinen Vater nicht.« Das bestärkt mich in meinem Eindruck, daß dieser Mann mit stiller patriarchalischer Autorität regiert und daß sein Wort Gesetz ist. Außerdem nährt die Tatsache, daß er mich gebeten hat, ihn »Vater« zu nennen, meine Hoffnung, daß er seiner Frau das Handwerk legen wird, bevor sie ernsthaften Schaden anrichtet.

Als wir in die Auffahrt einbiegen, kommt ein junger Mann – in einer ähnlichen Aufmachung wie ich – uns entgegengelaufen, um das Gepäck abzuholen. Während Westly ihm die Sachen aus dem Wagen reicht, will ich schon mal meine Schwiegereltern und die anderen Gäste begrüssen. Eine bleichgesichtige, etwas überdreht wirkende rothaarige Frau (ihrer Kleidung nach ein Mädchen, allerdings sprechen die Falten in ihrem Pferdegesicht eine andere Sprache) kommt von der Ostseite des Hauses angaloppiert.

Ihre kurzen Locken wippen, als sie die Arme ausbreitet, um West willkommen zu heißen. Dabei läuft sie mich fast um und schneidet mich vom Begrüßungskomitee ab. Im letzten Moment bremst sie ungefähr einen Meter vor mir und blinzelt in die Sonne, die sich hinter mir dem Horizont entgegenneigt. Dann verdunkeln sich ihre smaragdgrünen Augen – das einzig wirklich Attraktive an ihr – vor Schreck, suchend blickt sie zu den anderen Gästen, und schließlich greift sie sich mit einer theatralischen Handbewegung an den Kragen ihres Polohemds. Ich bleibe wie angewurzelt stehen. Eine heftige Hitzewelle trifft mich, wirft mich beinahe einen Schritt zurück und brennt allen Sauerstoff aus meinen Lungen. Nein, das passiert mir nicht zum erstenmal.

Ich strecke meine makellos manikürte Hand aus. »Hallo, ich bin Amanda Hamond, freut mich, Sie kennenzulernen.« Die Frau braucht einen Augenblick, um sich so weit zu erholen, daß sie meinen Gruß erwidern kann. Ich sehe über die Schulter zu Westlys Vater, der wie alle anderen die Luft anzuhalten scheint. Er zwinkert mir zu. Ihm ist nicht entgangen, daß das »Mädchen« mich für einen Mann gehalten hat und gleich ihre Jungfräulichkeit vor mir verteidigen wollte. Dumme Kuh, denke ich.

Außer Mopsey – so lautet, wie sich herausstellt, ihr Name – gibt es noch zwei andere Gäste, beides Männer. Irgendwas muß mit Lanies Planung schiefgegangen sein, denn wir sind eine ungerade Zahl. Ich kann keinen der höchst seltsam klingenden Namen behalten, aber das ist kein Wunder, denn nach dem Wochenende ist mein erstes Ziel immer, sie so schnell wie möglich zu vergessen.

Jedenfalls schreiten wir im inzwischen üblichen halbzeremoniellen Zug ins Haus: Ich am Arm Edwards II. voneweg, Lanie mit Westly als Nachhut, und alle tauschen irgendwelches Hampton-Gefasel aus.

Für gewöhnlich gehen Edward II. und ich schweigend die breite Treppe hinauf und durch die geräumige Eingangshalle mit dem Marmorfußboden. Doch heute fragt er mich: »Deine Aufmachung erinnert mich an die amerikanischen Studenten, wenn sie ihre vierzehntägige Tour durch Europa machen, Amanda.« Leiser und mit einer Kopfbewegung in Mopseys Richtung setzt er hinzu: »Nervös, die ganze Sippe, genau wie die Pferde, denen sie so ähnlich sehen.« Stillvergnügt lacht er in sich hinein. »Die meisten Frauen ihrer Familie enden im Pflegeheim. Neurosen, Alkoholismus und so weiter. Also«, sagt er wieder in normaler Lautstärke und tätschelt meine Hand in einer seltenen vertraulichen Geste, »du willst dich sicher zum Essen umziehen.«

Ich entschuldige mich. Ich glaube, ich weiß jetzt, woher Westly seine berühmte subtile Art hat.

Bis zum Essen habe ich noch zwei Stunden, die ich voll ausnutzen werde. Daran ist nicht die Bemerkung von Westlys Vater schuld und auch nicht der durchdringende Blick, mit dem seine Mutter mich und Mopsey angestarrt hat. Nein, ich hasse es einfach, wenn mich jemand für einen Mann hält, und es ist schon ein paarmal passiert, wenn ich so angezogen war wie heute. Solche Dinge versetzen mich gleich zurück in meine Kindheit, ich bin wieder die häßliche Schwester. Lange starre ich mein Spiegelbild an, und das kleine Mädchen von damals starrt durch die zwölf Jahre der Verwandlung zurück. Ich sehe wirklich furchtbar aus. »Würde Lanie mich lieber mögen, wenn ich ein bißchen mehr wie ein Pferd aussehen würde? Nein, bestimmt nicht, sie würde mich nicht mal lieber mögen, wenn ich schneeweiß wäre.«

Westly lächelt: »Für meine Mutter ist keine Frau gut genug für mich, und da hat sie natürlich auch recht. Aber meinen Ansprüchen kommst du eindeutig am nächsten.«

Jetzt beginne ich mit meiner Schönheitsprozedur. Als Westly nach einer Weile wiederkommt, um sich umzuziehen, muß er die Dusche in einem anderen Zimmer benutzen, denn ich lasse ihn nicht in unser Badezimmer. »Dir ist aber nicht schon wieder schlecht, Honey, oder?« fragt er, als er zum erstenmal anklopft. Das zweitemal: »Was machst du eigentlich da drin? Wir sind inzwischen über ein halbes Jahr verheiratet, da könntest du mich ruhig reinlassen!« Beim drittenmal: »Ich geh jetzt runter, ich will noch ein bißchen mit meinem Vater reden ... Du kommst doch zum Essen auch runter, oder?« Das alles in einem Ton, der bedeutet: »O Gott, ich hoffe bloß, daß sie mir dieses Wochenende nicht mit tausend Ausflüchten das Leben zur Hölle macht.«

»Ja, ich komme zum Essen, und ich werde auch pünktlich sein!«

Ich höre, wie er davonstapft. »Völlig manisch, der Typ«, brumme ich vor mich hin, aber er ruft durch die Tür: »Das hab ich gehört! Schaff bloß deinen Schokoladenhintern pünktlich nach unten, sonst beiß ich ein Stück davon ab!« ruft er im Gehen.

Ich werfe die Seife gegen die Tür und höre noch, wie er kichernd das Zimmer verläßt.

In Rekordzeit beende ich meine Toilette, mit dem Ziel minimalistischer Perfektion: Meine Haare werden gebürstet, bis sie glänzen, dann stecke ich sie in einer Unmenge von winzigen Löckchen hoch – so gut das bei schulterlangem schwarzen Haar eben geht –, der Rest kräuselt sich über den Nacken; meine Lippen sind blutrot, um zu betonen, wie voll sie sind, meine Augenbrauen dunkel nachgezogen, damit sich auch die winzigste Ausdrucksveränderung zeigt, dazu eine Spur Wimperntusche, aber kein Lidschatten, kein Rouge. Als einzige Verzierung habe ich mir ein paar Locken in die

Stirn gezupft, wie eine Etruskerin auf einer alten Münze. Dann hole ich tief Luft, und voller Dankbarkeit für meinen Wonderbra folge ich der Rundung meines Halses bis zu der Stelle, wo mein Dekolleté aufhört. Dort befestige ich den einzigen Schmuck, den ich heute abend trage, ein Familienerbstück, das ich bekommen habe, als ich Westlys Frau geworden bin: eine Diamantenbrosche, so groß, daß man heutzutage wahrscheinlich ein kleines Dorf damit ernähren könnte und vor fünfundsiebzig Jahren wahrscheinlich hätte kaufen können. Der Schimmer der zwanzig Steine reflektiert in allen Farben des Regenbogens auf meiner Haut, ein perfekter Spiegel, wodurch noch mehr Kontrast zu dem schneeweißen Tanga-Kleid entsteht, dessen Chiffon-Schleppe sich mit letzter Kraft an den Schulterträgern festklammert, die kein bißchen stabiler sind, als sie aussehen. Meine Arme sind nackt, meine Hände bis auf Verlobungs- und Ehering ebenfalls.

Als ich die Tür zur Bibliothek öffne, erschallt gerade der Gong, und als er verhallt ist, erstarrt alles im Raum für eine Sekunde. Wieder unterbreche ich eine ausladende Geste des Pferde-Mädchens, und wieder bleibt sie mitten in der Bewegung stecken. Lanie, die selbst immer perfekt aufgemacht ist, sieht mich an, und in diesem Moment liegt in ihrem Blick mehr Anerkennung, als ich je darin gesehen habe. (Gewöhnlich versuche bei diesen Besuchen, genauso brav auszusehen wie alle anderen.) Ich entdecke die Augen, die ich gesucht habe, und frage per Telepathie: »Da bist du platt, was?« Vollkommen fasziniert kommt Westly einen Schritt auf mich zu und macht Anstalten, mir seinen Arm anzubieten. Seine Mutter hält den Atem an, denn zweifelsohne hat sie den gleichen Gedanken wie ich: Man führt nicht die eigene Frau zum Dinner!

Glücklicherweise schneidet ihm einer der anderen Männer, Biff – »Bitte nennen Sie mich Brian, ich bin ja nicht mehr sechs« –, den Weg ab und bietet mir seinen Arm an. Natürlich warten wir auf Westly, der inzwischen seine fünf Sinne wieder beieinander hat und mit seiner Mutter vorausgeht, gefolgt von seinem Vater, der die wieder munter plaudernde Mopsey am Arm hat, und Teddy, der sich beschwert: »Immer bin ich das fünfte Rad am Wagen.«

Als Lanie das hört, zwitschert sie sofort: »Keine Sorge, Teddy, morgen vor dem Frühstück kommt Melinda.« Vielleicht wird das Schweigen, das sich plötzlich über uns senkt, davon verursacht, daß sie von einer Person mit einem normalen Namen gesprochen hat.

Nach dem Kaffee, der ebenso förmlich gereicht wird wie alles andere, planen wir, wer mit welchem Auto zum Club fährt. Als Westly mir in den Mantel hilft, flüstert er: »Ist das jetzt der neueste Trick – trag weiß, dann bist du weiß?« Ganz unschuldig hebe ich meine Brauen. Großzügig knöpft er mich bis zum Hals zu und flüstert mit tiefer Stimme: »Sei vorsichtig, denk daran, daß dir schlecht ist und zuviel Offenherzigkeit dein Tod sein könnte.«

Als wir aufbrechen, drückt Westly mich an sich – *Ain't love grand?* »Nichts kann diesen Augenblick für mich verderben, ganz gleichgültig, was an diesem Wochenende sonst noch passiert«, denke ich, naiv, wie ich nun mal bin.

Am Samstagmorgen stolpern Westly und ich mit dem Rest der Bande um zehn Uhr zum Frühstück nach unten. Normalerweise mag ich diesen Teil des Wochenendes, denn er ist überhaupt nicht förmlich, alle erscheinen in Tennisklamotten. Lanie frühstückt ohnehin allein und ist schon unterwegs, um irgendwas zu organisieren. Wenn sie nicht da ist und die Konversation in ihrer subtilen Art auf die guten alten Zeiten ihrer eigenen Jugend und der ihrer Gäste lenkt, läuft das Geplauder bei Tisch in so allgemeinen Bahnen, daß es mich mit einschließt.

An diesem Morgen findet der Brunch auf der Veranda statt, die die ganze Rückseite des Hauses einnimmt. In einer großen Gruppe durchqueren wir das Eßzimmer, und unsere Tennisschuhe quietschen auf dem polierten Intarsienparkett. Als ich Lanies Vassar-Kichern durch die offene Tür hereindriften höre, zucke ich zusammen. West, der direkt neben mir ist, drückt meine Hand, und wir folgen den anderen hinaus aufs Schlachtfeld.

Lanie sitzt rechts oben am ovalen Tisch und ihr direkt gegenüber eine der umwerfendsten Frauen, die ich je gesehen habe. Sie ist der Inbegriff angelsächsischer Schönheit und erinnert mich an alle Prinzessinnen aus den Märchenbüchern meiner Kindheit. Ich starre sie stumm an, während der Rest der Gruppe um sie herumtänzelt und Kußhändchen und Begrüßungen so dicht umherschwirren, daß ich das Gefühl habe zu ersticken. Selbstverständlich ist die Frau blond, aber was für ein wunderschönes Naturblond, die Farbe von zu Gold gesponnenem Stroh, das das Sonnenlicht einfängt und so vollständig reflektiert, daß ich einen Augenblick den Eindruck habe, das Strahlen geht von ihrem eleganten schulterlangen Pagenkopf aus. Ihre Haut ist blaß, fast durchscheinend, aber statt der roten Äderchen, die manche Frauen mit diesem Teint haben, erinnert ihrer eher an ein Glas mit frischer, kalter cremiger Milch. Ihr ovales Gesicht mit den hohen Wangenknochen, die von einem unzweifelhaft natürlichen rosigen Hauch überzogen sind, ihre kristallklaren ozeanblauen Augen mit den dichten braunen Wimpern und den kräftigen Brauen, die für eine hohe Intelligenz sprechen, ihre Nase, gerade und aristokratisch, aber nicht zu lang, ein Mund wie der eines geschnitzten Barockengels, der alles ausdrücken kann – von Unschuld bis lockendem Versprechen! Auch der Rest ist atemberaubend, und sie hält sich eindeutig mit ebensoviel Hingabe instand wie ich.

Als Westly uns miteinander bekannt macht, steht sie auf und sagt: »Hi, Amanda, ich bin Melinda. Es ist nur recht und billig, daß die unverheiratete Frau vor der verheirateten aufsteht.«

Glücklicherweise gelingt es mir, eine einigermaßen angemessene Begrüßung zu stammeln, während ich denke: »O Gott, sie ist nicht verheiratet!« Werde ich schon wie die anderen Ehefrauen, die jedesmal Paranoia kriegen, wenn sie einer hübschen ledigen Frau begegnen? Aber Melinda ist nicht einfach eine hübsche fremde Frau, sie ist eine Göttin, und ich weiß, obwohl Westly sie nie erwähnt hat, ist sie für ihn keine Fremde. Die Tatsache, daß Westly sich UNBEHOLFEN zum Platz zwischen den beiden Frauen am Kopf der Tafel begibt und erst eine Weile hinter seinem Stuhl stehenbleibt, ehe er sich setzt, bestärkt mich noch in dieser Vermutung. Ich habe noch nie erlebt, daß Westly eine gesellschaftliche Situation nicht wenigstens nach außen hin souverän beherrscht. Inzwischen hat sich der Rest der Gäste niedergelassen, und jetzt sehe ich, was West so nervös macht: Für mich bleibt nur ein isolierter Platz am anderen Ende des Tisches übrig.

Melinda muß das auch bemerkt haben, denn sie sagt: »Ich glaube, ich mache mich mal ein bißchen an Brian ran – als Junggeselle des Jahres ist er angeblich ein guter Fang.«

Als Lanie sieht, daß ihre sorgfältig geplante Intrige vereitelt werden soll, springt sie so hastig auf, daß sie beinahe ihre Kaffeetasse umwirft. »Ich muß mich auf den Weg machen, ich halte einen Vortrag im Club. Nimm doch ruhig meinen Platz, meine Liebe«, ruft sie, um den Dolch doch noch ein wenig tiefer in mein Herz zu stoßen.

Das Frühstück geht ohne weitere Anschläge und Hinterhältigkeiten über die Bühne – dank Melinda, die jedesmal eingreift, wenn Mopsey versucht, sie in lange Reminiszenzen an ihre gemeinsame Jugend zu verwickeln, und damit dafür sorgt, daß ich nicht wieder ausgeschlossen werde.

Um eins sind wir auf dem Tennisplatz. Mopsey behauptet steif und fest, sie wäre die schwächste Spielerin, aber wie sich herausstellt, bin ich das, und die anderen machen kurzen Prozeß mit mir und meiner Partnerin, Melinda. Schon bald sitzen wir am Rand des Platzes und schlürfen unsere wohlverdienten kühlen Getränke. Das silberne Ballondach hält zwar die sechs roten Plätze warm und trocken, nimmt den aufgespannten gelben Sonnenschirme an den Gartentischen aber irgendwie ihre Funktion.

Eine Weile beobachten wir die anderen schweigend, bis mir auffällt: »Die kleine Mopsey spielt ja hervorragend!«

Melinda folgt meinem Blick. »Ja, sie hätte ein Profi werden können, wenn ihre Eltern nicht befunden hätten, daß es kein passender Beruf ist.«

Das Spiel geht weiter. Weil ich finde, wir können nicht die ganze Zeit nebeneinandersitzen und uns anschweigen, nehme ich meinen Mut zusammen und frage: »Waren Sie und Westly gut befreundet?« Eine blöde Frage, denn was soll Melinda antworten? Nein, wir waren erbitterte Feinde? Oder: Ja, wir waren ein Liebespaar?

Zum Glück erwidert sie so gelassen, als hätte ich sie nach der Zeit gefragt: »Wir waren mal ein paar Jahre liiert, aber vor, ähm, vor ungefähr drei Jahren war Schluß. Ich bin an die Westküste gezogen, habe einen Job in einer expandierenden Werbeagentur bekommen, wo ich jetzt als Chief-Account-Director arbeite und mich zumindest teilweise für die meisten Werbeliedchen, die Amerika vor sich hinträllert, verantwortlich fühlen kann.« Mir wird klar, daß ich jetzt genug geschnüffelt habe, denn sie fängt an, Gegenfragen über meinen Job zu stellen: »Müssen Sie viel reisen? Welche Sprache mögen Sie am liebsten?« Wir verbringen den Rest des Nachmittags mit angenehmer Plauderei. Ich mag diese Frau wirklich, der ich – wenn man Lanie glauben darf – den Platz an der Seite des Kronprinzen abspenstig gemacht habe. Aber wie meine Schwiegermutter so gern sagt, wenn sie meint, ich wäre außer Hörweite: Ich bin ja nur Westlys erste Frau.

»Sie scheinen sich gut mit Lanie zu verstehen«, bemerke ich in der Hoffnung auf ein paar gute Drachentöter-Tips. Melindas blaue Augen glitzern amüsiert. »Klar kommen wir gut miteinander aus ...(lange Pause)... jetzt.« Nun gesellen sich die anderen wieder zu uns, so daß ich keine Chance mehr habe, Melinda weiter auszuhorchen.

Abends, als ich mich für ein Kammerkonzert in der alten Kirche umziehe, benimmt sich West äußerst zuvorkommend und ist sehr neugierig. Was habe ich mit Melinda die ganze Zeit geredet? Zwar bin ich noch nicht ganz sicher, wie ich zu dieser von meinem Ehemann geheimgehaltenen Romanze stehe. Aber ich will auf keinen Fall, daß Lanie, die ebenfalls zum Konzert kommt, meint, daß ihr Intrigengespinst zwischen uns Unfrieden stiftet. Also muß die weitere Erforschung des »Geheimnisses der vergessenen Freundin« erst mal warten. Doch ich werde das Rätsel lösen, Stück für Stück, das schwöre ich.

Beim Konzert belegt Mopsey – noch überdrehter nach ihrem Sieg am Nachmittag – Melinda mit Beschlag. Doch ich sehe, daß es Westly gelingt, seine Ex-Freundin während der Pause in ein kurzes Gespräch zu verwickeln. Da Westly II. mich jedoch die volle Viertelstunde über meinen Musikgeschmack aushorcht, kann ich nur gelegentlich einen Blick auf sie werfen. Als wir später wieder unsere Plätze in der Familienbank einnehmen, sehe ich, wie Westlys Vater seinem Sohn zuzwinkert. Ob der alte Fuchs womöglich mit dem jungen unter einer Decke steckt?

West folgt meinem Beispiel, und wir wechseln kein Wort über die Akte Melinda. Erst kurz vor dem Einschlafen kann ich der Versuchung nicht länger widerstehen: »Deine Mutter versteht sich ja ziemlich gut mit Melinda.« Schweigen. Ich kann spüren, wie er mich in der Dunkelheit ansieht, und er sagt: »Sicher, die beiden kommen gut miteinander aus – jetzt.«

Am nächsten Morgen ist Wes schon weg, als ich aufwache. Ich habe gerade noch Zeit zu packen, denn wir wollen direkt vom Club heimfahren, nach dem Revanche-Spiel und einem kleinen Lunch.

Gerade als ich einigermaßen fertig bin, erscheint West an der Tür. Er spricht noch mit jemandem auf dem Flur; mit einer eiskalten »ich-würde-dich-umbringen-wenn-ich-nicht-so-zivilisiert-wäre«-Stimme zischt er: »... und EINZIGE!« Er spricht mit Lanie!

Sie stammelt etwas wie: »Aber Edward, Sohn, ich ... es war doch nur ein kleiner Scherz, ehrlich.«

»Und ich bin auch ehrlich mit dir, Mutter, ich meine genau das, was ich gesagt habe –« Als er merkt, daß ich zuhöre, unterbricht er sich. Sein Gesicht ist puterrot, aber es gelingt ihm trotzdem, seine Stimme wieder normal klingen zu lassen. »Bist du fertig, Honey?«

Ich könnte Purzelbäume schlagen. Bestimmt hat er seine Mutter bei einer Bemerkung über seine »erste Frau« erwischt und ihr die Leviten gelesen.

Lanie macht ein paar Schritte, an die Tür. »Guten Morgen, Amanda, ich mache mich schon mal auf den Weg. Wir sehen uns dann im Club.« Ihrem Tonfall ist nicht zu entnehmen, ob das eine Frage war oder nicht, aber ganz gewiß war es nicht ihr üblicher Kommandoton. Mir ist klar, daß jetzt nicht der geeignete Zeitpunkt für Freudensprünge ist, deshalb konzentriere ich mich darauf, ein neutrales Gesicht zu machen, bereit, angemessene Sympathie auszudrücken, falls West sich aussprechen will. Was nicht der Fall ist. Er nimmt das Gepäck, und auf dem Weg zum Auto sagt er: »Ich weiß nicht, ob ich Lust habe, zum Club zu gehen. Du etwa?«

»West, alle anderen sind schon da, wenn wir jetzt fahren, ohne uns zu verabschieden, wäre das sehr unhöflich und man würde denken, irgendwas stimmt nicht. Aber es ist doch alles in Ordnung, oder?«

»Sicher.« Er ist nicht im geringsten geneigt, über den Vorfall zu sprechen. Doch er nimmt mich in die Arme und hält mich einen langen Augenblick ganz fest. So stehen wir eng umschlungen, und nach einer Weile sage ich: »Gemeinsam sind wir stark.«

Ein paar Minuten später fahren wir auf den Clubparkplatz. Das weiße Steingebäude ist eine amerikanisierte – das heißt vergrößerte und mit allem erdenklichen Komfort ausgestattete – Version eines englischen Jagdhauses aus dem 18. Jahrhundert; die Fenster haben sogar kleine Butzenscheiben aus Milchglas. Das eindrucksvolle Gebäude und der Parkplatz grenzen direkt an die Durchgangsstraße. Mopsey und Melinda warten vor dem Club auf uns, gleich beim Parkplatz. Als wir unsere Sachen aus dem Kofferraum holen, steigt ein großer, elegant gekleideter Schwarzer aus einem Wagen, der vor uns hier geparkt hat, und geht auf die beiden Frauen zu. Westly ist so damit beschäftigt, den grünen Vintage-Aston-Martin zu bewundern, daß er gar nicht merkt, was passiert, aber ich bekomme alles aus nächster Nähe mit. Mopsey preßt wieder einmal theatralisch die Hand an die Brust und bleibt stehen wie vom Donner gerührt, aber Melinda geht unbeirrt weiter. Der Mann versucht verzweifelt, seine Landkarte wieder zusammenzufalten. Da Melinda vor mir bei ihm ankommt, erkundigt er sich bei ihr nach dem Weg zum RR Country Club, den sie ihm hilfsbereit auf der Karte zeigt. Als Westly den Mann zurückkommen hört, reißt er seinen Blick mühsam von der cremeweißen Lederausstattung des Wagens los. »Tolles Auto!« meint er. Der Mann lächelt. »Danke!«

»Kanntest du ihn?« frage ich Westly, als der Mann weg ist. «Nein«, antwortet er.

Inzwischen ist Mopsey aus ihrer Erstarrung erwacht, und als wir auf sie und Melinda zugehen, höre ich gerade noch das Ende von Mopseys Satz: »Mein Gott, ich wußte, daß der kein Mitglied sein kann!« Ich sehe sie an – das Wochenende ist fast vorüber.

Wir spielen unsere Rematches. Diesmal schlagen Melinda und ich alle unsere Gegner, und beim Lunch wollen wir unseren Triumph ein bißchen genießen. Doch Mopsey mag zwar eine gute Sportlerin sein – eine gute Verliererin ist sie ganz und gar nicht. Im Handumdrehen wechselt sie das Thema und erzählt von dem Vorfall heute vormittag auf dem Parkplatz, schmückt ihn jedoch so farbenfroh aus, daß man fast denken könnte, ein Kannibale hätte sich an sie herangeschlichen. Westly fragt sie: »Was hast du denn gedacht, was er tun würde, Mopsey? Dich in seinem dreihundertfünfzigtausend-Dollar-Aston-Martin entführen und Benzin als Lösegeld verlangen? Ich bitte dich!«

»Na ja«, faucht Mopsey, die ungern zugibt, daß sie Blödsinn redet, »man hat ihm doch angesehen, daß er kein Clubmitglied war, und auf der Straße passieren unglaubliche

Dinge, am hellichten Tag. Denkt doch bloß an den Jackson-Fall!« Damit meint sie eine Geschichte, die vor drei Jahren passiert ist und bei der ein schwarzer Student seine weiße Lehrerin in ihrer Wohnung vergewaltigt hat.

Mopsey ist nicht mehr zu bremsen: »Es ist Unsinn, wenn man immer so verständnisvoll tut. Wenn ich allein oder auch mit einer Freundin rumlaufe und wir so einen schwarzen Goliath auf uns zukommen sehen, dann gehen wir schnell auf die andere Straßenseite. Nancy und ich waren letzten Samstag in *The Drums*, und es war wohl die *Black Night*, denn wir waren die einzigen Bleichgesichter weit und breit. Wie die uns angestarrt haben! Nancy wollte bleiben, aber ich hab sie überredet, mit mir wegzugehen und ein Taxi zu nehmen.« Mit einem Blick auf mich fährt sie fort: »Ich weiß auch nicht, woher das kommt, vielleicht sind diese Typen wütend, weil sie – zugegebenermaßen! – von unseren Vorfahren so lange ungerecht behandelt worden sind, aber ich persönlich habe wirklich keine Lust, als eine Zahl in die Vergewaltigungsstatistik einzugehen.«

Ich spüre, wie Westly mich wortlos anfleht, den Mund zu halten, aber ich ignoriere ihn. »Wissen Sie, Mopsey, ich verstehe, wo Sie herkommen, und ich gebe Ihnen recht, daß Sie da ein großes Problem haben. Aber Ihr Problem ist nicht, daß schwarze Männer so hemmungslos gierig auf zartes weißes Fleisch sind, sondern, daß Sie Ihre Ängste und Phantasien nicht von der Realität unterscheiden können. Beispielsweise zeigt die Statistik ganz deutlich, daß die meisten Vergewaltigungen bei Menschen derselben Hautfarbe passieren … und von den Vergewaltigungen, an denen zwei verschiedene beteiligt sind, gehen fünfzig Prozent auf das Konto weißer Männer gegen schwarze Frauen, so daß fünfzig Prozent sich auf weiße, schwarze und andere Männer verteilen, die eine Frau anderer Farbe vergewaltigen.«

Westly schließt resigniert die Augen, und auch den anderen Männern sieht man ihr Unbehagen nur allzu deutlich an. Mopsey stammelt: »Ich … ich weiß nicht … ich weiß nicht, ob diese Statistik so … so stimmt.«

»Sie ist schon richtig«, springt Melinda ein, die wahrscheinlich ebenfalls hofft, daß ich fertig bin. Nur Westlys Eltern tauschen einen raschen Blick, und es gelingt ihnen sogar, höflich interessiert auszusehen.

»Das sind die Fakten. Und nun zu den Phantasien. Als ich am Freitag abend hier ankam, haben Sie gedacht, ich wäre so ein schwarzer Goliath, und es gab leider keine Möglichkeit, auf die andere Straßenseite zu fliehen. Ehe Sie Ihren Irrtum bemerkten, dachten Sie bestimmt das gleiche wie in *The Drums*, und ich tat das einzige, was ich konnte, um Ihren felsenfesten Glauben zu erschüttern, ich hätte es – wie alle schwarzen Männer – auf Ihre Jungfräulichkeit abgesehen … ich habe Ihnen gezeigt, daß ich eine Frau bin. Aber wenn ich keine Frau gewesen wäre, dann würden Sie irgendwann diese Geschichte über mich erzählen, ohne dabei einen Gedanken daran zu verschwenden, daß ich vielleicht auch als Mann nichts von Ihnen gewollt hätte.«

Mopsey wird knallrot, und Brian erkundigt sich bei Westly angelegentlich nach dem Aston-Martin.

Kurze Zeit später steht Westly auf, wir verabschieden uns und gehen ins Clubhaus, um uns umzuziehen. Melinda folgt uns, also muß Westly, getreu seiner »Ich-schlage-meine-Frau-nicht-in-der-Öffentlichkeit«-Philosophie den Mund halten. Diesmal muß er schwer überlegen, ob er nicht seine Regel und mein Genick brechen soll.

Im Umkleideraum sagt Melinda: »Ärgern Sie sich nicht über Mopsey, sie ist eigentlich ganz nett, wenn man sie besser kennt.«

An meinem Blick müßte sie sehen, daß es dafür wohl kaum eine Gelegenheit geben wird. »Sehen Sie, Melinda, ich weiß, daß niemand seine Vorurteile revidieren wird, nur weil man mich als eine der drei Auserwählten in diesen Club aufgenommen hat – nicht mal Westly tut das.«

»Es hat Sie also ziemlich getroffen, was Mopsey über schwarze Männer gesagt hat?« fragt Melinda. Ich antworte nicht.

»Darf ich Ihnen eine Frage stellen?«

Ich nicke.

»Warum haben Sie einen Weißen geheiratet?«

»Die Annahme, ich hätte, weil ich einen Weißen geheiratet habe, meine schwarze Haut oder auch nur meine Empathie für meine Leute verloren, aufgegeben oder abgelegt, ist einfach lächerlich. Und um Ihre Frage zu beantworten – ich habe Westly geheiratet … und vielleicht seine Familie, aber nicht seine Hautfarbe.«

»Ich sage Ihnen das nur ungern, aber in unseren Kreisen gibt es eine Unmenge Mopseys – nur sprechen die meisten nicht so offen über solche tief verwurzelten Überzeugungen.«

»Und deshalb fühle ich mich dazu verpflichtet, jede Mopsey, die meinen Weg kreuzt, zurechtzuweisen. Sonst halten sie an ihren Vorurteilen fest. Ich weiß, daß ich allein dastehe.«

»Aber Sie sind mit Westley verheiratet und werden akzeptiert. Das ist das wichtig für ihn. Glauben Sie mir, ich bin unter diesen Menschen groß geworden, und diese Situation allein ist hart genug für ihn, auch ohne daß Sie auch noch von ihm erwarten, er soll bei seinen Freunden eine Bürgerrechtskampagne starten.«

»Ich weiß, daß Westly nicht plötzlich alle Leute mit schwarzer Haut mag, nur weil er mich liebt, und das gleiche gilt umgekehrt für mich. Nur weil ich ihn liebe, habe ich noch lange nicht alle Weißen ins Herz geschlossen, nicht mal alle weißen Männer.«

»In gewisser Weise klingen Sie ungefähr genauso aufgeschlossen wie Mopsey. Ganz bestimmt mag sie die Schwarzen in ihrem Bekanntenkreis auch.«

»Keiner von uns, egal wie aufgeschlossen, liberal oder aufgeklärt – keiner ist vollkommen farbenblind, Melinda ... noch nicht.«

Wir stehen auf und bücken uns gleichzeitig nach unseren Schlägern und Sporttaschen, als wäre die eine das Spiegelbild der anderen. Ich sehe Melinda an, sie sieht mich an. Offenbar denken wir das gleiche, und wir gehen lachend Arm in Arm zur Tür, um auf Westly zu warten.

»Laß dich von seiner Mutter nicht unterkriegen, bei ihr geht's nicht um die Hautfarbe. Keine Frau ist gut genug für ihren Sohn«, meint Melinda.

»Und was ist mit dir? Dich scheint sie doch sehr gern zu mögen.«

»Jetzt mag sie mich, das stimmt schon. Aber solange es so aussah, als würde sich zwischen Westly und mir etwas Ernstes entwickeln, damals« – sie hält kurz inne, sieht mein Gesicht und fügt hinzu: »damals vor langer Zeit, da hat sie alles versucht, was in ihrer Macht stand, um unsere Beziehung zu sabotieren.«

»Aber was hatte sie denn gegen dich? Hast du mit Drogen gedealt, Waffen geschmuggelt oder was?«

»Nein, etwas viel Schlimmeres. Ich wollte Karriere machen«, antwortet Melinda lachend.

»Und du bist an die Westküste gezogen.«

»Das war nach der Trennung, nachdem Westlys Mutter ihn davon überzeugt hatte, daß er keine Karrierefrau heiraten sollte.«

»Aber ich –!« rufe ich, und zum erstenmal sehe ich, daß etwas in ihren Augen aufflackert, aber gleich wieder erlischt.

»Ich weiß. Aber wenn Männer wie Westly und sein Vater sich erst mal etwas oder jemanden in den Kopf gesetzt haben oder – noch wichtiger – ihr Herz an etwas verloren haben, dann lassen sie sich von niemandem mehr Steine in den Weg legen, schon gar nicht von einer Frau – nicht mal einer Mutter.«

Gott sei Dank kommt Westly in diesem Augenblick um die Ecke.

Auf dem Heimweg betrachte ich Westly mit neu entdeckter Liebe, sehe aber an dem verbissenen Zug um seinen Unterkiefer, daß ihm keine liebevollen Gedanken durch den Kopf gehen. »Du suchst dir die seltsamsten Momente aus, um radikal zu werden, Amanda. Ich meine, gehst du ins Büro mit ›*Black is Beautiful*‹- oder ›*Down with the Whities*‹-Ansteckern? Nein, natürlich nicht. Aber hier, an einem Familienwochenende, das für alle Beteiligten nett und entspannt sein soll, mußt du plötzlich was beweisen. Du trampelst auf der armen kleinen Mopsey rum und belämmerst sie und uns alle mit deinen ›*Power to the People*‹-Parolen. Sie war das ganze Wochenende freundlich zu dir. Damit will ich durchaus nicht sagen, daß ihre Bemerkungen gerechtfertigt oder auch nur akzeptabel waren, aber du müßtest doch begreifen, daß Mädchen wie Mopsey ein sehr behütetes Leben führen. Für eine Frau wie dich ist sie eine leichte Beute, da kann man gleich mit Kanonen auf Spatzen schießen. Herzlichen Glückwunsch!«

»Ich hab geglaubt, du wärst wenigstens einmal auf meiner Seite!« Die Glut der Liebe lodert plötzlich hoch auf, in streitlustigen Flammen.

»Ha, du hast es doch gar nicht nötig, daß jemand auf deiner Seite steht! Du hast doch auf alles eine Antwort und auch noch das geeignete Vokabular, vor allem gegen so ein naives Mädchen, das völlig harmlos im Club sitzt und seinen Lunch ißt!«

»Das arme kleine hilflose MÄDCHEN«, äffe ich ihn nach, «die arme kleine Mopsey. Sie ist im wirklichen Leben ungefähr genauso hilflos wie auf dem Tennisplatz. FRAUEN wie sie – denn sie ist eine Frau, sie ist älter als ich, selbst wenn wir nicht in Pferdejahren rechnen – FRAUEN wie sie bringen es immer fertig, klein, schwach und hilflos zu wirken, wenn ein leichtgläubiger Mann in der Nähe ist, der sich als Ritter in strahlender Rüstung verwenden läßt. Aber du, Westly, solltest mein Ritter sein, nicht ihrer!«

»Vielleicht wäre ich der auch, wenn du nur ein einzigesmal den MUND HALTEN und mir Gelegenheit dazu geben könntest, statt gleich dein verbales Maschinengewehr hervorzuholen und alles um dich herum niederzumähen!«

»Ach wirklich? Und wann wäre für dich ein geeigneter Augenblick, dich für mich stark zu machen, Edward? Wenn sie mich aufknüpfen oder wenn sie mich wieder abschneiden?«

»O Gott, mußt du denn immer gleich so maßlos übertreiben?«

»Du hast nichts gesagt, als sie sich zu einem Vergewaltigungsopfer hochstilisiert hat, das nur mit knapper Not seinem Schicksal entronnen ist –«

»Allerdings hab ich da etwas gesagt! Aber du warst ja längst auf deinem hohen Roß und hattest beschlossen, sie im Dienst der guten Sache zu eliminieren.«

Tatsächlich erinnere ich mich, daß er irgendwas gesagt hat, also feure ich aus einem anderen Rohr: »Und was ist mit ihrer Bemerkung, sie hätte ›gleich gewußt, daß der Mann kein Clubmitglied sein kann‹?«

»Er war es auch nicht.«

»Ja, aber du weißt, was sie damit gemeint hat – weil er schwarz war.«

»Das war eine vollkommen legitime Schlußfolgerung, denn es gibt keine schwarzen Männer im Club.«

Ich lasse mir das durch den Kopf gehen. Es gibt noch zwei andere gemischte Paare im Club, aber in beiden Fällen ist die Frau die Exotin.

»Es ist also ein geschlossener Club?« frage ich und ekle mich dabei vor mir selbst. Ich hatte gedacht, es ginge um Geld, nicht um die Hautfarbe.

»Nein, es ist kein geschlossener Club, sonst hätte man dich ja nicht aufnehmen können, was vielleicht besser gewesen wäre, und du wärst auch nicht in so vielen Komitees«, antwortet er trocken, denn er weiß, daß ich noch nicht fertig bin.

»Es ist also bloß ein Zufall, daß unter euren Mitgliedern keine schwarzen Männer sind?«

»Sieh mal, Amanda«, sagt er, nach dem Motto »sprich langsam und deutlich, wenn du mit einem Idioten redest«, »soviel ich weiß, hat sich nie ein Schwarzer um eine Mitgliedschaft beworben. Man muß von einem Mitglied unterstützt werden und sich gleich bei der Geburt auf die Liste setzen lassen, wenn man mit fünfundzwanzig aufgenommen werden will, und da ich nicht glaube, daß es vor fünfundzwanzig Jahren sehr viele Schwarze gab, die genug Interesse, Geld und Beziehungen hatten, um diese Voraussetzungen zu erfüllen, könnte es noch mal fünfundzwanzig Jahre dauern, bevor wir deinem Quotenstandard gerecht werden. Die einzige andere Art, Mitglied zu werden, ist durch Heirat – wie in deinem Fall.«

Jetzt schaue ich Westly an. »Du meinst also, ein schwarzer Mann könnte Mitglied werden, wenn er ein Mitglied heiratet?«

»Genau. Und wen soll er heiraten – Mopsey?« lacht er, und ich muß ebenfalls lachen, als ich versuche, mir das vorzustellen.

Aber: »Meinst du nicht, du solltest versuchen, auf eine freizügigere Aufnahmepolitik hinzuwirken, da dein eigener Sohn vermutlich milchkaffeebraun sein wird und nicht schneeweiß?«

»Mein Sohn wird mein Sohn sein, und selbst wenn er orange und lila gestreift sein sollte, wird man ihn mit offenen Armen aufnehmen, ja, sogar darauf bestehen, daß er eintritt. Ich glaube, dein Problem ist, daß du immer alles auf die Hautfarbe beziehst. Du mußt noch einiges lernen über die subtileren Aspekte von Macht und Einfluß.«

»Wie beispielsweise über Geld.«

»Und über die Familie, den NAMEN.«

Eine Weile fahren wir schweigend weiter, dann sagt Westly: »Mopsey und viele andere meiner Freunde und Bekannten hängen an ihren Vorurteile oder vielleicht eher an ihren stereotypen Vorstellungen, aber wenn ich alle meine Freunde aufgeben müßte, die so denken, müßte ich mit fast allen brechen, angefangen mit dir.«

»Angefangen mit mir«, wiederhole ich.

Wir parken vor unserem Haus, und er dreht sich zu mir und nimmt meine Hand: »Gemeinsam sind wir stark.«

Jetzt ist der richtige Moment zuzuschlagen, also sage ich: »West, können wir nicht an den Wochenenden öfter mal was allein für uns machen?«

»Okay«, antwortet er nach einigem Nachdenken.

Eins zu null für die »erste« Frau.

Nachdem wir wohlbehalten in unseren eigenen vier Wänden angekommen sind, beschließe ich, mich ebenfalls großherzig zu zeigen: »Gut, dann verzeihe ich dir auch, daß du mir nie etwas von Melinda erzählt hast.« Ich erwarte natürlich, daß er mich sofort heiligsprechen oder zumindest vor mir auf die Knie fallen und den Boden küssen wird.

Nichts dergleichen. Er sieht mich an. »Was meinst du denn damit? Bei deinen qualvollen, einfallsreichen und ausgesprochen effektiven Verhören hast du mir doch Namen, Rang und Seriennummer jeder Frau aus der Nase gezogen, an die ich je auch nur einen Gedanken verschwendet habe … ich hab dir längst von ihr erzählt – Natty aus der Werbebranche.«

»Oh. Ja, du hast mal ihren Namen erwähnt.« Ich folge ihm die Treppe hinauf, immer noch in der Hoffnung auf ein wenig Anbetung. »Aber du hast mir nie gesagt, wie schön sie ist! Sie ist doch ein ganz anderes Kaliber als das restliche Debütantinnen-Rudel, mit dem du dich sonst so rumgetrieben hast!«

Er bleibt stehen, starrt mich an und verzieht ungläubig das Gesicht. »Aber Amanda, sie waren ALLE schön, ich meine, sie haben alle gut ausgesehen. Natürlich bist du bei weitem die Schönste.«

»Sei doch nicht so albern, Westly – all deine anderen Freundinnen, die ich bei deinen Eltern auf Long Island kennengelernt habe, waren Monster im Vergleich zu Melinda.«

Da beginnen Westlys Mundwinkel zu zucken, Tränen treten ihm in die Augen, und er stößt mühsam hervor: »Melinda ist« –

(ersticktes Gelächter)

– »die einzige von meinen Ex-Freundinnen, der du je begegnet bist!!!« Jetzt lacht er so, daß er auf die Knie fällt.

(Immerhin etwas.)

»Du hast also tatsächlich geglaubt« –

(er wälzt sich vor Lachen auf dem Boden)

– »du hast geglaubt, mit DENEN wäre ICH zusammengewesen!« (Er zittert und bebt vor Lachen wie ein Wackelpudding.)

Tritt niemals einen Mann, der am Boden liegt, vor allem, wenn er immer noch kräftig genug ist, sich wieder zu erheben und dich k.o. zu schlagen.

Dank meiner Erfahrungen als Kommunikations-Expertin gelingt es mir, das Gesicht zu wahren. »Oh, da habe ich mich wohl geirrt, gute Nacht.«

Jahrmarkt der Eitelkeiten

»O Gott, NEIN! NEIN! NEIN!« stöhnt Westly und starrt mich entsetzt über den Rand der Brille an, die er seit einiger Zeit als Schutz gegen die Computerstrahlung trägt. »Bloß keine Experimente! Niemand legt Wert auf Überraschungen, es soll eine Cocktailparty werden, kein Abenteuer!«

»Aber Wes –«

»Nein! Kein Wenn und Aber!« Mit seiner »Mein-Wort-ist-Gesetz«-Stimme zählt er an den Fingern ab: »Keinen von deinen sonderbaren Freunden oder Klienten, keine absurden exotischen Horsd'oeuvres, die schon beängstigend anzusehen sind, von essen mal ganz zu schweigen, keine psychotische Kammermusik.«

»Psychedelisch, du Dummkopf«, verbessere ich ihn.

»Na ja, mich macht so was psychotisch.«

»Du kannst unmöglich noch psychotischer werden, als du schon bist. Hör dir doch wenigstens meine Ideen an –« bettle ich.

»Siehst du«, unterbricht er mich sofort, »genau das ist doch das Problem. Wir wollen eine Cocktailparty ausrichten, und statt dessen hast du Ideen. Unpassende, unmäßige, an Irrsinn grenzende IDEEN.«

»Ach, hör auf, Wes«, verteidige ich mich. »Was meinst du, wie viele Cocktailpartys müssen diese Leute in einem Jahr, ja in einem Monat mitmachen – eine genau wie die andere?«

»Eine Cocktailparty soll auch wie eine Cocktailparty sein«, entgegnet er, aber davon lasse ich mich nicht so leicht unterkriegen. »Ach, Westly! Niemand versucht auch nur, mal etwas anderes zu machen –«

»Und vielleicht aus gutem Grund.«

»Immer der gleiche Lachs mit Butter auf Toast –«

»Und Toast ohne Butter.«

»Hör mal, West, ich kann einfach keine Fischcracker mit drei kleinen Kaviarhäufchen drauf mehr sehen, und ich bin sicher, den meisten geht es wie mir –«

»Die Fischcracker sind immer als erstes weg.«

»Und immer die gleichen Gesichter, alle arbeiten in der gleichen Firma und kennen einander so gut, daß –«

»Daß sie sich ganz zwanglos miteinander unterhalten können, ein bißchen Cocktailgeplauder, falls dir das Wort schon mal begegnet ist.« Jetzt ist er richtig in Fahrt. »Ich sag es dir noch mal: Das Essen sollte gleichermaßen das Auge wie den Gaumen erfreuen und den Gästen vertraut sein. Die Drinks sollten … die Drinks müssen stark genug sein, daß der Gesprächspartner interessant wird, aber sie sollten auf keinen Fall zu einem Wettkampf in Exotik ausarten. Die Musik muß allen so wohlbekannt sein, daß jeder sie ignorieren und die ganze Konzentration darauf richten kann, die Leute zu beeindrucken, die man beeindrucken muß oder möchte, und sich von den Leuten beeindrucken zu lassen, von denen man sich beeindrucken lassen muß oder will. Wie ich sehe, machst du dir keine Notizen? Ich hoffe sehr, du hast dir trotzdem alles gut gemerkt.«

»Genau das meine ich doch, Westly. Was ich im Sinn habe, ist eher ein interkulturelles Happening, eine Gelegenheit, bei der sich unterschiedliche Welten –«

»In die Haare kriegen?«

»– begegnen und kennenlernen, verschiedene Sprachen, Menschen aller Art!«

»Sieh mal, Sweetheart,« beginnt er, kommt hinter seinem Schreibtisch hervor, nimmt mich in die Arme und fährt in dem beschwichtigenden Ton fort, den man gern bei kleinen Kindern und Geisteskranken anschlägt: »Sieh mal, Sweetheart, reicht es denn nicht, daß du schwarz bist, mußt du denn immer auch noch anders sein als alle anderen? Und selbst wenn du es bist – anders, meine ich –, der Rest von uns ist es nicht. Deshalb hätte niemand Spaß an einer ›anderen‹ Cocktailparty, am allerwenigsten du selbst, denn du wärst einfach nur enttäuscht, wenn du merkst, daß die Gäste sich unbehaglich fühlen. Du mußt das so sehen: Eine Cocktailparty ist ein durch hübsche Kleidung, Freundlichkeit und Alkohol aufgelockertes Geschäftstreffen. Nichts weniger, aber um Gottes willen auch nicht mehr.« Er küßt mich auf die Stirn und geht zurück zu seinem Computer mit einem: »Ich denke, du wirst gut zurechtkommen, wenn du das alles im Kopf behältst.«

Ich spiele mit dem Gedanken, tatsächlich eine langweilige, stinknormale Cocktailparty auszurichten, bis er die rote Sturmflagge hißt, indem er hinzufügt: »Wenn du irgendwelche Probleme hast, ruf meine Mutter an, sie wird dir bestimmt gern helfen.«

Ich verlasse sein Arbeitszimmer und murmle in der Minnie-Mouse-Stimme, mit der ich meine Schwiegermutter gerne nachmache, vor mich hin: »Mutter weiß das am besten, ich weiß das am besten, Mandy!« Als ich mich außer Hörweite befinde, setze ich in meiner normalen Stimme hinzu: »Wer ist denn der kreative Teil der Familie, Mr. Hamond? Wenn ich dir die Planung überlassen würde, würdest du Eiswürfel mit kleinen Dollarscheinen darin auffahren, das ganze als eingefrorenes Vermögen bezeichnen und einen großen Szenenapplaus für dieses experimentelle Theaterstück erwarten – dein Stück, versteht ihr, hö hö hö, ein Stück Eis, ha ha ha. Wenn es ihn so interessiert, könnte er mir ja bei der Planung helfen, aber nein, das wird meine Party.« Dann lege ich noch eine perfekte Imitation von Waspy Westly hin: »Waspy, mein Lieber, MEINE LEUTE geben auch Cocktailpartys.«

Da taucht Waspy im Türrahmen auf und sagt in einer Stimme, die er wohl für die der Soul Sisters hält: »Na sicher tun sie das, aber der Unterschied ist, daß hier an der Ostküste die Gäste nicht schon so bekifft ankommen, daß ihnen sogar Psycho-Kammermusik gefällt, Süüü-ße!« Ich werfe ihm mein Notizbuch nach, aber er zieht sich schnell wieder in sein Zimmer zurück. Mein Wurfgeschoß verfehlt ihn um Haaresbreite, er dreht sich um, hebt es auf, macht drei schnelle Schritte auf mich zu und hat mich mit ein paar Karategriffen im Nu kampfunfähig gemacht. »Wenn du den Drang hast zu experimentieren, dann tu es, wenn wir allein sind und an einem Ort, wo wir es beide genießen können«, sagt er und flüstert mir dann ins Ohr: »Und wenn du es meiner Mutter nicht verrätst, verrate ich es auch nicht.«

Für den Augenblick lenke ich ein, wir sind ja erst ein knappes Jahr verheiratet, aber was meine Party angeht, werde ich nicht nachgeben! Und ohne daß Westly und ich darüber reden müssen, weiß ich, daß auch er es weiß. (Er hätte auch blind sein müssen, wenn er die ganzen französischen, italienischen und deutschen Namen auf den Einladungen nicht bemerkt hätte.)

Ich beschließe, die Party von meinem Büro aus zu planen, denn sie ist ohnehin zur Hälfte eine geschäftliche Angelegenheit, und außerdem sieht mir dann Westly nicht die ganze Zeit über die Schulter. Meine Sekretärin Donna ist ein organisatorisches Genie.

Wie ich so mit Donna zusammensitze, fällt mir ein, wie ich letztes Jahr um diese Zeit gerade überlegte, ob ich Weihnachten wohl mit Westly verbringen würde – und jetzt ... Ich lächle, als mein Verlobungsring in der blassen Novembersonne aufleuchtet.

»Du meinst also, Sushi ist out, Amanda?« vergewissert sich Donna.

»Ja, ich meine, definitiv NEIN. Obwohl ich meinen rechten Arm dafür geben würde, die Gesichter von Westlys Leuten zu sehen, wenn der Koch einen Tintenfisch ausnimmt oder einen Aal häutet … Nein, ich glaube trotzdem nicht, daß es die Mühe lohnt. Laß mich erklären, worum es mir bei dieser Cocktailparty geht, dann wirst du schon verstehen.« Ich veranstaltete die Party nicht aus reiner Herzensgüte. Vielmehr hat es Andeutungen und Spekulationen über die Dauer der Flitterwochen gegeben, die ich ignorieren konnte, bis Cassandra, die Galeristin, mir ganz direkt ins Gesicht sagte: »Wenn Sie Hilfe brauchen – hier ist die Nummer von unserem Partyservice. Wann laden Sie uns denn mal ein?«

»Diese Cocktailparty wird etwas nie Dagewesenes sein!« Ich höre, wie Donnas Stift zu Boden fällt. »Zuerst mal streichen wir das Wort Cocktail, es wird nämlich keine Cocktails geben!« Daraufhin tritt eine Totenstille ein, wie ich sie in New York noch nie erlebt habe, nicht mal im sechzehnten Stockwerk. »Statt kaltem Büffet und gediegener Konversation, hochprozentigem Alkohol und schlaffem Händeschütteln, statt Rüschen und Hochstaplern kommen Gäste aus zwei Kontinenten und vier Nationen zusammen, um sich auszutauschen, um etwas voneinander zu lernen! Stell dir vor, Donna, wir werden nicht mal eine Band oder ein Streichquartett brauchen, weil die Räume allein von der Musik der vier Sprachen und mindestens ebenso vielen Dialekten widerhallen werden, und das Sprachengewirr wird sich ebenso harmonisch mischen wie die Gäste.« Donna starrt mich an. Sie hält noch immer ihre ruhige und gelassene Fassade aufrecht, nur daß ihr jetzt der Mund offensteht. Also komme ich gleich zur Sache: »Vielleicht ist das Konzept gar nicht so wichtig, und wir sollten lieber mit den Speisen und Getränken anfangen. Ich dachte da an ein paar Horsd'oeuvres aus jedem Land, vielleicht etwas Typisches, was jeder kennt, und dazu zwei Spezialitäten, mit denen nur die Eingeborenen vertraut sind. Ein paar etwas ausgefallenere Köstlichkeiten. Was meinst du dazu, Donna?«

»Wie du ja weißt, sind die Franzosen und die Italiener ziemlich heikel mit dem Essen. Du erinnerst dich doch bestimmt noch daran, daß wir mit den Leuten von der Alitalia hier nicht mehr in italienische Restaurants gehen konnten, weil sie so beleidigt waren und geschimpft haben wie die Rohrspatzen. ›Was, das Zeug sollen wir essen? Ha, mein Hund kriegt Besseres vorgesetzt als diese sogenannte ITALIENISCHE KÜCHE!‹«

»Du hast vollkommen recht«, räume ich ein, ohne mich jedoch geschlagen zu geben. »Aber ich habe daran gedacht, einen guten Koch einzustellen –«

»Aber dann brauchen wir drei! Einen Deutschen, einen Italiener und einen Franzosen.« Donna ist entsetzt.

»Du liebe Zeit, da hast du natürlich auch wieder recht. Und dann braucht nur noch der französische Koch die deutschen Vorspeisen anzufassen, und schon geht es los: ›Das stinkt! Das ist keine Cuisine, das ist Schweinefraß!‹, und wir haben den dritten Weltkrieg heraufbeschworen, ganz zu schweigen von dem italienischen Koch, der die Gäste anmacht, wenn auch nur das kleinste bißchen übrigbleibt: ›Amerikaner kennen eben nur Hamburger und haben keinerlei Eßkultur!‹ Na, dann fröhliche Weihnachten, Baby! Ich würde noch bis Neujahr damit beschäftigt sein, den Carpaccio von den Wänden zu kratzen ... Nein, das hat keinen Sinn. Dann müssen wir eben auf Plan C zurückgreifen, Plan B gibt es nämlich nicht. Plan C lautet: Eine Weihnachtsparty. Eine altmodische, traditionell amerikanische Christmas Party!«

Die Party findet am 14. Dezember um acht Uhr statt.

Westly zieht sich um. Ich kontrolliere ein letztesmal, daß alles so ist, wie es sein soll, oder zumindest so, wie ich es geplant habe. Mit den Horsd'ouevres gab es ziemliche Probleme. Da es sich um ein französisches Wort handelt, gab es erst mal nicht sonderlich viele traditionell amerikanische Varianten. Die wenigen, die ich auftreiben konnte, haben erstens nichts mit Weihnachten zu tun und sind zweitens – noch schlimmer – die Ladenhüter, die man auf jeder normalen Cocktailparty bekommt. Also mußte ich ein bißchen improvisieren, beispielweise bei der Paté. Sie ist aus Rindsleber. Aber dieses eine Mal werden es die Franzosen schon überleben. Wenigstens wird die Paté in einer Gänse-Form serviert.

Als ich ins Wohnzimmer gehe, machen meine Versace-Pumps leise Quietschgeräusche auf der elefantensicheren Plastikplane, die ich wieder ausgelegt habe, denn ich wollte das Parkett nicht mit sämtlichen spitzen Absätzen von Manolo Blahnik und Ferragamo ruinieren. Hoffentlich hallt es bei zweihundertfünfzig Gästen nicht bald wie in einem Crashtestlabor. An beiden Seiten des Kamins sind die Schiebetüren zur Bibliothek zurückgeschoben, so daß der Raum riesig wirkt. Dicke weiße Kerzen in kleinen grünen Kränzen sind überall im Zimmer verteilt und verstärken mit ihrem Licht die Dimmer und den Glanz des lodernden Kaminfeuers. In jeder möglichen Ecke habe ich verschiedene Arrangements weißer Christrosen aufgestellt, und über jeder Tür hängt ein Büschel Misteln (nur so zum Spaß). Der ganze Raum ist vorwiegend in Grün und Weiß dekoriert, da Rot angeblich aggressiv macht, aber ein drei Meter hoher Tannenbaum macht diese Farbstrenge mit seinen roten Bändern, Lichtern und Kugeln wieder wett.

Ich beobachte die Lieferanten und Servierer und entdecke in ihren Bewegungen keinerlei Hysterie, kein drohendes Desaster. Entspannt betrachte ich, wie die Alkoholgase ihr Werk in den Punschschüsseln verrichten, aber ich werde aufpassen, daß ich mich hier nicht zu früh oder zu reichlich bediene.

West betritt mit quietschenden Schuhsohlen den Salon, legt einen Arm um mich und zerdrückt dabei mein weißes Samtgewand. Mit dem anderen Arm überreicht er mir ein selbstgemachtes Ansteckbukett aus übriggebliebenen Christrosen und Mistelzweigen. Während er es befestigt, beginnen die *Psychedelic Musicians* in erstaunlich normalen Tönen *Strangers in the Night* zu spielen.

Ein Tanz und zwei Küsse später ... Laßt das Spiel beginnen!

Gefechtsposition einnehmen, Mrs. Dott! Glücklicherweise hat sich unsere Perle auch für die Weihnachtsparty zur Verfügung gestellt und kümmert sich um die Mäntel.

Als die Klingel zum erstenmal ertönt, sehe ich auf meine Armbanduhr. Es ist Punkt acht Uhr, und herein kommen Herr Hemp und Herr Tillman – die Manager von Daimler-Benz und vom Kröger-Konzern, ihre Kollegen im Schlepptau.

West flüstert: »Wie haben die es geschafft, auf die Sekunde pünktlich zu sein?«

»Wahrscheinlich standen sie schon mindestens fünf Minuten vorher im Taxi vor dem Haus«, flüstere ich zurück.

Ich mache die Herren mit West bekannt und denke dabei, wie komisch es doch ist, daß die Leute im Ausland immer versuchen, dem positiven Stereotyp ihrer Heimat zu entsprechen. Was erwartet uns wohl bei den Italienern? Westly findet Gefallen an den Deutschen mit ihren steifen kleinen Verbeugungen und ihren zweifellos einstudierten, aber dennoch sehr höflich vorgebrachten Komplimenten zu »Ihrem prächtigen Haus und Ihrer wunderschönen Frau«. Hoffentlich machen sie nicht alles kaputt, indem sie fragen: »Wieviel hat es denn gekostet?« Aber das tun sie nicht, und nachdem sie ihre kleinen Reden gehalten haben, ringt sich Westly zu einem deutschen »Danke« durch. Mein Waspy, der sogar im französischen Restaurant sämtliche Speisen mit einem unverkennbaren amerikanischen Akzent ausspricht! Die Deutschen bewundern und loben seine fremdsprachliche Leistung und erwerben sich damit endgültig Westlys Wohlwollen.

Aus irgendeinem Grund treffen die Gäste in Schüben ein, genauer gesagt in zwei Gruppen: Westlys Kollegen und meine. Sie vermeiden jeden Augenkontakt, wie Leute, die zufällig miteinander im Aufzug stehen, wenden sich den ANDEREN nur zu, solange sie einander vorgestellt werden, und drehen sich dann schleunigst weg. Diesmal sind der Seniorpartner Simon Baton und seine Frau Cassandra, die Galeristin, die »anderen«. Ich rechne es ihr hoch an, daß sie so früh da ist, denn sonst kommt sie gern als letzte und geht als erste. Nach der angemessenen Portion Small talk nimmt sie ihren Ehemann unter die Fittiche, als dieser Anstalten macht, mit Westly über die Arbeit zu sprechen, und damit den ganzen Empfang aufhält: »Ich glaube, wir werden die Bude erst mal ausbaldowern«, sagt sie ganz locker. »Ganz bestimmt besitzen Sie das eine oder andere Gemälde, das sich zu stehlen lohnt.«

Der Rest trifft schließlich in einem solchen Ansturm ein, daß ich nicht mal mehr die Türklingel höre. Als die Fields und die Mathews auftauchen (die beiden gemischten Paare), habe ich den Eindruck, daß sie zusammen angekommen sind, sich aber an der Tür wieder getrennt haben – eine Solidaritätsbezeugung, die in letzter Sekunde doch aufgegeben wurde? Die Fields – das sind Geoffrey, der für Mr. Doublebee arbeitet, und seine kleine Donna, die immer noch dasselbe mausbraune Kostüm trägt. (Vielleicht denkt sie, es ist besser für die Karriere ihres Mannes, wenn sie sich anzieht, als wüßte sie, wo ihr Platz ist.) Dann die Mathews: Harry, der eine Vorliebe für die Farbe Rot und Ms Susan hat – die nette, schlanke gepflegte Blondine. Sie ist noch immer gepflegt in ihrem pfirsichfarbenen Kleid, das ihren makellosen Teint hebt, aber ganz bestimmt nicht mehr schlank. Ich gratuliere zu dem offensichtlich kurz bevorstehenden freudigen Ereignis: »Jetzt muß es doch jede Minute soweit sein!«

Glücklicherweise scheint ihr Ehemann sein unstetes Wanderverhalten aufgegeben zu haben und spielt jetzt den treusorgenden werdenden Vater, und sie strahlt unter seinen liebevollen Aufmerksamkeiten.

Meine Donna erscheint gleichzeitig mit meinem Mr. Withers, aber sie läßt sich demonstrativ durch Mr. Davies und die Leute von der Air France von ihm trennen.

Als ich die Franzosen mit Westly bekannt mache, sprechen sie sowenig wie möglich Englisch und unterhalten sich statt dessen mit mir auf französisch. Sie bemühen sich wirklich nach Kräften, mir charmante Komplimente zu machen: Was für eine wunderbare Gegend, und (das höchste Kompliment) sie erinnert an eine Straße in Paris. Da Westly kein Französisch kann, steht er außen vor, und kaum sind sie weg, fragt er: »Sprechen die denn kein Englisch?«

»Honey, wenn sie perfekt Englisch könnten, wäre ich arbeitslos«, entgegne ich, denn ich habe nicht vor, ihm die ganze Wahrheit zu verraten: Die Franzosen finden Englisch scheußlich – wie jede Sprache außer Französisch.

Mr. und Mrs. Doublebee schlendern zwischen den Italienern von der Alitalia und Luigi Lavazza herein. Mrs. Doublebees zahllose Armkettchen und -reifen klimpern zufrieden, während sie sich von einer zehnköpfigen Gruppe Männer, die den galanten Latin Lover spielen, den Hof machen läßt. Heute macht sie für noch mehr Designer

Reklame, und ihr Haar ist röter denn je – wie gut, daß ich so wenig Rot für die Dekoration verwendet habe, sonst hätte es einen harten Konkurrenzkampf mit Mrs. Wannabee Santa Claus gegeben. Ihr ultrakonservativer Ehemann begrüßt Westly mit: »Hmm, interessantes Völkchen hier!«

Die Italiener küssen mich *auf* beide Wangen, obwohl sie doch genau wissen, daß es eigentlich um die Luft daneben geht – genau wie den Deutschen liegt auch ihnen viel daran, dem Klischee zu entsprechen. Mit diesem Verhalten machen sie Westly ein großes Kompliment, aber irgendwie findet er ihre Versuche mit »Sie haben eine sehr schöne Frau, seien Sie vorsichtig, daß sie Ihnen niemand stiehlt« gar nicht sonderlich charmant.

»Na ja«, knurrt er, als sie sich endlich trollen, »bei denen hattest du anscheinend keine Sorgen, daß sie dein Make-up ruinieren.«

Zum Glück kommen in diesem Augenblick die letzten Gäste herein, und ich komme um eine Antwort herum.

Jetzt treffen Becky und Larry Simons ein, begleitet von David, dem jungen frechen Broker. Ich habe Becky seit jener ersten Party nicht mehr gesehen, und obwohl ich natürlich nicht dachte, sie würde für den Rest ihres Lebens schwanger bleiben, bin ich nicht darauf vorbereitet, was für eine wirklich umwerfende Figur unter ihrem Mantel hervorkommt. Verschwunden ist die Madonna, und der gesegnete Leib zeigt wahrhaft himmlische Kurven in einem hautengen roten Kleid mit atemberaubendem Dekolleté. Ich frage mich plötzlich, ob die überschwengliche Aufmerksamkeit, die Westly dieser kleinen … Mutter hat angedeihen lassen, wirklich so unschuldig war, und nehme mir vor, ihn dahingehend auszuquetschen, wie lange und für wen sie in der Firma arbeitet. Als sie mit ein paar Italienern im Schlepptau davonsegelt, werfe ich Westly einen grimmigen Blick zu, worüber ich fast vergesse, David die Hand zu schütteln. Offenbar hat David etwas gemerkt, denn er blickt Becky vielsagend nach und meint: »Tja, Hamond, deine Ex-Sekretärin hat sich gut gemacht, stimmt's?«

Der eiskalte Windstoß, der über die Party hinwegfegt, kommt nicht nur durch die Tür, die sich schon wieder öffnet. Ich merke gar nicht, wie Robert hinter mir eintritt, während ich zu der Frage ansetze: »Hast du –«

»O Gott, soll ich dir vielleicht eine Liste machen? Fang nicht schon wieder damit an, Amanda!«

»Richtig!« schaltet sich Robert ein. »Wir schlafen nicht mit unseren Angestellten …«

Wie aus einem Mund setzen sie hinzu: »Jedenfalls heiraten wir sie nicht«, knuffen und puffen sich und machen anderes blödes Schuljungenzeug.

Ich bin in der Minderheit. »Was soll das heißen, Westly? Wenn ich bei dir gearbeitet hätte, hättest du mit mir geschlafen –«

»Um jeden Preis!« lacht er, und Robert unterbricht ihn: »Ich auch!«

Gespielt wütend entgegnet West: »Hey, nicht mit meiner Sekretärin, Buster!«

»Nein, nur solange sie MEINE Sekretärin war!« lenkt er ein.

»Na gut, dann ist es ja in Ordnung, alter Knabe!« West schüttelt Robert herzlich die Hand.

»Und du hättest mich nicht geheiratet??«

Beide setzen ihre eingeübt erstaunte Miene auf und antworten gleichzeitig mit Wasp-Stimme: »Aber nein!«

»Nein, ich hätte sie nicht geheiratet. Du etwa?« fragt Robert, und Westly zieht ein schockiertes Gesicht. »Nein, keinesfalls!«

»Aber ich hätte sie geheiratet, wenn du es nicht getan hättest«, ergänzt Robert, »nur nicht, wenn sie deine Sekretärin gewesen wäre, alter Junge!«

Westly zieht die Stirn kraus, als müßte er scharf nachdenken. »Tja, das ist in Ordnung, alter Knabe, aber vergiß nicht, daß ich sie geheiratet habe.«

»Richtig, alter Junge!«

Ich lasse sie einfach stehen mit ihrem Gealbere.

Nachdem wir die Begrüßung gut hinter uns gebracht haben, drückt Westly meine Hand, und wir gehen in den Partyraum. »Teile und herrsche.« Als ich die Schwelle überschreite, ist mein erster Eindruck der einer großen Schulfete, nur stehen nicht die Jungs auf der einen und die Mädchen auf der anderen Seite, sondern die Gäste sind nach Nationalitäten getrennt, mit den Kellnerinnen als einzigem Kontakt zur Außenwelt. In einem Akt echter Solidarität tut West so, als bemerke er es nicht, und geht hinüber zur deutschen Fraktion; dort lauscht man aufmerksam den seltsamen Tönen (eigentlich sollen es Weihnachtslieder sein), die die *Psychedelic Musicians* hervorbringen, und trinkt mit gewohnter Höflichkeit seinen Glühwein. Als Westly auf sie zukommt, nehmen alle einen besonders großen Schluck. O Gott!

Ich lächle mein strahlendstes Gastgeberinnenlächeln und hoffe, daß mein Make-up dabei nicht in die Brüche geht. Wo soll ich mit meiner Attacke ansetzen?

Über den halben Raum hinweg schütteln und schnüffeln die Italiener ihren Eierpunsch; jeder fordert den anderen mit erschrockener Leidensmiene dazu auf, das Getränk als erster zu probieren. Zum Glück unterhalten sie sich wenigstens in ihrer Muttersprache, denn ich erhasche gerade noch die letzten Satzfetzen: »Warum sehen denn alle Frauen hier wie Männer aus? Na ja, vielleicht abgesehen von drei oder vier.« »Und wie häßliche Männer obendrein.« »Amerikanerinnen sind eben emanzipiert.« »Die Serviererinnen sehen besser aus als die meisten.« »Stimmt. Das kommt daher, daß die reichen

Amerikanerinnen ihr Geld dafür ausgeben, sich häßlicher zu machen und nicht hübscher, wie das die Italienerinnen tun.« »Und die Französinnen.« »ALLE Europäerinnen … außer den deutschen!« Sie lachen, bis eine Serviererin im kurzen Rock ihre Aufmerksamkeit fesselt und alle dankend noch ein Glas von dem nach wie vor unberührten Eierpunsch in Empfang nehmen. Vielleicht sollte ich den Eierpunsch mal probieren, Alkohol hin oder her.

Ich gehe hinüber zum Buffet, wo die Franzosen Wurzeln geschlagen haben. Wenigstens sie scheinen sich gut zu amüsieren, und ich finde schnell heraus, weshalb. Einer der Gruppe wird überredet, das Opfer zu spielen und die Paté zu kosten. Er tut es und spuckt sie um ein Haar wieder aus. »Puuh, *mon dieu*! Das ist keine Gänseleber!« »Vielleicht brauchen wir Ketchup!« ruft einer, und jeder hat noch eine andere witzige Bemerkung parat, während ihr Kollege versucht, den, wie er es ausdrückt, »in jedem Sinn des Wortes geschmacklosen Witz« irgendwie loszuwerden. Ich habe die Paté versucht und fand sie ausgezeichnet … aber vielleicht ist es anders, wenn man Gänseleber erwartet. Nur die Pilze, die Wurst und das Knoblauchbrot finden allgemeinen Zuspruch. Hastig ziehe ich mich wieder zurück – ohne den Eierpunsch probiert zu haben –, da sehe ich, wie die Italiener einen Abgesandten zu der hübschen Serviererin schicken, mit der Anfrage: »Ist es möglich, einen Diekiery zu bekommen?« »Einen was?« fragt sie entgeistert zurück, und der Italiener wiederholt sein Ansinnen solange, bis sie es so weit versteht, daß sie »Nein« antworten kann.

Inzwischen hat sich die Firma in der Bibliothek niedergelassen, Westly hat sich zu seinen Kollegen gesellt und schenkt Brandy aus – seinen guten Brandy. Als ich den Raum betrete, fängt mich die klimpernde Mrs. Doublebee ab, um mir zu versichern: »Was für eine wunder-wunderbare Party! Das

Essen« – sie hat sich ihren Teller ordentlich vollgeladen – »und die Musik, sie ist so … so kultiviert!« Ich sehe ihr an, daß sie es ehrlich meint, und weiß, daß meine Party eine Katastrophe ist. Schon klappern die ersten Autoschlüssel, dabei ist es gerade mal neun Uhr. Ich möchte sterben.

Gott sei Dank geht mein Wunsch in Erfüllung. Ich muß tot sein, denn ich höre einen Engelschor singen. Allem Anschein nach hören ihn die anderen aber auch, und es beginnt ein allgemeiner Exodus auf den Korridor. Sogar die Psychos machen eine Pause, als Mrs. Dott die Eingangstüren aufreißt. Dort steht ein Kinderchor in rot-weißen Gewändern und singt *Hark the Herald Angels Sing*. Alles klatscht lang und laut. Ob aus Anerkennung für die jungen Talente oder nur, weil es eine willkommene Abwechslung zur Kammermusikfolter ist, läßt sich nicht feststellen. Dann stimmen die Kinder *Deck the Halls* an, und hinter ihnen erscheint eine weitere Engelschar mit Geschenken: Käsestangen, Mozzarella, Kaviar und Lachs. Erzengel Gabriel (später erfahre ich, es ist Fred, der Bartender) enthüllt eine voll ausgestattete Bar und beginnt, Freude und Wohlgefallen unter den verwirrten Seelen zu verbreiten. (Genaugenommen verteilt er an alle vertraute Getränke.)

Unterdessen singen die Kinder weiter, und zwar ein Lied in jeder vertretenen Sprache, zum Entzücken der Gäste. Sie stellen sogar ihre heißersehnten Cocktails aus der Hand, um kräftig zu applaudieren, schnappen sie sich aber schnell wieder. Als die Kinder nach drei Zugaben fertig sind, haben die Engel, die sich als Leute vom Partyservice entpuppen, das Buffet vollkommen verwandelt. Verschwunden sind die Mini-Meat-Pies, denen außer Mrs. Doublebee niemand nachtrauert, und an ihre Stelle treten hand- und mundgerechte Häppchen. In der Bibliothek wird sogar eine zweite Bar eingerichtet.

Nachdem ich mich von den Kindern verabschiedet habe, kehre ich zu den Festlichkeiten zurück, die inzwischen echt festlich geworden sind. Ich sehe nur Westlys Kopf. Soweit ich es mitbekomme, versuchen er, zwei von den Italienern, Mr. Baton und noch ein paar andere sich gegenseitig mit ihren Daiquiri-Rezepten auszustechen. Natürlich muß jeder Vorschlag auch ausprobiert werden. Wer gewinnt, weiß ich nicht, aber ich habe das Gefühl, ich sei es irgendwie. Westly bedeutet mir quer durch den Raum: »Gemeinsam sind wir stark!« Ein paar seiner Kollegen erklären meinen um den Tisch versammelten Leuten die verschiedenen Häppchen, und in der Bibliothek bemüht sich ein Franzose, einen von den schmutzigen Witzen zu übersetzen, für die seine Nation so berühmt ist. Die Deutschen sind überall anzutreffen, machen sich mit den anderen Gästen bekannt, und ein paar von ihnen erwische ich sogar dabei, wie sie sich vor Linda, meiner Mieterin, verbeugen und sich eifrig bemühen, mit ihr ins Gespräch zu kommen.

Drei Ausländer und Mr. Fitch, der andere Seniorpartner, stehen in einem Halbkreis um das Musikerpodium. Ich vermute, es geht um große Geschäfte, aber als ich mich der Gruppe nähere, merke ich, daß ich mich gewaltig geirrt habe. Aus der Hand von Mr. Fitch fällt ein Büchlein mit Weihnachtsliedern.

Mr. Fitch lächelt mich an: »Amanda, ich habe gerade mit Tinto, Hemp und Rodan gesprochen, und wir haben uns gefragt, ob Sie wohl bereit wären, uns auf dem Cembalo zu begleiten?«

Sobald die anderen ihren Namen hören, greifen sie zu den Instrumenten, die sie sich vom Podium ausgesucht haben: zwei Mandolinen, eine Leier und eine Laute. Sie beginnen mit *O Tannenbaum;* ich setze mich ans Cembalo und spiele mit. Keiner von uns trifft immer den richtigen Ton, aber wir lassen uns nicht einschüchtern, und nach und nach stimmen alle mit ein, jeder in seiner eigenen Sprache.

Zum erstenmal an diesem Abend kann ich den »Widerhall von vier verschiedenen Sprachen« so richtig genießen. Zum Schluß spielen wir noch *Stille Nacht.* Die Musiker, die dann wieder übernehmen, halten sich nun ans Altbewährte, und die Party läuft auf Hochtouren. So auf Hochtouren, daß die letzten Gäste erst in den frühen Morgenstunden gehen.

Wir sehen zu, wie die beiden Service-Firmen zusammenpacken. Die ganze Zeit über versuche ich mir meine Rede zum Thema »Du hattest recht, Westly. Ich hätte auf dich hören sollen. Nächstesmal weiß ich es besser« zurechtzulegen. Als ich den letzten Lieferanten verabschiedet habe und ins Zimmer zurückkehre, hat Westly sein Jackett ausgezogen und die Krawatte abgenommen, seine Hemdsärmel aufgerollt und sitzt mit einem Glas Brandy entspannt auf der Couch. Er reicht mir einen Portwein und zieht mich mit der freien Hand zu sich. Die letzten Kohlen verglühen im Kamin, ich kuschle mich in seinen Arm und schiebe das Zu-Kreuze-Kriechen noch ein wenig auf, indem ich frage: »Wie hast du das alles nur organisiert? Donna und ich haben Wochen gebraucht.«

»Oh ...« Er zögert. »Ich hab nur meine Mutter angerufen.«

»O Westly!« Die Tränen laufen mir übers Gesicht.

»Ach, komm schon, Baby, es hat doch wunderbar geklappt. Alle haben gedacht, die Weihnachtsparty wäre nur ein Vorspiel oder ein Scherz«, sagt er.

»Ein Scherz«, schluchze ich an seiner bereits durchweichten Schulter.

»In einer Hinsicht hattest du wirklich recht, Mandy –« Ungläubig hebe ich den Kopf, während er mir den Knochen zuwirft, den ich mir erhofft habe. »Die Gäste konnten viel mehr miteinander anfangen, als ich es je erwartet hätte.«

»Ja«, schniefe ich erleichtert, »aber das hat auch erst nach den Mix-Getränken geklappt!« Wir lachen. Mein »Dankeschön« kommt von Herzen. »Du hättest auch zusehen können, wie ich untergehe, und sagen, siehst du wohl.«

Er umarmt mich fest. »Auf gar keinen Fall, Kindchen! Die SS Hamond ist unsinkbar und genauso cocktailpartytauglich wie unsere elefantensichere Plastikplane!«

»Es wäre schrecklich geworden ohne dich ...« – ich schlucke mühsam – »und ohne deine Mutter ... ich rufe sie morgen an und bedanke mich bei ihr.«

»Gute Idee. Aber bereite dich seelisch schon auf etwas mehr vor. Wir sind nämlich zu Weihnachten bei ihnen eingeladen.«

»Wahrscheinlich ist das ein geringer Preis für die Rettung vor dem sozialen und beruflichen Ruin.« Genaugenommen ist der Preis gewaltig hoch, aber ich bin so dankbar, daß ich ihn gerne zahle.

Ich weiß, ich sollte diese Frage nicht stellen, aber ich kann sie mir nicht verkneifen: »Hat dir die Party gefallen?« Vermutlich hoffe ich, daß er mich anlügt.

»Laß es mich so ausdrücken: Ich würde fast alles lieber tun, nein – ich würde ALLES lieber tun, als noch mal eine von deinen Psycho-Cocktailpartys überstehen zu müssen! Aber« – ich nehme einen großen Schluck Portwein – »aber ich möchte nie mit einer anderen Frau zusammensein, mit einer anderen Frau leben, mit einer anderen Frau verheiratet sein als mit *Ma petite Bohème.*«

Der Gedanke, Weihnachten mit Lanie verbringen zu müssen, läßt mich beinahe vergessen, daß es auch der Jahrestag von Westlys Heiratsantrag ist. Er hat unmißverständliche Andeutungen gemacht, wie gern er einen neuen Driver hätte, also bekommt er zu Weihnachten einen Holzschläger Nummer eins, aber für den anderen Anlaß fällt mir einfach nichts ein. Bei uns zu Hause könnte ich ihm vielleicht einen Sieben-Schleier-Tanz vorführen oder so was, aber wenn Lanie dann reinkommt, um ihm heiße Schokolade zu bringen …

Es soll etwas ganz Persönliches sein, etwas, was er immer bei sich trägt. Aber er trägt keinen Schmuck.

Das Wann scheint leichter zu lösen als das Was, denn auf dem Heimweg vom weihnachtlichen Frühgottesdienst fährt Wes einfach weiter zum Bootshaus.

In dem kleinen steinernen Kamin brennt bereits ein Feuer, und wir setzen uns auf die Couch davor.

Westly hat seinen Mantel noch nicht ausgezogen und eine Hand in der Tasche. »Ich weiß nicht, wie du es findest, aber es ist eins von den Stücken, die du nicht sofort bekommen hast. Ich habe meine Mutter damals danach gefragt, es ist zwar nicht das teuerste Stück, ja, eigentlich ist es überhaupt nicht teuer, für uns aber trotzdem das wertvollste. Sie hat gesagt … na ja, du kriegst es in einem Jahr. Und jetzt ist das Jahr um, und hier ist es.«

Seine Hand kommt zum Vorschein und drückt mir ganz nebenbei eine abgeschabte braune Lederschatulle in meine Hand. Ich öffne sie, eine der rostigen Angeln quietscht ein wenig. Auf dem ausgebleichten, einst purpurroten Samt liegt ein kleines Kreuz. Es ist kunstvoll gearbeitet, aber ohne Steine, und sieht aus wie Silber.

»Das ist wunderschön, Westly! Vielen Dank, Honey! Es muß sehr alt sein … es sieht aus, als wäre es aus …«

»Zinn. Es ist aus Zinn. Aber es hat schon sehr viel durchgemacht. Es kommt aus England, aus der Zeit, als die Hamonds nicht viel besaßen, nur einander.«

Lange Zeit danach …

»Jetzt fällt es mir richtig schwer, dir mein Geschenk zu geben, es kommt mir so … so albern vor –«

Aber ich gebe es ihm trotzdem: ein Mont-Blanc-Füller mit einer Gravur, die er laut und mit hörbarer Befriedigung vorliest: »Weil du der Richtige für mich bist.«

Als wir zum großen Haus zurückkehren, steht in unserem Zimmer heiße Schokolade – längst kalt geworden.

Gesang der Sirenen

Ich bin ein richtiger Club-Mensch. Wahrscheinlich weil ich als Kind soviel Zeit mit meinen Büchern verbracht habe. Bis ich kapierte, daß manche Menschen tatsächlich interessanter sind als Bücher, hatte ich die Chance auf richtige Kinderfreundschaften verpaßt, und Clubs sind eine gute Gelegenheit, das in einer anonymen Großstadt wie New York wettzumachen. Ich gehöre dem italienisch-amerikanischen Club an, denn anders als Waspy liebe ich Europa, und es ist mir nicht so wichtig, ob ich in Italien oder Frankreich eine saubere Tasse bekomme – wenigstens servieren sie mir dort meinen Espresso nicht mit einer Zitronenscheibe, als wäre es Tequila. Die Hauptattraktion des Clubs ist die jährliche Fahrt nach Verona in der Opernsaison. Früher habe ich regelmäßig daran teilgenommen, aber da ich nun mit Westly verheiratet bin, sind meine Chancen dieses Jahr gleich Null. In der Hoffnung, ihn dazu zu überreden, die Reise mit mir zu machen, locke ich Westly mit den kulinarischen Köstlichkeiten: Liebe geht durch den Magen. Mein Plan funktioniert eigentlich recht gut, bis ich den Fehler begehe, ihm zu sagen, was *Riso Nero* schwarz macht: Tinte vom Tintenfisch.

Wir gehören beide immer noch zum Mittelalterlichen Tanz- und Singclub. Unser einziger Übersee-Ausflug geht nach England zur jährlichen *Fyste* der Ritter der Tafelrunde. So etwas gefällt West, denn wie alle Wasps verehrt er alles Britische. Und da »meine Wurzeln irgendwo in der Nähe von London liegen«, schließt sich gewöhnlich eine seiner zahlreichen »meine Leute«-Reden an. Bis er eines Tages auf Dokumente stößt, die nahelegen, daß »seine Leute« die Insel nach einigen zwielichtigen Geschäften ziemlich hastig verließen.

Seit ich in New York lebe, gehöre ich zu dem Club für schwarze berufstätige Frauen, den mir die Psychologin Dr. Patterson damals im Sommerlager empfohlen hat: den Black Orchids, die Wes mit konstanter Boshaftigkeit Pink Panthers nennt.

Unser Trimester-Treffen findet immer im Privatraum eines beliebten vegetarischen Restaurants in der Columbus Avenue statt. Wir beginnen um sieben Uhr abends, und alle Frauen achten sorgfältig darauf, pünktlich zu erscheinen und nicht C.T. (was bei uns für Colored Time steht). Wenn ich es einrichten kann, komme ich schon eine halbe Stunde früher und setze mich an die Bar, von der aus man einen guten Blick auf die Straße hat. Ich beobachte gern die Gesichter der anderen Gäste und sogar der Passanten, wenn die lange Prozession attraktiver oder zumindest beeindruckender schwarzer Frauen nach und nach vorbeizieht. Meine Mit-Amazonen treffen in allen Formen und Farben ein, manche steigen im Pelzmantel und juwelenbehängt aus ihrer Limousine, andere fahren im Sportwagen vor, andere springen aus dem Taxi, das Handy fest im Griff, und schreien: »Verkaufen! Verkaufen! Kaufen!« Münder bleiben offenstehen, um ein Haar werden die Drinks verschüttet – eine große Gefahr für die Seidenblusen, die nur Imitationen dessen sind, was diese schwarzen Frauen so leger tragen, als wären es T-Shirts – Besteck rutscht klappernd aus den Händen der erstaunten Gäste. Auch andere sitzen da, um das Schauspiel zu bewundern. Ganz zufällig höre ich, wie ein paar Stammgäste den Uneingeweihten mit absoluter Kompetenz erklären, wer wir sind, und zwar so detailliert, daß ich mich frage, ob wir vielleicht abgehört werden und ob die CIA Westlys Theorie über die Pink Panthers teilt.

Manchmal versucht Westly, mir meine Clubs madig zu machen. Den italienischen, weil er eine tief verwurzelte Abneigung gegen italienische Männer hegt. Die Frauen findet er ganz in Ordnung, denn er ist der Meinung, daß sie »wissen, wie sie einem Mann ihr Interesse bekunden«. Doch der schlimmste Dorn im Auge sind ihm die Black Orchids, denn »ich möchte mal sehen, was du für ein Theater machen würdest, wenn ich mich einem Club für weiße Männer anschließen würde! Mit irgendeinem blöden Namen wie beispielsweise The White Lilies!«

»Die ganze Welt ist ein Club für weiße Männer!«

»Eben«, sagt Westly, seltsamerweise beschwichtigt. Er faßt das tatsächlich als Kompliment auf.

Der Club hat eine ganz einfache Funktion: Networking. Aber anders als in den meisten Clubs sollen die Kontakte bei uns geknüpft und gepflegt werden, um die ganz Jungen zu unterstützen. Fast alle Frauen des Clubs sind in ihrem Beruf ja bereits erfolgreich. Bei unseren zweistündigen Treffen setzen wir Stipendien aus, finanzieren soziale Programme und Sommerkurse für Mädchen, die spezielle Begabungen zeigen oder dringend Hilfe benötigen. Außerdem verleihen wir bei unserem jährlichen großen Bankett ein College-Stipendium und lobende Anerkennungen an Clubmitglieder.

Schockierend finde ich, daß viele Ehemänner von Clubmitgliedern ähnliche Kommentare abgeben wie Wes, nur in etwas anderer Färbung. »Warum wollt ihr nur schwarzen Frauen helfen, was ist mit den schwarzen Männern?« Und so weiter. Gleichzeitig jedoch strahlen ihre Gesichter vor Stolz über die Leistung ihrer Frauen, wenn sie Auszeichnungen empfangen. Wie immer wird auch in diesem Jahr das Bankett im Grand Hotel abgehalten, aber diesesmal habe auch ich einen Mann an der Seite – Waspy-Westly.

Fürs Anziehen brauche ich doppelt so lange wie eigentlich nötig, denn ich muß mich um mich selbst und um Westly kümmern – buchstäblich. Er scheint unfähig, irgend etwas ohne meine Hilfe zu finden – ob es nur der Smoking, das Hemd oder seine Schuhbürste ist.

Jetzt jammert er: »Wo ist mein silberner Geldclip?«

Ich beschließe, nicht darauf zu reagieren, denn ich brauche meine ganze Zeit und Geduld für meine Haare. Kaum sitze ich vor dem Spiegel, um mich der heiklen Aufgabe zu widmen, meine Augen mit korrekt aufgetragener Wimperntusche groß erscheinen zu lassen, ohne daß sie geschminkt wirken, sehe ich, daß Westly hinter mir kauert. Kein Zweifel, da ist er, in meinem Make-up-Spiegel, und fummelt an seiner Frisur herum. Es gelingt ihm immer, mich letzten Endes vom Spiegel zu verdrängen, sich so vor mir aufzubauen, daß mir gerade noch ein winziges Eckchen vom Spiegel bleibt. »Westly, wir haben einen großen, gut beleuchteten Spiegel im Badezimmer.«

»Okay«, sagt er, ohne sich vom Fleck zu rühren.

»Worauf wartest du?«

»Auf dich.«

»Wes, wenn ich mit dir zum anderen Spiegel gehe, was hat das für einen Sinn?«

»Ich kann dich sonst nicht beobachten.«

»Warum mußt du mich beobachten?«

»Ich liebe es, dir zuzusehen. Du siehst so süß aus, wenn du so an dir rumwerkelst. Du schneidest dabei unheimlich komische Grimassen.«

Im Grand Hotel nehmen wir, bevor wir in den Speisesaal gehen, mit den anderen Clubmitgliedern und ihren Ehemännern einen Drink an der Bar. Als ich sie mit Westly bekannt mache, verrät sein galantes Benehmen sofort seine Absicht, jeden, der in seine Nähe kommt, mit seinem Charme einzuwickeln; seine blauen Augen blitzen, und in seinem perfekt sitzenden blauen Boss-Smoking gleicht er Barbies Freund Ken aufs Haar.

Die langen Tische sind so gestellt, daß die meisten Gäste sich gegenübersitzen können. Der Raum ist ganz in Altrosa dekoriert, was zwar bedauerlich ist, jedoch Westlys Befürchtung widerlegt, alles wäre in ANC-Rot, Schwarz und Grün gehalten.

Als die Frau, die zwischen uns sitzt, aufsteht, um ihren Preis entgegenzunehmen, flüstert Westly: »Wow, woher kommen die denn alle? Ich hab in meinem ganzen Leben noch nie so viele Schwarze aus der Oberklasse gesehen. Ich wußte überhaupt nicht, daß es in Amerika eine solche Menge gibt, schon gar nicht in New York!« Unglücklicherweise hört das eine der älteren Vorsitzenden ihm gegenüber. Doch Westly, dem nicht so schnell etwas peinlich ist, erst recht nicht, wenn er es selbst gesagt hat, fragt sie rundheraus: »Wie kann denn eine so große Gruppe unsichtbar bleiben? Daß keiner weiß, daß es sie gibt?«

O Gott, denke ich und mache mich schon darauf gefaßt, meinen Mann zu verteidigen – auch wenn seine Äußerung fehl am Platz war –, falls die Vorsitzende an die Decke geht. Ich werde etwas sagen im Stil von: »Er kann nichts dafür, er ist als überprivilegierter weißer Junge aufgewachsen.«

Inzwischen sind alle Blicke auf uns gerichtet. Alle starren Westly an, den einzigen weißen Ehemann, und ich sehe, wie sie alle denken: »Man kann sie einfach nirgendwohin einladen!« Dann macht die Vorsitzende eine kaum wahrnehmbare Kopfbewegung und sagt mit ihrer vollen, kultivierten Stimme: »*Wir* beherrschen eben die Kunst der subtilen Art … und ihre Vorteile.«

»Touché«, entgegnet Westly und verbeugt sich. Zum Glück ist er ein guter Verlierer; er lacht und hebt sein Glas in ihre Richtung, eine betont ritterliche Geste, die sie schwungvoll erwidert.

Der Rest des Abends verläuft reibungslos. Nachdem die Dessertschalen abgeräumt sind, beginnt die kleine Band zu spielen. Westly macht einen etwas nervösen Eindruck, als er mich aufs Tanzparkett führt. Er nimmt meinen Arm und flüstert mir verschwörerisch zu: »Hast du schon bemerkt, daß es außer der Band nur weißes Personal gibt? Die Kellner, der Barkeeper, sogar das Garderobenmädchen …«

Mir ist das noch gar nicht aufgefallen. »Stört dich das? Fühlst du dich unbehaglich, weil alle Bediensteten deine Hautfarbe haben und alle anderen Gäste außer dir eine andere? Hast du das paranoide Gefühl, daß irgendeine Verschwörung dahintersteckt, die es darauf abgesehen hat, dich zu demütigen? Wie gefällt es dir, nur zu Gast in diesem Kreis der Auserwählten zu sein, als mein Mitbringsel?« Er antwortet nicht. Offenbar denkt er an all die Besuche bei Freunden, an all die Partys, Clubs oder Tanzveranstaltungen, bei denen es ausschließlich schwarze Bedienstete gab. »So, wie du dich fühlst, jetzt in diesem Moment, so fühle ich mich fast jeden Tag meines Lebens.«

»Weißt du«, sagt er leise und umarmt mich, »das war mir überhaupt nicht klar.« Dann drückt er mich noch fester an sich, und sein Körper entspannt sich zusehends, während ihm ein neuer Gedanke kommt. »Gut, daß du mich hast – denk doch nur an all die tollen Partys, die du sonst verpaßt hättest … und die dich verpaßt hätten.«

Als wir uns verabschieden, nimmt Westly seinen ganzen Hamond-Charme zusammen und sagt zu der Vorsitzenden: »Ich hoffe, ich darf nächstes Jahr trotzdem wiederkommen.«

Auch sie ist nicht immun gegen eine so geballte Ladung. Sie schenkt ihm ein Lächeln – und zieht dabei wie er eine Augenbraue hoch: »Wir haben keine schwarze Liste. Und außerdem ist eine offene Frage besser als ein stummer Vorwurf, der von Generation zu Generation weitergetragen und nie in Frage gestellt wird.«

Westlys Mutter ruft an. »Ich habe ein Foto von Amanda in der Gesellschaftskolumne gesehen. Diese Frauen machen ja großartige Arbeit, wie es aussieht. Aber wieso haben sie Westly einfach abgeschnitten?« fragt sie, denn sie hat das kleine Dreieck erkannt, das von seinem blauen Smoking-Arm übrig ist.

Was meine Mutter angeht, so lehne ich ihre Einladungen, an die Westküste zu kommen, weiterhin ab, denn es stimmt, sie schließt Westly aus. Jedesmal, wenn ich sie mit dieser Tatsache konfrontiere, kommt sie mir mit irgendeinem völlig unplausiblen Grund. Auch wenn sie nie die Hexen-Konvention vorgebracht hat, so war sie doch oft genug nahe dran. Deshalb fange ich an, ihr genauso unplausible Gründe für meine Absagen zu geben, beispielsweise, daß die Katze krank ist. Wir haben keine Katze. Sie ruft sogar nur dann an, wenn sie sicher sein kann, daß Westly nicht zu Hause ist. Gott behüte, daß sie mit ihm sprechen müßte, das würde es ihr schrecklich schwer machen, seine Existenz zu leugnen.

Nach einer weiteren Halb-Einladung meiner Mutter – »Wir würden dich schrecklich gern sehen, aber es besteht kein Grund, weshalb ER kommen müßte. IHM würde es hier sowieso nicht gefallen.« – flippt Westly aus.

»Für wen hält sie mich denn, für Paco aus dem Barrio?!« waspt er los. »Meine Familie ist mit der verdammten Mayflower rübergekommen, MEINE LEUTE und Leute wie MEINE LEUTE haben dieses Land zu dem gemacht, was es heute ist!«

»Nachdem sie die Indianer umgebracht haben.« Für diesen Einwurf ernte ich einen wütenden Blick, als wollte er mich am liebsten skalpieren, wenn er nur wüßte, wie das geht.

»Es gibt eine ganze Menge wei–« Ich weiß, daß er »weiße« sagen will, aber er merkt, daß er das lieber bleibenlassen sollte. »Es gibt eine Menge wohlhabende Mütter, die mit mir als Schwiegersohn überglücklich wären, eine Menge, die ein Auge auf mich geworfen haben und MIR nicht nur liebend gern ihre Tochter, sondern auch ihr Vermögen überlassen hätten. Komm mir bloß nicht mit deinen Schauergeschichten darüber, wie die Weißen die Schwarzen unterdrücken und daß es allein UNSERE SCHULD ist, daß wir nicht brüderlich zusamenleben können. Nein, jeder erwartet von UNS, daß wir immer die andere Wange hinhalten, liberal denken, vor Freude Luftsprünge machen, wenn sie unsere Töchter und Schwestern heiraten, aber wehe, wenn einer von uns eine ihrer Frauen anfaßt, dann heißt es gleich: ›Was willst'n du mit der Schwester, White-boy!?‹ Wie oft sind wir Hand in Hand die Straße runterspaziert und einer von deinen Brüdern ist wie angewurzelt stehengeblieben und hat mich alles andere als friedlich angestarrt? Und wie oft haben wir die Bemerkungen von einem Bruder gehört, der auf dem Fahrrad oder auf seinen Rollschuhen an uns vorbeigeflitzt ist: ›Such dir lieber einen richtigen Mann, Schwester!‹ Ich hab die Nase gestrichen voll davon, daß mich deine Familie behandelt, als wäre ich eine Art Ausschlag auf deiner sonst reinen schwarzen Haut! Zuerst bringt man uns bei, daß wir nichts Besonderes sind, weil unsere Haut weiß ist, und jetzt – jetzt will mir deine Familie klarmachen, daß ich unakzeptabel bin, weil meine Haut nicht schwarz ist! Also, denen kann ich bloß sagen: Ich bin weiß und stolz darauf! Wie ist das, Baby?« Er marschiert im Wohnzimmer auf und ab, reißt die Fenster auf und schreit hinaus: »Ich bin weiß und stolz darauf! Ich bin weiß und stolz darauf!«

Ich finde Westly unheimlich süß, wenn er diese Wutanfälle hat, was er natürlich verabscheut. Deshalb lache ich jetzt nicht, obwohl mir danach ist, und sage auch nicht: »Psst, die Nachbarn!«, denn das würde er als Angriff auf seinen Stolz betrachten. Statt dessen mache ich mit, laufe hinter ihm im Zimmer herum, und wenn er schreit: »Ich bin weiß und stolz darauf!«, rufe ich: »Ich bin schwarz und stolz darauf«, bis wir zu den Fenstern kommen, die auf die Straße hinausgehen. Mitten im Schreien entdecke ich Mr. Dolan, mit Pukey an der Leine, der zu uns hinaufsieht und bellt – der Hund natürlich. So rasch, wie nur er es kann, verwandelt sich Westly wieder in den sprichwörtlichen Wasp, und ich mache es ihm nach. Wir wechseln ein paar höfliche Worte mit unserem Nachbarn, der sich schließlich wieder auf den Weg macht und noch ruft: »Gott segne Amerika!«

Von diesem Tag an erwähne ich die Einladungen meiner Mutter nicht mehr. Wes zieht sich auf die angelsächsische Haltung zurück, daß ein Club, für den er nicht gut genug ist, nicht gut genug für ihn ist.

Am Samstagmorgen ruft meine Mutter an, gerade als ich mich auf den Weg zum Einkaufen machen will. Wes ist schon auf dem Golfplatz.

Die Stimme meiner Mutter klingt unsicher, als sie mir mitteilt, daß »Vater fünfzig wird und wir eine Party veranstalten, über das ganze Wochenende!«

»Oh, ja, das ist das Wochenende vom dritten auf den vierten, richtig?«

Ich höre sie am anderen Ende der Leitung seufzen. »Du weißt, wann er Geburtstag hat«, antwortet sie schließlich.

»Ich bin nicht sicher, ob wir uns das ganze Wochenende freimachen können, Mom, ich muß Wes fragen. Okay?«

Damit werfe ich ihr den Fehdehandschuh vor die Füße, denn sie weiß, daß sie sich jetzt entscheiden muß. Natürlich habe ich gewußt, daß sie ein großes Brimborium für meinen Vater veranstalten würde. Darauf habe ich gewartet, das ist meine Chance, meine Mutter dazu zu bringen, auch Westly einzuladen. Seit meiner Teenagerzeit komme ich mit meinem Vater nicht mehr sonderlich gut aus, und wenn ich zu seinem fünfzigsten Geburtstag nicht auftauche, wäre das für Freunde und Verwandte ein deutliches Zeichen, daß sich zwischen uns nichts gebessert hat. Aber wenn es eins gibt, was meine Mutter haßt, dann DEN Gedanken, daß uns jemand nicht als die perfekte amerikanische schwarze Familie betrachtet. Zugegebenermaßen habe ich mich ziemlich angestrengt, diese Illusion mit meiner Ehe zu zerstören, aber sie tut, was sie kann, um sie von ihrer Seite aufrechtzuerhalten. Nun ist sie in einer Zwickmühle: Entweder muß sie nachgeben oder Farbe bekennen.

Nach einer kurzen Pause sagt sie: »Okay.« Wahrscheinlich hofft sie immer noch, daß die »Große weiße Hoffnung«, wie ich sie Westly habe nennen hören, vielleicht keine Zeit hat. »Es würde deinem Vater viel bedeuten, auch wenn … ER« – Westly ist für sie immer nur ER, sie benutzt nie seinen Namen und sagt auch nie »dein Mann«, so, als würden diese Dinge erst real, wenn sie sie beim Namen nennt – »selbst wenn ER nicht mitkommen kann.«

Was mich an der Haltung meiner Eltern Westly gegenüber am meisten stört, ist der Umstand, daß sie sich damit als noch rassistischer entpuppen als Westlys Leute. ER benutzt diese

Waffe jedesmal gegen mich, wenn ich über irgendeine Ungerechtigkeit spreche, sei sie real oder eingebildet. Die Einstellung meiner Eltern ist hart für Westly. Als weißer Mann aus guter Familie ist er es nicht gewohnt, daß man ihm irgendwo die Tür vor der Nase zuschlägt.

Zwar spricht er nie darüber, aber ich weiß, daß er erwartet hat, meine Familie würde ihn mit offenen Armen aufnehmen und sich darüber freuen, was für einen guten Fang ich gemacht habe. Der arme Idiot. Er ist nicht daran gewöhnt, die Zielscheibe von Vorurteilen und Rassismus zu sein. Er war nie gezwungen, sich eine Elefantenhaut zuzulegen und sich zu verteidigen, deshalb trifft es ihn besonders hart. Weil er als reicher Weißer in einer weißen Welt aufgewachsen ist, war er darauf ebensowenig vorbereitet wie ich auf Bloom Town. Vielleicht ist es gemein von mir, aber manchmal denke ich, es tut ihm gut, wenn er gelegentlich zu spüren bekommt, wie es ist, wenn man nur aufgrund der Hautfarbe Aggression und Ablehnung erntet. Im Stil von Wie du mir, so ich dir, eine ausgleichende Gerechtigkeit.

Wenn ich Westly dazu kriegen will, zum Geburtstag meines Vaters mitzukommen, muß ich alle Register femininer Raffinesse ziehen. Ich verlängere meine Einkaufsliste, unter anderem um die Zutaten für eine besonders verführerische Mousse au Chocolat. Den Rest des Tages verbringe ich in meinem Schönheitssalon und lasse mich generalüberholen (als Gegengewicht zu den Gewissensbissen, die sich einstellen, nachdem ich mindestens zwei Portionen von der Mousse verdrückt und mit Wes darum gerangelt habe, wer die Schüssel auskratzen darf). Außerdem lasse ich meine Haare zu niedlichen kleinen Schweineschwanzlöckchen aufdrehen, mit denen ich aussehe wie eine alternde schwarze Babypuppe, aber es gefällt halt meinem »Ich-liebe-deinen-hilflosen-Look«-Westly.

Gegen vier bin ich wieder daheim. Noch jede Menge Zeit, um die restlichen Vorbereitungen zu treffen, denn wenn die Jungs mit ihrem Spiel fertig sind, sitzen sie normalerweise noch eine Weile im Club, trinken und jammern über ihre Frauen. Nach dem Lunch gehen sie dann zu einem aus der Clique nach Hause, begutachten ihre Autos und fummeln an ihnen herum, bis sie erfolgreich das eine oder andere außer Funktion gesetzt haben. Letzten Monat war es Westlys Jaguar.

Halb acht. Ich höre den Motorenlärm, mit dem das Model E vorfährt, und beziehe wie geplant meinen Posten direkt neben der Tür, in der Hand einen Martini. Dann öffne ich die Tür, weit und einladend.

Einen Augenblick starrt Westly mich an, wie ich da stehe, in meinem kurzen, geblümten, volantbesetzten Weibchenkleid. Doch sofort setzt er ein vollkommen unschuldiges Gesicht auf und tut so, als wäre das alles absolut normal.

Es gelingt ihm, diese Rolle beizubehalten, während er ein heißes Bad nimmt, das ich für ihn vorbereitet habe, aber als ich die Mousse serviere, fragt er sichtlich und hörbar panisch: »O Gott, hast du mit meinem besten Freund geschlafen oder was?«

»Mit Robert?!« Bist du übergeschnappt, du Schwachkopf? möchte ich am liebsten rufen, aber in letzter Sekunde fällt mir ein, daß ich ja Doris Day bin, und bringe ein perlendes und doch kehliges Lachen zustande, das hoffe ich jedenfalls, während ich voller Sinnlichkeit Sahne auf seine Mousse häufe. Na ja, die Sinnlichkeit leidet etwas, als der Löffel gegen den Rand der kristallenen Schale kracht, so laut, daß ich fürchte, er würde am Ende noch Scherben essen müssen. Natürlich würde es seine Bereitschaft, mit mir zu kommen, erheblich steigern, wenn ich ihm das Leben rette. Vorsichtig kontrolliere ich den Rand der Schale; er ist noch heil.

Irgend etwas an meiner kleinen Darbietung hat Westly offensichtlich gewarnt, daß er sich lieber von unruhigen Gewässern fernhalten sollte, und wie ein Insasse der Todeszelle, der sein Henkersmahl einnimmt, fällt er zurück in die Rolle des naiven Ehemanns, lange genug, um sich mit einem Glas Cognac in der Hand auf der weißen Ledercouch wiederzufinden. Ich sitze zu seinen Füßen.

Allmählich beschleicht mich das Gefühl, daß ich ein wenig zu weit gehe, also blase ich lieber zum Angriff. »Meine Mutter hat angerufen –«

Ich merke, wie er trotz meiner ganzen Maßnahmen zusammenzuckt.

»Sie hat dich endlich davon überzeugt, dich von mir scheiden zu lassen und Mandingo zu heiraten«, meint er und kippt den Cognac hinunter.

»Ich hoffe, du kriegst deine Ku-Klux-Klan-Kommentare irgendwann mal unter Kontrolle«, fauche ich. Das war's für heute mit Doris Day. »Wenigstens könntest du es an dem Wochenende versuchen, das wir mit meinen Eltern verbringen.«

»Oh. Hat das königliche Paar sich herabgelassen, uns in unserer bescheidenen Hütte einen Besuch abzustatten?« Wie die anderen gebürtigen New Yorker glaubt auch Westly, daß Manhattan der Nabel der Zivilisation ist. Long Island und Martha's Vineyard sind das Hinterland, und der Rest von Amerika, mit Ausnahme von ein paar neuenglischen Städten, lebt im finsteren Mittelalter.

»Nein«, antworte ich und versuche, meine Doris-Day-Nummer doch noch aufzuwärmen, »wir sind zum fünfzigsten Geburtstag meines Vaters eingeladen.«

Eine Sekunde lang sehe ich ihm an, daß er sich freut, dann blickt er mir in die Augen und fragt: »Haben sie UNS eingeladen oder DICH?«

Soll ich ihn anlügen und mit dieser Lüge leben, oder soll ich die Wahrheit sagen und damit das Risiko eingehen, daß Westly sich kategorisch weigert? Kann ich ihn irgendwie unter Druck setzen? Ich glaube fest daran, daß Erpressung zu den legitimen Verhandlungsmethoden in einer Beziehung gehört. Leider hat er eine weiße Weste. »Sie hat mir gesagt, daß sie eine Riesenfete veranstalten will, und ich habe geantwortet, daß ich nicht sicher bin, ob WIR kommen können, daß ich es mit dir besprechen muß, und sie hat gesagt, okay, ich soll ihr Bescheid geben …«

»Und?« drängt er.

»Und sie hat gesagt, falls du nicht kommen kannst, würden sie mich trotzdem gern dabeihaben … aber Wes, ich meine, du bist doch derjenige, der andauernd vom Olivenzweig und so was redet, und ich hab immerhin die Sache mit deiner Mutter durchgestanden!« Es ist nie eine gute Idee, in einer angespannten Situation auf ihre Heiligkeit zu sprechen zu kommen. Doris hätte das garantiert nicht getan.

Westly braust auch prompt auf: »Na gut, es ist deine Familie, fahr ruhig hin, wenn du willst, aber ein Hamond hat noch nie darum gebettelt, eingeladen zu werden.«

Ich verwandle mich wieder in Doris. »Ach, komm schon, Honey, willst du dir denn nicht ansehen, wo ich aufgewachsen bin? Den Rest des respektablen Teils meiner Familie kennenlernen? Meine Eltern haben sogar weiße Freunde, du wirst also nicht der einzige weiße Fleck in der Menge sein … Komm, Honey, ich möchte doch so gern allen zeigen, was für einen tollen Fang ich gemacht habe.«

Ein paar Sekunden starrt er schweigend in seinen Cognac, aber dann sagt er, deutlich besänftigt: »Ja, stell dir bloß vor, wie überrascht sie sein werden, wenn sie merken, was für ein netter Kerl ich bin. Und so bodenständig für einen Sproß einer so alten und angesehenen Familie –«

»Und so männlich gutaussehend«, füge ich hinzu und halte die Luft an.

Er stellt die entscheidende Frage: »Können sie uns denn unterbringen?«

»Na selbstverständlich!« Ich atme auf.

Kleinlaut fügt er hinzu: »Ich hoffe bloß, wir dürfen im selben Bett schlafen.« Er nimmt mich in den Arm, um sich weiter von mir verwöhnen zu lassen.

»Natürlich, sei doch nicht albern!« Doch ich mache mir eine Notiz im Hinterkopf, daß ich das mit meiner Mutter klären muß, wenn ich ihr zusage.

Als ich am Sonntag abend meine Mutter anrufe, schleicht Wes gerade ganz zufällig in der Nähe herum, damit er beim leisesten Anzeichen von Differenzen gleich das Hasenpanier ergreifen kann. Ich wähle meine Worte sehr sorgfältig. »Hi, Mom«, begrüße ich sie fröhlich, »wir würden sehr gerne kommen! Wann sollen wir denn da sein?«

»O, wunderbar!« Ihre Stimme klingt wirklich erleichtert. »Freitag abend oder Samstag früh, ganz wie ihr wollt. Das können wir ja später genau besprechen. Oh, dein Vater möchte dich noch sprechen. Ich gebe ihn dir mal.«

Ich schicke ein Stoßgebet zum Himmel, daß er nichts Blödes sagt und die ganze Sache doch noch platzen läßt.

»Hallo, Amanda«, bellt er ins Telefon, »hier spricht dein Vater.« Am Telefon spricht er immer sehr langsam und laut, als hätte er es mit einer Gruppe seniler Geschworener und einem tauben Richter zu tun. Deshalb halte ich den Hörer ein Stück von meinem Ohr weg.

»Hallo, Vater.« Ich benutze das förmliche »Vater«, damit er gleich weiß, daß Ratschläge betreffs meines Ehegatten oder des Lebens im allgemeinen nicht willkommen sind.

»Was für ein Handicap hat ER denn?« fragt er.

Da ich mich auf das Schlimmste gefaßt gemacht habe, ist diese simple Frage eine große Erleichterung. Ich packe die Gelegenheit beim Schopf und antworte: »EDWARD« – vielleicht gibt es ja doch noch eine Chance, daß sie sich irgendwann seinen Namen merken – »Edward hat ein zwölfer Handicap. Warum willst du das wissen, Dad?«

Seinen nächsten Satz kann ich nicht glauben. »Na ja, laß mich mal mit IHM sprechen.«

»Wie bitte?«

Er muß es wiederholen, ehe ich es glauben kann: »Ich hab gesagt, laß mich mal mit ihm sprechen.«

Ich gebe Westly hektisch Handzeichen und halte schnell den Hörer zu, damit mein Vater den Einwurf meines Mannes: »Will er mir Bestechungsgeld anbieten und eine kostenlose Scheidung?« nicht hört.

An meinem Ohr wiederholt mein Vater sein Anliegen: »Ich möchte ihn gern sprechen.«

»Hallo.« Auch Westly hält den Hörer ein Stück vom Ohr weg. Ich bleibe in der Nähe, damit ich im Notfall eingreifen kann.

»Am Sonntag«, bellt mein Vater, »wollen wir eine kleine freundschaftliche Runde Golf spielen.«

»Bei einer Runde Golf gibt es das Wort ›freundschaftlich‹ nicht, Sir«, scherzt Westly.

Mein Vater kichert. »Bloß fünf Flights, na ja, sechs, wenn wir die Frauen mitzählen …« Ich höre einen dumpfen Schlag und hoffe, daß meine Mutter, die wahrscheinlich neben ihm steht, ihm einen ordentlichen Rippenstoß verpaßt hat. »Mein Partner kann nicht kommen, da hab ich mir überlegt – Sie haben also ein zwölfer Handicap?« vergewissert er sich noch mal.

»Ja, richtig.«

»Gut. Ich hab mir überlegt, ob Sie vielleicht als mein Partner spielen wollen?«

»Aber ja, Sir, mit Vergnügen«, antwortet Westly ruhig. Aber ich kann sehen, daß er gerührt ist, denn er spricht steifer als gewöhnlich.

»Zwölf, ja ... Nenn mich ruhig Dan. Bis dann, Edward.«

»Bis dann ... Dan.« Und das war's. Wes versucht den Hartgesottenen zu spielen, aber ich weiß genau, wie gut ihm das getan hat. Seine Devise lautet: Wenn ein Mann eine gute Runde Golf zu schätzen weiß, dann weiß er auch mich zu schätzen.

In den anderthalb Monaten vor der großen Reise verbringt Wes viel Zeit auf dem Golfplatz – um sich in Form zu bringen.

Kalifornische Sinfonie

Wir beschließen, am Freitag nachmittag zu fliegen, die Nacht aber in einem romantischen Hotel in Pacific Grove zu verbringen. Am nächsten Morgen treffen wir uns mit meinen Eltern im Golfclub. Als wir ankommen, sind alle schon da, so daß allzu vertrauliche Familiendiskussionen ausgeschlossen sind, und Westly wird recht freundlich aufgenommen.

Gegen zehn sind wir auf dem Grün. Meine Mutter und ich spielen mit den anderen beiden Ehefrauen, die wie meine Mutter in erster Hinsicht Clubmitglieder und erst in zweiter Golfspielerinnen sind und somit die Ansichten meines Vaters über Frauen und Golf untermauern. Wahrscheinlich hat er eine Menge mit Westlys Vater gemeinsam, aber er hätte es nie gewagt, ein ähnliches Schild bei uns im Haus aufzuhängen wie Edward II. bei sich. Nein, in meiner Familie ist meine Mutter die Macht hinter und oft genug auch auf dem Thron, selbst wenn sie für die Außenwelt perfekt die Rolle der kleinen Ehefrau spielt.

Sie stecken uns in den letzten Flight, mit der Erklärung: »damit ihr Ladies euch Zeit lassen könnt und euch nicht gehetzt fühlt«, was im Klartext bedeutet, daß sie keine Lust haben, sich unseretwegen die Beine in den Bauch zu stehen. Das Spiel verläuft den Erwartungen gemäß: Mein Vater hat ein zwanziger Handicap, wenn man ein, zwei Mulligans nicht mitrechnet, und mit Westly als Partner ist er praktisch unschlagbar. Die beiden lassen alle anderen weit abgeschlagen hinter sich. Als wir anderthalb Stunden später wieder im Club eintrudeln, wo der Sektempfang für meinen Vater stattfindet, erfahren wir, daß sie mit fünf Schlägen Vorsprung gewonnen haben. Westly, der das Spiel seines Lebens hingelegt hat, sitzt zur Rechten meines Vaters, der von den gloriosen Momenten berichtet, wie er seine Zwanzig und Wes eine Neun gespielt hat. »Der Junge ist echt gut.« Er grinst mich an und klopft dem strahlenden Westly auf die Schulter. Ein abgedroschener, ein wenig jämmerlicher, aber wahrer Spruch: Viele Schlachten werden auf dem Grün geschlagen.

Nachdem jedes Loch mindestens dreimal nachgespielt worden ist, kehren wir zum Haus meiner Eltern zurück, und Westly denkt sogar daran, mir für meine perfekte Einundvierzig ein Kompliment zu machen.

Die nackte Person steht immer noch am Fuß der Treppe, denn wie sich herausstellt, ist die Statue tatsächlich »etwas wert«. Ich finde nach wie vor, sie sollte verschwinden. Obwohl meine Slipper nicht klicken, kriege ich immer noch ein prinzessiges Gefühl, wenn ich die Treppe runtergehe. Ich winke huldvoll, wie es sich für eine Prinzessin gehört.

Ich erwische Westly dabei, wie er mein Zimmer durchstöbert. Anders kann ich mir nicht erklären, daß er die Bücher reihenweise aus dem Regal holt und sich die staubigen Bretter ansieht, die zum Vorschein kommen. Ganz zu schweigen von der Kommode, deren Schubladen er nicht ganz zugeschoben hat. Als ich ihn frage: »Suchst du ein gutes Buch?« dreht er sich zu mir um und lächelt mich an. Ich gehe zur Kommode und schiebe die Schubladen mit der Hüfte zu. »Wonach fahndest du denn? Hinweise auf verdeckte Persönlichkeitszüge oder eine anrüchige Vergangenheit?«

»Ich fahnde nicht, ich sehe mich nur um.«

»Tja, dann streng dich mal an.« Ich hatte nie ein »Liebes Tagebuch«, also gibt es hier kein belastendes Material, nur alten Schulkram und eine Menge Nancy-Drew-Krimis. Ich grinse Westly an. »Weißt du, Wes, du bist der einzige Junge, dem ich je mein Zimmer gezeigt habe ...«

Später gehe ich zusammen mit meiner Mutter die letzten Vorbereitungen noch einmal durch. Der Pool ist mit dicken Holzbrettern zugedeckt, die als Tanzfläche dienen sollen, der Rest des Gartens in einen rot-weiß karierten Grillplatz verwandelt. Es gibt sogar eine Hillbilly-Band.

Wie immer hat meine Mutter alles und jeden unter Kontrolle, und wir nutzen die letzten Minuten vor dem Eintreffen der Gäste, um die Margaritas zu probieren. Da stehen wir, meine Mutter und ich. Ich brenne darauf, sie zu fragen, was sie von Westly hält. Andererseits fürchte ich mich auch vor ihrer Antwort, deshalb wähle ich lieber einen Umweg. »Dad scheint ganz gut mit Edward auszukommen«, beginne ich vorsichtig.

»Na ja, er ist doch wohl auch ein netter junger Mann. Wir haben nichts gegen ihn und – wie du ja weißt – auch allgemein nichts gegen Weiße.« In einer gelungenen Imitation einer Südstaatenschönheit fügt sie hinzu: »Einige meiner besten Freunde sind weiß.«

»Na gut, Miss Scarlett!« Ich lache.

»Er ist bestimmt ein richtig guter Fang«, wiederholt sie unwissentlich Westlys Worte. Dann nimmt sie einen großen Schluck von ihrer Margarita, und ich beende den Satz für sie: »Ein richtig guter Fang für die Tochter anderer Leute.«

»Das wirst du nie verstehen, du bist in einer anderen Zeit und in einer anderen Umgebung aufgewachsen.«

»Ja, und ich kann euch gar nicht genug dafür danken.«

»Wenn ihr erlebt hättet, was dein Vater und ich erlebt haben, wenn ihr hättet kämpfen müssen, wie wir gekämpft haben, dann hättet ihr gelernt, daß man nur überleben kann, wenn man zusammenhält.«

»Ich mußte auch kämpfen, und zwar nicht nur in Bloom Town, obwohl ich dort von Zusammenhalt nicht viel gemerkt habe. Ihr hattet euren Kampf und wir, meine Generation, unseren. Es hat doch keinen Sinn, denselben Kampf immer wieder auszufechten. Das ist nur eine andere Art, den Fortschritt aufzuhalten, ebenso wie immer wieder die alten Siege zu feiern, statt neue anzustreben.«

»Selbst wenn nicht alle Generationen und alle Schwarzen den gleichen Kampf austragen, sollten wir doch auf derselben Seite stehen. Nur so können wir sicherstellen, von Generation zu Generation, daß unsere Kinder es besser haben werden. Jedes Kind und jeder Enkel sind ein lebender Beweis dafür, daß es Armut und mangelnde Bildung waren, die uns klein gehalten haben und immer noch klein halten, nicht irgendein minderwertiges Gen in der DNS schwarzer Menschen. Und das hat unter anderem auch bedeutet, daß die schwarzen Frauen zu ihren Männern gehalten, sie unterstützt und hin und wieder in den Hintern getreten haben. Die schwarzen Männer sind weiß Gott nicht perfekt, sie wollen oft genug nicht zugeben, wie sehr sie auf uns angewiesen sind, aber wenn wir nicht zu ihnen halten, wer soll es dann tun, und wie soll es sonst immer mehr Schwarze innerhalb der Elite geben?«

»Und wenn sie nicht zu uns halten?«

»Wir haben alle hart gearbeitet und unseren Teil dazu beigetragen, Amanda – deine Urgroßmutter, meine Mutter und auch ich, damit du das werden konntest, was du bist: intelligent und gebildet, stark und selbstbewußt, schön und angesehen, du und unsere nächste Generation, deine Kinder …«

»Glaubst du wirklich, daß ich daran vor meiner Heirat nicht gedacht habe? Wenn ich meine Bestimmung nur erfüllen könnte, indem ich rein schwarze Nachfahren produziere, dann hättest du das Recht zu behaupten, ich hätte euch im

Stich gelassen. Aber ich will mir nicht vorschreiben lassen, wie oder wo oder mit wem ich lebe oder auf welche Weise ich Erfolg im Leben habe ...« Ich erkläre ihr das zum letztenmal. »Ich bin nicht bereit, mir das dauernd vorhalten zu lassen und mich den Rest meines Lebens dafür zu verteidigen. Ich habe einige Vertreter dieser vergangenen Generationen kennengelernt, die du jetzt so romantisch verklärt beschreibst, und ich erinnere mich genau, daß ich für sie zu schwarz war, und für dich auch, Mutter. Jetzt sagst du mir, Edward ist zu weiß. Vielleicht sind unsere Kinder irgendwas in der Mitte, dann sind alle glücklich, von jetzt an und immerdar.«

Schweigend trinken wir unsere Margaritas aus. Als wir die ersten Gäste kommen hören, stellt meine Mutter ihr leeres Glas weg und sagt: »Wie dem auch sei – du hättest es schlechter treffen können. Er ist ein sehr gutaussehender Mann.«

Mir ist wohl bewußt, was dieses Kompliment wert ist, denn ich weiß, welche Überwindung es meine Mutter gekostet hat, es auszusprechen. Während ich ihr folge, um die Gäste zu begrüßen, überlege ich mir, wie ich dieses Lob am besten formuliere, wenn ich es Westly weitererzähle.

Zu meiner Strategie gehört, ihn soviel wie möglich allein zu lassen. Ich zweifle nicht daran, daß er zurechtkommen wird. Trotzdem versuche ich, ihn von weitem im Auge zu behalten, für den Fall des Falles. Als die Party etwa zwei Stunden im Gange ist, entdecke ich ihn mit einer *»Kiss me, I'm the cook«*-Schürze, die Baseball-Mütze verkehrt auf dem Kopf, wie er die Rippchen mit der Barbecue-Spezialsauce meines Vaters bestreicht. Hin und wieder probiert er die Sauce und versucht, die Zutaten zu erraten. Mein Vater steht direkt neben ihm und gibt ihm selbstzufrieden Anweisungen, wie man die Rippchen richtig grillt, schüttelt den Kopf und lacht. Als eine der Golf-Ladies von heute vormittag meinen Vater zu einem Square-Dance entführt, schleiche ich mich an Westly heran und gebe ihm einen Klaps auf den Hintern.

»Vorsicht, ich bin mit einer schrecklich eifersüchtigen Frau verheiratet«, ruft er schlagfertig, dreht sich um und reicht mir die Hand: »Ich bin Edward Hamond, Amandas Mann. Oh, Sie wußten nicht, daß sie mit einem – einem von der Ostküste verheiratet ist. Tja, da sind Sie nicht allein, niemand weiß das, am allerwenigsten Amanda, die ich nicht zu Gesicht bekommen habe, seit der Zirkus hier angefangen hat.«

Ich küsse ihn auf seine vom Grill erhitzte Wange und hinterlasse dabei einen Abdruck meines Lippenstifts. »Jetzt hast du mein Brandzeichen, Cowboy.«

In diesem Augenblick erscheint der Mann einer der Golf-Ladies und wirbelt mich davon: »um 'n kleinen Two-Step aufs Parkett zu legen, stört dich doch nicht, mein Sohn, oder?«

»Mir soll's recht sein, Kumpel, solange sie zum Abendessen wieder da ist.«

Um Mitternacht spielt die Band *Happy Birthday*, und wir singen alle in den Geburtstag meines Vaters hinein. Dann packen die Musiker ihre Instrumente zusammen, die Gäste mit Kindern verabschieden sich, und von den etwa fünfzehn Übriggebliebenen holen fünf ihre Gitarren, Banjos und Mundharmonikas. So sitzen wir noch eine Weile beisammen, trinken unser Bier und singen dazu alte Lieder: *Oh Susanna, Purple Wind In the Canyon* und noch viele andere Lagerfeuer-Oldies. Als wir schließlich schlafen gehen, nimmt Westly mich in den Arm und sagt: »Jetzt weiß ich endlich, wo du die ganzen Cowboy-Lieder gelernt hast, Brownie.«

Wes und ich stehen spät auf, und da er seine Haare bürsten muß, trödle ich allein die Treppe hinunter, als meine Mutter zum drittenmal ruft: »Das Frühstück ist fertig!« In der Küche muß ich gegen den Drang ankämpfen, sofort wieder meine

Augen gegen das Blitzen und Blinken zu schließen. Als meine Mutter dann auch noch sagt: »Das willst du doch nicht anlassen, oder?« habe ich einen echten Kindheits-Flashback.

Als letzter Teil des Geburtstags sind Dinner und Tanz auf einem kleinen Charterboot in der Bucht geplant. »Mom, Monterey Bay ist doch nur zwanzig Minuten entfernt.« Fröhlich entgegnet sie: »Oh, das habe ich dir ja gar nicht gesagt ... nicht Monterey, San Francisco.«

»Wow, du weißt wirklich, wie man eine Party schmeißt!«

»Man wird eben nur einmal im Leben fünfzig.«

»Richtig, und wann ist es bei dir soweit, nächstes Jahr? Oder war es schon letztes Jahr?« Da starrt sie mich nieder.

Das Wetter ist so, wie es sich für die Pazifikküste gehört, klar, blau, Sonne pur. Ich freue mich über die Gelegenheit, Westly einen Teil meiner alten Welt vorzuführen. Auf dem Schiff gibt es wieder eine kleine Band und auch ein paar neue Gesichter, Leute, die gestern abend nicht kommen konnten, wie beispielsweise meine Schwester. Pat hat die ganze Woche für ihr Jura-Examen gelernt. Sie erscheint mit einem Mann, der genau den Vorstellungen meiner Familie von einem Schwiegersohn entspricht. Er heißt Jeff, die beiden sind verlobt, und meine Eltern kennen ihn bereits. Jeff hat letztes Jahr sein Jura-Examen gemacht und arbeitet jetzt als Partner in der von seinem Großvater gegründeten Anwaltsfirma. Im College hat er Football gespielt, was seine breiten Schultern beweisen. Er ist groß, gutaussehend und dunkel, und sein Äußeres ist eine gute Ergänzung zur mittelbraunen sinnlichen Schönheit meiner Schwester. Falls es so was wie eine schwarze Südstaatenschönheit gibt, dann ist es meine Schwester Pat. Ich bin stolz auf sie. Sie mußte hart arbeiten, um ihr Studium zu machen, und auch das Examen fällt ihr nicht leicht. Aber sie braucht nicht Doris Day zu spielen, sie ist Doris Day. Wenn ich sehe, wie sie dasteht, ganz in Voile und Volants, auf den Arm ihres Prinzen gelehnt, das Inbild der Hilflosigkeit, dann fühle ich mich wie immer ein bißchen zu stark in meinen eng anliegenden Klamotten, ein bißchen weniger feminin, und ich hoffe, daß Westly uns nicht miteinander vergleicht und zu dem Schluß kommt, daß er den kürzeren gezogen hat.

Ich begreife nicht, warum meine Mutter um mich trauert, sie hat doch meine Schwester. Aber im Laufe des Abends verstehe ich ihre Sorgen immer besser.

Wenn ich anderer Meinung bin als einer der Männer, weigere ich mich, ihm ohne Argumente recht zu geben; Pat dagegen stimmt allem sofort zu, egal, ob es von meinem Vater, von Westly oder von Jeff kommt. Wenn meine Mutter eine andere Meinung äußert, widerspricht sie den Männern zwar auch nicht direkt, stimmt aber auch nicht zu. Andererseits behandelt Jeff meine Schwester höchst aufmerksam und belohnt ihre Fügsamkeit permanent mit Küßchen und Getätschel. Beim Essen läßt er verlauten: »Ich habe schon eine Stelle für meine kleine Patty, in einem Rechtshilfe-Büro, sobald sie ihr Examen hat. Was sie natürlich mit Bravour schaffen wird, wir haben ja noch eine ganze Woche zum Büffeln.«

Meine Mutter reißt die Augen auf. »Sie helfen Pat beim Lernen?«

»Ja, es war schwierig, meinen alten Herrn davon zu überzeugen, daß ich Urlaub nehmen müßte, aber Pattys Charme hat ihn schließlich davon überzeugt.«

Mom sieht aus, als durchforstete sie krampfhaft ihr Gedächtnis nach einer Situation, in der mein Vater auch nur auf die Idee gekommen wäre, daß sie vielleicht Hilfe brauchen könnte und nicht in der Lage wäre, sich allein durchzukämpfen. »Genau wie ich eurem Vater geholfen habe, als er Examen gemacht hat«, sagt sie. Mein Vater schweigt.

Wir lachen alle höflich, während Wes und Jeff sich einhellig darüber beklagen, wie schwer es ist, wenn man für seinen Vater arbeitet. Patty macht noch ein paar preiswürdige Anbetungsgesten. Meine Mutter und ich tauschen einen Blick, der sagt: »Das ist also der neue schwarze Mann, auf den wir gehofft haben, der Beschützer und Ernährer, und wenn wir uns meine Schwester ansehen, wissen wir, was er aus uns machen würde.«

Beim Nachtisch steht mein Vater auf, um sich an den anderen Tischen sehen zu lassen, die anderen gehen tanzen. Meine Mutter beugt sich zu mir herüber und sagt leise, fast flüsternd, mit belegter Stimme: »Das passiert, wenn du Töchter hast, Amanda, die starken wenden sich von dir ab, die schwachen wenden sich gegen dich.«

Ich habe keine Zeit zu antworten, denn Westly kommt an den Tisch zurück und fordert meine Mutter zum Tanz auf. Einen Augenblick denke ich über meine Schwester und ihren auserwählten Partner nach. Ist es so, daß die Schwachen irgendwann stärker werden oder daß die Starken sich einfach bereitfinden, schwächer zu werden? Im Gegensatz zu meiner Mutter kann ich dem neuen schwarzen Paar durchaus etwas Positives abgewinnen. Ich bin und bleibe zwar eine Amazone, aber es ist gut zu wissen, daß die schwarzen Frauen, die das nicht sind – und es gibt genug von ihnen –, sich auch verhätscheln lassen können und nicht gezwungen sind, das Heft in die Hand zu nehmen.

Als die Band unseren Song *Strangers in the Night* anstimmt, entführt mich Westly aufs Tanzparkett. Wenn es um Standardtänze geht, ist er ganz in seinem Element. Diesmal machen wir keine komplizierten Drehungen, er hält mich nur fest im Arm, und wieder einmal funktioniert unsere telepathische Verständigung reibungslos. Er flüstert: »Ich dachte, ich würde an diesem Wochenende bestimmt den einen oder anderen ehemaligen Verehrer von dir treffen.«

Ich muß lachen. »Du würdest sie nicht im selben Raum mit meinem Vater erwischen.«

»Und warum nicht, Amanda?« Das Glitzern in seinen Augen legt den Verdacht nahe, daß er mehr weiß, als er sagt. Er zieht mich enger an sich. »Ich hab zwar kein gutes Buch gefunden, aber einer von deinen Schulaufsätzen war hochinteressant.«

Ich verstolpere einen Schritt. »Welcher Aufsatz denn?« (Panik!) »Oh, der mit deiner Theorie über schwarze Frauen, die einen weißen Mann heiraten und länger leben.« Ich wußte doch, daß da noch etwas war, was ich verstecken wollte. »Wenn ich dir eine Frage stelle, wirst du sie mir ehrlich beantworten?« Ich kann nur nicken. »Ist deshalb keiner deiner Ex-Freunde hier – weil sie alle weiß waren? Hast du jemals einen schwarzen Freund gehabt?«

Da haben wir's. Die ganze Zeit habe ich mich um die Antwort auf eben diese Frage herumlaviert. Was soll ich jetzt sagen? Was wird er denken? Daß ich schon immer eine Schwäche für weiße Männer hatte? Nicht zum erstenmal spüre ich Scham deshalb, ein schlechtes Gewissen, und ich antworte: »Nein. Ich hatte nie einen schwarzen Freund.« Ich bin darauf gefaßt, daß er mich jetzt wegstößt und mir alle möglichen Vorwürfe macht, aber statt dessen zieht er mich wieder an sich. »Irgendwie finde ich das schön. Ich mag dich jetzt noch lieber.«

Tod eines Handlungsreisenden

»Ich verstehe nicht, warum du es so toll findest, eine persönliche Einkaufsassistentin zu haben.«

Eddy lächelt mich nur an, während ihre persönliche Assistentin unsere Mäntel und Handtaschen in unsere Umkleidekabine bei Saks bringt. Einen Augenblick noch bleibt sie stehen und erklärt: »Wenn wir für Sie eine Auswahl von Kleidern und Accessoires zusammenstellen, sparen Sie viel Zeit.«

Ich warte, bis sie weg ist. »Wenn man wirklich Zeit sparen will, bestellt man per Katalog!« flüstere ich Eddy zu.

»Halt bloß den Mund!« Eddy durchsucht schon die unendlichen Reihen von Freizeit- und Abendkleidung. »Dafür hätte ich nicht nach New York kommen müssen, oder?«

»Mit deinen ganzen Beziehungen und Sondertarifen in Europa?«

»Europa ist gut, wenn es um Mode geht, aber für normale Klamotten … Wie findest du das hier?« Sie hält ein Hemdblusenkleid mit Faltenrock von Ralph Lauren hoch, und ich denke: »Mir würde das viel besser stehen!«

Ich halte es an mich und schaue in den Spiegel. »Dafür bist du zu klein, meine Liebe –«

»Entschuldigung.« Ein Hüsteln und ein eindringliches Klopfen auf meine Schulter. »Entschuldigung, MISS!?« Ich hasse es, wenn mich jemand anfaßt, und will das gerade der pummeligen, pudelartigen Matrone mitteilen, doch sie gibt mir nicht die Gelegenheit dazu. »Miss, können Sie mir helfen?« Sie wirft Eddy einen bedeutsamen Blick zu. »Wenn Sie vielleicht Zeit hätten?«

Wütend hängt Eddy das Kleid zurück und richtet sich zu voller Größe auf, um von den fünfzehn Zentimetern, die sie die Frau überragt, auf sie herunterzuschauen.

»Warte!« unterbreche ich sie. »Kaufen Sie hier oft ein?« frage ich die Frau.

»Ja«, antwortet sie und reckt ihren Truthahnhals, womit sie jedoch höchstens zwei Zentimeter wettmacht, »ich bin eine gute Kundin und habe die höfliche Bedienung der Mädchen hier immer sehr geschätzt!« Eddy stemmt die Hände in die Hüften und wirft den Kopf zurück. »Mädchen!?«

Ich muß mir das Lachen verbeißen, versuche aber trotzdem noch einmal zu erklären: »Tut mir leid, aber –«

»Nun, wenn Sie mir nicht helfen wollen, muß ich eben mit Ihrem Vorgesetzten sprechen!«

»In dieser Aufmachung brauchen Sie mehr Hilfe, als wir Ihnen geben können!« faucht Eddy.

»Also wirklich, Annabelle!« Ich blinzle Eddy an. »Sie können Ihre Pause auch später machen. Was können wir Ihnen, ich meine, für Sie tun?«

Inzwischen ist die Frau zu der Überzeugung gelangt, daß ich die weniger Verrückte bin, und konzentriert sich auf mich. »Ich möchte nur das hier anprobieren und weiß gar nicht, warum das ein Problem ist.«

Die letzten Worte schnaubt sie in Eddys Richtung, die ihrerseits wütende Blicke verteilt. »Sie werden nie in dieses Kleid passen, es ist mindestens zwei Größen zu klein!«

Ich nehme ihr das Kleid ab, werfe einen Blick auf das Etikett und rufe in gespieltem Entsetzen: »Oh, nein. Nein, nein, nein! Das geht wirklich nicht!« Ich strecke es ihr hin, als hätte ich Angst, mich zu vergiften. »DAS ist ein SONDERANGEBOT!«

Eddy blickt gen Himmel. »Was hast du denn erwartet?«

Mit fester Hand führe ich die Frau zurück zum Aufzug. »Sonderangebote sind in diesem Stockwerk nicht erlaubt, es sei denn, Sie besitzen eine Platin-Kundenkarte – in diesem Fall bin ich gern bereit, Sie zu beraten. Haben Sie eine Platinkarte?« Der Frau ist das Ganze sichtlich unangenehm, und sie schüttelt den Kopf. Ich schiebe sie in den Aufzug und drücke auf den Knopf fürs Untergeschoß. »Dann müssen sie leider dorthin zurück, wo Sie hergekommen sind. Schönen Tag noch, Madame!«

Inzwischen ist Eddys persönliche Assistentin mit zwei Tassen Kaffee zurück, um nachzusehen, wie wir zurechtkommen. Ich kann gar nicht mehr aufhören zu lachen, aber Eddy ist richtig wütend. »Vielleicht könnten Sie dafür sorgen, daß wir nicht noch mal von Schnäppchenjägerinnen gestört werden, die von mir hören wollen, wie gut sie in ihren Ausverkauf-Fetzen aussehen!«

Die Assistentin lächelt, während sie verzweifelt zu verstehen versucht, worum es geht.

»Schon in Ordnung«, beruhige ich sie, »wir hatten nur Besuch.«

»Nein, es ist überhaupt nicht in Ordnung!« Ich schicke die nun völlig verwirrte Assistentin hinaus. »Wir brauchen ein paar Minuten, vielleicht können Sie uns etwas Stärkeres als Kaffee bringen.«

Die Frau verschwindet, und ich beobachte, wie Eddy ein paar Sekunden in den Kleidern wühlt. »Ach, komm schon, Eddy, du wirst dir doch nicht von diesem Pudel deinen Einkaufsbummel verderben lassen, oder?«

»Solche Sachen sind der Grund, weshalb ich nicht mehr hier wohne. Ich meine, ich stehe hier in meinen Schuhen, die mehr gekostet haben als ihre ganze Aufmachung, und diese Kuh besitzt die Frechheit, mich Mädchen zu nennen!«

»Du mußt einfach darüber lachen. Hast du ihr Gesicht gesehen, als ich sie nach der Platinkarte gefragt habe? Die Arme, sie hat sicher nicht mal gewußt, daß es so was gibt!« Damit luchse ich Eddy immerhin schon ein Lächeln ab.

»Und als du SONDERANGEBOT! SONDERANGEBOT! gekreischt hast!« sagt sie. Diesmal lachen wir beide.

»Wirklich, Eddy, wenn du zuläßt, daß dir solche blöden Leuten die Nerven ruinieren, wundert es mich nicht, daß du in Europa leben mußt. Wenn du keinen Spaß mehr hast, haben die Miesmacher gewonnen.«

Eines Abends sage ich Westly, daß eines der Familienerbstücke, eine Brosche in Form einer Lilie mit kleinen Diamanten, eine neue Legierung braucht. »Das Gold sieht etwas schäbig aus.«

»Gut, wir bringen sie am Samstag zu Bocks.«

»Es gibt einen Juwelier gleich um die Ecke von meinem Büro. Da kann ich sie morgen gleich abliefern.«

»Abliefern?« Er nimmt mir das Schmuckstück aus der Hand. »Sieht das etwa aus wie ein Brief oder eine Postkarte? Außerdem ist Bocks überhaupt nicht in der Nähe von deinem Büro.« Er besteht darauf, daß ich es zum gleichen Juwelier bringe, der »immer für uns gearbeitet hat.«

»Kein Problem, ich bringe sie hin.«

»Du willst doch nicht etwa mit Schmuck im Wert von ein paar tausend Dollar in der U-Bahn fahren, oder?« Er will einfach nicht glauben, daß ich diese Angelegenheit allein regeln kann, denn der einzige Schmuck, den ich von meiner Familie geerbt habe, ist ein halbwertvoller goldener Granatring und eine Rolex von meiner Urgroßmutter.

»Ich muß die Brosche ja nicht eigenhändig legieren, Westly, und es geht ja auch nicht darum, daß dein Familienjuwelier die Steine vertauscht, oder?«

In Situationen wie dieser kommt mir Westly oft noch weißer vor, als er ist. Seine Stimme bekommt etwas Verkniffenes, er redet ganz langsam und betulich – man hört ihm den Neuengländer meilenweit an. »Himmel, nein. Bocks

Senior ist praktisch ein Mitglied der Familie. Natürlich arbeitet er schon lange nicht mehr im Laden. Einer seiner Söhne ist auch an der Wall Street. Ich glaube, bei ...«

Ich will nicht, daß er weiter in Erinnerungen schwelgt, denn wenn er erst mal in Fahrt kommt, ist er eine Weile nicht mehr zu bremsen. »Okay, okay. Westly, ich bringe die Brosche mit dem Auto zu Bocks.«

Aber er gibt nicht nach. »Ich fahre dich, Liebste.«

Am Samstag vormittag schleichen wir mit dem Jaguar die Fifth Avenue entlang, und die Fußgänger sausen an uns und den restlichen fünfzehn Kilometern Autoschlange vorbei. »Westly, wir können doch im Parkhaus an der Sixty-sixth Street parken und zu Fuß weitergehen.«

»Ich finde schon einen Parkplatz«, verspricht mein Ritter in der strahlenden Rüstung. Während die Ritter der Tafelrunde damit beschäftigt waren, Schätze zu suchen und Drachen zu töten, verbringt der heutige Held seine Zeit damit, Kellner fertigzumachen und Parkplätze aufzuspüren.

»Westly, wir sind hier schon mindestens ein halbes dutzendmal rechts abgebogen und um den Block gefahren – du fährst immer im Kreis. Warum versuchst du es nicht mal andersrum?«

Er wirft mir einen seiner Frauen-müßte-es-verboten-werden-Auto-zu-fahren-und-zu-reden-Blick zu und antwortet mit seiner Warum-können-Frauen-nicht-logisch-denken?-Stimme: »Weil die Chancen, daß jemand rausfährt, größer sind, wenn ich immer die gleiche Strecke fahre.«

»Spar dir diesen Ton, du Blödmann. Wir könnten unsere kleine Besorgung schon längst hinter uns haben, wenn wir den Wagen gleich im Parkhaus gelassen hätten.« Mich ödet es an, im Auto rumzusitzen, und ich habe auch noch einiges zu erledigen. »Hör mal, West, da ist der Laden, halt an und laß mich aussteigen. Du kannst weiter einen Parkplatz suchen, während ich schnell reingehe und die Brosche abgebe. Wenn du möchtest, kannst du dich ja später noch mal erkundigen, ob ich alles richtig gemacht habe.« Schweigen, als ich aus dem Wagen klettere. Da entdeckt er plötzlich zwei Blocks vor uns ein Auto, das aus einer Parklücke setzt, und stürzt sich in den Kampf, wobei er die Tür so hastig zuschlägt, daß beinahe mein Hermès-Schal steckenbleibt.

Ein kalter Oktoberwind bläst mir um meine dünn bestrumpften Beine, und ich ziehe den Kragen meiner cremefarbenen Bogner-Wildlederjacke, die mir gerade übers Knie reicht, etwas fester. Dann eile ich zu der imposanten Goldtür, die mit den Edelsteinen in den vergitterten Schaufenstern um die Wette strahlt. Ich muß klingeln, um eingelassen zu werden. Wie fast alle Geschäfte in der Fifth Avenue gibt es ein Schloß an der Tür – nicht nur Juweliere, sogar die gewöhnlichen Kleidergeschäfte haben dieses System eingeführt, denn die Diebe schnappen sich, was sie kriegen können, und verschwinden dann in der Menschenmenge.

Ich sehe die Verkäuferin mit ihrem blondgefärbten Pagenkopf. Sie sieht mir ins Gesicht und schüttelt den Kopf. Ich schaue auf die Uhr – die geerbte –, denn ich kann nicht glauben, daß das Geschäft schon geschlossen ist. Vielleicht machen sie Mittagspause? Als ich sehe, daß es gerade erst halb eins ist, deute ich auf die Uhr und klopfe an die nach wie vor verriegelte Tür. Die Verkäuferin gestikuliert hektisch mit ihren überlangen, rosalackierten Fingernägeln, ich soll verschwinden.

Der eiskalte Wind peitscht mir um die Beine, aber er ist nicht kalt genug, um das Feuer zu kühlen, das mir ins Gesicht steigt und vom Hals bis in die Zehenspitzen wandert. Sie will mich nicht reinlassen! An meiner Kleidung kann es nicht liegen – eine blonde Frau in zerrissenen Jeans steht mit einer anderen Verkäuferin an einer Theke. Ich kämpfe gegen den Drang, noch einmal zu klopfen, und zwar laut. Ich überprüfe mein Spiegelbild in der Glastür. »Sehe ich etwa aus wie ein Dieb aus dem Ghetto?«

Wenn ich den Finger nicht mehr von der Klingel nehme, wird sie einfach weiter ihren Kopf schütteln. Aber ich werde nicht hier rumstehen, in meiner Jacke, die mehr gekostet hat, als sie in einer ganzen Woche verdient, und ihr dabei zusehen, wie sie die Hausherrin spielt. Wir werden ja sehen! Mein heißer Atem wirbelt in der kalten Luft um mich herum winzige Tornados auf, und ich merke, daß ich kurz davor bin zu beweisen, daß ich »eine von denen« bin ...

Das Blut pocht in meinen Schläfen, während ich ganz langsam den Kalbslederhandschuh von meiner linken Hand streife und vorsichtig den Verlobungsring von meinem Finger ziehe. Ich bin fest entschlossen zu beweisen, daß seine drei Karat stärker sind als das Panzerglas. Ich weiß nicht genau, was ich eigentlich vorhabe, ich denke nicht wirklich darüber nach – wahrscheinlich ritze ich gleich drei riesige Ks in die Glastür.

Doch Gott sei Dank erscheint in diesem Augenblick Westly. »Warum stehst du denn hier in der Kälte rum, du hättest nicht zu warten brauchen, ich dachte, du –«

Selbst in der Glasscheibe erkennt man meine zitternde Unterlippe und das Schimmern der mühsam zurückgehaltenen Tränen in meinen Augen.

Mit einem Blick, der kälter ist als der Wind, der mir immer noch zusetzt, wendet sich Westly zu der verschlossenen Tür. Die Verkäuferin drückt den Öffner, und er hält die Tür für mich auf. Als ich eintrete, kommt sie jedoch sofort auf mich zu und sagt mit einem dicken Brooklyn-Akzent: »Tut mir leid, Miss, aber Sie müssen bitte draußen –«

Die Eiseskälte, die ich jetzt spüre, kommt von Westly, der direkt hinter mir steht. »Wie können SIE es wagen, in diesem Ton mit meiner Frau zu sprechen?«

Erschrocken hält sie inne und bleibt stocksteif stehen. »Oh, ich dachte –«

Westlys Stimme, die nicht einmal laut geworden ist, strahlt königlichen Zorn aus. »Es ist nicht Ihre Aufgabe zu denken, sonst würden Sie nicht hier arbeiten, Miss. Es ist Ihr Job zu bedienen.«

In diesem Moment entdeckt uns ein großer, dünner junger Mann mit frühzeitig schütterem Haar und stürzt auf uns zu, um uns zu begrüßen. Wie sich herausstellt, ist er »Bocks III. – und Sie müssen Mrs. Hamond III. sein, freut mich, Sie kennenzulernen. Guten Tag, Hamond!«

»Guten Tag, Bocks!«

»Gehen wir in mein Büro.« Er hat die Situation durchschaut und schickt den Pagenkopf zum Kaffeeholen.

»Wie nehmen Sie Ihren Kaffee, Ma'am?« fragt sie mich höchst unterwürfig.

»Schwarz.«

Sie verschwindet, kommt kurz darauf wieder und bedient uns schweigend. Ich bekomme meine Stimme wieder einigermaßen unter Kontrolle und schlüpfe ganz selbstverständlich in die Rolle der verwöhnten Ehefrau. Da ich meiner Fassung aber noch nicht ganz traue, lasse ich Westly die Anweisungen für die Brosche geben und spüle meine Bitterkeit mit schwarzem Kaffee hinunter.

Mit der Zusicherung, daß alles wunschgemäß erledigt wird, geleitet uns Bocks III. zur Tür und meint dann noch wie nebenbei: »Tut mir leid wegen … wegen der Unannehmlichkeit. Es ist wirklich schwer heutzutage, gute Angestellte zu finden.«

Westly sieht ihn an. »Wie dem auch sei, man erwartet doch einen gewissen … Standard von einem Unternehmen wie diesem, dem meine Familie schon so lange vertraut.« Dann fügt Hamond III. noch, mit Blick zur Tür, hinzu: »Ich bin sicher, da sind wir einer Meinung.«

»Voll und ganz«, pflichtet Bocks III. ihm bei.

Westly ist ernsthaft aufgebracht und tief getroffen. Auf dem Weg zum Auto explodiert er: »Kannst du dir das vorstellen? Meine Frau wird genötigt, in der Kälte herumzustehen!? Wenn ich das meiner Mutter erzähle … Sie sollten zusehen, daß sie etwas unternehmen wegen dieses Mädchens. Ein Ladenmädchen, das eine Hamond, eine HAMOND so behandelt!«

»Es war, weil ich schwarz bin, West.« Ich freue mich, daß er dieses eine Mal, ohne daß ich es von ihm verlange, hundertprozentig hinter mir steht.

»Was hat das denn damit zu tun? Es ist ihr Job, ihre Kunden zu kennen und entsprechend zu behandeln. Vor allem, weil meine Urgroßmutter eine ihrer ersten Kundinnen war.«

»Westly, du hast keinen Grund, dich deshalb aufzuregen. Sobald den Leuten klar war, daß ich deine Frau bin, haben sie sich vor lauter Höflichkeit fast überschlagen.« Mir gefällt nicht, wie sich dieses Gespräch entwickelt.

»Das ist auch das mindeste, das allermindeste«, schnaubt Westly.

»Begreifst du denn nicht, daß ich trotz meiner Klamotten im Wert von mehreren tausend Dollar nicht reingelassen worden wäre, wenn du nicht aufgetaucht wärst –«

»Sei nicht albern, Bocks weiß, wer du bist. Das Mädchen hat dich nicht reingelassen, aber dieses Problem kannst du als gelöst betrachten.«

»Man hat mich nicht reingelassen, weil ich schwarz bin.«

»Daß du schwarz bist, hat überhaupt nichts damit zu tun, wenn man dich irgendwo nicht reinläßt, nicht geradezu hereinbittet – du bist ein Mitglied der Familie Hamond.«

»Du meinst also, ob man ein Mitglied der Familie Hamond ist, ist von größerer Bedeutung als die Hautfarbe?«

»Ein Mitglied der Familie Hamond zu sein, gilt mehr als alles andere, Punkt! Wann kapierst du das denn endlich?«

»Du sagst also, es ist dir gleichgültig, daß Schwarze nicht reingelassen werden, es stört dich nur, daß dieses Mädchen DEINE Frau nicht reingelassen hat?«

»Ach Himmel, Amanda, für wen hältst du mich? Für Martin Luther King? Für Malcolm X? Denkst du, nur weil ich dich geheiratet habe, bin ich der neue Moses des schwarzen Volkes? Hör auf damit. Wenn die Schwarzen im Basketball-Team mich nicht in der Mannschaft haben wollen, leierst du dann eine Protestaktion an? Ich bin nicht der neue Messias und du auch nicht, Babe. Mir geht es um unsere Familie, um unseren kleinen Teil der Welt, den wir beschützen und erhalten müssen, und darum solltest du dich auch kümmern, und nicht um die ganze Menschheit –«

Dazu könnte ich eine Menge sagen… aber im Moment bringe ich es nicht fertig, mit ihm darüber zu streiten, daß er sich aus den falschen Beweggründen für mich einsetzt. Nicht heute. Heute hat er mich davor bewahrt, von einem Ladenmädchen gedemütigt zu werden, und wenn er nicht im richtigen Augenblick aufgetaucht wäre – dann hätte ich dem Juwelier wahrscheinlich gute Gründe dafür geliefert, nie wieder eine schwarze Frau hereinzulassen. Ich hatte mich nicht mehr unter Kontrolle …

»Wo ist denn der verdammte Wagen?!« ruft Westly und starrt auf den leeren Platz vor dem Hydranten.

Unbefleckte Empfängnis

Margaret umarmt mich und wünscht mir Glück. »Na, das wurde ja auch Zeit für den Entschluß. Ich meine, ich bin ja auch dafür, nichts zu überstürzen – aber zwei Jahre warten? Es hat mich schon ziemlich überrascht, daß Westly da mitgemacht hat und vor allem seine Eltern! Bestimmt haben sie damit gerechnet, daß du dich vermehrst wie ein Kaninchen!«

Wir haben beschlossen, dem Ruf der Wildnis ebenso zu folgen wie dem von Westlys Eltern, die nicht ruhen, das Thema mehr oder weniger subtil auf den Tisch zu bringen: »Worauf wartet ihr denn noch?« (Lanie zu mir), »Widme dich der Pflicht mit Freuden, mein Sohn!« (Edward II. zu Westly). Nach anderthalb Jahren sind sie echt besorgt, und Edward II. fragt mich rundheraus: »Gibt es ein Problem?« Er klingt so besorgt, daß ich mich verpflichtet fühle, ihm mitzuteilen: »Nein, wir wollen nur warten, bis die Dinge sich ein bißchen eingespielt haben.« Seinem Blick entnehme ich unmißverständlich, daß er glaubt, ich bin das Problem. Lanie teilt seine Meinung offenbar und bringt sie auch zum Ausdruck: »Du willst also noch – warten.« Westly, der wahrscheinlich noch viel öfter mit dem Thema belästigt wird, erklärt: »WIR wollen warten.« Doch als wir nach New York zurückfahren, fragt er: »Worauf warten WIR eigentlich?«

»Jetzt fang du nicht auch noch damit an. Ich will einfach nur warten, bis ich mit der Arbeit und allem sicher sein kann.«

»Bis sie dich entbehren können? Weißt du, ich erwähne das ja höchst ungern, aber wir werden alle nicht jünger.«

Ich starre ihn nieder. Ich weiß, er meint es nur zur Hälfte im Scherz, und es stimmt – ich höre beinahe, wie meine biologische Uhr tickt. Komischerweise mache ich mir darüber aber jetzt viel weniger Sorgen als vor meiner Heirat. Jetzt, wo ich sexy Westly und eine erfolgreiche Karriere habe, genieße ich das Leben einfach viel zu sehr! Ein Baby zu bekommen, bedeutet nicht mehr, daß ich meine Fruchtbarkeit beweise, sondern daß ich eine alte verheiratete Frau mit Kind bin – und damit kann ich gut noch eine Weile warten! Ich glaube, Westly vermutet etwas Derartiges, denn nach zwanzig Monaten »Warten« fängt er nun an, mich auf jede moderne Karriere-Mutter aufmerksam zu machen, die uns über den Weg läuft. Als wir eines Sonntags im Park spazierengehen, begegnen wir einer schicken schwarzen Frau und Mutter, das *Wall Street Journal* unter den Arm geklemmt, den Kinderwagen vor sich herschiebend, und Westly spricht sie tatsächlich an und bittet sie, uns zu berichten, wie schön und einfach es ist, gleichzeitig ein Kind und einen Beruf zu haben. Tränen treten ihr in die Augen, ihre Lippen zittern, und ihre Stimme ist hart an der Grenze zur Hysterie, während sie eine mehr oder minder unzusammenhängende Tirade vom Stapel läßt, in der sie die Doppelbelastung als absoluten Horror entlarvt. Ihre einzige Chance auf ein bißchen Glück sieht sie darin, daß sie sich von ihrem Mann scheiden läßt und sich in die Wüste zurückzieht. »Die gehört ja in die Klapsmühle!« schnappt Westly.

Ich lache. »Ja! Aber das Baby kam mir ganz normal vor, also kann es nichts Erbliches sein ... Allerdings gab es schon gewisse Ähnlichkeiten – dem Baby stehen die Pausbacken eindeutig besser ...«

Einen Monat später bin ich in Mailand und ertappe mich vor einem Mutter-und-Kind-Laden, in den ich wohl schon eine ganze Weile starre, weil mich der winzige blaue Matrosenanzug so fasziniert. Zwei Monate später bemerkt sogar Westly, wie ich in Kinderwagen und Baby-Tragetücher spähe. Drei Monate später bleibe ich häufig stehen, um vor Babys und ihren Müttern gurrende Geräusche von mir zu geben, aber nur, wenn Westly nicht dabei ist. Knapp vier Monate später stopfe ich mir zum erstenmal ein Kissen unter mein spitzenbesetztes Seidennachthemd. Westly ist im Badezimmer … Ich glaube, jetzt bin ich soweit, oder ich werde in sechs Monaten soweit sein – solange dauert es ja angeblich bei Anfängern, bis es klappt. Ich beschließe zu warten, bis Westly das Thema wieder anschneidet. Eine Stunde später …

Wir lassen uns beide noch mal gründlich durchchecken. Schon vor der Hochzeit haben wir einige Tests machen lassen, um ein paar Informationen darüber zu sammeln, was unser Gen-Cocktail produzieren könnte. Man hat uns genau gesagt, wie unsere Kinder aussehen werden – wenn wir hundert kriegen. Weder von Westlys noch von meiner Seite gibt es irgendwelche Faktoren, die dafür sprechen, daß wir kein gesundes Kind bekommen, aber wie es aussehen wird, kann man nur raten. Klar ist nur, daß meine Gene (mißbrauchtes Sklavenmädchen plus Indianerbraut plus wer weiß) gegen Jahrhunderte rein angelsächsisches Blut keine große Chance haben, jedenfalls nicht bei den ersten fünfundsiebzig Kindern. Höchstens bei den Mädchen. Fünfundsiebzig weiße kleine Jungen auf ein schwarzes kleines Mädchen, das ist ein ziemlich hoher Preis. Trotzdem glaube ich fest daran, daß meine Tochter es schaffen wird, die erste zu sein.

Das muß sie auch. Jetzt, wo ich bereit bin, ein Kind zu bekommen, bin ich auch bereit, zwei in die Welt zu setzen. Ich mache eine Liste mit allen Vorteilen, aber Westly sieht nur die Nachteile. Schließlich spiele ich meinen Trumpf aus: Aber wenn wir als erstes eine Tochter bekommen? Westly läßt sich nicht erschüttern: »Ich weiß gar nicht, was das soll. Wenn wir einen Sohn kriegen, gut. Wenn wir eine Tochter kriegen, auch gut. Bei ihrer Geburt fange ich an, mir um sie Sorgen zu machen, in der Pubertät wird es besonders schlimm, und danach geht's munter so weiter, bis ich tot und begraben bin. Also würde sowieso nicht mehr viel Zeit bleiben, mit einem Sohn Sport zu treiben.«

Seltsamerweise schlägt sich meine Mutter auf Westlys Seite: »Denk an deine Karriere und an deine Figur, wenn du anfängst, in deinem Alter ein Kind nach dem anderen in die Welt zu setzen.« (Meine Schwester und ich sind beide geboren, bevor meine Mutter zweiundzwanzig war.) »Es ist schwierig genug, weiter ein Liebespaar zu bleiben, wenn man erst mal verheiratet ist! Als Typ-A-Persönlichkeit mit einem Kind schaffst du es vielleicht. Vielleicht! Eine Tochter« – meine Mutter ist genauso überzeugt wie ich, daß wir ein Mädchen kriegen – »eine Tochter ist genug. Glaub mir!« Meine Mutter hat sich noch nie die Chance zu einem gezielten Seitenhieb nehmen lassen.

»Danke, Mutter, aber bei dir lief es doch gar nicht so schlecht.«

»Ach, woher willst du das denn wissen? Aber wie dem auch sei«, fährt sie rasch fort, damit ich nicht anfange, in ihrem Privatleben mit meinem Vater rumzuwühlen, »wie dem auch sei, du kannst es mir ruhig glauben. Und ich war jünger. Zwei Jahre schwanger, fett und außer der Sesamstraße keinerlei intellektuelle Anregung, das macht jeden mürbe, sogar eine Frau, und es bringt auch nicht die besten Mutterinstinkte ans Tageslicht.« Soll das eine Erklärung sein, vielleicht sogar eine Entschuldigung? Ich gehe der Sache nicht weiter nach, denn irgendwie macht mir der Gedanke angst. Wenn ich mir überlege, welche Chancen ich habe, zwei Kinder großzuziehen und trotzdem Karriere zu machen, dann weiß ich, daß sie recht hat.

Als wir zur nächsten großen Hürde gelangen, finde ich heraus, daß für Westly dieses Rennen offenbar schon gelaufen ist: Wie organisieren wir, wer sich um das Baby kümmert? Selbstverständlich hätte ich nie geglaubt, daß Westly einen Vaterschaftsurlaub auch nur in Erwägung ziehen würde – für einen Juniorpartner ist das einfach kein Thema.

Aber ich will auch nicht aufhören zu arbeiten, ich liebe meinen Job. Wenn wir vom Kinderzimmer einen Durchbruch zum Gästezimmer machen, haben wir Platz genug, daß eine Kinderfrau bei uns wohnen kann.

Für mich ist es klar, daß wir eine Kinderfrau suchen, so daß ich nach einer angemessenen Pause mit gewissen Einschränkungen wieder voll arbeiten kann. Vorausgesetzt, ich kann Mr. Withers überreden, mich zu behalten. Für mich ist dieses Thema geklärt – jedenfalls wurde in den letzten Jahren, wenn wir von unserem Kind geträumt haben, nie eine Frage aufgeworfen. Es ist eine stillschweigende Übereinkunft.

Doch als es dann ernst wird, bläst Westly plötzlich in ein ganz anderes Horn. »Honey, ich sag ja nicht, daß du daheim in der Küche bleiben sollst, aber ich meine, wir brauchen das Geld nicht, und überhaupt –«

»Warte mal, wenn du meinst, mein Gehalt ist es nicht wert, dafür eine Kinderfrau einzustellen, dann mußt du verrückt sein, ich verdiene immerhin eine sechsstellige Summe, Westly.«

»Nein, das wollte ich damit nicht sagen. Ich wollte dich nur fragen, was für eine Kinderfrau du dir vorstellst.«

»Eine gute.«

»Nein, ich meine, eine weiße oder eine schwarze?«

»Spielt das eine Rolle?«

»Ich habe geglaubt, gerade du wärst der Meinung, daß man das nicht auf die leichte Schulter nehmen sollte. Zum Beispiel sagst du doch so oft, daß Dienstboten immer schwarz sind.«

»Glaubst du, wenn wir eine schwarze Kinderfrau engagieren, dann wird dein Kind denken, daß außer seiner Mutter alle Schwarzen Dienstboten sind? Und wenn wir eine weiße Kinderfrau nehmen, dann denkt es vielleicht, daß alle Menschen außer seiner Mutter weiß sind – jedenfalls im ersten Jahr oder so?« Allmählich wird mir klar, daß es tatsächlich nicht einfach ist. Aber da ich vor einem Kampf nie davonlaufe, reite ich die nächste Attacke: »Aber Westly, es gibt viele schwarze Menschen, überall in New York, ich glaube eigentlich nicht, daß unsere Tochter sich isoliert fühlen wird.«

»Also findest du eine weiße Kinderfrau besser?«

»Nein ... ja – ich weiß nicht. Natürlich müssen wir das gut überlegen, aber ich denke, es sollte möglich sein, eine zu finden. Glaubst du nicht auch?«

»Tja, ich meine, wie kann man sicher gehen, daß sie keine Vorurteile hat? Klar, wir könnten bestimmt eine schwarze oder sogar eine weiße Frau auftreiben, die keine Probleme mit Schwarz oder Weiß hat, aber mit gemischten Kindern könnte es schon ganz anders aussehen. Was ich sagen will – meinst du, wir können eine Kinderfrau finden, die bereit ist, sich mit den speziellen Bedürfnissen eines solchen Kindes auseinanderzusetzen? Okay, es gibt natürlich Kinderfrauen mit eindrucksvollen Zeugnissen, aber ich glaube nicht, daß in der Ausbildung intensiv über die Besonderheiten der letzten echten Minderheit – dem Mischlingskind – gesprochen wird, jedenfalls heute noch nicht.«

Ich sehe ihn eine Weile wortlos an. Obwohl viel Wahres an dem ist, was er sagt, hört er genau da auf, wo seine Mutter angefangen hat. Er macht mich zu einer Frau, die sich ehrenamtlich für etwas engagiert, anstelle einer Frau, die arbeitet. »Was willst du denn damit sagen, Westly? Soll ich zu Hause bleiben und meinen Beruf einfach an den Nagel hängen, wenn wir ein Kind bekommen? Als wir geheiratet haben, wußtest du, daß ich nicht so bin, und ich bin auch jetzt nicht plötzlich so geworden!«

»Nein, Sweetheart.« Er rückt mit dem Stuhl näher zu mir. Allem Anschein nach will er weder mir noch sich selbst mehr zumuten als diese symbolische Nähe.

»Seit wann planst du diese Diskussion denn schon, West? Darauf bist du garantiert nicht erst heute gekommen!«

»Ach komm, tu doch nicht so, als wär ich dein Feind. Ich denke, es ist besser, wenn wir uns jetzt den Fakten stellen, und nicht erst, wenn es zu spät ist. Natürlich habe ich nichts geplant, aber ich gebe zu, daß mir einiges davon schon eine Weile im Kopf herumgeht.«

»Zum Beispiel?« Ich mache die Schotten dicht gegen jedwede Romantisierung Hamondscher Mutterschaft mit all ihren Freuden und Verpflichtungen. Wenn Westly glaubt, er würde damit durchkommen, dann werden ihm bald noch ganz andere Gedanken im Kopf herumgehen. Wie oft bei ähnlichen Auseinandersetzungen überlege ich mir: Kenne ich diesen Mann überhaupt, mit dem ich jetzt schon fast zwei Jahre verheiratet bin?

»Erstens: Eine vollkommen vorurteilsfreie Kinderfrau zu finden, ist meiner Meinung nach so gut wie unmöglich. Sieh uns doch selbst an. Zweitens: Meine Mutter war immer für mich da. Wir hatten das Haus voller Dienstboten, und ob du es nun glaubst oder nicht, meine Mutter führte ihr eigenes Leben. Aber sie wußte, wie wichtig es war, daß sie vor allem in den ersten Jahren die meiste Zeit mit mir verbrachte –«

»Hör mal, wenn du mir wieder mit dieser Predigt über deine heilige Mutter anfängst und wie SIE alles richtig gemacht hat – was deine Existenz natürlich beweist –, dann will ich kein Wort mehr hören! Aber ich hab 'ne tolle Idee – warum lassen wir nicht deine Bilderbuchmutter für unser Kind sorgen, dann könnten wir es vor allen schädlichen Einflüssen bewahren, die es möglicherweise von mir übernimmt.« Ich bin halb aufgestanden, und jetzt zahlt sich Westlys strategisches Näherrücken aus.

Er legt mir die Hand auf den Arm, so daß er mich nicht mit nackter Gewalt, sondern vielmehr mit der Wärme seiner Berührung und dem Schmerz in seinen Augen auf meinen Stuhl bannt, und ich sehe, daß er versucht, den Wettlauf mit der Zeit zu gewinnen, beziehungsweise mit der Zeitbombe, die – das weiß er ganz genau – zu ticken begonnen hat. »Dein Einfluß, darum geht es mir ja. Genau den soll unser Kind ja auf jeden Fall zu spüren bekommen. Okay, natürlich auch meinen, und ich werde auch soviel wie möglich hier sein – auch wenn gerade am Anfang sicher nicht genug. Meine Mutter war und ist durchaus nicht perfekt. Ich würde ihr unser Kind nicht anvertrauen. Sie wußte Bescheid über mich, weil ich ihr Sohn bin. Sie hat mich geliebt, verstanden und mich oft trotz aller Verrücktheiten akzeptiert, weil ich ihr Kind bin.« Er macht eine Pause und wartet, vielleicht lauscht er dem Ticken der Zeitbombe, das schon wesentlich langsamer und leiser geworden ist. »Selbst wenn unser Kind keine Stracciatella ist« – er benutzt den Spitznamen, mit dem wir unser zukünftiges Kind oft belegen – »möchtest du es wirklich dem Einfluß einer bezahlten Fremden überlassen? Gut, einer hochqualifizierten Fremden, aber mehr auch nicht.

Einer Frau, deren moralische und intellektuelle Ansprüche nie ganz mit unseren, mit deinen konform gehen würden? Mir wäre es lieber, wenn du die Person wärst, die den wichtigsten Einfluß auf unser Kind hat, ja, auch einen größeren als ich, denn du hast so einen wunderbaren Einfluß auf mich.«

Ich schmelze dahin, völlig verwirrt. Zwar merke ich, daß das, was er sagt, durchaus einen Sinn ergibt, aber dieser Sinn zerstört meine Welt. »Das ist ein Alptraum! Das kann nicht wahr sein, auf keinen Fall! Es ist unmöglich, daß du so was sagst, West!« Doch ich weiß, daß er es sagt und daß es stimmt, und ich kann meine Tränen nicht mehr zurückdrängen. Westly hält mich in den Armen, so gut er kann.

Am nächsten Morgen erwache ich mit einem Gefühl, als hätte ich die ganze Nacht geweint, und das stimmt auch mehr oder weniger. Ich stehe auf, mache meine Morgengymnastik, esse meine Grapefruit und bringe sogar ein wäßriges Lächeln für Westly zustande; ausnahmsweise ißt er heute auch Obst zum Frühstück. »Willst du dich nicht anziehen?«

Es ist Freitag, und da wir am Wochenende nicht wegfahren, haben wir beide vor, den ganzen Tag zu arbeiten. »Ich hab angerufen und freigenommen. Es liegt nichts an, was Donna nicht allein schafft.«

»Soll ich lieber auch freinehmen?« Schon hat er seine Krawatte gelockert und greift zum Telefon.

»Nein, Honey, geh du ruhig arbeiten. Ich brauch ein bißchen Zeit für mich.« Damit schiebe ich ihn zur Tür hinaus und scheuche ihn, als er sich noch einmal zögernd zu mir umdreht, freundlich weg: »Ich werd nicht Harakiri begehen und auch nicht in den freien Norden abhauen.«

Mit einer stummen Drohung und sichtlichem Unbehagen fährt er schließlich weg.

Dann sitze ich an der Küchentheke, trockne mir die Augen und zermartere mir das Gehirn wie nie zuvor. Die verrücktesten Ideen fallen mir ein: Ich könnte mich von Westly scheiden lassen, abwarten, bis er mit einer anderen seinen Sohn und Erben produziert hat, und ihn dann wieder heiraten. Das war wahrscheinlich der irrste Plan, aber es gab noch einige ebenso unannehmbare und undenkbare.

Als Westly um sechs nach Hause kommt, habe ich acht Becher Kaffee intus, befinde mich im Koffeinrausch und habe einen Plan. Ich hoffe nur, daß er für Westly ebenso vernünftig klingt wie für mich, aber ich kann erst sicher sein, wenn ich ihn offenbart habe. Also erzähle ich ihm alles. Er ruft zwar nicht den Krankenwagen, aber er nimmt mir die Kaffeetasse aus der Hand, gibt mir statt dessen ein Glas Weißwein und fragt: »Kannst du das alles noch mal wiederholen, und zwar diesmal möglichst nicht im Schnelldurchlauf?«

Ich hole tief Luft. »Mein Plan ist folgender: Ich arbeite bis zum allerletzten Moment, das heißt, ich fliege natürlich nach dem dritten Monat nicht mehr. Dann mache ich ein ganzes Jahr Urlaub. Im zweiten Jahr nehme ich soviel Arbeit wie möglich mit nach Hause und taste mich Schritt für Schritt wieder in meinen Job hinein. Am Ende des zweiten Jahres übernehme ich dann wieder meine wichtigsten Verpflichtungen, einschließlich der Überseeflüge und -katastrophen, aber ich richte mir in meinem Arbeitszimmer ein Büro ein, damit ich zu Hause arbeiten kann, wenn es geht. Wenn unser Kind vier Jahre alt ist, stürze ich mich dann mit Volldampf wieder in den Beruf.« Wenn wir das alles schaffen wollen, müssen wir uns eine Haushälterin suchen, die das für die Kinderfrau vorgesehene Zimmer bekommen könnte. Sie könnte sich auch um die Windeln und ums Fläschchenwärmen kümmern, aber den Mama-Teil der Kinderbetreuung würde ich übernehmen – mit Hilfe von Wonder Womans Feminum-Schutzschild und vielleicht dem einen oder anderen Nervenzusammenbruch.

Westly findet meinen Plan toll, um so mehr, als es mir gelungen ist, den Wasserfall zu stoppen, der seit gestern mein Gesicht hinunterstürzte. Mit großem Taktgefühl vermeidet er zu erwähnen, daß der PLAN noch vom großen Boß genehmigt werden muß. Doch ich habe nicht die Absicht, mit Mr. Withers in Verhandlungen zu treten, ehe wir selbst mit Mutter Natur Verbindung aufgenommen haben. Und nachdem wir den Samen des Kompromisses ausgesät haben, geht plötzlich alles wie von selbst.

Drei Monate nach der großen Diskussion komme ich aus der Praxis meines Arztes, gehe in das Spielzeuggeschäft um die Ecke, kaufe ein kleines Stoffzebra, klebe ihm einen Schnuller an die Schnauze, stecke es in eine Plastikwindel, verpacke das ganze in Geschenkpapier und nehme den Direktorenaufzug zum Büro meines Mannes. Er ist gerade von einer Vorstandssitzung zurück, und auf der Schwelle zu seinem Privatbüro überreiche ich ihm das Päckchen. Er öffnet es, starrt den Inhalt volle zehn Sekunden wortlos an, greift dann zum Telefon und wählt.

Entweder hat er nicht kapiert, oder er freut sich nicht darüber. Ich setze an, ihm die gute Nachricht zu erzählen.

»Psst!« Mit zitternder Stimme sagt er ins Telefon: »Ja, hier ist Westly Hamond III. Julian, ich möchte meinen Sohn gern auf die Warteliste für einen Vorschulplatz setzen lassen in drei Jahren und …« – er sieht mich fragend an.

»Und sieben Monaten«, sage ich ihm vor.

»Und sieben Monaten. Danke, Julian. Bitte? Oh! Sie nehmen jetzt auch Mädchen auf? Ja, ich weiß, die Welt verändert sich. Also auch meine Tochter ... Ja, danke, dankeschön.«

Dann stolpert er auf mich zu, nimmt mich in die Arme, und wir fangen beide an zu weinen. Einer von Westlys Partnern kommt vorbei, durchschaut die Situation sofort, und ehe wir wissen, wie uns geschieht, sind wir mitten in einer improvisierten Party. Anscheinend sind die Sekretärinnen zwischen den Toasts fleißiger, als es den Anschein hat, denn als wir heimgehen, nehmen wir Glückwunschtelegramme und -faxe von Gott und der Welt mit.

Als wir an diesem Abend im Bett liegen, nachdem wir den für einige Zeit letzten Champagner getrunken haben (ich mache das nicht allein), frage ich Westly: »Bist du enttäuscht, wenn es ein Mädchen wird?«

»Nein, ich will nur, daß du und das Baby gesund sind, alles andere läßt sich irgendwie organisieren. Sollen wir den Test machen lassen, damit wir vorher wissen, was es ist?«

»Nein, ich lasse keine unnötigen Untersuchungen machen. Natürliche Geburt, von Anfang an.«

»Gut. Morgen melde ich uns bei den Lamaze-Kursen und beim besten Arzt an, denn unser Erbe verdient es, in der besten Gesellschaft geboren zu werden«, scherzt Westly.

Drei Tage später, nach mehr als zwei Jahren Ehe erlaubt mir Lanie, nein, sie besteht vielmehr darauf, daß ich sie MOM nenne. Natürlich habe ich erwartet, daß Trompetenstöße erschallen und Engelschöre erklingen und die Hölle zufriert, aber tatsächlich läuft es ganz anders. Wir beschließen, Westlys Eltern die frohe Botschaft am nächsten Wochenende mitzuteilen.

Als ich Westly dabei erwische, wie er vor dem Badezimmerspiegel steht und übt: »Das langersehnte, das erhoffte ...

Ereignis«, mache ich mich auf das Schlimmste gefaßt, in anderen Worten das Weißeste.

Wir fahren schon früh am Freitag morgen los, um Edward und Lanie allein zu erwischen. Westly führt unsere kleine Prozession in die Bibliothek, vergewissert sich, daß seine Mutter und ich bequem auf den Ohrenbackensesseln zu beiden Seiten des Kamins thronen, wirft sich in die Pose eines Landedelmanns, mit einer Hand auf meiner Sessellehne, legt eine Kunstpause ein, sieht seinen Vater an und sagt schließlich: »Sir, ich habe meine Pflicht erfüllt.«

Na ja, so kann man es auch ausdrücken. Auf alle Fälle sind seine Eltern vollauf begeistert, und irgendwo zwischen Umarmungen, Küssen und erhobenen Gläsern höre ich ein: »Sag doch bitte Mutter zu mir.« Einfach so. Sie sind fest davon überzeugt, daß es ein Junge wird, obgleich MOM mich ansieht, als hegte sie den Verdacht, daß ich nur zum Trotz gegen sie ein Mädchen kriege. Mir ist sonnenklar, daß sie findet, jede richtige Frau sollte sich einen Sohn wünschen, das hat sie neulich mal angedeutet. In letzter Zeit deutet sie Dinge sehr oft nur an; dagegen kann man sich schlecht wehren. Andererseits ist es wie ein Kompliment, ein Beweis ihrer Zuneigung, denn sie behandelt Westly und seinen Vater genauso.

Diesmal reagiere ich darauf, indem ich vorschlage: »Wir könnten die Sitte einführen, Töchter zu ertränken, wie man es im Fernen Osten tut. Natürlich weiß ich nicht, wo du und ich dann wären, MOM, wenn sie das schon vor fünfzig Jahren hier gemacht hätten.« Um den Schlag zu mildern, verbinde ich ihn mit einem Kompliment, denn ich weiß, sie ist über fünfzig, wenn auch nicht genau, wieviel.

Hamond II. kichert stillvergnügt in sich hinein, offenbar gefällt es ihm, sich vorzustellen, wo er dann wäre. Aber Westlys Seufzer sagt mir allzu deutlich: »O Gott, wenn sie sich jetzt schon so aufführt, wird das aber eine lange Schwangerschaft – wir haben noch sieben Monate vor uns!«

Inzwischen sind wir – einschließlich meiner Familie – Familie genug, um miteinander zu reden, allerdings noch längst nicht vertraut genug für hitzige Diskussionen. Ich habe herausgefunden, daß Hamond II. – anders als viele PAWS (patriarchalisch-archaische Wasps) – nicht erwartet, daß jedermann mit ihm und seinen Ansichten einverstanden ist. Deshalb hält er sich für furchtbar großzügig. »Jeder Mensch hat ein Recht auf seine eigene Meinung!« Dennoch erwartet er, daß alle nach seiner Pfeife tanzen. So nimmt er unsere Neuigkeit auch als endgültige Kapitulation vor seinen oft ausgesprochenen Wünschen – »auch wenn's ein bißchen lang gedauert hat.« Selbstverständlich geben er und Lanie mir die Schuld daran – ich bin ja die berufstätige Frau. Jetzt ist natürlich alles vergeben und vergessen, und Nummer II entführt Nummer III in sein »Keine Hunde und keine Frauen«-Arbeitszimmer, wahrscheinlich, um ihm die Standard-Hamond-Nachwuchsrede zu halten. »Irgendwo gibt es bestimmt ein Buch mit diesen ganzen Standard-Reden,« flüstert Westly im Hinausgehen, »wahrscheinlich stammt es aus dem 18. Jahrhundert, wenn ich daran denke, was für Ratschläge ich bei der Hamond-Rede über die Bienen und Schmetterlinge bekommen habe, oder auch bei der Hamond-Rede zur Ehe, die – nebenbei bemerkt – einige recht interessante Tips über Keuschheitsgürtel enthält.«

Worüber sie auch reden mögen, es bleibt für seine Mutter und mich stets ein Geheimnis. »Es ist bloß ein weiteres Beispiel für männliche Albernheiten. Ich hab mal an der Tür gehorcht«, vertraut Lanie mir an. »Da saßen sie, tranken lachhaft teuren Cognac« – was sie selbst nie tut –, »rauchten stinkende Zigarren« – die dürfen sie sonst nirgends im Haus rauchen, abgesehen vom Speisezimmer, wenn Gäste da sind – »und gaben irgendwelche Grunzlaute von sich.«

Es muß auch ein langes Kapitel über Planung und Ankunft des Sohns und Erben geben, denn wir sitzen fast den ganzen Vormittag herum und reden über die geplante Benefiz-Tanzveranstaltung, in deren Ausschuß mich MOM ebenfalls Jahr für Jahr wählen läßt. Das gehört zu ihrer Taktik, mit der sie dafür sorgt, daß wir auch genug Zeit auf Long Island verbringen. Anfangs steuert sie immer wieder das Thema Kindererziehung an, aber nachdem ich ihr klargemacht habe, daß »Westly und ich noch ganze sieben Monate haben, um Pläne für das Kind zu schmieden«, tritt sie einen strategischen Rückzug an, offensichtlich in der Absicht, eine neue Attacke zu starten, wenn ich schwächer und deshalb gefügiger bin oder wenigstens nicht mehr in der Lage, ohne fremde Hilfe aufzustehen, so daß ich sitzenbleiben und ihr zuhören muß.

Erst zur Mittagszeit tauchen die Männer wieder auf. Der Lunch findet im Familienkreis und deshalb ganz formlos statt, ohne Speisekarte, ohne Butler. Als ich mir Salat nehme, sagt Hamond II.: »Reich mir doch bitte das Hühnchen rüber«, und fährt im selben Ton fort: »Wie ich höre, soll Westly also bei dir im Operationssaal rumschwirren?«

Das Salatbesteck rutscht mir aus den Händen und in die riesige Schüssel. Verstohlen sehe ich zu Westly hinüber, der grinst wie die Cheshire-Katze und offensichtlich denkt: »Na los, sag's ihr, Vater.«

Ich versuche das Salatbesteck herauszuangeln, ohne mit beiden Händen in den Tomaten und Salatblättern zu wühlen, und entgegne, mit aller Würde, die ich aufbringen kann, während mir Essig und Öl von den Fingern tropfen: »Es ist kein Operationssaal, es ist ein Geburtszimmer.«

Lanie hat mir schon gesagt, daß sie es gut findet, wenn ihr Sohn bei der Geburt anwesend ist. Also bedeutet das erstickte Geräusch, das von ihr kommt, bestimmt nur, daß sie genau wie ihr sadistischer Sohn abwartet, wie ich mit Westly II. fertig werde. Nachdem ich das Salatbesteck zurückerobert habe, werde ich jetzt bestimmt nicht weniger hartnäckig für mich selbst kämpfen.

Inzwischen plappert Westly II. munter weiter: »Nennt es, wie ihr wollt, man gibt dir was, Westly verteilt Zigarren – sogar wenn's ein Mädchen wird –, und wenn du wieder aufwachst und wir fertig geraucht haben, ist der ganze Spuk vorbei.«

»Da wir eine natürliche Geburt wollen –« Ich sehe, wie Westly mir zu signalisieren versucht, daß das nicht der richtige Weg ist.

»WAS?!« Jetzt erhebt Westly II. tatsächlich die Stimme. »Das ist doch ausgemachter Blödsinn! Was wollt ihr denn beweisen?! Ein Haufen Dummheit, den man moderne Medizin nennt, will uns wieder ins finstere Mittelalter zurückschicken, nur damit ihr auf euren feministischen Teepartys was zu erzählen habt.«

Ich bin drauf und dran, ihm gründlich Kontra zu geben. Aber wenn ich Lanie ansehe, die sogar Doris Day noch einiges beibringen könnte, verstehe ich sogar, daß ich für ihn eine Feministin bin.

Er nutzt die Pause. »Und was ist mit dem Baby? Ich bin sicher, es ist schwer genug, auf die Welt zu kommen, auch ohne daß gleich alle erwarten, man soll eine Show hinlegen. Und was ist mit dir, wenn es Komplikationen gibt, und mit uns, die wir hier rumsitzen müssen, in dem Bewußtsein, daß alle möglichen natürlichen Katastrophen passieren können?«

Da dieser Satz auch ein gewisses Maß an Sorge um mich enthält, fällt meine Entgegnung eher gemäßigt aus.

»Frauen bekommen seit Jahrtausenden Babys – auf natürliche Art –«

Aber PAW läßt sich nicht beirren: »Ja, und weißt du auch, wie hoch die Sterblichkeitsrate bei Säuglingen damals lag?«

Ich kontere: »Das hatte ganz andere Gründe, das weißt du. Auch heute noch sterben Frauen und Kinder bei der Geburt, trotz der modernen Medizin.« Westly wird bleich. »Aber wir haben gelernt – auch die Ärzte übrigens, nicht nur die Feministinnen –, daß die Chancen für die Gesundheit von Mutter und Kind besser stehen, wenn man der Natur soweit wie möglich ihren Lauf läßt.«

»Na gut, Amanda, ich bin froh, daß du das Thema Natur aufgebracht hast, denn in der Natur ist der Vater bei der Geburt nicht dabei. Wenn du so wild entschlossen bist, dein Leben und das Leben meines Enkelsohns aufs Spiel zu setzen, warum gehst du dann nicht einfach in den Wald wie eine Indianersquaw, hoffst das Beste und kommst zu uns ins Krankenhaus, wenn du fertig bist. Du kannst nicht beides haben, denn in der Natur ist der Vater nicht dabei.«

»Ich natürlich schon«, schaltet sich West ein.

»Natürlich.« Sein Vater meint, er hat mich weichgekocht. West, der weiß, daß das Gegenteil der Fall ist, wird nervös. Wahrscheinlich versucht er zu erraten, für wen von uns beiden er gleich in die Bresche springen muß.

»Na gut, dann stell dir doch mal folgendes vor: Wach oder narkotisiert liege ich in einem Raum mit bezahlten Fremden, die so eine gute Versicherung haben und so routiniert sind, daß sie die meiste Zeit über nur gelangweilt rumhängen. Ich hab sogar schon gehört, daß sie rauchen. Für diese Leute ist die Ankunft deines Enkelsohns etwa so interessant wie die Ankunft der Tageszeitung, und die hat wenigstens noch ein paar neue Comics. Dort kommen Tausende von Babys zur Welt, das ist nichts Besonderes. Jedenfalls ist eine Frau mit gespreizten Beinen, die vor Schmerzen japst, wohl kaum in der Position, sich mit solchen Leuten anzulegen, falls sie ihr Verhalten fragwürdig findet. Ich hab sogar schon gehört, daß manche Krankenhausbedienstete den Frauen unter der Geburt sagen, sie sollen aufhören, sich so anzustellen! Und nach der Geburt möchte die Mutter die ersten Minuten im Leben ihres Kindes genießen, die Wärme, die Liebe, die Freude und den Stolz, all das, was ein Vater seinem Kind schenkt, wenn er es in diesem Augenblick in den Armen hält. Und gerade bei einem Kind gemischter Herkunft können diese ersten Minuten sehr wichtig sein. Du weißt doch, daß früher bei der Geburt eines Thronfolgers Zeugen zugegen sein mußten. Versuch es dir so vorzustellen, wenn dir das hilft. Wenn ich dabei sein muß, ist Westly auf alle Fälle auch dabei, und du mußt dann eben die Zigarren verteilen.«

»Das ist ja wohl das Verrückteste, was ich je gehört habe«, brummt er, ist aber sichtlich gerührt.

Als wir am Sonntag nach New York zurückfahren, kann ich mir die Frage nicht verkneifen: »Hat dir dein Vater irgendeinen Tip gegeben, wie du mit deinem Frauchen zurechtkommen sollst?«

»Wieso? Kann ich irgendwas tun, was deine Meinung ändern würde?«

»Ich dachte, du wolltest bei der Geburt dabeisein, du Affe, und dann hetzt du mir deinen Vater auf den Hals!«

»War ich etwa derjenige, der von der natürlichen Geburt angefangen hat?«

»Was hat dein Vater denn überhaupt damit zu tun? Es ist unser Kind.« Westly sieht mich an, als leide ich schon unter einem Schwangerschaftswahn. »West, du weißt doch genau, was ich meine … Willst du denn nicht dabeisein?«

»Also ehrlich, Amanda, du hast mir keine andere Wahl gelassen –«

»Nein, denn wenn ich dir eine Wahl gelassen hätte, hättest du gekniffen, das weiß ich!«

»Ich finde es wunderschön, wie du die ersten Minuten beschrieben hast – wie unser Kind in meinen Armen liegt, das möchte ich um nichts in der Welt verpassen. Nur der andere Teil macht mir angst.«

»Mir auch, Westly.« Ich beuge mich zu ihm. »Mir auch.« Mir kommt es vor wie eine Ewigkeit, aber schließlich sagt er es doch, und in seiner Stimme liegt die Entschlossenheit, nach der ich mich sehne: »Gemeinsam sind wir stark.«

Nach dem zweiten Monat spreche ich mit meinem Chef. Ich liebe meinen Beruf, und ich hoffe, daß Mr. Withers meinen PLAN ebenso einleuchtend findet wie Westly und ich. Wir haben das Gespräch sogar ein paarmal geprobt, mit Westly als Chef, den ich davon überzeugen mußte, daß ich in den Händen der Firmenfeinde und -konkurrenten eine tödliche Bedrohung darstellen würde.

Ich setze mich auf den angebotenen Stuhl, und Mr. Withers fragt höflich: »Was kann ich für Sie tun?«

Meine Antwort: »Ich bin schwanger«, verschlägt ihm erst mal die Sprache.

Nachdem er eine Weile mit offenem Mund zwischen meinem Gesicht und meinem Bauch hin und her gestarrt hat, springt er auf, umarmt mich und ruft: »Herzlichen Glückwunsch!« in jeder Sprache, deren er mächtig ist. Dann fügt er hinzu: »Ich finde Kinder wundervoll, aber ehe Sie bschließen, June Clever zu werden und bis an Ihr Lebensende Erdnußbutterplätzchen zu backen –« Bevor ich protestieren kann, fährt er fort: »Was ich sagen will: Selbst wenn es nicht wegen des Geldes ist – obwohl wir auch in dieser Hinsicht etwas arrangieren können –, jeder Mensch hat etwas, worin er richtig gut ist. Und Sie sind mehr als gut. Sie sind eine internationale Expertin, Sie sind bekannt, effizient …«

Das ist meine Chance, ehe er merkt, was er gesagt hat. »Was könnten Sie denn arrangieren? Reden wir über einen Betrag, der hoch genug wäre für ein Au-pair-Mädchen oder eine Kinderfrau?«

Zum erstenmal seit Beginn unseres Gesprächs entspannt er sich ein wenig und läßt sich in seinen Chefsessel zurücksinken. »Ich kenne eine gute, preiswerte Kinderfrau.«

Und dann lasse ich mir von ihm Stück für Stück den PLAN aus der Nase ziehen, was sogar noch viel besser ist als meine einstudierte Rede.

Westly und ich treffen uns in unserem Lieblingsrestaurant, für den Fall, daß einer von uns ein wenig Aufmunterung braucht. »Wie ist es gelaufen?« fragt er, als unsere alkoholfreien Cocktails vor uns stehen.

»Ich hab eine Gehaltserhöhung gekriegt.«

Söhne und Liebhaber

Bis zum vierten Monat passiert überhaupt nichts. Westly und ich befühlen abwechselnd meinen Bauch und bilden uns ein, das erwachende Leben zu spüren, aber trotzdem bleibt der Hügel des Lebens, auf den wir warten, unsichtbar. Nach der Kontrolluntersuchung nimmt sich der Arzt immer ein paar Minuten Zeit für eine väterliche Plauderei mit uns, was nur passend ist, denn er hat auch Westly auf die Welt gebracht (während sein Vater Zigarren verteilte und seine Mutter schlief). Dr. Amherst II. versichert uns: »Alles ist wunderbar, allen geht es gut.« Er muß weit über sechzig sein und gehört zu der Sorte von Ärzten, die es nicht für nötig befinden, allzusehr ins Detail zu gehen. Dazu strahlt er eine wahrhaft göttliche Unfehlbarkeit aus. Glücklicherweise soll Dr. Amherst III., sein Sohn, der den größten Teil der Praxis übernommen hat, bei der Geburt auch dabei sein. Ich stelle Dr. Amherst II. endlose Fragen, denn »wir bekommen doch nur dieses eine Kind ...«

»Sie können mir ruhig glauben, Amanda, selbst wenn Sie zehn Kinder in die Welt setzen wollten, wäre es nicht weniger wichtig. Aber ich verstehe, was Sie meinen, denn das ist ja Ihre erste Schwangerschaft.« Damit lehnt er sich in seinem Stuhl zurück und signalisiert, daß wir uns auf einen unerwünschten nichtmedizinischen Rat gefaßt machen sollen. »Westly, ich weiß, Sie sind Einzelkind. Aber Sie erinnern sich doch sicher an Zeiten, in denen Sie sich einen Bruder oder eine Schwester gewünscht haben. Einzelkinder haben es schwerer als Kinder mit Geschwistern. Kinder mit Geschwistern lernen, sich zu verteidigen und sich in der Gesellschaft durchzusetzen, einfach weil sie es praktisch von Geburt an geübt haben. Ich halte den neuen Trend, nur ein Kind zu haben, für sehr egoistisch, eine Entscheidung, bei der die Interessen des Kindes außer acht gelassen werden.«

Mit allem nötigen Respekt antwortet Westly: »Meine Mutter hatte nur mich, und ich habe nicht darunter gelitten. Ich war froh, daß ich keinen Rivalen hatte, wenn es um ihre und die Zuneigung meines Vaters ging, und ich glaube, es besteht kein Zweifel« – er lächelt –, »daß ich mich durchsetzen kann. Außerdem gehöre ich nicht zu den Männern, die sich um jeden Preis einen Sohn wünschen, ich wäre mit einer Tochter ebenso glücklich. Vielleicht mit weniger Seelenfrieden, aber ebenso glücklich.«

Um das Maß voll zu machen, füge ich hinzu: »Und in meinem Alter, Dr. Amherst, möchte ich nicht jahrelang versuchen, doch noch einen Sohn in die Welt zu setzen, vor allem, da ich mir ohnehin eine Tochter wünsche.«

Der Arzt sieht uns ins Gesicht, grinst uns mindestens eine Minute schweigend an, und prustet dann so heftig los, so daß ich schon befürchte, er kriegt keine Luft mehr, bis er schließlich die Frage rausbringt: »Und Sie sind ganz sicher, daß Sie nicht wissen möchten, was der Test darüber aussagt« – ein schweres, ersticktes Lachen –, »darüber, was es wird?«

»Nein!« Wir bleiben beide eisern. Amherst II. geleitet uns zur Tür, wobei er sich immer noch vor Lachen ausschüttet.

»Tja, dann lassen Sie sich einfach von der Natur überraschen!« Als wir zum Aufzug gehen, hören wir ihn immer noch kichern. Westly nickt bestätigend, als ich sage: »Ich glaube, er wird allmählich senil.«

Im fünften Monat gehe ich plötzlich auf wie ein Hefekloß. Natürlich muß es sich in ein paar Wochen oder wenigstens ein paar Tagen angebahnt haben, aber da ich dazu übergegangen bin, schicke Nichtschwangerschafts-Zeltkleider und flache, bequeme Schuhe zu tragen, sozusagen zur Übung, fällt es mir nicht auf, bis ...

Bis ich am Freitag morgen in meine schönen weichen Ralph-Lauren-Schuhe schlüpfen will, und mein Fuß plötzlich nur noch halb hinein paßt. Irgendwie funktionieren die drückenden Schuhe als Alarmsignal für mein Nervensystem, das sich offenbar daran gewöhnt hat, daß mein Ringfinger praktisch permanent eingequetscht ist. Als ich den Finger jetzt betrachte, merke ich, daß meine Hände aussehen wie Wiener Würstchen mit Schokoladenüberzug. Während ich plötzlich spüre, wie der Verlobungs- und der Ehering in mein geschwollenes Fleisch schneiden, habe ich zum erstenmal in meinem Leben das Gefühl, gleich in Ohnmacht zu fallen. Da ist Westly bei mir. Die Hälfte seines Gesichts ist mit Rasierschaum eingeschmiert, auf der anderen tröpfelt ein schmales Blutgerinnsel auf sein Kinn herunter. Ich kann mir kein Gehör verschaffen, weil ein schriller Schrei durchs Zimmer hallt, bis ich irgendwann merke, daß er von mir stammt. Keine Ahnung, wie lange ich geschrien habe, aber Westlys Ausdruck nach zu urteilen muß es schon eine ganze Weile sein.

»Was ist los? Soll ich den Arzt rufen, willst du ins Krankenhaus? Bitte, sag was, Honey! Was ist los, o Gott?« Seine Stimme wird genauso schrill wie meine. »Bitte hör auf zu schreien und sag mir, was los ist, ist es das Baby?«

Er setzt mich behutsam aufs Bett, und ich höre ebenso plötzlich zu schreien auf, wie ich begonnen habe. Fragend blickt Westly mir in die Augen. Ich hebe die Hand und deute auf meinen Fuß, der immer noch halb im Schuh steckt.

»O Gott«, flüstert Westly und wird wieder ganz ruhig, bis auf seinen Augenausdruck. »Zuerst müssen wir die Ringe wegschneiden. Dein Finger wird schon schwarz.«

Das kommt mir umwerfend komisch vor, und ich kann gar nicht mehr aufhören zu lachen. Westly sieht mich an, als wäre ich hysterisch, was der Wahrheit wahrscheinlich ziemlich nahe kommt. Aber ich höre auf zu lachen, als er die Hand hebt. Will er mich etwa schlagen?

Sofort senkt er die Hand wieder: »Schwarz und blau, du weißt doch, was ich meine.«

Dann zieht er uns beide fertig an und stülpt ein Paar von seinen alten Slippern über meine Riesenfüße. Als er mich in den Rover verfrachtet, fällt mir auf, daß er den Rasierschaum immer noch nicht abgewaschen hat, und wieder breche ich in hysterisches Gelächter aus. Diesmal laufe ich nicht Gefahr, eine Ohrfeige zu bekommen; Westly ist meinem Gegacker wehrlos ausgeliefert, denn er muß den Verkehr im Auge behalten. Wir rasen zu einem vier Blocks entfernten Schlosser. Unterwegs beschimpft Westly jeden Fußgänger, der bei Rot die Straße überquert, und alarmiert vom Autotelefon aus Dr. Amherst: »Wir kommen, sobald wir die Ringe los sind.«

An der Ladentür schiebt Westly, ansonsten der Inbegriff des zuvorkommenden Gentleman, eine alte Frau aus dem Weg. Aber durch das Schimpfen gewinnt er wenigstens scheinbar seine Fassung zurück und kann dem Ladeninhaber erklären, daß er die Ringe entfernen soll.

Während der Mann seine Feilen herausholt, überfällt mich plötzlich eine abergläubische Panik, daß auch meine Ehe in die Brüche geht, wenn er jetzt die Ringe zerstört. »Bitte seien Sie vorsichtig«, flehe ich ihn an.

Westly hält meine freie, fette Hand. »Tun Sie, was getan werden muß«, befiehlt er.

Der alte Schlosser hält einen ununterbrochenen Monolog, in dem er mich zu trösten versucht: »Nun, nun, Missis, kein Grund zur Sorge, ich hab Erfahrung mit so was, Sie glauben ja gar nicht, wie viele werdende Mütter … und Väter« – er wirft Westly einen kurzen Blick zu – »im Lauf der Jahre schon durch diese Tür gekommen sind. Und Sie brauchen auch keine Angst um den Ring zu haben. Ich mache nur einen kleinen Schnitt hier hinten …« Er zeigt uns, was er meint, und schon ist der erste Ring gelöst. »Sehen Sie, wenn man ihn hier zusammenschweißt, ist er wieder wie neu. Aber falls Sie mehr Kinder wollen, sollten Sie vielleicht eine Weile warten, bis Sie ihn reparieren lassen.« Nur eine Sekunde hält er in seiner Arbeit inne, um mir zu zeigen, wie man den winzigen Riß flicken kann, aber Westly tritt schon ungeduldig von einem Fuß auf den anderen. Der alte Mann lächelt: »Wie ich sehe, ist es Ihr erstes Kind.«

Der Schlosser reicht Westly ein Küchentuch, damit er sich den restlichen Rasierschaum abwischen kann. »Es ist hauptsächlich Wasser«, erklärt er, während er ein paar Metallsplitter von meinem ekelerregend fetten Finger entfernt. Westlys Erleichterung schlägt sich in einem fürstlichen Trinkgeld nieder.

Als wir wenige Minuten später in der Arztpraxis eintreffen, ist Westly bereits wieder ganz Herr der Lage. Zum Glück hat er keine Zeit, die Sprechstundenhilfe und mich herumzukommandieren, ehe der Arzt ins Wartezimmer kommt.

Dr. Amherst II. nimmt meinen Arm. »In Ordnung, Amanda, gehen wir ins Untersuchungszimmer und sehen uns die Sache mal an, ja? Westly, du kannst solange in meinem Sprechzimmer Platz nehmen. Ich sage der Sprechstundenhilfe, daß sie dir einen Kaffee bringen soll.«

Doch Westly weigert sich, meinen Arm loszulassen. »Ich komme mit, Doktor.«

Dr. II. wirft ihm einen Blick zu, der mich an den von Edward II. bei der Diskussion über die »natürliche Geburt«

erinnert, aber als er sieht, wie Wes entschlossen das Kinn vorstreckt, zuckt er die Achseln und geht ohne weitere Diskussion voran. Während er meinen Puls fühlt und an mir herumdrückt, brummelt er allerlei Beruhigendes vor sich hin. Ich sehe Westly liebevoll an und teile ihm telepathisch mit, daß alles gut werden wird.

Fünf Minuten später entspannt sich das Gesicht des Arztes wieder zur üblichen freundlichen Verbindlichkeit, und ich weiß, daß es nichts Ernstes ist. Er führt das volle Untersuchungsprogramm durch – was an sich schon eine Quälerei für Westly sein muß, denn er war noch nie in einem gynäkologischen Untersuchungszimmer. Dennoch hält er die ganze Zeit über tapfer meine Hand – um uns zu beruhigen. Als ich mich wieder anziehen darf, scheint es mir den Bruchteil einer Sekunde, als wollte Westly vor Erleichterung am liebsten weinen.

Dann gehen wir alle in das Sprechzimmer zurück. Westly und ich sitzen händchenhaltend nebeneinander, während der Arzt sich uns gegenüber an den Schreibtisch lehnt. »Es war genau das richtige, Westly, die Ringe entfernen zu lassen. Ich würde Ihnen raten, Amanda, die ganze Schwangerschaft über weder diese noch irgendwelche anderen Ringe zu tragen. Ansonsten ist alles in Ordnung mit Ihnen und den … hmm … dem Baby, alles in Butter –«

»Gott sei Dank!« Wir fallen uns in die Arme, und diesmal bin ich ganz sicher, daß Westlys Augen gefährlich schimmern. Dr. Amherst II. wendet uns den Rücken zu und läßt sich eine Menge Zeit, um den Tisch herumzugehen und sich in seinem Stuhl niederzulassen. »Auch wenn es nicht unbedingt das ist, was die Medien als Bilderbuchschwangerschaft propagieren, ist es hundertprozentig normal. Nur könnte es eben ein paar Tage oder Monate oder vielleicht sogar bis zur Entbindung so bleiben.«

Auf einmal bin ich keine werdende Mutter mehr, sondern nur ich, mein unglaublich eitles Ich. Die ganzen wunderschönen italienischen Schwangerschaftssachen werden mir nie passen, aufgedunsen, wie ich bin! »Und Sie wissen nicht, wie lange das anhält?« frage ich mit einem beschämten Blick auf die häßlichen braunen Slipper an meinen Füßen.

Dr. Amherst II. schüttelt bedauernd den Kopf. »Da ich auch keine Medikamente verabreichen möchte, solange es nicht unbedingt sein muß, rate ich Ihnen, sowenig wie möglich auf den Beinen zu sein.«

Der nächste Schock! »Sie meinen, ich kann nicht mehr arbeiten?«

»Nein, nein. Obwohl ich nicht verstehe, weshalb das so schlimm sein sollte.« Er zwinkert Westly väterlich zu. »In zwei bis drei Tagen wird die Schwellung beträchtlich zurückgehen. Zwar kann ich nicht garantieren, daß Sie wieder Ihre normale Schuhgröße haben, aber Sie werden wenigstens wieder Damenschuhe tragen können.« Er lacht leise.

Dann wendet er sich an Westly, der mich immer noch liebevoll anlächelt, wobei langsam das Blut aus dem Schnitt in seiner Wange tröpfelt. Amherst klebt ihm ein Pflaster auf die Wange und grinst: »Das erinnert mich an die Zeit, als du noch jung und furchtlos warst, nur daß die Schnitte damals an anderen Stellen saßen, von Stacheldraht und Glasscherben.« Westlys Lächeln läßt ihn aussehen wie einen frechen Sechsjährigen.

Der Doktor begleitet uns durch die Hintertür der Praxis zu den Aufzügen. »Also, denken Sie dran – Beine hochlegen, und rufen Sie mich Montag morgen an, wenn die Schwellung nicht zurückgegangen ist. Du siehst ein bißchen blaß aus, Westly, vielleicht solltest du dir heute auch freinehmen.«

»Jawohl, Herr Doktor. Sonst noch was?«

»O ja, versuch's mal mit 'nem elektrischen Rasierer bis zur Geburt.«

Die Lifttüren schließen sich, und wir stehen die ganze Fahrt nach unten eng umschlungen da – soweit mich Westly überhaupt noch mit den Armen umschlingen kann.

Auf dem Heimweg teilt Westly erst seinem, dann meinem Büro mit, daß wir schwänzen. Als er Donna am Apparat hat, versuche ich mir den Hörer einen Augenblick zu schnappen, nur um zu hören, was läuft, aber Westly starrt mich nieder und legt schnell auf. Das ganze Wochenende über schlachtet er die Gelegenheit, den Despoten zu spielen, weidlich aus. »Komm mir bloß nicht auf die Idee, dich gegen die Anweisungen des Arztes aufzulehnen und meine Autorität in Frage zu stellen, sonst fessle ich dich ans Bett.« Da braucht er sich allerdings keine Sorgen zu machen, denn nach dem Abenteuer heute früh bin ich gern bereit, mich hinzulegen wie ein gestrandeter Wal und mich verwöhnen zu lassen.

Der Arzt hat recht. Am Montag ist die Schwellung ordentlich zurückgegangen. Allerdings ist es im Büro nun unnötig, meine Schwangerschaft bekannt zu geben, denn bei meinem Anblick gratulieren alle sofort.

Obgleich die Schwellung zurückgeht, nehme ich im Lauf der nächsten Wochen einen enormen Umfang an. Am Ende des sechsten Monats betrachte ich meine Elefantenschenkel und weiß, daß ich den Rest meines Lebens so aussehen werde. Das deprimiert mich maßlos, doch ich verberge meinen Kummer vor Westly und allen anderen. Ich weiß, daß ich eine schreckliche Mutter sein werde. Eine richtige Mutter würde diesen vorübergehenden Verlust ihrer Figur mit Freuden ertragen. »Es stört mich aber! Und wie! Ich sehe scheußlich aus, ich fühle mich scheußlich –!« Ein Kleid nach dem anderen fliegt aus dem Schrank, ich schleudere die Zeltgewänder auf den Boden, samt Bügeln und allem, und trample auf ihnen herum.

Westly, den ich auf dem Golfplatz glaubte, kommt ins Schlafzimmer. Es dauert eine Weile, bis ich merke, daß er da steht. Als ich ihm mein tränenüberströmtes Gesicht zuwende, sehe ich, daß er mich mit großen Augen anstarrt.

»Ja, so ist es!« rufe ich. »Ich finde es schrecklich, so herumzuwatscheln! Es ist furchtbar so auszusehen … und … es ist deine Schuld, daß ich so aussehe! Wie würde es dir gefallen, wenn du nur noch in diesen Zirkuszelten rumlaufen könntest? Ich hasse diese Dinger!« Ich trample noch einmal darauf herum, während mir die Tränen nur so die Wangen runterlaufen. »Und ich hasse dich!«

Westly eilt aus dem Zimmer. »Ich glaube, es ist Zeit, meine Mutter anzurufen.«

»O ja, ruf deine Mama an, das ist mir schnuppe! Oh, MAMA hat bestimmt kein Gramm zugenommen …« Ich starte eine neue Attacke auf die Klamotten, die noch im Schrank hängen, denn es wäre äußerst schwierig, mich zu bücken und vor allem wieder hochzukommen. »Garantiert hat SIE bis zu deiner Geburt und wahrscheinlich sogar währenddessen Chanel für junge Mütter getragen!« Wie aufs Stichwort kommt mir in diesem Augenblick das Chanel-Kostüm von der Air France in die Finger, und ich halte es mir im Spiegel vor. Danach kann ich mich nur noch im Bett verkriechen und heulen.

Offenbar weine ich mich in den Schlaf, denn als ich wieder zu mir komme, liegt mein Chanel-Kostüm ordentlich auf dem Stuhl, und ich bin unter die Decke gekuschelt.

Als ich in Westlys Arbeitszimmer stolpere, finde ich ihn im Ohrenbackensessel. Er liest ein Buch: *Mutterschaftsschmerzen beim werdenden Vater – das stumme Leiden.* Ich gehe zu ihm und umarme ihn fest. »Leidest du, Honey?«

»Na ja, mein Golfspiel leidet.« Er umarmt mich ebenfalls. So bleiben wir eine lange Weile sitzen. Dann sieht er mich an:

»Meine Mutter hat gesagt, das wäre alles ganz normal, ich soll dich einfach in Ruhe lassen … Leidest du auch stumm?«

»Ich hatte Angst, es zuzugeben. Ich werde keine gute Mutter sein, Wes. Ich fühle mich nicht wie eine Mutter, ich fühle mich genauso wie immer. Ich kann's kaum abwarten, endlich wieder hübsche Sachen anzuziehen und zu arbeiten … aber ich wollte nicht, daß du und deine Mutter es erfahren.«

»Ach, Mandy, niemand erwartet doch von dir, daß du plötzlich ein anderer Mensch wirst, nur weil du ein Baby kriegst, und was mich angeht – ich hege immer noch die stille Hofnung, daß du keine perfekte Mutter wirst und darüber vergißt, das zu bleiben, was du bist … eine perfekte Frau.«

Die Hamonds haben ein paar pseudo-englische Gepflogenheiten, von denen ich eine besonders gern mag – den Fünf-Uhr-Tee. Wir – Lanie und ich – sitzen gemütlich beisammen, trinken Tee aus den Familienservice-Tassen und essen Crumpets. Ein wirklich netter Nebeneffekt davon, daß ich jetzt gesegneten Leibes bin, besteht darin, daß Lanie plötzlich auf meiner Seite steht, und zwar hundertprozentig. Sie bezieht für mich Stellung gegen Edward II. und Edward III. Dennoch überrascht es mich, als sie jetzt ihre Teetasse abstellt und sagt: »Weißt du, Amanda, wenn du glaubst, daß ich was gegen Mädchen habe, irrst du dich. Nach Westlys Geburt konnte ich keine Kinder mehr bekommen.«

Ich bringe leise heraus: »Das tut mir leid.«

Sie fährt fort: »Das ist lange her. Auf jeden Fall habe ich mir ein ganzes Haus voller Kinder gewünscht: Mädchen, Jungen, am besten ein gutes halbes Dutzend. Als ich heiratete, galt noch die Devise, seid fruchtbar und mehret euch. Leider hat meine Konstitution nicht mitgespielt. Westlys Geburt war schwierig und dramatisch, aber er war schon ein Kämpfer, ehe er richtig auf der Welt war. Weißt du, mein Mann und ich erfuhren schon kurz nach der Hochzeit, wie schwierig das Kinderkriegen für mich werden würde. Außerdem ist bei den Hamonds irgend etwas mit den Genen … nur wenige männliche, ja, nur wenige Kinder überhaupt überstehen das erste Lebensjahr. Was natürlich zur Folge hat, daß eine Hamond-Frau immer wieder gebären muß … Edward, mein Edward, hatte sechs Schwestern und zwei Brüder. Fünf Schwestern haben überlebt, die anderen Kinder sind früh gestorben. Edward ist der Jüngste, zehn Jahre jünger als seine nächste Schwester. Ich bin sicher, daß seine Mutter einen tiefen Seufzer der Erleichterung ausgestoßen hat, als sie endlich einen gesunden Jungen geboren hat, aber … jedenfalls ist sie kurz nach seiner Geburt gestorben. In dieser Familie sind Töchter nicht unwichtig, aber zuerst und vor allem geht es immer darum, daß der Familienname erhalten bleibt. Jedenfalls – als die Familie erfuhr, daß die Ärzte mir davon abrieten, jemals wieder schwanger zu werden, fielen harte Worte … Vorwürfe wurden erhoben, die … nun, die letztlich dazu geführt haben, daß Edward und ich sehr wenig Kontakt zu seinen Schwestern haben. Edward hat sich wunderbar verhalten.« Ihr Gesicht wirkt beinahe dreißig Jahre jünger, während sie über den Beginn ihrer Ehe mit dem »Keine Hunde, keine Frauen«-Patriarchen spricht. »Er sagte, selbst wenn wir gar keine Kinder hätten, wäre ich für ihn wichtiger als irgendwer oder irgendwas sonst auf der Welt. Er hat das auch geglaubt, aber ich wußte, daß es nicht stimmte. Ich wußte, was er von einer Adoption hielt, wie die Leute darauf reagieren würden, nicht nur seine Schwestern, sondern der ganze Clan. Also wurde ich schwanger. Zuerst war Edward furchtbar wütend auf mich, aber als er merkte, daß ich es durchstehen würde, egal, wieviel er auch rumschimpfte, da sah ich in seinen Augen … noch mehr Liebe und Bewunderung als je zuvor.

Und in diesem Moment wußte ich, daß ich die richtige Entscheidung getroffen hatte.«

»Aber du hättest sterben können!«

»Alles wäre besser gewesen, als mit dem Vorwurf leben zu müssen, daß ich ihn im Stich gelassen hatte, ihn, seine Familie, mich selbst.« Zum erstenmal in unserem Gespräch lächelt sie, und ihre Augen funkeln. »Weißt du, die erste Wahl der Familie war ich damals – auch nicht.« Jetzt sieht sie mich direkt an. »Was ich sagen will, ist, daß ich furchtbare Ängste durchgemacht habe, bis Westly geboren wurde. Aber dann kam die wirkliche Angst. Jede Kinderkrankheit, jeder Unfall – und er hatte eine Menge –, jedesmal war es für mich ein Alptraum. Natürlich deshalb, weil er mein Kind war, aber auch, weil er der lebende Beweis dafür war, daß ich meine Pflicht getan hatte. Ja, ich bin sicher, daß du und die meisten jungen Frauen von heute es lächerlich finden würden, daß ich mich so klein gemacht habe, daß ich mein Selbstwertgefühl davon abhängig machte, einen Sohn zu haben. Doch wenn du erlebt hättest, wie ich auf einmal wieder von allen akzeptiert und respektiert wurde, ja, auf eine bestimmte Art sogar geliebt – und das praktisch von einem Tag auf den anderen –, dann würdest du mich vielleicht nicht gar so streng beurteilen. Ich hatte keinen Chef, keine Klienten, die mich bestätigt und mir gesagt hätten: ›Gut gemacht‹. Ich hatte nur die Familie, und meine einzige Leistung bestand darin, einen männlichen Nachkommen zu gebären, und das habe ich gemacht. Allerdings nur einen einzigen, ein Glanzstück, aber eben nur eines. Das ist natürlich ein Risiko, und ich weiß, wenn du und Westly aus der Reihe tanzen, dann werde ich dafür verantwortlich gemacht und mich verantwortlich fühlen, daß der Familienname ausstirbt.«

Ich bin schockiert und kann das auch nicht verbergen.

Lanie beantwortet die Frage, die ich nicht gestellt habe:

»Sicher, mindestens die nächsten zehn Jahre würde die Familie versuchen, auf dich den gleichen Druck auszuüben, den sie auf mich ausgeübt hat, aber wie ich dich kenne, würdest du ihre Machenschaften ignorieren oder mit irgendwelchen Beleidigungen in den Wind schlagen. Und deshalb würden die Anschuldigungen wieder bei mir landen.«

Ich kann mir genau vorstellen, was sie meint: »Nicht nur, daß du bloß diesen einen einzigen Sohn zustande gebracht hast, du hast auch noch seine Erziehung vermasselt, wenn er eine Schwarze geheiratet hat, die nicht mal einen Erben produzieren kann.«

»Amanda, Liebes, du produzierst einen Sohn, und wir machen einen Hamond aus ihm. Wir waren bei einem Genspezialisten, und er meint, daß es etwa zwei Generationen dauert, um … um die Sache wieder auszubügeln. Und wer weiß, vielleicht tut uns das frische Blut ja auch ganz gut.«

Als Lanie dann mit der kleinen Silberglocke nach frischem Tee schellt und mir rät: »Nimm von den Himbeertörtchen«, weiß ich, daß diese Unterhaltung beendet ist. Ich bringe es nicht fertig, mir einen Sohn zu wünschen, nicht mal nach dieser Diskussion. Zwar bin ich auch nicht militant dagegen eingestellt, aber eine Tochter wäre mir nach wie vor lieber. Eins allerdings weiß ich mit Bestimmtheit: Ich werde meinen Beruf nicht aufgeben. Und wenn mir die Familie auch nur den geringsten Anlaß dazu gibt, werde ich mich mit aller Kraft zur Wehr setzen, mir und Lanie zuliebe.

Schöne neue Welt

Bis zum achten Monat habe ich keinerlei seltsame Eßgelüste, obwohl Westly mich seit neuestem mitten in der Nacht aufweckt, um mich zu fragen, ob ich irgendwas brauche. Vermutlich denkt er, es ist abnormal, daß ich nichts Seltsames esse. Wie sich herausstellt, hätte er lieber seinen Schlaf genießen sollen, dann fast vom ersten Tag des achten Monats an wecke ich ihn mindestens einmal pro Woche auf und schicke ihn in die Nacht hinaus.

In New York bekommt man fast alles Eßbare rund um die Uhr ins Haus geliefert. Westly, der alte Pfadfinder, hat eine Liste von verschiedenen kulinarischen Lieferdiensten gemacht – von italienischen über chinesische und thailändische Gerichte bis zu Sushi – und den Zettel auf seiner Seite des Betts an die Wand gepinnt. Ich habe den Verdacht, daß er die eine oder andere häufig gewünschte Nummer sogar im Telefon einprogrammiert hat.

Als ich ihn zum erstenmal mit einem Anliegen aufwecke, habe ich den Eindruck, daß er das toll findet. Endlich darf er sein System ausprobieren, endlich hat er was, worüber er sich bei den anderen Lamaze-Vätern in der koffeinfreien Kaffeepause beklagen kann. Es ist fast ein Uhr, doch er grinst mich an wie ein Kellner, der ein reichliches Trinkgeld erwartet, bereit, meine Bestellung entgegenzunehmen. »Westly, ich habe furchtbar Lust auf Mangold und gebratene Speckseite!« Unglaublich, daß ich mir etwas wünsche, wobei sich mir normalerweise der Magen umdreht.

Ein paar Sekunden sitzt Westly regungslos da, aber erst, als er fragt: »Ist das italienisch oder französisch?« verstehe ich, daß seine Verwirrung nicht daher rührt, daß ich mir Mangold mit gebratener Speckseite wünsche, sondern daß er schlicht und ergreifend nicht weiß, wovon ich rede.

»Westly, Mangold ist eine Art … eine Art Gemüse, so ähnlich wie Spinat, und eine Speckseite ist das Fett vom Schweinerücken, eine dünne Kruste mit dem darunterliegenden Speck.«

»Schweinespeck.« Verzweifelt durchforscht er seine Liste. »Schweinespeck, wo kriegt man denn Schweinespeck her?«

»Honey, ich fürchte, daß du das nicht auf deiner Liste findest. Ich glaube –«

»Na gut, dann ruf ich einfach die Vermittlung an«, meint er und wählt bereits. Doch dann hält er inne und erkundigt sich: »Und du bist sicher, daß du Schweinespeck essen willst? Hallo, Vermittlung, ich hätte gern die Nummern von allen Schweinefleisch-Restaurants, die in die Upper East Side liefern.«

Ich mache ihm Handzeichen, aber er ist in seiner »Keine Sorge, Lois, ich bin in Wirklichkeit Superman!«-Laune, also sehe ich zu, wie er die Nummern notiert, wählt und von den Angestellten, die seine Bestellung entgegennehmen, mehr oder weniger brutal abgefertigt wird, weil die ihn höchstwahrscheinlich für einen irren Junkie halten.

Schließlich sage ich: »Baby, ich glaube nicht, daß du es in einem Schweinefleisch-Restaurant bekommst.«

»Warum nicht? Schweinespeck gehört doch zum Schwein, oder nicht?«

»Es ist Soul Food.«

»Was?«

»Soul Food.«

»Gut, das bringt uns doch schon viel weiter. Ich habe schon mal von Soul Food gehört.« Er blättert wieder im

Telefonbuch, dann hält er inne. »Aber du hast noch nie Soul Food gegessen.«

»Ich weiß, aber jetzt hab ich Lust auf welches.«

Westly sieht ziemlich besorgt aus. »Damit ich das richtig verstehe – willst du das Soul Food, oder will es das Baby?«

»Na ja, da ich es nie gegessen habe, nehme ich an, es ist das Baby.«

»Du meinst, das Kind will Schweinespeck, mein Sohn will Soul Food?«

»Ist das etwa ein Problem für dich, Waspy?« Ich bin beleidigt, weil er Soul Food schlechtmacht, obwohl ich es doch selbst oft genug verhöhnt habe.

Sofort verwandelt er sich wieder in den werdenden Vater und sucht unter S nach Soul Food, wobei er leise vor sich hinmurmelt. »Du mußt schon zugeben, daß es ein bißchen seltsam ist.«

Inzwischen bin ich hellwach und entsetzlich hungrig. »Zu deiner Information – viele von den Sachen, die hier unter Soul Food laufen, gelten in Europa als Delikatessen.«

»Ungelogen, Sugaaah?!« lacht er und versucht mal wieder, einen Südstaatenakzent zu imitieren.

»Ich meine es ernst, Westly. Innereien, die wir hier Chitlins nennen, sind in Deutschland, Frankreich und Italien ein Feinschmeckergericht.«

»Was sind Chitlins genau? Irgendwie hab ich das Gefühl, ich will es lieber nicht wissen. Das Baby will so was nicht auch noch, oder?«

»Nein, bloß Mangold und gebratene Speckseite, Waspy.«

»Okay, also Soul Food, in Ordnung, Brownie.« Er wählt wieder, gibt eine Bestellung auf und klingt ganz erleichtert, daß er nicht einfach aus der Leitung geschmissen wird. »Aha, unsere Adresse ist ... Street. Was? Und warum nicht? Oh, um Himmels willen, das ist ja wohl der größte Blödsinn, den ich je gehört habe.« Die Antwort ist nicht zu verstehen. »Ich bezahle auch das Taxi.« Unverständliche Antwort. »Hören Sie mal, meine Frau ist schwanger, und sie will diesen wilden Spinat – was? Mangold, in Ordnung. Das will sie, also, wie sollen wir das regeln?« Antwort. »Ja, gut, das werd ich tun.«

»Was haben sie gesagt?«

»Sie sind in Harlem und liefern nach Einbruch der Dunkelheit nicht mehr in weiße Gegenden!«

»Haben sie gesagt, warum nicht, oder mögen sie deine Sorte Leute einfach nicht?«

Er sieht mich an, als wollte er was richtig Gemeines sagen, meint aber statt dessen: »Was heißt da Leute meiner Sorte, schließlich bin ich nicht derjenige, der diese Soul-Delikatesse essen will.«

»Na, ist doch egal, Westly.« Ich weiß, er hat recht, also lenke ich ein: »Warum wollten sie nicht kommen?«

»Sie fürchten, sie könnten von irgendeinem anständigen Bürger mit einem schießwütigen Finger am Abzug erschossen werden, der Angst hat vor der Dunkelheit und N –«

»VORSICHT, WESTLY!«

»Ich wollte doch nur sagen, Angst vor dem alten Nissan, den der Lieferjunge fährt. Was hast du denn gedacht, was ich sagen wollte?«

»Egal, jedenfalls kann ich die Leute verstehen.«

»Gut zu wissen, Honey, aber daß du sie verstehst, hilft uns auch nicht weiter, oder?«

»Also, ich sehe wirklich nicht ein, weshalb sie sich nicht von dir ein Taxi bezahlen lassen.«

»Weil sie meinen, selbst wenn sie eins kriegen, dann wartet es hier vielleicht nicht, was ja sehr oft passiert, weil die Taxifahrer lieber die üppigen Jagdgründe in unserem Stadtteil hier abgrasen. Dann kriegt der Junge garantiert keins mehr für die Rückfahrt nach Harlem.«

Am liebsten möchte ich Westly fragen, wie alt der »Junge« war. Ich meine, Lieferjungen nennt man nun mal »Jungen«. Aber wenn ich meinen bleichgesichtigen Ehemann so ansehe, wie er im Telefonbuch nach einen Soul Food Restaurant in unserem Teil der Stadt fahndet, erkenne ich, daß ich ihn liebe, obwohl es seine Schuld ist, daß ich fett und häßlich bin und beinahe umkomme vor Hunger auf Mangold.

»Ißt denn in dieser Stadt niemand Soul Food?«

»Vor zwanzig Minuten hast du ja noch nicht mal gewußt, was Soul Food ist.«

»Wenn du's genau wissen willst, ich weiß auch jetzt noch nicht, was es ist, ich weiß nur, wo man es nicht kriegen kann. Also folge ich einfach dem Rat des Soul Man.« Damit steigt er aus dem Bett und streift sich die Klamotten über, die er vermutlich für die Aufmachung des weißen Bruders aus dem Ghetto hält: alte Jeans, Turnschuhe und Lederjacke, Baseballkappe mit dem Schild nach hinten auf dem Kopf.

»Und was hat er gesagt?«

»Nimm dir selbst ein Taxi und komm her, hey, dann hast du das Trinkgeld gespart, Mann!«

»Ach Westly, du bist mein Ritter, aber ich weiß nicht, ob es eine gute Idee ist, morgens um zwei mit dem Taxi nach Harlem zu fahren.«

Aber er ist schon unterwegs zur Tür und ruft nur über die Schulter zurück: »Was hältst du für eine bessere Idee – ein Taxi oder den Jaguar?«

Da ich weiß, daß ihn jetzt ohnehin nichts mehr von seinem Vorhaben abbringt, ermahne ich ihn nur noch: »Bezahl den Fahrer aber erst, wenn er dich wieder heil hier abgeliefert hat.«

Die Tür fällt ins Schloß, und ich fange an, mir allerlei Horrorgeschichten auszumalen, beispielsweise, wie mein Kind ohne Vater aufwachsen wird. Eigentlich gehe ich fest davon aus, daß meine Angst um Westly all meine Gelüste auf Soul Food abtötet. Aber als ich ihn zurückkommen höre, merke ich, daß mir beim Gedanken an die mir normalerweise verhaßten Köstlichkeiten regelrecht das Wasser im Mund zusammenläuft. West tänzelt ins Schlafzimmer, die Imitation ist nicht mal schlecht. »Heeey, Baby, was geht ab?«

Ich versuche ihm zu zeigen, wie froh ich bin, daß er noch am Leben ist, aber dann stürze ich mich auf das Essen. Es stammt von einem Lokal namens *Grandma's Kitchen*. Nachdem ich den letzten fettigen Happen verschlungen habe, lobe ich meinen Mann: »Nich' schlecht, wie de reingeschlurft bis', wenn de noch 'ne Weile mit den Jungs rumhängs', kannste noch was lern'.«

»Sehr komisch.« Am nächsten Morgen ist Westly sichtlich schlechtgelaunt und unausgeschlafen, aber ich fühle mich putzmunter.

Fast jede Nacht wache ich nun mit Gelüsten auf irgendwelche Gerichte aus *Grandma's Kitchen* auf. Westly arrangiert es so, daß er nur dreimal pro Woche nachts nach Harlem fahren muß, ansonsten geht er ausgiebig einkaufen und läßt sich von Grandma persönlich aufschreiben, wie man die einzelnen Gerichte in der Mikrowelle aufwärmt. Am Ende der zweiten Woche, an einem Samstag nachmittag, kommt er heim, mit von der Kälte geröteten Wangen. »Stell dir vor, sie haben mich gefragt, ob ich mit ihnen Basketball spielen will!« Die nächsten zwei Wochen trifft er sich mit den Jungs und spielt ein bißchen »21« mit ihnen. Wenn er nach Hause kommt, ist er immer bester Laune, obwohl ich überzeugt bin, daß sie auf den verkommensten Plätzen in Harlem spielen. »Weißt du, ich bin der einzige Weiße, und du irrst dich – manchmal ist es richtig nett, wenn man der einzige von einer bestimmten Hautfarbe ist. Schließlich ist man dann was Besonderes,

Baby.« Als er nach dem drittenmal heimkommt, singt er mir einen selbstgedichteten Rap vor. Westly haßt Rap. »Die nenn' mich Bird, oh Larry Bird, haste gehört. Weil ich weiß bin, jawoll, ganz ohne Scheiß. Dynamit und heiß.«

»Yeah, echt nett, Honey.« Im stillen hoffe ich, daß er nicht eines Tages beschließt, dafür seinen richtigen Job an den Nagel zu hängen. Am nächsten Samstag lädt Westly mich ein, ihm beim Spielen zuzusehen. Darreyl hatte recht. Gepflegte Brownstone-Häuser umgeben den tadellos instand gehaltenen Basketballplatz, der den verkommenen, rissigen Beton-Sumpf meiner mitternächtlichen Sorgen vertreibt. Auch die Spieler sind alles andere als arme, magere Kinder aus der Nachbarschaft, es sind Männer in Westlys Alter, Ärzte, Anwälte, Geschäftsmänner aus einem Harlem, das in den Dokumentationen über diesen Stadtteil nie vorkommt. Das Harlem der schwarzen Elite. Darreyls Harlem.

Zu Beginn des neunten Monats gibt es viel zu tun, aber wir sind beide so schrecklich müde, daß eine Menge unerledigt bleibt, beispielsweise, das Kinderzimmer herzurichten. Natürlich haben wir eine kleine Badewanne gekauft, ein Tragesäckchen und andere ähnlich lebenswichtige Dinge. In Abänderung unseres Plans höre ich drei Wochen vor dem errechneten Geburtstermin auf zu arbeiten, eine Entscheidung, die auf Druck unserer beider Familien zustandegekommen ist, kräftig unterstützt von Westly, der jedes Argument, das ich vorbringe, mit der Frage beantwortet: »Wem willst du denn was beweisen, Amanda?«

Meine Eltern planen einen Besuch in New York, zwei Wochen vor dem Geburtstermin. So werden sie hoffentlich ihr Enkelkind kennenlernen, ohne so lange bleiben zu müssen, daß sie mir auf die Nerven gehen. Westlys Eltern wollen mindestens für einen Monat in ihre Wohnung am Central Park South ziehen, wahrscheinlich länger. Westlys Antwort auf meine Frage »Wie lange bleiben sie denn?« lautet: »Wir leben in einem freien Land und haben ein Schloß an der Tür. Reg dich deswegen bloß nicht auf.«

Mir kommt es vor, als wäre das der Tip des Tages – reg dich nicht auf, reg dich nicht auf, sagen alle. Was mich natürlich erst recht aufregt. Wissen die anderen irgendwas, was ich nicht weiß? Lanie hat angeboten, meine Eltern in ihrer Wohnung unterzubringen, und ich war ihr noch nie im Leben so dankbar! Selbstverständlich vermute ich, daß sie einfach nichts verpassen will – aber wen kümmert das schon?

So ist alles bereit, als ich an einem Freitag Mitte Oktober zum letztenmal für lange Zeit mein Büro betrete. Ich bin den Tränen nahe, als die Sitzung des gesamten Teams ihren Lauf nimmt. Alle sind emsig damit beschäftigt, Summen und Zahlen zu kontrollieren, und ich lausche dem leisen Kratzen der Stifte und denke: Das ist garantiert der ruhigste Moment, den ich in den nächsten sechs Monaten erlebe. Wann werde ich diese Leute wiedersehen? Ich nehme tränenreich Abschied von Donna und Mr. Withers, dann klettere ich in ein Taxi und mache mich auf den Heimweg.

Am Samstag abend treffen meine Eltern ein, und beide Elternpaare kommen auf einen Drink zu uns.

»Habt ihr schon über einen Namen nachgedacht?« fragt meine Mutter, worauf alle, einschließlich meines Vaters, zur Salzsäule erstarren. »Ich meine, wenn es ein Mädchen wird.« Sie ist meine einzige Verbündete in dieser Hinsicht.

»Ja, ich hab schon eine ganze Menge«, antworte ich, »ich zeig dir die Liste ein andermal.«

Damit können wir zu dem übergehen, weswegen sie eigentlich hier ist – sie möchte das Heim ihres zukünftigen Enkelkindes in Augenschein nehmen. Meine Eltern sind ziemlich beeindruckt. Ich glaube, meine Mutter hat gar nicht für möglich gehalten, daß wir in einem richtigen Haus wohnen. Wahrscheinlich hat sie erwartet, wir würden in einem dieser kultivierten Wandschränke leben, die sie aus Fernsehberichten über New York kennt. Ihr Schwiegersohn wird ihr deutlich sympathischer, und sie flüstert: »Das hast du aber gut gemacht.«

Doch dann begehe ich einen großen Fehler: Ich zeige ihnen das Kinderzimmer, oder eher das, was mal das Kinderzimmer werden soll. Mom ist schockiert: »Aber das Zimmer ist leer! Vollkommen leer! Keine Kuscheltiere, keine Tapete, nichts. Bloß ein kaltes, leeres Zimmer! Ich weiß nicht, was ihr euch dabei denkt. Ihr könnt ein neugeborenes Leben doch nicht in einem so leblosen Zimmer unterbringen.«

»Westly und ich wollten mit dem Einrichten noch ein bißchen warten«, erkläre ich ihr. »Das ist kein Problem, weil das Baby die ersten paar Monate sowieso bei uns schlafen wird.«

Meine Mutter mustert mich durchdringend. »Du meinst, WENN es schläft. Anscheinend seid ihr der seltsamen Ansicht, man könnte einem Kind einen Stundenplan antrainieren.«

Beide Elternpaare brechen in bösartiges Gekicher aus. Lanie beendet den Gedankengang meiner Mutter: »Wahrscheinlich habt ihr so etwa in fünf Jahren Zeit, das Zimmer einzurichten!« Wieder Gelächter seitens der neunmalklugen werdenden Großeltern.

»Warum habt ihr das Zimmer nicht einfach in irgendwelchen neutralen Farben eingerichtet wie alle anderen auch?« will meine Mutter wissen. Dann legt sie mir den Arm um die

Schulter, um ihre Kritik etwas abzuschwächen. »Mach dir keine Sorgen, uns fällt schon was ein.«

Auch Lanie legt den Arm um mich, und so gehen wir wieder nach unten, um die nächsten Wochen zu planen. Ich habe das Gefühl, in der Falle zu sitzen, und schaue hilfesuchend die Treppe empor zu Westly, der die Achseln zuckt, als wollte er sagen: Mit MEINER Mutter werde ich fertig, aber wenn's um deine Mutter geht, bist du dran. Weil ich die folgende Woche zu müde bin, um meinen schweren Körper überhaupt noch zu bewegen, übernehmen Lanie und meine Mutter tagsüber das Kommando.

Immerhin gelingt es uns, beide zukünftigen Großelternpaare davon zu überzeugen, daß ich meine Ruhe brauche, und so lassen sie uns wenigstens ab acht Uhr abends allein. Obwohl ich unglaublich viel schlafe, bin ich dauernd müde. Allerdings wache ich nachts immer noch auf und habe Lust auf Soul Food, und Westly hat inzwischen so viel Übung, es selbst zuzubereiten, daß er bestimmt einen Job in *Grandma's Kitchen* kriegen könnte. In gegenseitigem Einvernehmen haben wir beschlossen, weder seinen noch meinen Eltern von meiner Vorliebe für diese Gerichte zu erzählen.

Am Mittwoch früh der zweiten Woche meiner Gefangenschaft kommt das Gespräch auf das Thema Heißhunger. Westly und ich halten uns so bedeckt, daß es unseren Eltern eigentlich verdächtig vorkommen müßte, und Westly wirft etwas über »exotische italienische und französische Gerichte« ein.

Meine Mutter berichtet: »Ich habe vier Monate lang alle möglichen Meeresfrüchte gegessen, die ich sonst nie mochte. Bei beiden Schwangerschaften hatte ich einen Riesenhunger auf Fisch.« Westly und ich verständigen uns telepathisch: Also an ihr liegt's nicht.

Jetzt mischt sich Edward Westly II. ein: »Die letzten drei Monate mußte ich andauernd ins Village runterfahren.«

Ich sehe, wie Lanie ihm Zeichen gibt, er soll den Mund halten, was alle anderen befolgen.

Völlig unbeirrt fährt er fort: »Im Village gab es eine Menge kleiner Läden und Restaurants. An manchen spazierten wir jedes Wochenende vorbei, und Lanie war immer fasziniert und angeekelt, wenn sie die Speisekarte las. Tja, wir hatten dieses Restaurant ein Jahr lang jeden Sonntag gesehen, als Lanie schwanger wurde. Und was meint ihr, worauf meine Frau Heißhunger hatte? Nach all den sonderbaren Gerichten, die sie so ekelhaft gefunden hatte! Damals nannte man das Südstaatenküche, ich glaube, jetzt nennt man es Soul Food! Autsch!«

Lanie hat ihm unter dem Tisch einen Tritt versetzt. Nicht mal das kann ihn bremsen: »Lanie hat mir das Versprechen abgenommen, daß ich es nie MEINER Familie erzählen werde, und das hab ich auch nicht getan. Also, warum trittst du mich dann?«

Westly und ich trauen unseren Ohren kaum, wir starren seine Mutter an und fangen an zu lachen, bis uns die Tränen kommen. Lange nachdem die anderen aufgehört haben, kichern wir noch weiter. Wahrscheinlich denken sie, wir sind endgültig übergeschnappt, aber erst, als Lanie ihrem Ehemann beleidigt vorwirft: »Siehst du, ich hab dir doch gesagt, du sollst den Mund halten«, gewinnen wir unsere Fassung einigermaßen zurück. Dann erzählt Westly von meinen nächtlichen Exzessen, und jetzt lachen wieder alle. Vor allem die Hamonds, denn für sie ist die Geschichte ein Beweis dafür, daß »meine Tochter« ein »Westly-Sohn« ist.

Ich wache auf, weil mir vom vielen Lachen der Bauch weh tut. Das glaube ich jedenfalls. Auch Westly ist sofort hellwach – er reagiert inzwischen unglaublich sensibel auf meine Bewegungen. Er mißt, in welchen Abständen die Wehen kommen, und die sind wahrhaftig nicht zum Lachen, sondern schnell und heftig. Zum erstenmal in meinem Leben spüre ich, wie es sich anfühlt, wenn man von Schmerzen überwältigt wird. Ich beobachte alles, was geschieht, wie durch ihren qualvollen, unerträglichen Schleier, sie sind das einzige, was mir wirklich erscheint. Hoffentlich muß ich nicht sterben.

Mitternachtskinder

Durch meine Schreie und die tröstenden Worte des Arztes holt mich eine Stimme halbwegs ins Bewußtsein zurück, nicht meine eigene, obwohl auch sie gequält und schmerzlich klingt. Es ist Westly. Ich höre auf zu schreien. Auch der Arzt ist plötzlich still, und das Heer der Krankenschwestern stellt sein Geflüster ein. Alle sehen zu Westly, der dabei ist durchzudrehen. Das ist wirklich großartig, denn »Du bist doch derjenige, der es von uns allen am einfachsten hat!« Statt einer Antwort reißt er sich den Mundschutz vom Gesicht, und als er auf mich zukommt, beschert ihm das Licht der Operationslampen einen Heiligenschein und läßt ihn mit seinem schmerzzerfurchten Gesicht endgültig aussehen wie Jesus.

Man hat mir einen Kompromiß abgerungen: Wenn du eine natürlich Geburt willst, dann im Krankenhaus, und zwar mit dem besten Spezialisten der Welt, dem Arzt der Familie, Dr. Amherst, der zur Stelle ist, falls Mutter Natur ein Fehler unterläuft. Unglücklicherweise hatte der alte Doc Amherst heute morgen einen Schlaganfall, ungefähr um die gleiche Zeit, als bei mir die Wehen einsetzten. Ich bemühe mich, das nicht als schlechtes Omen zu sehen. Sein Sohn, Dr. Amherst III., sollte bei der Geburt dabeisein, aber jetzt bringt er seinen Vater per Flugzeug in eine Spezialklinik nach Florida.

»Achtzehn Stunden! Achtzehn Stunden! Ich halte das nicht mehr aus!« schreit Westly. Der Schweiß läuft mir von der Stirn in die Augen, und er beugt sich über mich, um ihn wegzuwischen, was zu seinen unterstützenden Aufgaben gehört.

Dann nimmt er meine Hand; in seinen blauen Augen spiegelt sich die lange Nacht, die wir gemeinsam in dieser Folterkammer verbracht haben. Doch ich kann in meinem schmerzerfüllten Körper keine Sympathie für ihn aufbringen. Er streift den Kittel ab und sagt: »Ich geh ein paar Minuten nach draußen, ich brauche dringend eine Zigarette.«

»WAS machst du?«

»Amanda, Sweetheart, erinnerst du dich, wir haben gesagt, wenn einer von uns es nicht mehr aushält, dann kann er gehen.« Noch so ein Kompromiß. Ich habe das nicht so gemeint, als ich es gesagt habe.

»Oh, wunderbar!« Ich richte mich im Geburtsstuhl auf. »Genau, Doktor, das haben wir ausgemacht. Also entschuldigen Sie mich ein paar Minuten, ich will mir nur schnell die Haare machen lassen, damit ich gut aussehe, wenn das Kind ankommt!«

Alle versuchen verzweifelt, mich in meinem Stuhl festzuhalten. Der Arzt greift nach einer Spritze, die aussieht wie ein Dinosaurus sedativus, aber Westly bedeutet ihm, daß er sie wieder weglegen soll, und nimmt seinen Platz hinter meinem Kopf wieder ein. »Okay … Amanda … ich … versteh dich ja …«, sagt er und bemüht sich, beschwichtigend zu klingen. Ich spüre seinen flehenden Blick, als er den Arzt fragt: »Jetzt kann es doch nicht mehr lange dauern, oder? Oder?«

Der Arzt lächelt ermutigend, läßt sich aber auf keine bindenden verbalen Versprechungen ein. Für meine Augen sieht der junge Arzt höchst beunruhigt aus, schon die ganze Zeit übrigens, seit er herausgefunden hat, daß die meisten von Amhersts Stab unterwegs nach Florida sind und niemand die Kompetenz hat, ihm meine Akte zu übergeben. Zuerst wollte er die ganzen Tests noch mal machen, aber ich brachte mit solcher Vehemenz zum Ausdruck, was ich davon hielt, daß er sich auf die allernötigsten beschränkt hat. Außerdem habe ich mich geweigert, mir Schläuche legen und irgend etwas in mich reintropfen zu lassen. Gesprächsfetzen dringen an mein Ohr, während Ärzte und Schwestern die Köpfe zusammenstecken und ihre schwierigsten Fälle memorieren: sechsunddreißigeinhalb Stunden … wollte einfach nicht auf die Welt kommen.

»Das ist alles deine Schuld, West«, heule ich, total erschöpft. »Ja«, sagt er in einem Ton, der bedeutet, gib ihr recht, auch wenn sie Unsinn redet. »Westly, du wolltest ein Kind haben, nicht ich.« Schweigen, tiefes Luftholen. »Ja, das stimmt.« Ich verdrehe den Kopf nach hinten, damit ich zu ihm aufsehen kann, und er versucht zu lächeln: »Atmen, Sweetheart, ein … und …aus.« Er sieht wirklich erledigt aus, als wäre er in achtzehn Stunden um achtzehn Jahre gealtert. Wie ich dann wohl aussehe? »Na ja, ich meine, ich hab schon gesagt, es wäre wunderbar, ein kleines Mädchen wie mich zu haben …«

»Oder einen kleinen Jungen wie mich«, erwidert er. Einen winzigen Moment sind die Schmerzen verschwunden. Ich setze mich ein wenig auf und halte mich an seinen Armen fest, die mich umfassen. Ich wollte, ich könnte ihm sagen, daß es mir leid tut wegen all der gemeinen Dinge, die ich ihm seit gestern Nacht an den Kopf geworfen habe, aber da schießt ein Schmerz durch mich, ein brennender, schneidender Schmerz, den ich bis in die Haarspitzen fühlen kann. Ich schreie auf, Westly schreit auf: »Doktor!«

Das medizinische Team unterbricht sein Horrorplauderstündchen. In den letzten vier Stunden hat es in meiner Welt nichts anderes gegeben als Schmerzen … und Westly.

»Alles klar«, ruft der Arzt, »jetzt kann es nicht mehr lange dauern!« Wie eifrige Cheerleader wiederholen die Schwestern: »Es kann nicht mehr lange dauern!«

Wie aus einem Mund entgegnen Westly und ich: »Das sagen Sie schon seit zwei Stunden!« Nichts als SCHMERZEN!

Aber es dauert wirklich nicht mehr lange, und dann schauen Westly und ich auf unsere wunderschöne, wenn auch etwas verschrumpelte dunkelbraune Babytochter, die am anderen Ende des Tisches in den Armen des Arztes brüllt.

Eine Krankenschwester macht sie sauber, der Arzt sagt: »Herzlichen Glückwunsch, Sie haben ein gesundes kleines –«

»MÄDCHEN! Wir haben ein kleines MÄDCHEN!!!« rufen Westly und ich wie aus einem Munde, wir schreien und lachen. »Ein MÄDCHEN! Wir haben ein kleines Mädchen!«

Dann hört West auf zu schreien, aber ich nicht. Der Arzt kommt zurück.

Durch den Schmerz höre ich Westlys bange Frage: »Ist irgendwas nicht in Ordnung, Doktor? Tun Sie doch was!«

»O Gott«, stöhnt der Arzt, »da ist noch eins!« Fünfzehn Minuten später tut unser kleiner rotgesichtiger Sohn seine ersten mühsamen Atemzüge, unterbrochen von Schreien. Die Schwester reicht Westly seine sauber gewickelte Tochter und legt mir unseren ebenfalls gewickelten Sohn in den Arm. Der Arzt macht einen etwas nervösen Eindruck.

»Komm, Westly, ich will meine Tochter auch mal halten!«

West reicht sie mir und sagt: »Ja, und ich will meinen Sohn!«

Schließlich räuspert sich der Arzt und verkündet: »Mrs. Hamond, Sie halten schon Ihre Tochter, und Sie, Mr. Hamond, Ihren Sohn.« Uns bleibt die Luft weg. Wir schlagen die Decken zurück. Der Arzt hat recht. Das kleine blauäugige Bündel in meinen Armen, mit seinem blonden Haarbüschel – das ist unsere Tochter. Und das kleine Schokoladentörtchen ist unser Sohn.

Ich stehe auf einer erhöhten Plattform und halte zwei kleine Kinder bei den Händen. Einen kleinen schwarzen Jungen und ein kleines blondes Mädchen, ungefähr drei Jahre alt.

Über der Plattform hängt ein Schild, auf dem in großen Druckbuchstaben steht: AKTENARCHIV. Alles liegt im Schatten, außer mir, meinen Kindern und zwei Männern, die hinter einem Schreibtisch auf der Plattform stehen. Sie schreien mich an: »Wir sagen es Ihnen jetzt zum letztenmal, in den letzten hundert Jahren sind in dieser Klinik keine Babys vertauscht worden! Nehmen Sie Ihre Kinder und lassen Sie sich hier nicht mehr blicken.« Weinend stehe ich da, meine Kinder blicken zu mir auf, denn sie verstehen nicht, weshalb ich leise vor mich hinschluchze. Doch meine Tränen fließen so rasch, daß das Wasser im Zimmer steigt und schon um ihre Knöchel schwappt. Ich kann meinen Kindern nicht in die Augen sehen, ich wende den Blick ab. Sie lassen die Köpfe hängen und schmiegen sich an meine Beine, drängeln sich trostsuchend an mich, doch ich kann sie nicht trösten.

Es kommt mir vor, als würde sogar Gott weinen, denn riesige schwarze Tropfen stürzen vom Himmel auf uns nieder. Sie werden immer größer, steigern ihr ohnehin gnadenloses Tempo, klatschen auf unsere Köpfe und trommeln uns auf den Rücken, rhythmisch, hohl, hallend. Ich erkenne den Rhythmus an seiner Hoffnungslosigkeit, es ist ihr Rhythmus, und ich weiß, daß sie wieder da sind, noch ehe ich sehe, wie ihre dunklen Gestalten sich aus dem Wasser erheben, daß es brodelt wie schwarzes Blut im Innern eines Herzens, bevor es zerspringt und alles Leben mit sich reißt, jede Überlebenschance ertränkt.

Einer der Schatten tritt als Silhouette in das Licht, das von den blonden Rapunzel-Haaren des Mädchens im Teenageralter ausgeht, dessen milchweiße Hand ich in meiner halte. Die dunkle Gestalt ist die Vorsitzende der Black Orchids. Da steht sie, groß und regungslos, und mit ihrer öffentlichen Stimme verkündet sie, hart und schneidend: »Sie mag ja Ihre

Tochter sein –« »Sie ist meine Tochter!« Doch das Mädchen entreißt mir seine Hand und schreit: »Ich kann nicht deine Tochter sein, ich bin adoptiert worden! Du kannst nicht meine Mutter sein.« Ich versuche zu ihr zu kommen, aber die Wellen behindern mich, die Wellen und die Vorsitzende: »Sie mag ja Ihre Tochter sein, aber sie ist nicht schwarz. Wir können sie nicht aufnehmen. Wir sind die schwarzen Orchideen, nicht die weißen Lilien.«

»Aber sie ist meine Tochter, sie ist schwarz!«

Der Junge, ebenfalls im Teenageralter, dessen Hand ich, ohne es zu merken, schon vor einiger Zeit losgelassen haben muß, steht inmitten der Wand schwarzer Frauen – gegen mich. Ich möchte auf ihn zugehen, aber etwas hält mich zurück. Nicht das Wasser, das spiegelglatt ist wie Glas, nicht die schwarzen Frauen – sie haben ihre Reihen geschlossen, sind jedoch nur eine Kulisse für ihn. Er ist die Hauptperson, und ich kann nur warten, bis er mich ansieht. »Sie ist nicht schwarz, ich bin schwarz! Schwarz wie du!« Ich kann sein Gesicht nicht sehen, nur meine braunen Augen in seinem Gesicht, die mich durch die Dunkelheit anstarren. »Ich bin dein anderer Teil, der männliche Teil, ich bin einer der Männer, die du nie heiraten würdest, Mutter.« Jetzt verschwindet er hinter der Wand der schwarzen Frauen, und ich höre seinen Monolog nur bruchstückhaft: »Sie benutzen dich nur, um uns eins aufs Maul zu geben.« Da erschallt Westlys Stimme aus der Dunkelheit: »Was hat er gesagt? Er ist was? Wer gibt wem eins aufs Maul?« Die Frauen versinken, und mein Mann und mein Sohn stehen einander gegenüber. Ich glaube, die schwarzen Frauen lachen, ihr Kichern, das von den Wänden widerhallt, wird immer schriller, aber als ich mich umwende, sehe ich, daß es meine Tochter ist, die schreit, während sie sie an ihren blonden Locken in die Tiefe ziehen.

Schweißgebadet wache ich auf. Babys weinen. Westly verbringt die Nacht bei uns im Krankenhaus. Wir haben darauf bestanden, daß die Kinder bei uns im Zimmer bleiben. Er steht auf und bringt die beiden zu mir.

»Fleisch von meinem Fleisch. Sie sind die Version, die wir nicht in Betracht gezogen haben, Wes.«

»Ja«, antwortet er. Die Babys hören auf zu weinen, und wir alle atmen ruhig weiter. Das ist alles, wir atmen. Hier, im Schutz dieses dunklen, sterilen Raums ist das Atmen leichter.

»Vielleicht wird er ein Basketball-Star und sie eine Schönheitskönigin.« Westlys Atemzüge formen sich zu Worten. Wir werden eine Menge Worte brauchen, und wir werden tief Luft holen müssen.

»Könntest du mit mir beten, Westly?« Er nickt. »O Gott, bitte hilf uns, diese Kinder so anzunehmen, wie sie sind und wie sie sein werden. Und laß uns farbenblind werden. Amen.«

»Amen«, wiederholt Westly.

Wie nennen unseren Sohn Westly Edward Hamond IV. und unsere Tochter Elizabeth Winifred.

In der Stille des Zimmers beobachte ich, wie meine Familie einschläft. Ich dachte, ich wäre auf alles vorbereitet, aber wie hätte ich darauf vorbereitet sein können? Ich, wir beide, waren vorbereitet auf Probleme, auf Kämpfe, sogar blutige Kämpfe, die wir für unsere Kinder würden ausfechten müssen. Aber ich bin nicht darauf vorbereitet, daß diese Kämpfe zwischen ihnen stattfinden werden … und das wird unvermeidlich sein.

Epilog

Manche Dinge änderten sich, andere blieben, wie sie waren. Edward blieb schwarz, aber er wurde ein echter Hamond, Beth wurde noch blonder, blieb aber meine Tochter.

Wie jedes Jahr an ihrem Geburtstag danke ich Gott im stillen, daß sie am 30. Oktober das Licht der Welt erblickt haben und nicht an Halloween. Mit gerade mal sechzehn Jahren ist Edward so groß wie Westly, aber mager und unbeholfen. Obwohl Beth noch verhältnismäßig klein ist, besitzt sie doch eine katzenhafte Grazie, die ihr glücklicherweise noch nicht bewußt geworden ist.

Wir haben überlebt. Unser Familienmotto lautet: Gemeinsam sind wir stark.

Heute abend werden wir nicht zusammen sein, denn anläßlich ihrer Geburtstagsparty haben uns die beiden Sechzehnjährigen aus dem Haus verbannt. Als Kompromiß gehen wir an diesem milden Oktobersamstag dafür zusammen in den Central Park. In diesem Park haben wir gefeiert, als die Zwillinge endlich ihre Zahnspange loswaren, als Beth die Hauptrolle bei der Ballettaufführung des *Nußknackers* bekommen hat, als Edward in den Debattierclub aufgenommen wurde, meine Beförderung und Westlys Aufstieg zum Seniorpartner. Und hier werden Wes und ich auch in zwei Jahren herkommen, um zu feiern, wenn wir nach achtzehn Jahren Gemeinschaftsexistenz wieder allein leben.

Wir haben ein Picknick dabei, mit allem Drum und Dran, sogar mit alkoholfreiem Champagner, und wir veranstalten einen Wettbewerb mit unseren Schulhymnen, Beth und ich gegen Edward und Westly. Als wir zum fünftenmal loslegen, bleibt ein Pärchen, das schwer nach Greenpeace aussieht, stehen und lächelt uns zu. Hoffentlich belagern sie uns nicht gleich mit irgendeiner Kampagne. Zwar sind wir Mitglieder, aber ich möchte das doch lieber auf einen anderen Tag verschieben. Die beiden sprechen abwechselnd, was den Eindruck einer einstudierten, aber durchaus von Herzen kommenden Rede vermittelt.

Sie: »Es ist wundervoll, wie wundervoll die Welt sein kann, wenn man sich ein bißchen anstrengt.«

Er: »Indem man sich von seinen Klischeevorstellungen verabschiedet und die Augen für neue Möglichkeiten öffnet.«

Sie: »Wir möchten Ihnen –«

Er: »Wir möchten Ihnen zu Ihrem Triumph über Rassismus und Voreingenommenheit gratulieren.«

Sie: »Ja, und wir möchten Ihren Sieg damit feiern, daß wir Ihr Beispiel benutzen, um allen engstirnigen Menschen der Welt die Augen zu öffnen.«

Wir murmeln bescheidene Dankesworte, dann fährt die Frau auch schon fort: »Aber selbst diejenigen, die sich von Haß, Angst und Unwissenheit blenden lassen, wären durch Ihr Beispiel gezwungen einzusehen, daß Mischehen funktionieren und Teil einer zukunftsorientierten Zivilisation sein können.«

Er: »Ja, niemand könnte die Augen verschließen vor der brüderlichen und schwesterlichen Liebe, die zwischen zwei jungen Menschen entsteht. Du liebst ihn doch wie einen Bruder, oder nicht?« fragt er Beth, die ihn stumm anstarrt und schließlich nickt.

Sie: »Und du liebst sie wie eine Schwester?« Edward reagiert wie ein Spiegelbild seiner Schwester. Jetzt nimmt das

Pärchen unsere Hände und legt sie ineinander, so daß wir einen Kreis bilden. Sie blicken von einem zum anderen, vor Liebe zu ihren Mitmenschen strahlend, und sagen dann gleichzeitig: »Und ich wette, ihr liebt auch eure Stiefeltern, als wären es eure eigenen.«

Wir fangen an zu lachen, was die beiden ziemlich verwirrt. Da bemerkt die Frau unsere fast leere Champagnerflasche, die beiden verabschieden sich schnell und verschwinden.

Als wir endlich genug gelacht haben, schalte ich die Mini-Stereoanlage ein. Vielleicht klärt Musik die Luft ein bißchen. Beth und ich tanzen, die Männer hüpfen herum und balgen sich wie junge Ziegenböcke. Westly hat noch immer nicht kapiert, daß sein Sohn ein für allemal stärker ist als er. Wir hören auf zu tanzen, und ich feuere meinen Sohn an: »Na los, gib's ihm!« während Beth ihren Vater ermuntert: »Laß dir das nicht gefallen, zeig dem kleinen Frechdachs, wo's langgeht!« Wir sind ziemlich ausgelassen und laut. Inzwischen geht die Sonne unter, und lange Schatten dringen durch die Büsche. Plötzlich höre ich schwere Schritte, die auf uns zugerannt kommen. Ich höre nicht, ob etwas gesagt wird, denn unser Geschrei übertönt alles andere. Doch als mir klar wird, daß die Schritte direkt hinter uns zum Stillstand gekommen sind, drehe ich mich um und sehe zwei junge Polizisten mit gezogener Waffe, auf meinen Mann und auf meinen Sohn gerichtet. »Laß ihn los, Hände hoch, so, daß wir sie sehen können!« schreit einer, und es klingt, als sagten sie das nicht zum erstenmal. Rasch trete ich zwischen die Polizisten und meine beiden Männer.

Die schwachglänzende Sonne sinkt und überläßt der hartnäckigen grauen Oktoberdämmerung das Feld. Eigentlich müßte es Farben geben – Gelb und Orange –, aber die blauschwarzen Punkte des Todes in den zitternden bleichen Händen haben jede Farbe vertrieben.

Wir sind eine schillernde Gruppe, geht es mir durch den Kopf: zwei Teenager, zwei junge Männer, Westly und ich;

drei weiße Männer, eine weiße Frau, eine schwarze Frau und ein schwarzer Mann;

zwei Frauen und vier Männer, zwei unbewaffnete Männer und zwei bewaffnete;

zwei weiße Männer mit Waffen, mit denen sie auf einen weißen Mann – meinen Ehemann – und einen schwarzen Mann – meinen Sohn – zielen.

Ich kann nichts tun, nur dastehen und warten, daß die Revolver losgehen, daß Blut das Hemd meines Sohnes oder meines Mannes rot verfärbt und meine Welt ins Dunkel stürzt.

Beth läuft zu mir, und weil wir plötzlich so still sind, merken West und Edward endlich, daß etwas nicht stimmt. Die jungen Polizisten gehen um uns herum. »Okay, Hände hinter den Kopf, alle beide!« Jetzt zielen beide Revolver auf einen Mann, den schwarzen, meinen Sohn.

Die Polizisten wollen uns nicht glauben, als wir ihnen zu erklären versuchen, was wirklich los ist, und sie stecken ihre Waffen erst wieder ein, nachdem sie unsere Ausweise kontrolliert haben, einen nach dem anderen. Danach ist ihnen das Ganze schrecklich peinlich, und sie fangen an, uns ihre Sicht der Dinge zu erklären. Doch Westly schickt sie weg. Und er erstattet Anzeige. Ob die beiden wohl schockiert sind, als sie vom Dienst suspendiert werden, weil sie einen jungen Schwarzen mit der Waffe bedroht haben?

Noch Monate verfolgen mich Alpträume, aus denen ich schreiend hochschrecke und in denen es kein Happy-End gibt. Später wird ein stehender Witz aus der Geschichte, und

Westly fordert Edward heraus: »Komm, wir spielen 'ne Runde ›21‹, aber wenn du mich schlägst, ruf ich die Polizei.« Aber das passiert erst viel später. Als die Alpträume nachlassen.

Doch die nackte Furcht, die Angst um meinen Sohn, sie läßt nie nach, und ich weiß, daß ich all das, was mir erspart blieb, weil ich keinen Schwarzen geheiratet habe, seinetwegen durchmachen muß.

Mit Edward IV. darüber zu sprechen ist kaum möglich, denn für ihn bin ich schon seit Jahren »bloß ein Mädchen«. Statt dessen zieht er eine Augenbraue hoch und sagt: »Fang bloß nicht an, mich als dein Verhängnis zu sehen, Mutter … vielleicht bin ich deine Rettung.«

Inhaltsverzeichnis